살아야겠다

김탁환 장편소설

살아야겠다

북스피어

29년 후, 우람에게.

"아, 어서 오세요. 나 쓰러지기 전에."

— 조반니 보카치오, 『데카메론』

프롤로그

방심

5월 20일 오전 11시, 역학 조사관 세 명이 경기도 W병원 8층 준비실을 나섰다. 레벨C 보호 장구보호 장구 4등급 중에서 세 번째 등급. PAPR, PAPR 후드, 앞치마, 알콜 젤, 팔토시, 보호복, 속덧신, 겉덧신, 마스크, 겉장갑, 속장갑으로 구성된다를 착용한 그들은 간호사 스테이션을 줄지어 지나 입원실로 종종걸음을 쳤다. 북적대던 복도엔 환자도 의료진도 없었다. 주치의 진료와 각종 검사를 이 시간에 배정하여 입원 환자와 간병인을 다른 층으로 자연스럽게 이동시킨 뒤였다. 역학 조사를 나왔다는 사실 자체를 비밀에 부칠 것. 8층을 제외한 다른 병동은 정상 근무할 것. 병원장으로부터 준비를 완벽하게 마쳤다는 연락을 받았음에도 그들은 도둑고양이처럼 발소리를 죽인 채 네 번째 입원실을 열고 들어갔다. 복도에 머문 시간은 5초를 넘지 않았다.

조사관들은 전동식 공기정화기PAPR(Powered Air Purifying Respirator)로 거른 깨끗한 공기를 들이마시며 병실을 훑었다. 뒤집힌 슬리퍼

한 짝과 바닥에 떨어진 베개가 먼저 눈에 들어왔다. 연락을 받자마자 급히 이동한 흔적들이었다. 이 병실 환자와 간병인을 1인 1실에 격리시킬 것, 소지품은 단 하나도 가지고 나오지 말 것, 청소하지 말 것. 아침까지 환자와 간병인과 의료진이 들락거린 방인데도, 오랫동안 사용하지 않은 영안실처럼 허전하고 생기生氣라곤 없었다. 병실엔 침대 두 개와 사물함 두 개가 나란했다. 창문 쪽 모서리에 냉장고가 놓였고, 침대와 침대 사이 맞은편 벽에 텔레비전이 붙어 있는 전형적인 2인실이었다. 조사관들은 속장갑과 겉장갑을 겹으로 낀 채 창틀과 커튼 그리고 환자용 침대와 바닥에 놓인 간병인용 보조 침대까지 꼼꼼하게 확인했다. 무릎을 꿇고 침대 밑을 손전등으로 비췄을 뿐만 아니라, 침대 위에 올라서선 천장까지 살폈다. 눈에 보일락 말락 하는 얼룩도 사진에 담았고, 뭉친 먼지나 과자 부스러기나 털 하나까지 놓치지 않고 비닐 팩에 넣어 밀봉했다.

번갈아 얕은 기침을 뱉었다. 정화기로 들어갔다가 나온 공기는 깨끗한 만큼 건조했다. 덥고 답답한 기분을 지우기 위해 고개를 가볍게 흔들었다. 머리에 덮어쓴 후드를 쥐거나 당기지는 않았다. 혹시라도 바이러스가 침투할 가능성이 있기 때문에 후드와 장갑을 고쳐 쓰는 것은 금기 사항이었다. 때마침 창으로 햇살이 쏟아졌다. 하얀 후드와 노란 보호복과 파란 앞치마가 또렷했다. 이 행성에선 어디서라도 환영받지 못할 복장이었다.

❖

뒤늦은 역학 조사란 비난을 면하긴 어려웠다.

조사를 실시하기 이틀 전, 5월 18일 아침 10시 서울 F병원은 중동호흡기증후군, 일명 메르스MERS(Middle East Respiratory Syndrome) 의심 환자가 있다고 병원 소재 보건소에 신고하였다. 중동을 오가며 무역을 하는 이 환자는 4월 24일부터 5월 3일까지 바레인 등에 머문 후 5월 4일 귀국하였다. 고열에 몸살과 기침이 심해 세 군데 병원에서 외래 혹은 입원을 하며 치료를 받았지만 증세가 호전되지 않자, 5월 18일 F병원 응급실을 찾은 것이다. 담당의 오갑수는 그가 발병 14일 이내에 중동 지역을 여행한 사실에 주목하여 메르스 의심 환자로 신고하였고, 보건소는 즉시 질병관리본부에 진단 검사를 의뢰했다.

매뉴얼에 따른 신속한 대처는 질병관리본부에 의해 제동이 걸렸다. 환자가 체류한 바레인이 메르스 발생 국가가 아니라는 점이 거절 이유였다. 바레인이 메르스 발생 국가가 아닌 것은 사실이지만, 단봉낙타와 접촉하여 메르스가 처음 발생한 지역으로 추정되는 사우디아라비아와 국경이 맞닿은 인접국이란 점을 간과한 것이다. 보건소는 F병원에 질병관리본부의 거절 통보를 전했다.

오갑수는 그 통보를 받아들이지 않았다. 5월 18일 오후 2시 질병관리본부에 직접 연락하여 검사를 다시 요청하였다. 그때도 질병관리본부는 진단 검사와 역학 조사를 실시하지 않고, 다른 호흡기 바이러스 검사에서 문제가 없다면 메르스 검사를 고려하겠다고 답했다.

다음 날인 5월 19일 오후 1시 30분, 이 환자의 인플루엔자 검사 결과가 나왔다. 음성이었다. 그제야 질병관리본부는 메르스 검사에 착수하여 저녁 7시 환자의 검체檢體를 채취하였으며, 5월 20일 오전 6시 메르스 양성 판정이 나왔다. 메르스 1번 환자였다.

질병관리본부의 검사 요청 거절과 소극적인 대응 탓에 최초 신고로부터 33시간이 지난 뒤 검체를 채취하였고 44시간 만에 판정이 나온 것이다. 보건소에서 처음 검사를 의뢰했을 때 질병관리본부가 승낙했다면, 5월 20일이 아니라 5월 19일, 어쩌면 5월 18일에 판정이 나올 수도 있었다. 촌각을 다투는 전염병 예방과 확산 방지 시스템에서 33시간은 분명 지나치게 긴 시간이었다.

5월 20일 새벽, 질병관리본부 역학 조사관들은 1번 환자가 외래로 방문했거나 입원했던 네 군데 병원으로 떠났다. 5월 15일부터 17일까지 환자가 입원한 경기도 W병원으로 출동한 조사관들은 아침 식사를 도로 위에서 샌드위치로 해결했고, 점심 식사는 조사 이후로 미뤘다. 병실을 조사하다가 후드와 보호복과 앞치마와 장갑을 벗고 점심을 먹은 후 다시 보호 장구를 착용하는 것은 세상에서 가장 귀찮은 짓이었다.

❖

역학 조사를 마치고 병원장실로 들어선 세 사람은 커피 향과 케이크 냄새에 저도 모르게 군침부터 삼켰다. 원장이 사람 좋은 웃음을 지으며 권했다.

"고생하셨습니다. 식사도 못 하셨다면서요? 우선 이걸로 허기부터 채우십시오."

조사관들은 자리에 앉은 후 잠시 서로 눈빛을 교환했다. 역학 조사를 나간 병원으로부턴 대접이나 선물을 받지 않는 것이 원칙이었다. 그러나 커피와 케이크 정도가 문제 된 적은 없었다. 경력 15년의 선임이 잔을 들자, 두 사람도 따라서 커피를 마셨다. 원장은 조사관들이 케이크까지 두어 점 들 때까지 기다렸다가 어렵게 말을 꺼냈다.

"치사율이 높은 전염병이라 들었습니다. 혹시 코호트 격리라도 해야 합니까?"

코호트 격리cohort isolation는 전염병 환자가 나온 병원 전체를 격리하는 것을 뜻했다. 일정 기간 진료를 중단해야 하므로 병원으로선 심대한 손실이 아닐 수 없었다. 선임이 잔을 내려놓으며 답했다.

"코호트까지 하실 필요는 없습니다. 밀접접촉자만 우선 격리하시죠."

"밀접접촉자의 범위는 어찌 됩니까?"

원장에게서 가장 멀리 앉은 막내 조사관이 답했다.

"확진 혹은 의심 환자와 신체 접촉을 한 자 또는 메르스 감염 증상이 있는 환자의 2미터 이내에서 1시간 이상 머문 자입니다. 간단히 말해 환자를 치료한 의사와 간호사, 환자의 간병인, 그리고 같은 병실을 쓴 환자와 간병인 등이 밀접접촉자에 해당합니다."

"밀접접촉자만 격리하고, 병원 진료는 계속해도 된다 이 말씀이시죠?"

원장이 확인하듯 물었다. 선임이 답했다.

"그렇습니다."

선임과 막내 사이에 앉은, 경력 10년 조사관이 문서를 꺼냈다. 도착하여 역학 조사를 시작하기 직전 병원으로부터 받은 것이다. 메르스 확진 환자를 치료했던 의료진과 환자의 간병인 그리고 같은 병실 환자와 그 간병인의 명단이 적혀 있었다. 같은 병실은 아니지만 같은 병동에 입원중인 환자와 의료진의 명단도 첨부되었다. 전자는 한 장이고 후자는 다섯 장이었다. 조사관은 둘째 장부터는 넘겨 보지도 않고, 첫 장만 살피곤 말했다.

"의료진 등 병원 직원 29명, 같은 병실 환자 1명, 간병인 2명 합쳐서 32명을 밀접접촉자로 질병관리본부에 보고하겠습니다."

"알겠습니다. 현재 병원에 있는 격리 대상자들은 즉시 조치하겠습니다."

선임이 일어섰다. 커피는 물론 케이크도 깨끗이 비운 뒤였다. 원장과 악수를 나누며 선임이 일깨우듯 말했다.

"원장님도 잘 아시겠지만 메르스 환자가 입원했었다는 게 외부로 알려지는 순간, 외래 환자와 입원 환자 모두 병원에 발길을 끊을 겁니다. 병원 실명實名을 공개하지 않고 최대한 신속하게 메르스를 근절하는 것이 원칙입니다."

"알겠습니다. 그래야지요. 메르스란 단어가 새어 나가지 않도록 철저하게 보안을 유지하겠습니다."

"곧 잡힐 겁니다."

"이 일이 지나가고 난 후 꼭 다시 한 번 저희 병원을 방문해 주십시오. 그땐 제가 저녁이라도 사겠습니다."

"말씀만이라도 고맙습니다. 당분간은 올 일 없을 겁니다."

5월 20일 정부는 '감염병 위기관리 표준매뉴얼'에 의거하여 감염병 위기경보 수준을 '관심'에서 '주의'로 올렸다. 해외 신종 감염병인 메르스의 국내 유입이 공식 확인된 것이다.

5월 21일, 선임 조사관이 전날에 장담한 것과 달리 역학 조사관들이 추가 조사를 나왔다. 원장은 격리 대상자가 늘어날 것을 걱정했다. 그렇지 않고서야 하루 만에 재방문할 까닭이 없는 것이다. 그러나 의무 기록과 병원 내 CCTV를 확인한 조사관들은 29명의 병원 직원 중 13명을 밀접접촉자가 아니라며 격리 대상에서 제외시켰다. 그물망을 스스로 좁힌 꼴이다. 부족한 일손을 보충하게 된 병원은 불행 중 다행으로 받아들였다. 밀접접촉자의 숫자를 줄이는 바람에, 메르스에 감염되고도 격리되지 않은 사람이 늘어날지 모른다는 걱정을 사서 하는 이는 없었다.

역학 조사관들이 세 번째로 W병원에 들이닥친 것은 5월 28일이었다. 5월 27일까지 질병관리본부에서 정한 밀접접촉자 중에서 네 명의 메르스 감염자가 나왔다. 환자가 발생한 것은 안타깝지만 예상 범위에 속했으므로 당황하진 않았다. 그런데 5월 28일에 1번 환자와 같은 병실이 아닌, 다른 병실의 환자가 확진 판정을 받은 것이다. 밀접접촉자의 범위를 벗어난 최초의 메르스 환자였다. 질병관리본부는 뒤늦게 병동 전체의 환자와 간병인까지 추적 조사를 확대했다. W병원에 여전히 입원중인 환자도 있었지만 퇴원한 환자도 적지 않았다. 연락처를 수소문하여 전화를 걸기 시작했다. 다음 날도 그다음 날까지도 추적 조사는 완료되지 않았다. 확진 환자는 늘어만 갔다. 질병관리본부에서 정한 밀접접촉의 범위를 훌쩍 뛰어넘어 메르스 환자가 발생한 이유를 명쾌하게 설명하는 이는 없었다. 그물은 헐거웠고 바다는 아득했다. 시간을 끌수록 바다는 더 넓어져만 갔다.

거듭된 우연은 필연일까

경기도 W병원의 추적 조사 범위를 확대하기 하루 전인 5월 27일, 서울 F병원 응급실에 구급차 한 대가 도착했다. 서울남부터미널에서 환자를 이송하는 길이었다. 구급차에서 심하게 기침을 쏟은 사내는 5월 15일부터 17일까지 W병원에 입원한 적이 있었다. 그러나 그는 자신이 메르스 1번 환자와 같은 병원에 똑같은 기간 입원했다는 사실을 몰랐다. 병실이 달랐기 때문에 처음엔 밀접접촉자에 들지도 않았던 것이다. 5월 17일 W병원을 퇴원한 후 집에서 잠시 요양하다가 5월 25일 C병원에 입원하여 치료를 받았지만 고열과 기침은 심해지기만 했다. 서울의 큰 종합 병원으로 가라는 친구들의 권유를 받아들여 서울행 버스에 몸을 실었다.

환자이동침대에 옮겨 누운 그는 시시각각 밀려드는 끔찍한 고통 때문에 증상을 제대로 설명도 못했다.

"수, 숨이 막혀……. 머리, 머리가, 아악!"

그는 또 하나의 기막힌 우연도 몰랐다. 1번 환자가 5월 18일 찾아간 F병원 응급실에, 9일이 지난 뒤 도착한 것이다.

같은 병원 같은 응급실이지만 첫 번째는 막았고 두 번째는 뚫렸다. 1번 환자를 진료하자마자 메르스 의심 환자로 신고했던 의사와 간호사는 밀접접촉자로 격리중이었다. 훗날 변명 같은 이유 몇 가지가 소문처럼 들려왔지만, 뭐니 뭐니 해도 가장 큰 이유는 이것이다.

설마 메르스 환자가 또 오랴!

방심을 부수고, 중첩된 우연을 가르면서, 메르스코로나바이러스 MERS Corona Virus가 대한민국의 수도 서울에 퍼지기 시작했다. 질병관리본부가 그물망을 넓히기 하루 전에 메르스가 서울로 재입성한 셈이다. 전야前夜의 무방비였다.

제1부

감염

희망

남영아의 수첩

2015년 5월 26일(금)

2016년 11월 11일 결혼 10주년

리마인드 웨딩 with 우람

나 38살 신랑 37살 우람 5살

세 사람이 응급실에 간 까닭은?

"응급실에서 대기하세요."

환자가 병원에서 갖춰야 할 덕목 중 하나는 기다림이다.

5월 27일도 김석주는 언제까지 대기해야 하는지를 의사나 간호사에게 따져 묻지 않고 혈액종양내과 외래 진료실에서 1층 응급실까지 엘리베이터를 타고 내려왔다. 석주는 답을 이미 알고 있었고, 자신도 환자들에게 똑같이 말한 적이 수십 번이었다. 입원실이 날 때까지! 퇴원하는 환자의 숫자와 시기에 따라 응급실 대기 시간은 유동적이었다.

석주는 의사이면서 환자다. 작년 봄 치의학전문대학원을 졸업하고 한 달 남짓 개인 치과에서 월급 의사로 근무했다. 의사를 시작할 때는 이렇듯 오래, 그것도 입원까지 해야 하는 병을 앓는 환자로 종합 병원을 찾을 줄은 몰랐다. 작년은 악몽의 나날이었지만 조혈모세포 이식 수술에 성공했고, 올해는 아직까지 괜찮은 편이다.

보름 전부터 치과에 다시 나갔다. 오늘도 종합 병원에서 외래 진료를 마친 뒤 곧장 치과로 가서 늦어도 오후부터는 환자를 볼 생각이었다. 열이 떨어지지 않고 숨 쉬기가 불편해서 입원하게 되었지만, 치료를 위한 입원이 아니라 검사를 위한 입원이었다.

응급실 존Zone은 다섯 개였다. 각 존마다 약간의 침대와 대기용 의자들이 있었다. 응급실에서 대기하란 말을 들었을 때, 석주는 줄지어 놓인 의자를 떠올렸다. 침대까진 바라지 않았고 재수가 없는 날엔 의자도 만원이었다. 그땐 창가에 기댄 채 서성이거나 보호자 대기실의 빈 의자에 앉았다가 수시로 내과 존으로 와선 담당 간호사에게 입원실 상황을 확인해야 했다.

내과 존으로 들어서자마자 오른편 벽을 따라 놓인 십여 개의 침대부터 확인했다. 역시 환자들로 이미 차 있었다. 통로를 가운데로 내고 좌우에 둘씩 짝을 지어 늘어선 대기용 의자도 빈자리가 없었다. 출입구 바로 앞 의자에 앉았던 사내가 때마침 일어서자, 석주는 재빨리 그 자리를 차지했다. 휴대폰을 꺼내 아내 남영아에게 전화를 걸었다. 자동응답으로 넘어갈 때까지 통화가 되지 않았다. 제약 회사에 근무하는 영아는 일이 밀려 사흘 내내 야근할지도 모른다고, 함께 못 가 미안하다고 말했었다. 석주는 그녀가 따라 나서겠다고 해도 말릴 참이었다. 외래 정도는 이제 혼자서도 충분히 다닐 수 있다. 문자를 남겼다.

— 응급실 대기. 입원해서 검사받으래. 너무 걱정 마.

그리고 치과에 전화를 걸었다. 석주를 채용한 원장은 자초지종을 듣곤 이번 주는 출근하지 말고 쉬라고 했다. 6월부터 출근해도 된다는 것을 석주가 병원 분위기도 익힐 겸 나갔던 것이다.

아들 우람의 사진을 휴대폰에서 찾아 넘겼다. 5월 첫 주 동안 말레이시아로 가족 여행을 다녀왔다. 네 살인 우람은 공항에서도, 리조트 숙소에서도, 야외 수영장에서도, 식당에서도 윗잇몸을 드러내곤 환하게 웃었다. 해마다 셋이서 외국 여행을 다니자고 우람과 영아에게 약속했다. 이런 약속이 귀하다는 것을 이제는 안다. 가족과 함께 하고 싶은 일은 미루지 말고 바로바로 할 것.

"저기, 전화 한 통만 쓸 수 있을까요?"

고개를 들었다. 50대로 보이는 여인이 땀을 뻘뻘 흘리며 서 있었다. 파마 머리는 반쯤 풀렸고, 뭉툭한 코에 쳐진 눈귀를 따라 주름이 자글자글했다. 흘러내린 눈썹에 넉넉한 볼살이 푸근한 인상을 풍겼다. 석주는 사진을 닫고 휴대폰을 건넸다.

❖

"빨리 좀 갑시다. 위가 뚫렸는지 장이 뚫렸는지, 죽겠다잖아요?"

길동화는 말이 많은 여인이 아니었다. 평생을 다닌 교회에서도 성가대에서 독창할 때 외엔 목소리를 듣기 어렵다 하여 '호수 권사'로 통했다. 그러나 119구급차에 누워 배를 잡고 떼굴떼굴 구르며 구역질을 해 대는 여동생 길동심을 앞에 두곤 고함을 지르지 않을 수 없었다. 동심은 한숨도 못 자고 끙끙 앓다가 새벽엔 피까지 토하고 정신을 잃었다.

석주가 외래 진료를 받으러 병원에 도착할 즈음, 동화와 동심을 실은 구급차가 종합 병원 응급실에 도착했다. 구급차에서 환자이동침대로 옮겨 응급실로 들어갈 때까지도 동심은 계속 비명을 질러 댔다. 진찰을 받고 링거를 꽂은 다음에야 비명이 그치고 신음도 차츰 줄어들었다. 동화는 급히 화장실로 갔다. 집을 나설 때부터 오줌이 마려웠지만 참았던 것이다. 탁한 오줌을 쏟고 난 뒤, 청바지 왼쪽 앞주머니를 더듬었다. 휴대폰을 항상 넣어 두던 자리가 허전했다. 동심을 구급차에 태우고 황급히 오느라 챙기지 못한 것이다. 내과 존으로 들어서는데 첫 줄에 앉은 사내에게 눈이 갔다. 휴대폰을 보는 사내의 얼굴에 미소가 가득했다. 응급실과는 어울리지 않는 넉넉하고 행복한 기운이 동화에게까지 번졌다. 사내에게 휴대폰을 빌려 외아들 조예석에게 전화를 걸었다. 아들의 질문이 스타카토처럼 날아들었다.

“응, 이몬?”

편의점에서 아르바이트중인 탓에 길게 통화를 할 여유가 없는 것이다.

“링거 맞고 이제 막 잠들었어. 검사를 한두 개 더 해야겠지만, 위궤양일 가능성이 크대. 근무 시간에 늦진 않았지? 일은 할 만해? 힘들면…….”

"엄마, 나중에! 어서 오십시오."

예석이 말허리를 뚝 자르며 전화를 끊었다. 딸처럼 살갑게 굴며 전화로 수다도 곧잘 떠는 아들인데, 바쁘긴 바쁜 모양이다.

"미안한데…… 한 통만 더 써도 되겠어요?"

"그러세요."

사내의 깊은 눈이 부드러웠다.

동화는 30년째 물류 창고에서 근무했다. 처음엔 영영永永출판사의 대형 서고에서 일하다가, 10년 전 출판물 종합유통업체 '책탑冊塔'으로 직장을 옮겼다. 회사는 바뀌었지만 책을 나르고 넣고 빼는 창고에서 근무하는 것은 마찬가지였다. 그녀는 늘 청바지를 입었고 여장부로 통했다. 지금도 젊은 남자 직원들보다 더 많은 책을 더 빨리 나를 자신이 있었다. 여직원들 대부분이 사무실에서 근무했지만 동화는 끝까지 창고를 고집했다. 대형 창고 다섯 개와 중형 반품 창고 한 개의 총괄 관리는 물론이고 중고 서적 파쇄 업무까지 그녀 몫이었다. 그동안 그녀의 두툼한 손을 직접 거쳐 서점으로 나간 책이 줄잡아 남북한 인구를 합친 것보다도 많았다.

귀에 익은 소음이 먼저 들렸다. 반품 창고 파쇄기 돌아가는 소리였다. 반품 도서 중 매일 일정 분량을 파쇄했다. 물론 동화가 임의로 파쇄하는 것은 아니고, 창고를 임대하는 출판사들의 요청에 따른 것이다. 반품 도서를 창고에 두고 보관료를 내는 것보다 종이값만 받고 고물상에 넘기거나 아예 파쇄하는 쪽을 택하는 경우가 의외로 많았다. 동화가 후문 파쇄기를, 임 팀장이 정문 파쇄기를 관리했다. 반품 창고의 파쇄기는 사무실이나 은행에 놓인 파쇄기보다 네댓 배는 더 컸다. 아무리 두꺼운 책이라고 하더라도, 먼저 책등을 절단한 후 순식간에 종이 조각으로 만들어 버렸다. 타오르는 책은 재로 흩날리기 전에 마지막 불꽃이라도 피워 올리지만, 파쇄기에 들어가는 책은 어떤 몸짓도 남기지 않고 사라졌다. 저자와 편집자가 책에 쏟은 정성 따윈 흔적도 없었다. 차갑고 단정하여 무서울 지경이었다. 파쇄기 두 대가 동시에 돌아가면 귀가 먹먹할 정도로 소리가 커서 통화를 할 수 없었다.

"잠깐만요!"

15년째 손발을 맞추고 있는 팀장 임나웅이었다. 예전 직장에서도 같이 근무했고 회사를 옮길 때 그녀가 추천해서 데리고 나왔다. 동화는 잠시 입을 닫고 들려오는 소음에 귀를 기울였다. 입가에 묘한 웃음이 번졌다. 소리의 크기와 떨림 그리고 간격만으로도 파쇄기의 컨디션을 짐작했던 것이다. 임 팀장이 지게차와 트럭을 대는 창고 앞 주차장으로 나올 때까지 기다리는 중이었다.

"어디십니까? 연락도 없이 안 나오셔서……. 출고는 걱정 마십시오. 한두 번 하는 일도 아니잖습니까. 따로 반품 서적들을 파쇄해 달란 요청도 들어와서 제가 둥둥을 보고 있었습니다."

'둥둥'은 동화가 붙인 파쇄기의 별칭이었다.

"상철이는?"

문상철을 찾았다. 입사 7년 차이고 동화 밑에서 배웠으니 창고 관리와 도서 유통에 관해선 모르는 것이 없었다. 동화가 바쁠 땐 상철이 대신 '등등'을 작동하여 책들을 파쇄했다. 임 팀장이 슬쩍 자기 자랑을 얹었다.

"걱정 마십시오. 제가 잘 챙겼습니다."

동화가 걸근 이유부터 설명했다.

"병원 응급실이야. 동심이가 간밤에 복통이 심했거든. 일이 많을 텐데 빠져서 미안해. 서둘러 마치고 갈게. ……믿지, 믿고말고. 임 팀장을 못 믿어서가 아니라 요즈음 출고할 종수와 물량이 계속 많았잖아? 사장님께는 내가 따로 전화 드릴게. 수고 좀 해 줘. 고마워."

칭찬과 격려를 하고 전화를 끊긴 했지만 동화의 표정은 어두웠다. 임 팀장이 사람은 호탕한데 업무에선 잔 실수가 많았다. 천 권을 출고할 때 한 권이라도 부족하거나 책표지가 구겨지기라도 하면 항의를 받는 것이 이 일이었다. 늦게라도 물류 창고로 가서 장부에 적힌 숫자와 창고에 보관중인 책의 개수를 대조하며 출고를 확인하리라 마음먹었다. 휴대폰을 돌려주려고 다가섰다. 사내 옆에 앉아 손수건으로 눈물을 훔치던 젊은 여자가 벌떡 일어섰다.

"오시지 마시라니까요. 제가 연락을 나중에 드릴게요. 제발, 이모부!"

동화는 처음엔 자신에게 따지는 줄 알고 걸음을 멈췄다. '이모부'란 말을 듣곤, 그녀가 이어폰을 꽂고 통화중이란 사실을 깨달았다.

"고맙습니다."

동화는 사내에게 휴대폰을 건넸다. 옆 의자에 엉덩이를 붙이곤

긴 숨을 몰아쉬었다. 긴장이 풀리면서 졸음이 비로소 병정개미처럼 몰려들었다.

❖

"이 나라에서 제일 좋은 병원에 가서 진단이라도 받아 볼래요. 저는 이렇게 아버질 보낼 순 없다고요. 이모부!"

이첫꽃송이는 구급차가 경기도에서 서울로 들어오는 내내, 거제 옥포항에서 건어물 가게를 하는 막내 이모부 강은두와 통화했다. 이어폰을 꽂은 채 대화를 이어 가며 오른손으론 빠르게 기사를 검색했다. 그녀를 비롯한 민국방송 수습기자들이 다른 방송에서 터뜨린 스쿠프scoop 독점 보도의 유탄을 맞는 중이었다. 마와리まわり, 즉 출입처를 도는 수습기자에게 특종을 흘린 취재원은 첫꽃송이와도 안면이 있는, 안면뿐만이 아니라 지난 연말 송년 모임에선 노래방까지 함께 갔던 강력계 형사였다. 확실히 빨대를 꽂았다고 여겼는데 엉뚱한 놈이 빨아먹은 셈이다. 아버지 이병달이 내 집 안방에서 두 팔 두 다리 쭉 뻗고 죽겠다며 퇴원을 고집하지 않았다면, 그녀는 벌써 그 형사에게 달려가서 자신을 물먹인 이유를 묻고 섭섭함을 전한 후 또 다른 특종을 달라며 졸라 댔을 것이다. 그러나 여덟 번의 항암 치료를 묵묵히 견딘 후 3년 만에 재발하여 폐암 4기

에 이르기까지 병달을 지켜본 의사는 지금 퇴원하면 다시 입원할 수 있을지 장담하기 어렵다고 했다. 그만큼 병세가 위중했다.

6개월 수습의 마지막 달이었다. 수습 기간 중 근무 평점에 따라 보도국 내 담당 부서가 결정되었다. 수습기자 네 명 중 세 명은 서울에 남지만 한 명은 지방 근무였다. 동기들에게 평점에서 밀려 지방으로 내려가긴 싫었다.

첫꽃송이는 병달이 폐암 4기로 시한부 선고를 받았다는 사실을 회사에 알리지 않았다. 10년 전 어머니 감숙자가 담낭암으로 세상을 떠난 뒤, 병달과 단둘이 살았다. 병달이 입원한 뒤론 적금을 깨고 은행 융자까지 받아 간병인을 썼다. 수습기자는 경찰서 기자실에서 쪽잠을 자는 것이 원칙 아닌 원칙이었다. 매일매일 경찰서와 소방서를 돌며 뉴스 소재를 모으고, 정해진 시간마다 사회2부 경찰 취재팀의 2인자이자 수습기자 교육을 전담하는 바이스에게 보고하고, 수습 일지를 작성하고, 다음 날 취재를 준비하면 하루 24시간도 모자랐다.

보름이나 한 달에 한 번 겨우 여유가 생기더라도 집이 아니라 병원으로 직행했다. 간병인용 보조 침대에 무릎을 곧추세우고 그 위에 노트북을 올린 채 보고할 사건이나 수습 일지를 정리했다. 병달이 뱉은 가래 담긴 통을 비우고 씻은 뒤 바이스에게 전화를 걸어 보고했다. 아버지가 딱 한 달만 더, 그녀가 수습 기간이 끝날 때까지 버텨 주길 바랐다. 그런데 갑자기 치료를 포기하고 퇴원을 고집한 것이다.

첫꽃송이는 퇴원에 동의했다. 그러나 그 후 행선지는 병달이 원하는 경기도 성남 집이 아니라 서울에서 세 손가락 안에 드는 종합병원이었다. 구급차를 타고 이동하는 동안에도 바이스 소도현 기자로부터 전화와 문자가 계속 날아들었다. 특종을 다른 방송사 수습기자에게 빼앗긴 주제에 라인까지 이탈한 것이다. 그러나 지금은 전화를 받을 상황이 아니었다. 병달을 응급실로 옮겨 진료를 받고 입원실을 확보한 뒤 기자실로 복귀하며 소 기자에게 연락하기로 마음먹었다. 너처럼 대책 없는 수습은 처음이라는 비난을 받겠지. 기자가 장난이냐며 얼마 남지도 않은 자존심을 콘크리트 바닥에 짓이기려 들 것이다. 다섯 달 동안 터무니없는 명령을 지키려고 발버둥을 쳤다. 형사 과장에게 무조건 가서 사건을 캐 오라는 건 점잖은 편이었다. 사기 사건 피해자들 하소연을 전부 녹취하느라 일주일을 꼬박 새우기도 했고, 살인 사건 부검을 사흘 연속 참관한 후 보고서를 빽빽하게 작성하기도 했다. 입사 전 롤모델로 삼았던 유명 기자들 얼굴이 전혀 떠오르지 않을 만큼, 하수구를 낮은 포복으로 박박 기는 나날이었다.

고개를 들고 차오른 눈물을 흔들어 지웠다. 기자를 포기하고 반년 동안 아버지에게 매달렸다면 결과가 달라졌을까. 누구보다도 병달이 그녀의 등을 떠밀었다. 딸자식 발목 잡는 애비가 되진 않겠다고 했다.

"아빠! 눈 떠요. 왜 이래요? 아빠, 아빠!"

거친 숨을 몰아쉬던 병달이 구급차에서 혼절했다. 구급 대원이 급히 심폐소생술을 시작했다. 그녀의 머릿속이 소금처럼 하얘졌다가 그믐처럼 깜깜해졌다.

환자이동침대에 실려 응급실로 들어간 뒤 30분이나 응급 처치를 받고 나서야 겨우 고비를 넘겼다. 그사이 친척들로부터도 문자가 쏟아지기 시작했다. 정이 많은 병달은 각별히 친척을 챙겼다. 20년 전부터 '산들회'란 모임을 만들어 방방곡곡 절경을 함께 찾아다녔다. 첫꽃송이는 대기용 의자에서 겨우 숨을 돌린 뒤 응급실 밖으로 비틀비틀 걸어 나갔다. 고개를 들지도 않았는데 늦봄 햇살에 눈이 시렸다. 양 손등을 이마에 댄 채 문지르며 떼쓰는 아이처럼 하소연했다.

"엄마! 아빠를 지금 꼭 데려가야겠어? 아직은 아냐. 10년만 아니 1년만 더 아빠랑 살게 해 줘. 제발!"

친척들에게 전화를 걸기 시작했다. 입원실이 나면 그때 따로 연락드리겠다고 알렸다. 그러나 이미 집을 나섰다고 서로 짠 것처럼 똑같이 답했다. 가장 날랜 은두는 거제 고현터미널에서 서울행 고속버스를 탄 뒤였다. 첫꽃송이는 오늘 라인 복귀가 어려울지도 모른다는 느낌이 들었다. 소 기자에게 보내는 문자를 썼다가 지우고 또 썼다가 지웠다. 수습기자가 가장 자주 쓰는 단어이면서, 바이스인 소 기자가 끔찍하게 싫어하는 단어가 바로 '죄송'이었다. 그녀가 방금 다시 지운 단어이기도 했다. 저수지처럼 참았던 눈물이 터져 휴대폰으로 떨어졌다.

그리고 닷새 동안

태어난 순서대로 죽지 않듯, 응급실에 들어간 순서대로 환자가 나오진 않았다. 어떤 환자는 응급실에서 치료받고 귀가하기도 했고, 어떤 환자는 입원실로 옮겨 가기도 했고, 어떤 환자는 응급실에서 삶을 마감하기도 했다. 김석주와 길동화와 이첫꽃송이는 같은 날 비슷한 시각에 응급실에 닿았지만, 그 후 닷새 동안 전혀 다른 시간을 보냈다.

응급실을 가장 일찍 떠난 이는 출판물 종합유통업체 '책탑'의 부장 길동화였다. 여동생 동심이 링거를 맞고 숙면을 취한 뒤 출혈이 멎고 복통과 어지럼증이 사라진 것이다. 5월 27일 오후 6시에 퇴원했다. 택시로 동심을 집에 데려다 놓고 물류 창고로 갈 마음이 급했다. 이미 출고는 끝났지만 그래도 가서 오늘 창고를 나고 든 책들을 챙겨 보고 싶었던 것이다. 그러나 동화는 그 밤 물류 창고로 가지 못했다. 동심이 불안하다며 곁에 있어 달라 조른 것이다. 예석은 편의점 아르바이트를 마친 후 자정 무렵에야 귀가하기 때문에, 저녁은 둘이서 해결해야 했다.

동화는 흰죽을 쑤면서도 계속 벽시계의 시침을 확인했다. 동화, 동옥, 동심, 세 자매 가운데 유난히 막내 동심만 몸이 약했다. 8개월 만에 조산한 데다 신장이 좋지 않아 인큐베이터에서 반년이나 머무른 것이 시작이었다. 그때부터 지금까지, 동심은 늘 아팠고, 만성 빈혈에 시달렸으며, 진통제를 달고 지냈다. 동화는 동심을 큰 병원으로 데려가서 정밀 검진을 받게 하고 싶었다. 어려운 형편에 적금까지 부어 돈을 마련했지만, 동심이 한사코 검진을 받지 않겠다고 버텼다. 병이 없어서라기보다는 더 심각한 병이 발견될까 염려했던 것이다.

동심이 저녁을 먹는 동안 맞은편에 앉아 말동무를 해 주었다. 잠옷으로 갈아입고 눕자 나란히 엎드려 성경을 펼쳤다. 동심은 동화가 읽어 주는 성경을 적어도 10분 이상 들은 후에야 잠이 들었다. 동심은 성경을 세 번이나 필사했고 성경 암송이 유일한 취미이자 특기였다. 어제에 이어 '요한복음' 17장 1절부터 읽으려 하자, 그녀가 정정했다.

"16장을 어제 끝까지 읽었다고? 언니, 거기가 아닌데……. 16장 24절 정도까지 듣다가 잠들었나 봐. 25절부터 다시 읽어 줘."

동화는 그녀가 잠든 줄도 모르고 몇 절 혹은 몇 장을 더 읽기도 했다.

"25절?"

"그래, 내가 제일 좋아하는 구절인 거 언니도 알지?"

"알지."

"어떤 구절은 수십 번 읽고 옮겨 적어도 좋아. 전부 다 그런 건 아니지만."

동화가 검지에 콧김을 살짝 불어 넣은 뒤 성경을 펼쳤다. 책갈피가 꽂힌 곳은 '요한계시록'이었다. 그녀도 마지막엔 졸음이 쏟아져 책갈피를 대충 끼우곤 잠든 것이다. 동심은 이불을 목까지 덮곤 동화를 향해 고개만 돌렸다. 눈을 감은 채 언니의 비음 섞인 낮은 목소리가 흘러 나오기를 기다렸다. 동화는 성경을 양손으로 받쳐 쥐었다. 동심이 정정해 준 '25'란 숫자를 확인한 뒤 읽기 시작했다.

"이것을 비유로 너희에게 일렀거니와 때가 이르면 다시 비유로 너희에게 이르지 않고 아버지에 대한 것을 밝히 이르리라……."

동화의 목소리가 귀에 닿자 동심의 입가에 잔잔히 웃음이 피어올랐다. 꿈 많던 여고 시절을 닮은 미소였다.

10분 혹은 15분쯤 읽어 주다가 동심이 잠들면 물류 창고로 달려갈 계획이었다. 그러나 먼저 잠든 사람은 동화였다. 전날 밤을 꼬박 새워 간병하고 오늘 하루도 응급실에서 애를 태운 탓이다. 단잠은 예석이 아침밥을 먹으라고 흔들어 깨울 때까지 이어졌다.

5월 28일 아침 8시 30분, 동화는 정상 출근했다. 출근은 9시까지였지만, 입사 후 30년 동안 8시 30분을 넘긴 적이 없었다. 먼저 와서 창고를 돌아다니면서 오와 열을 맞춰 쌓여 있는 책들을 점검했다. '책탑'만의 입출고 프로그램이 있기 때문에 사무실에서 컴퓨터만 켜도 현황 파악을 할 수 있지만, 동화는 직접 걷고 보고 만지는 것을 여전히 즐겼다. 나르고 쌓고 내리는 일은 지게차나 각종 기기의 도움을 받는다 해도 책은 사람의 손을 타기 마련이다. 매일 들고 나는 책과 씨름하느라 근육이 뭉치고 눈에 핏발이 설 정도였기 때문에, 물류 창고 직원 대부분은 휴식 시간이나 퇴근 후에 텔레비전이나 심심풀이로 볼 뿐 책을 따로 정독하는 경우는 드물었다. 그러나 동화는 10분이라도 여유가 생기면 책부터 뽑아 들었다. 반품 창고 후문 파쇄기 옆 개인 책장에 꽂힌 책들의 제목을 훑기도 하고, 맘에 끌리는 책을 뽑아 몇 대목을 읽기도 했다.

물류 창고의 오전은 전쟁터를 방불케 했다. 9시부터 10시 사이 서점들로부터 주문이 들어오면, 창고에서 책을 찾아 모으고 필요한 경우 밴딩banding까지 마쳐야 하는 것이다. 5단 철제 책장을 오가는 직원들의 발길이 분주했다. 출판사별로 놓인 책들을 카트로 옮겨 주문한 서점별로 팔레트 위에 모으고, 그걸 다시 지게차로 트럭에 싣는 작업이 이어졌다. 정신없이 일하다 보면 정오를 훌쩍 넘기는 것이 보통이라서, '책탑'의 점심시간은 오후 2시였다.

임나웅 팀장은 어제 착오 없이 출고를 마쳤다고 했다. 임 팀장 설명대로 문제없이 끝났는지는 좀 더 살필 필요가 있었지만, 동화는 고생이 많았다며 임 팀장을 포함해서 직원 열 명의 점심을 샀다. 돼지국밥이었다.

동화가 기침을 시작한 것은 5월 29일 새벽이었다. 동심은 입맛이 없다며 숟가락으로 죽을 휘휘 서너 번 젓다가 침실로 돌아갔다.

예석도 편의점 교대 시간에 몰려 식탁에 앉지도 않고 현관을 나섰다. 동화는 꾸역꾸역 밥 한 그릇을 비운 뒤 반찬 그릇을 냉장고에 챙겨 넣고 설거지를 시작했다. 찬물을 틀고 손을 넣자마자 기침이 나왔다. 한두 번에 그치지 않고 일고여덟 번, 어깨가 들썩이고 목이 얼얼할 정도였다. 허리를 숙인 채 천천히 침을 삼켰다.

여름 감긴가, 개도 안 걸린다는?

동화는 중고등학교 때부터 복싱을 즐겼다. 권투 도장의 유일한 여학생이었다. 165센티미터 키에 60킬로그램 몸무게는 고등학교 2학년 때부터 변함이 없었다. 운동량에 비해 몸무게가 많이 나가는 편이지만 근육이 차지하는 비중이 높았다. 5월 말에 감기를 앓을 약골은 아닌 것이다. 샤워를 하고 옷을 챙겨 입고 출근하려는데, 동심이 현관까지 와선 마스크를 내밀었다.

"꼭 쓰고 해, 언니! 새 책에 침이라도 튀면 큰일이잖아?"

수천 권 혹은 수만 권의 책이 오가는 창고엔 미세한 먼지가 항상 떠다녔다. 안전보건공단은 출판과 인쇄 노동자들에게 방진 마스크 착용을 적극 권했다. 직원 휴게실 캐비닛에도 마스크가 가득했지만, 답답하고 귀찮다며 아예 쓰지 않거나 대충 턱에만 걸치는 경우가 많았다. 동화는 충실하게 마스크를 쓰는 편이었다. 그런데 동심이 마스크를 꼭 쓰라고 권하니, 괜히 허약해 보이는 것만 같아 싫었다. 마스크를 손바닥으로 밀며 말했다.

"됐어."

"내 말 들어. 괜히 아프지 말고……."

"안 아파. 네 걱정이나 해. 약 잘 챙겨 먹고."

동화는 대학도 못 가고 영영출판사 창고지기로 취직했다. 고등학교 3학년 겨울, 평생 경기도 여주에서 소작을 부쳐 농사만 짓던 아버지와 어머니가 석 달 간격으로 차례차례 숨을 거둔 것이다. 한 살 터울인 여동생 동옥의 학비도 문제였지만, 다섯 살 어린 막내 동심의 병원비가 더 많이 들었다. 세 자매는 상경하여 단칸방을 얻었다. 동옥이 스무 살에 시집간 뒤론 동심과 둘이 살았다. 동화가 서른 살에 결혼했을 때도 동심을 신혼 단칸방까지 데리고 갔다. 막내 처제와 같은 방에서 지내는 것까지 받아 준 맘 좋은 남편의 직업은 트럭 운전사였다. 목재 운반을 주로 했는데, 딱 한 번 서울에서 부산까지 서적 운반을 맡았다가 영영출판사 창고에서 동화를 만난 것이다. 예석이 태어나고 열흘 만에 남편이 교통 사고로 세상을 뜬 후, 동화는 동심과 함께 예석을 돌보며 살았다. 직장에 다니며 돈을 버는 것은 동화의 몫이었고, 동심은 예석을 키우며 집안 살림을 했다. 동심은 철마다 잔병치레를 했다. 입원할 정도의 중병은 용케 피했는데, 초봄부터 잦은 복통이 심상치 않았다. 응급실에선 위궤양에 따른 출혈이라면서도 정밀검사를 권했다.

"참……."

동심이 말을 하려다가 멈춘 채 동화의 눈을 한참 들여다봤다. 동심의 시선에 고스란히 갇히니, 동화는 마스크를 그냥 받을걸 하고 후회했다. 그래도, 무슨 일이 있어도 동심을 끝까지 돌보고 지키고 낫게 하는 사람은 동화여야 했다. 동심은 동화의 손에 기어이 마스크를 쥐여 줬다. 이번에는 동화도 마다하지 않고 받았다. 동심이 눈가에 주름을 잡고 고개를 여치처럼 까닥이며 웃었다.

5월 30일 동화는 출근하지 않고 집에서 쉬었다. 미열에 기침이 계속되었다. 5월 31일 오전 11시 교회에 가서 주일 예배를 본 것이 외출의 전부였다. 저녁 예배도 빠짐없이 함께 참석해 왔지만, 그 저녁엔 동심이 만든 죽을 먹곤 일찍 잠자리에 들었다.

❖

이첫꽃송이가 응급실을 떠난 것은 5월 28일 아침 9시였다. 아버지 이병달이 사망한 것이다. 아버지가 폐암 4기란 통보를 받은 후 최후를 몇 번 상상하긴 했다. 그러나 이렇듯 갑작스럽게 종합 병원 응급실에서 삶을 마감할 줄은 몰랐다. 입원실로 올라가기도 전에 사망 선고를 들은 것이 슬프고 억울하고 화가 났다.

전날 응급실로 병문안을 왔다가 병세가 심상치 않다는 걸 알고 함께 밤을 새운 강은두가 아니었다면, 장례식장도 제대로 못 잡고 낭패를 볼 뻔했다. 은두는 장례식장을 예약했을 뿐만 아니라, 전날 병문안을 다녀간 '산들회' 회원들과 그 외 일가친척에게 부고를 띄웠다. 그리고 다시 응급실로 와서 첫꽃송이를 부축해 데리고 나왔다. 환자와 보호자 그리고 간호사와 의사의 시선이 잠시 두 사람의 뒷모습을 좇았다. 위로의 말을 건네고 망자를 추억할 여유를 지닌 이가 응급실엔 없었다. 두 사람이 문을 나서기도 전에 병달이 숨을 거둔 침대에 다른 환자가 누워 비명을 질러 댔다. 의사와 간호사와 보호자 모두 오로지 환자를 살릴 궁리만 하는 곳, 그곳이 바로 응급실이었다.

첫꽃송이는 은두의 어깨에 머리를 기댄 채 복도를 걷다가 걸음을 멈췄다.

"제 잘못이에요……. 이 병원으로 안 왔으면…… 그냥 있었으면 오늘 돌아가시진 않았을 거예요……. 아버진 이제 병원은 싫다고 하셨는데, 집으로 가자 하셨는데, 제가 우겼어요……. 하루라도 더 사셨으면 해서…… 포기하긴 이르단 생각에…… 제 욕심이었어요. 수습기자를 하느라 제대로 간병을, 제가 아버지를……."

은두가 그녀를 다독이며 말허리를 잘랐다.

"아이다. 그런 자책 쪼매도 마라. 니 아버진 가실 때가 돼서 가신기다. 니가 오데서 뭘 하든, 결과는 마찬가지였을끼라. 여어까지 니가 최선을 다해 살았다는 건 내도 알고 일가친척도 알고 무엇보다 니 아버지도 아신다. 첫꽃송이야! 그라니까 인자부터 맘 딴딴히 묵고 아버지 잘 보내 드리자. 힘든 일은 내 다 하꾸마. 걱정거리 있으믄 뭐든지 말하고. 알겄제?"

첫꽃송이는 고개를 끄덕이며 눈물을 손바닥으로 번갈아 훔쳤다. 은두가 없었더라면 장례 치를 엄두도 못 냈을 것이다.

하얀 국화에 둘러싸인 영정 사진 아래에 앉았다. 휴대폰을 꺼내

소 기자에게 전화를 걸었다. 통화가 연결되기 전에 그녀가 끊었다. 울음이 목을 타고 올라왔다. 헛기침을 하고 가슴을 두드렸지만 젖어 떨리는 목소리를 진정시키진 못했다. 결국 문자로 아버지의 죽음과 장례식장을 알렸다. 죄송하다는 말은 쓰지 않았다.

벽에 등을 기댄 채 사진을 올려다봤다. 아버지는 푸른 바다를 배경으로 환하게 웃고 있었다. 3년 전, 그녀의 대학 졸업을 기념하여 함께 거제 옥포항으로 1박 2일 여행을 갔었다. 은두가 빌린 낚싯배를 타고 반나절 바다를 돌아다녔다. 은두는 전속 사진사를 자처하며 부녀를 함께 찍기도 하고 각자의 독사진을 담기도 했다. 그중 하나가 영정 사진으로 놓인 것이다.

5월 28일부터 30일까지 삼일장을 치렀다.

5월 28일 정오부터 친척들이 먼저 문상을 왔다. 전날 병문안을 왔던 '산들회' 회원들도 이날 모두 다시 병원에 도착했다. 이번에는 응급실이 아니라 장례식장이었다. 그들은 신발을 벗기도 전에 울음부터 터뜨렸다. 눈물과 콧물이 뒤섞여 줄줄 흘렀다. 절을 제대로 마치지도 못한 채 바닥에 이마를 대곤 통곡했다. 응급실에선 혹시 병달이 듣기라도 할까 싶어 울음을 참고 눈물을 손수건으로 몰래몰래 닦았었다. 그런데 하루 만에 저승으로 떠나 버린 병달의 영정사진을 마주하고 나니, 꾹꾹 눌렀던 슬픔과 아쉬움과 안타까움이 쏟아졌다. 혈육처럼 위하며 살아온 세월이 벌써 20년이 훌쩍 넘었다. 얽히고설킨 인연의 무게만큼이나 그들은 정돈되지 못한, 그러나 몸과 마음에서 쉼 없이 솟아나는 움직임과 소리를 서로 함께 벌여 놓았다. 친척들이 저마다의 방식으로 울어 젖히자, 첫꽃송이도 비로소 꺼이꺼이 소리 내어 울었다. 눈물을 훔치지도 않고 옷매무시를 바로잡지도 않은 채, 친척 어른들 품에 차례차례 안겼다. 대화는 없었지만 울음과 비명과 한숨과 이상한 감탄과 고갯짓과 어깨 흔듦과 탕탕 바닥을 쳐 대는 손바닥만으로도 충분했다.

첫꽃송이의 회사 동료들이 온 것은 5월 28일 저녁이었다. 민국방송 대표이사 명의의 조화가 도착하고 두 시간 뒤, 소 기자가 보도국장과 사회2부장을 안내하며 들어섰다. 캡을 비롯하여 사회2부 경찰팀과 법조팀 선배 기자 다섯 명과 수습기자 동기 세 명이 따랐다. 국밥을 먹고 자리를 뜨며, 소 기자가 따로 그녀를 불렀다.

"상심이 크겠다. 위독하시다고 알렸으면 따로 조치했을 거야. 회사 걱정은 말고 아버지 잘 보내드리도록 해."

"잘못했습니다. 선배님! 특종 놓친 것과 라인 이탈한 것, 나중에 제가……."

소 기자가 말허리를 잘랐다.

"송이야! ……됐어. 사과 안 해도 돼. 지금은 그게 중요한 게 아냐."

보도국에선 그녀의 이름이 길다고 하며 '송이'로 줄여 불렀다.

"그래도 제가 더 잘했더라면……."

소 기자가 주변을 살핀 뒤, 제 앞머리를 오른손으로 헝클어뜨렸다.

"여긴 경찰서 기자실이 아냐. 장례식장이라고. 나도 바이스로 오지 않았고, 너도 오늘은 수습기자가 아냐. 아버지부터 잘 보내 드려. 나머진 나중에, 천천히 나중에 하면 돼. 보도국에서 가장 중요한 게 뭐라고 생각해?"

"네?"

검은 상복 탓인지, 그녀의 눈이 더 커보였다.

"사람이야. 디지털이니 뭐니 떠들어 대도, 결국 뉴스는 보도국 기자들이 만들어. 바이스가 수습들 보고만 받는 자리인 줄 알았어? 수습 기간 동안, 너희들 어려움을 살피고 적절히 대처하는 게 내 일이기도 해. 아버지가 말기암 환자라는 걸 털어놓지 못할 정도로…… 내가 부족한 선배였나 보다. 널 제대로 못 챙긴 내 잘못이 커. 미안하다. 널 탓하는 기자는 보도국엔 없어. 알겠지?"

5월 30일 아침 9시 장례식장을 떠났고 한 시간 뒤 화장장에 도착했다. 차례를 기다렸다가 10시 30분에 화장을 시작해서 11시 30분에 마쳤다. 다시 운구차로 추모 공원까지 이동했다. 뼛가루가 담긴 유골함을 추모 공원 3층 세 번째 방 왼쪽 벽 가운데 자리에 놓고 나니, 오후 1시가 지났다.

화장장과 추모 공원까지 답사하고 예약을 마친 이도 역시 은두였다. 첫꽃송이는 서라면 서고 걸으라면 걷고 앉으라면 앉았다. 감정이 북받치면 울고 아버지가 그리우면 영정 사진을 보거나 휴대폰에 저장된 문자들을 읽었다. 그렇게 은두가 계획한 대로 따르던 그녀지만, 마지막 행선지만은 생각이 달랐다.

은두는 친척들 모두 병달의 집으로 가서 저녁까지 함께 보내기를 바랐다. 시간 여유가 있는 사람은 하루를 묵자고도 했다. 홀로 남은 첫꽃송이를 위해서였다. 그러나 그녀는 홀로 집으로 가겠다며 고집을 부렸다. 장례를 같이 치르고 추모 공원까지 동행해 준 것은 고맙지만, 지금부터는 힘들더라도 혼자 견디겠다고 밝혔다. 은두는 한 번 더 설득하다가 그녀의 주장을 받아들였다. 친척들은 그녀 집으로 가는 대신 추모 공원 근처 국밥집에서 점심을 먹고 헤어졌다.

5월 30일 오후 3시, 첫꽃송이는 집에 도착했다. 거실을 가득 채운 햇살이 낯설었다. 수습기자 생활을 시작한 후 반년 동안 이 시간에 귀가한 적이 없었다. 소파 뒷벽에 걸린, 아버지와 어머니의 결혼 사진을 쳐다보며 앉았다가 팔다리를 웅크린 채 모로 누웠다. 옷부터 갈아입고 싶었지만 쏟아지는 잠을 이기지 못했다. 눈을 감았다. 바그너의 결혼행진곡이 어렴풋이 들려왔다. 하얀 웨딩드레스를 입은 신부 감숙자와 감색 양복에 회색 넥타이 차림의 신랑 이병달을 보고 싶었지만, 눈꺼풀이 올라가지 않았다. 박수 소리가 결혼행진곡에 뒤섞여 커졌다가 차츰 줄어들었다.

5월 31일에도 계속 잤다. 5개월 내내 기자실에서 쪽잠으로 버틴 데다 삼일장을 치르느라 잠이 부족했던 것이다. 휴대폰을 끄고 전등도 끄고 텔레비전도 껐다. 일요일인 오늘까진 세상과의 연결을 끊고 싶었다. 그렇게 잠들었다가도 문득 깨어나 시간을 확인했다. 꺼진 휴대폰을 집어 들었다가 고개를 들어 혜성 모양 벽시계를 쳐다보았다. 엉덩이를 떼고 일어서다가 고개를 숙였다. 오늘은 마와리 돌 경찰서도 소방서도 없었다. 달리는 기차에서 혼자만 내린 듯했다. 병달을 실은 기차는 영영 돌아오지 않을 역으로 가 버렸다. 침대에 몸을 묻고 누웠다가 배가 고파 깼다. 이틀 동안 단 한 끼도 먹지 않은 것이다. 부엌으로 나가 불을 켜니 밤 11시였다. 미열이 있는지 귓불이 화끈거리고 어지러웠다. 죽은 아비가 먹던 해열 진통제를 찾아 먹으며 휴대폰을 켰다. 스물일곱 개의 문자가 들어와 있었다. 대부분 친척들의 위로 문자였다. 가장 최근 그러니까 30분 전에 문자를 보낸 이는 소 기자였다.

— 발인 참석 못 해 미안하다. 인터뷰 시간과 하필 겹쳤어. 설마 내일 라인 복귀하려는 건 아니지? 6월 3일까진 쉬어. 힘내고.

❖

김석주는 셋 중에서 가장 늦게 응급실을 떠났다. 오래 버티는 데는 누구에게도 지지 않을 자신이 있었다. 의사 국가고시를 치르기 직전엔 보름을 꼬박 앉아서 자며 전공 서적들을 통째로 외웠다.

외래 진료 후 처방 받은 약을 먹으니 숨 쉬기가 한결 편했다. '저산소증 완화' 석주는 주치의의 차트에 적혔을 영어 단어들을 한글로 바꿔 떠올렸다. '호흡 곤란과 발열로 내원, 항생제 투약. 입원 후 검사 예정.'

불행은 작년으로 끝이기를 바랐건만, 아직 그 병마를 내쫓지 못한 걸까.

재작년 겨울부터 소화불량이 잦았고 가끔 윗배가 묵직하게 쓰려왔다. 의사 국가고시를 앞둔 사람 중 열에 예닐곱은 겪는 위장병이려니 했다. 일반의가 되어 개인 병원에 취직할 때까지만 해도 인생의 본궤도에 오르는구나 싶었다. 자동차 회사 엔지니어를 그만두고 뒤늦게 택한 길이었다. 치의학전문대학원에 입학하고 국가고시에 합격할 때까지 4년 동안, 생활비는 물론이고 학비까지 아내인 영아가 책임졌다. 출근 첫날 석주는 아내보다 더 많이 일하고 더 많이 벌겠다고 다짐했다.

치과 근무 한 달 만에 불벼락이 떨어졌다. 고열과 복부 통증이 사라지지 않자, 영아는 자신이 3년 동안 간호사로 근무했던 F병원으로 석주를 데려갔다.

작년 3월 26일 검사 결과가 나왔다. 말초 T세포 림프종이었다. 충격이 없었다면 거짓말이겠지만, 두 사람은 마음을 다잡고 치료에 전념했다. 의사와 간호사로 배우고 익히며 쌓은 의료 지식과 경험이 그들을 냉정하면서도 강하게 만들었다. 4월 10일부터 7월 29일까지 CHOP−E 항암 요법을 여섯 차례 받았고, 8월 추적 골수검사에서 잔존 질환이 있다는 걸 확인한 후 8월 29일부터 9월 29일까지 GDP 항암 요법을 두 차례 시행했다. 그리고 완전관해完全冠解 현재 가능한 진단 방법으로는 암세포를 찾아볼 수 없는 상태 판정을 받았다. 암세포가 모두 사라진 것이다. 11월 27일 환자 자신의 조혈모세포를 채집하고 고용량의 항암제를 투여한 후 이식하는 자가 조혈모세포 이식 수술을 받았으며, 12월 5일 그 세포가 생착生着한 것을 확인 후 퇴원했다.

완치 판정을 받기까진 5년이 더 필요했다. 그때까지 추적 관찰을 계속할 예정이었다. 석주는 림프종이란 세 글자를 자신의 인생에서 영원히 지우고, 올해를 새 출발의 해로 삼고 싶었다. 4월까지 요양하며 몸과 마음을 강건하게 만든 뒤, 늦어도 5월부터는 다시 치과 의사로 일하는 것이 목표였다. 차근차근 준비하여 그 목표를 이룬 것이 불과 보름 전이었다.

5월 27일부터 29일까지, 2박 3일을 내과 존 대기용 의자에 앉아 기다렸지만 입원실이 나오지 않았다.

5월 28일 낮부터 자정까진 아버지 김홍택이 함께 와서 머물렀다. 영아도 퇴근하고 왔지만 친정에 잠시 맡긴 네 살 난 아들 우람을 돌보라며 등 떠밀어 돌려보냈다. 5월 29일 아침, 영아는 병원으로 다시 와선 연이어 전화를 걸었다. 지금은 외국계 제약 회사로 직장을 옮겼지만, 같이 근무했던 간호사들이 병원에 아직 많이 남아 있었다. 입원실 현황을 파악하니 오늘도 역시 빈방은 없었다. 그녀는 곧장 혈액종양내과로 전화를 돌렸다. 6월 1일 다시 외래 진료를 하고 입원실을 잡기로 쉽게 의견 일치를 봤다. 5월 29일은 금요일이었고 주말엔 환자들이 퇴원하지 않았다.

영아가 운전하는 동안 석주는 조수석에 앉아 계속 졸았다. 집으로 들어오자마자 그녀는 안방 침대로 그를 끌어 눕혔다.

"무조건 쉬어. 천하장사라도 사흘을 응급실에 앉아 기다리면, 제풀에 지쳐 없던 병도 생겨. 거긴 어떻게 변한 게 하나도 없을까……."

"응급 환자들이 몰려오니까 그렇지……. 그곳 의료진도 촌각을 다투며 최선을 다하는 걸 거야…… 그나저나 다음 주엔 치과에 나가 봐야 하는데……."

"입원해서 검사받고 결과 확인한 후에 가."

"예약 환자들이 월요일에도 있고 화요일에도……."

영아가 말허리를 잘랐다.

"치과 환자들보다 당신 몸이 먼저야."

"알았어. 내가 좀 이따 원장님께 전화드릴게."

석주는 왼 어깨부터 침대에 뉘고 눈을 감았다. 이틀 밤을 꼬박 의자 등받이에 기댄 채 잠깐잠깐 눈을 붙였을 뿐이다. 영아는 커튼을 겹으로 치고 거실로 나왔다.

5월 30일에도 석주는 아팠다. 열은 떨어지지 않았고 기침은 더 심해졌다. 우람은 축구공을 안고 들어왔다가 끙끙 앓는 석주의 이마에 손을 대곤 속삭였다.

"아빠! 많이 아파요? 빨리 나아서 우람이랑 축구해요."

어린이집을 가지 않는 주말이면 우람은 아파트 놀이터에서 석주와 공놀이를 즐겼다. 석주는 오늘을 잔뜩 기대했을 아들에게 미안했다. 손으로 입을 가린 채 말했다.

"그래, 담 주 토요일엔 꼭 그렇게 하자. 약속!"

그가 내민 새끼손가락에 우람이 손가락을 걸곤 돌아섰다. 영아가 가정상비약통을 들고 와선 체온과 혈압을 쟀다.

"해열제를 먹어도 열이 그대로네. 응급실에 다시 갈까?"

석주는 사흘 동안 머문 응급실을 떠올렸다. 비명과 신음과 울음을 토하며 환자들이 끊임없이 몰려들었다. 그들은 침대에 눕거나 의자에 앉거나 벽에 기대서거나 혹은 바닥에 웅크린 채 순서를 기다렸다. 의사와 간호사들이 바삐 오갔지만, 비명과 신음과 울음은 그치지 않았다.

"아직은 견딜 만해. 당신이라도 우람이랑 놀이터에 나갔다 와."

"걘 당신 껌 딱지란 거 몰라? 나랑은 재미없대. 아빠가 최고래. 한숨 더 자. 뭐 먹고 싶은 거 없어?"

"소갈비, 통돼지 바비큐, 대왕 문어, 대게에다가……."

석주의 농담에 영아가 따라 웃었다. 여덟 번 항암 치료를 받는 동안, 수많은 농담이 오갔다. 고통이 심할수록 그는 더 자주 웃고 웃겼다. 아프고 힘들 땐 화도 내고 짜증도 부리라 했지만 말을 듣지 않았다.

5월 31일 석주는 농담조차 건네지 않고 앓기만 했다. 겹이불을 둘둘 말고서도 온몸을 떨었다. 얼굴과 손발이 누렇게 떴다. 황달이었다. 기침이 너무 심해 화장실에 가다가도 서너 번 주저앉았다. 정오를 넘겨 겨우 화장실에 들어간 뒤 30분이 지나도 나오질 않았다. 영아는 혹시 쓰러지지나 않았을까 걱정하며 문 앞에서 물었다.

"괜찮아?"

답이 없었다. 영아가 문을 반쯤 열었다. 변기에 담긴 오줌 색깔이 눈에 띄었다.

"여보!"

석주의 목소리가 떨렸다.

"피오줌이……."

그녀는 당장 구급차를 불러 응급실로 가야겠다고 생각했다. 작년에 림프종 치료를 받았고 집에서 5분밖에 걸리지 않는, 자신이 근무했던 종합 병원을 가장 먼저 떠올렸다. 5월 29일 아침 병원에 갔을 때 잠시 통화만 한, 대학 동기인 응급의학과 간호사 박경미에게 전화를 걸었다. 체구가 컸지만 몸놀림이 놀랄 만큼 가벼워 별명이 '두둥실'이었다. 5월 31일이 야간 근무라서 6월 1일 오전에 외래를 오면 못 만날 가능성이 크다고 했었다.

전화를 받지 않았다. 응급실에 긴급 환자가 몰려들면 근무 내내 통화를 못하는 경우도 많았다. 문자만 우선 남기고 응급실로 가면서 다시 연락하는 쪽으로 마음을 바꿨다.

— 가는 중

이렇게 석 자만 적었다. 전화도 받지 못할 정도로 바쁘다면 문자를 읽을 여유도 없을 것이다. 응급실 사정이 괜찮다면, '어' 나 엄지를 치켜세운 이모티콘일 테고, 문제가 있다면 그땐 전화를 하겠지 싶었다. 문자를 남기고 구급차를 부르기도 전에 휴대폰이 곧바로 울렸다. 고등학교 1학년까지 성악을 했었다는 자랑에 걸맞게 성량이 풍부한 경미가 들릴 듯 말 듯 작은 목소리로 서둘러 말했다. 호랑이에게 쫓기는 토끼 신세일까. 경미의 덩치는 토끼와 어울리지 않았다.

"오지 마."

"꽉 찼어? 그래도……."

말허리를 잘랐다.

"와도 못 받아."

"대형 사고라도 터졌니?"

"넌 인터넷도 안 해?"

"인터넷?"

경미의 질문을 이해하기 어려웠다. 놀아 달라 보채는 아들과 림프종과 맞서 싸우는 남편을 돌보느라 작년 봄부터 여유가 없긴 했다. 뉴스도 찾아보지 않았고 트위터나 페이스북에도 들어가질 않았다.

"에프!"

"에프?"

"찾아 봐. 더 이상은 말 못해. 너니까 여기까지 알려 주는 거야. 하여튼 네 남편 데려 와도 응급실 진료는 못 받아. 딴 데 가 봐. ……내가 너라면 다른 병원이라도 응급실엔 안 가겠어. 지금은 어느 곳도 안전하지 않아. 영아야, 내 말 알아듣겠니? 힘들겠지만 오늘밤 넘기고 내일 외래로 일찍 와. 나다니지 말고."

전화가 끊겼다. 다시 걸었지만 받지 않았다. 침대에 엎드린 채 고통을 참느라 벌벌 떨고 있는 석주 곁으로 갔다.

"구급차…… 불렀어?"

"오지 말래, 경미가."

석주가 그녀의 얼굴을 잠시 쳐다보다가 힘없이 말했다.

"그럼…… 내일 외래로 가자."

영아가 손을 꼭 쥐고 물었다.

"견딜 수 있겠어?"

"응. 조금 나아졌어. 근데 당신 오늘은 우람이랑 자."

어젯밤 영아는 건넌방에 우람을 재운 후 안방으로 와선 석주를 꼬박 돌봤다. 수건으로 땀을 닦고 수시로 물을 먹인 것은 물론이고, 체온과 혈압을 두 시간마다 쟀다. 석주는 드문드문 눈을 붙였지만 영아는 한숨도 못 잤다. 졸음이 밀려들다가도 그의 목과 입천장을 긁어 대는 기침에 잠을 깼다.

"걱정 마."

"내일 병원도 혼자 갈게……."

"회사에 하루 휴가 냈어. 아버님께 도움 청하지 마. 내일은 어떻게든 입원해서 검사를 받아야 해. 내가 같이 가는 게 나을 거야."

"그렇긴 하지만…… 나 때문에 당신 업무를 못 하면……."

"내 업무는 내가 알아서 하네요. 김석주 씨! 당신 몸만 생각합시다."

그녀는 닷새 내내 가슴에 담아 뒀던 이야기를 이어서 꺼냈다.

"그럴 리는 없겠지만, 만에 하나 재발했더라도 좌절하지 말고 다시 치료받자."

석주가 정답을 체크하는 의대생처럼 담담하게 받았다.

"말초 T세포 림프종 재발률을 확인해 두길 잘 했군. 재발이 잘 되는 병이지. 걱정 마. 완전관해해서 조혈모세포 이식에 성공한 경험이 있잖아? 보시다시피 이렇듯 젊고 팔팔하니 다시 항암 치료를 시작하면 돼."

바람과 맞서며 날아오르는 보라매처럼 양팔을 벌렸다. 영아가 품에 안기며 주문처럼 반복했다.

"뭐든 다 이겨. 이기고말고. 이길 수밖에 없지."

F

인생을 결정짓는 중요한 순간이 있다. 그 순간을 미리 아는 경우는 매우 드물고 대부분 평소와 다름없이 흘려 보낸다.

5월 31일까지 진행된 이야기를 다시 5월 27일로 당겨 보자. 첫 장에서 살폈듯이 김석주, 길동화, 이첫꽃송이가 함께 응급실 내과존에 머문 날이 바로 5월 27일이다. 세 사람처럼 그날 응급실에 도착한 환자는 수백 명이다. 그중에는 0번이라 불리게 되는 사내도 있었다. 질병관리본부에서 추적을 시작하기 하루 전 서울 F병원 응급실에 도착하여 세 사람을 감염시킨 바로 그 사내.

메르스가 종식될 때까지 국가에서 환자에게 부여한 숫자 중 0번은 없다. 수학에서 0은 의미심장한 숫자지만, 사람을 헤아릴 때 0은 아무도 없다는 뜻이다. 질병관리본부에서 정한 첫 환자는 1이었고, 그다음은 메르스가 확진된 순서에 따라 차례대로 숫자가 늘어났다. 그러나 사람들은 그 사내를 '0번'이라고 더 자주 불렀다. 메르스 대란을 막을 마지막 기회를 놓친 아쉬움이 '0'이란 숫자에 담겨 있었다.

이와 대조적으로 병원들은 국가에서 부여한 알파벳을 끝까지 고수하려 했다. 환자에게 낙인처럼 찍힌 숫자는 확진 순서를 따랐지만, 병원에 부여된 알파벳은 무작위였다. 알파벳을 순서대로 병원에 부여하면 메르스 환자들과 차례차례 연결되어 병원의 실명이 드러날 수도 있다는 우려 때문이었다.

0번 환자와 김석주, 길동화, 이첫꽃송이가 5월 27일 응급실로 찾아갔던 종합 병원의 알파벳은 F다. 네 사람이 응급실을 찾기 일주일 전부터 이 병원은 F로 불렸다. 1번 환자가 경기도 W병원에 입원했다가 퇴원하여 서울 F병원으로 왔다는 소식이 거의 모든 언론 매체에 실렸다. 네티즌들은 F라는 병원의 실체에 대한 탐문을 시작했다. 유력한 후보가 세 곳으로 압축되었지만, 보건복지부도 질병관리본부도 F병원의 실명을 공개하지 않았다.

5월 27일 낮 12시 40분, 0번은 서울 남부터미널에 내렸다. 시외버스로 한 시간 넘게 상경하는 동안 고열과 호흡 곤란이 더 심해졌다. 택시를 잡을 힘도 없었다. 119로 전화를 걸어 도움을 청했다. 구급차를 타고 F병원 응급실에 도착한 시간은 1시 10분 남짓이었다. 이때부터 0번은 응급실 내과 존에 머물렀다. 침대에 누워 있기도 했지만, 군것질을 하러 매점에도 들르고 화장실도 다녀왔다. 시외버스를 탈 때부터 마스크를 썼지만, 호흡이 힘들고 가슴이 갑갑할 때는 잠깐씩 마스크를 턱 밑으로 내려 길게 숨을 들이마시기도 하고 내쉬기도 했다.

0번이 질병관리본부의 전화를 받은 것은 응급실에서 이틀 밤을 보낸 5월 29일 저녁이었다. 길동화와 이첫꽃송이는 물론이고 김석주까지 응급실을 다녀간 후였다. 낯선 번호인 탓에 처음엔 받지 않았다. 세 번 연이어 휴대폰이 울렸다. 0번은 통화 버튼을 누른 뒤 화부터 냈다.

"뭡니까?"

사내가 또박또박 0번의 이름과 나이 그리고 C병원 입원 기간부터 물었다.

"맞소. 내가 거기서 5월 25일에 입원해서 27일 아침에 퇴원했소."

이번에는 W병원을 문제 삼았다.

"누굽니까? 누군데 내가 입원했던 병원을 모두 압니까? 미행이라도 한 거요?"

사내는 신분을 밝히는 대신, W병원에 5월 15일부터 17일까지 입원했었느냐고 고쳐 물었다.

"그때가 맞긴 맞는데……."

말허리를 자르고 들어왔다.

"검사를 받으셔야 합니다."

"무슨 검사? 검사는 여기서도 실컷 받고 있소."

사내의 목소리가 다급해졌다.

"거기가 어딘데요?"

"응급실이요, 됐소?"

5월 20일 1번 환자가 나온 후 질병관리본부는 경기도 W병원을 거쳐 간 환자들에 대한 추적 조사를 실시했다. 처음엔 밀접접촉자의 범위를 좁게 잡았다가, 5월 28일 그 범위를 벗어난 병실에서 환자가 발생하는 우여곡절을 겪은 뒤 0번에게 소식이 닿은 것이다. 1번 환자 발생 후 9일 동안 0번 환자는 W병원을 나와 집에 잠시 머물렀다가 C병원에서 입원 치료를 받아도 차도가 없자 퇴원 후 상경했다.

"중동호흡기…… 그게 뭡니까?"

0번은 링거를 교체하러 온 간호사에게 휴대폰을 든 채 물었다. 방금 전화로 들은 낯선 병명을 옮겼다.

"네?"

그는 휴대폰을 귀에 가까이 댔다.

"다시 말해 보쇼. 중동 뭐요?"

사내의 말을 그대로 간호사에게 전했다.

"메, 르, 스…… 아쇼?"

간호사가 사색이 되어 답했다.

"아, 알아요."

"갑자기 전화해선, 내가 메르스 검사를 받아야 한답니다. 그 검사 여기서 받을 수 있는 거요? 답답해 뒈지겠군. 약 먹고 이제 겨우 숨을 쉴 만한데, 검사라니? 메르스? 그게 뭡니까?"

0번은 침대에서 내려오려 했다. 간호사가 놀란 눈으로 물었다.

"어디 가시려고요?"

"목이 말라 그럽니다. 매점 가서 마실 거라도 사려고요."

간호사가 다급하게 소리쳤다.

"안 돼요! 가만, 가만히 누워 계세요. 담당의 선생님 모시고 올게요. 꼼짝 말고 계세요. 아셨죠?"

0번은 5월 30일 메르스 확진 판정을 받았다. 응급실은 5월 29일 저녁부터 격리와 부분 폐쇄 작업에 들어갔다. 우선 0번을 빈 병실로 옮겼고, 0번과 접촉한 의료진을 밀접접촉자로 격리시켰다. 이렇게 의료진 격리와 응급실 부분 폐쇄가 바쁘게 진행중인 5월 31일 저녁 영아가 경미에게 문자를 날린 것이다.

영아는 전화를 끊고 노트북을 켰다. 경미가 암호처럼 불러준 'F'를 포털사이트에 검색어로 쳐 넣었다. 검색 결과가 70억 개도 넘었다. 다시 검색어에 석주가 다녀온 병원 이름을 'F'와 함께 넣었다. 검색 결과가 85개로 줄어들었다. 마우스를 움직여 훑어 보다가 멈췄다. '메르스 1번 환자가 머문 병원 F는 어디일까?'라는 질문 아래에 병원 이름이 적혀 있었다. 열에 아홉은 같은 이름이었고, 그녀가 모를 수 없는 이름이기도 했다. 심하게 울리는 왕방울처럼 두 눈이 커졌다.

당신을 꼭!

남영아의 수첩

2015년 5월 31일(일)

재발?

다시 처음부터 시작하면 돼.

당신을 꼭 완치시키겠어.

2미터 1시간

5월 27일 응급실 내과 존에서 마주친 세 사람 중 가장 먼저 병원으로 다시 돌아온 이는 김석주였다.

6월 1일 아침 8시 15분, 석주와 영아는 우람을 어린이집에 내려주고 곧장 병원으로 향했다. 주차동에 차를 댄 영아는 시간부터 확인했다. 8시 30분. 아직 30분 여유가 있었다.

"괜찮아?"

석주가 기도하듯 두 손을 맞잡고 답했다.

"오늘은 꼭 입원했으면 싶다."

영아는 석주의 마스크를 고쳐 씌웠다. 조심조심 부축하며 걸음을 뗐다. 멀리 응급실이 보였다. 구급차에서 환자를 곧바로 받아 옮기던 응급실 입구를 차단선이 막고 있었다. 노란 보호복을 입고 N95 마스크를 쓴 의료진도 보였다.

F.

영아는 윗니로 아랫입술을 살짝 깨물었다.

9시 정각 두 사람은 혈액종양내과 외래 진료실로 들어갔다. 노중태 교수가 손수건으로 안경을 닦다가 급히 썼다. 석주가 림프종을 치료한 작년 내내 주치의였다. 낮은 코 때문에 자주 빨테 코걸이 부분을 검지로 올렸다. 곱슬머리는 조금만 자라도 베토벤처럼 부풀었고, 하루라도 면도를 하지 않으면 코밑과 턱은 물론 뺨까지 꺼칠꺼칠해졌다. 식전에도 윗배가 볼록 튀어나왔고, 의자가 삐걱삐걱 자주 울음을 토했다. 고지혈증 환자들에게 채소 위주 식단을 권하면서도 하루에 한 끼는 반드시 고기를 먹었다. 노 교수가 안경 닦던 손수건으로 이마의 땀을 훔친 뒤 석주에게 물었다.

"주말엔 어땠습니까?"

"기침이 더 심해졌습니다. 가슴이 답답하고, 어젯밤엔 피오줌까지 나왔습니다. 열도……."

영아가 정확한 수치를 댔다.

"39도를 오르내렸습니다. 해열제를 먹어도 떨어지지 않았고요. 교수님! 오늘은 꼭 입원시켜 주세요."

노 교수가 영아의 질문을 건너뛰고 석주에게 물었다.

"예전에도 피오줌을 눈 적 있습니까?"

"처음입니다."

영아가 끼어들었다.

"재발 가능성이 얼마나 되나요?"

노 교수의 시선이 석주로부터 영아에게로 옮겨 갔다.

"복부 골반 CTComputed Tomography 전산화단층촬영와 PET−CTPositron Emission Tomography−Computed Tomography 양전자방출단층촬영 결과까지 보고 판단하겠습니다."

"용혈성 빈혈인가요?"

석주가 물었다. 용혈성 빈혈hemolytic anemia은 혈액에서 적혈구가 기준치 이상 파괴될 때 생긴다. 적혈구 노폐물인 빌리루빈bilirubin이 증가하면서 황달이 오고, 적혈구 부족으로 빈혈이 일어난다.

"곧 결과가 나올 겁니다."

두 사람은 복도로 나와 의자에 앉아 기다렸다. 5월 27일처럼 입원실이 날 때까지 응급실에서 대기하지 않은 것만도 다행이었다. 영아는 화장실에 들렀다가 복도 끝 비상계단 앞까지 가선 경미에게 전화를 걸었다.

"왔어?"

눅눅한 목소리에 잠이 묻어났다. 영아가 다짜고짜 물었다.

"F병원이 여기 맞아?"

"……쉿! 너만 알고 있어. 알려 준 게 들키면 그날로 난 잘려."

"오다가 봤어. 응급실을 폐쇄했던데, 20일에 밝혀진 1번 환자 때문은 아닐 테고, 혹시 메르스 환자가 또 온 거니?"

경미의 목소리가 커졌다가 속삭이듯 작아졌다.

"남영아! 그새 탐정 사무소라도 차렸어?"

"답을 해. 또 온 거야?"

"족집게, 인정!"

휴대폰을 쥔 영아의 손이 부들부들 떨렸다.

“언제?”

“5월 27일부터 29일까지 2박 3일.”

석주가 응급실 내과 존에 대기한 시기와 정확하게 겹쳤다.

“한데 왜 우리한텐 메르스 검사받으란 연락이 안 와? 대상자들에게 통보는 하고 있어?”

“그렇지 않아도 검사 대상 명단에서 네 남편 찾아봤어. 안심해. 석주 씨는 명단에 없더라. 감염이 의심되는 밀접접촉자가 아니란 뜻이야.”

“밀접접촉자가 아니라니? 기준이 뭐야?”

“2미터 이내에서 1시간 이상 메르스 환자와 함께 머문 사람이 밀접접촉자야. 석주 씨는 응급실 내과 존 대기용 의자에 앉아 입원실이 나기만 기다리다가 돌아갔다며? 메르스 환자는 열 개의 침대 중에서 가장 구석 자리에 누워 지냈다고 하니, 의자까진 2미터가 훨씬 넘지. 10미터는 되겠다. 그러니 밀접접촉자도 아니고 감염 가능성도 없어. 격리할 사람 격리했고 통보할 사람 통보했으니, 연락 받지 못한 사람은 검사 대상이 아니란 뜻이라고. 알겠지 내 말? 그러니 림프종에만 신경 써. 결과 나오면 알려 주고. 난 두 시간만 더 눈 붙이고 출근할게. 병원에서 봐.”

다행히 병실이 났다. 이식 병동 6인실이었다. 하루만 여기에 머문 후 혈액종양 환자들이 주로 입원하는 병실로 옮기기로 한 것이다. 영아는 시아버지 홍택에게 전화를 걸어 사정을 알렸다. 오후 5

시 어린이집으로 가서 우람을 데려오는 일은 홍택의 몫이 되었다.

"우람이는 내가 알아서 챙기마. 아무 걱정 말거라."

작년에 림프종 치료를 받을 때도 시시때때로 우람을 그에게 맡겼다. 늙은이 혼자 적적했는데, 손주 재롱도 보고 더할 나위 없이 좋다며, 한 번도 거절하거나 짜증내지 않았다. 부탁받은 일은 착실히 해내는 석주의 품성이 누구로부터 왔는지 알 수 있었다.

병실로 올라가서 환자복으로 갈아입은 뒤 본격적인 검사를 시작했다. 석주는 이미 여러 차례 해 본 검사이니 병실에서 쉬고 있으라고 영아에게 말했다. 그녀는 고개를 저으며 따라나섰다. 함께 나오긴 했지만 석주가 검사를 마칠 때까지 복도에 앉아 기다리는 것이 전부였다.

복도의 보호자 중 열에 아홉은 휴대폰을 만지작거렸다. 영아는 결혼 예물로 받았던 다이아 모양 지르코늄 목걸이를 손끝으로 쥐곤 문지르다가, 페이스북에 올렸던 5월 초 말레이시아 여행 사진을 보다가, 포털사이트로 넘어갔다. 'F'와 이 종합 병원 이름을 함께 검색어로 넣으니 어젯밤엔 보지 못한 글이 스무 개도 넘게 올라왔다. 하나씩 클릭하여 천천히 읽기 시작했다. F병원의 실명과 함께 메르스 환자가 언제부터 언제까지 응급실에 머물렀는지 설명하는 글이 대부분이었다. 국가에서 이니셜 뒤로 병원 실명을 가리고 병원에서 함구령을 내려도, 메르스가 1번 환자로 끝나지 않고 퍼지는 중이라는 소식을 감출 순 없었다. 그중에서 영아의 눈을 끈 것은 민국방송 의학 전문 기자 선우병호의 칼럼에 달린 제법 긴 댓글이었다. 작성자는 '나는안믿네'였다.

정부는 일찍이 W병원에서 1번 환자와 접촉했던 의사와 간호사 그리고 환자와 간병인에 대한 격리를 완벽하게 마쳤다고 자신했다. 그런데 F병원에 메르스 환자가 다시 나타났다면, 그 환자는 정부가 격리시킨 밀접접촉자에 속하지 않았던 사람이 분명하다. 여기서 중요한 것이 격리 기준이다. 정부는 2미터 이내에서 1시간 이상 머문 사람을 격리 대상으로 정했다. 그런데 메르스 감염 가능 기준을 '2미터 이내에서 1시간'이라고 정한 근거는 뭘까. F병원에 나타난 메르스 환자가 정부가 정한 격리 범위에 들지 않았다면, 그 환자 자체가 '2미터 이내에서 1시간'이 잘못된 기준임을 증명하는 셈이다.

두 사람은 이식 병동 6인실에서도 숙면을 취하지 못했다. 이식을 기다리는 다섯 명의 환자와 다섯 명의 간병인은 저녁 메인 뉴스가 끝나자마자 곧 잠에 빠져들었다. 깨어 있는 이는 석주와 영아뿐이었다. 석주의 속 깊은 기침 탓이기도 했고, 불과 일곱 달 전 바로 이 병동 양압 병실에 입원하여 조혈모세포 이식에 성공한 기억 때문이기도 했다. 양압 병실이란 병실의 기압을 높여 외부 공기 유입을 차단하는 병실로, 이식을 앞둔 환자들의 감염을 막기 위해 마련된 곳이다. 다시는 여길 찾을 일이 없길 바랐다. 작년 기억이 뚜렷한 곳에서 밤을 보내려 하니 잡생각이 많아졌다. 새벽에 화장실을 다녀온 석주가 보조 침대에 걸터앉은 채 영아의 머리를 쓰다듬었다. 그녀가 눈을 떴다. 그는 손을 거두지 않고 부드럽게 물었다.

"오늘은 출근해야지?"

"입원실 옮기는 것까지 보고. 반차 써도 돼. 걱정 마. 그건 그렇고……."

석주는 림프종 검사 결과가 나오기 전에 꼭 하고 싶었던 말을 꺼냈다.

"당신과 우람이에게 미안해."

병이 재발한다면 제대로 된 남편 노릇 아빠 노릇은 할 기회가 또 연기되는 셈이다. 그녀는 위로의 말을 건네려다가, 미간을 좁히며 어젯밤부터 명치에 걸려 마음을 불편하게 하는 문제를 꺼냈다.

"아무래도 찜찜해서 안 되겠어. 우리, 검사 하나 더 받자."

"응? 빠진 게 있었나?"

석주가 머릿속으로 림프종 관련 검사들을 떠올렸다. 더 받을 검사는 없었다. 영아는 평소에도 수첩을 가지고 다니며 무엇이든 꼼꼼히 메모했다. 석주나 우람과 관련된 일은 더더욱 세심하게 거듭 확인했다.

"림프종 말고……."

석주가 마른기침을 했다. 영아는 등을 쓸어 줬다. 고개를 든 그의 두 눈이 더 깊어 보였다. 피로와 궁금증이 반반 섞였다. 영아가 잠든 환자들을 의식하며 석주에게 물었다.

"휴게실로 잠깐 나갈 수 있겠어?"

"그래."

두 사람은 조용히 병실을 나와서 복도 끝 휴게실로 갔다. 아무도 없었다. 마주 앉자마자 영아가 본론을 바로 꺼냈다.

"5월 27일부터 29일까지 메르스 환자가 응급실에 머물렀대. 그래서 31일엔 응급실 진료가 어렵다고 경미가 귀띔했던 것이고."

"메르스? 지지난주 신문에 났었잖아? 다 잡은 거 아니었어?"

"자초지종은 나도 자세히 몰라. 다만 당신이 응급실에서 대기할 때 메르스 환자가 내과 존 침대에 누워 있었단 건 확실해."

석주의 표정이 심각해졌다.

"질병관리본부나 병원에서 통보가 왔어? 검사받으라고?"

"아냐. 감염 의심 범위에 포함된 밀접접촉자들에겐 연락했대. 당신은 대기용 의자에만 머물렀으니까, 범위 밖이야."

석주가 안도의 한숨과 함께 영아의 손을 쥐었다.

"다행이네. 범위 밖이면 검사까지 받을 필요 없을 거야. 보건 당국과 병원에서 어련히 알아서 했을까."

영아의 설득이 시작되었다.

"내가 이리저리 찾아보니까, 밀접접촉자의 기준이 모호해."

"모호하다니? 기준이란 게 명확한 법이잖아? 더군다나 여긴 종합 병원이야."

기준에 따라 사람이 살고 죽는 곳이 바로 병원이다.

"환자 2미터 이내에서 1시간 이상 머문 사람!"

"명확하네."

"근데 그게 응급실이든 병실이든, 환자가 침대에 꼼짝 않고 누워 있다고 상정한 거야. 환자들이 가장 싫어하는 게 뭐야? 온종일 침대에 옴짝달싹 않고 머무르는 거지. 두 발로 걷는 게 가능하면, 아니 걷기 힘든 경우라도 휠체어를 타고 여기저기 돌아다니잖아? 채혈실도 가고 매점도 가고 화장실도 가고 응급실 밖에 있는 엑스레이실도 가고, 복도를 오가며 운동도 하거든. 게다가 2미터 이내에 머물지 않았는데도 감염된 경우가 있다고 인터넷에선 떠들어."

"돌아다닌다 해도, 2미터 이내에서 1시간 이상을 같이 보내긴 어렵잖아?"

"2미터 1시간이 적용되는 공간에 대해서도 구체적인 설명이 없어. 메르스에 감염된 사람이 병실에만 있는 게 아니잖아? 길거리, 식당, 영화관, 하다못해 버스나 기차나 지하철 등 제각각이야. 그 공간들도 바이러스 감염 조건이 병실과 똑같을까? 또 궁금한 건 2미터 이내 1시간 이상이라면, 1미터 이내 30분 이상이라거나 4미터 이내 2시간 이상 등도 가능한 거 아닐까?"

영아는 없는 걱정도 사서 하는 사람이었다. 작년에 림프종을 치료할 때도 석주보다 무거운 근심에 더 오래 사로잡혔다. 최악의 상황까지 미리 살펴 대비책을 마련하느라 잠잘 여유도 없었던 것이다. 그러나 작년엔 그녀가 검토한 끔찍한 불행들을 가슴에만 묻고 그에게 직접 말한 적은 없었다. 재발 가능성이 커지자 불안과 걱정도 풍선처럼 따라 부풀어 오르는 것일까.

석주는 말없이 그녀와 꽤 오래 눈을 맞췄다. 이야길 입 밖으로 꺼냈으니, 그가 무슨 말을 하든 그녀는 병원에 메르스 검사를 요구할 것이다. 남영아의 추진력은 대학 시절부터 유명했다. 석주가 그녀를 마음에 품은 이유 중 하나이기도 했다. 말머리를 엉뚱한 곳으로 돌려 물었다.

"메르스 환자에게 필요한 격리병실은 음압이겠지?"

영아가 상식에 기초하여 답했다.

"그렇겠지. 바이러스가 외부로 나가지 않으려면, 병실 안을 저기압으로 둘 필요가 있으니까."

"이 병원에 음압 병실이 있던가?"

"없어."

"확실해?"

"응. 작년에 회사에서 음압 병실을 갖춘 병원 명단과 병실 개수가 적힌 데이터를 검토했거든. 이렇게 큰 종합 병원에 음압 병실이 하나도 없어서 이상하다 싶더라고. 양압 병실은 이식 환자들의 이용이 잦은 데 반해, 음압 병실은 전염병 환자 외엔 거의 쓰일 때가 없긴 하지. 한데 그건 왜 물어?"

석주가 시선을 천장에 두곤 되물었다.

"메르스 환자가 양압 병실에 입원하면 어떻게 돼?"

"절대로 안 되지. 바이러스를 외부로 몽땅 내보내는 꼴이니까. 근데 자기 무슨 생각하는 거야? 자기를 메르스 환자라고 가정하고 하는 소리야?"

"잠시 상상해 봤어. 순수하게 의학적인 호기심으로 접근한 거야. 메르스 환자가 이식 병동 양압 6인실에 입원한다면?"

"의학적이든 아니든 그딴 건 털끝만큼도 상상하지 마. 자기는 메르스 환자가 아냐. 밀접접촉자도 아니고."

"그렇겠지? 병원에서 어련히 알아서 조처했을까?"

"그럴 거야…… 그러니까 확실히 해 두잔 거고. 내 맘 알지?"

석주가 입귀에 웃음을 머금었다.

"알지 그럼! 받는 김에 하나 더 받지뭐."

"고마워."

그녀의 표정이 밝아졌다.

"메르스 환자와 병원에 온 날짜가 겹친다니 나도 신경이 쓰이긴 해. 그 환자가 어찌했는지는 모르겠지만 나 역시 사흘 동안 꽤 여러 곳을 돌아다녔거든. 응급실이란 데가 사람을 가만히 앉아 있도록 놔두질 않아. 비명과 통곡을 바로 앞에서 듣고 나면 어디든 잠시 나갔다 와야 해. 이마에 메르스 환자라고 써 붙이고 다니는 것도 아니니, 내 앞을 지나쳤을지도 몰라. 어쩌면 옆에 잠시 앉았을 수도 있고. 하지만 2미터 이내에서 1시간이나 함께 머문 환자는 없었어. 검사받겠다고 해 봐 그럼. 이왕이면 PET-CT 결과가 나오기 전에 해치웠으면 좋겠네."

"내일 당장 말할게. 이제 그만 병실로 가자."

다음 날 아침을 먹은 후, 석주는 이식 병동 6인실에서 혈액종양내과가 담당하는 2인실로 옮겼다. 병실에 다른 환자는 없었다. 영아는 간호사 스테이션 앞에서 전공의 문공진을 만나자마자 메르스 검사를 받게 해 달라고 요청했다. 서른 살을 갓 넘긴 공진은 눈도

코도 턱도 전부 날카로웠다. 주어진 일은 깐깐하게 해내지만 새로운 일을 만들지는 않는 스타일이었다. 메르스 검사보다 영아가 F병원이 바로 이 종합 병원이란 사실을 알아차렸다는 것부터 문제 삼았다. 뱀눈을 뜨곤 따지듯 물었다.

"어디서 들었습니까? 누가 그래요?"

"누구한테 들었든 그게 지금 중요한가요? 5월 27일부터 29일까지 김석주, 내 남편이 응급실 내과 존에 머물렀다고요. 메르스 환자와 접촉이 있었을지도 모르니, 검사해 줘요."

"병실에 가 계세요. 확인하고 말씀드리죠."

"바로 하세요. 여기서 기다릴게요."

영아가 팔짱을 낀 채 바위처럼 버티자, 공진이 휴대폰을 꺼내 들곤 통화하며 복도 끝까지 갔다가 되돌아왔다. 딱 잘라 말했다.

"검사할 필요 없습니다. 밀접접촉자 명단에 김석주 환자는 포함되지 않았습니다."

"알아요 그건. 포함되었으면 검사받으란 연락이 벌써 왔겠죠. 남편은 응급실 대기용 의자에 앉아 있었대요. 침대에선 꽤 떨어져 있죠."

"그럼 된 거잖습니까?"

"되긴 뭐가 되요?"

"2미터 이내에서 1시간 이상 환자와 밀접하게 접촉하지 않은 게 확실하니 검사는 필요 없다 이 말씀입니다."

"꼭 그 기준을 충족시켜야 메르스에 걸리나요? 5월 27일 응급실로 온 메르스 환자는 1번 환자와 언제 어디서 2미터 이내에 1시간 이상 머물렀나요? 장소와 시간이 확인되었습니까?"

"그것까지 모릅니다만, 질병관리본부에서 정한 기준이니 괜히 시간 낭비하지 마십시오. 그리고 메르스 검사란 게 그렇게 간단하질 않습니다. 굉장히 복잡합니다."

"간단하든 복잡하든, 원하면 받을 수 있는 거 아닌가요?"

"검사를 아무나 받는 건 아니죠. 밀접접촉자가 아닌데도 단지 기분이 이상하다거나 마음이 불편하다고 너도 나도 검사받겠다고 하면 어떻게 되겠어요? 김석주 환자는 메르스 때문에 입원한 게 아니잖습니까? 저도 메르스를 치료하는 의사가 아니고요. 림프종은 혈액종양내과에서 맡고, 메르스는 당연히 감염내과 소관이죠. 병실로 돌아가세요. 혈액종양내과 전공의인 저 문공진은 이제 제 환자들을 보살펴야 합니다. 물론 김석주 환자까지 포함해서."

영아가 팔을 불쑥 내밀었다. 공진이 그녀의 손바닥을 내려다보며 물었다.

"이번엔 또 뭡니까?"

"연락처 주세요."

"제 연락처는 왜요?"

"문 선생님 말고, 메르스 검사 문의할 곳 알려 달라고요."

"필요 없다고 말씀드렸잖아요?"

"메르스 치료하는 의사가 아니라면서요? 통보받지 않았더라도 자진해서 검사할 길은 없는지 알아보려고요. 그것도 안 되나요?"

"지금 제가 가진 연락처는 없습니다. 다시 한 번 말씀드리지만, 2미터 이내에 1시간 이상 메르스 환자와 접촉한 적이 없기 때문에 검사하실 필요 없습니다."

"백 퍼센트 확신하세요?"

"네?"

"제 남편이 메르스에 감염되지 않았다고 확신하느냐고요? 책임지실 수 있습니까?"

공진이 황당하다는 표정을 지으며 한 발 물러섰다.

"그걸 왜 제가 책임지나요? 질병관리본부에서 정한 기준을 말씀드리는 겁니다. 통보도 오지 않았는데 검사받는다고 왔다 갔다 하면, 다른 환자들만 불안하게 만듭니다. 혹시 메르스 검사를 받고 싶다고 다른 환자들에게 말씀하신 적이……?"

어제는 이식 병동 6인실에서 얌전히 잤고, 오늘 아침에 2인실로 병실을 옮기자마자 전공의부터 찾았다. 함께 2인실을 쓸 환자나 보호자가 들어오지 않았기 때문에 말을 섞을 기회가 없었다.

"먼저 의논드리는 거예요."

"김석주 환자나 보호자님 머릿속에서 메르스는 지우셔도 됩니다."

6월 2일과 3일에도 석주와 영아는 공진과 당직 간호사에게 메르스 검사를 번갈아 요청했다. 그러나 6월 1일의 언쟁이 되풀이될 뿐이었다. 높고 단단한 성벽에 코를 대고 이야기하는 기분이 들었다.

석주는 사흘 내리 호흡 곤란에 시달렸다. 기침을 하다가 구토로 이어진 적도 네 번이었다. 석주와 영아는 보건복지부나 질병관리본부에 전화해서 담당자를 수소문할까 고민했다. 그러나 병원 이름까지 감추는 마당에 그와 같은 짓은 긁어 부스럼일 수도 있었다. 이 병원에 미운털이라도 박히면? 역시 그만두는 편이 나을까?

경미가 병실로 찾아온 것은 전공의와 사흘이나 입씨름을 한 6월 3일 밤이었다. 석주와 인사를 나눈 뒤, 경미는 영아를 데리고 엘리베이터 옆 간이 휴게실로 갔다. 마침 이용객이 없었다. 경미가 앉자마자 손을 맞잡고 물었다.

"검사 결과는?"

"내일 아침 회진 때 노중태 교수로부터 듣기로 했어. 재발이면 치료 계획도 짜고. 항암 치료부터 다시 해야 하니까."

림프종을 이미 앓았다고 건너뛰는 치료는 없었다. 재발하면 림프종에 처음 걸린 때처럼 항암 치료를 순서대로 전부 진행해야 했다. 경미도 영아도 석주도 아는 사실이다.

"메르스 검사는?"

"아직이야."

"아직이라니?"

"2미터 1시간 기준 밖이래, 석주 씨는. 검사 과정이 복잡해서 환자에게도 안 좋다 하고."

경미가 주변을 살핀 뒤 목소리를 낮췄다.

"그 기준 바뀌었어."

"뭐?"

"잘 들어. 5월 27일에 우리 병원 응급실로 온 환자가 경기도 W 병원에 입원했을 때 말이야. 2미터 이내 1시간 기준 밖에 있었대."

영아는 인터넷에서 반신반의하며 읽은 댓글을 다시 떠올렸다. 유언비어가 아니었던 것이다.

"자세히 설명해 봐."

"1번 환자와 병실이 달랐다고! 2미터는커녕 20미터도 더 떨어져 있었고, 1시간이 아니라 마주 보고 1분도 근처에 있던 기억이 없대. 2미터 1시간에 들어가는 밀접접촉자가 아니었다고. 그러니까 추적 조사도 받지 않고 상경해서 우리 병원까지 왔던 거야. 그런데도 메르스에 걸렸어! 질병관리본부의 기준보다 훨씬 먼 거리에서 짧은 시간 함께 머물러도 감염된다는 증거지. 밀접접촉의 범위를 넓혔어. 꼭 2미터 이내 1시간 이상을 고집하지 않는다고. 그러니 석주 씨도 검사받도록 해."

"검사받는 게 힘들진 않고? 림프종 재발이면 곧바로 치료에 들어가야 해. 메르스 검사 때문에 고생해서 기운이라도 떨어지면……."

"누가 그딴 헛소릴 해? 매우 간단해. 림프종 검사에 비한다면 손바닥 뒤집듯 쉬워. 림프종 재발을 걱정한다면 더더욱 메르스 검사부터 해야지."

6월 4일 아침 9시, 노중태 교수의 회진 시간이었다. 그는 검사 결과를 천천히 설명했다.

"복부 골반 CT, PET-CT, 골수 검사 수치까지 종합할 때, 안타깝게도 림프종 재발이 확실합니다. 하루 빨리 항암 치료를 시작하는 게 낫겠습니다."

석주가 노 교수의 말허리를 잘랐다.

"메르스 검사부터 받게 해 주세요."

노 교수의 뒤에 서 있던 공진이 끼어들었다.

"김석주 환자는 밀접접촉자에 속하지 않는다고 여러 차례 설명드렸지 않습니까?"

영아가 받아쳤다.

"그 기준이 절대적인 건 아니라고 들었습니다. 저희도 메르스 감염 확률이 낮다는 건 알아요. 하지만 돌다리도 두드리고 건너라는 말이 있잖습니까. 메르스 검사부터 받게 해 주십시오."

노 교수가 석주와 영아를 번갈아 쳐다보았다.

"메르스 검사를 받아야 할지 혈액종양내과 교수인 제가 결정하진 않습니다. 다만 메르스 검사를 하면 결과가 나올 때까지 기다려야 합니다. 재검이 필요할 수도 있고요. 치료가 늦어져도 상관없나요?"

석주가 답했다.

"림프종은 앞으로 몇 달을 치료해야 합니다. 그 전에 아무리 작더라도 의심 가는 부분이 있다면 확인해서 지우고 싶습니다. 부탁드립니다."

노 교수가 미간을 찡그리며 선뜻 확답을 주지 않았다. 뒤에 선 공진에게 말했다.

"가능한지 알아봐."

❖

6월 4일, 석주의 가래와 침을 채취하여 중합효소연쇄반응 PCR(Polymerase Chain Reaction) 검사를 실시했다. 다음 날인 6월 5일 정오에 결과가 나왔다.

전화로 결과를 통보받던 공진이 마스크부터 찾아 콧잔등까지 올려 썼다. 병실로 들어오지도 않고 열린 문으로 머리만 삐죽 넣었다. 간병인 보조 침대에 앉아 있던 영아가 일어섰다. 공진은 2미터는 족히 넘는 거리를 유지한 채 말했다.

"양성이랍니다."

"양성…… 이라뇨?"

베개로 등을 받히고 비스듬히 앉았던 석주가 공진의 눈을 보며 되물었다. 마스크 탓에 검은 눈동자가 떨리는 것이 더 분명하게 보였다. 공진이 그 뜻을 설명하지 않고 자신이 할 말을 이어갔다.

"검사를 곧바로 한 번 더 해야 합니다. 거기서도 양성이 나오면 확진 판정을 받습니다."

"확진?"

석주는 아직도 '양성'이니 '확진'이니 하는 단어들이 현실로 받아

들여지지 않았다. 공진이 쐐기를 박았다.

"메르스 환자! 확진되면 병실부터 옮겨야 합니다."

"어디로요?"

"격리병실입니다."

상식

남영아의 수첩
2015년 6월 5일(금)

미칠 노릇!

양성이라니.

남편은 5월 27일부터 29일 아침까지 응급실 내과 존 대기용 의자에만 머물렀다. 그때 응급실에 함께 있었다는 메르스 환자가 누군지도 모른다.

그런데도 남편이 메르스에 걸렸다면?

엎친 데 덮친 격!

두렵다.

무섭다.

아닐 거야.

아니어야 해.

물류 창고에서 생긴 일

6월 1일 7시 30분, 길동화는 물류 창고에 도착했다. 평소보다 한 시간이나 이른 시각이었다. 기침이 심해 거의 30분마다 깼다. 새벽 6시에 마지막으로 깬 뒤 뜨거운 보리차를 석 잔 연달아 마시고 출근 준비를 했다. 창고 2층 사무실로 들어가서 모처럼 자기 자리에 앉았다. 평소 그녀는 사무실에 있느니 책 냄새 풀풀 풍기는 반품 창고에 틀어박히는 쪽을 택했다. 컴퓨터를 켜곤 '책탑' 프로그램으로 들어갔다. 아직 출고 주문이 오기 전이었다. 마스크를 벗어 책상 위에 놓곤 앉아 조간신문을 보다가 깜빡 졸았다. 기침을 쏟으며 제풀에 놀라 깼다. 침과 가래가 신문에 튀어 군데군데 젖었다.

"약은 드셨습니까?"

어느새 들어온 상철이 냅킨을 서너 장 쑥쑥 뽑아 신문을 꾹꾹 눌러 닦았다. 눈꼬리가 쳐져 언제 봐도 순한 당나귀를 닮았다. 숫기 없는 그가 아직 연애 한 번 못 해 봤다는 것은 공공연한 비밀이었다. 동화는 올여름엔 꼭 상철을 위해 맞선 자리를 알아보리라 마음먹었다.

"약은 무슨……."

동화는 손바닥으로 입가의 침을 훔치며 얼버무렸다.

"임 팀장님께 들었습니다. 막내 동생이 응급실에 실려 가셨다면서요?"

"쓸데없는 소릴, 왜……."

임 팀장이 할 말 못할 말 퍼뜨리는 것도 어제오늘 일이 아니다. 상철이 정수기에서 생수 한 잔을 따라 홀짝거리며 맞은편 의자에 앉았다.

"길 부장님! 저 믿으시죠?"

실력으로 따진다면야 임 팀장보다 서너 수 위였다. 첫해 사소한 잘못 세 번을 빼곤 나머지 6년 내내 실수가 없었다.

"새삼스럽게 그건 왜 물어?"

상철이 이가 시린 듯 콧잔등에 주름을 잡았다.

"비타민은 챙겨 먹고 있어?"

작년 겨울, 동화가 연말 선물로 종합비타민을 한 통 선물했었다. 상철이 뒷머리를 긁적였다.

"다음에 또 이런 일이 생기면 휴가를 쓰십시오. 창고 일은 제게 맡기시고요."

상철이라면 믿고 맡기지 못할 것도 없다. 그러나 동화는 아직 상철에게 모든 걸 가르치진 못했다. 그녀는 출판사 편집자나 마케터들과 한 달에 한 번씩 통화했다. 물류 창고 직원들은 하지 않는 짓이었다. 출판사 주문 담당 직원과 물량 착오나 반품 문제로 연락할 때는 있지만, 편집자나 마케터까지 알고 지내진 않았다. 새로 입고된 책이 없어도 그녀는 그들의 관심사를 묻고 고민을 들었다. 동심의 복통과 빈혈이 잦기 전엔 종종 어울려 저녁을 먹거나 생맥주를 가볍게 들이켜기도 했다. 상철은 아직 창고만 지킬 뿐, 출판사들을 방문하거나 편집자나 마케터와 어울린 적이 없었다. 7월부터는 상철이 그들과 자연스럽게 만나도록 해야겠다는 생각이 들었다. 편집자와 마케터들의 전화번호와 특이 사항을 빼곡하게 적어 둔 공책도 넘길 작정이었다.

두 사람은 창고로 들어서며 방진 마스크를 고쳐 썼다. 근무 시간 내내 창고에서 마스크를 벗지 않는 고지식한 이는 동화뿐이었다. 상철도 동화의 잔소리 탓에 마스크를 턱에 걸치고 다니긴 했다. 그러나 지게차라도 끌고 혼자 일할 때는 은근슬쩍 벗어 바지 주머니에 넣었다.

동화는 점심 식사 대신 물류 창고 맞은편 '박둘 내과'에 가서 진찰을 받았다. 쉰 살, 동화와 동갑인 의사 박둘은 마스크를 보자마자 알은체했다.

"기관지가 또 말썽입니까?"

가을부터 겨울을 거쳐 봄까지, 동화는 평균 네댓 번씩 기관지염이나 편도선염을 앓았다. 가래를 동반한 기침이 시작된다 싶으면 이곳으로 와서 처방을 받았다. 약만 먹고 하루 이틀 만에 낫는 경우가 대부분이었다. 일주일 넘게 끌 땐 항생제 주사를 맞았다. 동화가 맞은편에 앉아선 마스크를 턱밑까지 내리곤 설명했다.

"나흘짼데 낫질 않네요. 기침이 유난히 심해요. 지난겨울 주사를 닷새마다 한 방씩 도합 세 방이나 맞았을 때처럼! 가래도 끓고요."

"약주는?"

"지난주에 한 번, 근무 마치고 감자탕 간단히 먹었죠. 그래 봤자 반 병입니다."

피로를 푼다고 남자 직원들과 어울려 한 병 아니 두 병씩 먹던 시절은 벌써 지나갔다. 임 팀장은 지금도 기분이 내키면 한 병까진 달렸지만, 동화는 아무리 컨디션이 좋아도 석 잔 이상 마시지 않았다. 한 잔이나 한 잔 반에서 끝내는 날이 대부분이었다.

"봅시다, 어디!"

동화는 병원 놀이를 익힌 유치원생처럼 자동으로 입을 크게 벌렸다. 헤드라이트를 쓰곤 당겨 앉은 박둘이 설압자로 혀를 가볍게 눌렀다. 불빛을 비춰 입속을 깊숙하게 구석구석 살폈다. 설압자를 원래 자리에 꽂고 헤드라이트를 벗어 책상에 놓은 뒤 말했다.

"그렇게 심하진 않습니다. 붓지도 않았고 염증도 없어요."

"그럼 왜 기침이 떨어지질 않을까요?"

동화는 병원을 오가는 환자 중 참을성이 많은 편이었다. 박둘이 되물었다.

"1에서 10까지 놓는다면 고통이 어느 정돕니까?"

동화는 답 대신 마스크를 급히 쓰며 고개를 돌렸다. 코끝이 시큰

거리고 가슴이 답답해지더니 기어이 기침을 쏟았다. 어깨가 들썩이고 의자가 흔들릴 정도였다. 젖은 마스크를 발 아래 쓰레기통에 던지곤 새 마스크로 바꿔 썼다. 박둘은 이미 충분한 답을 들은 것처럼 처방했다.

"주사부터 한 방 맞읍시다. 기침과 가래를 확실히 잡도록 좀 세게 약을 지어 드리겠습니다. 이틀 치 드릴 테니 낫지 않으면 다시 오십시오. 십중팔구 기관지염일 겁니다. 그래도 내가 길 부장님 체질을 잘 아니까, 곧 나을 겁니다. 미지근한 물을 자주 드세요. 술하고 커피는 안 되는 거 알죠?"

"커피도요?"

동화는 재판관에게 자비를 구하는 좀도둑처럼 물었다. 창고 근무를 시작한 30년 전부터 매일 석 잔 이상 커피를 마셨다. 아메리카노니 라떼니 모카니 하는 커피는 거들떠보지도 않았다. 물류 창고 주차장 구석에 놓인 자판기에서 설탕과 크림이 잔뜩 든 커피만 즐겼다. 스페셜티 커피 그러니까 최고급 드립 커피를 사 주겠다는 임 팀장의 제안도 거절했다. 상철에게 눈짓으로 마무리를 부탁한 뒤 창고를 나와 주차장을 가로질러 자판기에서 커피 한 잔 뽑아 마시는 즐거움을 놓치긴 싫었다.

"정 끊기 힘들면 하루에 딱 한 잔만!"

"고마워요."

그나마 다행이라고 웃으며 주사실로 갔다. 항생제 주사를 맞고 약 한 봉지를 입에 털어 넣자 기침이 차츰 잦아드는 듯했다. 식은

땀이 이마와 목덜미로 흘렀지만 손수건으로 간간이 닦으며 오후를 버텼다.

사고가 터진 것은 6월 2일 오후 2시 30분쯤이었다. 임 팀장은 출판사 대표들과의 월례 회의에 참석하기 위해 점심시간부터 자리를 비웠다. 동화는 10년째 이 회의에 최문락 대표 이사를 보좌하여 참석해 왔다. 그러나 시도 때도 없이 찾아드는 기침 탓에 임 팀장에게 그 일을 임시로 넘겼다.

출판사 대표들도 창고 비용이니 뭐니 하며 숫자를 들이대는 임 팀장보다 출간 도서를 빠짐없이 읽는 동화를 훨씬 좋아했다. 예를 들어 여행기 시리즈를 내는 출판사 대표를 만났을 때, 동화는 예전 책들과 비교하여 이번 책의 장단점을 한두 가지 조심스레 지적했다. 임 팀장으로선 평생 할 마음도 없고 하지도 못할 일이었다. 동화는 오늘 출판사 대표들을 불편하게 만드는 것이 꼭 제 잘못인 것 같아 미안했다.

아침에 입고된 책 중에서 눈길을 끈 것은 병원에서 맞이하는 죽음을 다룬 연구서였다. 30년 전만 해도 대부분 가정집에서 최후를 맞았지만, 지금은 병원에서 삶을 마감하는 경우가 8할 이상이다. 환자를 살리기 위한 전문 인력과 장비를 갖춘 병원은 언제 어떤 기준에 따라 치료를 멈추는가. 환자가 인간답게 삶을 마치기 위해 병원 경영진과 의사와 간호사와 환자의 가족은 무엇을 할 것인가. 딱딱하고 무거운 주제를 다양한 일화를 소개하며 이해하기 쉬우면서도 심도 깊게 다뤄 이미 미국에서 주목받은 책이었다. 동화도 물론 병원에서 죽어 그곳 장례식장에서 마지막 예식을 치를 가능성이 컸다. 50대인 그녀로선 20년 후, 운이 좋으면 30년 후에 닥칠 비극이었다. 가끔 편도선이 붓고 기관지에 염증이 생겨 내과를 찾는 것 외엔 심신이 튼튼했다. 병원에 입원한 적도 없었다. 동심의 몸이 약하지 않았다면, 구급차를 타고 종합 병원 응급실로 가는 모습은 텔레비전 드라마로나 구경했으리라.

상철과 교대로 점심을 먹었다. 점심시간이 끝나는 3시까지 물류 창고엔 동화만 남아 있었다. 신간 도서 한 권을 빼내 들고 살피던 그녀의 상체가 점점 앞으로 기울었다. 종이에 코가 닿을락 말락 할 정도였다. 푸른 그래프가 페이지의 절반을 넘게 차지했다. 물결처럼 요동치던 그래프가 가로축과 세로축이 만나는 지점을 지나 글자들이 들어찬 곳까지 내려왔던 것이다. 착시인가 싶어 눈을 비빈 후 다시 살폈다. 있을 수 없는 일이었다. 다른 책도 살피려고 허리를 비틀었다. 팔을 뻗으려는데 갑자기 기침이 쏟아졌다. 어지러웠다. 세상이 횡橫으로 빙빙 도는 것이 아니라 종縱으로 뒤집혔다. 천장이 바닥이 되고 바닥이 천장으로 바뀌었다. 몸이 빠르게 기울면서 오른쪽 관자놀이를 철제 책장 모서리에 부딪쳤다. 살갗이 찢기며 피가 튀었다. 잘못 그려진 그래프를 발견한 순간부터 피가 팔레트와 바닥에 흩뿌려질 때까진 3초도 걸리지 않았다.

수건으로 눌러 지혈한 후, 출판사 담당 편집자에게 전화를 걸었다. 다쳤다는 이야기는 빼고 책에 실린 그래프가 이상하니 확인해 달라는 말만 했다. 경력 9년 차로 한 달에 두세 권씩 신간을 내는 의욕적인 편집자가, 야밤에 연쇄살인마와 막다른 골목에서 맞닥뜨린 여인처럼 비명을 질렀다.

'박둘 내과'로 곧장 갔다. 수건을 눌러 지혈을 한다고 했는데 계속 피가 흘렀다. 박둘은 상처를 소독하며 혀를 찼다.

"쯧쯧, 이거 깊게 파였네요. 네댓 바늘 꿰매는 게 낫겠습니다."

"꿰맬 줄도 아세요?"

"의사면 그 정돈 다 하죠. 어제도 미끄럼틀에서 놀다가 무릎이 찢어진 열 살 아이를 치료했습니다. 열세 바늘 꿰맸죠. 동네 병원이니 이것저것 할 줄 알아야 합니다. 생존 전략 차원에서……."

박둘은 농담으로 분위기를 바꾸려 했지만, 동화는 여전히 심각한 표정이었다.

"원장님 솜씨를 의심하는 건 아녜요. 다만 제가 아직 기침이 낫질 않아서, 머리를 꿰맬 때 말이에요. 행여……."

박둘이 동화의 걱정을 알아차렸다.

"차도가 없습니까?"

"아직은, 그다지……."

오히려 더 심해졌지만, 그와 같은 답은 약을 처방한 박둘에 대한 예의가 아닌 듯했다.

"이왕 이렇게 오셨으니 내일까지 기다리지 말고 주사를 한 대 더 맞고 가십시오. 처방전도 드릴 테니 오늘 저녁부터 먼저 드시고요. 약을 먹고도 낫질 않는다면……."

거기서 박둘은 설명을 멈췄다. '큰 병원으로 가서 정밀검사를 받아 보십시오'라고 의례적인 면피용 발언을 할까 하다가, 동화의 막내 여동생이 시도 때도 없이 아프다는 사실을 떠올린 것이다. 물류창고에 다니며 동생과 아들 챙기기에도 바쁜 나날이리라. 동화가 부드럽게 넘겨짚었다.

"그럼 다시 또 원장님께 올게요."

박둘이 빙긋 웃으며 일어섰다. 수술용 바늘로 이마를 꿰매기 전에 친절하게 설명했다.

"눈을 감고 편히 숨을 서너 번 들이쉬었다 내쉬었다 하십시오. 기침이 나오려 하면 왼손을 가만히 들기만 하세요. 그럼 멈췄다가 다시 하겠습니다."

"알겠어요."

박둘이 상처를 다 꿰맬 때까지 동화는 기침을 참았다.

하얀 붕대를 감고 돌아오니 상철이 놀란 눈으로 뛰어왔다. 동화는 걸음을 헛디뎌 책장에 부딪쳤다고 적당히 둘러댔다. 6시 퇴근 시간까지 임 팀장은 돌아오지 않았다. 전화를 걸었다. 낮술에 취한 듯 졸음이 덜 깬 듯 혀가 꼬여 발음이 불분명했다. 임 팀장이 이 정도 취했으니 최 사장 형편도 짐작이 갔다. 어쩌면 사우나에 들러 늘어지게 자던 중인지도 몰랐다.

다시 기침이 나와 잠시 통화를 멈췄다. 그리고 오늘 출고 물량을 채우지 못한 이유를 간단히 설명했다. 관자놀이가 찢겨 꿰맸다는 이야긴 하지 않았다. 오늘 저녁만 붕대를 감은 채 지내고 내일은 아무 일 없었다는 듯 출근할 예정이었다. 임 팀장이 무덤덤하게 정리했다.

"우린 잘못 없는 거네요. 그럼 된 거죠."

동화는 퇴근하기 전에 상철부터 내보내고, 다시 한 번 신간을 읽었던 책장 주변을 살폈다. 혹시 피가 묻지 않았는지 걱정스러웠다. 얼룩 한 점 없다는 걸 확인한 뒤에도 물걸레로 팔레트와 바닥을 깨끗이 닦았다. 무릎을 꿇은 채 힘주어 닦다 보니 시간은 어느새 7시가 넘었다.

6월 3일, 동화는 알람을 듣고 새벽 6시에 눈을 떴다. 부엌에서 냉수부터 한 잔 마시는 것은 평생 계속해 온 버릇이었다. 친구들 대부분이 침대 생활을 했지만 그녀는 등이 방바닥에 닿아야 잠이 왔다. 처음엔 예석까지 셋이서 한 방에 누워 잠들었고, 방 두 개에 부엌 하나인 전셋집을 얻고 나서도 안방에 따로 침대를 들이지 않았다. 중학교 입학 선물로 아들에게 침대를 사 줄 때, 안방에도 넣을까 잠시 고민했지만 마음을 접었다. 침대까지 들이면 동심과 바닥에 편히 엉덩이 붙이고 마주 앉을 공간이 없었다. 가끔 친구네 집에 갔다 온 동심이 쇼핑 채널을 돌리다가 침대 할인 판매 방송에서 멈추기도 했다. 동화가 "사고 싶으면 사!"라고 한 적도 있었지만, 동심은 집 장만해서 이사 갈 때 침대까지 사겠다며 미뤘다.

동화는 비스듬히 몸을 틀어 왼손으로 바닥을 짚고 허리를 접어 앉으려다가 다시 베개를 베고 누웠다. 어지러웠다. 동심을 부르려 했지만 말이 나오지 않고 신음만 겨우 깔렸다. 동심이 그 소리를 용케 듣고 와선 이마를 짚어 보곤 놀랐다.

"불덩어리네."

동화가 다시 머리를 들며 일어나려 했다.

"아, 아침상을 차려야……."

"누워 있어. 언니, 지금 많이 아파."

"……너 절대로 약 거르면 안 된다고 했어……. 약을 먹으려면 밥을 꼭 챙겨 먹어야 하는데…… 내 몸이 왜 이럴까……. 한심하고 바보 같아."

"누가 언니를 한심하고 바보 같다고 하누! 이렇게 동생 잘 챙기고 아들 잘 보살피는 여자 있으면 나와 보라 그래. 내가 미안해. 며칠 나 데리고 응급실이다 어디다 다니느라 무리해서 그래. 오늘은 쉬어. 내 밥과 내 약은 내가 챙겨 먹을 수 있어요. 지금은 언니 걱정부터 해. 알았지?"

"그래도……."

어쩔 수 없었다. 그녀는 아침상 차리는 것을 포기하고 누워 약부터 먹었다. 기관지염을 앓을 때마다 열이 났기 때문에 박둘은 항생제와 함께 해열제를 빼놓지 않고 처방했다. 어젯밤에도 자정 무렵 약을 먹고 잠들었는데 새벽부터 열이 펄펄 끓었던 것이다. 잠시 누워 열이 떨어지기를 기다리며 화장대 위 탁상시계를 올려다봤다. 6시 30분. 어느새 30분이 지났다. 물류 창고까진 버스로 30분 남짓이니 아직 여유가 있었다. 타 본 적은 없지만 택시로는 10분밖에 걸리지 않을 거리였다.

문제는 기침과 어지럼증이었다. 관자놀이를 감았던 붕대는 잠자리에 들 때 답답해서 풀어 버렸다. 지혈은 충분히 되었고, 꿰맨 자리가 시큰거렸지만 참을 만했다. 그런데 지금은 머리를 베개에서 조금만 떼어도 어지럽고 매스꺼우면서 기침이 쏟아졌다.

"괜찮겠어?"

동심이 머리맡에 앉아 물었다. 마음 같아선 출근하지 말라 막고 싶었다. 그러나 곧 죽을 정도로 위중하다 해도 쉬겠다고 말할 사람이 아니기에, 질문에 걱정을 담은 것이다. 동화는 억지로 벽을 잡고 일어섰다. 걸음마 하듯 한 걸음 한 걸음 내디뎌 욕실로 들어갔다. 치약을 칫솔에 짜고 거울을 봤다. 5월 27일 응급실에 다녀온 후 부쩍 야위고 늙어 버렸다. 칫솔을 입에 넣자마자 기침이 쏟아졌다. 칫솔을 꺼내 든 채 좌변기에 앉았다. 두 무릎에 전혀 힘이 들어가지 않았다. 기다시피 안방으로 와선 베개를 베고 누웠다. 그렇게 또 30분이 흘러 7시가 되었다. 지금도 늦지 않았다. 편히 앉아 아침밥을 먹긴 어렵지만, 샤워하고 출근할 시간은 있었다. 동심이 이번엔 적극적으로 말렸다.

"이 몸으론 무리야."

"가야 해. 할 일이 많아……."

동심은 동화의 휴대폰을 쥐고 부엌으로 나갔다. 휴대폰엔 비밀번호가 걸려 있지 않았다. 자매 사이엔 어떤 비밀도 없었다. 동화는 동심을 쫓아 일어서려 했지만 욕실에 갈 때보다 몸이 천근만근 무거웠다. 동심이 이 시각에 전화할 곳은 한 군데뿐이었다.

"임 팀장! 나야. 잘 지냈어? 나? 아픈 건 그럭저럭 나았어. 그건 그렇고 언니가 몸이 아파 오늘 출근하긴 어렵겠어. 결근을 죽기보다 싫어하는 사람이잖아? 정말 많이 안 좋아. 고마워. 기관지염 같긴 한데, 오늘도 차도가 없으면 큰 병원에 가 보라고 할게……"

15년 전, 임 팀장이 영영출판사 서고에 취직했을 때 두 달 남짓 고시원 신세를 졌다. 동심은 그 모습이 딱하다며 주말마다 임 팀장을 집으로 초대해서 저녁을 먹였다. 그때부터 임 팀장은 동심을 누나로 깍듯하게 모셨고, 그녀의 부탁이라면 거절하는 법이 없었다. 회사 직속 상사인 동화보다 그녀한테 더 친하게 굴었다.

동화는 임 실장과 통화하는 동심의 목소리를 듣다가 잠이 들었다. 약 기운이 돌았고, 임 팀장에게 알렸으니 오늘 하루는 쉴 수밖에 없겠단 체념에 긴장이 풀린 것이다. 잠깐 눈을 붙인 것 같은데, 다시 깨어 시계를 확인하니 10시였다. 아침 10시가 아니라 밤 10시! 그러니까 15시간을 꼬박 잔 것이다. 박둘의 펑퍼짐한 얼굴부터 떠올랐다. 센 약을 쓰겠다더니 효과가 드디어 나타났는가. 파도처럼 출렁거리는 어지럼증만은 여전했다. 지난밤엔 잦은 기침 탓에 30분마다 한 번씩 눈을 떴는데, 그게 멈춘 것이다.

늦은 저녁을 먹었다. 동심은 7시에 들깨 죽 한 그릇을 비웠다며, 맞은편 의자에 앉아 굴비 한 마리를 손으로 발라 줬다. 동화가 선수 쳤다.

"거뜬하게 나았어. 내일은 한 시간 일찍 출근할 테니 그리 알아."

"아직 어지럼증이 가시질 않았잖아? 내일까지만 쉬어. 큰 병원에 같이 가자."

"다 나았다니까 그러네. 이깟 어지럼증이야 약 먹으면 금방 괜찮아져. 그건 그렇고 다시는 내 허락 없이 회사에 전화하지 마."

"임 팀장이 회사 사람이야? 동생 같은 사람이니 부탁한 건데."

"임나웅이 어떻게 동생이니? 넌 길씨 세 자매의 막둥이잖아?"

"막둥이로 크는 바람에 동생 하나 있었으면 하고 평생 바랐네. 이왕이면 남동생으로!"

더 이상 토를 달진 않았다.

자정을 넘기면서부터 병세가 나빠졌다. 고열에 두통이 함께 찾아왔다. 얼굴은 물론 목덜미와 어깨까지 벌겋게 달아오르면서 관자놀이가 망치로 때리듯 아팠다. 화장실로 달려갈 틈도 없이 늦은 저녁 먹은 음식을 이불과 요에 토했다. 물류 창고에서 책장에 머리를 찧으며 뇌진탕이라도 일으켰을까 잠시 걱정했다. 하루 하고 반나절이 지난 뒤에도 뇌진탕 증상이 나타나는가. 건넌방에서 자던 예석까지 달려와선 토사물을 치우고 요와 이불을 세탁기 옆 빨래통에 옮겨 담느라 바빴다.

"구급차 부를까, 엄마?"

예석이 물었다. 구급차를 타고 응급실로 가면 이것저것 검사를 하느라 6월 4일도 흘러갈 것이다. 무슨 일이 있어도 오늘은 꼭 출근하고 싶었다. 그렇지만 두통과 고열을 치료하지 않고는 물류 창고에 가더라도 일하기 어렵다.

"아냐. 참을 만해. 진통제, 진통제를……."

예석이 가져온 진통제를 허용량까지 먹었다. 동심이 끼어들었다.

“언니! 괜히 고집부리지 말고 구급차를 부르자. 다 같이 가서 정밀검사 받자. 박둘 내과에서 주는 약으론 낫기 힘들어 보여. 그동안엔 내 뒤치다꺼리 하느라 바빴는데 이제라도 언니 몸 챙겨. 하나님께서 도와주실 거야.”

“잠시만, 잠시만 쉬었다가, 약 기운이 돌면, 가더라도 그때 갈게.”

동화는 안방에서 4시간 남짓 자다 깨다를 반복하다가 집을 나섰다. 두통은 여전했지만 구급차를 부르지 않았고, 동심이나 예석과 동행하지도 않았다. 그들과 함께 응급실로 가면 출근은 영영 어려워진다. 동화가 세운 계획은 간단했다. 택시를 타고 응급실로 곧장 간다. 고열을 떨어뜨리고 두통을 없앨 약을 처방받아 복용하고 잠시 응급실에 머물렀다가 물류 창고로 바로 출근한다.

골목을 벗어나 큰길로 나서자마자 운 좋게 택시가 잡혔다. 꼭두새벽인 탓에 거리엔 차가 거의 없었다. 마스크를 쓰곤 기침을 참았다. 병원까지 10분을 예상했지만 7분밖에 걸리지 않았다. 그런데 택시가 정문 앞에서 멈춰 섰다. 정문을 통과하여 응급실 옆 택시 승하차 지정 정류소까지 승객을 태운 채 들어가는 것이 보통이었다. 동화가 물었다.

“더 안 들어가나요?”

어지럼증 탓에 한 걸음이라도 덜 걷고 싶었다. 택시 운전사가 백

미러로 마스크를 쓴 동화를 살피며 되물었다.

"아시잖습니까?"

"네?"

"여기가 거깁니다. 에프!"

"네에…… 에프!"

"최대한 가까이 차를 댄 겁니다. 여기서도 목구멍이 근질거리네요."

동화는 에프가 뭔지 묻지도 못한 채 택시비를 치르고 내렸다. 운전사랑 실랑이를 하느니 차라리 걷기로 했다. 응급실을 향해 최대한 빠르게 걸음을 옮겼다. 건물은 물론 병원 앞 주차장까지 불이 훤했다. 건물로부터 50미터나 떨어진 곳에 출입금지 팻말과 함께 노란 차단선이 길을 막았다. 차단선 뒤에 서 있던, 마스크를 쓰고 보호복을 입은 간호사가 명령조로 말했다.

"정지!"

동화가 걸음을 멈추곤 마스크를 턱밑으로 내렸다. 거리는 5미터 남짓이었다. 그녀가 물었다.

"무슨 일인가요? 이리로 오시면 안 됩니다."

"열이 높고 어지럽고 두통이 심해서…… 응급실에 진찰받으러 왔어요."

"딴 병원으로 가세요."

다시 관자놀이가 아팠다. 부푼 머리를 양손으로 감싸 쥐며 애원했다.

"으윽! 너무 아파요……. 응급실은, 24시간 환자를 받는 곳 아닌가요? 며칠 전에도 동생이랑 구급차 타고 왔었어요."

간호사가 말꼬리를 잡아챘다.

"며칠 전? 언제 여길 왔었죠?"

"그러니까, 그게 지난주 수요일……."

"5월 27일인가요?"

"……네."

"확실한가요?"

"마, 맞아요. 27일!"

"얼마나 머물렀죠?"

"아침에 구급차로 배가 아픈 동생이랑 왔다가, 동생이 약 먹고 링거 맞고 나니 몸이 차츰 회복되어 저녁에 집으로 왔어요. 그게 답니다만……왜 그걸 묻……."

질문을 마치기도 전에 잠잠하던 기침이 쏟아졌다. 동화에게 질문을 던졌던 간호사가 서너 걸음 물러섰다.

"꼼짝 말아요! 거기 그대로 계세요."

무전기를 꺼내 호출했다.

"의심 환자 발견! 속히 출동 바람!"

동화는 무릎을 꿇고 두 손바닥을 땅에 댄 채 기침을 스무 번 넘게 쏟았다. 레벨D 보호 장구보호복, 겉덧신, 속덧신, 겉장갑, 속장갑, N95 마스크, 안면보호구, 앞치마를 갖춘 건장한 사내 둘이 앞에 섰다. 그녀가 올려다보며 물었다.

"뭡니까, 당신들은?"

"동행해 주셔야겠습니다. 메르스 감염이 의심되니, 격리된 상태로 검사를 받으셔야 합니다."

"메르스? 그게 뭔가요? 감염이 의심된다니?"

사내들이 좌우에서 팔짱을 꼈다.

"난 약만 처방받고 출근해야 해요. 놔, 이거 놓으라고!"

사내가 차갑게 목소리를 깔았다.

"검사해서 음성이 나오면 귀가조치 합니다. 협조해 주십시오. 치사율이 높은 전염병이니까요."

치사율! 세 글자가 귀에 쏙 들어왔다. 보호복을 입고 마스크로 얼굴을 온통 가린 것도 감염을 피하려는 건가.

"아, 알겠어요. 우선 이 팔부터 놔요. 갈게요. 검사받을게요."

사내들이 팔짱을 풀진 않고 느슨하게 힘을 뺐다. 동화를 응급실 옆 빈방으로 데리고 들어갔다. 보호복을 입은 채 대기중인 의사가 투명하고 둥근 플라스틱 검체통을 열어 내밀었다.

"가래를 통 안에 뱉으십시오."

동화는 검체통을 받고 돌아서려 했다. 의사가 다시 말했다.

"제가 보는 앞에서 뱉으십시오."

가볍게 쿨럭 기침을 하자 가래가 튀어나왔다. 가래의 양을 확인한 의사가 밀봉했다. 다른 검체통을 면봉과 함께 내밀었다.

"이번엔 면봉으로 입안을 가볍게 긁어 주세요. 그리고 통에 면봉을 넣습니다."

시키는 대로 입천장을 면봉으로 훑었다. 기침을 겨우 참으며 검체통에 면봉을 넣곤 내밀었다. 의사가 검체통 두 개를 챙겨 방을 나갔다. 동화도 따라 일어서려 하자 문 옆에 선 사내가 명령조로 말했다.

"대기하십시오."

"언제까지 기다리나요?"

"메르스 검사 결과가 나올 때까집니다."

"열이 높고 두통이 심한데, 치료부터 받으면 안 돼요?"

머리가 점점 옥죄여 왔다.

"보고하겠습니다. 우선은 편히 앉아 기다리십시오. 주무셔도 좋고, 거기 잡지가 몇 권 있으니 보셔도 좋습니다. 방에서만 무단으로 나가지 않으면 됩니다."

"성경은 없나요?"

"없습니다."

"집에 전화해도 될까요?"

"거십시오. 가족은 어떻게 되십니까?"

"여동생과 아들이 있어요."

"기침과 고열이 시작된 후 2미터 이내에서 1시간 넘게 함께 머문 적이 있습니까?"

한심한 질문이었다.

"당연하죠. 가족이니까. 거실에서 텔레비전도 같이 보고, 부엌에서 밥도 같이 먹고……."

사내의 목소리가 다급해졌다.

"당장 전화하셔서, 바깥출입 마시고 댁에 계시라 하십시오."

질문하는 동화의 목소리가 흔들렸다.

"전염이 되었을 수도 있나요?"

"아직은 확실하지 않습니다. 하지만 1차 검사 결과에 따라 자가 격리를 해야 할지도 모릅니다. 지금은 댁에 머무는 게 낫겠습니다. 그리고 하나 더! 에프 병원이 여기란 걸 외부에 발설하면 절대로 안 됩니다. 함부로 이야기했다간 처벌받습니다."

알파벳 F가 다시 등장했다. 동화는 손가락이 떨리는 바람에 통화 버튼 대신 종료 버튼을 두 번이나 눌렀다. 다섯 번 신호음이 가고 동심이 전화를 받았다. 예석이 집에 있는지부터 확인했다.

"방금 나갔어."

"어딜? 아르바이트 교대 시간이 이렇게 일찍이었나?"

"그게 아니라, 고등학교 단짝 친구랑 제주도 3박 4일 여행 간다고 김포공항으로 떠났지. 언니가 보름 전에 허락했잖아? 윤채범이라고…… 기억 안 나?"

"알았어. 일단 끊어 봐."

예석에게 전화를 걸었지만 받지 않았다. 김포공항행 버스에서 아무래도 선잠이 든 것 같았다. 빡빡한 편의점 근무로부터 벗어났으니 긴장이 풀릴 만도 했다. 동화는 결국 다시 동심에게 전화를 걸어 자초지종을 설명했다. 동심은 믿지 못하겠다는 듯 되물었다.

"뭐라고? 정말? 전염병이 확실하대? 메르스? 언니가 왜 그딴 병에 걸려? 아니겠지? 꿈도 이렇게 황당하진 않아. 뭐야 이게?"

악몽같기는 동화도 마찬가지였다. 꿈이라면 당장 깨기를!

6월 5일 새벽 1차 검사 결과가 통보되었다. 양성이었다.

6월 7일 2차 검사 결과가 나왔다. 양성이었고, 메르스 환자로 확진되었다.

기자 회견

6월 1일 아침부터 첫꽃송이는 소도현 기자에게 전화를 걸었다. 6월 3일까지 예정된 휴가를 반납하고 오늘부터 당장 출근하고 싶었던 것이다.

"아, 참! ……왜 그래? 회사 욕먹일 일 있어? 쉬라면 그냥 쉬어."

"선배! 경찰서 기자실로는 안 갈 테니까, 오늘 선배가 맡은 취재 따라가게 해 주세요. 아버지 잘 보내 드렸고, 저도 이제 일상으로 돌아가야죠."

"송이야!"

소 기자의 목청이 커졌다.

"예, 선배."

"처음 만났을 때 내가 뭐랬니?"

"'수습 기간엔 바이스의 명령에 따른다'고 했습니다."

"근데 왜 이래?"

"의논드리는 중이잖습니까?"

"이게 의논이야? 생고집이지. 너 혹시 지방 발령 날까 싶어 이래?"

수습 기간이 얼마 남지 않았다. 넷 중 한 명은 무조건 지방으로 가야 했다. 걱정하지 않는다면 거짓말이다. 지금으로선 첫꽃송이 자신이 서울을 떠날 가능성이 가장 컸다. 좋은 평가를 받을 만큼 실력 발휘를 못 한 데다, 이유야 어찌 됐든 라인을 이탈했었다.

"4일부터 일하나 오늘부터 일하나 마찬가지잖아요?"

"다르지. 회사에선 휴가 취소를 허락하지 않을 테니, 3일까진 네가 일해도 일한 값을 못 받아. 그런 너를 내가 부려먹는 건 노동 착취라고. 난 곧 죽어도 남을 착취하진 않아. 더군다나 내가 교육을 책임진 수습기자에겐 절대로 해서는 안 될 짓이지."

"그럼 저는 뭘 해요?"

"아픈 덴 정말 없는 거야?"

"쌩쌩해요."

"병원에서 전화 온 건 없고?"

"무슨 병원요?"

"그, 그게……."

소 기자가 말을 더듬었다. 무엇인가를 더 확인하려다가 적당히 얼버무렸다.

"아, 아니다! 이제 혼자 지내야 하는데 혹시나 아픈가 해서……. 아프면 바로 전화해."

"싫습니다. 저는 안 아프고, 안 아플 겁니다. 이렇게 건강한 몸으로 뭘 하죠?"

"뭐든 해. 송이 네가 깡다구 있다는 건 진작 알아봤지만, 아버지 장례 치르고 일요일 딱 하루 쉬고 일하겠다고 덤빌 줄은 몰랐네. 너 이거 정상 아냐. 충고하겠는데, 사흘 동안 최대한 느긋하게 지내. 이불 뒤집어쓰고 펑펑 울든가, 코가 삐뚤어지게 자든가, 배불리 실컷 먹든가, 그도 아니면 둘레길이든 해안길이든 걷든가. 4일부턴 각오해. 새벽부터 자정까지 빵빵이 돌릴 테니까. 자, 이제 4일 아침 기자실에 출근하기 전까진 내게 연락하지 마. 네가 기자라는 사실도 잊어. 부디 편안하게 시간을 보내도록 해."

"정말 안 됩니까?"

소 기자가 안쓰러운 듯 목소리를 깔았다.

"네 맘 알아…… 나도 그 시절 지나왔다고……. 적당히 해도 돼. 나중에 맛난 밥이나 먹자."

전화를 끊고, 6월 1일은 하루 종일 유품 정리를 했다.

병달이 쓰던 안방으로 가서 옷장과 서랍장을 열어 보았다. 아버지가 폐암으로 투병을 시작한 뒤론 이 방에 들어온 적이 없었다. 딸에게 폐 끼치기 싫다며 입원할 때도 스스로 짐을 꾸렸던 것이다. 서랍은 종류별로 깔끔하게 정돈되어 있었다. 버릴 것은 벌써 모아 버린 듯했다. 잘 접힌 수건들을 찬찬히 어루만졌다.

아빠!

내겐 엄마이기도 한 아빠!

내가 어지럽힌 것들 10년이나 치우며 사셨죠. 당신 몸도 아픈데, 이런 건 그냥 둬도 되는데……. 미안해요. 끝까지 청소만 시킨 못난 딸.

10분을 멍하니 서 있었다.

겉옷과 속옷과 양말과 모자와 혁대와 안경과 지갑과 휴대폰과 여행 가방과 백여 권의 책과 십여 권의 공책과 다섯 권의 앨범을 거실로 모두 옮겼다. 버릴 것과 기증할 것과 간직할 것, 이렇게 셋으로 나눠 구분하기 시작했다. 양말과 속옷과 혁대와 안경과 지갑은 버리고, 양복과 점퍼와 책들은 기증하기로 했다. 비닐로 꽁꽁 싸맨 기내용 여행 가방을 끌다가 멈췄다. 후회가 밀려들었다.

내가 잘못했어, 아빠!

반년 전, 방송사에 합격한 다음날 집으로 배달된 선물이었다. 합격 소식을 듣자마자 병달이 주문한 것이다. 기자가 되면 출장 갈 날이 많을 듯해 샀다고 했다. 그녀는 이 가방을 쓴 적이 없었다. 비행기를 타지 않더라도, 생필품을 챙겨 넣고 기자실로 갈 수도 있었다. 그러나 가을 은행잎처럼 노란 가방에 선뜻 손이 가지 않았다. 이렇게 빨리 사별할 줄 알았다면, 오렌지처럼 노랗더라도 병아리처럼 노랗더라도 가방을 끌며 즐겁게 돌아다니는 모습을 보여 드릴 것을.

휴대폰도 당분간 지니고 있다가 차차 해지할 예정이었다. 부고를 늦게 접했거나 혹은 접하지 못한 아버지 지인들의 전화나 문자를 받기로 한 것이다. 병달을 대신하여 인연을 챙길 것, 그것도 남은 딸의 역할이라 믿었다. 휴대폰을 켰다. 어머니와 아버지가 처음 만난 날이 휴대폰 비밀번호였다. '전화'의 '즐겨찾기'로 들어갔다. 첫 자리는 첫꽃송이가 차지했고, 그 밑으론 모두 '산들회'에 속한 친척 어른들 이름이었다. 그들의 도움이 없었다면 장례를 치르기도 어려웠을 것이다.

아빠!

처음엔 아빠와 엄마와 나 이렇게 셋이었는데, 10년 전엔 아빠와 나 둘로 줄었고, 이젠 나 혼자네요. 기자 노릇으로 바쁘겠지만 우리집 대표로 최대한 시간을 내어 참석할게요. 걱정 마세요.

그 이름들과 함께 병달이 머문 산과 들을 떠올리는 동안 10분이 더 흘렀다.

앨범과 공책을 살필 차례였다. 병달은 일주일에 한두 번씩 앨범을 꺼내 넘기곤 했다. 첫꽃송이 사진도 있지만, 10년 전 세상을 떠난 아내 감숙자의 사진이 대부분이었다. 두 권의 앨범은 아예 아내의 독사진으로 채웠고, 나머지 세 권도 그녀가 아기였을 때부터 세상을 떠나기 직전까지 찍은 사진이 가득했다. 숙자가 늘 가운데를 차지했고, 첫꽃송이와 병달은 주인공을 보좌하는 배경처럼 주변에 자리 잡았다. 엄마와 둘만 찍은 사진을 지갑에 넣고 다니려고 앨범에서 떼려다가 병달에게 혼난 적도 있었다. 그는 앨범에 담긴 사진은 단 한 장도 건드리지 말라고 못을 박았다.

다섯 권의 앨범을 처음부터 끝까지 넘겼다. 어머니의 인생에 아버지의 인생과 또 첫꽃송이의 인생이 겹쳐 흘렀다. 마지막 앨범을 덮으며 깨달았다. 병달은 숙자가 죽고 나서 찍은 사진을 한 장도 앨범에 넣지 않았다. 그녀의 죽음과 함께 앨범도 끝난 것이다. 그 후로도 10년 동안 병달은 첫꽃송이를 키우며 전기 부품 회사 과장과 부장으로 근무했다. 사진으로 찍어 간직하고 싶은 순간도 적지 않았을 것이다. 특히 첫꽃송이가 대학에 입학하고 졸업하고 또 기자로 합격했을 때는 누구보다도 기뻐했다. 막내 이모부 강은두를 비롯한 '산들회' 친척들과 일 년에 네 번씩 꼬박꼬박 여행을 다녀오기도 했다. 그때마다 꽤 많은 사진을 찍었지만, 병달은 그것을 따로 인화하여 앨범에 넣지 않았다. 휴대폰에 혹시 저장해 두었을까 싶어 열어 봤지만 없었다.

열 권의 공책은 일기장이었다. 병달은 일기를 매일 쓰진 않았지만, 가끔 무엇인가 끼적이고 싶을 땐 공책을 들고 식탁 앞에 앉곤 했다. 공책은 겉표지와 두께와 크기가 모두 같았다. 검은 표지엔 그림도 무늬도 없었다. 첫 장을 넘기니 날짜가 두 개씩 나왔다. 공책에 담은 첫날과 마지막 날을 적은 것이다. 처음 펼친 공책이 하필이면 가장 최근을 기록한 일기장이었다. 일기는 4월 25일에서 멈췄다. 딱 한 줄 이렇게만 적혀 있었다.

— 돌아와서 쓰겠다.

그길로 입원했던 병달은 돌아오지 못했다. 4월 26일부터 5월 27일 아침까지 경기도 S병원에 입원했다가, 5월 27일 서울 F병원으로 옮겼고, 5월 28일 세상을 떠난 것이다. 돌아와서 아버지는 무엇을 쓰려고 했을까. 왜 공책을 챙겨 입원하지 않았을까. 그 전엔 입원실 침대에 앉아 일기를 썼었다. 직장에 다닐 때보다 일기를 쓰는 횟수도 분량도 훨씬 많았다. 입원실에 머무는 동안 생각도 많아지고 쓰고 싶은 문장도 더 자주 떠올랐던 것이다. 그런데 마지막으로 집을 떠날 땐 공책을 두고 나왔다. 실수였을까. 실수였다면, 딸에게 챙겨 오라 부탁할 수도 있었다. 행여 첫꽃송이가 넘겨 볼까 걱정스러웠을까. 그는 숨이 끊어질 때까지 공책을 찾지 않았다.

2000년 1월 1일. 15년 전 새해 첫날의 일기를 폈다. 필체가 달랐다. 받침을 흘려 쓰고 큼직큼직한 병달의 필체가 아니라 둥글고 작은 필체가 첫 바닥을 차지했다. 숙자의 일기였다. 첫꽃송이는 재빨리 공책을 넘겨 2005년 9월 2일을 찾았다. 숙자가 세상을 뜬 날이다. 숙자의 일기는 2005년 8월 27일에서 멈췄다. 그 후론 병세가 악화되어 모르핀에 의지하여 시간을 보냈다. 약효가 떨어지면 고통이 심해 비명을 질렀고 모르핀을 맞으면 가수면 상태로 들어갔다. 머리맡에 둔 공책을 찾을 여유가 전혀 없었던 것이다. 숙자의 마지막 일기엔 두 줄이 적혀 있었다.

— 남편에게 부탁했다.
일기장을 다 태워 달라고.

병달은 아내의 유언을 따르지 않았다. 2005년 9월 4일, 그러니까 숙자의 장례를 마친 저녁, 이 공책을 펼쳐 단어 하나를 적었다.

— 시작.

"시작!"

첫꽃송이는 그 글자를 입안에서 오랫동안 굴렸다. 마그마가 지표면을 뚫고 올라오듯, 뜨거운 기운이 명치에서부터 목을 지나 혀를 감았다. 그녀는 5월 28일부터 지금까지, 슬픔을 꾹꾹 누르려 애썼다. 홀로 빈 집에 돌아왔을 때도 한없이 외로웠지만 고개를 치켜들고 눈물을 참았다. 참기 위해 멈춰 서선 딴 생각도 하고 딴 곳도 쳐다보았다. 서너 번 고비를 넘겼지만 거기까지였다. 어머니의 필체와 아버지의 필체를 연이어 보자 울음이 터진 것이다. 병달은 이렇게 숙자의 삶이 끝난 자리에서 일기를 시작하여 10년을 이어 왔다. 첫꽃송이는 공책을 바꿔 들고 2015년 4월 25일로 다시 돌아갔다. 그 뒤로 아무것도 적지 않은 백지가 열 장 정도 남았다. 아버지가 어머니를 이어 공책을 채워 나갔듯이, 나도 아버지를 이을 수 있을까. 이 빈 자리에 '시작'이라고 써넣을 수 있을까.

❖

6월 2일엔 광화문 광장이 내려다보이는 카페에서 변호사 윤해선을 만났다.

180센티미터가 넘는 해선은 앉은키만 해도 첫꽃송이보다 머리 하나는 더 컸다. 숙자는 15년 동안 초등학교 교사로 아이들을 가르쳤다. 해선은 그녀의 제자들 중에서 가장 키가 컸고 제일 똑똑했다. 초등학교 6학년 때 벌써 170센티미터에 근접했던 것이다. 해선은 초등학교를 졸업한 후에도 자주 숙자에게 연락하고 집에도 찾아왔다. 첫꽃송이는 열 살 많은 해선을 언니라고 부르며 따랐다. 숙자가 세상을 뜬 후에도 해선은 계절마다 첫꽃송이를 챙겼다. 사법 시험 준비로 바쁜 해에도 첫꽃송이와의 만남을 멈추거나 미루지 않았다.

그렇게 친언니처럼 챙겨 주던 해선이지만 장례식장으로 문상을 오지 못했다. 이모부 강은두의 도움을 받아가며 문상객을 맞는 와중에도 해선을 떠올리곤 했다. 5월 28일에 부고 문자를 넣었지만 답이 없었다. 5월 30일 아침 발인하기 직전에야 답이 왔다.

— 여기 팽목항이야. 이제 문자 확인했어.

2014년 4월 이후 해선은 목포로 내려가 있었다. 전화를 걸어도 받지 않고, 문자를 넣어도 무응답이거나 며칠이 지난 후 짧은 답이 오곤 했다. 6월 2일 상경할 예정이라니 그때 만나기로 했다. 첫꽃송이는 해선이 5월 30일에 당장 올라오지 못할 만한 이유가 있는 것이라고 믿었다.

"많이 힘들었지? 아픈 덴?"

해선은 만나자마자 꼭 끌어안곤 물었다. 첫꽃송이는 피곤하면 얼굴부터 붓는 스타일이었다. 장례식을 마친 유족처럼 보이는 쪽은 오히려 해선이었다. 깡마른 몸에 바닷바람을 계속 맞기라도 했는지 피부가 까무잡잡하고 거칠었다.

"장례 마치고 이틀 푹 쉬어 괜찮아요. 회사에서 모레부터 출근하라네요. 언니는 더 말라 보여요. 일이 많다던데, 너무 무리하는 거 아녜요?"

한번 몰두하면 쉽게 빠져나오지 못하는 것이 해선의 장점이자 단점이었다. 5년 전 변호사가 되자마자 돈벌이는 뒷전으로 미루고 사회적 약자를 돕는 일에 뛰어들었다. 그녀는 곧 두각을 드러냈다. 변호사로서의 책무에 충실할 뿐만 아니라, 가끔 몸싸움이 필요한 순간에도 주저하지 않고 나섰던 것이다. '전봇대'란 별명이 따라다녔다. 고함지르고 웃고 떠드는 전봇대.

해선의 시선이 창밖 광화문 광장으로 향했다. 첫꽃송이의 시선이 따라갔다. 천막들이 광장 입구에 늘어서 있었다.

"유가족들이 저기서 저렇게 진상 규명을 위해 싸우는데…… 무리해서 굶고 무리해서 걷고 무리해서 길바닥에서 자고, 내가 무리하고 무리해도 결코 무리하는 게 아니지."

"그런다고 진상 규명이 될까요?"

해선의 두 눈이 숫돌에 간 도끼날처럼 날카로워졌다. 첫꽃송이가 급히 부연 설명을 했다.

"제 말은, 정부가 너무 완강하게 덮으려 들잖아요? 유가족들 억울한 건 저도 알지만, 대통령과 국무총리, 해수부장관에 해경까지 등을 돌리고 귀를 막고 있잖아요? 너무 단단하고 두껍고 높은 벽이에요."

"그래서 포기하자고?"

"제가 좀 찾아봤는데, 우리나라에서 이런 대형 참사가 일어났을 때, 피해자들이 정부와 맞서 싸워 이긴 적이 없어요. 처음엔 목소리를 높이기도 하지만 곧 흐지부지되고 말았죠."

"세월호도 그래서 일어난 거야."

"네?"

"네 말대로 2014년 이전에도 대형 참사가 한둘이 아니었어. 100명 이상 인명 피해가 난 해양 참사만 해도 무려 다섯 번이야. 그 참사들이 전부 진상 규명을 못 한 채 묻히는 바람에 세월호 참사가 터진 거라고. 다시 말해, 세월호 참사의 진상이 규명되지 않으면 또 다른 참사가 터질 거야."

"악담이 심하시네요."

"곳곳에 위험이 도사리고 있단 이야기야. 땅이든 바다든 하늘이든, 어디든 안전하지 않아. 위험 요소를 미리 파악해서 제거하고, 사고가 발생하면 신속하게 대처하며, 책임 소재를 분명히 하여 철저하게 반성하지 않는 한, 참사는 계속돼. 시간문제일 뿐이라고.

지금처럼 국가가 책임지지 않으려 든다면, 피해자들은 절망에서 빠져나오지 못해. 세월호가 광화문 광장에서 농성중인 사람들만의 일인 것 같아? 이건 저들에게 닥친 불행이면서 동시에 우리 앞에 성큼 다가온 불행이기도 해. 되풀이될지도 모르는 참극이라고."

"선박과 비행기 안전 점검을 철저히 하란 명령이 내렸습니다."

"명령이야 언제나 번지르르하지. 구멍은 여전히 많아."

"무슨 구멍 말씀하시는 건가요?"

첫꽃송이가 말꼬리를 잡아채자, 해선이 싫지 않은 미소와 함께 답했다.

"호오, 기자다 이건가? 구멍 중 하나만 지적해 볼게. 재난이 또 터진다면 컨트롤타워가 어디지?"

"그야…… 국무총리실 산하 국민안전처 아닌가요?"

세월호 참사 후 정부는 청와대가 재난의 컨트롤타워가 아니라고 주장했다. 대통령을 보호하기 위한 포석인지는 모르겠지만, 작년 11월 아예 국민안전처를 신설하여 재난의 컨트롤타워를 제도적으로 옮겨 버렸다.

"국민안전처 장관이 재난을 총괄 지휘한다고? 웃기는 소리지. 재난에 대처하려면 정부 각 부처가 긴밀하게 협조하여 공동으로 대응해 나가야 해. 그런데 다른 부처 장관들이 국민안전처 장관의 지휘에 순순히 응하겠어? 국무총리나 대통령이 나서도 될까 말까 한 상황인데? 국민안전처를 신설해서 면죄부를 받는 이는 대통령뿐이야. 그 피해는 고스란히 국민이 지는 거고. 지금이라도 재난이

터지면 정부는 우왕좌왕할 거야. 국민안전처 따위를 만든 건 정말 비겁하고 비열한 짓이라고 생각해."

"비겁하고 비열하다고요?"

"재난의 컨트롤타워를 맡기 싫으면 대통령을 안 하면 되는 거야. 행정부 수반에 국군통수권자로 권리는 다 가지고, 힘든 업무는 피하겠단 잔머리로밖에 생각이 안 들어. 오늘은 이런 얘기 하려고 만난 건 아니지만……."

"보름 전에 저 광장으로 선배 따라 취재를 갔었어요. 유가족 대표와의 인터뷰를 녹음하는 일을 맡았죠. 저도 그들의 억울함이 풀렸으면 합니다. 하지만 이 정부 아래선 어렵지 않겠느냐고 고참 기자들도 그러더군요. 희망과 현실은 다르니까요. 진도에 다시 내려가시죠? 거기도 담당 기자가 있겠지만, 제 도움이 필요하면 언제든 연락 주세요."

해선이 입귀를 올리며 미소 지었다.

"첫꽃송이가 이렇게 씩씩해질 줄이야. 피가 어디 가겠어? 감숙자 선생님도 참 당당하셨지."

"어머니가요?"

"당신이 정한 원칙을 벗어나면, 교감이든 교장이든 가리지 않고 쓴소리 하셨단다. 너도 기자하다가 변호사 도움 필요하면 연락해. 당분간은 목포와 진도에서 할 일이 산더미라 바로바로 답을 주긴 어렵겠지만, 어쨌든 네 연락엔 최선을 다해 답할게. 그리고……."

해선이 허리를 숙이며 다가앉았다.

"내 방은 네가 잘 준비해 둬라?"

"방이라뇨?"

"설마 벌써 아파트를 처분한 건 아니지?"

해선이 휴대폰에서 문자를 찾아 내밀었다. 두 달 전 병달이 보낸 것이다. 자신이 세상을 떠나고 나면 아파트로 들어와서 첫꽃송이와 함께 살아 달란 당부가 적혀 있었다.

"몰랐어요."

"이렇게 유언을 남기셨지만, 네가 원하지 않으면 안 들어갈게. 어때?"

짧은 침묵이 흘렀다. 해선을 따르긴 했지만 한 지붕 아래 같이 산 적은 없었다. 어렸을 땐 하룻밤만이라도 해선과 자겠다며 떼를 썼었다. 첫꽃송이가 기대를 가득 담아 답했다.

"저야 너무너무 좋죠."

❖

6월 3일엔 느지막하게 일어나서 한강을 따라 자전거를 탔다.

병달의 유일한 취미가 자전거였다. 첫꽃송이도 유치원에 입학하기 전에 자전거를 배웠다. 숙자가 암에 걸리기 전엔 성남에서 강릉까지 3박 4일 자전거 가족 여행을 다녀오기도 했다. 숙자가 죽은 뒤 병달은 자전거를 즐기지 않았다. 아내와 함께 갔던 길을 혼자 가기 싫었던 것이다. 첫꽃송이는 대학 졸업할 때까진 한 달에 한두 번이라도 혼자 한강으로 나가곤 했다. 강바람을 맞으며 힘차게 페달을 밟노라면 고민들이 털려 나가는 기분이 들었다.

자전거를 타기에 좋은 날씨는 아니었다. 먹구름이 잔뜩 낀 데다 간간이 가랑비까지 흩뿌렸다. 그래도 강을 따라 페달을 밟기로 했다. 탄천 자전거길로 청담대교에 도착했을 때부터 빗줄기가 굵어졌다. 생수를 사러 들른 편의점에서 비에 젖는 한강을 쳐다보며 집으로 돌아갈까 잠시 고민했다. 그러나 다시 빗줄기가 약해졌으므로 동작대교까진 다녀오기로 마음을 고쳐먹었다. 병달은 자전거를 끌고 나가면 비가 오든 눈이 오든 최소한 예닐곱 시간은 페달을 밟아야 했다. 그의 피를 이어받은 첫꽃송이 역시 강을 따라 뻗은 자전거 도로를 눈앞에 두고 돌아선 적이 없었다. 만약을 대비해서 비닐 우의를 샀다. 입진 않고 백팩에 넣었다.

홀로 자전거를 달리면 처음엔 생각들이 성난 복어처럼 부풀다가 점점 옅어지면서 사라졌다. 결국 남는 것은 페달을 밟는 두 다리와 핸들을 쥔 두 손과 바람을 맞는 배와 가슴과 얼굴, 가쁘게 나왔다가 들어가는 숨뿐이었다. 부모를 이어 일기장을 채워 나갈지는 아직 정하지 않았지만, 그녀는 자신만의 방식으로 '시작'이란 걸 하고 싶었다. '산들회' 친척들과 해선 언니가 곁에 있긴 해도, 어머니에 이어 아버지까지 세상을 떠났으니 그녀는 고아였다. 세상 풍파를 홀로 맞고 견디고 이겨내야 했다.

동작대교를 지나서도 한 시간 더 페달을 밟았다가 되돌아왔다. 오는 길엔 소나기가 쏟아져 결국 우의를 꺼내 입었다. 그 바람에 예상보다 세 시간이나 더 강변을 달려야만 했다. 지쳤지만 포기하진 않았다. 대교를 지날 때마다 다리 밑에서 잠깐씩 쉬며 초콜릿과 사탕으로 기력을 보충하며 숨을 골랐다. 동작대교에서 돌아서지 않은 것을 후회하진 않았다. 오히려 온몸의 잔 근육들까지 팽팽하게 부푼 지금이 좋았다.

아파트 상가에서 뜨뜻한 국밥 한 그릇을 비우고 집으로 돌아왔다. 샤워를 간단히 하고 일찍 잠자리에 들 계획이었다. 병원을 옮기고 장례를 치르고 또 사흘 휴가를 받는 바람에 8일을 연이어 쉬었다. 내일 기자실에 가면 수습기자들로부터 또 위로의 말을 들을 것이다. 최대한 밝고 씩씩하게 답하리라 다짐했다. 수습 시절엔 하나라도 더 배우고 익혀야 하는데 8일의 공백은 너무 컸다. 그동안 동기들은 얼마나 부지런히 마와리를 돌았을까.

내일부터 악착같이 뛰어 보기로 했다. 24시간 중 잠자고 밥 먹는 시간까지 아낌없이 쏟을 것이다. 어차피 기자 인생에서 수습시절은 한 번 뿐이지 않은가. 후회를 남기고 싶지 않았다.

샤워를 마치고 거실로 나오는데 잔기침이 시작되었다. 어지럽기까지 해서 방으로 들어가지 않고 식탁에 잠시 앉았다. 휴대폰 벨소리가 울렸다. 저녁 9시, 막내 이모부 강은두였다.

“내일부터 출근이제? 준비는 얼충 다 했꼬? 니 막내 이모가 전화를 해보라꼬 맨날 닦달했지만, 쉬는데 방해가 되까 시퍼 참았다 아이가. 니가 얼매나 꿋꿋한진 내 잘 아니까. 혹시 도울 일 있으믄……."

기침 소리가 휴대폰을 통해 들려왔다.

"감기 드셨어요? 제 걱정 말고 이모부나 건강 챙기세요. 약은 드셨고요?"

"약은 무신 약! 오뉴월 감기는 강생이도 안 걸린다는데, 뜨신 국밥 한 그릇 묵었으니 곧 낫것제. 닌 어떻노? 아픈 덴?"

그녀는 올라오는 기침을 꾹 눌러 참았다. 감기 따위로 걱정을 끼치고 싶지 않은 것이다.

"없어요. 한강에 나가서 자전거 탔어요."

"비 안 왔나? 어제 일기예보 보니까 서울은 오늘 하루 쫑일 비가 어마무시로 내린다캤는데?"

"오는 둥 마는 둥 했어요."

"사십구재 때 '산들회' 다 모일 끼다. 그때 보자."

"그렇게 다들 안 오셔도 돼요. 먼 길인데요."

서울에 사는 친척은 없었다. 영남 호남 충청에 제각각 흩어져 바쁘게 지냈다.

"니 아부지하고 철썩 같이 약속했다 아이가."

"무슨 약속을?"

"그기 4월 말이었나. 새빅인데 입원실이라꼬 전화를 주셨더라꼬. 니를 딸처럼 챙겨 달라꼬. 걱정 딱 짜매노라꼬 했제."

병달은 시한부 선고를 받은 후 믿을 만한 사람들에게 첫꽃송이를 부탁했던 것이다. 은두를 비롯한 '산들회' 친척들과 해선을 외동딸의 울타리로 두고 싶었으리라.

"고맙습니다. 이모부, 저 이제 잘래요."

"그래그래. 퍼뜩 자거라. 또 연락하께."

전화를 끊은 후 안방 문을 열고 불을 켰다. 해선이 진도에서 상경할 때까진 이 방을 건드리지 않기로 했다. 이사 올 날이 잡히면 그때 의논해서 둘 것과 없앨 것을 다시 정하리라. 안방 불을 끄고 작은방으로 가려다가 소파 위에 올려둔 열 권의 공책에 눈이 갔다. 품에 안고 작은방으로 들어갔다. 침대 맡에 공책들을 놓고 비스듬히 누워 손에 잡히는 대로 폈다. 또 하필 마지막 권이었다. 그 공책을 놓고 다른 공책을 쥐려는데, 다시 기침이 쏟아졌다. 이불에 얼굴을 묻고 엎드려 한참을 콜록거렸다. 공책들을 침대 밑에 내려놓고 불을 끄고 누웠다. 가슴이 뜨거워지면서 머리까지 지끈거리기 시작했다. 숨을 고르며 손바닥으로 가슴을 쓸었다. 지금은 오로지 편히 잠들고만 싶었다.

❖

6월 4일, 정상 출근을 못 했다. 새벽까지 고열과 기침에 시달렸던 것이다. 알람을 맞춰 놓았지만 소리를 듣고도 일어나 끌 수 없었다. 처음엔 가위에 눌린 줄 알았다. 지독한 어지럼증과 함께 숨이 막힐 듯 가슴이 답답했던 것이다. 눈물이 줄줄 흘렀다. 허리를 접으며 일어나 앉자마자 위산이 역류했다. 겨우 침대 밖으로 고개만 돌린 채 토했다. 토하고 나선 제풀에 지쳐 쓰러졌다. 두통과 답답한 가슴 탓에 잠을 잘 수 없었다. 눈을 뜨고도 몸을 못 놀리는 상황이 이어졌다. 혀가 굳었는지 말도 제대로 나오질 않았다.

오전 9시 30분, 소 기자로부터 전화가 왔다. 책상 위에 둔 휴대폰을 받으려고 겨우 몸을 일으켰다가 다시 토했다. 그사이 전화가 끊어졌다. 문자가 날아들었다.

— 어디냐? 오늘 출근 잊진 않았지?

통화 버튼을 누르려다가 험험 헛기침을 했다. 이 목소리로는 누구와도 통화하고 싶지 않았다. 눈물을 닦고 느릿느릿 문자를 쳤다. 변명하긴 싫지만 둘러댔다. 하얀 거짓말도 조직 생활에 꼭 필요한 요령이라고 말한 기자가 바로 소도현이었다. 어차피 지금 씻고 챙겨 나가도 오전 근무는 어렵다.

— 오늘 반드시 마무리 지어야 할 일이 남아서요. 친척 어른들과 만나고, 점심 끝나기 전에 가겠습니다.

곧 답이 왔다.

— 미리 연락을 줬어야지. 알았어. 점심까진 내가 대충 둘러댈게. 대신 1시엔 얼굴 보자. 내가 기자실로 갈게. 오케이?

— 고맙습니다.

휴대폰을 침대에 던진 후 일어났다. 창문을 열어 환기부터 하곤 키친 타올로 구토물을 치웠다. 샤워를 하려고 욕실로 들어섰다. 온수를 틀고 잠옷을 벗으려는데, 다시 숨이 막히면서 시큼한 기운이 목을 타고 올라왔다. 좌변기에 얼굴을 대자마자 구역질이 나왔다. 저녁에 먹은 국밥은 이미 다 토했고 위액밖에 남아 있질 않았다. 10분 가까이 구역질과 기침을 번갈아 반복했다. 욕조에 들어가지도 못한 채 기대앉았다. 별별 걱정이 다 들었다.

어제 온종일 비를 맞았다 해도, 오뉴월 감기가 이토록 지독할 린 없어. 식중독인가. 국밥이 상하기라도 했을까.

오후 1시에도 여전히 욕실에 머물렀다. 기어서 나갈 힘도 없었던 것이다. 기침이 시작되면 좌변기를 붙들어 안았고, 기침이 잦아들면 모로 쓰러져 앓았다. 소 기자로부터 계속 문자가 왔다. 핑계 대지 않고, 몸이 많이 아프다고 솔직하게 밝히고 싶었다. 겨우겨우 기어서 침대 위 휴대폰을 쥔 때가 오후 6시였다. 다섯 통의 문자 중에서 10분 전에 들어온 마지막 문자가 눈에 띄었다.

— 시청 신청사 2층 브리핑룸에서 밤 10시 긴급 기자 회견 한대. 수습 모두 지원 나갈 것.

이제 수습 시절도 막바지였다. 마와리를 도는 대신 수습기자 전원에게 현장 지원을 나가라는 명령이 처음으로 내려온 것이다.

첫꽃송이는 통화 버튼을 누르려고 검지를 가져갔다. 도저히 이 몸으론 힘들겠다고 말해야 했다. 정말 하기 싫은 이야기였다. 버튼을 누르기도 전에 전화가 걸려 왔다. 감숙희, 막내 이모 이름이 발신자로 떴다. 전화를 끊으려다가 불길한 예감이 들어 통화 버튼을 눌렀다. 성격 급한 이모 목소리가 장맛비처럼 쏟아졌다.

“이기 무슨 일이꼬? 이모부가 방금 응급실 들갔다. 열이 풀풀 끓고 밤새 기침하고 묵은 것도 좔좔 토하고 정신도 깜빡깜빡 놓치고. 얼매나 튼튼한 사람인지 니도 알제? 구급차에서 이모부가 그러더라꼬. 니한테 전화해 보라꼬. 니는 괜찮나? 안 아프나?”

첫꽃송이는 답을 못 했다. 들고 있던 휴대폰이 툭 하고 떨어졌다. 정신을 잃은 것이다.

❖

소 기자는 오후 1시에 경찰서 기자실로 갔지만 첫꽃송이를 만날 순 없었다. 그때부터 저녁 7시까지 수시로 문자를 남기고 전화를 걸었다. 여전히 답이 없었다. 부친상의 슬픔을 감안하더라도 연락 두절은 질책받아 마땅했다. 현장으로 그녀를 곧장 보냈다고 둘러대지 않았다면, 사회2부장까지 벌써 보고가 올라갔을 것이다.

6월 1일 아침에 대외비로 전해 들은 소식이 내내 마음에 걸렸다. F병원 응급실에서 5월 27일부터 29일까지 머문 환자가 30일에 확진 판정을 받았다는 것이다. 5월 20일 1번 환자가 확진 판정을 받은 병원이기도 했다. 또한 그 병원 응급실엔 첫꽃송이와 그 아버지 이병달도 5월 27일부터 28일까지 있었다. 첫꽃송이와 통화를 했다.

다행히 그녀는 다음 날 곧바로 기자실로 출근을 하겠다고 조를 만큼 건강했다. 소 기자는 F병원과 메르스에 대해 그녀에게 알리려다가 그만뒀다. 아버지를 잃은 슬픔이 클 텐데, 새로운 걱정거리를 얹기가 조심스러웠다. 감염 징후가 없으니 지금은 이대로 넘어가고 나중에 따로 말해야겠다고 생각했다.

저녁 9시 30분 브리핑룸으로 들어갔다. 방송사와 언론사 기자들이 백 명도 넘게 와 있었다. 서울시청 공무원 중 이런저런 인연을 맺은 이들에게 전화를 미리 돌렸다. 아는 것도 없고 해 줄 말도 없다는 답이 메아리처럼 돌아왔다. 함구령이라도 내린 걸까. 밤 10시를 넘겨 기자 회견을 갖는 것은 이례적이었다. 갖가지 추측이 떠다녔다. 야당에 속한 서울시장은 정부나 여당과 줄곧 마찰을 빚고 있었다. 엇박자 행보로 청와대로부터 직접적인 비판을 받은 적도 여러 번이었다.

"뭣 좀 건진 거 있어?"

갑자기 어깨를 집힌 소 기자가 옆자리를 쳐다보았다.

"선우 선배도 오시는 거였어요?"

선우병호는 사회1부에 속한 의학 전문 기자였다. 서울시에서 기자 회견 직전에 몇몇 의학 전문 기자에게 따로 연락을 취한 것이다. 뒷자리에 앉은 수습기자 세 명이 일어나서 인사를 했다. 선우 기자가 그들에게 손을 들어 보이며 답했다.

"생맥 한 잔 시원하게 들이켜려 했는데, 오라더라고."

"그럼, 의학 관련 기자 회견이란 소리군요."

소 기자가 목소리를 낮췄다.

“뭐라고 보십니까?”

“뭘 거 같아?”

수습기자들을 남겨 둔 채 잠시 복도로 나왔다. 주위에 아무도 없다는 걸 거듭 확인한 뒤, 소 기자가 다시 물었다.

“그겁니까?”

“아마도!”

“근데, 그건 서울시장이 나설 문제가 아니지 않습니까? 국민안전처도 있고…….”

선우 기자가 말허리를 잘랐다.

“국민안전처가 전염병에 대해 뭘 할 수 있는데? 중앙소방본부와 해양경비안전본부가 그 밑에 전부야. 전염병을 맡을 전문가는 국민안전처에 단 한 명도 없다고.”

소 기자가 취재 수첩을 펼쳐 들곤 말했다.

“보건복지부와 질병관리본부는요? 5월 20일 메르스 1번 환자가 나왔을 때 감염병 위기경보 수준이 ‘관심’에서 ‘주의’로 격상되었고, 그날 바로 질병관리본부장을 본부장으로 하는 ‘중앙방역대책본부’가 설치되었습니다. 애초에 정한 2미터 이내 1시간 이상 기준에서 벗어난 확진 환자가 나온 5월 28일엔 ‘중앙 메르스 관리대책본부’로 확대되었고요. 처음엔 보건복지부 차관이 본부장을 맡았는데 이것도 6월 2일부턴 보건복지부 장관으로 격상되었죠.”

“그딴 게 다 무슨 소용이야. 뚫렸다고.”

"뚫리다뇨?"

"'주의' 정도로 해결될 상황이 아니란 소리야. 감염된 환자가 경기도가 아닌 다른 지역, 그러니까 서울로 이동하여 메르스를 전염시키기 시작했다면 당연히 '경계'나 '심각'으로 올려야 해. 이게 보건복지부 차원에서 감당할 일이야? 그 정도로 해결이 되겠어?"

"'경계'나 '심각'까지 간다는 건 정부 모든 부처가 메르스 사태를 해결하기 위해 집중한다는 뜻이잖아요?"

"당연하지. 천만 명이 사는 수도 서울에 메르스가 확산되기 시작했어. 그런데 중앙 정부에선 이에 대한 방비책이 없는 셈이야. 멀리 달아난 물고기를 잡으려면 그물을 넓게 쳐야 해. 청와대는 이번에도 컨트롤타워가 절대로 아니라고 처음부터 선을 긋고 있어. 국민안전처 장관은 역할을 하고 싶어도 손발이 없지. 그러니 서울시장이 직접 나설 수밖에."

"세월호 참사 때 초기 대응이 엉망이라고 두고두고 비난받았는데, 여전히 그 꼴이라고요?"

10시 30분 서울시장이 브리핑룸으로 들어섰다. 그와 동시에 보도 자료가 기자들 메일로 날아들었다. 소 기자가 메일에 첨부된 보도 자료 파일을 열고 첫 글자를 곱씹었다.

"메르스!"

선우 기자의 추측대로 역시 메르스였다.

시장이 굳은 얼굴로 정면을 쳐다보았다. 두 눈에 힘을 잔뜩 싣고 단호한 어투로 이야기를 시작했다.

"서울 시민 여러분! 여러분의 안전을 책임지고 있는 시장입니다. 촌각을 다투는 일이기에, 늦은 시간인 줄은 알지만 이렇게 브리핑룸으로 왔습니다. 결론부터 말씀드리겠습니다. 메르스는 근절되지 않았습니다. 새로운 환자가 5월 30일 서울 F병원에서 확진 판정을 받았습니다. 정부 당국에 요청합니다. 우선 메르스가 새롭게 발생한 F병원은 물론이고, 메르스 1번 환자가 입원했거나 외래 진료를 위해 방문한 병원들의 실명을 공개하십시오. 또 이번에 F병원에서 확진 판정을 받은 환자의 동선과 머문 병원들 역시 공개해야만 합니다. 아울러 이 확진 환자와 접촉한 격리 대상자와 격리 예정자의 숫자도 밝히십시오. 다시 한 번 강조합니다. 이번에 확진된 환자는 5월 27일부터 29일까지 F병원 응급실에 머물렀습니다. 그 사흘 동안 응급실을 오간 환자들은 물론이고 의사와 간호사와 병원 직원 모두 격리하여 전수 검사를 실시해야 합니다. 메르스 환자와 같은 병원에 머문 줄도 모른 채, 서울 시내를 돌아다니는 이들이 있어서는 안 됩니다. 서울을 무방비 상태로 둘 순 없습니다. 정부가 제 요구를 받아들이지 않는다면, 서울시를 책임지고 있는 시장으로서 제가 직접 메르스 현황을 파악하고 근절 대책을 세우겠습니다. 그리고 서울 시민에게 정보를 투명하게 알려 드리겠습니다."

발표가 끝나자마자 기자들의 질문이 쏟아졌다. 질문은 크게 두 가지로 요약되었다. 정부와 미리 의견을 나눴는가 하는 것이 첫째이고, 메르스 확진 환자들이 머문 병원이 어디인가 하는 것이 둘째였다. 시장은 기자 회견 전에 보건복지부 장관과 통화했다고 밝혔고, F병원을 비롯한 병원들의 실명을 공개하는 것은 정부의 몫이라며 화살을 돌렸다. 소 기자도 질문했다.

"지금 현재 서울이 메르스로부터 안전하지 않다고 보시는 것이죠? 이 소식이 전 세계에 알려지면 서울을 찾는 외국 관광객이 현저하게 줄어들 겁니다. 어떻게 전망하십니까?"

시장이 주저하지 않고 답했다.

"관광객보다 서울 시민의 안전이 더 중요합니다."

마지막으로 선우 기자가 손을 번쩍 들었다.

"F병원이 어딘지 밝히면 관련 주가株價까지 한꺼번에 떨어지리라고 예상하십니까?"

시장이 답했다.

"거기에 답하면, F병원이 어디인지 내 입으로 밝히는 꼴이 됩니다. 노코멘트 하겠습니다. 다만 이렇게 말씀드릴 순 있겠군요. 제게는 병원이나 병원과 관련된 회사가 입을 손실보다 서울 시민의 안전이 더 중요합니다. 제가 서울 시민의 안전을 가장 중요하게 여기는 시장이듯이, 이 정부도 국민의 안전을 가장 중요하게 여기는 정부여야 합니다. 경제적 손익을 따질 문제가 결코 아닙니다. 고맙습니다. 이 정도 하겠습니다."

시장이 브리핑룸을 떠나자마자, 노트북을 두드리는 기자들의 손놀림이 빨라졌다. 최대한 빠르고 정확하게 발표 내용을 송고해야 하는 것이다. 시장이 신청사를 떠나기 전, 소 기자는 복도로 나와서 민국방송 행정지원부로 전화를 걸었다.

"보도국 사회2부 소도현 기잡니다. 수습기자 이첫꽃송이, 주소를 알려 주세요. 급합니다. 이송이가 아니라, 이첫꽃송이! 이가 성이고 첫꽃송이 이게 이름입니다. 성과 이름 합쳐 다섯 글자!"

주소를 받아 적은 소 기자는 119구급대로 연락했다. 자신의 이름과 직장을 밝히곤 첫꽃송이의 주소를 불러 줬다. 27일과 28일 F병원 응급실에 머문 이첫꽃송이 기자와 통화가 되지 않는다고, 즉시 출동해 달라고 말했다. 그리고 사회2부장에게 전화를 넣었다. 부장이 고함부터 질러 댔다.

"야! 너 어디 숨어 있다가 나타난 거야? 곧 특집 뉴스 내보낼 거야. 멘트 정리하고 대기해. 카메라 은 기자한테도 빨리 연락 넣고."

소 기자가 엉뚱한 보고를 올렸다.

"이첫꽃송이, 아무래도 메르스 같습니다."

"무슨 소리야?"

"5월 28일 저녁에 조문 같이 가셨잖습니까?"

"알아. 하지만 거긴 장례식장이잖아? 아…… 그럼 혹시?"

"맞습니다. 이번에 새로 확진된 환자가 5월 27일부터 29일까지 F병원 응급실에 머물렀습니다. 나머지 환자들은 응급실에서 감염된 것이고요. 이 기자가 사실 오늘 아침에 출근을 안 했습니다."

"현장으로 바로 보냈다며?"

"죄송합니다. 거짓말이었습니다."

"참말은 뭐야?"

"그게, 할 일이 남아서 오후에 출근하겠다고 문자가 왔었습니다.

그런데 오후부터 계속 연락했지만 전화와 문자도 안 받고 연락도 없습니다."

"그래서?"

"아무래도 감염된 것 같습니다. 119에 방금 신고했습니다."

"자가격리되었었나?"

"아닙니다. 그랬다면 벌써 저한테 연락을 했겠지요. 격리 대상자가 아니었습니다. 6월 1일에 통화했을 땐 목소리가, 그 뭐랄까, 아주 쌩쌩했습니다."

짧은 침묵이 흘렀다. 부장의 목소리가 갑자기 높고 빨라졌다.

"거기서 뭐하고 있어?"

소 기자는 질문의 맥락을 몰라 머뭇거렸다. 부장이 고쳐 물었다.

"기자 회견장 스케치와 질의응답에서 핵심 부분은 추렸지?"

"네."

"브리핑룸엔 누가 더 있나?"

"인터뷰 장면 보셨겠지만 선우 선배가 서울시로부터 따로 연락받고 왔고요. 수습기자들이 참관하러 왔다가 대기중입니다."

"그럼 그거 선우 기자한테 맡기고, 넌 빨리 가."

"네?"

"첫꽃송이한테 가라고! 이 기자가 F병원 응급실에 5월 27일과 28일 머물렀는데도 격리 명단에서 빠졌고, 잠복기를 거쳐 지금 어쩌면 메르스 환자가 되었을지도 모른다는 거잖아? 부친상 치른 지 얼마 되지도 않았는데, 얼마다 황당하고 두려울까. 병원에 무사히 닿을 때까지 가서 잘 챙기도록 해. 담당 의사도 만나 보고. 혹시 취재하겠다고 다른 방송사나 신문사에서 붙으면 네가 책임지고 막아. 취재보단 사람부터 살리고 봐야지."

소 기자가 달리며 답했다.

"알겠습니다. 바로 가겠습니다."

❖

6월 4일 밤 11시 50분, 이첫꽃송이를 실은 구급차가 F병원에 도착했다. 그녀의 아파트로 구급차가 들어간 시각은 6월 4일 밤 11시였다. 잠긴 현관문을 부수고 들어가는데 20분을 허비했다. 레벨 D 보호 장구를 착용한 구급 대원은 부엌에 딸린 작은방에서 첫꽃송이를 발견했다. 이름과 나이를 밝힐 정도로 의식은 있었지만, 고열과 두통 그리고 호흡 곤란으로 인한 탈진 상태였다. 그녀를 처음 발견한 구급 대원에게 겨우 한 마디 했다.

"모부도……."

이모부의 '이'를 입술 밖으로 밀어내지 못한 것이다.

구급 대원은 '모부도'가 무엇인지 잠깐 고민했다. 섬 이름일까. '부모도'를 잘못 말한 것일까. 아파트엔 그녀 혼자였고 지금은 그녀를 병원으로 옮기는 것이 급했다. 구급차가 F병원으로 향하는 20

분 남짓 작고 가느다란 신음만 흘러나왔다. 그중에서 제대로 들리는 자음과 모음은 없었다. 소 기자만이 거칠게 운전하며 구급차를 뒤쫓았다.

첫꽃송이는 병원에 도착하자마자 가래를 가득 뱉곤 다시 정신을 잃었다. 그 가래로 PCR 검사를 시행하였다.

6월 5일 자정 1차 검사 결과가 나왔다. 양성이었다.

6월 7일 아침 2차 검사 결과가 나왔다. 양성이었고, 메르스 환자로 확진되었다.

제2부

투병

내가 그의 이름을 불러 주기 전에는

6월 7일 오전 11시, 정부는 메르스 관련 병원 명단을 공개했다.

관련 병원은 모두 24개이며, 확진 환자가 나온 병원은 F병원을 비롯한 6개이고, 나머지 18개는 그들이 경유한 병원이었다. 세종 정부청사 기자 회견장에 보건복지부장관과 나란히 들어온 경제 부총리는, 6월 3일 대통령이 메르스 대응 민관합동 긴급점검회의에서 환자가 발생한 의료 기관을 투명하게 알려야 한다고 지시한 바 있으며, 신고 폭증에 대비한 신고 체계 구축 및 격리병상 추가 확보 등의 사전 준비를 마친 뒤 공개하게 되었다고 밝혔다. 이 주장은 6월 4일 저녁 서울시장의 메르스 관련 병원 공개 요구와 무관하게 정부가 명단 공개를 먼저 준비해 왔다는 뜻이다. 그러나 6월 4일 서울시장의 기자 회견이 없었다면 정부가 병원 명단을 서둘러 공개했을지는 여전히 의심스럽다.

5월 20일 첫 확진 환자가 나온 이후는 물론이고 5월 30일 F병원에서 확진 환자가 다시 나온 후에도, 정부는 야당과 시민단체의 병원 명단 공개 요구를 무시하거나 거절해 왔다. 보건복지부가 밝힌 병원 명단 공개의 부작용으로는 일반 환자의 병원 기피, 이로 인한 의료계의 메르스 유사 환자 진료 기피, 병원이 있는 지역 사회의 혼란과 지역 경제 침체 등이다. 득보다 실이 많다고 판단한 것이다. 아울러 환자가 발생한 의료 기관과 확진 환자 명단은 진작부터 의료계와 공유하고 있었다고 밝혔다. 밀접접촉자에 대한 추적 관리를 충실히 수행하는 중이라고 자평하기도 했다.

정부와 의료계가 메르스 정보를 공유했는지는 모르겠지만, 일반 국민들은 메르스가 어떤 경로로 전염되고 어느 지역에 몇 명의 환자가 발생하였는지 전혀 몰랐다. 정부는 또한 유언비어 유포자를 엄벌하겠다고 천명했으나, 각종 소문과 주장이 흘러넘친 것은 정부의 초기 대응이 미숙한 탓이었다. '2미터 이내에서 1시간 이상' 머문 밀접접촉자 외에도 메르스 환자들이 발생하면서 '밀접'의 기준 자체가 의심받는 상황에 이르렀다. 정부는 일부 추적되지 않고 누락된 접촉자가 있다는 식으로 변명했지만, '밀접'의 기준과 범위 설정, 그리고 병원 명단 미공개에 대한 비판이 쏟아졌다. 정부는 이런 비판을 유언비어로 치부하며 묵살과 회피로 일관했다.

5월 20일부터 6월 7일까지, 메르스 발병 직후 정부가 병원 명단을 공개하지 않은 19일 동안 메르스 환자들이 머문 병원은 24곳이었다. 감염 의심자 수는 6월 7일 기자 회견에 참석한 정부 고위 관료 중 누구도 확인해 주지 않았다. 6월 6일까지 메르스 확진 환자는 64명에 달했고, 그중 6일 하루 확진 환자만도 22명이었다. 이렇듯 환자가 폭발적으로 늘어난 것은 정부가 병원 이름을 감추는 바람에 사람들이 자유롭게 24개 병원을 오간 결과이기도 했다.

6월 7일 정부 발표의 여파는 상상 이상이었다.

사람들이 많이 모이는 행사들이 직격탄을 맞았다. 해마다 정기적으로 열리는 축제와 각종 공연이 취소되었다. 극장은 텅텅 비었고, 야구장과 축구장도 관객이 급속도로 줄어들었다. 해외에서 들어오는 관광객도 급감했다. 교육청마다 메르스 상황실이 마련되었고, 일부 학교는 휴교에 들어가기도 했다. 휴교를 결정한 학교는 경기도와 서울 지역에 집중되었다. 비상식량을 대량 구매하는 이들도 있었고, 손 세정제의 판매 역시 급증하였다. 대형 쇼핑몰과 재래시장 역시 손님이 반의반으로 줄었다. 버스나 기차 그리고 지하철을 탈 때 마스크를 하는 사람들이 나날이 늘었으며, 그렇게 마스크를 쓴 이들을 의심의 눈으로 멀찍이 떨어져 살피는 사람들 또한 많아졌다. 얕은 기침을 한두 번 했다고 식당 출입을 거절당한 사례까지 나왔다. 국민들은 19일이나 병원 명단을 감춘 정부를 믿지 않았을 뿐만 아니라, 정부가 알파벳으로만 밝힌 병원 실명을 여러 경로로 추적하여 알아냈다. 아무도 믿지 않고 스스로 살 길을 찾아 나섰던 것이다. 정부와 병원과 공동체에 대한 믿음이 깨진 자리에 어울리는 사자성어가 유행했다. 각자도생各自圖生.

제주도까진 무슨 일이십니까?

5월 27일 F병원 응급실 복도에서 스쳤던 치과 의사 김석주, 출판물 종합유통업체 부장 길동화, 수습기자 이첫꽃송이는 6월 5일 같은 병원에서 메르스 양성 1차 판정을 받았고, 이틀 뒤 6월 7일 메르스 확진 판정을 받았다. F병원의 실명을 온 국민이 알게 된 바로 그날이었다.

6월 7일 세 사람은 메르스 환자들을 위해 마련된 격리병실에 입원했다. 메르스 환자를 위해서는 병실 기압이 바깥 기압보다 낮아 바이러스가 유출되지 않는 음압 병실이 필요했다. 그러나 대형 종합 병원인 F병원엔 음압 병실이 없었다. 임시방편으로 한 층을 통째로 비워 환자들을 입원시켰다.

확진 환자들이 격리병실에 입원하고 감염 의심자들이 제한된 장소에서 메르스 검사를 받는 동안, 큰 소동을 겪은 이들은 바로 자가격리 대상자들이었다. '2미터 이내에서 1시간 이상'이라는 기준이 무너진 상황에서 정부와 질병관리본부 그리고 병원은 자가격리자의 숫자를 확정하지 못했다. 5월 27일 하루만 응급실에 머문 길동화, 27일부터 28일 아침까지 아버지 이병달을 간병한 이첫꽃송이, 그리고 27일부터 29일 아침까지 내과 존 의자에서 대기한 김석주 등은 자가격리 대상자가 아니었음에도 메르스에 감염되었다.

이 나라에선 환자가 입원하면 간병인이 따라 들어오는 것이 보통이다. 간병인 없이 입원실이 돌아가지 않는다는 말이 상식으로 통할 정도였다. 가령 6인실이면 환자 6명에 간병인 6명 합쳐서 12명이 생활한다고 봐야 했다. 6월 7일 길동화, 이첫꽃송이, 김석주가 메르스 확진 판정을 받은 뒤, 병원에 계속 머문 간병인은 없었다. 영아가 고집을 부렸지만 오래 버티진 못했다. 병원을 오가기는 커녕 환자의 가족도 감염 의심자이기에 자가격리를 할 수밖에 없었다. 가족뿐만 아니라 메르스 확진 환자와 근무했던 직장 동료나 카페에서 어울려 수다를 떤 친구 역시 감염 의심자에 포함되었다.

자가격리 기간은 메르스 환자와 접촉한 최종일로부터 14일로 잡는 것이 보통이었다. 메르스 0번 환자가 응급실에 들어온 5월 27일을 기준으로 삼는다면, 대상자의 자가격리가 해제되는 가장 빠른 날은 6월 10일이었다. 그러나 길동화와 이첫꽃송이와 김석주 역시 메르스 환자로 판정을 받았기 때문에, 가족과 지인의 격리 해제 날짜는 또 한참 늦춰질 수밖에 없었다.

자가격리를 통지하는 보건소 중에는 자가격리 대상자들이 메르스 환자와 언제 어디서 접촉했는지 상세히 파악하지 못한 경우가 적지 않았다. 병원에서 넘겨받은 의료 기록과 확진 환자들의 기억에 의존하여 격리 대상과 기간을 정했던 것이다. 기록이나 기억에 착오가 생겨도 바로잡을 방법이 없었다.

정보 부족과 관리 미숙에 따른 허점, 그로 인해 발생하는 위험을 국민들이 고스란히 떠안은 상황이었다. 보건복지부와 질병관리본부와 병원과 보건소가 우왕좌왕하는 사이, 많은 이들이 자가격리와 관련하여 낯설고 불편한 국면에 맞닥뜨렸다. 보건 당국으로부터 설명을 들은 적도 지침을 받은 적도 없었고, 어디에 문의해도 마땅한 답을 얻지 못했다. 국민들은 보건 행정의 사각지대에서 어쩔 수 없이 스스로 판단을 내려야만 했다. 격리를 결심하고 유지하고 또 마침내 해제를 택하면서도, 계속 자기 자신에게 묻고 또 물었다. 법적으로 문제가 없을까? 법적으로 문제는 없지만 도덕적으로 문제가 없을까? 법적으로나 도덕적으로 문제는 없지만 그래도 지금 해제하는 것이 옳을까? 공허한 메아리처럼 질문만 되돌아왔다. 시원한 대답은 어디에도 없는 갑갑한 나날이었다.

❖

길동화의 경우를 먼저 보자. 막내 여동생 동심은 집에 머물렀다. 만성빈혈과 복통 탓에 초봄부턴 바깥출입을 거의 하지 않았지만,

이제 아파트 상가 마트에도 갈 수 없었다. 화장실을 쓸 때 외엔 주로 안방에 머물렀다. 딱 한 번 마트 주인 사내가 쌀과 라면과 과자를 오토바이로 왕창 싣고 와선 문 앞 복도에 두고 갔다. 그녀는 집에서 홀로 6월 19일까지 견뎠다.

자가격리 때문에 타지에서 고생한 사람은 외아들 예석이었다. 그는 6월 4일 새벽 첫 비행기로 단짝 친구 윤채범과 제주도로 떠났다. 예석은 호리호리한 키에 피부가 유난히 희고 목이 길었다. 농구공을 한 손에 잡을 만큼 손가락이 길어 어려서부터 '거미손'으로 통했다. 연필이든 크레파스든 펜이든 붓이든, 긴 손가락 사이에 쥐고 그리는 걸 즐기고, 휴대폰이나 컴퓨터를 붙들고도 꽤 멋진 스케치를 하더니, 미술 대학 디자인학과에 합격했다. 채범은 축구를 하려고 학교에 간다는 소리를 들을 만큼 체육을 좋아했다. 키가 작아 축구 선수가 되진 못했지만 취미를 살려 사회체육학과로 진학했다. 생활 체육 지도자가 되는 것이 채범의 꿈이었다. 생김새나 관심사가 매우 다른 두 사람이지만 고등학교 3년 내내 붙어 다녔고 대학에 입학한 후에도 한 달에 한두 번은 꼭 만났다. 제주도 여행은 둘이서만 떠나는 첫 여행이었다.

6월 7일 동화가 메르스 환자로 확진되었다는 소식을 들은 예석은 채범만 공항으로 보냈다. 그는 마스크를 사서 쓰고 여행 가방을 끌며 보건소로 찾아갔다. 보건소는 그가 머문 민박집에서 도보로 5분밖에 떨어져 있지 않았다. 단층 붉은 벽돌 건물인데, 옥상에 노란 물탱크 옆으로 옥탑방을 올렸다. 이차선 도로 건너 보건소를 보며 전화를 걸었다. 젊은 직원이 전화를 받았다.

"안녕하세요."

예석이 용건을 곧장 밝혔다.

"메르스 자가격리…… 그걸 해야 한다는데요."

"메르스……? 잠시만요!"

당황한 직원이 통화를 멈췄다. 긴 한숨 소리에 이어 질문이 날아들었다.

"자가격리 통지서를 받으셨습니까?"

"통지서? 그게 뭡니까?"

예석은 민박집 앞 식당에서 아침 식사를 하며 동화와 동심의 전화를 차례로 받았다. 동화는 13층 격리병실로 옮겼다고 했다. 메르스가 완치될 때까지 입원 치료를 받아야 하며, 집에서 함께 생활한 가족은 자가격리 대상자라고 알려 주었다. 곧이어 걸려 온 전화에서 동심은 울음 섞인 목소리로 오늘부터 꼼짝도 못 한 채 안방에 누워 있게만 생겼다며 한탄했다. 예석은 당장 집으로 돌아가겠다고 말했다가 동화에게 혼이 났다. 공항에 가선 절대로 안 되고, 버스나 택시도 타지 말고 병원이나 보건소에 도움을 청하라고 했다. 침착하게 상황을 전한 동화도 자가격리 통지서에 관해선 설명해 주지 않았다.

"제주에 사십니까?"

"놀러 왔습니다. 3박 4일. 집은 강남구 쪽인데요."

"그럼 강남구 보건소장이 자가격리 통지서를 발송했을 겁니다."

예석의 목소리에 날이 섰다.

"서울 가서 통지서를 가져오기라도 하란 겁니까? 통지서를 받기 전이니까, 공항 가서 비행기를 타도 된다 이겁니까? 그렇게 할까요?"

직원이 우물쭈물 겨우 답했다.

"……아닙니다. 그게 아니라, 통지서가 있으면 행정 처리가 더욱 원활하게……."

전화 받는 목소리가 여자로 바뀌었다.

"자가격리를 해야 한다고 생각하는 이유가 뭐죠? 메르스 환자와 접촉했습니까?"

"질문하는 그쪽은 누구신가요?"

"의사예요."

의사라는 말에 예석은 조금 안심이 되었다.

"엄마가 오늘 아침 메르스 확진 판정을 받았답니다. 그래서 이모도 집 밖 출입을 하지 않으신다 하고, 저한테도 사람 많은 공항에 가지 말라고……."

"올바른 판단이네요. 현재 계신 곳이 어디죠?"

"보건소 앞입니다. 도로 건너."

"바로 앞이라고요?"

하얀 가운을 입은 여자가 출입문을 열고 나왔다. 예석이 팔을 들자 그녀도 엉거주춤 팔을 올렸다. 팔을 든 채 두 사람은 통화를 이어 갔다.

"어디서 묵으셨나요?"

"5분 정도 떨어진 곳에서 민박했습니다. 짐은 다 챙겨 나왔고요. 원래 계획대로라면 공항에 가서 비행기를 타야 할 시간이거든요."

"민박집 이름이 뭔가요?"

"'오름 민박'"

"아, 거기요."

그녀가 오른팔을 들어 건물 모서리를 가리켰다.

"비상계단 보이시죠?"

"네."

"거기로 올라가서 물탱크를 돌면 옥탑방이 나와요. 숙직실로 사용하는 곳이에요. 그곳에 격리할게요. 건너오세요. 저한테 오지 마시고 곧장 2층으로 올라가시면 돼요."

"알겠습니다."

"강보라예요."

"네?"

"제 이름. 이 보건지소를 맡은 공중 보건의가 한라산에서 넘어져 다리를 다쳤어요. 갈비뼈도 세 대나 부러졌고요. 2주 정도는 입원해야 한대요. 그래서 제가 제주시 보건소에서 지원 나왔어요. 그쪽은 이름이 어떻게 되나요? 격리자 이름을 알고 있어야 할 것 같아요. 제주시 보건소와 도청 담당자에게 알리기도 해야 하고."

"조예석. 그게 제 이름입니다."

"알겠어요. 조예석 씨. 그럼 건너오세요."

예석이 도로를 건너가는 사이, 보라가 가운 앞주머니에서 마스크를 꺼내 콧등까지 올려 썼다. 그는 보라가 알려 준 대로 계단으로 향했다. 여행 가방을 들고 좁은 철제 계단을 오르는 것이 쉽지 않았다. 그녀는 예석을 돕고 싶었지만 계단으로 가지 않고 참았다. 보호 장구를 착용하지 않고 격리 대상자의 소지품을 만져선 안 된다. 계단을 절반쯤 올라간 예석이 고개를 삐죽 내밀어 아래를 내려다보았다. 눈이 마주쳤다.

"도와드리고 싶지만……."

"이해합니다. 엄마에게 제가 감염되었다면, 이 가방도 바이러스에 오염되었을 가능성이 있는 거죠?"

'오염'이란 단어에 유난히 힘이 실렸다. 그녀는 입으로만 웃곤 답했다.

"맞아요. 접촉을 피해야 해요. 그게 격리를 하는 이유이기도 하고요. 많이 무거운가요?"

"이 정도쯤이야……."

예석이 다시 움직였다. 편의점에서 아르바이트를 하면, 이보다 두 배는 더 무거운 상자를 하루에 열 개도 넘게 나른다고 설명하진 않았다. 물탱크를 끼고 도니 곧바로 옥탑방이었다. 욕실을 겸한 화장실이 딸렸고, 좁은 방에는 낡은 옷장과 텔레비전이 전부였다.

예석은 6월 5일부터 18일까지 보건소 숙직실에서 격리 생활을 했다. 보라와 보건소 직원들은 메르스 관련 뉴스를 보고도 서울과 경기도 일부 지역의 전염병으로 간주했었다. 제주도까지 영향을 미치리라곤 예상하지 못한 것이다. 그들은 갑작스럽게 보건소 옥탑방에 스스로 갇힌 대학 신입생을 위해 협조를 아끼지 않았다. 그러나 예석은 격리 기간 동안 편히 지내진 못했다. 복통, 설사와 함께 피부 곳곳에 물집이 잡히기 시작한 것이다. 메르스에 걸린 엄마, 늘 약을 끼고 사는 막내 이모를 두고 홀로 제주도에 떨어져 있는 것 자체가 극심한 스트레스였다.

겨우 잡은 편의점 아르바이트 자리도 날아갔다. 편의점 주인에게 전화를 걸어 자초지종을 설명했다. 처음엔 믿지 못하는 눈치였고, 거듭 세세히 이야기하자, 설령 그 말이 사실이라고 해도 격리가 풀려 제주에서 서울로 돌아올 때까지 기다리긴 힘들다는 답이 돌아왔다. 아르바이트 직원이 펑크를 내면 주인인 자신이 매일 여덟 시간을 꼬박 더 일해야 한다는 것이다. 전화를 끊은 뒤 예석은 머리를 부여잡고 소리를 질렀다. 보라가 올라와 문을 향해 앉아선 별일 없느냐고 물을 정도였다.

"여기 갇혀 지내는 것 자체가 별일입니다. 방금 아르바이트를 잘렸습니다. 제가 얼마나 물건을 잘 파는 줄 아십니까? 주인이 근무할 때보다도 매상이 평균 두 배나 많습니다. 그런데 싹둑 잘렸다고요."

"비결이 뭔가요?"

보라가 차분하게 물었다.

"지금 그딴 걸 따질 땝니까?"

예석의 목소리에 짜증이 묻어났지만, 그녀는 여전히 낮은 목소리로 물었다.

“어차피 그 편의점엔 못 가게 되었잖아요? 매상을 그렇게 높였다면, 곧 다른 곳에서도 아르바이트를 할 수 있을 거예요. 특별한 비결이라도 있나요?”

반복된 질문에 예석도 답을 했다.

“별 건 아니고, 손님들이 뭘 사는지 기억해 두는 거죠.”

“한두 명이 아닐 건데……. 그 많은 걸 다 외운다고요?”

“많다면 많지만, 또 그렇게 많지도 않습니다. 뜨내기손님 빼고 단골 중심으로 가리면, 50명에서 100명 사이죠. 계산할 때 가볍게 인사를 건네는 겁니다. ‘주로 에이 제품을 사셨는데, 오늘은 왜 비 제품인가요?’ 이런 식으로! 그렇게만 해도 매상이 꽤 오르더라고요. 비결 아닌 비결입니다.”

“그 비결 저한테 팔아요.”

“네? 비결을 팔라고요?”

“보건소에 오는 주민들에게도 예석 씨가 했듯이 그런 식으로 가볍게 인사를 건네 보려고요. 보건소를 훨씬 편하게 여길 것 같아요.”

“맘대로 하십시오. 비결에 무슨 저작권이 있는 것도 아니고. 사고파는 건 우습죠.”

“공짜로 쓰는 건 제가 싫은데요. 이렇게 하죠. 다음에 제 도움이 필요하면 말씀하세요. 비결을 가져다 쓴 보답을 하죠.”

“그럴까요, 그럼?”

예석이 웃었고, 보라는 안심이 되었다.

"뭣 좀 물어봐도 됩니까?"

"얼마든지요."

"안 바쁘십니까?"

"나름 바쁘지만, 서울에 비할 정도는 아니죠. 환자들을 계속 진료해야 하지 않느냐는 질문이라면, 그건 아니라고 답해 드리겠어요. 환자들을 보긴 하지만 줄줄이 사탕은 아니에요. 오늘처럼 한두 시간 보건소에 아무도 방문하지 않는 경우도 있죠."

"〈전염병 주식회사plague inc.〉라고 아십니까?"

"몰라요. 그게 뭔가요?"

"작년에 제가 푹 빠졌던 게임입니다. 휴대폰으로 즐기는 시뮬레이션 게임. 지금 같은 상황이 닥칠 줄 알았으면 절대로 하지 않았을 겁니다. 휴우!"

"게임은 해 본 적도 없어서…… 전염병 퇴치 게임인가요?"

"그 반댑니다."

"반대라면?"

"전염병을 세계에 다 퍼뜨리면 이기는 게임입니다. 플레이어가 전염병 하나를 고르고 그걸 퍼뜨리기 위해 작전을 세우는 겁니다. 지구의 인간을 모조리 죽이면 끝나죠."

"그런 게임이 있었나요? 신기하군요. 근데 〈전염병 주식회사〉 이야긴 왜 하는 거죠?"

"뉴스를 확인했더니, 감염병 위기경보 수준이 아직 '주의'더군요. 정부에선 '경계' 혹은 '심각'에 준하는 '주의'라고 합니다."

"저도 그 기사 읽었습니다만……."

"〈전염병 주식회사〉에선 감염이 잘 되는 나라와 잘 안 되는 나라가 있습니다. 방역 체계가 확실한 나라엔 아무리 공을 들여도 전염병을 퍼뜨리기 어렵죠. 가령 일본에서부터 시작해선 게임을 이기기 힘듭니다. '경계' 같은 '주의', 혹은 '심각' 같은 '주의'처럼, 겉으로 내세우는 것과 속사정이 다르면 전염병만 더 빨리 퍼집니다. 우리나란 왜 이러는 건가요? '주의'만 고집하는 이유가 있습니까?"

"'경계'나 '심각'이 되길 바라지 않아서가 아닐까요?"

"'경계'면 '경계', '심각'이면 '심각'! 말장난 말고 상황에 맞게 대응해야 전염병이 잡히지 않겠습니까?"

보라는 보건소로 내려왔다.

보라가 정성껏 지은 약은 예석에게 제대로 듣지 않았다. 피부에 잡힌 물집이 덧난 것이다. 자다가 무심결에 긁는 바람에 뺨과 턱과 목이 내내 따끔거렸다. 배가 더부룩하고 설사가 계속되니 먹는 양도 눈에 띄게 줄었다. 하루에 한 끼도 겨우 먹는 정도였다. 동심이 자주 끓여 준 시원한 뭇국 한 그릇이면 복통이 사라질 것도 같았다. 그러나 보건소 근처 식당에선 그처럼 맛을 내는 곳이 없었다.

6월 18일, 자가격리를 해제했다. 예석은 모처럼 간이 체중계를 빌려 몸무게를 확인했다. 66킬로그램, 제주에 내려갈 때보다 4킬로그램이나 빠졌다. 보라가 차로 제주공항까지 바래다주겠다고 했다. 멀리 공항이 보일 즈음 그녀가 말했다.

"메르스에 감염되지 않아 정말 다행이에요."

"돌봐 주신 덕분입니다."

"제가 뭐 한 일이 있나요."

예석이 고통을 호소할 때마다 숙직실 밖에서 위로의 말을 건넨 것이 전부였다. 마음 같아선 보호 장구를 착용하고 그 방으로 들어가고 싶었지만, 예석의 목숨이 위태로울 정도가 아니라면 격리중인 공간에 출입하지 말라는 지시를 도청 담당자로부터 받았다. 문을 사이에 두고 앉아 이런저런 이야기를 나누었다. 예석은 꿈이 웹디자이너이고, 대학 새내기이며, 댄스 음악을 즐겨 들었다. 예석보다 여덟 살이 많은 보라는 고향이 경기도 성남이고, 제주도에서 보건소 의사로 오래 근무할 계획이며, 음악은 거의 듣지 않고 대신 사진 촬영이 취미였다. 예석이 유난히 우울해 보일 때면, 오름 사진을 메신저로 스무 장쯤 띄우기도 했다. 예석은 그 사진들을 편집하여 엽서로 만들어 보라에게 다시 보냈다.

"기회를 놓친 건지도 모르죠."

"기회라고요?"

보라가 어리둥절한 표정을 지었다. 예석이 답했다.

"감염되었다면, 제주도에서 메르스 치료를 받는 최초의 환자가 될 뻔했으니까요. 농담입니다."

"제주도에 대해 안 좋은 기억만 쌓인 건 아닌가요?"

"저한테 각별히 신경 써 주신 거 잘 압니다. 엄마가 격리병실에 입원했고 몸이 아픈 막내 이모가 집에 혼자 계신다는 것, 제게 갈아입을 옷이 넉넉하지 않았다는 것, 숙직실에 냉장고와 세탁기가 없다는 것, 격리되는 바람에 편의점 알바 자리가 날아갔다는 것, 피부 알레르기가 덧났다는 것 정도가 문제였는데, 그건 보건소 잘못이 아니죠. 세 끼 식사를 꼬박꼬박 넣어 주시고 제게 필요한 물품들 챙겨 주셔서 고맙습니다."

"메르스가 잠잠해지고 예석 씨 어머니 회복하신 후에 꼭 다시 보건소를 방문해 주세요."

"그래도 됩니까?"

"그럼요. 저는 제주시 보건소로 복귀했겠지만, 같이 이곳으로 나들이 나오죠뭐."

"엄마랑 이모랑 모시고 다시 오고 싶긴 합니다."

"상경하면 병원으로 곧장 가실 건가요?"

"가야죠. 엄마를 어서 면회하고 싶습니다. 격리병실이라서 그런지 통화가 안 되더라고요. 보건소 옥탑방에서 격리 생활을 시작한다고 알려 드린 게 마지막 전화입니다. 막내 이모 말씀으론 엄마 폴더폰이 워낙 낡아서 배터리도 빨리 닳고 툭하면 고장 난답니다. 격리병실에서 지내고 계시니, 전화기를 새로 장만하는 것도 어렵겠죠. 휴대폰부터 새 걸로 하나 사드려야겠습니다. 그동안 고마웠습니다. 갈게요, 이제!"

길동화의 동생 동심과 외아들 예석뿐만 아니라, 팀장 임나웅을 비롯하여 대리 문상철과 직원들도 자가격리되었다. 역학 조사관들이 보호 장구를 착용한 채 물류 창고를 방문하여 조사 활동을 펴기도 했다. '책탑'은 6월 16일까지 문을 닫을 수밖에 없었다. 최 사장은 물류 창고를 이용하는 출판사와 서점에 일일이 전화를 걸어 사과하고 양해를 구했다. 심각한 손실이었다.

이 가족, 풍비박산

이첫꽃송이의 경우, 5월 27일 응급실까지 이병달을 문병 온 여덟 명의 친척이 자가격리 대상이었다. 길동화의 가족과 '책탑' 동료들은 자가격리되긴 했으나 메르스에 감염되진 않았다. 그들은 당장 눈앞의 손실이 너무 커 보여 이것이 행운임을 깨닫지 못했다. 그와 같은 행운이 첫꽃송이가 아끼는 '산들회' 친척들에게까지 드리우진 않았다. 여덟 명 중 네 명이나 메르스에 감염된 것이다.

첫꽃송이가 6월 4일 내내 고열과 호흡 곤란으로 몸을 가누지 못하고 정신을 잃었을 때, 경상남도 거제의 막내 이모부 강은두 역시 비슷한 증상을 보였다. 곧이어 광주광역시의 고모와 전라남도 나주시의 둘째 외숙모와 충청남도 논산시의 오촌 아저씨까지 메르스 확진 판정을 받았다. 위독한 병달의 손이라도 마지막으로 잡아 주려 상경했다가 큰 낭패를 당한 것이다. 첫꽃송이까지 포함하여 다섯 명이 메르스 환자로 입원하자, 나머지 친척 대부분이 자가격리 대상자에 올랐다. 친척끼리 자주 만나 즐겁게 웃고 신나게 돌아다닌 것이 문제 아닌 문제였다.

메르스에 걸리지 않은 친척은 6월 18일 이후 차례대로 격리 해제되었다. 첫꽃송이 외에 메르스에 걸린 네 명과 접촉한 마지막 날을 기준으로 자가격리일이 각기 다르게 정해졌다.

6월 15일 자가격리가 해제된 사람은 목포에 내려가 있던 변호사 윤해선이었다. 첫꽃송이는 메르스 1차 양성 판정을 받은 직후 잠깐 정신을 차렸다. 장례식이 끝난 5월 30일부터 6월 4일까지 간 곳과 만난 사람들을 기억나는 대로 밝혔다. 그중에서 가장 오랫동안 함께 마주 보며 앉아 대화를 나눈 이가 해선이었다.

6월 5일 해선은 F병원으로부터 전화 연락을 받았다. 자가격리 통보서가 오기도 전에 목포시 보건소에 먼저 연락한 후 자취방에 스스로 틀어박혔다. 세월호 참사와 관련하여 할 일이 산더미였지만 격리 기간과 규칙을 철저하게 지켰다. 소식을 들은 유가족과 자원봉사자들이 생필품을 챙겨 그녀의 외딴 자취방 앞까지 오겠다는 것도 거절했다. 이 몹쓸 전염병으로부터 가장 멀리 안전한 곳에 머물러야 하는 이들이 세월호 유가족이라고 해선은 굳게 믿었다. 양해를 구하고 불편해도 전화로 업무를 해 나갔다. 번거롭고 더뎠지만 2주나 되는 격리 기간 동안 방에서 뒹굴 수만은 없었다. 모처럼의 장기 휴가로 여기고 쉬라고 권하는 이들도 있긴 했다. 해선은 그렇게 권유하는 이들의 귀청을 뚫어 버릴 기세로 휴대폰을 들고 소리를 질러 댔다.

매일 열 통도 넘게 첫꽃송이에게 문자를 띄웠다. 무응답이었다. 문자를 읽었다는 표시도 없었다. 격리병실 담당 간호사와 어렵게 통화해서 확인해 보니, 휴대폰을 지니고 있긴 하지만 편히 볼 만큼 회복되진 않았다고 했다. 구급차를 타고 병원에 도착한 6월 4일부터 메르스와 혈투를 벌이는 중이라는 것이다. 첫꽃송이를 위해 해선이 할 수 있는 일은 전혀 없었다. 딸을 부탁하고 세상을 떠난 병달에게 미안했다. 격리가 풀리자마자 첫꽃송이가 입원한 병원으로 가리라 마음먹었다. 그러기 위해서라도 관련 업무에 최선을 다해야 했다. 상경하여 첫꽃송이의 병세를 살피고 관련 상황을 파악하려면 최소한 사나흘이 필요했다. 밤을 새워서라도 업무를 앞당겨 완벽하게 마치기로 마음먹었다.

자가격리 통지서

김석주의 경우, 아버지 김홍택, 아내 남영아, 아들 김우람이 자가격리 대상이었다. 석주 역시 6월 7일 오전 확진 판정을 받았다. VRE 가운Vancomycin-Resistant Enterococci infection gown을 착용한 남자 간호사 두 명이 와선, 석주를 환자이동침대에 뉘어 13층 격리병실로 옮겼다. 엘리베이터 앞까지 따라간 영아는 홍택에게 전화를 걸었다.

"우람이는요?"

"칭얼대다가 금방 잠들었어. 깨울까?"

"아니에요."

짧은 침묵이 흘렀다. 홍택이 무엇을 기다리는지, 영아는 알고 있었다. 심호흡하며 감정을 누른 뒤 알렸다.

"맞다네요, 메르스!"

또 한 번의 침묵이 지나갔다. 영아가 지침을 내리듯 말을 빨리해서 어색한 침묵을 지웠다.

"힘드시겠지만 우람이랑 집에만 계세요. 아파트 앞 놀이터에도 나가시면 안돼요. 저는 우람 애비가 격리병실로 잘 들어갔는지 확인하고 갈게요. 집으로 출발할 때 연락드리겠습니다."

설명을 하면서도 그녀 스스로 사무적이란 생각이 들었다. 감정을 터뜨릴 여유가 없기 때문에 오히려 그쪽이 낫다는 식으로 합리화한 후 전화를 끊고 병실로 돌아갔다.

"폐쇄하고 소독부터 해야죠. 당분간 사용하지 않을 겁니다."

등 뒤에서 공진이 설명했다. 둘 사이의 거리는 3미터 남짓이었다. 메르스 검사 문제로 입원 첫날부터 티격태격했던 그였다. 영아가 돌아서서 물었다.

"난 어떻게 해요?"

공진이 생수가 담긴 종이컵을 허리께까지 내리고 마스크를 쓰면서 되물었다. 바닥으로 향한 시선엔 두려움이 어렸다.

"귀가하실 겁니까?"

"병원에 머무를까요?"

"그야…… 그냥 머무르셔도 되고 그냥 가셔도 됩니다."

그녀의 목소리가 갈라지며 높아졌다. 꾹꾹 눌렀던 분노가 터진 것이다.

"그냥! 그냥 내 맘대로 하라 이거죠? 5월 29일 아침에 저도 응급실로 갔었어요. 그때까지도 메르스 환자가 응급실에 있었던 거죠? 제 남편인 김석주 환자가 응급실에서 감염되었다면 저도 감염 위험이 있지 않나요? 6월 1일부터 방금 전 그러니까 4일 아침 10시까지 남편을 간병하느라 곁을 떠나지 않은 사람이 바로 저라고요. 그

사이 남편은 고열에 호흡 곤란에 기침에 가래 때문에 고생했어요. 인터넷을 떠도는 이야기긴 해도, 그렇게 공기 중에 튄 침을 통해 메르스가 전염될 가능성이 크다면서요? 이럴 경우 저도 자가격리를 해야 하고 메르스 검사를 받아야 한다고 인터넷에서 읽었어요. 지침이 따로 없나요?"

공진이 힘없는 목소리로 답했다.

"제가 받은 지침은, 없습니다."

"최악의 경우엔 저도 메르스에 걸렸을 수 있잖아요? 제가 밀접접촉자가 아니면 누가 밀접접촉자죠?"

공진이 약간 고개를 들곤 딱딱하게 체크했다.

"체온이 37.5도 이상이신가요?"

"아니에요."

"기침이나 호흡 곤란은?"

"없어요."

"메스껍거나 구토를 하고 싶지는 않습니까?"

"전혀."

"병에 걸려 아픈 상태는 아니군요?"

"네."

"저도 어제 확인해 봤는데, 자가격리 통지는 병원이 아니라 보건소에서 합니다. 필요하면 보건소에서 연락을 할 겁니다."

"보건소로부터 연락을 받기 전엔 제 맘대로 돌아다녀도 되고요?"

그녀가 허점을 정확하게 짚었다. 공진이 되물었다.

"양심을 기준으로 하는 질문인가요, 법을 기준으로 하는 질문인가요?"

"법이라면?"

"제가 판사는 아니지만, 통지받기 전 행동을 법을 근거로 처벌하긴 어렵겠죠."

"잠복기일지도 모르지만 아직은 증상이 없으니, 그냥 병원에 있어도 된다? 또 그냥 지하철을 타든 버스를 타든 상관없이 대중교통을 이용해서 집으로 가도 된다? 이렇게 해석하면 되는 건가요?"

"해석은 자유겠죠. 제게 확인하진 마십시오. 이런 상황에서 혈액종양내과 전공의가 어떻게 말씀드려야 하는지, 병원으로부터 받은 지침이 없단 뜻입니다. 의사가 해 드릴 수 있는 답은 지극히 좁은 것들입니다. 그 범위를 넘어서면 차라리 침묵하는 편이 낫죠."

"슈바이처 박사님 같은 분도 계셨잖아요?"

"여긴 아프리카 가봉의 랑바레네 마을이 아닙니다. 전공이 세분화된 종합 병원 의사들을 슈바이처 박사와 비교하진 마십시오. 혼자서 온갖 병을 감당하고, 그 위에 윤리적 판단까지 할 이유는 없습니다. 우리도 인류애는 있습니다. 방식이 다를 뿐이죠."

"남편이 옮긴 격리병실 담당 의사나 간호사와는 어떻게 연락해야 하죠?"

"감염내과에 문의하시죠. 메르스는 감염내과 소관이니까요."

영아는 공진을 노려보며 마지막까지 기다렸다.

작고 날카로운 눈으로 째리는 것은 공진의 특기였다. 마음 약한 환자는 매서운 눈길 때문에 하려던 질문을 도로 삼키기까지 했다.

"사과하셔야죠?"

"무슨 사과를 합니까?"

공진은 메르스 검사를 막고 늦춘 것을 끝까지 사과하지 않았다. 사과는 곧 잘못을 인정하는 것이라서 의사들이 극히 꺼리긴 했다. 그래도 명명백백한 실책이지 않은가. 그녀가 거듭 검사를 요청하지 않았다면, 아직도 석주가 메르스 환자란 사실을 밝히지 못했을 것이다. 헤어지기 전에 말벌처럼 쏘아 주려고 단어들을 고르는데, 두둥실 박경미로부터 전화가 왔다.

"결국 석주 씨도 올라왔네."

영아가 넘겨짚었다.

"격리병실을 맡은 거야?"

"내가 워낙 솜씨가 좋잖니? 감염내과 간호사만으론 감당이 안 되나 봐. 차출되었어. 그나저나 어디야? 우람이 챙기러 돌아갔니?"

"아버님이 보고 계셔."

"병원이란 얘기네. 석주 씨 보고 싶어?"

이번엔 경미가 넘겨짚었다. 둘은 대학 신입생 시절부터 서로의 말 한 마디에서 온 마음을 추측하며 놀았다.

"볼 수 있어?"

"응."

"진짜? 메르스 병실로 옮겨 갔으니, 외부인과 완전히 차단되는 거 아냐? ……병실 밖 복도에서라도, 볼 수만 있다면 볼래. 병실이 좁진 않은지……."

"2인용 병실을 혼자 쓰는데 좁을 턱이 없지. 휑할 정도로 공간이 남아. 복도에서 창을 통해 보는 것 정도로 남영아가 만족하겠어?"

뉘앙스가 이상했다. 혹시?

"격리병실에 들어갈 수 있다고? 면회가 돼?"

"응. 나도 방금 왔는데 보호자면 면회가 가능하다네. 몇 가지 보호 장구를 착용하는 게 불편하겠지만……."

"갈게, 바로! 어디야 거기?"

경미가 알려 준 메르스 격리병실은 13층이었다. 환자가 늘어나면 그 위로 몇 개 층을 더 쓸 수도 있다고 했다. 엘리베이터에서 내려 유리문을 통과하자 간호사 스테이션이 나왔다. 경미가 먼저 영아를 품에 꼭 안았다. 작년에 석주가 림프종에 걸렸을 때도, 경미의 품에 이렇게 안겼었다. 경미가 포옹을 풀며 내려다보았다.

"자책하진 마."

고개를 끄덕였다. 역시 단짝 친구였다. 영아의 마음 깊은 곳에 깔린 후회를 짚어 낸 것이다.

다른 병원으로 갔더라면, 메르스 따위에 감염되지 않았을 텐데.

F병원은 석주가 림프종을 완치한 곳이기도 했고, 영아가 3년이나 간호사로 근무한 직장이기도 했으며, 집에서 가장 가까운 종합병원이기도 했고, 또 경미처럼 영아가 이런저런 부탁을 편하게 할

친구가 간호사로 근무중인 곳이기도 했다. 이런 조건에서라면 누구라도 F병원으로 갔을 것이다.

"고마워."

"지금은 메르스 치료에만 집중하자."

"응!"

"석주 씨부터 봐야지?"

경미가 그녀를 데리고 창 쪽 탁자 앞으로 갔다. N95 마스크와 장갑과 각종 가운들이 놓여 있었다. 영아가 물었다.

"준비실도 없어?"

"아직은 경황이 없나 봐. 차차 준비해야겠지. 보호복이 좀 부족해서, 오늘은 이걸 입어."

경미가 종이 갑에서 가운을 뽑아 내밀었다.

"에이피 가운AP Gown이잖아, 이건?"

에이피 가운은 일회용 위생 비닐 가운으로 간호사들 사이에선 '앞치마'로 통했다. 가운이 가슴과 배는 가려 주지만 목과 등은 노출되었다.

"보호복이 부족하다고? 이렇게 큰 종합 병원에서? 너무했다. 전염병이라며? 그런데 위생 비닐 가운을 보호자들에게 입힌다는 게 말이 되는 소리야? 가운 한 장에 300원쯤 할까?"

"그쯤!"

"게다가 에이피 가운도 소매 있는 것과 없는 게 있는데, 이건 소매 없는 거네. 가슴과 배만 가리면 뭘 해? 이래도 정말 괜찮대?"

"오늘은 일단 입어. 면회하려면……."

"너도 보호복이 아니라 VRE 가운이네."

VRE 가운은 에이피 가운보다는 노출 부위가 적지만 바이러스를 완전히 차단할 순 없었다. 경미가 눈을 찡긋 했다.

"좀 그렇지? 소문내진 마라. 곧 보호 장구를 보강하겠지. 메르스 환자들 입원시켜 놓고 계속 이 상태로 가진 않을 거야."

영아는 경미가 내민 에이피 가운부터 먼저 받아 입었다. 매듭을 등 뒤에서 묶어 고정했다. 장갑을 끼고 헤어캡을 쓴 뒤 N95 마스크로 코와 입을 가렸다. 그때 휴대폰이 울렸다.

석주를 만날 마음이 급해 받지 않았다. 복도를 따라 조금만 가면 곧 병실이었다. 남편의 눈을 들여다보며, 그의 숨소리를 들으며, 두려움과 당혹감 그리고 절망을 함께 나누고 싶었다. 림프종 재발은 각오했지만, 메르스는 그들의 머릿속에 전혀 없던 단어였다.

VRE가운을 입고 장갑을 끼고 N95 마스크를 쓴 경미가 앞장서서 걸었다. 영아는 종종걸음으로 따르다가 세 번이나 걸음을 멈췄다. 병실 문을 열고 영아와 똑같은 앞치마를 입은 사람이 복도로 나왔던 것이다. 그들 역시 메르스 확진 환자의 보호자들이었다. 누가 먼저랄 것도 없이 재빨리 고개를 돌렸다. 시선을 섞고 싶지 않은 것이다.

"여기야!"

경미가 여섯 번째 병실 문 앞에서 돌아섰다.

"병실 사물함 위에 체온 기록지가 있어. 면회 끝나고 나갈 때 보호자의 체온을 검사해서 기록해야 하니까, 병실에서 나오면 호출벨 눌러. 아, 하나만 더! 여기 휴지통에 장갑과 가운과 마스크는 모두 벗어서 버려. 그럼 충분히 이야기 나누고 와."

경미는 어깨를 가볍게 짚고 왔던 길을 되돌아갔다. 영아는 슬라이딩 도어 방식인 병실 문을 오른쪽으로 밀어 열었다. 병실 문이 열리자 침대 옆에 놓인 환자감시장치Patient Monitor와 석주의 두 발이 눈에 띄었다. 창가 쪽 빈 침대엔 책과 수건이 놓였다. 문이 열렸는데도 그는 말이 없었다.

잠이라도 든 걸까.

영아가 두 걸음을 더 옮기자, 누워 있던 석주의 팔과 가슴과 얼굴이 보였다. 눈이 마주쳤다. 그가 급히 말했다.

"가만!"

명령하듯 그녀를 멈춰 세운 뒤, 서둘러 침대 옆 사물함에 놓인 마스크를 찾아 썼다.

"괜찮아?"

영아가 다시 다가서려 하자, 그가 더 큰 목소리로 말했다.

"멈추라고! 전화는 왜 안 받아? 여긴 어떻게 들어왔어?"

아까 확인하지 않았던 전화가 석주의 전화였던 것이다.

"보호자는 면회가 가능하다고 해서, 정식으로 신청하고 온 거야."

그래도 석주는 경계를 풀지 않았다.

"옷이 그게 뭐야? 보호복이 아니잖아?"

"이렇게 앞치마를 입으라고 주더라고. 보호복이 부족한가 봐. 나 이제 가까이 가도 돼?"

"아니 안 돼. 두 걸음 물러나."

"여기서도 2미터가 넘어."

"물러나래도!"

하는 수 없이 두 걸음 물러섰다.

"얼굴이 안 보여. 한 걸음만 다가갈게. 자기 얼굴 보고 말하고 싶어. 그래도 되지?"

동문서답을 했다.

"여긴 음압 병실이 아냐. 이 병원엔 아직 음압 병실이 하나도 없다고. 이건 말도 안 돼. 한심한 짓이야. 어쩌면 이렇게 부주의할 수가 있을까?"

"뭐가?"

"메르스 격리병실인데 보호자 면회를 허용하다니…… 내 상식으론 용납이 안 돼. '2미터 1시간'이란 기준이 무너진 곳이 어디야? 바로 병원이라고. 내게 메르스를 감염시킨 환자도 경기도 어느 병원에서 1번 환자랑 같은 병실이 아니라 다른 병실에 입원했었어. 다른 병실!"

석주가 갑자기 벽을 손바닥으로 짚었다.

"여길 뚫고 옆 병실 혹은 그 옆 병실 환자가 감염되었다는 건 2미터가 아니라 20미터, 1시간이 아니라 10분이나 1분만에도 감염된단 소리야. 그렇게 바이러스의 전염력이 강력하다면, 의료진이 아닌 면회객이 저 문을 밀고 닫으며 병실과 복도를 오가선 안 돼. 이런 식이면 복도도 결코 안전하지 않다고."

"이 병원 감염내과엔 국제적 명성을 지닌 의사들이 가득해. 어련히 알아서 했을까. 면회를 시켜도 될 만하니까 허락했겠지."

"국제적 명성? 웃기지 말라그래. 연구는 잘하는지 몰라도 격리의 에이비씨도 못 갖췄잖아. 방심해선 안 돼. 병원이 한심하게 굴면 환자나 보호자라도 나서서 지적해야지. 당신이 메르스 검사를 해 달라고 여러 번 요구했기 때문에 겨우 내가 검사를 받았던 거야. 국제적 명성 따위가 우릴 지켜 주진 못해. 상상만 해도 끔찍한 미래를 당신 덕분에 겨우 비켜 간 거라고. 지금도 마찬가지야. 앞치마만 해도 그래."

영아의 시선이 비닐 가운으로 내려갔다.

"그딴 걸 걸쳤다고 감염을 막을 수 있겠어? 목과 등이 훤히 드러나 있잖아? 감염내과 과장 아니 병원장까지 모두 미친 거 아냐? 어떻게 저딴 걸 입혀서 격리병실에 들여보낼 수가 있지?"

그녀도 인정하지 않을 수 없었다.

"그럼 전화했던 건……."

"오지 말라고, 여긴 안전하지 않다고, 그 말 하려던 거야. 아까 이 병실로 옮길 때 복도에서 앞치마를 두른 보호자들을 봤어."

"나도 방금……."

그녀는 방금 복도에서 시선을 피하던, 앞치마를 두른 세 명을 떠올렸다.

"이딴 게 무슨 격리냐고 의료진에게 항의했는데, 얼마나 시정될지는 모르겠네. 당신이 메르스 검사를 요구했듯이 나도 요구할 생각이야. 앞치마를 최소한 레벨D 보호 장구로 당장 바꾸라고. 보호자 면회는 금지시키라고. 음압 시설이 없으니 한 사람이라도 병실을 오갈 땐 복도를 말끔히 비우도록 조처하라고."

"당신답지 않네."

그녀가 아는 '김석주'란 사내는 법과 규정을 준수하지만 불만이 있더라도 내색하지 않고 참는 스타일이었다. 이렇게 나서서 항의하는 경우는 처음이었다.

"목숨이 달린 일이야. 나처럼 억울한 환자가 또 생기는 건 막아야지. 특히 누가 나한테 메르스를 옮는다면, 정말 끔찍해."

"그럴 일 없어. 괜한 걱정이야."

"응급실에서 내게 메르스를 옮긴 환자도 옮기고 싶어 옮겼겠어? 메르스 검사 제때 안하고, 보호복 정해진 대로 안 입히고, 면회 함부로 시키면 환자가 전염을 시키고 싶지 않더라도 바이러스가 옮겨 가는 거라고. 막아야지. 이중 삼중 철저하게 막아야 해. 알았으면 빨리 나가."

"필요한 거 없어?"

석주의 목소리가 높아졌다.

"나가기부터 해! 전화하자. 문자 해도 되고."

그녀는 결국 남편의 얼굴을 다시 보지 못한 채, 병실을 나왔다.

❖

영아는 자가용 경차를 몰고 집으로 돌아왔다. 병원으로 갈 때는 영아가 운전하고 석주가 조수석에 탔는데 돌아올 때는 혼자였다. 림프종이 재발하더라도 곧바로 입원해서 항암 치료를 시작하진 않았다. 환자가 암이 재발했단 사실을 받아들이고 다시 암과 싸울 의지를 다질 시간을 며칠이라도 주었던 것이다. 난데없이 메르스란 괴물이 그들을 덮쳤고, 남편을 격리병실에 두고 그녀 혼자 돌아가야만 했다. 병원을 출발하며 홍택에게 전화를 넣었다.

"애비랑 면회했어요."

"병실에 넣어 줬다고?"

"네."

"격리병실이라며?"

홍택도 그 대목이 걸렸던 것이다. 상식이 있는 사람이라면 누구라도 질문을 던질 부분이었다.

"보호자 면회는 되더라고요."

"억지로 우긴 건 아니고?"

"저뿐만 아니라 보호자 모두 병실 출입이 가능했어요. 불법도 아니고 특혜를 받은 것도 아니니 걱정 마세요."

홍택의 목소리가 비로소 가라앉았다.

"애빈 괜찮더냐?"

"예, 아버님!"

"와서 얘기 하자. 운전 조심하고."

영아는 이렇게 집으로 돌아가는 것이 옳은지 내내 스스로에게 물었다. 다른 보호자는 매일 병실을 오가며 환자를 돌보는데, 그녀만 석주의 손 한 번 쥐어 보지 못한 채 돌아섰던 것이다. 그녀를 위하는 남편의 마음을 모르는 것은 아니다. 그러나 혼자 격리병실에서 버티기엔 너무 흉악하고 무거운 불행이다. 림프종 재발이라는 벼락에 메르스라는 벼락까지 함께 맞은 꼴이다. 곁에 조금이라도 더 머무르고 싶었다.

밀접접촉자이고 자가격리 대상자란 사실을 누구보다도 영아 자신이 잘 알고 있었다. 그렇지만 아직 통지서를 받기 전이다. 격리병실에서 면회를 마치고 앞치마를 두른 채 나온 보호자들은? 그들도 자가격리 대상자이리라. 그들은 병실을 오가며 환자를 돌보는데 왜 나는 안 되는가? 석주가 당장 병실을 나가라고 거듭 언성을 높이지 않았다면, 그녀도 다른 보호자들처럼 13층을 떠나지 않았을 것이다. 보호자실에 대기하다가 틈만 나면 석주를 면회하러 격리병실로 들어갔으리라. 바이러스가 복도까지 퍼지고 보호자까지 감염시킬지도 모른다는 걱정은, 영아의 몫이 아니다. 종합 병원 의료진이 면회가 가능하다고 결정했고, 또 앞치마를 입으라고 했는데, 무엇을 의심한단 말인가. 깐깐하게 따지고 드는 석주가 야속하기까지 했다.

영아가 현관문을 열고 들어섰는데도 우람은 자기 방에서 나오지 앉았다. 홍택이 그녀의 시선을 따라 닫힌 방을 보며 물었다.

"누가 감염되었을지 모르는 상황이니, 우람이도 할애비나 에미와 접촉하지 않는 편이 낫겠지?"

'접촉'이란 단어가 너무나도 차갑고 낯설게 들렸다. 가족이 같은 공간에 머무는 것을 단 한 번도 접촉이라고 여긴 적이 없었다.

"자가격리 안내문에 그렇게 나와 있대요, 아버님! 격리자가 여러 명일 경우 각자 분리된 공간에 있도록 한다고."

하지만 우람은 이제 겨우 네 살인 사내아이다. 엄마가 곁에서 돌볼 수밖에 없다. 홍택이 물었다.

"절차가 어찌 되는 게냐?"

"네?"

"자가격리 말이다."

"보건소에서 곧 통지가 갈 거예요. 아버님!"

"너는 연락을 받았느냐?"

"아직이요."

"석주는 언제까지 입원해야 해?"

"메르스부터 완치하고 나면 잠깐이라도 퇴원했다가 스케줄을 다시 잡고 항암 치료를 하려고요. 우람 애비가 지쳤기도 하고 체력도 많이 떨어져서 곧장 항암까지 하긴 무리예요."

"알겠다. 문 잘 잠그고 문제 생기면 전화 다오."

"여기서 지내셔도 돼요."

방은 두 개 뿐이었고, 우람은 제 방 침대에 누워야 잠이 들었다.

홍택이 엉뚱한 핑계를 댔다.

"눈이 침침해서, '큰 글자 화엄경'을 봐야 해."

그는 매주 조계사에 가는 독실한 불교 신자였다.

"그래도……."

"괜찮다. 내 걱정은 마라. 나흘 동안 우람 애비 간병하느라 고생 많았어. 푹 쉬거라. 에미까지 아프면 정말 큰일이니까. 근데 언제까지 자가격리를 해야 해?"

"통지서에 날짜가 적혀 있을 테니, 그대로 따르면 될 거예요."

"알았다."

홍택이 현관문을 열고 사라졌다.

우람이 건넌방에서 뛰어나와 영아의 품에 안겼다. 할아버지의 불호령이 무서워 방에서 꼼짝하지 않았던 것이다.

"우, 우람아! 이 팔 좀 풀어 봐. 착하지?"

더 깊숙하게 파고들었다. 어깨를 들썩이며 울기 시작했다. 아이와 방을 따로 쓰면서 자가격리를 할 수 있을까? 아무리 생각해도 불가능했다. 영아는 아이를 끌어안고 등을 쓸었다.

"울음 뚝! 걱정 마. 엄마가 이제부턴 곁에 있을 테니까."

우람이 손등으로 눈물을 닦으면서 젖은 목소리로 물었다.

"아빤 같이 안 왔어?"

작년에 림프종 치료를 하는 동안, 머리카락이 빠지고 체중이 줄고 항암 부작용으로 먹은 것을 토하고 온종일 침대에 누워 있는 석주를 곁에서 지켜본 아이였다. 그땐 무섭다며 멀찍이 떨어져 있던 우람은 석주가 완쾌되자 껌 딱지처럼 붙어 떨어지지 않으려 했다. 영아와 함께 하던 일들을 석주와 하려 들었다. 밥도 아빠랑 먹고 잠도 아빠랑 자고 책도 아빠랑 읽고 공놀이도 아빠랑 했다. 석주 역시 투병하며 제 몸 챙기느라 보낸 시간이 미안했던지 여가의 대부분을 가족과, 그것도 우람과 보냈다.

영아가 설명을 시작하기도 전에 우람은 풀이 죽어 있었다. 병원에 갔던 아빠가 돌아오지 않는 것이 무엇을 뜻하는지, 아이도 이미 눈치챈 것이다.

"아빠 보고 싶어?"

우람이 고개를 끄덕였다.

영아는 석주에게 화상 통화를 걸었다. 화면에 아빠 얼굴이 뜨자 아이의 표정이 밝아졌다. 석주가 환하게 웃으며 말했다.

"우람아! 의사 선생님이 아빠한테 치료를 조금 더 받아야 한다고 그러셨어. 그래서 오늘 너랑 약속한 공놀이도 못 했네. 치료 다 받고 돌아가면 축구, 야구, 농구, 배구 전부 다 하자. 우리 우람이! 씩씩하게, 기다릴 수 있지?"

따라 웃으며 답했다.

"그럼요. 씩씩하게 기다릴게요."

"아빠 보고 싶으면 언제든 전화해. 우람이 전화는 꼭 받을게. 약속!"

"약속!"

우람은 스케치북에 크레용으로 아빠 얼굴을 그리겠다며 방으로 들어갔다. '그림 그릴게!' 이렇게 말하지 않고, '스케치북'이나 '크레용' 같은 단어를 일부러 넣어 문장을 만들었다. 석주도 그렇게 세련되거나 전문적이거나 유행하는 단어들을 엮어 말하기를 즐겼다. 부전자전이었다. 한시름 놓은 영아는 옷부터 갈아입은 뒤, 직장 상사인 제임스와 어린이집 담임교사에게 자가격리 사실을 차례차례 알렸다.

6월 8일 아침, 영아는 일어나자마자 온도계를 챙겨 우람과 자신의 체온부터 쟀다. 열은 없었다. 어젯밤 잠들기 전에 거실에 둔 장난감을 잔뜩 우람의 방에 넣어 주고 엄마가 깨울 때까지 푹 자라고 했지만, 아이는 새벽부터 안방으로 건너왔다. 악몽이라도 꿨는지 울음을 터뜨리며 품으로 파고들었다. 우람을 꼭 끌어안고 혼잣말을 했다.

"괜찮아! 다 괜찮을 거야."

우람이 안방 침대에 누워 잠든 뒤에도 영아는 거실로 나오지 못했다. 아이가 그녀의 손을 놓지 않았던 것이다. 살짝 팔을 빼려 하자 게슴츠레 눈을 뜨곤 더 꼭 쥐었다. 아이에게 왼팔을 맡긴 채 석주와 화상 통화를 했다. 잠든 우람의 얼굴을 보여 준 다음, 어젯밤과 오늘 아침 어떤 치료를 받았는지 물었다. 석주는 메르스로 인한 고열을 떨어뜨리고 기침을 완화하기 위한 대응 처방을 받았다고 답했다.

영아는 혈액종양내과 노중태 교수 연구실로 전화를 걸었다. 받지 않았다. 전공의 문공진에게 연락을 넣었다.

"노 교수님과 통화하고 싶은데요. 받질 않으시네요."

공진이 짧게 답했다.

"교수님은 당분간 병원에 못 나오세요. 이유는 짐작하시죠?"

노 교수도 자가격리 대상에 포함된 것이다. 영아는 노 교수와 통화를 하고 싶으니 개인 전화번호를 알려 달라고 했다.

"환자에게 주치의 개인 번호를 알려 드리는 건 곤란합니다. 내부 규정에 어긋나는 일입니다."

"교수님이 매일 회진을 하신다면 이런 요구를 안 하죠. 김석주 환자의 림프종 치료 계획을 그럼 문 선생님이 설명해 주실 건가요? 메르스와 림프종, 이 둘의 상관관계는 어떻게 되죠?"

공진이 꼬리를 내렸다.

"급성 전염병인 메르스부터 치료하는 게 맞습니다. 하지만 그 둘의 상관관계를 제가 자세히 말씀드릴 위치에 있진 않습니다. 펠로우이신 차문기 선생님과도 의논해야 하고, 또 치료 계획은 궁극적으론……."

"당연히 주치의인 노 교수님이 계획을 세우셔야 하죠."

"궁금하신 사항을 제게 말씀하세요. 그럼 차 선생님과 노 교수님께 전해 드리겠습니다."

"서너 다리 건너며 시간 낭비할 겨를 없어요. 림프종 재발과 메르스 감염을 동시에 맞닥뜨린 환자 입장을 생각해 보세요. 예전엔 메르스에 걸릴 확률이 너무나도 낮기 때문에 검사할 필요가 없다더니, 이젠 담당 교수와의 통화도 막는 건가요? 그딴 규정 저는 모르겠고, 교수님 의견을 직접 들을 방법을 찾아와요."

영아가 전화를 끊었다. 잠시 뒤 공진에게서 전화가 걸려 왔다.

"노 교수님이 지금 통화를 하시겠답니다. 번호를 문자로 보내 드리겠습니다."

들어온 문자를 확인하고 전화를 걸었다. 곧바로 노 교수가 받았다.

"문 선생에게 들었습니다. 치료 계획을 알고 싶으시다고……."

공진과 실랑이를 벌이느라 쌓인 울분이 질문으로 터져 나왔다.

"림프종 재발인 건 확실하죠? 골수 검사를 다시 해서 한 번 더 확인할 필요는 없나요? 용혈성 빈혈 증상은 메르스와 연관이 있어요? 황달, 혈뇨, 빈혈, 어지럼증, 구역질, 구토, 숨이 차는 건 림프종 재발 탓인가요 메르스 탓인가요? 림프종 재발이 맞다면, 메르스에 걸린 림프종 환자는 이 병원, 아니 이 나라에서 처음 치료하는 것 아닌가요? 이 둘을 완치시킬 구체적인 계획이 뭐죠?"

노 교수가 침착하게 답했다.

"림프종 재발만도 힘겨운데, 거기에 메르스 양성 판정까지 나왔으니 충격과 실망이 무척 크실 겁니다. 저 역시 의사 생활 25년 만에 자가격리가 된 건 처음입니다. 이럴 때일수록 하나하나 차근차근 해 나가야 합니다. 우선 메르스 치료에 집중할 겁니다. 골수 검사를 다시 할 필요성은 높지 않습니다. 메르스를 치료하면서 림프종 재발에 따른 변화를 계속 살펴보겠습니다. 확실한 건 순서를 바꿔 림프종을 잡은 다음에 메르스 치료로 갈 순 없다는 겁니다. 또 그 둘을 같은 비중에 놓고 동시에 치료하는 것 역시 불가능합니다. 다시 말씀드리지만 전염병인 메르스를 먼저 치료합니다. 그리고 회복기에 접어들면 그때 림프종 치료에 집중하겠습니다."

"림프종 치료 시기를 놓치지나 않을까 두려워요."

"제가 여러 수치들을 확인했습니다만, 항암 치료에 곧바로 들어가야 하는 긴박한 상황은 아닙니다."

"용혈성 빈혈은 그럼 어떻게 하나요?"

"메르스로부터 빈혈이 온 것 같진 않으니까, 메르스 치료에 집중하되, 용혈성 빈혈을 병행하여 치료하는 방법을 검토하겠습니다. 언론 보도로도 이미 아시겠지만, 메르스는 일정 기간만 지나면 회복됩니다. 지금으로선 환자가 전염병을 이겨 내는 수밖에 없습니다. 감염내과의 실력 있는 의사들이 24시간 김석주 환자를 보고 있고, 또 저도 여기서 원격으로 기록을 확인하며 의료진과 의논할 겁니다. 보호자분께서도 궁금한 사항 있으면 언제든 제게 문자 주십시오. 그럼 제가 답을 드리겠습니다."

"알겠습니다. 언제부터 출근을 다시 하시나요?"

"질병관리본부에서 정한 원칙을 지켜야겠지요. 하루빨리 출근해서 환자들을 치료하고 싶습니다. 김석주 환자는 컨디션이 어떠신가요? 6월 1일에는 C 반응 단백질CRP(C—reactive protein) 수치가 올라갔었죠."

"지금은 정상 수치로 내려왔어요."

"아직 젊으니까 이대로 조금만 더 버티면 될 겁니다. 저도 계속 지켜보겠습니다. 보호자와 개인 전화로 통화하지 않는 것이 우리 병원의 원칙입니다. 제가 맡은 환자도 많고 일일이 통화하긴 어렵습니다. 문자를 주십시오. 그러면 형편껏 최대한 빠르고 정확하게 문자로 답을 드리겠습니다."

"알겠어요. 고맙습니다."

영아는 전화를 끊자마자 깜짝 놀라 소리쳤다.

"서, 거기!"

우람이 가방을 메곤 현관까지 나간 것이다. 달려가서 아이의 손을 쥐곤 잡아끌었다.

"어린이집에 갈래."

고집을 부렸다. 우람의 입장에선 당연했다. 6월 6일과 7일은 주말이라서 쉬었지만, 6월 8일 오늘은 월요일이고 어린이집에 가서 친구들을 만나는 날이었다. 영아가 무릎을 꿇고 아이와 눈을 맞추며 달랬다.

"당분간은 어린이집 못 가. 그 대신 엄마랑 재미나게 놀자."

"싫어! 싫단 말이야."

우람은 가방을 멘 채 엉엉 울며 거실을 뛰어다녔다. 그녀는 현관으로 내달리는 아이의 앞을 두 번이나 막아섰다. 버둥대는 아이를 끌어안아 안방 침대로 옮기기도 했다. 하는 수 없이 화상 통화로 석주를 또 불렀다. 석주는 우람이 멘 가방을 보자마자 상황을 알아차렸다.

"우람아! 지난 3월 독감 걸렸을 때 어린이집 일주일 안 간 거 기억나지? 그땐 왜 안 갔어? 친구들에게 독감 옮길까 봐 안 간 거지? 지금도 마찬가지야."

"하지만 우람이는 독감 안 걸렸어요. 우람인 기침도 안 하고 열도 없어요."

"알아. 우람인 튼튼하고 씩씩한 어린이지! 그런데 독감보다 백배 더 무서운 병이 우리나라에 들어왔어. 아빠가 치료받은 병원에 그 병에 걸린 환자가 머물렀대. 그래서 그때 병원에 있던 사람들이랑 가족 모두 당분간 집에 있어야 하는 거야. 아프지 않더라도, 그 병을 일으키는 바이러스가, 음 그러니까 그 병을 만드는 아주 작은 게 몸에 들어왔을 수도 있거든."

"개미만큼?"

우람은 어린이집에서 곤충을 배운 후부터 작은 생명체에 관심이 많았다.

"아니, 더 작지."

"눈으로 보여?"

"안 보일 걸."

"음…… 그럼 현미경으로 봐야 해?"

'현미경'이란 단어를 유난히 또박또박 발음했다.

"맞아. 현미경으로 보면 보여. 그러니까 엄마도 직장에 못 나가고 우람이도 어린이집에 못 가고 집에 있어야 해. 할아버지도 댁에 계셔야 하고."

석주가 자세히 설명하자, 우람이 미간을 찡그렸다가 물었다.

"언제까지 어린이집에 못 가?"

석주는 우람 옆에 앉은 영아와 눈을 맞췄다. 그녀가 고개를 살짝 저었다. 아직 통지서가 오지 않았다는 뜻이다. 석주가 답했다.

"아빠 생각엔 다음 주 월요일, 그러니까 6월 15일까진 어렵지 않을까 싶어. 다음 날인 화요일부턴 가능할 것도 같은데, 정확한 날짜는 엄마랑 아빠랑 조금 더 알아보고 알려 줄게. 괜찮지?"

"응, 아빠!"

우람이 그제야 어깨를 흔들며 가방을 내려놓았다.

보건소에서 연락이 온 것은 점심 설거지를 마친 직후였다. 전화를 걸어온 여직원이 먼저 영아의 이름과 생년월일부터 확인했다. 그리고 F병원으로 알려졌던 종합 병원 이름을 댔다.

"5월 27일부터 29일 사이 응급실에 가신 적 있으시죠?"

"있습니다."

"그때 응급실에 머문 환자 중 메르스 확진 환자가 나왔습니다. 남영아 씨는 자가격리 대상자십니다."

"네……."

영아는 말끝을 흐렸다. 자가격리 이유가 예상과 달랐던 것이다. 충격을 받아 말문이 막힌 것으로 그녀의 침묵을 받아들인 듯, 직원이 설명을 이어갔다.

"당황스러우시겠지만 자가격리를 해 주셔야만 합니다. 혹시 직장에 나가시나요?"

"네. 제약 회사에 다니고 있어요."

"오늘 중으로 자가격리 통지서가 도착할 겁니다. 그걸 직장에 내시면 됩니다."

"확진 환자가 언제 나왔는데요?"

"5월 30일입니다."

"자가격리하란 연락을 확진 후 9일이나 지나서 주는 건가요? 왜 이렇게 늦었죠?"

갑작스런 반격에 놀란 듯 직원이 말을 더듬었다.

"그, 그게…… 몇 가지 기준을 정리하다 보니까 그렇게 되었습니다."

'2미터 이내 1시간 이상'이라는 기준을 확장하여, 5월 27일부터 29일까지 응급실 출입자를 모두 파악하느라 늦은 것일까. 여직원이 물었다.

"김석주 님도 가족이시죠?"

드디어 남편 이름이 나왔다.

"네."

"동일 주소에 같이 살고 계시고요?"

"맞아요. 남편이니까요."

"김석주 님도 5월 27일에 응급실에 계셨죠?"

"네."

"김석주 님도 자가격리 대상입니다."

영아는 자신이 아는 것과 직원이 모르는 것을 그 순간 또렷하게 나눴다.

"확실한가요?"

"네. 확실합니다."

이번에는 직원의 목소리에 힘이 실렸다. 그만큼 영아는 답답했다.

"자가격리를 언제까지 해야 하나요?"

"6월 10일입니다."

"이틀 후군요."

"네. 이틀만 참으시면 됩니다. 그때까지 특이 증상이 없으면 남영아 씨와 김석주 씨의 격리는 해제됩니다. 궁금한 점 있으시면 보건소로 언제든 연락 주세요. 그럼……."

인사를 하고 전화를 서둘러 끊으려는 직원을 붙들었다.

"잠깐만요. 그게, 전부인가요?"

"네?"

"전부냐고요?"

"그렇습니다만……."

직원이 말끝을 흐렸다.

"하나만 질문할게요. 메르스 확진 환자가 되면 자가격리 대상에서 제외되죠?"

"그럼요. 확진이 되면 즉시 격리병실에 입원하여 집중 치료를 받아야 합니다. 자가격리를 하면 안 되죠. 메르스는 치사율이 높은 전염병입니다. 폐나 장기가 손상을 입기 전에 신속하게 치료를 시작해야 해요."

"PCR 검사를 두 번 해서 연속으로 양성이 나와야 메르스 환자로 확진된다면서요?"

"정확히 아시네요."

"하나만 마지막으로 더 질문할게요. PCR 검사로 확진 판정을 받은 환자의 이름과 주소가 보건소로 전달되는 데 걸리는 시간은 어느 정도인가요?"

"곧바로죠."

"곧바로라고요?"

"당연한 것 아닌가요? 우편을 띄우는 것도 아닐 테고, PCR 검사를 주관하는 질병관리본부에서 해당 병원과 보건소로 곧바로 통보하게 됩니다."

"곧바로란 게 하루 정도인가요?"

"그건 곧바로가 아니죠."

"그럼 12시간 정도인가요?"

"너무 깁니다."

"그럼 어느 정도죠?"

"정확한 기준은 없지만, 적어도 한두 시간 안에는 명단이 올 겁니다."

"그렇군요. 한두 시간! 잘 알았습니다."

전화를 끊었다. 보건소 직원은 석주가 6월 7일 확진 판정을 받았으며 격리병실로 이동한 사실조차 모르고 있었다. 또한 석주가 메르스 환자가 되었으므로, 석주의 아들 우람 역시 자가격리 대상에 포함시켜야 하며, 격리 시작 시점도 김석주가 병원에 입원하러 집을 떠난 6월 1일로 잡아야 했다. 영아의 경우는 이식 병실을 거쳐 6인실까지 석주와 함께 지냈기 때문에, 석주가 격리병실로 옮긴 6월 7일이 자가격리 시작일이 되어야 하는 것이다. 그리고 메르스 확진 환자인 석주는 당연히 자가격리 대상에서 빠져야 했다. 직원은 한 시간 이내에 새로운 확진 환자의 이름과 주소가 보건소로 넘어온다고 장담했지만 그 속도는 훨씬 더뎠다.

전화를 끊고 2시간 뒤 자가격리 통지서가 도착했다.

보건소 직원이 연락한 대로, 대상자는 김석주와 남영아였고, 격리 기간은 2015년 6월 10일까지였으며, 격리 장소는 '자택 등 거주지'였다. 그 아래 '귀하는 〈감염병의 예방 및 관리에 관한 법률〉 제41조 제3항 제2호에 따라 자가격리 대상임을 통지합니다.'라고 적혀 있었고, 그 밑에는 '본 통지에 따르지 않을 경우 〈감염병의 예방 및 관리에 관한 법률〉 제80조 제2호에 따라 300만원 이하의 벌금형에 처할 수 있습니다'라는 경고문이 붙었다. 2015년 6월 8일이란 통지일 아래 찍힌 구청장의 붉은 직인을 보며, 영아는 생각했다. 자가격리 규정을 지키지 않은 사람이 300만원 이하의 벌금형에 처해진다면, 자가격리 통지를 지나치게 늦게 하는 경우엔 어떤 벌을 받는가. 또한 자가격리 대상을 누락하거나 격리 기간을 잘못 산정한 경우 그 책임은 누가 지는가.

6월 7일 메르스 확진 판정을 받은 '김석주'의 밀접접촉자이기 때문에 자가격리를 실시하란 통지서는 영원히 오지 않았다. 남영아는 단지 5월 27일부터 29일까지 응급실을 방문한 사람으로만 파악된 것이다.

❖

6월 17일 영아는 어린이집으로 우람을 데려가려고 마음을 먹었다. 아이가 아빠를 마지막으로 본 날로부터 16일이 지난 뒤였다. 2주만 지나면 격리를 풀 수 있으니, 우람은 6월 16일부터도 어린이집에 갈 수 있었다. 문제는 영아였다. 석주를 마지막으로 만난 6월 7일을 기준으로 한다면, 그녀의 격리 기간은 6월 21일까지였다. 그러나 그녀는 6월 10일까지만 자가격리를 하란 통지서만 받았으니, 11일부터 격리를 해제해도 법적으론 문제가 없었다. 영아는 매일매일 우람과 자신의 체온을 쟀고, 기침과 콧물과 가래가 있는지 확인했다. 다행히 아이도 그녀도 건강했다.

6월 16일 저녁을 먹고 어린이집 담임교사에게 문자를 넣었다. 내일부터 우람을 어린이집에 보내겠다고 알린 것이다. 두 시간 뒤 어린이집 원장으로부터 전화가 왔다. 간단한 인사 뒤에 원장은 곧장 본론을 꺼냈다.

"우람 어머니! 당분간 우람이는 저희 어린이집에서 돌보지 못하겠어요."

"그게 무슨 말씀이세요? 이번 달 기타 경비는 완납했는데요?"

달마다 어린이집에 내는 돈은 33만원이었다. 이 중에서 보육료 22만원은 정부에서 지원받기 때문에, 각 가정은 기타 경비로 11만원씩만 책임졌다.

"환불해 드리겠습니다."

"이유가 뭔가요? 자가격리 기간이라서 결석이 불가피하다고 담임 선생님께 알려 드렸는데요."

"우람 어머니! 솔직히 말씀드릴게요. 어린이집 학부모님들이 걱정이 많으세요. 어쨌든 우람 아버님이 확진 환자로 격리병실에서 지금도 치료받고 계시잖아요?"

"그게 왜요? 저나 우람이는 감염되지 않았어요. 격리 기간 내내 집에 머물렀고 그사이 아픈 적도 없어요. 저도 내일부터 병원에도 가고 회사도 나갈 겁니다. 그런데 우람이를 왜 어린이집에서 돌보지 못하겠다는 거죠?"

"저도 압니다. 우람이는 감염되지 않았죠. 맞아요. 하지만 학부모님들이 그사이 거듭 저와 교사들에게 우려를 표시하셨어요. 몇몇 분들은 우람이가 어린이집에 나오면, 당신들 아이들을 다른 어린이집으로 옮기겠다고도 하셨고요."

"그 학부모가 누군가요?"

"알려 드리기 곤란합니다. 하여튼 우람이를 저희가 돌보면, 어린이집 운영 자체가 어려워질지도 몰라요. 우람 아버님이 완쾌되실 때까지라도 늦추면 안 될까요? 제 입장도 헤아려 주세요."

"우람이가 실망이 클 거예요. 친구들 만날 기대로 며칠 전부터 잠까지 설쳤어요. 어린이집에 못 간다고 하면 매우 실망할 거예요. 아빠가 갑자기 입원하는 바람에 안 그래도 잔뜩 주눅 들었는데, 어린이집에서 상처를 덧씌울 줄은 몰랐네요. 이래도 되는 건가요?"

"미안합니다. 하지만 저도 방법이 없네요."

"보건복지부 담당자에게 정식으로 문제 제기할 수도 있어요. 우람이가 어린이집에 못 갈 이유가 전혀 없다고요."

"우람이를 위해서 드리는 말씀이기도 합니다."

"그게 무슨 말이죠?"

"우람이가 어린이집에 온다 해도 예전처럼 친구들과 어울리긴 어려울 거예요."

"왕따라도 시키겠단 건가요?"

"왕따를 시킨다는 게 아니라…… 학부모님들이 어쨌든 아이들에게 한두 마디라도 하지 않겠어요?"

"정말 그렇게까지 한단 말인가요?"

"미안합니다. 우람이는 어린이집에 오지 않는 것으로 알고 전화이만 끊을게요. 우람 아버님이 하루 속히 완쾌되시길 빌겠습니다."

원장이 급히 전화를 끊었다. 영아가 전화를 걸고 문자를 보냈지만 반응이 없었다.

6월 17일 아침부터 한바탕 소동이 벌어졌다. 영아는 새벽에 홍택과 통화했다. 당분간 그가 집으로 와서 우람을 돌보기로 했다. 영아가 어린이집을 새로 알아 보겠다고 하자 홍택이 만류했다. 아이 아빠가 메르스 환자로 투병중이라는 사실을 숨기지 않는 이상 우람을 순순히 받아줄 어린이집은 서울에 없을 것이라고 했다.

"왜 못 가? 친구들을 왜 못 만나는데?"

우람은 발을 동동 구르며 울음을 터뜨렸다. 영아는 자초지종을 설명할 수 없었다. 아빠가 메르스에 걸렸기 때문이라고, 그걸 어린이집 친구 엄마들과 아빠들이 꺼린다고 사실대로 설명했다가는 우람이 더 깊은 상처를 받을 것이다.

"우람이도 할아버지랑 있는 거 좋아하잖아? 엄마 말 듣자. 곧 할아버지가 오실 거야."

우람이 두 손을 모아 빌기 시작했다.

"엄마! 더 착한 어린이가 될게요. 선생님 말씀도 잘 듣고, 친구들과 다투지도 않을게요. 그러니 우람이 어린이집 가게 해 줘요. 친구들도 보고 싶고 선생님들도 보고 싶단 말이에요. 잘못했어요. 엄마! 이제부터 정말 잘 할게요. 보내 줘요."

영아는 무릎을 꿇고 우람을 품에 꼭 끌어안았다.

"잘못한 거 없어. 우람인 착한 어린이야. 나중에, 나중에 설명해 줄게. 오늘은 그냥 엄마 부탁 들어주면 안 될까?"

홍택이 도착할 때까지도 우람은 꺼이꺼이 울음을 그치지 않았다.

영아는 우람을 홍택에게 맡기고 병원으로 가서 경미부터 만나기로 했다. 1층 카페에서 브런치를 먹을 예정이었다. 석주는 보호 장구와 병실 관리가 여전히 미흡하다며, 면회를 오지 말라고 했다.

석주의 말을 어기고 병실로 들어갈 수는 없었다. 어디서나 늘 웃으며 가족과 친구와 이웃을 챙기는 좋은 사람이지만, 자신이 정한 원칙을 바위처럼 지키는 사람이기도 했다. 그녀는 석주가 메르스를 얼마나 이겨 냈는지 경미에게서 자세히 들을 작정이었다. 그리고 석주가 염려하는 보호 장구 확보 문제도 따져 보려 했다. 건의서를 작성해야 한다면 상세히 적어 제출할 마음을 먹었다. 보호자들의 연명連名이 필요하다면 그것 역시 받으러 다닐 것이다. 병원에서 보호 장구를 새로 장만하는 일이 간단하지 않다는 것은 알지만, 영아는 하루라도 빨리 보호 장구를 완벽하게 갖춘 후 석주와 병실에서 만나고 싶었다.

보호자를 찾아서

이첫꽃송이는 구급차에 오른 것까진 희미하게 떠오르지만, 병원에 도착한 후론 기억이 잘 나지 않았다. 13층 격리병실에 도착하자마자 보호복을 입은 의료진이 그녀의 병세를 파악하느라 분주했다. 열이 40도를 오르내렸고 탈수증이 심각했으며, 바이러스성 폐렴이 진행중이었다. 폐렴 치료를 위해 리바비린Ribavirin과 페그 인터페론Pegylated interferon을 투약했다.

그녀는 1차 PCR 검사에서 양성이 나온 직후 아주 잠깐 깨어났다. 아버지의 장례를 치른 뒤 광화문 근처 카페에서 윤해선을 만난 이야길 더듬더듬 털어놓다가 다시 정신을 잃었다. 그리고 나머지 일주일은 전혀 의식을 회복하지 못했다. 몇몇 치료와 검사를 위해선 보호자 동의가 필요했다. 담당 간호사는 박경미였다.

첫꽃송이가 일주일 만에 겨우 눈을 떴을 때 경미가 물었다.

"보호자가 필요해요. 연락처가 어찌 되죠?"

그녀는 대답 대신 자기가 묻고 싶은 것을 물었다.

"아버지는 언제 와요?"

병달의 죽음과 연결된 기억이 흐려진 것이다.

"첫꽃송이 씨! 아버지 이병달 씨는 5월 28일에 돌아가셨어요. 장례를 치렀잖아요? 기억 안 나요?"

경미를 물끄러미 바라봤다. 그리고 반복했다.

"거짓말 말아요. 아버지는 언제 와요?"

"아버지 말고 다른 분 말씀해 보세요. 가까운 친척이라거나……."

머리를 감싸 쥐고 끙끙 앓던 그녀가 갑자기 숫자를 불렀다.

"공일공 사칠사삼 삼오팔……."

거기서 다시 정신을 잃었다. 경미는 재빨리 그 번호를 외운 후 마지막 숫자를 바꿔가며 전화를 걸었다. 통화가 되면 상대에게 이첫꽃송이를 아느냐고 물었다. 꽃집 아니라는 대답이 두 군데, 장난전화 말라는 꾸지람이 세 군데였다. 그리고 여섯 번째로 번호를 눌렀다. 전화를 받은 여자의 목소리가 이미 젖어 있었다. 이첫꽃송이라는 이름만 듣고도 흐느꼈다. 경미는 병원 이름과 환자의 치료를 위해 보호자가 필요하다는 뜻을 전했다.

"……몬 감니더."

열흘은 굶은 듯, 목소리가 가늘고 작았다.

"오셔야 해요. 실례지만 환자와는 어찌 되시나요?"

"……막내이몬데예."

"꼭 오셔야 해요. 지금 조카 분이 전염병에 걸려……."

"메르스!"

갑자기 목소리가 커졌다. 경미는 머리카락이 쭈뼛 서는 듯했다. 전염병이라고 운을 뗐을 뿐인데, '메르스'라는 병명이 튀어나온 것이다.

"여도 한 명 걸렸다고. 남편이 혼수상태고 내도 집에 갇혔는데 나보고 어데로 오라는 김니까? 난 몬 가! 몬 간다고……."

막내 이모의 남편이면, 첫꽃송이의 막내 이모부가 메르스에 걸렸단 뜻이다. 보호자를 꼭 찾아야 했다.

"그럼 다른 친척 분 전화번호라도……."

"공일공 삼오사구 이팔……."

이번에는 뒷자리 두 개가 울음에 묻혔다. 다시 전화를 걸었지만 받지 않았다. 경미는 하는 수 없이, 00번부터 99번까지, 그러니까 다른 번호를 백 개까지 바꿔 누를 작정을 하고 전화를 걸었다. 일흔한 번째에서야 첫꽃송이를 아는 사람이 나왔다.

"둘째 외삼촌인디!"

감정을 헤아리기 힘든 목소리였다. 경미는 첫꽃송이가 메르스에 걸려 격리병실에 입원했으며, 치료를 위해 보호자가 필요하다고 알렸다. 사내는 여전히 담담했지만, 목소리가 문풍지처럼 떨렸다.

"가고 잡소…… 하지만 어렵당께."

"보호자 동의가 필요한 검사들이……."

사내가 말허리를 잘랐다.

"고 검사를 시방 지금 내 아내가 받고 있당께. 메르스! 바로 고 병원에서 걸려 부렸소. 나가 갔어야 했당께. 나 대신 아내가 갔다가 몹쓸 병에 그만! 다 내 잘못인갑소. 그러니 난 거시기 아내 곁에 있것소. 보호자 동의? 첫꽃송이와 내 아내가 어디서 그 병에 걸렸는지 잊은능갑소? 전화 건 당신이 근무하는 바로 고 병원이제. 고 병원이 전염병 환자 관리를 거시기 했다면 첫꽃송이나 내 아내가 감염되진 않았을 거 아니겠소? 한데 보호자 동의가 필요하다고라? 참으로 뻔뻔허요. 보호자가 있든 없든, 당신네 병원은 첫꽃송이를 살려 내야 한당께. 그란데 보호자가 없으면 치료를 못 한다고라, 못 해 주겠다고라? 그게 지금 사람 가죽을 쓰고 할 말이요? 당신들은 모두 죄인이당께. 잔말 말고 첫꽃송이를 살려내시욧. 알아들었소 시방?"

경미는 즉답을 못했다. 간호사인 그녀가 답하기엔 질문이 너무 크고 어렵고 많았다. 대답을 못 하는 것은 어쩔 수 없다고 쳐도, 그녀는 부끄러웠다. 질문이 날아들 때마다 치부를 들킨 기분이었다. 당장이라도 전화를 끊고 싶었다. 그러나 첫꽃송이를 살리기 위한 치료를 이어 가려면 보호자가 절실히 필요했다. 길게 숨을 들이마신 뒤 그녀가 감당할 수 있는 범위 내에서 진심을 다해 말했다.

"이첫꽃송이 환자나 외숙모님이 메르스에 걸린 것은 참으로 안타까운 일입니다. 그런데 지금은 감염의 책임이 누구에게 얼마나 있는가 하는 문제보다 환자를 살리는 게 더 급하다고 봐요. 다시 말씀드리지만, 보호자가 필요합니다."

질문이 멈췄다. 짧은 침묵이 지난 뒤 또 번호가 날아들었다.

"그럼 여어다 해보쇼잉. 공일공 사삼이사……."

전화가 끊겼다. 다시 걸려는 순간, 경미의 휴대폰으로 나머지 번호가 마저 찍혔다. 생수 한 잔을 깨끗이 비운 뒤 심호흡을 열 번이나 하고 그 번호로 전화를 걸었다.

"여뽀세유!"

된소리에 발음이 새는 사내아이의 목소리였다. 많아야 예닐곱 살일 듯했다.

"엄마 계시니?"

아이가 울먹이며 답했다.

"작년에, 아파서, 하늘나라로 떠나셨어유."

경미가 즉시 사과했다.

"미안해. 아줌마는 몰랐단다. 아빠는?"

그 순간 아이가 울음을 터뜨렸다. 경미는 영문도 모른 채 울음을 들을 수밖에 없었다. 틀니 빠진 노인의 목소리가 갑자기 들렸다.

"누구유?"

"이첫꽃송이 씨 아세요?"

"누구?"

귀까지 어두운 듯했다. 경미가 한 글자씩 끊어 큰 소리로 말했다.

"첫 꽃 송 이 아시냐고요?"

"알쥬. 내 형님 큰 손녀라우."

"보호자가 필요해요."

경미의 말을 무시하고 역정을 냈다.

"큰 조카 병달이와 마지막 인사라도 하겠다 그랬슈. 사촌 지간이 친형제보다 좋았으니 다녀오라 했쥬. 아무리 친해도 그렇지 동생까지 저승에 데려가겠다는 거유 뭐유?"

경미는 전화를 끊고 생수를 마시며 생각을 정리했다. 오늘 전화로 들은 다양한 사투리들이 뒤죽박죽 섞였다. 지금까지 확인된 것만 해도 이첫꽃송이의 막내 이모부와 둘째 외숙모와 오촌 아저씨까지 메르스에 걸렸다. 메르스는 더 이상 수도권만의 전염병이 아니었다. 영남과 호남과 충청까지, 전국으로 이미 확산된 것이다.

경미의 휴대폰으로 문자가 왔다. 모르는 번호였다.

— 처꼿송이는 위독함미까?

맞춤법이 엉망이었다.

— 누구신가요?

— 가ㅇ은두 마내이모붐다 제가 말하기 힘들

막내 이모 감숙희와 맨 처음 통화가 되었을 때, 그녀의 남편도 메르스 환자라고 했다. 경미는 그가 처한 상황을 그려보았다. 말하기 힘들다니, 혹시 기관 내 삽관이라도 했는가. 그렇다면 첫꽃송이보다도 상태가 더 나빴다.

— 아직은 잘 견디고 있어요.

— 제가 보호자를 함니다 당여니

— 감염되셨단 이야길 들었습니다. 치료부터 열심히 받으세요.

— 불쌍한 아임미다 제가 아니면 제 아내가 합니다

경미가 적당한 문장을 만들지 못해 주저하는 사이, 은두가 이어서 문자를 띄웠다.

— 꼭 살려

문자는 거기서 끊겼다. 기다렸지만 더 오지 않았다.

— 힘내세요.

경미가 어렵게 넉 자를 적어 보냈다. '꼭 살려 주십시오' 아마도 이렇게 부탁하려고 했으리라.

경미가 숙희의 전화를 받은 것은 그로부터 30분 뒤였다.

여전히 젖은 목소리였지만 소리를 지르거나 오열하진 않았다. 슬픔을 억누르며 말했다.

"지가 보호자로 가겠심더. 남편 소원이라카니 우짭니꺼. 운제까지 병원에 도착하면 됩니까? 자가격리가 끝나는 데로 갈께예. 군에서 금세 제대한 아들이 남편이 입원한 병원에 머물 낌니더. 아들도 사촌 동생에게 가 보라꼬 등을 떠미네예. 날벼락도 무신 이런 날벼락이 다 있십니꺼? 화목하게 지낸 게 죕니꺼?"

경미는 첫꽃송이의 이모 감숙희가 보호자를 맡기로 했다고 원무과에 알렸다. 그리고 격리병실로 들어갔다. 환자감시장치에서 맥박과 혈중산소농도를 확인하여 차트에 적었다. 돌아서서 나오려다가 허리를 숙였다. 보호 장구까지 갖춘 경미가 첫꽃송이보다 적어도 두 배는 커보였다. 안면 보호구를 쓴 간호사의 얼굴과 환자의 얼굴 사이는 겨우 5센티미터였다. 치료 목적 외에는 환자와의 접촉을 피해야 했다. 고열에 시달리며 제대로 음식을 먹지 못한 탓에 첫꽃송이의 볼살이 쏙 빠졌다. 최소한 5킬로그램은 몸무게가 줄었을 것이다. 이마에서 실핏줄이 보일 만큼 얼굴도 창백했다. 얼음에 갇혀 숨이 멎은 듯한 착각이 들 정도였다. 얇고 파리한 입술을 쳐다보며, 경미가 말했다.

"첫꽃송이 씨! 조금만 더 힘을 내 주세요. 당신이 살고 또 막내 이모부를 비롯한 친척들이 살아야, 화목和睦이 결코 죄가 아니란 게 증명됩니다. 난 꼭 당신을 살릴 겁니다."

누가 내 살과 근육을 베어갔나?

이첫꽃송이는 부모가 이미 사망했고 형제자매가 없기 때문에 막내 이모 감숙희가 보호자를 맡았다. 길동화는 아들도 있고 막내 여동생도 있었지만, 동거하던 가족이 보호자로 올 수 없었다. 여동생 동심은 집 안방에 머물렀고 외아들 예석은 제주도 보건지소에 격리되었던 것이다.

동화는 폴더폰을 썼기 때문에 그들과 화상 통화도 못했다. 첫꽃송이는 병원 도착 전에 정신을 잃었지만, 동화는 메르스 검사를 받고 양성 판정이 난 후 병실에 올라갈 때까지는 기침이 심하긴 해도 가족과 계속 전화를 했다. 동심은 자기 때문에 응급실에 가서 메르스에 옮았다며 울음부터 쏟았고, 예석은 서울로 못 가는 처지를 답답해했다. 동화는 한 살 아래 여동생 동옥에게 전화를 걸어 도움을 청했다. 회사원인 남편과 쌍둥이 아들을 둔 가정주부 동옥은 동화의 전화를 받자마자 병원으로 달려왔다.

6월 7일 정오를 갓 넘겨 동옥이 병원에 도착할 즈음, 동화의 체온이 갑자기 치솟았다. 응급 처치를 했지만 열이 떨어지지 않았다. 동화는 먹은 것을 죄다 토한 후 정신을 잃었고, 그로부터 15일 동안 혼수상태에 빠졌다. 의료진은 고열을 낮추고 호흡을 정상으로 되돌리기 위해 노력했다. 그러나 열은 좀처럼 떨어지지 않았고, 산소포화도 역시 정상 수치인 95보다 훨씬 낮은 84까지 떨어져 위기를 맞은 적이 세 번이었다. 몸무게도 거의 하루에 1킬로그램에서 2킬로그램씩 빠졌다. 기관지를 뚫어 기도를 확보했고, 폐에 차는 물을 빼기 위해 흉관胸管을 삽입했으며, 신장이 제 기능을 못해 소변줄을 따로 끼웠다.

가장 심각한 문제는 급속도로 진행되는 바이러스성 폐렴이었다. 이대로 폐가 계속 손상된다면 목숨까지 위태로웠다. 의료진은 에크모ECMO 체외막산소화장치 장착을 권했다. 에크모는 몸 밖에서 혈액 속 이산화탄소를 제거하고 산소를 주입하는 인공 폐였다. 폐가 손상되어 제 역할을 못하는, 호흡이 곤란한 환자를 위한 보조 기기인 것이다. 동옥은 에크모를 사용하면 동화가 살 수 있느냐고 물었다. 치료에 도움은 되겠지만 생존을 확신할 순 없다는 답이 돌아왔다. 환자가 에크모의 도움을 받아 메르스를 이겨 내기를 바랄 뿐이라는 것이 의료진의 보충 설명이었다. 동옥은 완치될 수 있느냐고 다시 물었다. 의료진은 에크모를 장착하여 목숨을 건진다 해도 폐 기능은 심각하게 저하될 것이라고 조심스럽게 내다봤다. 폐렴을 막기 위해 투여한 약들은 효과가 미미했다.

동옥은 낯선 기기를 사용할 것인지 말 것인지 판단이 서지 않았다. 집에 격리된 동심과 전화로 길게 의논했다. 동심은 동화의 악화된 병세를 제주에 있는 예석에겐 숨겼다. 조카에게 충격을 주기 싫었던 것이다. 보건소 숙직실에 격리된 예석이 동화의 병세를 안다 해도 할 수 있는 일이 없었다. 예석이 뒤에 알면 섭섭하겠지만 그것은 나중 문제였다.

동심은 금식을 하며 온종일 기도에 매달렸다. 어느 쪽을 택하더라도 후회와 아쉬움이 남을 것 같았다. 더 이상 선택을 미루긴 어려웠다. 동옥은 병원 보호자 대기실에서, 동심은 집에서 두 시간 남짓 기도한 후 마지막 의논을 했다. 두 사람의 의견이 하나로 모였다. 에크모를 장착하지 않기로 한 것이다.

간절한 기도가 통했을까. 아니면 동화의 몸이 메르스와 제대로 싸우는 방법을 뒤늦게 깨달은 걸까. 에크모 장착을 하지 않겠다고 병원에 알린 그 저녁부터 폐렴의 진행 속도가 현저하게 줄어들기 시작했다. 열이 떨어지면서 산소포화도도 눈에 띄게 높아져 안정되었다. 고비를 넘긴 후 동옥과 동심은 메르스 완치자의 혈청을 동화에게 투여하는 치료법에 동의했다. 수혈한 후 동화의 병세는 더욱 나아졌다. 죽을 고비를 넘긴 것이다.

심각한 고비는 동화가 혼수상태에서 깨어난 날부터 시작되었다. 그녀가 눈을 떴을 때는 안개 낀 공원처럼 사방이 흐릿했다. 백 번도 넘게 눈을 깜빡거린 뒤에야 이곳이 병실이란 것을 깨달았다. '안타깝게도 메르스 양성입니다.' '댁에는 못 가십니다.' '치료받으셔야 합니다.' 맥락 없는 말들이 크고 작은 공기방울처럼 떠다녔다. 평소처럼 숨을 들이마셨지만 공기가 충분히 코로 빨려 들어오지 않았다. 숨을 뱉어도 턱턱 걸리긴 마찬가지였다. 원하는 만큼 호흡을 못하니 몸을 가누기도 힘들었다.

오로지 숨 쉬는 일에만 집중해야 했다. 조금이라도 신경을 딴 데 쓰면 호흡이 흐트러졌다. 그러면 목, 가슴, 옆구리가 아팠다. 진통제를 맞은 덕분에 고통이 최악으로 치닫진 않았지만, 불쾌한 통증이 온몸을 괴롭혔다. 동화는 다시 숨을 최대한 느리면서도 얕게 쉬며 생각했다.

내가 죽었는가?

죽었는데도 통증이 느껴지는가. 죽어 확인해 본 적이 없으니, 죽은 자도 아픈지 알 수 없었다. 죽어서도 이렇게 아프다면 더욱 절망스러웠다. 죽으면 깨끗하게 이승의 고통 따윈 사라져야 하지 않는가.

내가 살았는가?

살았다면 왜 말 한 마디 못 하는가. 숨 한 번 편히 못 쉬는가. 살아 이렇듯 고통스럽다면, 이따위 삶이 무슨 의미가 있는가. 혹시 식물인간이라도 되었단 말인가. 메르스, 그 병이 이렇듯 끔찍한가. 그래도 내가 정녕 살았다면 아무리 숨이 가쁘더라도, 두 팔은 움직여야 하지 않는가. 팔이 움직이지 않는다면 차라리 죽는 편이 낫다.

최대한 턱을 붙이고 시선을 내리면서 오른팔을 끌어당겼다. 팔을 들 힘이 부족했으므로, 손이 배를 지나 젖가슴에 닿도록 팔꿈치를 굽힌 것이다. 그런데 이상했다. 살점도 없고 근육도 없었다. 울퉁불퉁 앙상한 뼈들만 만져졌다. 피골이 상접하다는 문장을 읽은 적이 있지만, 직접 본 것은 처음이었다.

동화는 1년 365일 하루도 쉬지 않고 아령을 들었다. 물류 창고에서 버티려면 근력을 키워야 했다. 지게차를 이용하여 책을 나르는 것이 원칙이지만, 아직도 두 팔과 두 다리로 책을 들어 옮기는 경우가 적지 않았다. 상철은 그녀의 단단한 근육에 감탄하며 틈만 나면 보디빌딩 대회에 나가 보라고 등을 떠밀었다. 그런데 그 탄력 넘치고 미끈한 팔뚝이 버드나무 가지보다도 얇아진 것이다.

무릎에 천천히 힘을 줬다. 발뒤꿈치를 세우곤 천천히 아주 천천히 당겼다. 무릎이 조금씩 올라갔다. 수면 위 빙산처럼 뾰족한, 삼각뿔 모양의 무릎이 점점 커졌다. 이윽고 무릎뿐만 아니라 허벅지와 종아리까지 눈에 들어왔다. 타조 알처럼 볼록하던 종아리도, 말근육이라 뽐내던 허벅지도 사라졌다. 눈을 아무리 끔뻑거리며 다시 봐도 뼈에 겨우 붙어 너덜대는 살가죽뿐이었다.

"깨어나셨군요."

보호 장구를 갖춰 입은 간호사 최금숙이 안면 보호구 너머로 동화의 얼굴을 살피며 말했다. 간호사들은 2인 1조 3교대로 환자들을 돌봤다. 금숙 옆에는 또 다른 간호사 정미래가 서 있었다.

'내 근육을 잘라 딴 사람에게 준 건가요?'

따지고 싶었지만 말이 나오지 않았다. 금숙이 간단히 설명했다.

"보름 만에 깨어나신 거예요. 많이 불편하시죠? 그동안 서너 번 고비가 있었는데, 훌륭하게 견디셨어요. 호흡 곤란이 와서 기관절개술을 실시했고요. 폐에 물이 차서 흉관삽입술을 했습니다. 소변줄도 차고 계시고요. 열은 정말 많이 내렸습니다. 이제 깨어나셨으니 회복하는 일만 남았네요. 보호자와 의사 선생님들께 알려 드리고 오겠습니다. 밖에 여동생이 대기하고 계세요. 한 살 어린 여동생, 아시죠?"

동옥의 동그란 얼굴이 떠올랐다. 눈을 깜빡이며 턱을 살짝 당겨 알은체를 했다.

간호사들이 나간 후, 동화는 팔과 다리뿐만이 아니라 가슴과 배도 살폈고, 얼굴도 이마와 눈과 코와 입과 귀와 턱을 차례차례 만졌다. 해골이 따로 없었다. 눈물이 흘러내렸다. 소리로 터지지 못한 탄식들이 온몸의 뚫린 구멍으로 구더기처럼 기어 나왔다. 정신을 차리긴 했지만, 이건 산 사람의 몸이 아니었다. 울기 시작하자 호흡이 거칠어지면서 숨을 쉬기 힘들었다. 목에 가래가 가득 찼지만, 뱉을 힘이 남아 있지 않았다. 천장을 바라보며 울다가 지쳐 얼핏 잠이 들었다. 그리고 악몽을 꾸었다.

첫 악몽은 방금 병실을 다녀간 간호사들의 목소리로부터 시작했다.

"언니! 떼어 낼 근육이 아직 꽤 남았군요."

"그래도 너무 많지 않아? 선생님들이 알아서 하시겠지만, 이 정도면 팔과 다리 근육을 다 떼어 내자는 이야긴데."

"오늘은 다리만 한대요?"

"응. 종아리랑 허벅지."

문 여는 소리와 함께 남자 의사 두 명의 목소리가 끼어들었다.

"빨리 마치고 도가니탕 먹으러 가자고. 예약은 내가 했어. 마취부터 시작하지?"

"알겠습니다. 근데 저는 도가니탕 곱빼기로 먹어도 됩니까?"

"좋을 대로."

동화는 팔다리를 흔들어 댔다. 허리를 튕겨 침대를 벗어나려고도 했다. 주먹을 뻗어 의사들의 뺨을 후려치고 싶었다. 아무리 발버둥을 치려 해도 두 다리가 꿈쩍하지 않았다. 의사들과 간호사들을 때리거나 붙잡을 수 없었다. 그들은 동화가 발악을 하든 말든 상관없이 익숙하게 움직였다. 이런 일은 식은 죽 먹기라는 듯이 서로 보며 웃기까지 했다. 마취제가 들어간 걸까. 동화의 의식이 흐려졌다. 정신을 놓기 직전, 의사의 노련한 목소리가 그녀의 귀를 파고들었다.

"오른발은 다 끝냈고, 이제 왼발을 해 볼까? 근데 이 여잔 무슨 근육이 이렇게 크고 단단해?"

악몽에서 깨어났다.

눈 앞에 보호 장구를 갖춰 입은 의사가 서 있었다.

의사는 발끝에서부터 머리끝까지 동화를 찬찬히 살폈다. 잘라낼 살점을 찾는 것만 같았다. 소름이 끼쳤다. 눈을 질끈 감았다. 의사의 노련한 목소리가 다시 들려왔다.

"다 잘될 겁니다. 저희만 믿으시면 됩니다. 힘드시겠지만 조금만 더 참으세요. 세계 최고의 감염내과의들이 모였다고 자부합니다. 아셨죠?"

문이 열렸다가 곧이어 닫히는 소리가 났다. 동화는 눈을 뜨지 못했다.

두 번째 악몽이 찾아들었다.

첫 번째 악몽이 과거라면 두 번째 악몽은 미래 그러니까 예지몽과 흡사했다. 금숙과 미래, 두 간호사가 이번엔 커다란 비닐 팩을 들고 서 있었다. 성인 한 명이 충분히 들어가고도 남을 정도였다.

"하나도 빼놓으면 안 돼. 몽땅 다 팩에 넣어야 해."

"이대로 화장시킨다고요? 숨이 붙어 있을지도 모르잖아요?"

"붙어 있어 봤자 오늘내일이야. 떼어 낼 거 다 떼어 냈으니, 하루라도 빨리 처리하는 게 낫다는 걸 아직도 모르겠어?"

"잠깐만 기도하면 안 돼요?"

"교회 다녀?"

"아뇨. 종교는 없지만 왠지 지금은 기도드리고 싶은데요. 이 환자가 독실한 크리스천일 수도 있잖아요? 임종 직전에 드리는 기도를 소중하게 여기는……."

"연민은 금물이야. 이것들은 인간이 아냐. 바이러스 덩어리라고. 바이러스를 동정해서 뭣 하게? 철저하게 인간의 입장에서 결정하는 게 휴머니즘이지. 인간인 우리가 원할 때 바이러스를 처치한다. 바이러스가 살았든 죽었든, 바이러스를 위해 기도드리는 건 지나가는 세균도 웃을 일이라고. 서둘러. 오늘 훨훨 태워 버릴 바이러스 덩어리가 네 구나 더 있어."

"바이러스 처치를 위해 직원들이 더 온다죠? 몇 명인가요?"

"둘! 병원에서 가장 힘센 남자 직원이지. 아, 저기 왔군."

문이 열리고, 럭비 선수처럼 건장한 사내 둘이 보호 장구를 갖추곤 들어왔다. 동화의 머리와 다리를 동시에 잡았다. 간호사들이 요와 이불을 펴 그녀의 몸을 둘둘 말았다. 사내들이 비닐 팩에 그것을 넣었다.

"뭐가 이리 가볍지?"

"나비 같아."

"혼이 빠져나가서일까?"

"마지막으로 확인해. 빠진 게 있는지?"

"없어요."

"그럼 이송해."

"소독 팀은요?"

"곧 올 겁니다. 망할 바이러스를 완전히 다 없애야 하니까요."

비닐 팩에 담긴 동화는 외치고 싶었다.

나는 죽지 않았어!

나는 바이러스 덩어리가 아냐!

나는 사람이야!

사람이라고!

단 한 마디도 나오지 않았다. 입을 막기 위해 기관절개술을 일부러 한 건 아닐까. 팔과 다리를 버둥거리고 싶었지만, 이불과 요로 온몸을 둘둘 마는 바람에 손목도 발목도 돌아가지 않았다. 몸 여기저기에 찔러 놓은 주삿바늘, 흉부에 꽂은 관도 그대로 달려 있었다. 유언 한 마디도 남기지 않고, 목사님의 마지막 기도도 듣지 못하고, 찬송 한 장 부르지 못한 채, 이렇게 비닐 팩에 담겨 불태워져야 한단 말인가. 의사와 간호사가 짜고 나를 죽음의 구렁텅이로 밀어 넣는단 말인가.

지옥, 이런 결말 자체가 지옥이지. 인간으로 태어났으니 인간으로 죽게 해 줘. 인간을 개나 돼지나 박쥐나 메뚜기나 바이러스 덩어리로 죽이는 곳이 바로 지옥이지. 이승에서 만난 사람들과 이승에서 작별할 시간을 줘. 말 한 마디 나누지 못한 채, 전염병에 걸려 죽은 기억만 심어 주려는 이곳이 바로 지옥이지. 지옥, 이런 결말 자체가 지옥이라고.

두 번째 악몽에서 깨어났다.

만 하루가 지난 뒤였다.

연필을 쥘 힘도 없었다. 악몽들이 그나마 남은 체력을 갉아먹은 듯했다. 간호사가 공책을 내밀었지만 한 글자도 못 썼다. 쓰긴 힘들어도 누르는 건 가능했다. 검지를 들어 허공에 꾹꾹 눌렀다. 휴대폰 자판의 자음과 모음 위치는 이미 머릿속에 있었다. 유언도 남기지 못하고 죽을지 모른다는 두려움이 뼈만 남은 몸 구석구석을 휘감았다. 깨어 있는 동안엔 계속 검지로 허공을 누르며 세상에 남길 문장을 다듬었다. 그리고 하루가 더 지난 뒤, 동심에게 문자를 세 번 나눠 보냈다.

— 건강하게 잘 살아.

— 난 더 이상 사람 노릇 못 해.

— 죽는 게 낫겠어.

동화가 사경을 헤매다가 겨우 문자를 보낼 만큼 몸과 마음이 회복되었을 때, 예석이 제주에서 올라왔다. 동화와의 통화가 뚝 끊긴 진짜 이유를 동심에게서 듣곤 한바탕 눈물 바람을 했다. 그리고 동심과 함께 병원으로 왔다. 동옥까지 세 사람이 돌아가며 동화에게 전화를 걸었다. 동화는 그들의 말을 듣기만 할 뿐 아직 제 목소리로 답할 수 없었다.

"언니가 죽으면 난 어떻게 살아? 나 때문에 몹쓸 병 옮은 거잖아? 내 잘못이야. 다 내 잘못이야. 그러니 나를 위해서라도 죽지 마."

"엄마! 지금까지 잘 견뎠어요. 제주도에서 저만 편히 지내 죄송해요. 효도할 기회를 주십시오. 힘들겠지만 조금만 더 힘을 내 주세요. 사랑합니다!"

"언닌 안 죽어. 언니가 왜 죽어. 죽을 놈들은 따로 있지. 언니를 이렇게 만든 그놈들이 죽어야지."

그리고 세 사람은 약속이라도 한 것처럼 휴대폰을 붙든 채 찬송을 부르고 기도를 드렸다. 동화도 물론 죽고 싶지 않았다. 다만 이렇게 보름 만에 20킬로그램이나 빠진 해골 같은 몰골로, 잠시만 움직여도 숨이 가쁜 상태로 살아갈 자신이 없었다. 동화가 몹시 야위어 몸무게가 겨우 40킬로그램이란 소식을 동옥에게서 듣기라도 했던 걸까. 예석이 이렇게 기도를 마쳤다.

"메르스와 싸우느라 살이 너무 많이 빠졌습니다. 회복의 은혜와 함께 다시 20킬로그램이 찌도록 도와주시옵소서. 강건한 몸과 온화한 마음으로 가족 품에 돌아오도록 살펴 주시옵소서. 예수님의 이름으로 기도드립니다. 아멘!"

동화도 '아멘!'을 세 번이나 마음으로 따라했다. 체중은 다시 늘릴 수 있지만, 망가진 폐는 회복이 불가능하다는 것을 그때는 몰랐다. 회복의 기적은 거기까지였다.

기력을 되찾으면서 팔다리에 힘이 실리자, 동화는 몸에 붙은 주삿바늘과 관부터 떼어 내려 했다. 간호사와 의사들이 아직은 이르다고 말렸지만 소용없었다. 의료진이 병실에 들어올 때마다 째려보며 공책에 적었다.

— 살인마!

— 당신들 치료 필요 없어.

— 개새끼들!

— 퇴원시켜 줘.

— 죽기 싫어.

아직 메르스 치료가 끝난 게 아니라고, 메르스 완치 후에도 폐를 비롯한 여러 장기에 대한 검사와 치료가 이어져야 한다고, 의료진이 돌아가며 차분히 설명했다. 동화는 같은 주장만 반복했다.

— 안 속아. 날 죽이려는 거지? 살과 근육도 모자라 이제 내 뼈

까지 필요한 거야?

잠든 후에도 주먹질과 발길질을 멈추지 않았다. 악몽에 등장하는 의사들, 간호사들과 맞서 싸우는 것이다. 의료진은 결국 보호자와 상의하여 신체 억제대를 사용하기로 했다.

결박을 당한 후에도 몸부림은 계속되었다. 지쳐 나가떨어질 때까지 온몸을 뒤틀다가 잠들곤 했다. 침대에 묶여 누운 채 대변과 소변을 보는 것이 못 견디게 수치스러웠다. 똥오줌을 배설할 때만이라도 풀어 달라 했지만 받아들여지지 않았다. 날마다 울분이 쌓였다.

끝없이 몸부림치는 탓에 혈압이 상승하고 자주 숨이 가빴다. 어쩔 수 없는 조치였지만, 환자가 자꾸 탈진하는 것은 치료를 위해서도 좋지 않았다. 몸도 몸이지만 메르스로 받은 마음의 상처를 치료하는 일이 급했다. 더 이상 초원을 질주하지 못한다는 사실을 깨닫고 제풀에 지쳐 죽고 마는 병든 표범 신세로 전락할지도 몰랐다. 걸으면서도 살고 휠체어를 타고서도 살고 누워서도 사는 법을 차분히 알려줄 필요가 있었다.

정신과 전문의가 동옥을 불러, 동화가 가장 편안하게 여기는 때를 물었다. 동옥은 예석에게 전화를 걸어 질문을 옮겼다. 예석은 평생 물류 창고에서 근무한 엄마의 유일한 취미는 독서이며, 복음서 중에서도 〈누가복음〉을 즐겨 읽었다고 답했다. 그 말을 전해 들은 전문의는 가족들이 그 복음을 동화에게 읽어 주는 것이 어떻겠느냐고 제안했다. 동화가 마음의 평안을 찾을 수만 있다면 복음서는 물론이고 신약성서와 구약성서까지 전부 낭독할 수도 있었다. 그날부터 동옥과 예석은 동화에게 전화를 걸어 〈누가복음〉을 또박또박 읽기 시작했다. 처음 이틀은 여동생과 외아들의 목소리를 무시하며 침대가 흔들릴 정도로 몸을 뒤척였지만, 사흘째부터는 차츰 성경 말씀에 귀를 기울였다. 예석의 목소리가 17장 5절에 이르렀을 때는 순한 양처럼 고요히 듣기만 했다.

사도들이 주께 여짜오되 우리에게 믿음을 더하소서 하니 주께서 이르시되 너희에게 겨자씨 한 알만 한 믿음이 있었더라면 이 뽕나무더러 뿌리가 뽑혀 바다에 심기어라 하였을 것이요 그것이 너희에게 순종하였으리라.

— 〈누가복음〉 17장 5-6절

끝의 시작

메르스 환자들을 위한 격리병실은 처음엔 13층을 채웠고, 그 후 담쟁이넝쿨처럼 18층까지 올라갔다. 출입문 옆 간호사 스테이션을 기준으로 길동화의 병실이 네 번째로 가장 가까웠고 그 옆이 이첫꽃송이 또 그 옆이 김석주의 병실이었다.

질병관리본부에 따르면 메르스의 주요 증상은 고열과 기침과 호흡 곤란이고, 두통 오한 근육통 구토 복통 설사가 동반되기도 했다. 감염 환자 중 상당수가 중증 급성하기도질환, 일명 폐렴을 앓았다. 그중에는 급성하기도질환의 상태가 경증인 경우도 있고, 적은 숫자지만 메르스에 걸리고도 증상이 나타나지 않는 경우까지 있었다. 합병증으로 호흡 기능 상실이나 패혈성 쇼크에 다발성 장기 부전을 일으키며, 당뇨나 만성 폐질환이나 암이나 신부전 등을 감염 전부터 앓았던 사람들과 각종 이유로 면역 기능이 낮은 사람들이 더 고통받았다.

건강했던 동화나 첫꽃송이보다 림프종에 걸린 적이 있고 완전관해 되었다가 재발한 석주가 가장 심하게 메르스를 앓을 상황이었다. 그러나 6월 7일 이후 13층에선 넷째 방과 다섯째 방으론 환자와 간호사가 정해진 시간 외에도 바삐 오갔으나 여섯째 방은 상대적으로 한산했다. 그렇다고 그 방의 환자인 석주에게 증상이 없었던 것은 아니다. 두통과 기침이 심해 잠을 이루지 못했고, 깨어 있는 내내 고열과 근육통에 맞서 싸워야 했다.

석주가 동화나 첫꽃송이와 다른 점은 환자이면서 의사라는 사실이다. 어려서부터 의사가 꿈이었지만, 중고등학교 시절 친구들과 어울려 지내다 보니 적당히 점수에 맞춰 공대로 진학했다. 졸업 후엔 또 전공에 따라 엔지니어로 취직했다. 평생 직장으로 삼을 만한 대기업이었다. 순조롭게 취업의 길이 열렸지만 마음 한구석이 늘 허전했다. 간호사로 취직한 영아와 연애하고 결혼하지 않았다면 꿈을 접고 대기업 사원으로 평생 근무했을 것이다.

결혼은 두 사람의 결합이자 두 사람이 읽어 온 책들로 하나의 서재를 만드는 과정이기도 했다. 영아의 전공 서적과 또 간호사 생활을 보고 들으며 그는 자신이 왜 의사가 되려고 했는지 새삼 깨달았다. 인간의 고통을 줄이거나 없애고 싶었던 것이다. 조심스럽게 그 꿈을 아내에게 털어놓았다. 그녀는 뒷바라지는 자신이 할 테니 도전해 보라고 적극 권했다. 그리하여 직장에 사표를 내고 다시 공부를 시작해서 치의학전문대학원에 진학했다. 4년을 꼬박 예닐곱 살 어린 동급생들 틈에서 배우고 익혔다.

석주는 병원에 친숙했다. 오래 입원한 환자가 지니는 친숙함과는 달리, 병원 시스템에 대한 이해도가 다른 환자보다 월등히 높았던 것이다. 교수와 펠로우와 전공의의 일상이나 간호사의 업무는 물론이고, 수시로 진행되는 검사의 종류와 적정 수치, 처방된 약의 효능과 그 약을 설명하는 전문 용어까지 두루 알고 있었다. 모르는 것이 나오더라도 당황하지 않고 관련 논저를 찾아보거나 그 분야를 전공한 선후배 동료들에게 자문을 구했다. 병원을 친숙하게 여기는 것은 간호사를 거쳐 제약 회사에 다니는 영아도 마찬가지였다. 다른 보호자들처럼, 의료진에게 머리를 조아리며, 꼭 좀 살려 달라고 부탁하거나, 울음을 터뜨리거나, 비명을 지르며 쓰러져 기절하지 않았다. 메르스 환자에 더하여 림프종 환자가 매일 체크해야 하는 수치들을, 자가격리 상태에서도 전공의와 간호사에게 전화로 확인하여 수첩에 빼곡하게 적었다. 어떤 약을 처방했으며 그 약에 대한 석주의 신체 반응도 놓치지 않았다.

석주는 메르스로 고통받으면서도, 환자인 자신을 의사의 시선으로 객관화하여 들여다봤다. 다시 말해 이런 통증을 느끼는 환자라면 어떤 약을 얼마나 처방하는 것이 좋은지 스스로 따져 답을 추측했던 것이다. 물론 의학도 전공별로 세분화되어 치과 의사인 석주가 감염내과나 혈액종양내과의 처방전을 완벽하게 이해하긴 어려웠다. 그러나 동화처럼 의료진이 살과 근육을 떼어 갔다고 의심할 정도로 불안해하진 않았다. 석주와 영아는 각자 얻은 정보와 추측을 화상 통화로 주고받으며 의논했다. 서로가 서로에게 안심하는 시간이기도 했다. 두 사람이 내린 결론은, 현재 의료진은 메르스 치료에만 전념하고 있으며, 림프종 치료는 시작하지 않았다는 것이다. 며칠 혹은 한두 주 만에 생명을 위협할 정도로 림프종이 악화되기도 하는데, 다행히도 지금은 그런 증상이 나타나지 않았다. 6월에 후유증 없이 메르스를 완치하고 7월부터 림프종 치료에 돌입하는 것이 노중태 교수를 비롯한 의료진의 의견이었다. 석주와 영아는 이 의견을 따를 수밖에 없었다.

석주는 병실에서 음악을 많이 들었다. 1년 선배인 영아를 만난 것은 '가람터'라는 대학교 팬플루트 동아리에서였다. 싹싹하고 적극적인 석주는 동아리 선후배들에게 인기가 높았다. 두 사람은 즐기는 음악이 달라 처음엔 어울려 다니지 않았다. 영아는 발라드를 좋아하는데 반해 석주는 주로 록을 찾아 들었다. 그는 고등학교 때부터 기타를 잡았다. 영아는 꼼꼼하게 낭만적이었고 석주는 예의 바르게 도전적이었다.

석주는 벽과 천장이 울릴 만큼 볼륨을 한껏 높여 록을 듣고 싶었다. 메르스 격리병실에서 그와 같은 굉음은 허락되지 않았다. 두통이 덜한 날은 휴대폰에 노래를 잔뜩 넣고 헤드셋을 낀 채 종일 음악만 들었다. 연주한 적이 있는 곡이 나오면, 두 팔로 기타를 치는 시늉을 했다. 간호사들은 그가 허공의 연주를 마칠 때까지 기다려줬다. 그만큼 그의 몸짓과 표정이 행복해 보였던 것이다.

두통으로 괴로운 날엔 셀카를 찍었다. 입원 직후엔 우람과 거의 매일 화상 통화를 했다. 고열과 호흡 곤란으로 인해, 석주도 동화만큼은 아니지만 살이 빠지기 시작했다. 일주일 만에 몸무게가 4킬로그램 정도 줄어들자, 눈이 쑥 들어가고 눈 밑이 까매졌다. 그는 아픈 모습을 아들에게 보여 주기 싫어했다. 휴대폰을 바꿨다는 핑계를 댄 후 화상 통화를 그만두었다. 음성 통화를 할 땐 일부러 목소리에 힘을 싣고 더 많이 웃었다. 우람은 석주가 작년에 림프종 때문에 고생하는 모습을 지켜봐서인지, 즐겁게 전화를 받다가도 문득문득 물었다.

"아빠! 많이 아파? 아빠! 언제 집에 와?"

석주는 셀카를 더 자주 찍었다. 우람을 위해서였다. 세수와 면도를 깨끗이 하고, 간호사들에게 도움을 청해 옅은 화장까지 하고, 커튼을 젖혀 빛이 가장 잘 들어오는 창가에 서서, 오십 장에서 백 장 가까이 찍었다. 사진을 엄선하고 얼굴이 건강하게 나오도록 편집했다. 여러 장의 사진을 한꺼번에 볼 수 있도록 대여섯 개 앱을 활용해서 세상에서 하나밖에 없는 디지털 사진첩을 만들었다. 우람이 좋아하는 티라노사우루스 표정 4종 세트, 놀이기구 타는 표정 5종 세트, 자동차 흉내 6종 세트 등 레퍼토리도 다양했다. 우람은 세계 3대 폭포 속에서 샤워하는 3종 세트와 봄 여름 가을 겨울 계절마다 바뀌는 숲 속에서 하품하는 4종 세트를 특히 좋아했다. 석주가 새로운 세트를 보낼 때마다 우람은 매일 스무 번도 넘게 뚫어져라 사진들을 보고 또 보았다.

석주는 또한 메르스에 대한 최신 뉴스도 꼬박꼬박 챙겨 보았다. 중요한 기사나 인터뷰는 따로 에버노트에 저장했다. 영아는 손에 쥐고 볼펜으로 또박또박 쓰는 수첩을 선호한 반면, 석주는 다양한 디지털 노트의 무료 버전을 사용해 본 뒤 마음에 드는 것을 골라 유료 버전으로 업그레이드했다. 1번 환자의 동선을 도표와 사진까지 곁들여 정리했고, 5월 27일 이 병원 응급실로 와서 자신에게 메르스를 전염시킨 0번 환자의 동선 역시 따로 모아 뒀다.

6월 5일 석주가 메르스 1차 양성 판정을 받은 날, 처음으로 메르스 확진 환자가 완치되어 귀가했다. 중앙 메르스 관리대책본부의 발표에 따르면 그보다 나흘 앞선 6월 1일 최초 사망자가 나왔고, 같은 날 3차 감염자가 처음 확진되었다. 3차 감염자란 1번 환자에게 감염된 2차 감염자에게 또 감염된 환자를 뜻했다. 3차 감염자가 발생할 확률이 낮다고 주장하던 정부 관계자들과 일부 전문가들의 주장을 무색하게 만든 날이기도 했다. 6월 12일 보건 당국은 4차 감염자까지 확진되었다고 발표하였다. 보건복지부와 질병관리본부는 메르스 확산을 막기 위해 안간힘을 썼지만, 서울과 경기도는 물론이고 충청도를 비롯한 전국에서 메르스 환자들이 발생하는 형국이었다. 6월 종식은 물 건너갔고 7월 종식도 장담하기 힘든 형편이었다. 5차 감염, 6차 감염까지 가면, 병원 내 감염을 넘어 지역 사회 감염으로 번질 수도 있다는 경고가 제기되었다. 병원 내 감염은 감염자를 추적 조사할 수 있으나, 지역 사회 감염에 이르면 언제 어디서 누구로부터 감염되는지도 모른 채 메르스 환자가 될 수 있었다. 석주를 비롯한 다수의 메르스 환자들이 발생한 종합 병원을 전면 폐쇄하라는 요구가 빗발쳤다. 또한 감염병 위기경보 수준을 '주의'에서 '경계'나 '심각'으로 상향 조정해야 한다는 여론이 들끓었다. 그러나 중앙 메르스 관리대책본부는 종합 병원에 특단의 조치를 내리지도 않았고, 감염병 위기경보 수준을 높이지도 않았다. 정부를 믿고 기다려 달라는 말만 반복했다.

석주는 또한 완치된 환자들의 투병 시간을 따로 정리했다. 숫자가 많지 않아 과학적인 결론을 도출하긴 어려웠다. 환자 개개인의 편차가 큰 것도 사실이었다. 메르스 환자가 입원 후 도달하는 마지막은 생존 아니면 사망이었다. 석주는 우선 사망은 염두에 두지 않았다. 완치되어 생존한 환자들의 감염 전 상황과 함께 메르스를 이겨 낸 기간에 주목했다. 회복이 빠른 환자는 확진 판정 후 1주 만에도 퇴원했고, 2주를 넘기지 않은 환자도 적지 않았다.

석주는 폐렴이나 합병증을 앓지 않고 2주 안에 메르스를 떨쳐 내기 위해 최선을 다했다. 6월 7일 확진 판정을 받았으니, 6월 21일 전후로 이 격리병실을 꼭 떠나고 싶었다. 사소한 문제가 생긴다고 해도 6월 30일을 하한선으로 잡았다. 7월까지 메르스란 괴물을 몸 안에 두긴 싫었다.

메르스가 완치되면 최대한 빨리 체력을 회복한 다음 림프종 치료를 시작해야 한다. 항암을 다시 여덟 차례쯤 받아야 할까. 이번엔 다섯 번 혹은 여섯 번으로 끝내고 완전관해될 순 없을까. 운 좋게 기증자를 곧 찾는다면 동종 조혈모세포 이식까지 받고 크리스마스를 맞을 수 있을까. 아버지인 홍택과의 조직적합성항원HLA 검사부터 해야 하며, 일치하지 않는다면 또 다른 대책을 세워야 한다. 올해 성탄은 영아와 우람과 함께 용평 스키장에서 보낼 계획이었다. 그 계획을 이루기 어렵다면, 내년 설이 되기 전까진 림프종 치료를 마쳤으면! 만물이 소생하는 봄엔 '김석주'란 이름이 가슴에 새겨진 의사 가운을 입고 치과로 출근해서 환자들을 맞고 싶었다.

6월 16일 저녁, 경미가 책을 두 권 가져왔다. VRE 가운을 입고 N95 마스크를 썼다. 석주가 검사 결과부터 물었다.

"PCR은요?"

"양성이에요."

PCR이 두 번 연속 음성으로 나와야 메르스 완치 판정을 받을 수 있다. 경미가 넓은 어깨를 좌우로 흔들며 위로했다.

"실망 마세요. 곧 완쾌될 겁니다. 기분은 어떠세요?"

"괜찮습니다. 확진 후 9일짼데, 이제 슬슬 음성이 나와야 하는 것 아닌가요?"

"면역증강제인 인터페론에 더하여 리바비린과 칼레트라Kaletra를 어제부터 투약하고 있으니, 곧 차도가 있겠죠. 자, 선물이에요."

경미가 우선 한 권을 내밀었다.

"6년도 더 된 이야기네요. 어느 날 영아가 그러더라고요. 석주 씨가 치과 의사가 되고 싶어 한다고. 그때 제가 뭐라고 물었는지 알아요? '왜? 기타리스트가 아니고?' 저는 악기라면 젬병이라서 그런지, 악보만 봐도 토할 것 같아요. 한데 두통 땜에 힘들다면서 이런 책을 읽고 싶어요? 영아 부탁이니 사 오긴 했지만 잘하는 짓인지 모르겠어요."

『조지 해리슨 명곡집George Harrison Anthology』이었다. 그는 책을 집어 빠르게 넘겼다. 24곡의 가사와 코드가 포함된 악보가 수록되어 있었다. 〈While My Guitar Gently Weeps〉는 그가 가장 즐겨 연주하는 곡이었다. 어깨를 흔들며 왼손으로 코드를 잡는 시늉을 했다. 경미가 그 위에 책 한 권을 더 얹었다.

"이건 제가 고른 선물! 조지 해리슨을 좋아한다니, 심심할 때 읽으세요. 글을 읽기 힘들면 사진들만 슬슬 넘겨 봐요."

조지 해리슨 평전이었다. '리버풀에서 갠지스까지'라는 부제를 복화술하듯 입술로만 소리 없이 읽었다. 리버풀과 갠지스로 가족 여행을 가리라 마음먹었다.

"많이 보고 싶죠?"

석주가 휴대폰을 들어 흔들었다. 경미가 이어 말했다.

"화상 통화 말고요. 그렇게 면회를 오겠다는데, 왜 거절하고 그래요? 아직도 에이피 가운이나 VRE 가운이 문제라고 보세요? 병실도 마음에 들지 않고요? 물론 완벽하진 않죠. 하지만 이 정도면 감염을 막을 수 있다고 담당 의료진이 판단하고 있으니, 괜한 걱정에 에너지 낭비 마세요. 영아에게 내일 오라고 할까요?"

경미는 내일 아침 영아와의 브런치 약속을 숨겼다. 석주에게 알려선 안 된다고 영아가 신신당부했던 것이다.

"보호자들 보호 장구가 완비되기 전엔 면회하지 않겠습니다."

"저도 위에 따로 말씀은 드렸어요. 기다려 보죠. 어쨌든 곧 둘이 만나서 다투든지 화해하든지 하세요. 지금 이 정도도 남영아로선 충분히 남편 뜻을 존중하며 참고 있는 거랍니다."

"제 몸 상태는 계속 체크해서 알려 주고 있죠?"

"그 수치들까지 못 받으면, 당장이라도 달려올걸요."

"고맙습니다. 경미 씨!"

"쉬세요. 그럼."

경미는 병실을 나가려다가 멈춰 서서 고개만 돌렸다. 조지 해리슨의 또 다른 명곡 〈Here Comes The Sun〉의 악보를 펼쳐 놓고 연주를 흉내 내던 석주가 두 손을 멈춘 채 쳐다보았다. 경미가 엄지를 든 채 주먹을 쥐자 석주도 똑같이 따라했다. 그들은 메르스란 적군과 맞서 싸우는 전우였다.

질문 리스트

남영아의 수첩

2015년 6월 16일(화)

미칠 노릇!

양성이라니.

1. 골수 재검? 시기는? 메르스 완치 후? 늦지는 않은지?
2. PET-CT, HOT UPTAKE[1]: 종양이 아닐 가능성은?
3. 용혈성 빈혈.
4. 질병 재평가 방법은?

1 악성 종양은 포도당을 10배 이상 많이 섭취한다. HOT UPTAKE는 PET-CT 촬영 결과 그 부분에 포도당이 많이 모여 있다는 뜻이다. 흑백 영상에서는 검게 칼라 영상에서는 붉게 표시되어 정상 조직과 구별된다.

5. Chemo[2]가 필요하다면 치료시기가 늦어지는 것에 대한 염려는 크지 않은지?

6. 교수님이 생각하시는 위중도, 향후 예후 : 치료 방향?

7. Chest AP[3]. 현재 폐렴에 대한 상태와 평가는?

8. Lab 수치[4] : 최종 확인 때 폐 CT를 다시 찍는지?

말레이시아 여행 사진첩 챙겨갈 것!

2 Chemotherapy의 약칭. 항암 화학요법.

3 흉부엑스선검사의 일종. 환자가 똑바로 서서(erect) 검사를 받을 수 없을 때 시행하며, 폐병소의 검사에 있어서 보충적인 촬영으로도 시행된다.

4 혈액 검사 수치.

또 다른 확산

6월 17일 오전 9시, 영아는 병원 1층 로비에서 경미를 만나기로 했다. 전날 밤 수첩에 질문들을 정리한 뒤, 경미에게 기어이 전화를 넣었다. 차트 몇 개를 더 확인해 달라고 부탁하기 위해서였다. 경미가 기분 좋게 툴툴거렸다.

"남의 남편 때문에 밤 새우게 생겼네. 두둥실 떠올랐던 몸 겨우 침대에 내려 놓았건만."

"미안!"

"미안할 건 없고, 잊지는 마라!"

"석주 씨 퇴원할 때까지 식사 값은 내가 다 낼게."

"얘가 날 악독한 간호사로 만들려고 그러네. 내일 브런치나 사. 그다음엔 내가 살 거고."

영아는 8시 50분에 병원에 도착해서 10분을 기다렸다. 그리고 또 10분을 더 기다렸다. 경미가 10분 이상 약속에 늦은 적이 있는지 되짚어 보았다. 단 한 번도 없었다. 영아도 경미도 늘 10분 먼저 약속 장소에 도착하여 준비하는 성격이었다. 미리 가서 환자 차트를 확인하고 몸 상태를 살피며 각종 의료 기구들이 제자리에 있는지 파악했다. 성실히 준비하는 만큼 치료 과정도 순조롭고 의사나 환자의 만족도도 높았다.

다른 사람과의 약속이었다면 5분 정도 더 기다렸겠지만, 영아는 곧장 전화를 걸었다. 잠을 줄여 차트를 정리하겠다더니 깜빡 잠이라도 들었을까. 전화를 받지 않았다. 영아는 잠시 휴대폰을 내려다보았다. 석주에게 전화를 걸어 볼까? 아직은 아니다. 혈액종양내과 노 교수에게? 그때 경미에게서 전화가 왔다.

"안 내려오고 뭐해? 어디야?"

대답 대신 기침부터 쏟아 냈다. 불길했다.

"미안! 오늘은 못 만나겠다."

"아파?"

"새벽부터 이상하게 으슬으슬 춥고 기침이 나더라고. 혹시나 싶어 PCR 검사를 받았고, 결과가 나올 때까진 격리 상태야."

격리! 감염이 의심되는 상황인 것이다.

"짚이는 데가 있어?"

"그게 그러니까 확실한 건 아냐. 환자들과 신체 접촉을 최소화하는 게 원칙이지만, 지금까지 접촉 횟수를 다 합친 것보다 그제 새벽에 접촉이 많았지. 새벽 5시에 CPRcardiopulmonary resuscitation 심폐소생술을 했는데……."

"CPR?"

영아가 말허리를 잘랐다.

"석주 씨 옆방 70대 남자 환자인데, 갑자기 산소포화도가 85 밑으로 확 떨어지더니 심정지가 왔어."

"저런!"

"환자는 다행히 살았어."

"넌?"

"철저하게 한다고 했는데…… 감염을 떠올리지 않았다면 거짓말이겠지. 환자에게 심정지가 왔을 때 난 VRE 가운을 입었거든."

"VRE 가운?"

수술용 가운인 VRE는 목과 어깨를 완전히 막진 못한다.

"응. 바이러스가 침투했을지도 몰라. 석주 씨 말대로 격리했다고 해도 음압 병실은 아니니까. 병실부터 복도까지 어디도 완전히 안전하다고 말하긴 힘들지. 하여튼 지금은 기다려야 해. 네게 줄 자료들도 프린트했는데 갑자기 격리되느라 챙길 경황이 없었어. 음성 판정을 받고 나서 사진을 찍어 보내든지 할게. 지난밤 대략 훑어 보니 심각하게 의논할 부분은 없었어. 석주 씨가 의사라서 그런지 병원에 적응도 빠르고 멘탈도 강해서 의사 지시를 단 하나도 안 어겨. 솔선수범의 화신이지. 어떤 약을 왜 쓰는지 알고 미리 마음의 준비를 하니까, 의료진에게도 최고의 환자야. 간호사들 칭찬이 자자해. 영아 선배가 결혼 하난 잘 했다고. 귀 따갑지 않았어?"

"경미야!"

영아의 목소리가 떨렸다.

"응? 왜?"

"네 몸부터 챙겨. 그동안 너 너무 무리했어."

"이 병원 의사나 간호사 중에 무리 안 한 사람 있나? 메르스 이후로 다들 잔뜩 긴장한 채 격무에 시달리는 중이야. 그렇다고 불만이 쌓인 건 아냐. 수면 부족에 근무 시간이 불규칙해져서 몸은 힘들지만, 전염병 환자들 목숨 구하는 건 어렸을 때부터 내 꿈이었어. 이런 일 하려고 간호학과에 들어갔던 거라고."

"기억난다. 1학년 때부터 흑사병에 관한 책들 읽으며 네가 꽤 여러 번 흥분했었지."

"중세 땐 감염 경로도 제대로 파악 못해 그야말로 몰살했지. 의료진도 전염병 환자를 위해 크게 해 줄 일이 없었고. 지금도 메르스 특효약이 없는 게 사실이긴 해. 하지만 다양한 치료법을 총동원해서 환자가 죽음에 이르지 않도록 막아야겠지."

"너무 혼자 앞서가진 마."

"걱정 붙들어 매. 어제도 격리병실 담당 전공의들과 간호사들이 모여 다짐했어. 혼자 앞서가진 말고, 함께 앞서가자고. 어차피 우린 가까이에서 매일매일 환자들과 만나야 해. 우리가 두려워하고 머뭇거리면 환자들은 수십 배 수백 배 상심하고 절망에 빠져. 더군다나 난 덩치 때문에 금방 눈에 띄거든. 하여튼 미안해. 약속 못 지켜서."

"괜한 소리! 이모님께 전화 드렸고?"

경미는 아직 미혼이었고, 병원까지 걸어서 출퇴근이 가능한 아파트에 혼자 살고 있었다. 일가친척이라곤 서귀포 성당에 수녀로 있는 이모뿐이었다.

"아직! 결과 나오면 그때 하려고. 노친네 걱정 끼쳐 드리긴 싫어."

"괜찮을 거야. 힘내!"

"고마워. 석주 씨에겐 아직 말하진 마. 괜한 추측 하면 안 되니까."

영아가 말꼬리를 잡아챘다.

"괜한 추측? 너, 혹시……? 석주 씨한테서 바이러스가 옮겨 간 것 같아?"

"기집애! 내가 환자평등주의자지만, 네 남편을 조금 더 챙긴 건 사실이야. 끊자."

경미가 농담과 함께 전화를 끊었다.

6월 17일 저녁 경미는 1차 양성 판정을 받았고 19일 확진되었다. 6월 12일에 이미 4차 감염자가 나왔지만, 의료진 감염은 다른 각도에서 심각한 사건이었다. 이 종합 병원에 음압 병실이 없다는 사실이 새삼 부각되었고, 레벨D 보호 장구가 처음부터 부족했단 사실도 문제로 지적되었다. 전문가는 메르스 격리병실 담당 의료진의 스트레스와 업무 피로도가 일반 병실 의료진의 열 배가 넘을 것이라고 말했다. 감염자가 더 늘기 전에 환자들을 음압 병실을 갖춘 병원으로 옮겨야 한다는 주장도 여러 경로로 제기되기 시작했다.

나의 소원 포스트잇

6월 17일 저물 무렵, 영아는 종합 병원으로 다시 갔다. 홍택이 우람과 함께 애니메이션 영화를 보러 간 사이 규정 속도를 어기면서까지 급히 차를 몬 것이다.

— 지금 와

석주는 이렇게 단 세 글자만 보냈다. 면회를 와도 좋다는 것이다. 마음을 바꾼 까닭은 병원에 도착해 보면 알 것이다.

엘리베이터를 타고 13층에 내렸다. 간호사들이 유리문 앞에 탁자와 의자를 놓고 앉아 있었다. 유리문 안 간호사 스테이션을 밖으로 옮긴 것이다.

"어머, 언니!"

면회 신청자 명단을 들추던 최금숙이 자리에서 일어섰다. 반년 남짓 소아과에서 함께 근무했었다. 그때 금숙은 사회 초년생이었고, 영아는 3년 차에 접어든 숙달된 간호사였다. 영아는 금숙에게 병원 생활부터 간호 수칙까지 꼼꼼하게 일러 주었다. 두어 번 금숙을 따로 불러내 따끔하게 야단을 친 적도 있었다. 훗날 금숙은 영아의 질책 덕분에 병원 생활에 더 빨리 적응했다며 오히려 고마워했다.

"경미는?"

영아는 다짜고짜 이 자리에 없는 경미부터 찾았다. 금숙의 안색이 어두워졌다. 목소리 낮춰 답했다.

"금방 1차 검사 결과가 나왔어요. 양성이에요."

불길한 예감이 적중한 것이다.

"병실은?"

"16층인데…… 면회는 보호자 외엔 어렵습니다."

"경미가 남편이 있는 것도 아니고, 부모님은 일찍 다 돌아가셨고, 왕래가 끊긴 이모님은 멀리 서귀포성당에 계신데, 면회할 보호자가 어디 있어?"

"아시면서……."

금숙이 말끝을 흐렸다. 의료진인 간호사가 메르스에 감염되었으니 기자들이 사냥감의 냄새를 맡은 그레이하운드처럼 접근하려 들 것이다. 병원으로선 경미를 격리병실에 두고 보호벽을 치는 것이 최선이었다. 영아가 제 휴대폰을 내려다보자 금숙이 지레 짐작으로 말했다.

"통화도 당분간 힘들 겁니다. 먼저 전화할 때까지 기다리시죠. 경미 언니 입장도 이해해 주셨으면 하고요."

"알겠어, 뭔 말인지."

금숙이 면회자 명부에 남영아 이름 석 자를 넣고 일어섰다. 뒤에 앉은 미래에게 부탁했다.

"여기 좀 봐 줘."

금숙이 앞장을 섰다. 유리문을 열지 않고 그 옆에 붙은 방으로 들어갔다. 그동안 준비실을 마련한 것이다. 탁자 위에 놓인 보호 장구들을 훑고 영아가 물었다.

"에이피 가운은 없네?"

"오늘부터 레벨D 보호 장구를 완벽하게 착용하지 않고는 면회가 안 됩니다."

영아는 석주가 면회를 허락한 이유를 깨달았다. 앞치마 같던 비닐 가운에서 보호복으로 바꾸는 데 꼬박 열흘이 걸린 셈이다. 경미가 감염되지 않았다면, 보호 장구를 완비하는 날이 늦춰졌을지도 모른다.

"자, 그럼 착용을 시작해 볼까요? 먼저 손부터 소독하시죠?"

금숙의 도움을 받아 보호 장구를 착용했다. 처음 입어 보는 보호복은 생각보다 훨씬 답답했다. 소매는 물론이고 목과 등에도 틈이 없는지 금숙과 번갈아 두 번 세 번 확인했다.

유리문이 열렸다. 복도를 따라 석주가 입원한 여섯 번째 병실까지 걸었다. 얼굴과 등엔 벌써 땀이 흘렀고 목이 바싹바싹 타들어갔다. 열흘 만에 남편을 다시 만나는 것이다. 병실 문을 천천히 밀어 열었다. 창가에 서서 밖을 내려다보던 석주가 돌아섰다. 오른팔을 들고 웃었다. 그 웃음을 보는 순간, 영아는 눈물이 맺히면서 왈칵 울음이 차올랐다. 당장이라도 달려가서 안기고 싶었다. 그러나 석주는 영아가 다가올 때까지 서 있기만 했다. 간격이 두 걸음 정도로 가까워졌을 때 불쑥 말했다.

"불편하지?"

불편하지만 완벽하게 보호 장구를 착용했느냐는 질문이다. 환자와의 신체 접촉을 피할 것. 영아는 면회 수칙을 떠올리며 멈춰 섰다. 안면 보호구를 쓰긴 했지만 눈물을 감출 수 없었다.

"괜찮아."

"우람인?"

"아버님과 영화 보러 갔어. 오늘 격리를 풀었거든."

우람과 홍택에겐 세상에 나온 첫날이었다.

"어린이집엔 다녀왔고?"

"아니."

"왜?"

영아가 솔직하게 밝혔다.

"학부모들이 항의한다나 봐. 메르스 환자의 자식과는 같은 어린이집에 다닐 수 없다고."

주먹을 쥔 석주의 오른손이 떨렸다. 그녀가 이어 설명했다.

"원장에게 항의는 했는데, 우람이가 와도 예전처럼 친구들과 어울리지 못할 거래."

가족을 챙기는 숫사자처럼 단호하게 말했다.

"그 어린 것에게 낙인을 찍는구나. 그딴 덴 보내지 마."

"맞아. 두 번 다신 안 보낼 거야."

"경미 씨는……?"

"방금 1차 결과가 나왔대. 양성이래."

"아!"

석주가 양손으로 두 눈을 가리며 탄식했다. 비틀비틀 걸어 침대에 걸터앉았다. 주먹으로 침상을 힘껏 쳤다. 얼굴에 온통 안타까움과 분노가 서렸다.

"꼭 일이 터져야 아는 거냐고. 이딴 식으로 대충 하면 의료진이나 보호자들에게 감염 위험이 있다고 그렇게 말했는데…… 충분히 막을 수 있었어. 불편하겠지만 병실까지 들어올 때 차단문을 더 만들고, 보호 장구를 완벽하게 갖췄다면, 그랬더라면……."

"경미는 최선을 다했어. 건의도 여러 차례 했고."

"알아! 아니까 더 억울해. 최선을 다한 좋은 사람을 위험에 빠뜨리니까 문제지. 통화는 했어?"

"당분간 어려울 것 같아. 말이 밖으로 새어 나가는 걸 꺼리는 눈치야."

"그딴 걸 꺼릴 정도라면 진작 챙겼어야지. 목숨 걸고 일하는, 용감하고 고마운 사람부터 지켜야 해. 그게 제대로 된 병원이고 정부라고."

열흘을 혼자 지낸 탓일까. 석주는 만폭동 관음폭포처럼 이야기를 쏟아 냈다. 솔직히 영아는 그 말들을 전부 이해하긴 어려웠다.

그의 화제는 지극히 사소한 것에서 매우 보편적인 것까지 널을 뛰듯 옮겨 다녔다. 그녀는 남편의 얼굴을 찬찬히 보며, 열흘 동안 확인하고 싶던 것부터 물었다.

"몸은? 많이 아팠지? 폐를 다치는 경우가 잦다던데?"

"끔찍했어!"

질문에 비해 대답이 턱없이 짧았다. 잠시 침묵이 흐른 뒤 덧붙였다.

"그래도 지금은 괜찮아. 검사 결과는 계속 양성으로 나오지만, 아프진 않아. 고열도 내렸고 기침과 가래도 없어. 호흡도 정상이고. 열흘 동안 살이 3킬로그램 정도 빠진 탓인지, 몸은 오히려 편해. 경미 씨 말이 이 병원에 입원한 메르스 환자 중에서 내가 제일 가볍게 앓고 지나간 것 같대. 사망자도 나왔고, 혼수상태에 빠진 이들도 있고, 폐 기능이 심각할 정도로 저하된 이들도 있는데, 난 후유증도 전혀 없어. 그러니 걱정 마. 메르스는 넘어갔으니 이제 림프종 치료에 집중하면 돼."

영아의 두 눈에서 눈물이 흘렀다. 안면 보호구를 쓴 탓에 눈물을 훔칠 수는 없었다. 겹으로 낀 장갑으로 목이나 얼굴을 만지는 것 역시 피해야 할 행동이었다.

"울지 마."

석주의 두 눈도 그렁그렁 젖었다.

"응!"

그치겠다고 했지만 흐르는 눈물을 멈출 수 없었다. 열흘 동안 집에 갇혀 지냈다. 그사이 석주 혼자 이 썰렁한 병실에서 메르스를 이겨 낸 것이다. '끔찍했어!'라는 짧은 대답 속엔 외롭게 분투한 나날이 담겼다. 영아는 곁을 지키지 못한 것이 못내 미안했다. 그리고 멋지게 이겨 낸 그가 고마웠다.

"6월 안엔 음성이 나오겠지?"

분위기를 바꾸려는 듯 희망 섞인 질문을 던졌다. 영아도 울다 웃으며 고개를 끄덕였다.

"그럼. 꼭 그렇게 될 거야."

❖

그날부터 영아에겐 새로운 습관이 생겼다. 노란 포스트잇에 소원을 써서 붙이는 것이다. 아침에 눈을 뜨자마자 포스트잇부터 꺼내 놓곤 간절한 바람들을 적었다. '메르스 박멸, 림프종 완치'라고도 적었고, 'PCR 음성'이라고도 적었고, '어게인 완전관해'라고도 적었다. 문장이나 단어가 마음에 들지 않을 때는 포스트잇을 구겨 버리고 다시 썼다. 처음엔 포스트잇에 소원을 열 개도 쓰고 스무 개도 써서, 노트북 귀퉁이에도 붙이고 병실 사물함이나 침대 난간에도 붙였다. 석주는 매일 면회를 올 때마다 포스트잇부터 붙이는 그녀에게 참견하지 않았다. 오히려 포스트잇의 단어와 문장들을 꼼꼼히 보고 혼자 있을 땐 따라 읽기도 했다. 지루한 병실에서 그가 익힌 새로운 취미처럼.

사나흘 그렇게 열 개가 넘는 포스트잇에다가 소원을 적어 붙이던 영아는 차츰 이 일을 자기 식대로 정돈하였다. 영아도 석주도 부적처럼 붙이는 포스트잇이 얼마나 비의학적인지 알고 있었다. 포스트잇에만 집착했다면 스스로 이 짓을 접었을 것이다. 그런데 그녀는 지극히 상반된 두 가지에 함께 집착했다.

하나는 검사 수치였다. 5월 27일 응급실에 내원한 날부터 WBC백혈구, RBC적혈구, ANC절대호중구수치, Hb헤모글로빈, PLT혈소판, LDH젖산탈수소효소, T.bil총 빌리루빈, CRP, Uric acid요산 수치를 매일매일 엑셀 파일로 작성했다. 6월 1일부터 7일까지는 아침마다 담당 전공의나 간호사에게 일일이 확인하여 적었고, 6월 8일부터 17일까진 경미가 전화로 불러 주는 것을 기입했으며, 6월 18일 아침부터는 매일 면회를 와서 금숙을 비롯한 담당 간호사와 전공의로부터 수치를 들었다. 엑셀로 정리한 수치만 봐도 석주의 몸 상태를 파악할 수 있었다.

또 다른 하나가 바로 포스트잇이었다. 처음엔 막연한 기대를 문장으로 옮기다가 차츰 정확한 수치를 집어넣기 시작했다. 포스트잇에 바라는 수치를 적더라도 석주의 몸 상태가 그렇게 바뀌는 경우는 매우 적었다. 6월 내내 '메르스 음성!!!!!'을 썼지만 계속 양성만 나왔다. 간혹 비슷한 수치가 나오더라도 영아는 그것을 포스트잇의 영험함으로 돌리진 않았다.

영아만의 포스트잇 사용법은 다음과 같다. 우선 노란색 포스트잇에만 썼다. 노란 바탕이 소원을 비는 일과 어울릴 것 같아서다. 둘째는 하루에 석 장까지만 소원을 적었다. 백 장이 한 묶음인 포스트잇을 사 두곤 앞으로 소원을 백 장밖에 적지 못한다는 제한을 뒀다. 물론 돈을 주고 포스트잇을 더 살 수도 있지만, 그와 같은 제한이 포스트잇 한 장 한 장에 더 많은 정성을 쏟도록 만들었다. 셋째는 포스트잇 석 장을 석주에게 먼저 보인 뒤 병실에 붙였다.

영아가 포스트잇에 소원을 날마다 적은 것은 감당하기 힘든 불안 때문이었다. 질병관리본부에서 매일 아침 9시 집계 발표하는 '메르스 일일 현황'에 따르면, 6월 17일엔 124명의 환자가 치료중이었다. 환자의 숫자는 6월 20일 106명, 6월 23일 94명, 6월 26일 69명으로 점점 줄었다. 확진 환자 181명 중에서 퇴원은 81명이고 사망은 31명이었다. 질병관리본부 홈페이지에 들어가지 않더라도, 영아는 메르스 환자가 점점 줄어든다는 사실을 피부로 느꼈다. 빈 입원실이 하나둘 느는 만큼 보호자 대기실에서 눈인사를 나누던 이들이 준 것이다. 석주에겐 메르스로 인한 호흡기 증상들이 사라졌지만 검사 결과는 계속 양성이 나왔다. 그때마다 영아는 더욱 정성을 다해 포스트잇을 적었다.

6월 26일 아침 9시, 영아는 금숙이 불러주는 수치를 수첩에 받아썼다. 포스트잇을 적기 위해 보호자 대기실로 가려는데, 금숙이 불러 세웠다.

"언니!"

영아가 고개만 돌렸다.

"오늘 병실을 옮길 예정이에요."

"병실을? 왜?"

"언니도 짐작하겠지만, 그동안 메르스 환자들이 많이 완치되고 퇴원해서 빈 병실이 늘었어요. 이대론 관리하기도 힘들고."

사망한 환자들에 대해선 언급하지 않았다. 금숙이 설명을 이었다.

"그래서 병실을 한 층으로 모으기로 했나 봐요."

네다섯 개 층을 채웠던 환자들이 이제 한 개 층만으로도 충분할 만큼 준 것이다. 입원 환자 명단에 석주가 여전히 포함되어 있다는 사실이 안타까웠다.

"어디로?"

"18층! 오전에 마칠 거예요. 메르스 환자들을 옮기는 일이니까, 최단 시간에 재빨리 해야 해요."

"그래. 의료진도 환자 숫자에 맞춰 조정하겠네?"

"아무래도! 난 18층으로 따라 가요. 정미래 간호사만 빠지고."

"너도 빠지지 그랬어? 힘든 일이잖아, 이게."

"그랬으면 좋겠어요? 걱정 마세요. 김석주 환자 포함해서 18층이 모두 빌 때까지 난 계속 근무할 테니까. 그러니까 그거 한 장만 적어 주세요."

"뭘?"

"포스트잇! 병실 이동을 무사히 마치게 해 달라는 소원을 꼭 쓰세요."

영아는 손가방을 내려다봤다. 그 안에 노란 포스트잇이 들어 있었다.

"알았어."

두어 걸음을 뗐다가 되돌아와선 물었다.

"근데 넌 포스트잇을 믿니?"

금숙이 놀란 눈으로 되물었다.

"언니는요?"

"믿고 싶어, 이렇게라도 메르스가 낫는다면."

"저도 그래요. 메르스만 낫는다면!"

13층의 김석주, 이첫꽃송이, 길동화뿐만 아니라 16층의 박경미까지 18층으로 옮겼다. 병실을 옮긴 후에도 경미는 계속 전화를 받지 않았다.

반복과 차이

5월 27일 이첫꽃송이와 길동화와 김석주가 F병원 응급실에서 만났듯이, 7월 3일 첫꽃송이의 선배인 변호사 윤해선, 동화의 외아들인 대학생 조예석, 석주의 아내인 제약 회사 직원 남영아가 감염내과 앞 진료실 복도에 나란히 앉았다. 세 명은 메르스 환자의 보호자라는 점은 같았지만, 당장 오늘부터 할 일이 제각각이었다.

영아가 먼저 예석에게 말을 붙였다.

"환자는 어떠세요?"

정부에선 확진 순서대로 번호를 붙였다. 그러나 영아는 그 번호를 묻고 싶지 않았다. 내가 다른 환자를 번호로 부르면, 그쪽 보호자도 석주를 번호로 부를 것이다. 그렇다고 이름을 알려 주긴 더더욱 싫었다. 이름과 나이와 직업뿐 아니라 메르스에 걸려 석주가 이곳에 입원했다는 사실조차 지워 버리고 싶었다. 그러니 막연히 '환자'였다.

"엄만 거의 다 나으셨습니다. PCR 검사에서 양성이 나오고 있긴 한데, 그건 찌꺼기 같은 거래요. 기침도 멎고 열도 없고 호흡이 정상으로 돌아왔는데도, 그렇게 양성으로 나오는 경우가 가끔 있답니다. 어떠세요?"

예석은 '환자'라는 단어도 생략한 채 물었다. 영아는 예석이 '엄마'라고 한 것처럼, 환자와의 관계를 밝히면서 답하려다가, '남편'이란 단어를 삼킨 채 건너뛰었다.

"마찬가지예요. 메르스는 2주, 길어야 3주 안에 나을 사람은 낫는 게 보통이라고 해요. 저흰 6월 7일에 확진을 받았으니, 4주 째네요."

예석이 놀란 눈으로 받았다.

"저희도 6월 7일 확진입니다."

영아와 예석의 시선이 그때까지 아무 말도 하지 않던 꺽다리 해선에게 향했다. 해선이 긴 목을 흔들며 답했다.

"우리도 그쯤인데…… 7일인가 8일인가……."

영아와 예석은 위로할 준비를 마친 사람처럼, 해선의 다음 말을 기다렸다. 그런데 두 사람의 불길한 예감과는 정반대인 이야기를 이었다.

"퇴원합니다, 제 후배는! 음성이 두 번 연달아 나와서 오늘 나갑니다."

영아와 예석이 너무나도 바라는, 그러나 아직 오지 않은 소식이었다. 예석이 물었다.

"그럼 여긴 왜?"

감염내과 복도에서 차례를 기다리며 앉아 있느냐는 질문이었다.

"그게, 그냥 가자고 했는데, 주치의 선생님께 감사 인사라도 드리고 가겠다고 해서……."

해선이 말을 멈추고 일어섰다. 엘리베이터에서 내린 두 여자가 복도를 따라 대기용 의자로 걸어왔다. 마스크를 쓴 채 천천히 걸음을 옮기는 이는 첫꽃송이였고, 부축하는 이는 격리병실 간호사 최금숙이었다. 영아와 예석도 따라 일어섰다. 예석이 말했다.

"축하합니다. 완치되셨다고요."

영아도 따라했다.

"축하해요."

첫꽃송이가 해선과 눈을 맞췄다. 자신이 메르스 환자라는 사실을 처음 보는 두 사람이 어떻게 아느냐는 물음이었다. 해선이 두 사람을 소개했다.

"보호자분들이야. 환자들은 아직 치료중이고."

그제야 첫꽃송이가 답했다.

"완치되시길 기원할게요."

금숙이 알은체를 했다.

"변호사님도 이제 고생 끝이시네요. 병원 오가느라 수고 많으셨습니다."

예석과 영아가 거의 동시에 해선을 쳐다봤다. 해선이 쑥스러움을 지우려는 듯 영아와 예석의 손을 덥석 쥐었다.

"힘내세요. 꼭 다 나으실 겁니다."

영아가 불쑥 물었다.

"근데…… 오며가며 몇 번 이첫꽃송이 환자의 이모님이란 분을 보호자 대기실에서 만났었는데요……. 경상도 사투리가 심한…… 어디 가셨나요?"

해선이 짧게 답했다.

"댁에 일이 생겨서 내려가셨어요."

예석도 뜻밖의 질문을 해선에게 던졌다.

"변호사님! 혹시 연락처 있으십니까?"

"그럼요!"

해선이 손가방에서 명함을 꺼내, 예석에게 먼저 한 장을 주고 영아에게도 남은 한 장을 내밀었다. 넉넉하게 웃었다.

"도움 필요하면 언제든 연락주세요."

벽에 붙은 대기 명단에 이름이 떴다. 이첫꽃송이. 해선이 그녀를 부축한 채 진료실로 들어갔다. 둘만 남은 영아와 예석은 서로를 보며 멋쩍은 웃음을 지었다. 영아가 손에 쥔 명함을 내려다봤다.

"연락처는 왜?"

"폐는 괜찮으십니까?"

"네?"

"엄마가 메르스는 거의 나으셨는데, 폐가 많이 상했습니다. 나중에 퇴원하더라도 혹시 변호사에게 문의할 게 있을까 싶어서요."

영아가 받았다.

"저흰 폐는 괜찮아요. 혹시 에크모를 썼나요?"

예석은 잠시 머뭇거렸다. 어머니 길동화의 병세를 어디까지 밝혀야 하는지 확신이 서지 않았다. 영아가 예석의 눈을 보며 덧붙였다.

"너무 꼭 집어 물었죠? 미안해요. 제가 간호학과 출신이라서 그래요. 대충대충 못 넘어가는 성격이기도 하고."

"그럼 간호사십니까?"

"이 병원에서 3년 근무했었죠. 지금은 제약 회사에서 일해요."

"그러셨군요."

예석이 휴대폰을 내밀며 말했다.

"실례가 되지 않는다면, 전화번호를 알려 주시겠습니까?"

"번호는 왜요?"

"의사 선생님이나 간호사 선생님들이 설명은 해 주시는데, 들을 땐 알겠는데, 돌아서면 뭐가 뭔지 헷갈립니다. 이런저런 처방전을 받아도 약들의 종류도 모르겠고요. 의학을 전문적으로 공부한 사람이 아니면 한글로 적혀 있어도 완전 외국어예요. 혹시 궁금한 게 생기면, 물론 제가 인터넷도 뒤지고 힘닿는 데까지 찾아보겠지만, 그래도 해결이 안 되면 전화 드리려 합니다. 그래도 됩니까?"

영아는 예석이 내민 휴대폰을 쳐다보았다. 거절당할지도 모른다고 지레 겁을 먹은 탓인지, 휴대폰이 흔들렸다.

"이름이 뭐예요?"

"네?"

"서로 이름을 알아야 번호를 저장해 둘 것 아닌가요? 내 이름은 남영아예요."

영아가 예석의 휴대폰에 제 번호를 찍고 통화 버튼을 눌렀다. 예석이 말했다.

"저는 조예석입니다. 올해 대학에 들어갔어요."

예석이 휴대폰을 돌려받곤 고개 숙여 인사했다.

"고맙습니다."

"궁금한 거 있으면 언제든 전화해요. 전화받기 어려울 때도 가끔 있으니 문자부터 남기는 게 낫겠네요. 인터넷이나 이런 거 뒤져 보고 그래도 모르겠으면 전화하겠다고 했는데, 인터넷 찾지 말고 전화부터 그냥 해요. 인터넷에 실린 의학 정보나 치료 후일담들 믿으면 곤란하니까. 부정확하거나 엉터리도 꽤 많아요. 알았죠?"

"네."

예석이 초승달 실눈을 뜨곤 웃어보였다.

대기 명단에 김석주와 길동화란 이름이 동시에 떴다. 영아와 예석이 함께 일어섰다. 진료실 문이 열렸다. 들어갈 때와 마찬가지로 해선이 첫꽃송이를 부축하며 나왔다. 뒤따라온 간호사가 말했다.

"김석주 씨 보호자분과 길동화 씨 보호자분 함께 들어오세요."

영아와 예석은 첫꽃송이와 가볍게 고개를 숙여 인사하며 지나쳤다.

그들은 감염내과 최욱배 교수가 자신들을 호출한 이유가 궁금했다. 최 교수가 보호자를 진료실로 먼저 부른 것은 25일 만에 오늘이 처음이었다. 영아와 예석이 의자에 앉을 때까지, 최 교수는 금테 안경을 만지작거리며 차트를 보았다.

"모시고 왔습니다."

간호사의 말에 최 교수가 고개를 들었다.

"메르스로 확진이 되면 국가지정 격리병상이 있는 병원으로 옮기는 것이 원칙입니다. 감염자가 예상보다 많아서, 확진 환자를 전부 그곳에 두지 못해 우리 병원에 입원시킨 겁니다. 며칠 사이에 대학 병원에 퇴원 환자가 상당수 생겼답니다. 우리 병원 확진 환자 중 몇 분을 음압 병실인 국가지정 격리병상으로 옮길 수 있게 되었습니다. 김석주 환자와 길동화 환자도 음압 병실로 옮겨갈 환자로 정했습니다. 그래서 두 분을 오시라고 한 겁니다."

예석이 불쑥 물었다.

"딴 병원으로 간단 겁니까? 언제요?"

"오늘입니다."

영아가 말꼬리를 잡아챘다.

"오늘이라고요? 적어도 하루이틀은 미리 알려 주셔야 준비를 하죠. 이렇게 급하게 병실을 옮겨야 하는 이유가 뭔가요?"

최 교수가 간단히 답했다.

"이미 말씀드렸지 않습니까? 메르스 환자는 국가지정 격리병상에서 치료하는 것이 원칙입니다. 이제 병실이 나서 그곳으로 가는 겁니다. 음압 병실에서 치료받는 것이 환자를 위해서도 좋고 의료진을 위해서도 좋습니다. 우리도 환자를 속히 옮기라는 명령을 질병관리본부로부터 오늘 받았습니다. 챙기실 건 없습니다. 몸만 가면 됩니다."

"언제 떠나나요?"

"오전 11시에 구급차를 타고 출발합니다. 환자 한 분당 차 한 대입니다. 환자는 출발 30분 전까진 보호 장구를 완전히 갖춰야 합니다."

"저희는요?"

"구급차에 탑승하실 순 없습니다. 옮겨갈 병원에 따로 가서 기다리십시오. 김석주 환자와 길동화 환자는 각각 다른 병원으로 갑니다."

"왜죠?"

예석이 놀란 토끼눈으로 물었다.

"병실이 비는 곳에 순서대로 배치하기 때문입니다. 두 군데 병원 모두 음압 병실이 완벽하게 갖춰진 곳이니 걱정할 필요 없고요. 궁금한 게 더 있습니까? 없으면……."

최 교수가 차트를 들고 일어서려 했다. 영아가 급히 물었다.

"꼭, 가야 하나요?"

"가야 합니다."

최 교수는 여지를 주지 않았다. 영아가 이야기를 이어 가려다가 옆에 앉은 예석을 쳐다보았다. 예석 앞에서 석주의 병세에 관해 왈가왈부하기 싫었던 것이다. 최 교수가 그 짧은 침묵을 놓치지 않고 말했다.

"김석주 환자에 대해선 혈종 노 교수와 더 의논해 보시죠. 저희도 신중하게 고민해서 결정한 겁니다. 저는 회의가 있어서 이만 실례하겠습니다."

최 교수가 서둘러 진료실을 나섰다. 따라 나온 영아와 예석은 최 교수가 사라진 뒤에도 복도를 바라보며 서 있었다. 예석이 물었다.

"음압 병실이 메르스 치료에 더 나은 건 맞죠? 근데 엄만 메르스가 거의 다 나았다고, 감염내과 선생님들이 그러셨습니다. 다 나아가는데 꼭 병원을……."

의사 앞에선 늘어놓지 못한 불평과 질문들이 흘러나왔다. 영아가 말허리를 잘랐다.

"미안한데, 내가 급히 가볼 데가 있어서요. 다음에 봐요."

예석과 헤어진 영아는 혈액종양내과로 갔다. 담당 간호사는 예약이 되어 있지 않으면 노중태 교수를 만나기 어렵다고 선을 그었다. 대기 환자들로 진료실 앞 의자는 이미 만원이었다. 영아는 기다릴 겨를이 없었다.

"김석주 환자 보호잡니다. 오전 중으로 다른 병원으로 환자를 옮긴대요. 교수님을 꼭 뵈어야 합니다. 제가 왜 이러는지 아시죠?"

간호사가 진료실에 들어갔다가 나왔다. 대기 환자 명단에 이름을 올리지도 않고 말했다.

"들어가세요."

의사 가운을 입은 노 교수가 의자에서 일어나 영아를 맞았다.

"그렇지 않아도 환자 한 명만 더 보고 전화를 드리려 했습니다.

감염내과엔 다녀오셨죠?"

"최욱배 교수님을 뵈었습니다."

영아는 흔들리는 감정을 누르며 답한 후 곧바로 물었다.

"끝까지 제 남편 김석주 환자를 책임지겠다고 하셨잖아요?"

"그 마음은 지금도 변함이 없습니다. 김석주 환자는 메르스와 림프종 두 가지 병을 함께 앓고 있잖아요? 그러니까 감염내과와 혈액종양내과가 협진을 하는 것이고요. 김석주 환자의 병세, 즉 고열이나 두통이나 빈혈 증상들을 메르스와 연관 지어 판단해야 하지만 림프종의 관점에서 살피는 것도 중요합니다. 메르스는 머지않아 잡힐 테고 그럼 림프종 치료에 집중해야 하니까요."

"너무 불안해요. 병원을 옮기면 새로운 의료진과 처음부터 다시 시작해야 하는 거잖아요? 그냥 계속 이 병원에서 치료받으면 안 되나요?"

"저도 처음엔 가능성을 열어놓고 의논해 봤습니다. 이건 저 혼자 결정할 문제도, 감염내과 최 교수님과 둘이 정할 문제도 아닙니다. 병원장님 이하 병원을 이끄시는 분들과 두루 상의해야 하지요. 가장 중요한 것은 질병관리본부에서 최근에 내려온 원칙입니다. 지난달만 해도, 음압 병실이 있든 없든 메르스 환자를 신속히 격리하여 치료하는 것이 중요했죠. 하지만 이젠 메르스 환자를 국가지정 격리병상이 있는 병원에서 치료하는 게 낫다는 판단을 한 것 같습니다. 정부 차원에서 그런 원칙을 세웠다면 병원은 따를 수밖에 없습니다. 이 환자만 음압 병실로 보내지 않고 계속 맡아서 치료하겠다고 고집하긴 어렵습니다. 김석주 환자와 보호자분이 불안해하는 이유는 충분히 이해합니다. 제가 두 가지는 약속드리겠습니다. 먼저 메르스가 완치되면 다시 저희 병원에서 치료받으실 수 있도록 하겠습니다. 저는 정말 끝까지 책임지고 싶습니다. 또 하나는 제가 잘 아는 감염내과와 혈액종양내과 의료진이 있는 병원으로 김석주 환자를 옮겨 달라는 건의를 이미 했습니다. 대학 시절부터 친하게 지냈던 의사들이 그 대학 병원 감염내과와 혈액종양내과에 있습니다. 감염내과 박강남 교수와 혈액종양내과 유대환 교수를 곧 만나실 겁니다. 특히 유 교수에겐 김석주 환자에 대해 제가 작년부터 치료한 기록 일체를 넘길 것이고요. 전화도 물론 하고 따로 만나서 길게 설명도 하겠습니다. 병실만 더 나은 곳으로 옮긴다고 보시면 됩니다."

"재고할 여지가 전혀 없나요?"

"이미 결정된 사안입니다. 치료를 더욱 완벽하게 할 기회라고 여기십시오."

노 교수는 이 정도에서 대화를 마무리 짓고 싶은 기색이 역력했다. 영아가 질문 하나를 더 얹었다.

"교수님은 오늘 전원轉院 병원 옮김 결정을…… 후회하지 않으실 자신이 있으세요?"

노 교수가 눈을 맞추곤 잠시 침묵했다. 영아는 병원이란 세계가 맺고 끊음이 냉혹할 정도로 분명하다는 것을 잘 알고 있었다. 노 교수는 방금 설명한 대로 석주의 진료 기록을 넘길 것이고, 대학 동기인 의사에게 전화를 걸거나 직접 만나 설명도 할 것이다. 그러나 그렇다고 노 교수가 계속 석주를 치료하는 것은 결코 아니다. 석주가 앓고 있는 메르스와 림프종 치료는 이제 옮겨가는 병원의 의료진이 전담하는 것이다. 오늘이 지나면 노 교수가 담당할 환자 명단에서 석주는 빠진다. 메르스를 치료한 후 다시 돌아오도록 배려하겠다는 말도 나중에 따질 일이다.

"후회하진 않을 겁니다. 메르스에 감염되지 않았다면 벌써 림프종 치료를 시작했겠지요. 다행인 점은 입원 기간 내내 김석주 환자가 성실하게 치료를 받았다는 겁니다. 아직 메르스가 완치되진 않았지만 병세가 상당히 호전되었고, 림프종도 얼마든지 치료가 가능합니다. 격리병실에서 몸과 마음을 이 정도로 유지하는 것도 쉽지 않아요."

영아는 집요했다.

"말씀하신 대로 메르스가 어느 정도 잡힌 듯하니, 림프종 치료에 들어갔어야 하는 건 아닐까요? 그이나 제 입장에선 치료 시점을 놓치지나 않았는지 걱정입니다."

"제가 확실히 말씀드릴 수 있는 것은, 림프종의 진행이 아직 더디다는 겁니다. 그쪽에 심각한 문제가 발생했다면 당연히 항암 치료를 병행했겠지요. 차근차근 해 나가시면 됩니다. 언제든 연락 주십시오. 제가 도울 건 뭐든지 돕겠습니다."

영아는 자리에서 일어섰다. 이제 낯선 병원에서 낯선 의사를 만나 방금 나눈 이야기를 다시 펼쳐야 했다. 노 교수는 병실만 바뀌고 달라지는 것은 아무것도 없다고 했지만, 그녀 입장에선 모든 것이 바뀌는 기분이었다. 이 종합 병원에선 그녀가 3년 남짓 일했었고, 경미를 비롯하여 예전 동료들이 여전히 근무하고 있어 의지도 되었다. 석주 역시 이 병원에서 림프종 항암 치료를 받고 자가 조혈모세포 이식까지 성공했다. 그러나 새로 옮길 국가지정 병원에는 두 사람의 흔적이 전혀 없었다. 낯선 광야에 던져지는 기분이었다.

노 교수의 진료실을 나와선 잠시 창을 등지고 복도에 기대섰다. 무릎이 후들거렸다. 머리끝에서부터 발끝까지 한꺼번에 힘이 빠져나가는 기분이었다. 바람 빠진 공기 인형이 이와 같을까. 그 순간 문자 도착 알림음이 울렸다. 발신자를 확인했다. 두둥실 경미였다.

— 오늘 전원한단 소식 들었어. 음압 병실로 옮겨 치료받으면 석주 씨도 곧 나을 거야. 난 내일 퇴원! 두 번 연속 음성이 나왔어. 할 얘긴 많지만 다음에. 너도 건강 잘 챙겨. 미안!

제3부

– – +

다시 시작

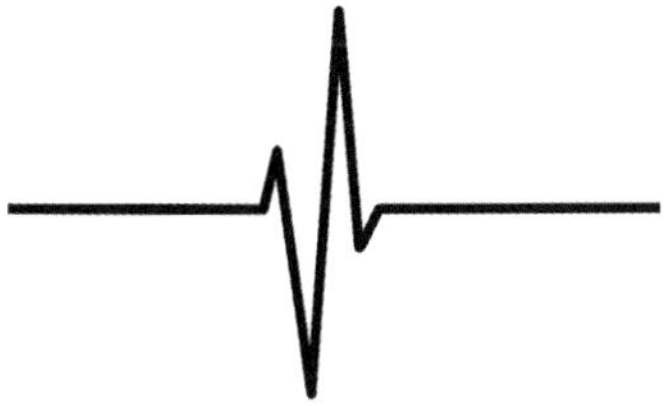

남영아의 수첩

2015년 7월 3일(금)

심장이 터질 것 같다.
남편은 얼마나 답답할까.

결국 다른 병원으로 왔다.
끝까지 책임지고 치료한다더니.

더 힘내고 더 힘내고 더 힘내야지.
내일은 분명 훨씬 더 좋아질 것 같다.

'메르스 일일 현황'을 오늘 아침엔 놓쳤다. 뒤늦게 보니 자료가 두 개다.

◇

7월 3일 광주 유니버시아드 대회가 개막하였다. 질병관리본부는 '광주 U대회 현장대응지원단'을 6월 29일에 광주에 파견하였다. 상주 근무 인력은 총 9명으로 메르스 환자 발생 및 군중에 의한 재난 사고 등에 대비하고 있다. 지원단은 메르스 의심 환자가 발생했을 때 신속한 현장 대응이 가능하도록, 선수촌 및 경기장 등에 24시간 발열 감시, 국가비축 의료자원 확보 및 24시간 내 특별이송체계 운영, 광주 지역 입원 치료 격리병상 확대 추진, 감염병 의심 환자 및 접촉자 역학 조사 수행을 지원한다.

◇

—치료중 42명(22.8%), 퇴원 109명(59.2%), 사망 33명(18.0%) 확진 총 184명.

—전일 대비 치료중 6명 감소, 퇴원자 7명 증가, 사망자 변동 없음, 확진 1명 증가.

—치료중인 42명의 상태는 안정적 30명(71.4%), 불안정 12명(28.6%).

—확진 유형은 병원 환자 82명, 가족/방문 64명, 병원 관련 종사자 38명.

—전체 격리자는 2067명, 자가격리 1610명, 병원 격리 457명.

〈사망현황〉

—새로운 사망자는 없으며, 유형별 분류는 어제와 동일하다.

—사망자 33명의 성별은 남성 22명(66.7%) 여성 11명(33.3%)이며, 연령은 80대 7명(21.2%), 70대 10명(30.3%), 60대 10명(30.3%), 50대 5명(15.2%), 40대 1명(3%)이다.

—사망자 총 33명 중 각종 만성질환자(암, 심장 폐 신장 질환, 당뇨, 면역저하 질환 등 기저질환 보유자)나 고연령층 등 고위험군은 30명(90.9%)이다.

숫자를 믿지 않는다. 메르스 사망자 중 30대는 없다. 그러니까 나이로 따지자면 남편이 죽을 가능성은 0%이다. 그런데 사망자 중 기저질환 보유자와 고연령층 사망자가 90.9%라니! 그렇다면 남편은 목숨이 매우 위험하다. 천 명 아니 백 명도 안 되는 모집단으로 이딴 통계는 왜 내는 걸까. 고위험군에 속한 이들은 알아서 조심하라는 뜻? 아니면 우리는 최선을 다했지만 기저질환 때문에 혹은 나이가 많아서 죽었다는 책임전가? 어느 쪽이든 불쾌하다. 남편은 언제나 내게 100%다. 숫자로 쪼개고 나눌 수 없다는 걸, 통계를 내는 저들도 알아야 한다.

바다의 시간

이첫꽃송이는 7월 내내 거제에 머물렀다.

회사에선 한 달 병가를 줬고, 그녀와 경쟁하던 동료 셋은 수습 딱지를 떼고 서울 본사 근무를 시작했다. 동기 단체 채팅방에서 그들은 그녀의 완쾌를 축하했다. 그녀도 고맙다고 거듭 답글을 적었지만 씁쓸한 기분은 사라지지 않았다. 동기들의 서울 근무는 한 달 뒤 그녀의 지방 근무를 예고하는 것이나 마찬가지였다.

7월 3일 퇴원해서 귀가한 뒤, 바이스 소도현 기자에게 먼저 전화를 넣었다. 한 달은 너무 길고 2주 정도만 쉬겠다고 했다가 다시 야단맞았다. 지방으로 발령이 날 테니 소 기자와 티격태격하는 것도 이제 끝이다.

막내 이모부 강은두의 전화번호를 눌렀다. 신호가 갔지만 받지 않았다. 이모 감숙희에게도 전화를 걸었지만 마찬가지였다. 방문을 열고 거실로 나갔다. 해선은 가스레인지 앞에서 김치전을 부치느라 바빴다.

"이모부도 이모도 전화를 안 받으시네요. 인사드려야 하는데……. 열흘 전쯤인가요, 막내 이모가 거제로 내려가신 게?"

해선이 가만히 가스 불을 껐다. 그리고 천천히 첫꽃송이에게 다가와 손을 쥐었다.

"왜 그래요?"

"맘 단단히 먹어! 이모부님, 6월 26일에 돌아가셨다."

"뭐라고요?"

첫꽃송이가 털썩 주저앉았다. 해선이 붙잡지 않았다면 그대로 쓰러져 어깨나 머리를 다쳤을 것이다. 첫꽃송이는 막내 이모가 거제 집에 다니러 간다고 했을 때 이모부 병세부터 물었다. 이모는 네 몸이나 챙기라며, 이모부는 잘 계시다고 웃기만 했다. 어딘지 쓸쓸함이 밴 웃음이었지만 따져 묻진 않았다. 완치되면 만나 뵐 것이므로. 그 즈음 해선이 상경하여 빈자리를 메웠다.

해선은 첫꽃송이에게 휴대폰을 주지 않았다. 기자인 그녀가 뉴스를 접하면 자주 흥분하고 생각이 너무 많아져서 치료에 방해가 된다는 논리였다. 그런데 그사이 그녀를 가장 아끼던 막내 이모부가 세상을 떠난 것이다.

첫꽃송이는 해선과 함께 거제 옥포항으로 내려갔다. 숙희가 항구에서 기다리고 있었다. 첫꽃송이와 숙희는 부둥켜안고 한참을 울었다. 갈매기들이 통곡하는 그녀들 머리 위를 어지럽게 날아다녔다. 겨우 울음을 진정시킨 첫꽃송이가 먼저 말했다.

"이모! 다 제 잘못이에요. 제가 아버지를 종합 병원 응급실로 모셔가지만 않았어도……."

한 달 하고도 며칠 사이에 세상이 바뀌어 버렸다. 아버지 이병달을 구급차에 실어 종합 병원으로 옮긴 것은 그녀의 마지막 욕심이었다. 그로 인해 친척 어른이 네 명이나 메르스에 걸리고, 그중 한 명이 세상을 떠날 줄은 상상도 못했다. 그녀가 욕심을 내지 않았다면, 그래서 그 병원으로 가지 않았다면, 응급실에서 대기하지 않았다면 아버지는 세상을 떠났더라도 친척들에게까지 병마가 드리우진 않았을 것이다.

숙희가 조카의 등을 쓸며 말했다.

"그기 뭔 소리고! 아버지 살리자꼬 니가 마지막으로 애쓴 긴데, 그기 와 잘못이란 말이고? 메르스란 숭한 병에 걸린 기 원통하고 원통한 일이지만, 니 잘못은 읍다. 니 맘 내 다 안다. 잘못이라믄 메르스 환자를 막지 못한 놈들에게 있제. 이딴 숭한 돌림병 미리미리 밝혀내라꼬, 세금도 꼬박꼬박 내고 그카는 거 아이가?"

"그래도 이모! 제가……."

숙희가 말허리를 다시 잘랐다.

"씰데 읍는 소리 말고, 니 이모부나 퍼뜩 만나러 가자! 내 따라 온나!"

옥포항에서 배를 타고 한 시간을 나가서 은두의 뼛가루를 뿌렸다고 했다. 혼수상태에 빠지기 직전, 기관지를 절개하여 말도 못하는 상황에서 은두가 숙희의 손바닥에 삐뚤삐뚤 적었다는 것이다.

— 바다

겨우 두 글자였다. 답답하게 땅에 묻거나 나무 아래에 흩지 말고 바다에 뿌려 달라는 부탁으로, 숙희는 받아들였다. 배가 출항한 뒤 첫꽃송이는 친척 어른들에게 전화를 걸려고 했다. 숙희가 막았다.

"쪼매만 더 있다가! 산 사람도 죽은 사람도 불편하긴 매한가지라. '산들회'가 지금은 모이 봤자 원망만 크제. 다시 말하지만, 니나니 아버지 잘못은 절대로 아이다. 하필 그날 응급실에 메르스 환자가 머물 줄 누가 알았겠노? 하지만 머리하고 가슴하고 따로 노는 기 또 사람 아이가. 예전처럼 다 같이 모이가 웃고 떠들라믄 시간이 필요한기라. 아니 이젠 더 이상 고렇게 화목한 순간으론 몬 돌아갈지도 모른다. 니 아버지도 돌아가셨고 또 내 멋진 남편도 세상을 떠났뻿으니, 겨우겨우 모이더라도 빈자리 두 개가 너무 크다 아이가. 니가 퇴원했다꼬 문자로 알리긴 했다. 니를 잘 챙기 달라꼬 답장들도 왔고. 천처이 하자. 오늘은 이모부 뵙고, 또 내 곁에서 푹 쉬다가 올라가거라. 이제부턴 내가 니 엄마 할란다. 니도 내를 엄마로 여기라. 알겠제?"

바다는 잔잔했다. 항구에선 시끄럽던 갈매기들도 한 시간쯤 배를 타고 나오니 더 이상 따라오지 않았다. 첫꽃송이는 선수船首 갑판에 서서 출렁이는 파도를 바라보았다. 아버지와 막내 이모부와 함께 낚시를 갔던 바로 그 바다였다. 은두의 죽음이 비로소 실감이 되었다. 아버지의 장례식장에서 온갖 궂은일을 도맡아 하던 모습이 눈에 선했다. 은두가 아니었다면 장례식을 무사히 치르지 못했을 것이다. 다시 울음이 쏟아졌다. 숙희와 해선은 그녀가 실컷 울도록 내버려 뒀다.

옥포항으로 돌아오는 배 안에서 해선이 말했다.

"이모님 말씀이 옳아. 네 잘못 아냐. 책임져야 할 사람들은 따로 있어. 피해자들이 내 탓이다 자책하면, 잘잘못을 가릴 수 없지. 너도 네 아버지도 또 막내 이모부도, 그날 응급실로 왔던 친척들도 모두 잘못 없어. 난데없이 메르스에 걸려 생사를 넘나들며 투병한 게 억울하지도 않아? 막내 이모부를 잃은 게 분하지도 않아? 억울함과 분함을 자책 따위로 지우지 마. 자책하면 평생 이 짐을 내려놓지 못할 테니까. 누가 책임져야 하고 어떤 제도가 얼마나 잘못되었는지 취재해서 밝혀내. 첫꽃송이! 넌 기자잖아. 안 그래?"

여섯 개의 문

구급차가 멈췄다.

보호복을 입은 남자 간호사 두 명이 들어와서, 김석주를 환자이동침대에 옮겨 눕혔다. 투명한 플라스틱으로 만든 직사각형 덮개가 그 위에 씌워졌다. 바이러스 유출을 방지하기 위한 특수 침대였다. 통제된 엘리베이터를 타고 3층으로 올라갔다. 그리고 다시 긴 복도를 빠르게 지나갔다. 석주는 고개를 좌우로 흔들며 주변을 살피려 애썼다. 천장에는 형광등이 훤했고 왼쪽으론 하얀 벽이 이어졌다. 오른쪽은 창이었지만, 창 밖 풍경을 살필 겨를이 없었다. 마지막에 '병동'이란 글자는 확실히 봤지만 그 앞에 붙은 숫자 두 개는 어렴풋했다. 그 숫자가 45면 어떻고 54면 어떠랴. 음압 병실이 있는 병원에 왔다는 것은 마찬가지였다. 그런데 영아는 병원에 도착했을까. 출발 직전까지만 해도, 보호자 한 명이 구급차 운전석 옆 자리에 동승할 수도 있다는 말이 돌았다. 그러나 곧 의료진 외에 일반인은 구급차에 태우지 않는다는 통보가 왔다. 영아는 경차를 몰고 뒤쫓아 오겠다고 했다. 남편 덕분에 구급차까지 추격하게 생겼다는 농담까지 문자로 남겼다. 시내에서 자동차 추격전을 벌여선 안 된다고, 먼저 가 기다릴 테니 천천히 오라고 답장했다.

복도를 빠르게 이동하던 침대가 잠시 멈췄다. 격리병동 입구에 도착한 것이다. 침대가 왼쪽으로 90도 돌면서 첫 번째 문으로 들어섰다. 두 번째 문에 닿기까진 7초 남짓 걸렸다. 세 번째 문 앞에서 침대가 다시 멈췄다. 이미 지나 온 두 번째 문이 닫힌 후에야 세 번째 문이 열렸던 것이다. 이와 같은 멈춤은 나머지 문에서도 반복되었다. 다섯 번째 문이 닫히자 여섯 번째 문이 열렸고, 비로소 병실이었다.

간호사들은 플라스틱 덮개를 열고 석주를 침대에 조심조심 옮겨 눕혔다. 석주가 고맙다고 인사하기도 전에 그들은 환자이동침대를 끌며 병실에서 나갔다. 뒤이어 레벨C 보호 장구를 착용한 사내가 들어왔다. 그는 침대를 디귿 자 형태로 돌았다. 석주는 이 사내와 격리병실에서 오래 자주 만나리라 직감했다. 입원실에 들어서면 환자의 침대부터 빙 돌며 살피던 의사 친구가 그에게도 있었다. 사내가 시원시원하게 자기소개를 했다.

"권형철입니다. 김석주 환자 담당 전공의입니다. 레지던트 3년 차입니다. 당연히 감염내과고요. 보통은 2년 차들이 맡는데, 음압병실에서 메르스 환자 치료를 전담할 전공의들은 특별히 3년 차들 중에서 자원하라더군요. 제가 가장 먼저 나섰습니다. 6월 7일 확진을 받으셨으니 거의 한 달이 지났군요. 게다가 림프종 재발까지! 제 욕심 같아선 7월 안에 꼭 퇴원하셨으면 합니다. 제가 7월까지만 여기 격리병동으로 나오거든요."

장갑 낀 손으로 석주의 손을 살짝 쥐기까지 했다. 석주가 도착하기 전에 넘어온 진료 기록을 충분히 보며 의지를 다진 듯했다. 무엇보다도 음압 병실 근무를 자원한 레지던트 3년 차라는 것이 마음에 들었다.

"전원하느라 피곤하실 텐데, 우선 좀 쉬십시오."

형철이 손을 빼려 하자 석주가 더 꼭 쥐곤 물었다.

"제 보호자는 도착했습니까?"

"확인해 보지 못했습니다. 보호자와 환자의 관계 그리고 성함이 어떻게 되시죠?"

"아냅니다. 이름은 남영아!"

"보호자분이 오시면 가장 먼저 제가 만나겠습니다. 그리고 곧바로 연락드리죠. 아, 하나만 말씀드리겠습니다. 혼자 계신다고 걱정하지 않으셔도 됩니다. 머리맡에 호출 벨이 있고요. 화장실 문 옆 인터폰으로도 통화가 가능합니다. 간호실 스테이션에서 24시간 병실을 모니터로 살피고 있습니다. 격리병실엔 혼자 계시지만 의료진과 늘 함께라고 여기시고 편히 지내십시오."

형철이 나갔다. 석주는 영아에게 전화부터 걸었다. 신호가 가다가 끊기고 또 가다가 끊겼다. 문자를 보내도 답이 없었다. 카톡을 치려 했더니 전송 불가 표시가 떴다. 6월에 머문 종합 병원 병실에선 이런 적이 단 한 차례도 없었다. 아무래도 여섯 개의 문을 통과하여 깊숙한 곳에 자리 잡는 바람에 와이파이도 약하고 전화 송수신도 제대로 안 되는 듯했다. 석주는 몇 번 더 휴대폰을 만지작거리다가 그만두었다. 고개를 돌려 창을 쳐다보았다. 눈에 들어온 사각 유리가 창이라는 단어를 떠올리게 했지만, 크기는 예전 병실의 사분의 일밖에 되지 않았다. 펼쳐 놓은 공책만 했다. 벽엔 텔레비전이 달려 있었다. 리모컨을 찾아 전원을 켰다. 건장한 개그맨 세 명과 개그우먼 한 명이 둘러앉아 족발을 뜯는 중이었다. 석주는 그들의 손에 들린 족발을 집어삼킬 듯 노려봤다. 정말 집어삼키고 싶었다.

❖

답답하기는 영아도 마찬가지였다. 병원으로 접어들어 50미터쯤 들어갔을 때, 석주를 태우고 먼저 떠난 구급차가 보였다. 주차동에 차를 세우고 나오니 석주는 이미 격리병실로 들어간 뒤였다. 석주가 이동한 문으로 들어가려 했지만, 출입금지 팻말과 함께 굳게 잠겨 있었다. 격리병동으로 가는 길을 물어도 아는 이가 없었다. 하는 수 없이 오르막을 급히 올라 본관으로 들어섰다. 안내데스크로 가서 메르스 환자가 있는 음압 병실이 어디냐고 물었다. 직원은 엘리베이터를 이용하여 3층으로 올라간 뒤, 격리병동과 연결된 복도를 이용하면 된다고 친절하게 설명해 주었다. 영아는 그동안 몇 차례 업무 협의를 위해 본관에 온 적은 있지만, 격리병동을 찾아가는 것은 처음이었다.

엘리베이터를 타고 3층까진 무난하게 도착했다. 그런데 거기서부터 격리병동과 이어진 복도를 찾는 것이 만만치 않았다. 직원의 설명을 상기하며 방향을 꺾었지만, 다른 병동을 가리키는 안내판만 벽에 붙어 있었다. 계단을 오르락내리락 하고 방향을 이리저리 바꿔도 격리병동 안내판은 없었다. 뒷목에서 등을 타고 엉덩이까지 식은땀이 흘렀다. 눈물이 차올랐다. 무릎이 후들거렸다. 겨우 창틀에 팔꿈치를 올리곤 석주에게 전화를 걸었다. 연결음이 가다가 끊기고 또 가다가 끊겼다. 문자를 보내도 답이 없고 카톡도 마찬가지였다.

대체 내 남편을 어디에 숨겼어?

서러움이 북받쳤다. 격리병동을 일부러 찾기 어렵게 만들어 놓은 것이 아닐까 하는 의심까지 들었다. 한숨을 내쉬며 잠시 쭈그려 앉았다. 엉덩이가 복도 바닥에 닿을까 말까 했다. 병실만 바뀌는 것이고 나머지는 다 똑같을 거라고, 노중태 교수가 말한 것이 오늘 오전이었다. 그런데 막상 대학 병원으로 오니, 환자만 김석주고 나머지는 모두 바뀐 듯했다. 병동까지 가는 복도조차 다이달로스가 만든 미궁처럼 복잡하고 낯설었다.

"어디 아파요?"

고개를 들었다. 복도 바닥을 대걸레로 닦던 청소원이 걱정스런 표정으로 내려다보았다. 예순이 가까웠을까. 야윈 얼굴에 주름이 자글자글했다. 영아가 손바닥으로 눈물을 훔치고 말했다.

"격리병동이 어딘가요?"

청소원이 씽긋 웃었다. 앞니 네 개가 모두 빠져 발음이 샜다.

"따라와요."

"청소하던 중 아니세요?"

"대걸레질이 끝날 때까지 그렇게 앉아 있을 거예요? 따라와요. 알려 주고 돌아와서 마저 하면 되니까."

청소원을 따라 겨우 격리병동으로 갔다. 엘리베이터가 마주 보고 있었던 것이 문제였다. 왼쪽으로 딱 한 번 꺾어 계속 가면 된다고 했는데, 반대편 엘리베이터로 올라오는 바람에 오른편 복도로 꺾은 셈이 되었다. 청소원은 벽에 적힌 병동 번호를 가리킨 뒤 열린 문을 지났다. 석주의 침대가 들어가기 쉽도록 미리 열어 뒀던 것이다. 그러니까 이 문은 석주가 헤아린 여섯 개의 문엔 포함되지도 않았다. 석주가 첫 번째라고 여긴 문 앞에 드디어 도착했다.

"저 전활 쓰세요."

청소원이 문 옆에 달린 인터폰을 가리키곤 뒤돌아갔다. 혼자 남은 영아는 혀로 입술을 적신 뒤 인터폰을 들었다. 10초쯤 흘렀을까. 길게 이어지던 연결음이 그쳤다. 급한 마음에 영아가 말했다.

"김석주 환자 도착했죠?"

"……기다리세요."

한 박자 느리게 여자가 대답했다. 목소리에 감정이 담기지 않았다. 야간 비행사들이 자주 오가던 사하라 사막처럼 어둡고 건조했다. 인터폰을 내려놓고, 심호흡을 두 번 더 크게 할 즈음 문이 열렸다. 병원에서 산전수전 다 겪은 듯한 간호사 옥나정이 서 있었다. 턱이 뾰족한 역삼각형 얼굴에 광대뼈까지 튀어나와 차가운 인상을 풍겼다.

"김석주 환자는……?"

"방금 잠들었어요. 보호자신가요?"

"네. 남영아라고 해요. 환자의 아내입니다."

옥 간호사의 등 뒤를 훔쳐보았다. 좌우로 침대가 있고 가운데 통로의 끝에 문이 하나 더 있었다.

"남편과 통화가 되질 않아요. 전화가 자꾸 끊기네요. 문자도 카톡도 안 들어가고요. 병실은 어디쯤이에요? 제가 더 들어갈 순 없나요?"

간호사가 차갑게 잘랐다.

"따라오세요."

간호사는 영아의 어깨를 스치듯 지나쳐, 청소원이 열었던 문 근처까지 갔다. 영아는 뒤따라가서 그녀가 눈으로 가리키는 곳을 살폈다. 간이 싱크대 옆에 긴 의자가 놓여 있었다. 좁게 앉으면 네 명까지 가능해 보였다.

"이곳이 보호자 대기실입니다. 여기 계시다가 용건이 있으면, 방금처럼 인터폰으로 연락하세요. 그러면 당직 간호사가 받을 겁니다. 다시 말해, 보호자가 갈 수 있는 곳은 인터폰 앞까지입니다. 김석주 환자는 음압 병실에서 오늘부터 치료를 받습니다. 여기서 음압 병실까지 어떻게 들어가는지는 말씀드릴 수 없습니다."

"면회는요? 예전 병원에선 매일 병실에서 면회가 가능했습니다."

"기다리세요."

"병실만 바뀔 뿐, 예전 병원에서와 달라지는 건 하나도 없다고 들었습니다만……."

옥 간호사가 즉답을 않고 영아를 쳐다보았다. 눈매가 매서웠다.

"매일 면회를 한다면, 격리가 제대로 되겠어요?"

영아는 검푸르고 장대한 얼음 절벽과 마주 선 기분이었다. 석주가 입원한 음압 병실이 지구 반대편에 있기라도 한 것처럼 멀게만 느껴졌다.

걱정인형

남영아의 수첩

2015년 7월 4일(토)

우람이 할아버지랑 만들었다며 걱정인형을 내밀었다. 엄마의 걱정을 인형에게 전부 말하라는 것이다. 우람을 재우고 걱정 네 가지만 우선 털어 놓았다.

— 혈액종양내과 교수님과 커뮤니케이션이 잘 될지 걱정.

— 메르스를 치료하면서 감염내과와 혈액종양내과의 협진이 잘 이루어질지 걱정.

— 남편 얼굴이나 볼 수 있을지 걱정.

— 식사 반입 걱정.

후유증이 더 무서워

길동화는 병원을 옮긴 후 곧바로 PCR 검사를 받았다. 연달아 음성 판정이 나왔다. 7월에 메르스 병동으로 옮긴 환자 중 가장 먼저, 그러니까 단 나흘 만에 일반 병실로 이동했다.

이미 그 병실에는 메르스 완치 판정을 받고 후유증 치료를 위해 입원한 환자들이 더 있었다. 동화는 병실에 자신 외에 환자들이 있다는 사실부터 낯설었다. 메르스 양성 판정을 받은 후론 계속 병실에 홀로 머물렀던 것이다.

격리된 1인실에서는 외로움을 달래기 위해, 자가격리중인 막내 여동생 동심과 아들 예석 그리고 보호자로 병원에 와 있는 여동생 동옥에게 전화를 걸기도 하고 텔레비전을 하루 종일 틀어 놓기도 했다. 그러나 가족과의 통화는 동화를 지치게 했다. 밝은 척 아무 일도 없는 척 대화를 주고받는 것 자체가 힘들었다. 그녀가 입원하는 바람에 동심은 각종 통증을 거의 홀로 다독여야 할 상황이었다.

예석이 곁에 있다고 해도 동심의 뒷수발은 줄곧 동화 몫이었다. 텔레비전 역시 신경만 자극하는 애물단지로 전락했다. 보름 사이 20킬로그램이나 몸무게가 빠진 그녀에게 화려한 무대와 흥겨운 노래는 억울함만 키웠다. 난 이렇게 말라비틀어져 죽어 가는데, 이 망할 놈의 세상은 아무 일 없이 돌아가는구나.

일반 병실은 4인실이었다. 간호사들이 박수부터 보냈다. 동옥과 예석이 따라 들어오며 박수를 더했다. 동심도 꼭 오려 했는데 어지럽고 머리가 아파서 집에 남았다. 침대에 '길동화' 이름 석 자가 붙어 있었다. 창 쪽 왼편에 누운 여자 환자는 일흔 살은 족히 넘은 듯했고, 오른편 침대에 비스듬히 앉은 남자 환자는 40대 중반이고, 그 옆 여자 환자는 동화와 엇비슷한 50대로 보였다. 수간호사가 케이크를 들고 들어왔다. 초가 가운데 하나만 꽂혔다.

"길동화 님! 메르스 완치를 축하드려요. 이제 이곳에서 후유증 치료를 열심히 받고 사회에 복귀하는 일만 남았네요. 그날을 앞당기기 위해 의료진은 최선을 다할 겁니다. 자, 끄세요!"

동화가 입김을 힘껏 불었다. 촛불은 흔들리기만 할 뿐 꺼지지 않았다. 작년 생일 케이크엔 큰 초 네 개와 작은 초 아홉 개가 한꺼번에 꽂혔다. 마흔아홉 살 동화는 촛불 열세 개를 단번에 불어 껐었다. 지금 꽂힌 초는 그때 초보다 훨씬 작았다. 동화가 다시 볼에 바람을 잔뜩 담았다가 날숨을 뱉었다. 촛불이 조금 더 흔들렸을 뿐 꺼지지 않았다. 수간호사가 과장된 웃음과 함께 격려했다.

"1인실에서 하루 종일 말 없이 지내느라 그러신 거예요. 여기서 함께 지내면 곧 회복되실 겁니다. 도와주시죠. 아드님이신가요?"

예석이 나와서 동화 곁에 섰다. 모자가 손을 꼭 쥐고 함께 입김을 불었다. 드디어 촛불이 꺼졌다.

동옥과 예석이 입원 생활에 필요한 간단한 물품을 사 오겠다며 원내 매점으로 내려가고, 간호사들도 각자 맡은 임무를 위해 병실을 나갔다. 환자 넷만 남았다. 옆자리의 40대 환자가 친절하게 먼저 입을 열었다.

"반갑습니다. 우북정입니다."

"길동화라고 해요."

"남자들만 있는 옆방 4인실에 자리가 없어서 청일점으로 여기 이렇게 얌전히 있습니다. 독방을 쓰는 건 너무 싫어서요. 저보다 인생 선배님 같은데, 누님으로 모시겠습니다. 괜찮죠?"

"좋으실 대로, 편하게 지내요."

동화의 시선이 침대 하나를 건너 비슷한 또래 환자에게 향했다. 이마에 잔뜩 주름을 잡은 뒤 스타카토처럼 음절 하나하나를 끊어 말했다

"동, 보, 란, 이, 라, 합, 니, 다."

목소리는 탁했고 음절과 음절 사이 쌕쌕대는 숨소리는 거칠었다. 동화는 보란의 폐가 많이 망가졌다는 걸 직감했다. 메르스의 가장 흔한 후유증이 바로 폐섬유화였다. 동화는 숨이 가쁘긴 해도 문장 단위로 말할 수 있으니 보란보단 나았다.

"길동화입니다……. 물류 창고에서 일하다 왔습니다……."

동화가 직업까지 밝히자 보란도 덧붙였다.

"학, 원, 강, 삽, 니, 다. 수, 학……."

기침을 쏟느라 거기서 말이 끊겼다. 동화는 또 짐작했다. 보란은 두 번 다시 학원에서 수학을 가르치지 못할 것이다. 수업 내내 쉴 새 없이 떠들어야 하는 직업 아닌가. 폐와 성대가 튼튼해야 오래 버틸 수 있다. 그런데 지금 보란은 문장 하나도 제대로 완성하지 못할 만큼 호흡이 가쁘고 목소리가 탁했다. 머릿속으로 단숨에 해결한 문제를 말로 설명하지 못할 때 찾아드는 답답함을 견디기 힘들 것이다.

동화의 시선이 자연스럽게 남은 여자 환자에게 향했다. 창을 향해 등진 그녀는 동화가 촛불을 끌 때도 겨우 천장만 바라봤다. 조심스럽게 말을 붙이려는데 문이 먼저 열렸다. 간호사가 휠체어를 밀며 들어왔다. 창 쪽만 보던 환자는 습관처럼 일어나선 익숙하게 휠체어에 앉았다. 간호사가 휠체어를 밀며 병실을 나갔다. 동화는 병상에 붙은 이름을 확인했다. 윤치옥.

"투, 석…… 신, 부, 전……."

보란이 다섯 음절로 상황을 설명했다. 동화는 되씹듯 음절들을 이어 붙이며 보충했다.

"투석 받으러 가신 거라고요? 신부전증이 합병증으로 왔습니까?"

보란이 고개를 끄덕였다. 신부전증 역시 메르스 환자들이 앓을 가능성이 높은 후유증이다. 메르스와 싸우다가 이 병을 얻기도 하고, 투석까지는 하지 않던 신부전증 환자들의 병세가 악화되기도 했다. 윤치옥은 후자였다. 식단조절과 운동 요법에 약으로 신부전증을 이겨 내기 위해 노력하던 중 메르스에 걸린 것이다. 고열과 폐 질환을 치료하기 위해 다양한 약들을 2주 동안 집중적으로 썼다. 목숨은 건졌으나 신부전증이 급격하게 악화되어 일주일에 세 번 투석을 해야 한다는 진단이 나왔다. 그때부터 치옥은 내내 돌아누워 창 쪽만 보고 지냈다. 동대문에 옷 가게를 다섯 개나 가진 알부자였지만, 돈으로도 후유증을 해결할 수 없었다.

동화는 침대 높이를 조절한 뒤 베개를 베고 누웠다. 예전 병원에서 쓰던 베개와 똑같은 회사 제품이지만, 훨씬 푹신푹신하고 부드러웠다. 동심에게 문자를 보냈다.

— 빈혈은 좀 어때? 두통은 가라앉았고? 힘내. 곧 갈게.

기분 같아선 일주일 정도만 일반 병실에 머문 후 퇴원하고 싶었다. 메르스에 걸린 것은 최악의 불행이지만, 이제부턴 좋은 일만 벌어지리라 믿었다. 섣부른 추측이었다는 것이 밝혀지기까진 두 달이 더 지나야만 했다.

수혈하고 수혈하고 수혈하다

2015년 7월은 유난히 더웠다.

이첫꽃송이가 거제 옥포항 감숙희네 집에서 요양하고, 길동화가 섬유화로 약화된 폐 기능을 높이기 위해 일반 병실에서 노력하는 동안, 김석주는 격리병실에서 생사를 넘나들었다. 6월 한 달 첫꽃송이와 동화가 메르스로 사경을 헤맬 때, 석주는 고열과 기침 그리고 호흡 곤란에 시달리긴 했지만 심각한 어려움 없이 전염병을 떨쳐 내는 듯했다. 그러나 두 사람이 PCR 검사에서 음성 판정을 받고 퇴원한 뒤에도 석주는 계속 양성 판정이 나왔다.

전공의 권형철은 혈액종양내과 유대환 교수와 감염내과 박강남 교수의 논의 결과를 설명했다.

"용혈성 빈혈 치료 목적으로 장기간 복용한 스테로이드부터 끊어야겠습니다. 스테로이드가 PCR 검사에서 음성 판정이 나오지 않도록 하는 요인일 수도 있습니다."

"스테로이드를 끊으며 빈혈이 악화되지 않겠습니까?"

"상황을 면밀히 살펴 수혈을 하겠습니다. 지금은 최대한 빨리 음성 판정을 받은 후 항암 치료를 시작해야 합니다. 음성 판정을 받기 전에라도 림프종이 악화된다면 항암제를 쓸 예정입니다."

"언제쯤 음성 판정을 받을 수 있을까요?"

"확정하긴 어렵지만 일주일 안에 음성 판정을 받을 가능성도 있습니다. 메르스부터 완치하지 않으면, 림프종 치료에 필요한 각종 검사를 제때 받기 어렵습니다. 힘드시겠지만 현재로선 이 방법이 가장 낫습니다."

석주가 물었다.

"권 선생님이 저라면 어찌 하시겠어요?"

형철이 왼손으로 오른 손등을 덮는 시늉을 했다.

"임시방편으로 적당히 이렇게 눌러만 둬선 어느 쪽도 치료하기 힘듭니다. 충분히 시도할 만합니다."

석주도 결론을 내렸다.

"알겠습니다. 하겠습니다."

"여기에 더하여 혈청 치료도 실시할 예정입니다."

완치된 환자의 혈청을 직접 투여하는 치료법이었다. 6월에 이 방법으로 몇몇 환자가 효과를 봤다. 동화도 그중 한 사람이었다. 면역혈청Antiserum 치료법에 대해선 석주도 지난달에 설명을 들은 적이 있었다. 그때는 혈청이 부족해서 그에게까지 차례가 돌아오지 않았다.

"알겠습니다. 혈청 치료도 받겠습니다."

형철이 침대 밑에 내려놨던 종이 상자를 꺼냈다.

"보호자님이 보낸 겁니다."

형철이 제품 명을 읽었다. 공유기였다.

"병실이 워낙 구석에 있다 보니까 와이파이가 잘 안 잡히긴 해요. 공유기를 달면 훨씬 낫겠군요. 먹고 싶은 음식 있습니까? 마침 나갈 일이 있는데, 보호자님께 방금 우리가 나눈 이야기와 함께 음식도 말씀드리겠습니다."

석주는 '맛있는 녀석들'에서 출연자들이 게걸스럽게 먹던 음식들을 떠올렸다. 국물 있는 음식은 영아가 들고 오기 힘들 것이다. 몇몇 음식은 병원 근처에서 구하기 어려울지도 모른다.

"통닭 한 마리 부탁할게요. 양념을 거의 뿌리지 않은 옛날 통닭!"

형철이 병실을 나간 후 석주는 종이 상자를 열고 공유기를 꺼냈다. 집에서도 공유기를 사용했기 때문에 설명서를 읽지도 않고 익숙하게 설치를 마친 뒤 전원을 켰다. 노트북과 휴대폰을 무선 공유기에 연결시켰다. 물결이 겨우 하나 될까 말까 하던 와이파이 세기가 두 개에서 세 개를 왔다 갔다 했다. 천천히 병실을 걸으며 사진을 찍었다. 처음엔 음압 병실을 구석구석 담았고, 그다음엔 다양한 표정을 짓는 자신의 얼굴을 택했다. 가끔 셀카를 찍긴 하지만 요즘처럼 자신의 얼굴을 자주 찍은 적은 없었다. 영아가 매일 수치를 적는 것과 마찬가지로, 그에겐 이것들이 중요한 기록이었다. 사진들을 일주일 단위로 훑기만 해도, 몸의 컨디션은 물론이고 체중의 변화나 살갗에 종기나 검버섯이 피는 부위까지 살필 수 있었다. 객관적 기록을 모아 두는 것이 치료에도 도움이 되고, 나중에 자신에 대한 메르스와 림프종 치료가 얼마나 적절했는지를 따질 때도 자료가 되리라 여겼다. 일반 환자들은 전혀 고려하지 않는 부분이었다.

형철이 설명한 치료법에 대해선 솔직히 기대 반 걱정 반이었다. 스테로이드를 쓰지 않으면 메르스 치료엔 효과가 있겠지만 용혈성 빈혈은 악화될 것이다. 얼마나 견뎌야 메르스란 족쇄로부터 벗어날까. 하겠다고 결심했으니, 이제 새로운 치료 이전과 이후가 어떻게 달라지는가를 견디며 비교하는 일만 남았다. 현재 상태를 남기기 위해, 얼굴과 목과 가슴과 팔과 다리를 더욱 자세히 찍었다. 휴대폰이 울렸다. 카톡 전화였다.

"아, 이제 들리네."

영아의 목소리가 끊어지지 않고 또렷했다.

"쓸 만해."

"열은?"

"없어. 두통도 사라졌고. 모처럼 아프지 않은 날이네. 치료 시작하기 딱 좋은 날이고."

그는 일부러 목소리를 가볍게 튕기며 콧소리까지 섞었다.

"통닭은 받았어?"

"언제 넣었어?"

"10분 전에. 근처에 맛집이 있더라. 언제든 말만 해. 근데 왜 아직도 안 들어간 거지? 따뜻할 때 먹어야 맛있는데."

"링거 바꾸러 올 때 주겠지. 통닭 하나 주려고 보호복을 입는 건 간호사들도 힘들 테니까."

"천사 같은 환자 나셨네. 조금이라도 따듯할 때 자기 먹이려고 막 뛰었단 말이야."

영아의 목소리에 서운함이 어렸다. 석주가 그 마음을 어루만졌다.

"고마워. 근데 난 약간 식은 닭이 더 맛있더라. 권 선생이 자세히 설명했지?"

"응. 노중태 교순 병실이 바뀌어도 치료법은 그대로라더니, 전부 다 바꾸네. 병실도 의료진도 치료법도. 면회까지 불허하고. 속상해."

"권 선생은 친절하고 의욕이 넘쳐서 좋아. 자원해서 왔대."

"그래? 레지던트 2년 차?"

"아니, 3년 차. 메르스 병동이라서 특별히 3년 차 중 자원자로 뽑았대."

"그랬구나. 매일 당신 상황을 알려 주겠다고 했어."

"매일? 나중에 필요하면 진료기록 뽑아 보면 되잖아?"

"나중이 아니라 바로바로 알고 싶어서 그래. 이렇게 문으로 겹겹이 막아 두니 내겐 이 방법밖에 없어. 집착이라 해도."

"고마워. 당신다워."

"혈청 치료까지 받을 필요 있을까? 스테로이드를 끊으면 몸이 거기에 또 적응해야 해. 혈청 치료받고, 계획대로라면 뒤이어 항암까지 가는 건데, 견딜 수 있겠어?"

"할 수 있는 건 다 해 봐야지. 걱정 마."

"정말 괜찮겠어?"

"그럼. 한 달이나 메르스 때문에 고생했는데, 이제 작별해야지. 사진 몇 장 찍었어. 보내 줄게."

"응."

"통화가 잘 되는 지점도 발견했어. 화상 통화도 나중에 해 보자."

"응. 침대에서 가까워?"

"창문 아래이니 침대에서 내려 네 걸음 정도 걸어야 해. 거기 대기실은 쓸 만해?"

"그럭저럭! 냉장고도 있고 전자레인지도 있어."

"당신도 집에서 쉬어. 우람이랑 시간도 보내고. 회사에도 가고. 여기 와 봤자 면회도 안 되잖아?"

"병원 밥은 못 먹겠다며?"

"이상해. 병원 근처 맛집으로 소문난 음식들도 병실로 가져오면 맛이 별로네."

"그래도 바깥 음식이 더 낫다면 또 사서 넣어 줄게. 그거라도 하고 싶어. 오전엔 회사에서 일 보고 오후엔 계속 병원에 갈게. 회사에서 배려해 줬어. 일주일이면 메르스가 음성으로 나올 수도 있다며? 그때까지라도."

"알았어. 사진 보냈어 방금. 당신도 당신 사진 찍어 보내줘."

"오늘 머리도 안 감았어. 엉망이야."

"괜찮아. 나보다 엉망일까?"

"그래. 보낼게."

"통닭이 오려나 보다. 문 열리는 소리가 났어. 소리라기보다는 진동. 방이 워낙 고요하니 작은 진동도 다 느껴져. 잘 먹을게."

❖

전원 후 이틀 동안 스테로이드를 소량 복용한 후 7월 5일부터 완전히 끊었다. 가장 먼저 찾아든 것은 고열과 두통 그리고 어지럼증이었다. 석주는 침대에 꼼짝하지 않고 누워, 휴대폰에 담긴 영아와 우람의 사진만 계속 넘겨 가며 봤다.

이곳에서 하루 중 가장 힘든 때는 저물 무렵이다. 작은 창으로 빛이 사라질 즈음, 격리병동 전체엔 어둠이 급히 찾아들었다. 누구라도 쓸쓸함에 젖을 분위기였다. 병실의 등을 더 환하게 켜고 텔레비전 볼륨을 한껏 높이기도 했다. 그러나 그렇게 밝고 요란할수록 문득 깨닫는 것은 자신이 혼자라는 사실이었다. 과장된 밝음과 요란함을 따라가기 위해선 그도 에너지를 써야 했다. 그럴 의지도 체력도 남아 있지 않았다.

백혈구에서 세균이나 바이러스와 싸우는 호중구가 감소하기 시작했다. 절대호중구수치ANC(Absolute Neutrophil Count)가 1500 이하면 호중구감소증Neutropenia이라 하고, 500 이하면 무과립구증Agranulocytosis에 해당되었다. 7월 3일 전원 당시 석주의 절대호중구수치는 869였는데, 꾸준히 하락하여 7월 9일 514까지 떨어졌다. 7월 9일엔 호중구를 늘리기 위해 과립구 촉진제G-CSF를 맞고 적혈구 두 팩을 수혈했다. 첫 수혈이었다.

그 후로도 절대호중구수치가 떨어질 때마다 과립구 촉진제를 맞았으며, 적혈구와 성분채집혈소판APH을 나눠 수혈했다. 그 횟수가 사흘에 한 번 이틀에 한 번 꼴이었다가, 7월 23일 이후론 거의 매일이었다. 여섯 시간마다 한 팩씩 그렇게 네 팩을 바꿔 맞다 보면 하루가 갔다. 7월 27일엔 4시간마다 한 팩씩 여섯 팩이 왔다.

석주는 제 몸으로 쉼 없이 들어오는 피를 보며 점점 불안해졌다. 스테로이드를 끊으면 용혈성 빈혈이 심해질 가능성이 크니, 그땐 수혈을 할 것이라는 이야기를 형철에게서 듣긴 했다. 그러나 끼니를 챙기듯 할 줄은 몰랐다. 밥 대신 하루 네 팩에서 여섯 팩씩 피를 먹는 기분이었다. 이 와중에 7월 15일 혈청 치료까지 감행했다.

잦은 수혈을 감수하고 기대했던 음성 판정은 쉽게 나오지 않았다. 7월 14일과 16일 메르스 PCR 검사를 연이어 받았다. 이번에도 양성이었지만 그 수치는 낮아졌다.

혈액종양내과 유대환 교수는 7월 17일부터 24일까지 프랄라트

렉세이트Pralatrexate라는 약으로 항암 치료에 들어가기로 결정했다. 항암 치료를 더 이상 늦출 수 없었던 것이다. 7월 17일 항암 치료 후 석주는 영아에게 연락할 수 없었다. 고열과 두통에 계속 토했던 것이다. 토하고 토하고 또 토했다. 더 이상 토할 것이 없는데도 묵직한 것들이 아랫배에서 명치를 지나 목구멍을 타고 올라왔다. 토하다가 지쳐 잠들었다. 그렇게 하루 꼬박 토하고 나니, 침대에서 내려설 기운조차 없었다. 화장실에 가려고 억지로 내려와서도 무릎에 힘이 실리지 않아 기어 다닐 판이었다.

항암 치료를 받는 동안 몸 여기저기에서 탈이 났다. 가장 통증이 심한 부위는 복부였다. 7월 20일 밤엔 비장 부근이 칼로 저미듯 아파서 밤을 꼬박 새웠다. 다음 날부턴 인후통이 심해졌다. 잇몸과 혀에 염증이 생기면서 실핏줄이 터지고 부어올랐다. 침도 삼키지 못할 만큼 목이 쓰렸다. 아무것도 먹지 못했다. 물을 넘기는 것조차 고역이었다.

항암 치료를 시작한 후 석주는 영아와 카톡만 주고받았다. 얼굴을 사진으로 찍어 보내라는 청을 번번이 거절했다. 셀카는 매일 찍어 휴대폰에 간직하되, 항암에 시달려 초췌해진 몰골을 당분간은 보여 주기 싫었던 것이다. 아내를 걱정시키고 싶지 않아서였다. 일주일 항암 치료가 끝난 다음날 그러니까 7월 25일 아침 손거울에 비친 얼굴을 보고 그가 먼저 화상 통화를 걸었다.

"얼굴이 왜 그래?"

통화가 연결되자마자 영아의 목소리가 높아졌다. 겨우 일주일 사이에 피부가 새까맣게 변했을 뿐만 아니라 군데군데 피딱지가 앉은 것이다. 피가 뭉친 자국도 여럿이었다. 입술이 퉁퉁 부어올랐고, 5회전 경기를 마치고 나온 권투 선수처럼 뺨과 이마에 온통 피멍이 들었다.

"다른 곳도 그래?"

목과 가슴과 등과 옆구리에도 종기가 생겼다. 가장 심각한 부위는 두 다리였다. 살갗이 검붉게 바뀌었을 뿐만 아니라 진물에 고름까지 흘렀다. 썩어 들어가는 고목처럼.

"……항암 부작용인가 봐."

석주는 그래도 웃으려 했지만, 목과 입이 온통 송곳으로 찌르듯 아팠기 때문에, 자기도 모르게 눈을 질끈 감으며 미간을 찡그렸다.

"작년에도 여덟 차례나…… 항암 치료를 받았었잖아? 그때도 힘들긴 했지만, 피부까지…… 문제가 생기고, 목과 입이 엉망이 된 적은 없었어."

그가 처음으로 약한 소릴 했다.

"오늘 아침엔…… 정말 이대로 죽을 수도 있겠단 생각까지 들더라. ……아팠어. 정말 너무 아프더라고. 내 몸이 내 몸이 아니야. 화장실 갈 힘도 없어. 기어서 겨우 갔다고."

"우람 아빠!"

영아는 석주를 불러 놓고 잠시 말을 잇지 못했다. 림프종 치료를 받던 작년부터 올해 6월 1일 다시 입원한 후 지금까지, '죽음'은 부부 사이의 금기어였다. 그 단어를 꼭 말해야 할 때도 빙빙 돌아 다른 단어를 찾아 넣었다. 비유나 상징을 끌어들이기도 했다. 그런 석주가 방금 '죽음'을 말했다. 끔찍한 고통과 절망의 일주일이었던 것이다.

"당장 검사해 달라고 할게. 복통에 인후통에 다리까지 이게 다……."

영아는 울분이 차올라 말을 맺지 못했다. 석주가 오히려 차분하게 설명했다.

"권 선생 말론…… 혈소판 항체가 생긴 게 아닌지 걱정이래. 혈소판 항체 검사를 곧 할 거고……."

"다른 검사는?"

"메르스 환자인 내가 검사실로 가는 건 절차가 너무 번거롭대. 이동용 초음파는 병실로 가져오면 되니까 가능하고……."

"도대체 언제 음성이 된대?"

석주에게 던질 물음이 아니었다. 그러나 너무나도 답답했다. 누구에게라도 따지지 않고는 견디기 힘들 만큼.

"곧 되겠지. 음성 판정만 받고 나면, 항암도 제대로 다시……."

석주의 대답이 모호해졌다. 음성 판정만 받으면! 부부는 이 가정법을 6월 7일부터 오늘까지 무거운 괘종처럼 가슴에 달고 살았다.

7월 25일부터 31일까지 계속 수혈을 했다. 호중구감소증은 점점 악화되었다. 7월 9일 과립구 촉진제를 처음 썼을 때는 절대호중구 수치가 514에서 3401로 하루 만에 올라갔다. 그러나 등락을 계속하던 수치는 7월 27일 1770에서 7월 28일 290으로 뚝 떨어졌다. 과립구 촉진제를 나흘이나 맞았는데도, 7월 29일 200, 7월 30일 50까지 떨어지더니, 7월 31일에는 0이 나왔다. 더 이상 떨어질 수 없는 맨바닥이었다.

석주는 지독한 무력감에 휩싸였다. 항암 치료마저 부작용으로 중단되었다. 체력도 고갈되었다. 희망이라곤 전혀 없었다. 절망만이 가득했다

메르스 종식?

남영아의 수첩

2015년 7월 28일(화)

혼자 남겨지는 날!

이런 날이 혹시 올까 걱정했는데, 오고야 말았다.

'메르스 일일 현황'에 따르면, 7월 4일 이후 확진 환자는 23일째 나오지 않았다. 186명 그대로인 것이다. 치료중인 환자 12명 중 PCR 검사 결과 2회 연속 음성인 환자는 11명이다.

12명 중 11명이 음성이란 말은 대한민국에서 메르스 환자가 김석주 한 사람뿐이란 뜻이다.

오늘, 기다렸다는 듯이, 국무총리가 사실상 메르스 종식을 선언했다. 23일 동안 감염 환자가 나타나지 않았고, 집중관리 병원 열

다섯 군데를 해제하는 것이 근거였다. 내 남편은 메르스 때문에 격리되어 지옥과도 같은 고통을 맛보고 있는데, 정부는 이제 메르스란 단어 자체를 지우려 드는구나. 우리 가족에게 닥친 불행과 고통의 책임이 누구에게 있는지, 왜 이런 끔찍한 일이 벌어졌는지 밝히지도 않고, 그냥 종식이라고? 내 남편을 풀어 주지도 않고 이대로 끝이라고?

홀로 우는 밤

석주가 잠을 깬 것은 새벽 3시였다. 의료진이 병실로 들어온 것도 아니고, 영아에게서 문자가 온 것도 아닌데, 저절로 눈을 뜬 것이다. 새벽 1시 반까지 휴대폰으로 인터넷을 하다가 잠들었으니, 길어야 한 시간 반 정도 눈을 붙인 셈이다. 헛기침을 두어 번 쏟곤 침대에서 내려가 냉장고를 열었다. 생수를 마실 생각이었는데, 낮에 옥나정 간호사가 주고 간 블루베리 요거트 그라니따가 눈에 들어왔다. 진아름 간호사와 함께 가서 샀다고 했다. 1층 로비 카페에서 직접 산 음료였다. 뚜껑 닫은 휴대용 컵에 빨대까지 꽂혀 있었다. 잇몸과 혀 여기저기에 번갈아 염증이 생기는 바람에 음식이 조금만 닿아도 얼굴 전체가 화끈거릴 만큼 아팠다. 입안의 상처를 건드리지 않고 삼키기 위해선 빨대가 필수품이었다. 휴대용 컵을 꺼내고 냉장고를 닫은 뒤 돌아서선 빨대에 입술을 댔다. 그러나 빨지는 않고, 빨대를 뽑은 후 뚜껑을 열었다. 컵에 입술을 대곤 단숨에 그라니따를 마시기 시작했다. 시원함과 동시에 불에 덴 듯 뜨겁고 가시에 찔린 듯 아렸다. 왈칵 눈물이 나왔다. 눈물방울이 컵으로 떨어졌다. 컵을 떼지 않고, 눈물 섞인 그라니따를 끝까지 마셔버렸다. 영아처럼 그도 아침마다 질병관리본부 홈페이지로 들어가서 '메르스 일일 현황'을 체크했다. 드디어 오늘 아침 열두 명의 환자 중에서 PCR 검사 결과 음성으로 판정된 환자가 열한 명이라고 떴다. 열두 명 중 오직 한 명만 메르스 환자란 뜻이다. 그 한 명이 바로 김석주 자신이었다. F병원에서 여러 층에 입원하여 치료를 받던 메르스 환자들이 18층 하나로 충분할 만큼 줄어들 때도, 대학 병원 음압 병실로 전원되었을 때도, 이웃 병실 환자들이 완쾌되어 퇴원할 때도, 그는 불안했다. 이러다간 나 빼고 전부 나가는 건 아닐까. 이 나라에서 메르스 환자가 나 혼자인 상황이 온다면? 딱 거기까지만 스스로에게 묻곤 웃음으로 애써 지웠다. 완쾌되지 않은 마지막 메르스 환자가 되긴 정말 싫었다. 그토록 끔찍하게 여기던 순간이 불쑥 닥친 것이다. 간호사 스테이션과 연결된 카메라를 슬쩍 보곤 등을 돌렸다. 그대로 침대에 누웠다. 눈물이 멈추지 않았다. 두려움과 슬픔과 분노가 한꺼번에 밀려들었다. 옥 간호사가 그라니따를 내밀었을 때, 뜻밖의 선물을 받은 기쁨이 컸지만 그녀의 눈에 어린 연민 때문에 곧 울적해졌다. 의료진도 이제 김석주 단 한 사람만 남았다는 것을 안다. 의사나 간호사들은 내색하지 않았다. 매사에 깐깐하고 원칙에서 벗어난 일은 단 하나도 하지 않으려 드는 옥 간호사가 뜻밖에도 그라니따를 가져온 것이다. 받아 들자마자 눈물부터 내비칠 뻔했다. 지금까지 그는 자기 자신을 위해 운 적은 없었다. 견디기 힘든 문제에 봉착하더라도, 작년 내내 림프종 때문에 항암 치료를 받았을 때도 울지 않았다. 아내가 흐느낄 때면 툭툭 농담을 던지며 위로했다. 앞으로도 자기 자신을 위해 우는 일은 없으리라 여겼다. 그런데 이렇게 밤을 새워 울 줄은 몰랐다. 울지 않으려 했지만 눈물이 계속 나왔다. 2주면 결정이 나는 전염병이라고 했다. 죽든지 완쾌되든지. 6월 7일 확진이 되고도 50일이 훌쩍 지난 것이다. 왜 나는 이토록 오랫동안, 다른 환자들은 좋은 쪽이든 나쁜 쪽이든 결과를 받았는데, 아직도 길 위에 있는가. 이 끔찍한 여정은 대체 언제 끝날까. 내가 죽어야 마치는 게임인가. 정녕 그런가. 하지만 그는 메르스 종식과 자신의 죽음을 맞바꾸고 싶지 않았다. 외롭고 두려웠다. 그는 아직 메르스와 싸우고 있는데, 그를 제외한 사람들은 모두 메르스가 지나갔다면서 일상으로 복귀했다. 저들은 아직도 격리되어 싸우고 있는 단 한 사람을 존재하지 않는 사람으로 돌리고 싶은지도 모른다. 병이 낫지 않는 것이 어찌 환자의 잘못이겠는가. 그러나 오직 단 한 사람만 전염병을 이겨 내지 못한다면, 그 이유가 환자에게 있을지도 모른다는 의심이 풍문으로 바뀌는 것은 시간문제다. 림프종이란 기저질환 때문에 메르스 완치 판정이 나지 않는다는 식으로 몰아갈 것이다. 메르스 때문에 림프종 치료를 제때 못하고 있다는 기사는 눈을 씻고 봐도 없었다. 그는 자신이 작아지고 작아지고 또 작아지는 것을 느꼈다. 도

대체 왜 나는, 아직도, 메르스 환자인 걸까. 당국과 의료진이 어떤 답도 주지 않은 상황에서 절벽으로 내몰린 꼴이다. '메르스 일일 현황'에서 치료중인 환자는 '1명'이다. 이 숫자는 늘어날 수 없다. 숫자가 '0명'이 되는 순간, '메르스 일일 현황'이란 문건도 끝날 것이고, 그의 인생도 완쾌와 완패 둘 중 하나로 확정된다. 그때까진 '오직 한 사람'으로 버텨야 한다. 혼자 몹쓸 병에 걸린 채 새벽을 맞이해야 한다. 지구에서 유일한 외계인이 된 기분이 이럴까. 새벽빛이 밝아 올 때까지 울었다. 베개가 흥건히 젖었고, 얼굴을 덮은 이불도 축축했다. 옥 간호사가 아침 식사를 가지고 들어올 때까지도, 출입문을 등진 채 누워 울었다. 그녀는 가늘게 떨리는 어깨를 놓치지 않았다. 그가 고개를 돌렸다. 두 사람의 시선이 마주쳤다. 밤새 눈물을 쏟은 두 눈이 퉁퉁 부었다. 그녀는 시선을 내리며 못 본 체 했다. 그때 영아로부터 화상 통화가 걸려 왔다. 그는 받지 않았다. 카톡과 문자를 남겼지만 열지 않았다. 밤을 새워 울었다는 사실을 아내에게만은 감추고 싶었다. 병실을 나가려는 그녀에게 젖은 목소리로 부탁했다.

"비밀입니다. 특히 아내에겐."

"알겠어요. 컨디션은 어떠세요? 눈이라도 붙이시겠어요?"

"아뇨. 노래 몇 곡 듣고 아내에게 전화할 겁니다. 살아야겠다, 그 마음뿐이에요. 아무리 곱씹어 봐도 이렇게 죽긴 너무 아까워요."

너무 오래됐다

남영아의 수첩

2015년 7월 31일(금)

어제 저녁 이후로 남편이 카톡을 안 보고 있다.

많이 지친 것 같다.

아…… 못 본 지 너무 오래됐다.

우린 같은 하늘 아래, 그것도 대한민국에, 그것도 같은 서울에 있는데 말이다.

병원 근처 카페에 주구장창 있다가 병원에 가도 머리카락 한 올 못 만지고 온다.

아, 눈물 왈칵.

24시간도 울 수 있을 것 같다.

눈물을 참으면 인후가 참 아프다.

살면서 누굴 부러워한 적이 없는데
요즘은 다 부럽다.
그냥 건강한 사람이 다 부럽다.

전공의와 통화. 7월에 꼭 퇴원시켜드리고 싶었는데, 미안하다고 한다. 의사 권형철이 최선을 다했다는 건 안다. 미안해하지 말라고, 정말 고맙다고 말했다. 우리 가족과 메르스로 고통받는 이들에게 사과할 자들은 따로 있다.

피해자이면서 가해자

8월 3일, 이첫꽃송이는 서울 본사로 출근했다. 지방 근무를 각오하고 있었는데, 서울 근무를 알리는 메일이 일주일 전 날아왔다. 메르스에 걸려 사경을 헤맨 신입 사원을 지방으로 내몰았다는 비판을 피하기 위해서였을까. 희망하던 사회2부가 아니라 문화부였지만 첫꽃송이로선 감지덕지였다. 상경하던 날 거제 고현터미널에서 막내 이모 숙희가 권했다.

"겁나게 찌는구마. 서울은 더 덥겠제? 언제든 내려온나. 이기 어데 한 달 쉰다꼬 나을 상처가? 니 맘이 얼매나 상했는지 내 다 안다. 그라고 눈 딱 감고 1년만 기다려 주라. 다시 '산들회' 모임을 주선해 보꾸마. 알았제? 잘 가그레이."

첫꽃송이는 문화부 영화와 출판과 종교 담당 2진이었다. 15년 베테랑 나혜란 차장은 그녀가 문화부에 오는 것을 반대했다고 한다. 매일 쏟아지는 작품을 살피고, 보도 자료를 검토하고, 인터뷰까지 감당하려면, 적어도 3년 차 이상 기자가 필요했다. 부친상에 메르스까지 겹쳐 수습기자 생활을 마무리하지도 않고, 한 달 동안 병가로 쉬다 온 신입을 곧장 2진으로 받고 싶진 않았으리라. 게다가 첫꽃송이는 영화나 출판이나 종교에 특별한 관심이나 재능을 지니지도 않았다. 근무 첫날 나 차장이 주문했다.

"보도 자료 믿지 마. 기사는 머리로 만드는 게 아냐. 두 발과 두 귀와 두 눈으로 현장을 파악하고 핵심 인물을 만나야 해."

윤해선은 9월까진 진도와 목포에 머물겠다고 했다. 10월부터 본격적인 동거에 들어가는 것이다. 일주일에 한두 번은 영화 시사회가 잡혔고, 하루도 빠지지 않고 매일 책이 배달되어 쌓였다. 나 차장은 시사회 참석을 위해 종종 외근을 나갔지만, 첫꽃송이는 쏟아지는 책 더미에서 기사로 다룰 만한 것들을 선정하여 정독하는 데만도 24시간이 부족했다. 출판계 역시 각종 출간 모임과 기자간담회와 시상식이 이어졌다. 나 차장은 그중에서 반드시 참석해야 하는 자리들을 짚어 줬다.

첫꽃송이가 인터뷰 상대로 처음 택한 이는 다큐멘터리 감독 제갈승이었다. 기사 리포트는 나 차장이 전담했다. 적당한 때에 입봉시켜 주겠다고 했지만, 적어도 서너 달은 수습 아닌 수습 취급을 받을 듯했다. 제갈 감독은 세월호 참사 직후 진도 팽목항과 안산시와 광화문 광장을 오가며 참사 피해자들을 중심으로 다양한 촬영을 해 왔다. 처음엔 기록을 위한 촬영에 가까웠지만, 이제 그동안 촬영한 것들을 편집하고 보강하여 장편 다큐멘터리를 준비하고 있다는 것이다. 제갈 감독의 작업실이 있는 정동 근처로 외근을 나가려는데, 소도현 기자로부터 전화가 왔다. 아직 자판기 커피 한 잔 나눠 마시지도 못했다.

"오늘 밤 어때?"

"……소설 한 권 검토해야 하고요, 영화도 한 편 챙겨 볼 생각입니다."

"내 전화가 반가우면 반갑다고 해라."

소 기자가 가볍게 넘겨짚었다. 6개월 수습기자로 지내는 동안 바이스인 그와 미운 정 고운 정이 쌓였다.

"반갑죠. 당연히!"

"밥 살게. 술도 사고."

"그 약속 잊으셨나 했죠. 동기 중에 제가 마지막인 거죠?"

"누가 키웠어? 훅 치고 들어올 줄도 알고. 근데 둘이 만나는 건 아니야. 부담되면 취소할게. 밥은 다음에 내가 꼭 살 거고."

"누군데요? 얼마나 멋진 선배가 또 제게 밥도 사고 술도 사겠다고 해요?"

농담처럼 받아넘겼다. 칼자루를 그녀에게 넘긴 것은 수습 시절 뒷말이나 나누는 시간이 아니란 뜻이다.

"기본은 이 기자를 환영하는 자리야. 문화부에서는 했어?"

"아직입니다."

"곧 하겠지. 하여튼 부서 따지지 않고 모이겠다는 건 이 기자에게 관심이 많단 뜻이겠지? 혹시 힘든 기억을 끄집어내는 게 아닐까 조심스럽긴 한데, 2차 트라우마가 될 수도 있다고 하지만 그래도 지난여름에 겪은 일들을 들려줄 수 있을까 해서 말이야. 난 아직 그런 요청을 하긴 이르다고 했지만, 우선 이 기자 뜻을 물어보는 거야. 역시 어렵겠지?"

"아니에요. 선배! 전 괜찮아요."

선선히 응낙했다. 소 기자가 놀라 되물을 정도였다.

"정말?"

"대신 술이 매우 맛있어야 할 겁니다."

"알았어. 회사 길 건너 2층 '얼음집' 알지? 거기 10시 반."

가게 이름은 따로 있지만 기자들은 그곳을 '얼음집'이라고 불렀다. 맥주가 유난히 시원해서 붙은 별명이었다. 저녁 메인 뉴스까지 마친 후 모여야 하기 때문에 밤 10시를 넘겨 약속이 잡혔다.

"알았어요."

"그럼 밤에 봐. 또 하나 부탁이 있는데……."

"말씀하세요."

"'현장 속으로'가 이번에 내 차례야. 이 기자가 한 번 읽어 줘."

'현장 속으로'는 기자들이 돌아가며 쓰는 취재 수첩이었다. 분량과 형식이 자유롭기 때문에 저마다 개성이 넘쳐났다. 신문 기자나 잡지 기자만 취재 수첩을 쓰던 시절도 있었다. 그러나 뉴스가 SNS로도 소비되면서 방송 기자 역시 글을 쓰는 일이 늘었다. 인터뷰 후기나 취재의 안팎을 알리기도 하고, 아예 보도와는 별도로 기사나 칼럼을 쓰기도 했다. 살아남기 위해서는 두 마리 토끼를 악착같이 잡아야 하는 시절이었다.

"제가 그럴 깜냥이 되나요?"

"이 기자에게 검토를 맡기는 이유가 있어서 그래. 초고 보내 둘게. 내일 오후 마감이니까 아직 시간은 넉넉해. 부탁한다."

부담스럽긴 해도, 수습기자 교육을 전담하며 특별히 그녀를 배려해 준 선배의 부탁인지라 응낙했다. 언젠가는 그녀도 '현장 속으로'를 쓸 테니까 예습하는 셈 쳤다.

제갈 감독과 인터뷰를 한 곳은 공교롭게도 첫꽃송이가 메르스로 입원하기 직전 해선과 마주 앉았던 카페였다. 광화문 광장에서 장기 농성중인 세월호 천막이 내려다보였다. 더위를 식히기 위해 곳곳에 물을 뿌렸지만, 지열이 이글이글 아지랑이처럼 올라왔다. 그곳에서 만나자고 먼저 말한 이는 제갈 감독이었다. 함께 간 카메라 기자 명윤천이 창밖으로 세월호 천막이 보이도록 각도를 잡았다. 그녀는 카메라를 등진 채 인터뷰를 시작했다.

"고통을 담는 겁니다. 피붙이를 잃은 고통도 물론 크지만, 배가 어떻게 침몰했고 왜 그 많은 사람들이 구조되지 못했는지, 그 이유를 아직도 정확히 알지 못한다는 고통이 그에 못지않게 큽니다. 정부도 나 몰라라 하고 법과 제도도 그 고통엔 관심을 두지 않습니다. 좀 더 솔직하게 말할까요. 이 정부는 피해자의 고통을 덮고 지우려고만 듭니다. 그래야 자신들 책임도 줄어드니까요. 청와대가 참사의 컨트롤타워가 아니라는 게 공식 입장이지 않습니까. 대통령은 전혀 책임이 없다는 뜻입니다. 행정부 수반인 대통령이 책임을 회피하는데, 그 이하 관련 부처인 해양수산부 장관과 해양경찰청장이 책임을 지려고 하겠습니까. 구조에 실패했는데도 현장 지휘관인 123 정장 한 사람에게만 책임을 떠넘기고 있습니다. 그 정장을 유죄로 벌한다 해도, 나머지 해경 간부들에게 책임을 묻긴 어렵습니다. 정부가 진상 규명과 책임자 처벌을 추진하지 않고 오히려 막는 꼴입니다. 세월호 피해자는 이 나라 국민 아닙니까. 정부가 할 일을 하지 않기 때문에 국민들이 자발적으로 나서는 겁니다. 저 역시 그중 한 사람이고요."

1년이 넘는 기간 동안 그는 고통을 있는 그대로 담기 위해 노력했다. 인터뷰 말미에 첫꽃송이가 물었다.

"이 고통이 반복될 수도 있겠죠?"

제갈 감독은 즉답을 않고 그녀를 쳐다봤다. 백두산 사슴처럼 눈망울이 맑고 슬펐다.

"물론입니다. 진상 규명과 책임자 처벌을 제대로 하지 않으면 고통이 반복될 겁니다."

그녀가 조심스럽게 흙덩이를 톡톡 차듯 물었다.

"혹시…… 메르스 피해자들에 대해선 촬영 계획이 없으신가요?"

"메르스……라고요?"

"네. 메르스에 걸려 목숨을 잃은 사람들과 그들의 유가족, 완치되었지만 심각한 후유증을 앓는 이들에게는 관심이 없으신가요? 이 정부는 메르스 사태의 컨트롤타워 역시 청와대가 아니라고 공식적으로 밝혔습니다. 잘잘못을 가리기 위한 움직임 역시 경찰이든 검찰이든 법원이든 아직 없고요. 진상 규명과 책임자 처벌의 어려움은 메르스 사태도 마찬가지 아닐까 하는데요. 메르스 유가족이나 전염병을 이겨 낸 분들을 만난 적은 없으신가요?"

제갈 감독이 솔직히 인정했다.

"세월호 참사에 집중하느라 메르스 사태까진 자세히 살펴보지 못했습니다. 앞으로도 저는 세월호 참사에 대한 다큐멘터리 작업을 계속 이어 갈 계획입니다. 이것만 감당하기에도 버겁습니다. 한데 메르스 피해자들은 얼마나 심각한가요? 부끄럽지만, 솔직히 저도 잘 몰라서 드리는 질문입니다."

"맨 처음에 제게 트라우마 말씀하셨죠? 세월호 생존자와 유가족에 대해 국가가 책임지고 트라우마 치료를 적극 실시해야 한다고요. 병원을 지정하는 수준에 그쳐선 안 되며, 전담 공무원이 붙고 전문가들이 소명 의식을 가지고 계속 세월호 피해자들과 연락하고 돌봐야 한다고요."

"맞습니다."

"그건 메르스를 가까스로 극복한 완치자들이나 메르스로 소중한 사람을 잃은 유가족도 마찬가지입니다. 메르스를 겪는다는 건 상상하기 힘든 경험이거든요. 최악이에요, 정말! 바이러스 덩어리로 취급받은 적 없죠? 독방에 갇힌 적은요? 같은 병에 걸려 같은 층에 입원한 환자가 죽었다는 이야길 이틀 연속 아침에 듣기도 해요. 운이 좋아 살아남더라도, 가벼운 조깅도 못할 정도로 폐가 망가지고, 몸무게가 10킬로그램 이상, 심한 경우엔 20킬로그램 넘게 빠지고,

불면증에 시달려요. 겨우 잠이 들어도 악몽이 이어지죠. 몸도 마음도 다칠 대로 다친 피해자들을 담당하는 공무원이 있다는 소린 듣지 못했습니다. 혹시 메르스 사태에 관심을 둔 예술가들이 있을까요?"

"들은 적 없습니다. 그나마 목소리를 내려는 예술가들은 세월호에 집중하고 있지요. 한데 메르스 사태는 이미 끝나지 않았나요? 새로운 환자가 더 이상 발생하지 않는데다 감염된 환자들도 대부분 치료를 마친 걸로 압니다만……."

"대부분인 거죠, 전부가 아니라! 정부는 사실상 종식 선언을 7월 28일에 했지만, 공식적인 종식은 환자가 단 한 명도 없어야 합니다. 아직 남은 환자가 있습니다."

"몇 명이나요?"

"한 명입니다."

제갈 감독의 굳은 얼굴이 조금 풀렸다.

"한 사람 남았군요. 마지막 한 사람!"

그녀의 표정은 오히려 굳었다. 돌아온 아흔아홉 마리 양보다 아직 집을 찾지 못한 양 한 마리를 걱정하는 목동처럼.

"모르긴 해도, 그 한 사람의 공포가 가장 클 겁니다. 망망대해에 떠 있는 큰 배 안에 오직 혼자만 병에 걸려 누워 있는 기분일 테니까요. 그런데 정부는 벌써 메르스란 단어 자체를 지우고 있습니다. 세월호란 단어 자체를 지우려 들듯이."

제갈 감독이 뿔테 안경을 올려 쓰며 진지하게 말했다.

"오늘 많이 배웠습니다. 메르스 사태에 대해서도 차차 관심을 갖도록 할게요. 제가 아니더라도 메르스 사태를 작품으로 옮길 감독이 꼭 나올 겁니다. 한데 이 기자님은 메르스 사태에 대해 어쩜 그렇게 자세히 아십니까?"

그녀는 턱을 당겨 분노를 꾹꾹 누르곤 답했다.

"저도 메르스 환자였습니다."

❖

제갈 감독이 먼저 자리를 떴다. 카메라 기자도 다음 인터뷰 약속이 있다며 서둘러 카페를 나갔다. 첫꽃송이는 창가 쪽 의자에 그대로 앉아 마무리 작업을 했다. 노트북을 켜고, 이어폰으로 녹음한 인터뷰를 다시 들으며, 핵심 내용을 정리하여 에버노트에 쳤다. 아침 뉴스에서 영화를 다루는 코너는 사흘 뒤였다. 분량과 순서는 나 차장이 결정할 것이다.

"고통!"

단어를 곱씹으며 고개를 돌렸다. 메르스에 걸리기 전에도, 완치된 후에도 광화문 광장엔 저렇게 세월호 천막과 노란 리본이 있었다. 제갈 감독이 얼버무리듯 건넨 마지막 질문이 귓전을 맴돌았다.

"고생이 심하셨겠습니다. 지금은 괜찮으시죠?"

의학적으론 완쾌되었다. 메르스를 일으키는 코로나바이러스가 그녀 몸에 조금도 남아 있지 않았다. 그러나 마음의 상처는 여전했다. 제갈 감독에게 설명했던, 불면증이 심하고 겨우 잠이 들어도 끔찍한 악몽이 연이어 찾아드는 완치자가 바로 그녀 자신이었다. 인터뷰를 하면서도 내내 손수건을 쥐고 있었다. 조금만 긴장해도 손바닥에 땀이 흥건했던 탓이다. 비슷한 종류의 꿈이 이어졌다. 크기와 상관없이 어딘가에 갇히는 꿈이었다. 우물에 갇히고 다락에 갇히고 금고에 갇히고 가방에 갇히고 어젯밤엔 빙하 속에 갇히기까지 했다. 갇힌 채 구해 달라 소리쳐도 말이 나오지 않았다. 그녀는 점점 우물이 되고 다락이 되고 금고가 되고 가방이 되고 빙하가 되었다. 침몰한 배에 관한 이야기를 들었으니, 오늘 밤부터는 바닷물이 차오르는 선실에 갇히는 장면이 추가될 것만 같았다.

노트북을 끄려다가 메일을 열었다. 현재 시각 10시, 저녁 약속 장소인 '얼음집'까진 천천히 걸어도 15분이면 충분했다. 15분이면 칼럼을 두 번은 읽을 시간이다. 첨부 파일 제목을 보는 순간, 소 기자가 왜 그녀에게 검토를 부탁했는지 알아차렸다. '메르스 유감'. 메르스에 대한 칼럼을 그녀보다 더 관심을 갖고 정확하게 평할 이가 방송사엔 없었다. 깊게 숨을 들이마셨다가 뱉은 뒤 첨부 파일을 열고 빠르게 읽어나갔다.

'얼음집' 구석 칸막이 방은 열한 명의 기자로 꽉 찼다.

첫꽃송이가 대화를 나눠본 기자는 이 모임을 만든 소도현 기자와 동기 세 명이 전부였다. 나머지 여섯 명은 간단히 인사만 주고

받은 선배들이었다. 나 차장은 선약이 있다며 빠졌다. 치킨이 나오기 전에 얼음 생맥주부터 한 잔 단숨에 비우는 것이 이 가게에 모이는 이들의 불문율이었다. 맥주잔을 부딪친 후 너나없이 끝까지 마셨다. 단골들 행태를 아는 종업원은 방에서 나가지도 않고 기다렸다가 빈 잔을 챙겨 갔다. 김을 한 장 입에 털어 넣으며 소 기자가 밑도 끝도 없이 물었다.

"할 만해?"

"네. 나 차장님께서 많이 도와주십니다."

"우리가 나 차장을 몰라? 고참이든 신입이든 도와주고 그럴 위인이 아냐."

선배들이 동시에 고개를 끄덕였다. 첫꽃송이는 구석에 앉은 동기들과 시선을 나눴다. 네 명 중 한 명은 지방 근무를 가야 한다고, 수습을 시작하는 첫날 보도국장이 그들에게 직접 말했다. 그러나 결과적으로 아무도 지방에서 기자 생활을 시작하지 않은 유일한 기수가 되었다. 동기들은 실력으로 남았다고 자부했다. 또한 그들은 첫꽃송이가 회사의 배려로 본사에 근무하게 되었다고 여겼다. 사실이었다. 그렇다고 신입인 그녀가 지방 근무를 자원할 처지는 아니었다. 결국 지금부터라도 실력을 증명하는 것 외엔 방법이 없었다. 그래서 첫 달엔 매일 야근을 각오하고 업무에 매달렸다.

"한 잔 더 할래?"

소 기자는 오늘 아예 사회를 보기로 작정한 사람처럼, 안주와 함께 생맥주잔을 돌렸다. 신입에게 던질 질문이 아니긴 했다. 메르스를 앓은 사람에 대한 배려라고 느꼈다. 고마웠지만 불편했다. 요양이 더 필요한 병자 취급을 받을 이유가 없는 것이다. 당당하게 답했다.

"그럼요."

다시 얼음 생맥주를 마셨다. 냉기가 혀를 얼리고 목구멍을 따라 위장으로 내려간 뒤 열 손가락과 열 발가락까지 순식간에 퍼졌다. 소 기자는 생맥주 세 잔을 들이켠 뒤에야 본론으로 들어갔다.

"공사다망한 와중에 이렇게 기자가 열 명이나 모인 이유를 이 기자도 알지? 어찌 보면 아무나 하기 힘든 경험이기도 해. 물론 우린 정부나 병원에서 나오는 메르스 관련 정보들을 계속 접해서, 일반인들보단 이해도가 훨씬 높을 거야. 그래도 여기 이렇게 건강한 몸으로 돌아오기까지 얼마나 고생을 했는지 들려주면, 이 기자를 이해하고 함께 일하는 데 큰 도움이 될 거야. 전부 다 털어놓으란 건 아냐. 말하기 힘든 부분이 있으면 건너뛰어."

스무 개의 눈동자가 동시에 쏠렸다. 첫꽃송이는 천천히 일어나서 그 시선을 가볍게 받아 줬다. 어차피 한 번은 지나가야 할 통과의례였다. 6월 5일 병원에 실려 간 날부터 8월 3일까지, 근 두 달 동안 그녀는 정신이 들 때마다 뉴스를 챙겼다. 휴대폰으로 검색하고 벽걸이 텔레비전의 채널을 이리저리 돌려가며 뉴스만 반복해서 보고 또 보았다. 선배나 동기들도 궁금하긴 할 것이다. 수습 딱지도 떼기 전에 메르스에 걸려 투병하고, 완치 판정 후에도 한 달이나 병가를 쓴 경우는 처음이지 않은가.

"먼저 문상을 와 주셔서 고맙습니다."

우편과 문자로 감사 인사를 보내기도 전에 쓰러졌던 것이다.

5월 27일 아버지를 구급차에 싣고 F병원 응급실로 들어간 날부터 지금까지 자신에게 닥친 불행을 시간 순서대로 간략히 설명했다. 입원해 있을 때도 퇴원하고 나서도 문득문득 떠오르는 몇몇 장면이 있었다. 숨이 갑자기 막혀 발버둥을 치다가 침대에서 떨어진 새벽과 오십 번도 넘게 토하며 변기를 끌어안고 운 밤, 보호복을 입은 간호사들이 3미터도 넘는 거한으로 보이고 겹으로 낀 장갑이 쇠망치로 여겨지는 바람에 두들겨 맞지 않으려고 고래고래 고함을 지른 한낮. 이런 세세한 순간들은 메르스에 감염되어 격리병실에 갇힌 환자가 아니고는 알기 어렵다.

간간이 질문이 날아들었다. 구체적인 수치나 처방에 대해선 모른다고 답했다. 기억나는 장면은 대부분 털어놓았지만, 너무나도 선명한 장면 하나는 끝까지 숨겼다. 막내 이모부를 비롯한 친척들이 응급실 침대에 누운 아버지를 에워싸고 마지막 인사를 나누는 모습이었다. 평생 이것만은 누구에게도 털어놓을 자신이 없었다. 아버지가 누웠던 침대 옆 링거대만 떠올려도 눈물이 쏟아지며 가슴이 꽉 막혔다.

첫꽃송이의 투병담은 참석한 기자들의 박수와 함께 30분 만에 끝났다. 그 후론 대부분의 술자리가 그러하듯 삼삼오오 모여 서너 가지 이슈로 잡담이 시작됐다. 소 기자는 그녀와 잔부터 부딪쳤다.

"수고 많았어. 앞으로도 내 도움 필요하면 언제든 와."

"고맙습니다."

옆 자리에 앉은 선우병호가 불쑥 물었다.

"감염병 위기경보 수준이 '주의'를 계속 유지하는 것에 대해선 어찌 생각하나?"

사회1부는 복지와 교육과 의학을 맡았다. 의학 전문 기자인 그는 사회1부장보다 한 기수 위인 터줏대감이었다. 첫꽃송이가 머뭇거리는 사이 소 기자가 답했다.

"목 좀 축이고 얘기합시다. 누가 의학 전문 기자 아니랄까 봐 곧장 질문을 날리시네. 6월 초에 확진 환자들이 늘어날 땐 '경계'나 '심각'으로 올려야 한다고 말들이 많았지만, 사망자가 마흔 명을 넘지 않을 듯하고 이제 확진 환자도 한 명뿐이니 '주의' 정도가 적당했다고 봅니다."

"소 기자와 같은 생각인가?"

선우 기자의 시선이 여전히 그녀에게 머물렀다.

"전 생각이 다릅니다."

"어떻게?"

"사망자 숫자로 위기경보 수준을 판단하는 건 너무 단순하다고 봅니다. 사망자 숫자가 그 나라 국민들이 갖는 두려움의 강도와 일치하지 않습니다. 메르스가 우리에게 어떤 상처를 어떻게 줄 것인지 다각도로 살펴 위기경보 수준을 정해야 합니다. 이를 위해선 두 가지에 주목할 필요가 있습니다. 우선 메르스는 육로나 해로보다 항공로를 통해 지구 곳곳으로 퍼져나갑니다. 비행기가 내리는 곳이면 어디든 전염 가능성이 있는 것이죠. 어제 사우디아라비아 인근에서 메르스에 감염된 사람이 오늘 비행기 편으로 서울에 와서 활보할 수도 있단 뜻입니다. 또 하나는 인터넷과 모바일 등 디지털 매체의 성장을 고려해야 합니다."

소 기자가 말꼬리를 붙들었다.

"디지털 매체? 메르스와 인터넷이 무슨 상관이지?"

선우 기자가 대신 답했다.

"두려움이 전달되는 속도나 두려움의 넓이와 깊이가 달라지니까."

그녀가 이어받았다.

"한 명이 걸렸든 열 명이 걸렸든, 숫자가 중요하다기보다는 메르스 확진 환자가 이 나라와 이 도시를 돌아다니고 있다는 것 자체가 문제입니다. 인터넷을 통해 전국의 국민들이 동시다발로 두려움에 사로잡히거든요. 우리 마을과 내 집에서 전염병을 멀어지게 하려고 별별 대응책이 쏟아지죠. 소식을 전하기가 어려웠던 지난 시절에 비한다면, 비록 사망자가 40명을 넘지 않는다고 해도, 두려움의 강도는 중세의 4백 명 아니 4천 명이나 4만 명이 죽은 것과 맞먹을 겁니다."

"디지털 매체를 통해 양산되는 두려움을 측정하고 조정할 방법을 정부는 갖추지 못했어. 메르스 괴담을 퍼뜨리는 자는 엄벌에 처한다는 수준에 머무르니까. 정부는 국민이 궁금해하고 불안하게 여기는 문제들에 신속히 답해야 해. 모조리 유언비어라고 배척할 것이 아니라, 어떤 소식이 유언비어고 어떤 소식이 사실인지 낱낱이 가려서!"

그녀가 보충했다.

"맞아요. 국내외에서 공식 혹은 비공식으로 들어오는 소식들에 전혀 대응을 못 했죠."

"왜 그랬다고 보나?"

"조직이나 회의는 많은데 컨트롤타워가 없으니까요. 중앙메르스관리대책본부, 메르스 종합대응TF, 범정부 메르스 지원대책본부, 메르스 즉각대응팀 등 다 기억하기도 힘이 드네요. 국민안전처, 보건복지부, 질병관리본부, 서울시를 비롯한 지방자치단체, 여기다가 청와대까지 끼어드는 바람에 메르스 대책이 뒤죽박죽 엉망이 되어 버렸습니다. 저기서 한다는 걸 여기선 안 한다고 하고, 여기는 열 명이라는데 저기는 스무 명이라고 하고. 상황이 이런데 인터넷 시대에 전염병에 대응하는 방법을 마련할 수 있었겠어요?"

소 기자가 농담 반 진담 반 그녀를 칭찬했다.

"대단한데……. 언제 그걸 다 챙겨 정리한 거야? 선우 선배만큼이나 메르스와 전염병에 정통하군그래."

그녀가 짧게 답했다.

"한 달 쉬면서 자료를 좀 뒤져 봤죠. 궁금해지더라고요. 저를 죽음으로 내몬 메르스가 대체 뭔지. 우리가 뭘 잘못하고 있는지."

소 기자가 말머리를 돌렸다.

"내 글은 어땠어?"

그녀는 답하기 전에 주변을 살폈다. 칼럼에 대한 감상을 기자 열 명이 들어찬 '얼음집'에서 밝힐 줄은 몰랐다. 소 기자가 둘만의 자리를 만들면 솔직한 평을 말하고, 그럴 여유가 없는 경우에는 메일이나 전화로 의견을 개진하면 되리라 여긴 것이다. 소 기자가 속마음을 들여다보기라도 한 듯 다시 물었다.

"괜찮아, 말해도. 어땠어?"

"좋았습니다."

그녀는 선우 기자의 차가운 시선이 마음에 걸려 적당히 얼버무렸다. 소 기자가 넘어가지 않고 따져 물었다.

"좋았다! 그게 다야?

"네?"

"손볼 곳은 없어? 초고란 게 퍼펙트하진 않잖아?"

그 순간 선우 기자가 끼어들었다.

"초고는 쓰레기라고 했던 이가 헤밍웨이던가?"

소 기자가 몰아세웠다.

"기자가 아무리 깊게 파도 환자만 하겠어?"

그녀가 끌려들어갔다.

"다 좋았습니다만, 딱 한 군데가 좀……."

"거기가 어디야?"

소 기자가 낚싯대를 쳐올리듯 물었다.

"'피해자이면서 가해자가 될 수밖에 없었다'란 문장이 있더군요."

"그 문장이 왜?"

고개를 돌려 관심을 표시한 선배 기자들과 일일이 시선을 나눴다. 묵직한 기운이 순식간에 방을 눌렀다. 다른 이슈로 잡담을 하던 기자들도 이야길 멈추고 그녀의 설명에 귀 기울였다.

"왜 그런 문장을 썼는지는 알겠습니다. 2차 3차 4차로 전염이 확장되니까, 어떤 환자는 전염당한 사람이면서 전염시킨 사람이 되기도 했죠. 전염력이 강한 환자를 '슈퍼 전파자'라고 한동안 부르기도 했고요. 제 생각엔 메르스 환자는 어떤 경우에도 가해자가 아니란 겁니다. 메르스에 감염되었느냐 감염시켰느냐만 놓고 피해자와 가해자를 가르는 건 지나치게 단순한 구분입니다. 환자가 메르스에 감염되고 또 감염시킬 수밖에 없었던 병원의 관습과 운영 체계를 먼저 고민해야 하는 게 아닐까요. 전염을 몇 명이나 시켰든, 메르스 환자는 모두 피해자라고 생각합니다. 메르스 환자를 전부 피해자로 둬야, 그들에게 피해를 입힌 가해자를 거론할 수 있고, 법과 제도의 잘잘못을 가릴 수 있습니다. '가해자'란 단어엔 책임이 따릅니다. 메르스 환자가 잘못해서, 불결하거나 부정직해서, 전염이 확대된 게 절대로 아닙니다. '슈퍼 전파자'란 단어만큼이나 '가해자'란 단어도 피해자인 환자에게 책임을 전가하는 잘못된 시선입니다. 피해자이면서 가해자인 메르스 환자는 없습니다. 전염을 시켰다 하더라도, 환자는 피해자이면서 피해자인 메르스 환자입니다. 다시 강조합니다만, 감염시켰느냐 감염되었느냐 하는 것은 가해와 피해의 기준이 아닙니다. 이 부분을 꼭 고치셨으면 합니다."

또 다른 죽음

첫꽃송이가 메르스 환자는 오로지 피해자라고 주장하던 밤, 길동화는 병원에서 마련한 구급차를 타고 집으로 돌아왔다. 메르스 확진 후 석 달 조금 못 미쳐 퇴원한 것이다. 동옥과 동심이 좌우에서 각각 손을 붙들었다. 맞은편엔 예석이 꽃다발을 안고 있었다. 간호사들이 퇴원을 축하하며 동화에게 건넨 붉은 장미였다. 동화는 그 장미처럼 남은 생을 정열적으로 살아가리라 마음먹었다.

집에 도착하자마자 최문락 사장에게 전화를 걸었다. 통화가 되지 않았다. 동심이 끼어들었다.

"벌써 저녁 뉴스 끝날 시간이에요. 이 시간에 전화 드리는 건 실례죠. 어차피 내일은 토요일이니까 일요일 오후쯤 전화 드리도록 하세요. 내일 당장 출근할 것도 아니잖아요?"

동화는 대꾸하지 않고 임나웅 팀장의 전화번호를 눌렀다. 연결음이 일곱 번이나 울린 뒤에야 목소리가 들렸다. 맥주집에라도 있는지 말소리에 음악이 뒤섞여 시끄러웠다. 동화가 짧게 말했다.

"임 팀장! 나 퇴원했어."

"축하드립니다. 미리 연락이라도 주시죠."

"회사는 어때?"

"그럭저럭요. 미안한데요, 부장님! 제가 전화 받기가 좀 힘듭니다."

동화의 목소리가 높아졌다.

"알겠어. 내일 혹시 나와?"

동화는 토요일에도 가끔 물류 창고로 나갔다. 주말엔 출고 주문을 받지 않지만, 입고된 책들이 정확히 놓여 있는지도 장부와 대조하며 확인하고, 반품 창고에 틀어박혀 편집과 인쇄 관련 책들을 읽기도 했다. 고등학교를 졸업하자마자 영영출판사에 입사하는 바람에 창고 근무로 빠졌지만, 그녀는 책이 꼴을 갖춰나가는 과정 전체에 관심이 많았다. 편집과 디자인은 물론이고 인쇄와 제본까지 알고 싶었던 것이다. 책의 종말을 보여 주는 파쇄기 '둥둥'을 만난 후론 책의 탄생에 더더욱 끌렸다. 휴대폰을 통해 잠시 노래만 들려왔다. 임 팀장이 답했다.

"솔직히 말씀드릴게요. 거래량이 예전만 못합니다."

서늘한 분위기가 동화에게도 전달되었다.

"그래? 알겠어. 그럼 월요일에 갈게. 사장님은 여전하시지?"

"……월요일에 뵐게요. 사장님께도 말씀드려 놓겠습니다."

이틀 후 동화는 6시 50분에 집을 나서서 7시 30분에 물류 창고에 도착했다. 길 건너 '박둘 내과'를 올려다보며 자판기 커피를 한 잔 내려 마신 뒤, 비밀번호를 누르곤 창고로 들어섰다. 책 냄새가 먼저 코를 파고들었고, 이어서 천장에 닿을 만큼 쌓인 책들이 앞을 가로막았다.

책들을 꼼꼼히 쳐다보며 천천히 물류 창고들을 돌았다. 뒤돌아서선 이번엔 반대 방향으로 걸음을 옮겼다. 격리병실에 있는 동안, 동심과 예석도 그리웠지만 그에 못지않게 물류 창고의 책들이 보고 싶었다. 임 팀장의 지적처럼 빈 책장이 심심찮게 눈에 띄었다.

그렇게 두 바퀴를 돈 후, 동화는 반품 창고로 갔다. 파쇄기 '둥둥'에게 다가갔다. 쓰다듬고 어루만졌다. 저도 모르게 눈물이 맺혀 시야를 가렸다. 20킬로그램이나 몸무게가 빠지고, 폐가 쪼그라들고 기관지까지 변형되어 얕은 오르막도 서너 차례 쉬어야 겨우 오르게 되었을 때는 당장이라도 죽어버리고 싶었다. 그러나 물류 창고에서라면 어떻게든 버티며 살아갈 듯도 싶었다. 오랜만에 다시 만난 친구처럼 인사를 건넸다.

"잘 지냈어? 미안하고 고맙다."

파쇄기 옆 의자에 앉아 개인 책장에 꽂힌 책들을 눈으로 훑었다. 세계수필전집? 자신이 늘 가까이 두고 읽던 책들이 아니었다.

8시 30분, 못 보던 청년이 반품 창고로 들어섰다. 뭉툭한 코에 어깨가 넓고 가슴이 두꺼웠다. 한눈에도 힘 꽤나 쓸 듯했다.

"누구십니까?"

청년이 경계하는 눈으로 물었다. 동화가 콧등까지 눌러쓴 마스크를 턱밑으로 내리곤 답했다. 폐를 보호하기 위해 사시사철 외출 때는 마스크를 반드시 사용해야 한다고 의사는 신신당부를 했다.

"길동화 부장이라고 해요."

"아! 그러시군요. 임 부장님께 말씀 많이 들었습니다."

청년의 입가에 맺힌 미소가 사라지기 전 동화가 말꼬리를 잡아챘다.

"방금, 임 부장이라고 했나요?"

물류 창고 담당 부장은 길동화 한 사람뿐이었다.

"네, 임나웅 부장님."

동화가 메르스와 싸우는 동안, 임 팀장이 부장으로 승진한 것이다.

"저는 조남식이라고 합니다. 취직한 지 두 달이 조금 안 되었습니다."

"그럼 6월 중순?"

"네. 6월 17일부터 출근했습니다."

동화가 확진 판정을 받고 딱 열흘 만이다. 파쇄기 옆 책장을 가리키며 물었다.

"여기 책들이 바뀌었네."

남식이 답했다.

"출근 첫날인 6월 17일에 제가 치웠습니다. 편집과 마케팅과 인쇄 관련 책들이 많더군요. 첫 직장에 첫 출근하여 처음 한 일이었습니다. 임 부장님이 시키셨어요. 이 책들부터 다 파쇄하라고."

"버렸단 말인가요? 그걸 전부? 올봄에 나온 책들도 꽤 많은데……."

"저도 몇 권은 제목만 보고도 베스트셀러에 올랐던 책인 줄 알겠더라고요. 집으로 가져가겠다고 했지만, 임 부장님이 꼭 다 없애라고 강조했습니다. 빈 책장은 보기에 좋지 않으니 적당히 채워 놓으라 하셔서, 반품된 세계수필전집을 한 질 꽂아 뒀습니다."

'둥둥'을 쳐다보며 물었다.

"파쇄 이유는 들었나요?"

"임 부장님이 흘리듯 하신 말씀을 듣긴 했습니다. 6월 17일은 제 첫 출근일일 뿐만 아니라, 임 부장님도 또 사장님도 자가격리를 마치고 다시 회사에 나오신 날이었습니다."

동화는 가족뿐만 아니라 '책탑' 직원까지 자가격리를 당했다는 소식을 나중에 들었다. 격리병실에서 겨우 정신을 수습한 후 최 사장과 임 팀장에게 문자를 여러 번 보냈었다. 최 사장은 답이 없었고, 임 팀장은 병 치료에 집중하라고만 답 문자를 보내왔다. 동화가 회사 사정을 이것저것 물었지만, 임 팀장은 퇴원 후로 모든 논의를 미뤘다.

"바이러스가 묻었을지도 모른다고 그러셨습니다. 길 부장님 손길이 닿은 건 작업실에서 모두 버려야 한다고…… 저는 먼저 책장의 책들을 치웠고, 그 옆 책상 서랍의 볼펜이며 삼각자며 테이프 등도 함께 폐기 처분했습니다."

"……그랬었군요."

동화는 더 이상 남식에게 따져 묻지 않았다. 출근 첫날 첫 명령을 따른 직원에겐 잘못이 없었다. 찝찝하면 종이 박스에라도 넣어 창고 구석에 둘 일이지, 주인 허락도 없이 없애라고 한 지시가 지나치다 싶었다.

"문 대리에게 잘 배우도록 해요."

"이제 문 과장님이십니다. 그렇지 않아도 많은 걸 가르쳐 주십니다. 문 과장님 덕분에 파쇄기 사용법도 완전히 익혔습니다."

"문 과장……."

문상철이 과장으로 승진하고 '둥둥'까지 맡았으니, 동화의 자리는 완전히 지워진 셈이다.

정각 9시에 3층 사장실로 올라갔다. 최 사장과 임 부장이 소파에 앉아 있다가 일어섰다. 동화가 허리 숙여 인사했다.

"심려 끼쳤네요. 송구스럽습니다."

최 사장이 머뭇거리다가 손바닥으로 제 허벅지를 문지른 다음 내밀었다. 악수하며 말했다.

"고생이 많았네. 병문안을 갔어야 했는데, 차일피일 미루다 이렇게 되었군. 한두 달 더 있다가 나온단 이야기도 들리고 해서……."

동화는 소파에 앉은 후 답했다.

"아직 퇴원 못한 환자들도 있어요. 후유증이 심한 경우는 산소마스크에 의지하고요. 저는 보시다시피 말끔하게 나았어요."

임 부장에게 시선을 돌렸다.

"승진 축하해요."

"고맙습니다."

임 부장이 짧게 받았다. 동화가 벽시계를 보며 일어섰다.

"그럼 저는 그만 창고로 내려갈게요. 두 달이나 회사를 비워 정말 죄송해요. 두 배 세 배 열심히 일하겠습니다."

평소 그녀답지 않게 속마음까지 꺼내 보인 뒤 꾸벅 반절을 하곤 사장실을 나왔다.

물류 창고로 오니 남식과 직원 두 사람이 입고된 책을 옮기고 있었다. 지게차가 빈 책장 10미터 앞에서 갑자기 서는 바람에 일일이 손으로 책을 옮겨야 했다. 남식이 묶인 책을 양 어깨에 턱턱 얹고 움직였다. 동화도 남식을 따라 어깨에 책을 얹었다. 왼 어깨에 한 묶음을 올리고 오른 어깨에 또 한 묶음을 올리자 갑자기 쿨럭 기침이 나왔다. 상체가 흔들리면서 왼 어깨에 올린 책을 떨어뜨릴 뻔했다. 콧등까지 가린 마스크가 문제였다. 답답한 만큼 숨이 가빠졌고 입과 목이 불편해져 결국 갑자기 기침을 쏟게 된 것이다.

"괜찮으세요? 이건 제게 맡기시고 가서 좀 쉬세요."

돌아온 남식이 익숙하게 책을 다시 어깨에 올리며 권했다. 동화의 목소리에 짜증이 묻어났다.

"사래가 걸렸던 것뿐이에요."

남식에게 화가 난 것이 아니었다. 섬유화가 심해 폐를 절반밖에 못 쓴다는 판정을 받았다. 폐 손상 탓에 불편한 경우가 한두 가지가 아니었다. 무엇보다도 예전보다 힘을 반의반도 쓰지 못했다. 몸이 망가지면서 기억력도 반의반으로 줄었다. 동심과 예석이 또렷하게 기억하는 여행의 몇몇 장면이 그녀의 머릿속에선 까맣게 사라지고 없었다.

"나오십시오."

임 부장이 작업장 문 틈으로 상체만 들이밀곤 말했다.

"점심시간 때 봐. 나 일해야 해."

동화는 부족한 체력을 성실함으로 메울 각오를 했다. 물류 창고 관리를 예전처럼 맡는 것 외엔 욕심이 없었다.

"나오시래도요. 그 몸으로 무슨 일을 하신다고 그러세요?"

"내 몸이 뭐?"

동화가 발끈했다. 임 부장이 물러나지 않고 손짓까지 해댔다.

"나오세요. 빨리! 문 과장 오면 괜히 분위기만 어색해지잖아요?"

"나도 기다리는 중이야. 출근 시간 지났는데, 왜 안 와?"

"문 과장 생각도 해 주세요. 이런 상황에서 만나고 싶겠어요?"

임 부장에게 팔목을 잡혀 끌려나오다시피 했다. 동화는 창고를 나서자마자 손부터 뿌리쳤다. 임 부장이 말했다.

"왜 그렇게 눈치가 없으십니까? 제가 다 눈치가 보이네요."

"눈치라니?"

동화는 슬쩍 고개를 들어 3층 사장실을 올려다보았다. 회사에서 임 부장이 눈치 볼 윗선은 최 사장뿐이었다.

"여기서 다 깔까요? 아니면 길 건너 커피숍으로 조용히 가시겠습니까?"

1톤 트럭 석 대가 주차장으로 연달아 들어왔다. 서점으로 출고

하는 책을 싣고 나갈 차들이었다.

“날도 더운데, 복장 터지게 하지 마십시오. 따라오려면 오고 말려면 마세요.”

임 부장이 앞장섰다. 동화는 손수건으로 이마와 목의 땀을 훔치고 마스크를 고쳐 쓴 후 뒤따랐다.

“길 부장님 때문에 ‘책탑’이 입은 피해가 얼마나 큰 줄 아십니까?”

커피숍으로 들어가서 아메리카노 두 잔을 주문한 후 앉자마자, 임 부장이 기선 제압을 했다.

“그거야, 죄송하다고 사장님께 이미 말씀드렸어.”

“이게 어디 말로 끝날 일인가요. 6월 7일부터 16일까지 우리가 입고하고 출고할 물량이 얼마였는 줄이나 아시냐고요?”

동화는 주먹으로 제 가슴을 쳤다. 임 부장의 질책을 듣고 있자니 온몸이 죄어드는 기분이었다. 얼굴이 붉어지면서 두 눈이 젖어들었다.

“메르스에 감염된 게 내 잘못이야? 병원에 입원해서 전염병 치료한 게 내 잘못이냐고?”

“부장님 잘못이라고 한 적 없습니다. 어쨌든 길 부장님이 메르스에 걸리는 바람에 회사가 큰 손해를 봤어요. 하아 참! 결국 이 말씀까지 드리게 만드시네요. 제 입으로 말하긴 뭣합니다만 출판계 사정이 너무 안 좋습니다. 길 부장님이 물류 창고로 복귀하셨단 소문이 돌면, 그땐 주문이 더 줄 수도 있습니다. 물류 창고를 옮기겠다는 출판사가 더 나올 거라고요."

"더 나와? 물류 창고를 이미 옮긴 곳이 있단 얘기야? 어디지 거기가?"

"어디면요?"

"내가 가서 만날게. 전후 사정을 설명하고 설득해야지."

"관두십시오. 누가 반겨 준다고 출판사를 찾아간단 말입니까?"

동화는 임 부장이 폈던 주장을 다시 꺼내 물었다.

"내가 돌아왔다는 소식이 돌면 왜 주문이 줄어든다는 거야?"

"정말 몰라서 묻는 겁니까? 메르스잖아요. 전염병!"

"완치되었어. 전염력이 전혀 없단 판정을 받고 퇴원한 거라고."

"알죠. 그러니까 이렇게 마주 앉아 커피를 마시죠. 하지만 사람들이 다 저 같진 않습니다. 메르스 환자였던 사람이 근무하는 물류 창고에서 출고되는 책은 멀리하려 든다고요. 더러운 건 피하고 보자는 심산이죠. 출판물 종합유통업체가 '책탑'만 있는 것도 아니고요. 이 판도 경쟁이 심합니다."

동화가 양손을 치켜들었다.

"뭐? 더럽다고? 자네 눈에도 내 이 두 손이 더러워 보여? 30년을 물류 창고에서 책만 만진 손이야."

"한심한 몇몇 인간들이 그리 생각한다고요, 제가 아니라!"

"……그래서 내 책들을 없앴어?"

동화의 물음이 창날처럼 번뜩였다. 임 부장이 답했다.

"난리도 아니었습니다. 저도 자가격리돼서 나중에 들은 거지만,

역학 조사를 한다며 우주복을 입은 사람들이 창고를 이 잡듯이 뒤졌대요. 아주 아주 위험한 바이러스가 작업장에 쫙 깔렸다고 이웃들도 수군거렸고요. 길 부장님 물건들부터 보란 듯이 몽땅 버려야 했습니다. 책이든 뭐든."

"더럽다 이거네."

동화가 곱씹었다.

"저는 그런 말 한 적 없습니다. 하지만 폐도 많이 상하셔서 예전처럼 현장에서 일하긴 힘드시잖습니까?"

"그래서?"

"……아시잖습니까?"

"그만두라고?"

"그렇게 중병을 앓으셨으니 적어도 일 년은 요양을 하며 쉬셔야지요. 나라에서도 보상금이 두둑하게 나올 텐데, 뭣하러 책 먼지 마시며 일하십니까?"

"보상금? 그게 무슨 뚱딴지 같은 소리야?"

임 부장이 눈웃음을 지었다.

"왜 이러십니까? 메르스 사망자의 유가족과 완치된 환자에게 거액의 보상금이 지불된다는 소문이 쫙 퍼졌습니다. 몇 억 된다면서요? 정확히 얼만가요? 저한테만 살짝 알려 주세요."

"헛소문이야. 어떤 놈이 그딴 허황된 소릴 지껄여?"

"아무 잘못도 없이 전염병에 걸려 그 고생을 했는데, 그럼 전혀 보상금이 안 나온단 겁니까? 혹시 연락을 못 받으신 건 아닙니까?

보건복지부든 질병관리본부든 전화해 보세요. 챙길 건 확실히 챙겨야죠."

보상금 이야긴 전혀 없었다. 완치까지 치료비는 나라에서 부담하고 퇴원 후 정기 검사는 한시적으로 몇 차례 실시하겠지만, 후유증 치료는 각자 알아서 하라는 설명을 들었을 뿐이다. 후유증 치료도 책임지지 않는 나라가 거액의 보상금을 지불할 턱이 없었다.

"임 부장도 알겠지만 예석이가 올해 대학에 들어갔네. 동심이는 저렇게 계속 아프고. 그러니 가장인 내가 벌어야 해. 평생 창고에서 책만 만졌어. 난 못 그만 둬."

"사장님도 많이 아쉬워하십니다. 믿음직한 길 부장님과 끝까지 가겠다고 늘 말씀하셨으니까요. 하지만 지금 부장님이 계속 출근을 하시면 회사 운영 자체가 어려워집니다."

손가방에서 봉투를 꺼내 책상 위에 놓고 동화 앞으로 밀었다.

"6월부터 8월까지 월급입니다. 퇴직금은 일주일 안에 월급 통장으로 들어갈 겁니다. 따로 위로금도 보태겠다고 하셨습니다."

"사장님을 뵈어야겠어."

일어서는 동화의 팔목을 임 부장이 잡고 끌어 앉혔다.

"나가셨습니다."

그녀가 성난 복어처럼 두 볼에 바람을 잔뜩 넣었다가 내뿜었다. 주먹으로 다시 가슴을 두 번 쳤다.

"이, 이, 이건 나를 죽이는 짓이야."

"죽이다니요. 그런 끔찍한 말씀 마십시오. 부장님도 살고 책탑도

살자고 이러는 겁니다. 부장님 솜씨야 업계에서 으뜸이니, 전염병이 잠잠해지면 여기가 아니더라도 얼마든지 취직할 수 있을 겁니다. 질질 끌지 말고 이 정도에서 서로 정리하는 게 최선입니다."

"이건 불법 해고야. 정식으로 문제 제기할 수도 있어."

임 부장이 매달리다시피 앓는 소리를 해 댔다.

"법으로 해결할 문제가 아니지 않습니까? 사장님도 저도 정말 이런 상황이 안타깝습니다. 그 망할 메르스만 아니라면, 평생 길 부장님을 친누님처럼 모시고 살았을 겁니다. 설마 책탑이 문 닫는 걸 바라시는 건 아니죠? 부장님이 맡았던 창고 총괄 관리 업무는 제가 맡았고, 문상철이 대리에서 과장으로 승진하였습니다. 신입 직원 충원까지 마쳤으니, 부장님이 버티시면 저나 문 과장이 나가는 수밖에 없겠네요. 순리대로 하시죠. 분란을 일으켜 좋을 게 하나도 없습니다."

"꼭 이래야 해?"

"최선입니다. 부탁 좀 드릴게요."

임 부장이 봉투를 집어 동화의 손에 쥐여 줬다. 그리고 먼저 커피숍을 나갔다. 따라가려고 일어서던 그녀 무릎이 갑자기 꺾였다. 기침이 쏟아졌다. 무릎을 꿇고 커피숍이 떠나갈 듯 기침을 해 댔다. 기침 때문인지, 해고 통보 때문인지, 눈물이 눈썹을 지나 이마를 타고 거꾸로 흘렀다. 썩은 내가 났다. 축축한 관棺 바닥에 이마를 맞댄 기분이었다.

모든 경계에는 꽃이 피는가

8월이 되자 김석주에 대한 PCR 검사가 24시간 간격으로 꼬박꼬박 실시되었다. 정부로서도 마지막 남은 메르스 환자를 하루라도 빨리 완치시켜야 메르스 종식 선언을 할 수 있었다.

8월에 격리병동에 들어온 전공의는 레지던트 3년 차 류나무였고, 7월의 권형철과 마찬가지로 이 일에 자원했다. 형철은 키가 크고 마른 체형이었지만 나무는 작은 키에 통통했다. '곰돌이'란 별명이 어울렸다. 나무는 형철이 했듯이 매일 아침 보호자 대기실에서 영아를 만나 수치를 알려 줬다. 길면 30분 짧으면 10분 정도 이야기도 나눴다. 8월 초에는 절대호중구수치를 올리려고 매일 수혈했기 때문에, 대화도 그 문제로 집중되었다. 수치가 상당히 올라온 8월 10일, 영아가 다른 이야기를 꺼냈다.

"면회시켜 주세요."

7월 3일 대학 병원으로 전원한 첫날부터, 그녀는 격리병실로 들어가서 석주와 만나게 해 달라고 요청했다. 그러나 감염내과 주치의는 대학 병원 격리병동에선 선례가 없다며 거절했다.

"보호자의 면회 요청을 계속 보고는 하고 있습니다. 힘드시겠지만, 화상 통화라도 하시면서……."

영아가 휴대폰을 꺼내 사진을 찾아 나무에게 내밀었다. 화상 통화 장면을 캡처한 것이다. 큰 사각형엔 석주의 얼굴이 있고 작은 사각형엔 영아와 우람의 얼굴이 있었다. 영아가 팔을 뻗어 검지로 사진을 넘겼다. 두 개의 사각형에 세 명이 담긴 사진이 열 장도 넘게 이어졌다.

"가족사진이에요. 세 사람을 사진 속에 함께 담으려고 제가 찍은 거죠. 계속 이렇게 두 개의 사각형에 우릴 나눠 놓을 건가요? 제가 간호사 출신인 건 아시죠? 보호 장구 입는 실습도 여러 번 해 봤답니다. 누구보다도 규정을 완벽하게 지켜 면회할 자신이 있어요. 제가 병실에 들어가는 게 남편 치료에도 도움이 될 겁니다. 이곳으로 옮기기 전 종합 병원에선 매일 면회했어요. 거기선 허용되던 면회가 왜 여기선 안 되나요?"

"환자와 접촉이 잦을수록 감염 위험이 높습니다. 그 병원에선 의료진까지 감염되지 않았습니까? 예방을 철저히 하는 게 중요합니다. 이건 제 추측입니다만, 주치의 수준에서 결정할 문제가 아닌 듯해요. 그보다 더 윗선의 허락이 있어야……."

"그 윗선이 누군가요? 병원장인가요? 질병관리본부장인가요? 아니면 보건복지부장관인가요? 그보다 더 윗선이면, 대통령? 제가 가서 만날게요. 누구한테 허락을 받아오면 되죠?"

나무가 시선을 내리며 답했다.

"모릅니다. 저는 그저 김석주 환자를 전담해서 치료하는 전공의예요. 하물며 레지던트 3년 차가 답할 질문이 아닙니다. 하여튼 보호자가 면회를 원한다고 다시 보고하겠습니다."

"하나만 더 물을게요."

오늘따라 질문이 많았다. 지친 남편을 북돋느라 미뤄 둔 문제들을 풀어 놓는 날인 듯했다.

"확진 판정 받고 두 달도 넘게 흘렀어요. 메르스 치료를 이렇게 길게 한 예가 있나요? 전원 온 뒤론 메르스 증상도 사라졌고, 용혈성 빈혈을 위해 수혈을 계속 하는 것과 항암 치료를 일주일 동안 한 게 전부잖습니까? 그 외에 고열이나 두통도 림프종 재발로 생긴 증상일 가능성이 크죠. 6월엔 메르스 치료로 세 가지 약을 처방했는데, 전원 와서 7월엔 두 가지로 줄였어요. 그마저도 8월 들어선 쓰지 않고 있어요. 앞으로 메르스 치료를 위해 약을 쓸 계획이 있습니까?"

"없습니다. 하지만 PCR 검사에선 양성이 계속 나오고 있습니다."

"경계선상에 있는 거잖아요? 게다가 PCR 검사는 바이러스 활성도를 측정하는 검사가 아니잖습니까? 경계선상에서 왔다 갔다 하는 걸 다르게 판단할 순 없나요?"

"무슨 말씀이신지?"

"솔직히 그런 의심이 들어요. PCR 검사에서 양성이 나오더라도 메르스 환자가 아니지 않을까? 이미 활동력을 잃은 바이러스 시체 조각들만 남은 것이죠. 건강한 성인이라면 그것들이 진작 사라졌을 텐데, 남편은 림프종이 재발하는 바람에 그 조각들을 없애는 시간이 보통 사람보다 수십 배 혹은 수백 배나 걸리는 건 아닌가요? 즉 PCR 검사에서 양성이 나온다고 하더라도, 남편으로부터 메르스가 감염될 확률은 지극히 낮은 겁니다. 허락만 해 주신다면 제가 보호 장구 없이 남편과 만나고 싶어요. 류 선생님은 어찌 생각하십니까? 남편이 양성 판정을 받곤 있지만, 다른 메르스 환자들처럼 전염력이 있다고 보십니까?"

류나무가 조심스럽게 답했다.

"말씀하신 지적에 타당한 면이 있긴 합니다. 전염력이 현저히 낮을 가능성도 있고요. 하지만 그 가능성만 믿고 보호 장구 없이 환자를 만나는 건 법에도 어긋나고 무모합니다. 경계선상에 놓였으니까 곧 음성 판정에 드는 수치가 나올 겁니다. 저는 8월이 가기 전에 김석주 환자가 퇴원하리라 확신합니다."

영아가 씁쓸하게 웃었다.

"권형철 선생님도 7월에 똑같은 말씀을 하셨어요. 그런 날이 정말 올까요?"

❖

오래 기다릴 일도 아니었다.

류나무가 장담한 8월 10일에 바로 PCR 판정이 음성으로 나온 것이다. 보호복을 입고 병실로 들어와서 소식을 전하는 나무는 흥분했지만 석주는 무덤덤했다.

"전에도 가끔 한 번씩 음성이 나왔습니다. 경계선상을 오르내리니까요."

"한 번만 더 음성이 나오면 격리가 해제됩니다."

석주는 영아가 했던 말을 녹음기처럼 되풀이했다.

"그런 날이 정말 올까요?"

"안 올 이유가 없잖습니까?"

석주가 작은 창으로 고개를 돌린 뒤 답했다.

"불운했고 불행했거든요. 신이 저만, 우리 가족만 저주하는 기분이 들더군요. 남들에겐 지극히 평범한 일상이 제겐 너무 멀게만 느껴져요. 그런 날은 영영 오지 않을 것만 같고……."

"알코올 총량의 법칙 혹시 아세요?"

"뭡니까 그게?"

"평생 마시는 술의 양이 누구나 엇비슷하게 정해져 있단 거죠. 젊어서 왕창 마신 사람은 늙어선 주량이 줄고, 젊어서 술을 즐기지 않은 사람 중엔 나이 들어 말술을 자랑하기도 하고요. 한 사람이 누릴 행복이나 행운도 총량이 정해져 있지 않을까요? 지금 불행하고 불운하다면, 그만큼 나중에 더 많은 행복과 행운을 만끽하며 살 겁니다."

"믿거나 말거나 한 이야기지만, 그랬으면 좋겠군요. 제 가족들, 아버지와 아내와 아들에게 못한 게 너무 많거든요."

"다 기억해 두십시오. 하나하나 전부 이룰 날이 올 겁니다. 그땐 제 생각도 해 주시고요."

8월 13일 다시 PCR 검사 결과가 나왔다. 이번에도 음성이었다. 석주는 나무가 내민 검사 결과지를 쥐곤 한동안 말이 없었다. 결과지에 적힌 마이너스(−) 표시 위로 눈물이 한 방울 떨어졌다. 석주가 손등으로 눈물을 훔치며 물었다.

"이렇게 간단한 거였습니까?"

"이제 곧 일반 병실로 옮길 테고, 림프종 치료를 본격적으로 시작할 겁니다. 저도 격리병동 생활이 끝났네요. 김석주 선생님이 이 병동에 머문 마지막 메르스 환자이듯이, 저 역시 메르스 환자를 돌본 마지막 전공의가 되겠군요. 준비하고 계십시오."

석주는 준비할 것이 거의 없었다. 영아가 소일거리로 갖다 준 소설 네댓 권이 전부였다. 바빠진 쪽은 영아였다. 종합 병원에 들어왔을 때는 6월 1일 초여름이었는데, 대학 병원으로 전원하여 두 번 연속 음성 판정을 받은 8월 13일 지금은 아침저녁으로 선선한 바람과 함께 여름이 꺾이는 중이었다. 나무가 병실을 나간 뒤, 석주는 화상 통화를 했다. 보호자 대기실 의자에 앉은 영아가 눈물을 흘리며 웃었다.

"집에 가서 이것저것 좀 챙겨 와."

"뭘 가져올까?"

"기타. 격리병동을 떠나기 전에 몇 곡 기념으로 연주할래."

"알았어. 또?"

"우람이가 스케치북에 그림을 꽤 여러 장 그렸다며? 그것도 갖다 줘."

"그럴게."

"나 이 병실 나가는 거 확실하지? 실감이 안 나."

"격리 해제 결정이 곧 날 거야. 잠시 쉬었다가 날짜 다시 잡아 GDP 항암 치료를 시작하면 돼."

석주는 작년에 이미 GDP 치료를 받은 적이 있었다. 7월에 시도한 항암 치료의 효과가 예상보다 낮아서 항암제를 바꾸기로 한 것이다.

"일반 병실에 누워 네 배는 큰 창문을 활짝 열어 놓으면, 항암 효과가 사십 배는 더 좋을 거야. 고통도 싹 사라질 거고."

"격리 해제 되면 PET-CT를 바로 찍어야 할지도 몰라. 항암 전에 받을 검사들도 챙겨볼게. 순서도 미리미리 정하고."

"바쁘네."

"집에 잠깐 다녀올게그럼. 격리병실에서 마지막으로 먹고 싶은 거 있어? 오늘은 '맛있는 녀석들' 안 봤고?"

"먹고 싶은 게 있긴 한데, 참을래. 내일 격리병실을 나가서 먹을 거야. 아무리 맛난 음식도 여섯 개의 문을 통과하는 동안 그 맛이 싹 달아나더라고."

석주가 부탁한 물건들을 챙기기 위해 영아가 잠시 병원을 떠난 사이, 나무가 보호 장구를 갖추고 다시 병실로 들어왔다.

"내일 오전 한 번만 더 PCR 검사 결과를 받아 보겠습니다. 예상대로 좋은 결과가 나오면 정오에 비전염 준격리병실로 옮깁니다."

"검사를 한 번 더 하자는 거군요. 꼭 해야 합니까?"

"윗선의 지시가 내려왔다는군요. 확실히 해 두자는 뜻 같습니다. 별일 없을 겁니다."

석주를 안심시켰다.

"비전염 준격리병실은 어딘가요?"

"첫 번째 문과 두 번째 문 사이 좌우로 병상들이 있습니다. 음압병실 격리가 필요하지 않은 환자를 위한 병실이죠. 공기를 매개로 전염이 되지 않는 환자들이 주로 머뭅니다. 간호사 스테이션이 있는 곳이기도 합니다."

"거기에 침대들이 있었던가요? 전원할 때 환자이동침대가 너무 빨리 움직이는 바람에 제대로 살피지 못했네요. 비전염 병실에선 류 선생도 보호 장구를 갖출 필요가 없겠군요."

"맞습니다. 두 겹의 장갑을 벗고 맨살과 맨살이 닿는 악수부터 나눠야지요."

"목소리도 제대로 듣겠네요. 전동식 공기정화기 때문에 잘 들리지도 않고, 목에 더 힘을 더 주니까 소리가 갈라질 수밖에 없죠."

그것은 나무도 마찬가지였다. 공기정화기 소음 탓에 석주의 웅얼거림을 놓치는 경우가 잦았다.

7월 3일 환자이동침대에 누워 격리병실로 들어갈 때는 낯설고 두려워 여섯 개의 문만 겨우 헤아렸다. 격리병실에 도착하기 전까진 문과 문 사이에 복도만 이어졌다 여겼는데, 비음압 비전염 준격리병실이 있었던 것이다. 음압 병실의 환자가 완치되면, 일반 병실로 이동하거나 퇴원하기 직전 잠시 머무르는 곳이었다.

"동종 조혈모세포 이식 수술 계획도 격리병실을 나가면 구체적으로 잡을 거라네요."

림프종 치료에선 항암 치료로 암세포를 없앤 후 조혈모세포 이식 수술을 받는 것이 순서였다. 그 후로도 이어진 나무의 설명 속에서 메르스는 아예 언급도 되지 않았다. 림프종만이 석주가 마지막으로 넘어야 할 언덕이었다.

8월 14일, 석주는 새벽 6시에 잠을 깼다. 영아는 그보다 30분이나 일찍 보호자 대기실에 도착했다. 드디어 보호 장구를 갖추지 않고 석주를 만나는 것이다. 달려가서 포옹하리라. 얼굴과 가슴과 배와 등과 손과 발을 어루만지리라.

보호 장구를 갖춰 입은 나무가 격리병실로 들어왔다. 석주는 나무를 향해 오른손을 들며 미소지었다. 그러나 나무는 고개를 숙이고 시선을 피한 채 침대를 향해 곧장 다가왔다. 석주의 얼굴이 순식간에 얼어붙었다. 나무가 천천히 고개를 들었다. 젖은 눈이 심하게 떨렸다.

“결과가 나왔습니다. 양성입니다. 오늘은 격리병실을 나갈 수 없습니다. 수치가 경계선상에 있으니 곧 다시 기회가…….”

“혼자! ……있고 싶습니다.”

석주가 말허리를 잘랐다. 의료진의 말을 자른 것은 그때가 처음이었다. 나무가 설명을 잇지 못한 채 병실을 나갔다.

곧이어 석주가 고함을 질러 대기 시작했다.

인간이 낼 수 있는 소리가 아니었다.

파멸의 우물로 곤두박질친 짐승의 울음이었다.

❖

8월 내내 석주는 불면증과 고열로 고생했다. 약을 먹어도 악몽과 함께 수시로 깼고, 열도 원하는 수치만큼 떨어지지 않았다. 머리카락도 눈에 띄게 빠졌다. 8월 19일 메르스 검사는 음성이었지만 20일엔 다시 양성이 나왔다. 표정이 점점 어두워졌다. 나무나 간호사들이 병실에 들어와도 등을 돌린 채 누워 있기 일쑤였다. 질문을 받아도 무시하거나 단답에 그쳤다. 영아에게 세 번 전화가 오면 한 번 정도만 겨우 받았다. 먼저 전화를 걸진 않았다. 나무도 영아도 그의 우울이 무척 깊다고 느꼈다. 영아가 정신과 상담을 거론하자, 나무는 상태가 더 심해지면 정신과 치료를 신중히 고려하겠다고 했다. 그녀가 다시 물었다.

"메르스 치료는 더 이상 안 하는 거죠?"

"7월에 프랄라트렉세이트로 눌러 뒀던 암세포들이 다시 자라고 있습니다. 메르스로 인한 호흡기 이상 증상들은 이제 나타나지 않으니, 항암 치료를 하는 게 낫겠습니다. 더 늦추면 힘들어질 수도 있어요. GDP 항암 치료를 시작해야 합니다."

"그이가 너무 지친 것 같아요. 몸도 마음도…… 항암 치료는 힘들지 않을까요?"

"지금도 늦었습니다. 5월 말 혹은 6월 초에 림프종이 재발했으니 벌써 두 달 넘게 치료를 미룬 꼴입니다. 아시겠지만 완전관해에 이르려면 정해진 항암제 투여 주기에 맞춰 항암 치료를 해야 합니다. 조혈모세포 이식 수술을 연말로 계획한다면 더 늦출 순 없습니다."

영아는 화상 통화로 석주와 이 문제를 의논했다. 불면의 밤을 거듭 홀로 보내며 절망의 바닥을 오래 노려본 탓일까. 그의 눈이 더 깊고 어두워졌다. 석주가 응시의 결론을 털어 놓았다.

"항암이라도 받아야지. 그거라도 안 하면 미쳐 버릴 것 같아. 격리병실이든 일반 병실이든, 치료받는 장소에 상관없이, 난 내가 메르스 환자가 아니라 림프종 환자라고 생각하기로 했어. 메르스는 이미 정복했다고. 그러니 이제 림프종과 싸워야지."

바닥을 치고 올라갈 단 하나의 동아줄을 쥐기로 한 것이다.

8월 25일 GDP 항암 치료를 시작했다. 다음 날 PCR 판정이 음성으로 나왔다. 석주도 영아도 그리고 나무도 판정에 별다른 의견을 달지 않았다. 경계선상의 수치가 살짝 음성으로 기운 것뿐이었다. 다음 검사에서 양성이 나온다 해도 이상한 일이 아니고, 그대로 음성이 나온다 해도 이상한 일이 아니었다. 8월 27일 다시 음성 판정을 받았다. 나무는 석주와 영아에게 8월 13일과 똑같은 설명을 했다. 내일 오전 한 번 더 결과를 봐야 한다고, 음성이 나오면 정오에 비전염 병실로 옮길 거라고. 석주는 영아에게 특별히 가져올 물건을 부탁하지도 않았다. 그녀가 이미 석주가 원한 기타와 우람의 스케치북을 챙긴 것이다. 8월 14일부터 경차 뒷트렁크에 담겨 있었다. 자정 무렵 석주가 영아에게 문자를 보냈다.

— 혹시 내일 음성이 나오면, 드라이브나 시켜 줘. 인천이든 강화도든.

— 그래, 그러자. 퇴원하자마자 곧장!

— 배도 탈래. 작은 섬에라도 가자.

— 어디든지!

8월 28일 오전 검사 결과가 나왔다.

양성이었다.

어떤 순서

남영아의 수첩

2015년 9월 17일(목)

질병관리본부 홈페이지에서 인용.

◇

* 개인 보호구 착의 Level C

— 고위험 병원체 감염환자 진료 시 관찰자와 함께 2인 1조로 착의.

A. 준비내용

— PAPR, PAPR 후드, 앞치마, 알콜 젤, 팔토시, Level C 보호복, 속덧신, 겉덧신, 마스크, 겉장갑, 속장갑.

B. 체크리스트

— 착의 시 각각의 체크리스트를 꼼꼼하게 기록하여, 누락이나 실수가 없도록 진행한다.

1. 손 위생

올바른 손 위생 방법을 지켜 손 위생을 한다(손바닥, 손등, 손가락 사이, 두 손 깍지, 엄지, 손끝).

2. 속장갑 착용

속장갑이 보호복 안으로 착용될 수 있도록 한다.

3. 속덧신 신기

속덧신을 신는다.

4. 보호복 착용

보호복 착의 전 손상 부분이 있는지 확인 후 착용한다.

지퍼를 턱 밑까지 올려서 완전히 착용한다.

보호복의 보조 부분(지퍼덮개, 안쪽가림부분 등)을 완전하게 덮는다.

보호복의 끝부분에 가위집을 내어 엄지손가락을 끼운다(고리가 있는 보호복은 고리를 끼운다).

5. 팔토시 착용

팔토시를 착용한다.

6. 겉장갑 착용

보호복이 충분히 덮일 수 있도록 겉장갑을 착용한다.

7. 겉덧신 신기

겉덧신을 신고 조임 끈을 묶어 조정한다(움직임에 지장 없도록 묶고 풀기 쉽게 고리 형태로 마무리한다).

8. 마스크 착용

PAPR 탈의 시 오염 예방을 위해 필요 시 수술용 마스크를 착용한다. 마스크 착용 후 마스크의 상단 부분을 코 모양에 맞도록 누른다(콧등이 마스크에 완전히 밀착하도록 누른다).

9. PAPR 착용

PAPR 후드 착용(후드 내부가 안면부에 밀착되도록 착용하고 관찰자가 이를 확인한다).

PAPR 벨트를 허리에 두른 후 길이를 조정, 허리에 고정한다(PAPR 연결 호스는 소독하기 쉽도록 비닐로 감싼다).

관찰자가 PAPR 벨트 쪽 접합 부위와 후드 쪽 호스를 연결한다.

이때, '딸깍' 소리가 나는지 확인한다.

전원을 누르고 배터리 충전 여부를 확인 및 공기가 들어오는지 확인한다.

10. 앞치마 착용

앞치마를 착용하고 끈은 풀기 쉽도록 묶는다.

11. 착의 상태 확인

보호복 착용 상태를 점검한다.

스마일 보이와의 재회

영아는 생각했다. 이 병원은 레지던트 뽑을 때 인성부터 보나 보다. 7월 권형철 8월 류나무에 이어 9월의 전공의 오장남도 친절하고 열정적이었다. 보호자 대기실에서 그녀를 처음 만나자마자 강조했다.

"9월이 가기 전에 김 선생님은 꼭 퇴원하실 겁니다."

장남이 앞의 두 전공의와 다른 점은 영아를 만날 때마다 첫날 했던 이야길 반복한다는 점이다. 기분 좋은 주문처럼 들리기도 했다. 첫 번째 문이 열리고 비전염 병실과 함께 있는 간호사 스테이션에 도착했다. 차트에 사인을 하던 장남이 이번에도 주문을 외웠다.

"9월이 가기 전에 꼭 퇴원하실 겁니다. 오늘 면회를 그 첫걸음으로 보시면 됩니다."

"병원의 공식 입장인가요?"

"공식 입장이 곧 될 겁니다. 내길 해도 좋습니다."

"9월에 격리병실을 나갈 수만 있다면, 뭐든 해 드릴게요."

"다 같이 밴드 공연이나 구경하러 갈까요? 진 쪽이 입장권 사는 걸로. 어떻습니까?"

밴드 매니아인 석주와 이미 이야기를 마친 듯했다.

"권형철 선생이나 류나무 선생도 함께 갔으면 해요."

"좋습니다. 권 선생과 류 선생이 저처럼 밴드 음악을 즐기진 않지만, 김석주 선생님 퇴원 기념 모임인데, 어디든 못 가겠습니까? 김 선생님과 저는 '허클베리 핀'을 몹시 좋아합니다. 10월에 어디서 공연을 하는지 찾아 예매부터 해 두겠습니다. 공연비 정산은 승부가 가려진 후 천천히 하는 걸로 하고요."

"그이 생일이 10월에 있어요. 이왕이면 그 즈음이면 좋겠네요."

"그렇습니까? '허클베리 핀' 멤버들에게 부탁이라도 해야겠는데요. 그 날짜에 공연이 어렵다면 김석주 선생님을 위해 비공식적인 연주라도 해 달라고."

"아시는 분 있으세요?"

"없습니다! 공연만 스무 번쯤 갔었죠. 하지만 걱정 마십시오. 메일을 보내든 직접 찾아가든 꼭 잊지 못할 생일이 되도록 노력해 보겠습니다."

"고마워요, 정말!"

옥나정이 끼어들었다.

"자, 그럼 준비를 해 볼까요?"

영아가 고개를 끄덕였다. 전원 후 첫 면회인 것이다. 영아와 옥 간호사가 병실에 들어가 있는 동안 간호사 스테이션을 지킬 진아름이 간단히 설명했다.

"첫 면회입니다. 보호자도 레벨C 보호 장구와 건조한 음압 병실에 적응을 해야 하므로 15분을 넘지 않는 게 좋겠어요. 하지만 시간이 더 필요하시면 드릴게요. 인터폰으로 원하는 시간을 말씀하세요."

"고마워요."

영아는 옥 간호사를 따라서 간호사 스테이션 건너편에 있는 준비실로 들어갔다. 레벨C 보호 장구들이 탁자에 놓여 있었다. 레벨D는 종합 병원에서 착용해 봤지만 한 단계 높은 레벨C는 처음이었다. 전동식 공기정화기가 가장 먼저 눈에 띄었다. 마주 보고 섰다. 옥 간호사가 알콜 젤을 짜서 손부터 소독했다. 영아도 따라했다. 손등과 손바닥과 손가락 구석구석까지 알콜 젤을 묻히며, 옥간호사가 먼저 이야기를 건넸다.

"격리병동에서 김 선생님 별명이 뭔 줄 아세요?"

"모릅니다만……."

"스마일 보이예요. 간호사로 근무하셨으니 아시겠지만, 병원에서 참 다양한 환자들을 만나죠. 성격 좋고 매사에 긍정적인 분들도 물론 많습니다. 하지만 김 선생님처럼 늘 웃는 분은 간호사 생활 시작하고 처음입니다."

영아는 석주의 웃음을 떠올리며 입귀를 올렸다. 옥 간호사가 이어 말했다.

"잘 웃는 만큼 잘 참기도 하세요."

"잘 참는다고요?"

"아시겠지만 수혈을 그렇게 자주 하니, 바늘을 꽂을 데가 점점 줄어들죠. 맨손이라면 간호사들이 실수가 적을 텐데, 이렇게 속장갑에 겉장갑까지 끼고, 얼굴 전체를 덮은 안면 보호구를 쓰고, 보호복까지 입고서 바늘을 꽂으려고 하니 여간 어렵지가 않아요. 분명히 아플 건데……. 비명을 질러도 이해가 되고, 당연히 신음을 뱉어야 맞는 상황인데도, 꿀꺽꿀꺽 삼키더라고요."

속장갑을 받아 끼던 영아의 손이 떨렸다. 그랬다. 석주는 참을성이 많은 사람이었다. 그러니 뒤늦게 치의학전문대학원에 들어가서 한참 어린 동기생들에게 뒤처지지 않으려고 밤을 새워 공부하지 않았던가. 지치고 힘들 텐데도 오히려 가벼운 농담으로 고통의 시간을 건너뛰곤 하지 않았던가. 영아의 속마음을 들여다보기라도 한 것처럼 옥 간호사가 이어서 말했다.

"농담도 참 적당히 잘 던지세요."

"힘들 때일수록 더 웃기려 들죠."

"맞아요."

보호복까지 입고 전동식 공기정화기를 허리에 찼다. 머릿속으로 어젯밤 외운 보호 장구 착용 순서들이 지나갔다. 완벽하게 외웠다고 여겼는데, 겹으로 낀 장갑 탓에 손이 무뎌지고, 공기정화기로 인해 허리까지 묵직해지자, 순서가 머릿속에서 뒤죽박죽 섞였다. 옥 간호사가 아니었다면 올바르게 착용하지 못했을 것이다. 하얀

색 후드를 머리에 쓰기 위해 집어 들었다. 옥 간호사가 마음속 깊이 감춰 뒀던 이야길 꺼냈다.

"걱정 말아요. 김 선생님이 웃는다고, 웃긴 소릴 한다고, 심신이 편안하다 간주하진 않습니다. 오히려 더 걱정하고 더 세심하게 간호하려고 노력해요."

알고 있었구나. 영아는 꾸벅 절이라도 하고 싶었다.

"고맙습니다."

"우리가 상상하기 힘들 만큼 외로울 거예요. 밤새워 울 만큼."

영아가 말꼬리를 잡아챘다.

"그이가 밤을 새워 울었다고요?"

"아내에겐 비밀로 해 달라고 신신당부를 하셨어요. 괜한 걱정만 하게 만든다고요. 오늘부턴 이제 면회도 되니까, 또 보호자가 환자 상태를 정확히 아는 게 중요하니까 귀띔해 드리는 겁니다. 김 선생님은 강한 분이세요. 딱 하루만, 우리나라에서 유일하게 남은 메르스 환자가 된 그 밤에 눈물을 보이셨어요. 돌아누워 어깨를 들썩이며 그렇게! 그 후론 울지 않으셨어요."

옥 간호사가 능숙하게 후드를 썼다. 영아도 따라 쓴 후 허리를 90도 가까이 숙여 인사했다.

"고맙습니다. 알려 주셔서. 그이를 잘 보살펴 주셔서."

옥 간호사도 급히 허리를 숙였다.

"우린 다 똑같은 마음이에요. 스마일 보이, 김 선생님이 무사히 퇴원하는 날, 등 뒤에서 박수치며 배웅해 드리고 싶답니다. 자, 이제 준비가 끝났으니 가실까요?"

두 번째 문이 열렸다. 옥 간호사가 앞장서고 영아가 뒤따랐다. 걸으며, 앞문이 열리고 뒷문이 닫히기를 기다리며, 대화를 나눴다. 언제나 먼저 말을 붙이는 쪽은 옥 간호사였다. 영아는 잔뜩 긴장한 채 땀을 뻘뻘 흘리며 뒤뚱뒤뚱 걷느라 정신이 하나도 없었다.

"우람이는 잘 지내고요?"

"네. 할아버지랑 친구처럼 지내요."

"김 선생님이 휴대폰에 담긴 사진을 보여 주셨어요. 아빠를 쏙 빼닮았더군요. 활발한 아이죠?"

"맞아요."

"제 딸 선미도 네 살이에요. 낯을 좀 가려서 처음엔 어린이집에 가지 않으려고 징징댔답니다. 지금은 그럭저럭 다니긴 하는데, 저랑 둘이 있는 걸 훨씬 좋아해요."

"결혼하셨군요."

"노처녀라고 생각하셨던 거예요?"

"아뇨. 저보다 어린 줄 알았는걸요."

옥 간호사가 소리 내어 웃었다.

"가까이 보면 주름이 자글자글해요. 병원 일에 집안일에 선미까지 돌보느라 피부 가꿀 틈이 없죠."

"맞아요."

영아가 자기도 모르게 맞장구를 쳤다. 석주가 메르스에 걸린 후, 그녀가 느슨하게 자신을 위해 보낸 날이 단 하루라도 있었던가.

❖

옥 간호사가 병실 문을 열고 들어왔다. 침대 옆에 서서 기다리던 석주가 고개를 빼곤 그녀의 뒤를 살폈다. 곧이어 들어서는 영아를 발견하자마자 그의 표정이 밝아졌다. 옥 간호사가 자리를 비켜 주며 말했다.

"보호 장구를 착용했어도 신체 접촉은 안 됩니다. 그럼 저는 나가 있겠습니다."

옥 간호사가 병실을 나간 후에도 석주와 영아는 서로를 쳐다보며 한참을 서 있었다. 7월 3일 전원했으니 두 달 하고도 2주 만의 재회였다. 화상 통화로 그리움을 달래기는 했지만, 직접 병실에서 이렇게 마주 보는 것과는 차이가 컸다. 영아의 두 눈이 젖어들었다. 울지 않으려 했는데 후드 앞면이 흐릿해졌다. 접촉을 피하라고 했지만, 가까이 다가가고 싶었다. 손을 잡고 싶었고 품에 안기고 싶었다. 그의 몸이 얼마나 허약해졌는지, 솜털 하나하나까지 살펴보고 싶었다. 그녀가 두 걸음 급히 다가서는 순간, 석주가 휴대폰을 들어 내밀었다.

"찍어 두자!"

"뭐?"

영아가 멈춰 섰다. 헛웃음이 나왔다. 격리병실에 갇힌, 두 달 하고도 2주 만에 만나는, 메르스 환자인 남편의 첫마디 치곤 약간 유치하고 너무 경쾌했던 것이다.

"레벨D는 어딘지 어설펐는데 레벨C는 제대로네. 우람이한테도 보여 주자. 엄마가 우주복 입었다고 좋아하겠어. 손을 그렇게 내리고만 있지 말고, 포즈를 취해 봐."

팔짱을 꼈다. 석주가 사진을 연이어 다섯 장이나 찍었다. 나오려던 눈물도 들어가 버렸다.

"누워."

석주를 침대에 눕히고 자신은 그 옆 의자에 앉아 대화를 나누길 바랐다. 그것이 그녀가 상상한 격리병실 풍경이었다.

"환자 취급 하기야?"

석주는 순순히 따르지 않고 또 농담을 걸어 왔다. 영아는 대답하지 않은 채, 의자를 가져다가 침대 옆에 놓곤 앉았다. 그는 성큼성큼 병실을 한 바퀴 돈 후 침대로 갔다. 등받이를 조절하여 비스듬히 앉았다.

"살이 많이 빠졌네. 피부도 아마존 악어 등처럼 꺼칠꺼칠하고."

"지금은 괜찮아. 마르고 검버섯 핀 건……… 흉터 같은 거야."

심하게 아팠던 적도 있었단 뜻이다. 뜨거운 기운이 목을 타고 다시 올라왔다. 옥 간호사는 그가 밤새 운 밤이 있었다고 했다. 이 나라에서 유일한 메르스 환자가 되었을 때라고 하니, 7월 28일 즈음일 것이다. 7월 말 8월 초에 석주는 화상 통화도 받지 않았고 카톡을 보내도 답이 없었다. 마음도 몸도 끝없이 아팠던 것이리라.

"미안해……."

말을 잇지 못했다. 목소리가 심하게 떨렸다. 석주가 후드 속 아내의 눈을 쳐다보곤 위로했다.

"내가 훨씬 많이 미안하지. 당신은 내게 미안한 거 하나도 없어."

"고마워."

"내가 더 고마워."

"내가 더 고맙지."

"내가 더 더 고마워."

돌림노래처럼 주고받다가 동시에 웃었다. 영아는 석주의 이런 유머가 반가웠다. 비록 보호 장구를 착용했지만, 서로의 눈을 보며 웃음을 주고받을 정도로 석주가 회복된 것이다.

"내 기타는?"

"차에 있어. 다음 면회 때 가져올게."

석주가 손등이 보이도록 양손을 들어 보였다.

"신청곡 다섯 개만 골라봐. 연주해 주려고 손톱도 안 잘랐어."

연애할 때는 사흘이 멀다 하고 자신의 연주를 녹음하여 영아에게 들려주던 석주였다.

"다음에, 천천히! 열은 내렸어? 갑자기 오르는 날이 잦다며?"

이마라도 짚어 보고 싶었지만 참았다. 석주가 어깨를 으쓱 들어 보였다. 활기차고 건강하게 보이려고 작정한 듯, 몸 동작이 어딘지 과장스러웠다.

"사흘 동안 전혀 열이 없었어."

사흘 전엔 39도까지 치솟았었다. 영아의 수첩엔 그 수치가 꼼꼼하게 기록되어 있었다. 석주도 영아가 자신에 관한 모든 수치를 매일 아침 기록한다는 것을 알았다. 알면서도, 기록된 수치보다 훨씬 덜 아프게 보이고자 했다.

"이 정도로 회복한 것만도 고마워. 하지만 당신은 아직 환자야. 재발한 림프종을 치료해야 하는 환자. 그러니 내겐 아픈 모습 보여도 돼. 지쳤을 땐 드러누워도 되고, 슬픈 땐 울어도 돼. 우린 부부잖아? 당신이 얼마나 아프고 외로운지, 내가 그걸 전부 안다고는 말 못하겠어. 하지만 알려고 매일 상상은 해. 느끼려고도 하고. 그러니 이제부터 차근차근 함께 노력해서 퇴원하자."

석주가 불쑥 물었다.

"내년 11월 11일 결혼 10주년에 어디로 여행 갈까? 내후년 결혼 11주년엔 어디로 가고 싶어? 결혼 12주년도 어디로 갈지 정해. 그렇게 3년 동안은 11월 11일에 여행을 갔으면 좋겠어. 당신이랑 우람이랑 함께! 세 군데 여행 코스를 짜서 다음 면회 때 가져와 줘."

영아는 수첩에 적어 둔 결혼 10주년 리마인드 웨딩 계획을 떠올렸다. 그녀는 내년 11월 11일만 꿈꾸었는데, 석주는 그보다 2년 더 나아간 것이다. 그녀는 스스로에게 물었다. 3년 뒤면, 2018년 11월 11일? 그 즈음이면 우린 행복할까?

"알았어. 골라 올게. 내 맘대로 짜도 되지?"

석주가 유머를 곁들였다.

"응. 남극 북극 포함해서 지구라는 행성 어디라도 좋아. 화성은 아직 좀 곤란하겠지만."

한가위만 같아라

남영아의 수첩

2015년 9월 27일(일)

추석이다.

이게 추석인가?

남편은 오늘 다행히 열이 조금 잡힌 상태라서, 몇 마디 이야기를 나누며 면회했다.

금요일 40도 고열에 하루 종일 시달렸고, 어제 오늘은 열이 잡히면서 컨디션도 나아졌다.

오늘은 면회하다 피곤해해서 재우고 나왔다…….

남들은 웃고 즐기는 명절에 왜 난 이렇지?

홀로 면회 후 병원을 나서서,

홀로 식당에서 밥을 먹고 있자니, 조금 서글펐다.

잘 살고 싶다.

우람이랑 남편이랑 행복하게!

죄스러운 서러움?

남영아의 수첩

2015년 9월 30일(수)

페이스북을 보면, 세월호 사건에 대한 진실 찾기와 유가족에 대한 위로가 담긴 글이 적지 않다.

그렇지…… 어린 학생들의 죽음은 정말 너무 안타깝고 안타깝다…….

진상 규명이 반드시 되었으면 한다.

난 그런 생각이 들 때 마음이 조금, 뭐랄까.

죄스러운 서러움? 같은 게 있다.

남편의 이 기나긴 외로운 싸움을 세상 사람들은 알까?

격리된 우리 가족을 알기나 할까?

세상과 완전히, 마음까지도 격리된 우리를.

제4부

감금

퇴원 하루 전

석주는 밤을 꼬박 새웠다.

9월 24일 GDP 항암을 받은 후 고열과 두통은 사라지고 식욕이 돋으면서 팔다리에 힘이 붙었다. 9월의 전공의 오장남은 GDP에 항종양과 항바이러스 효과가 뛰어난 펨브롤리주맙Pembrolizumab을 함께 처방했다고 설명했다. 그때부턴 잠도 푹 자고 우울한 기분까지 사라졌던 것이다. 그리고 9월 30일 PCR 검사에서 음성이 나왔다. 오장남은 그날이 격리병동 근무 마지막 날이었지만, 하루만 더 연장하겠다고 했다. 사각턱에 여유가 넘치던 그는 부채를 흔들다가 한쪽으로 기우는 시늉을 하며 말했다.

"제 계획은 간단합니다. 9월 30일에 이어 10월 1일도 음성 판정을 받는다. 10월 2일 준격리실인 비전염 병실로 옮긴다. 10월 3일 퇴원한다."

석주가 오히려 장남을 설득했다.

"헛된 기대 말고 어서 격리병동을 떠나도록 해요. 양성과 음성을 오간 게 어디 한두 번입니까? 나는 불행을 달고 사는 사람입니다. 격리가 그리 쉽게 해제될 리 없어요."

하루가 더 흘렀다. 10월 1일 장남이 내민 검사 결과지에는 마이너스(−) 표시가 선명했다.

"제 말이 맞죠? 내일 음압 병실을 나가 비전염 병실로 갈 겁니다."

석주는 믿기 힘든 표정으로 결과지를 뚫어져라 쳐다보기만 했다.

"나간단 말입니까 정말?"

"그렇습니다. 확정되었습니다."

장남은 '확정'이란 두 글자를 딱딱 끊어 힘을 줬지만, 석주는 곧이곧대로 믿기 힘들었다.

"이렇게 간단합니까?"

"복잡할 게 없죠."

"이 병실에서만 석 달입니다."

"너무 길었죠?"

"터무니없이!"

"믿기 힘드십니까?"

"꿈만 같습니다."

"현실입니다."

"내일 한 번 더 검사 결과를 확인할 거 아닙니까? 절망의 늪에 또 빠뜨리려는…….”

장남이 말허리를 잘랐다.

“이번엔 두 번으로 끝입니다. 김 선생님 인생에서 더 이상 메르스 검사는 없습니다. 약속드립니다.”

“저도 앞으론 절대로 메르스 검사는 받지 않을 겁니다.”

석주는 영아와 통화했다. 그녀 역시 장남과 같은 입장이었다. 내일 아침이면 비전염 병실에서 부부가 만나도 된다는 허락을 받은 것이다. 그는 잠이 오지 않았다. 어스름 새벽을 지나 세상이 환해질 때까지도 두 눈이 말똥말똥했다. 다시 잠들면, 장남이 검사 결과지를 또 가지고 들어와서 흔들어 깨운 뒤 “양성입니다!”라고 말할 것만 같았다. 양성이란 소리를 듣지 않을 수만 있다면 열흘 동안 밤을 새우라고 해도 감내할 것이다.

10월 2일 오전 9시 정각에 격리병실 문이 열렸다.

환자이동침대를 밀며 세 사내가 들어왔다. VRE 가운을 입고 N95 마스크로 코와 입을 가렸지만 그들을 금방 알아보았다. 앞에서 끄는 이는 9월의 오장남이고, 뒤에서 미는 두 사람은 7월의 권형철과 8월의 류나무였다. 전공의 세 명이 한꺼번에 들이닥친 것도 뜻밖이었지만, 더욱 놀라운 것은 그들의 복장이었다. 보호복에 겹장갑을 끼고 안면 보호구로 머리와 얼굴을 덮은 채 들어오지 않았다. 레벨C는 물론이고 레벨D마저도 필요 없었다. 장남은 마스크를 살짝 코밑으로 내려 쓰기까지 했다. 9월 1일 격리병동으로 올 때부터 그는 석주에게 메르스 전염력이 거의 없다고, 의학을 연구하고 환자를 치료하는 의사이니 100퍼센트 없다고는 못 하겠지만 99.9퍼센트 없다고 확신했다.

"준비되셨나요?"

"정말 가는 겁니까?"

형철이 답했다.

"우리들 복장을 보고도 의심하시는 거예요? 메르스 PCR 검사 2회 음성으로 격리 해제가 확정되었습니다. 오늘은 준격리실인 비전염 병실에서 머무르실 거고요. 거기 계시는 동안 의료진과 보호자는 이런 가운과 N95 마스크를 쓸 겁니다. 김 선생님은 불편하시겠지만 수술용 마스크를 쓰셔야 하고요."

나무가 수술용 마스크를 내밀었다. 석주는 세 명의 전공의와 차례차례 눈을 맞추며 굳은 악수를 나눴다. 마스크를 쓰고 환자이동 침대로 옮겨 누웠다. 장남이 고개를 돌려 감시 카메라를 향해 손을 흔들었다.

"자, 그럼 나가겠습니다."

"저 때문에 일부러 시간 내서 와 주셔서 고맙습니다. 잊지 않을게요."

나무가 말했다.

"당연히 저희가 와야죠. 전우 아닙니까? 저희는 김 선생님이 메르스를 이겨 내셔서 너무 기쁩니다. 정말, 정말 고맙습니다."

병실을 나선 침대가 잠시 멈췄다. 뒷문이 닫힌 뒤에야 앞문이 열리는 시스템인 것이다. 성급함은 금물이었다. 짧은 통로가 왼편으로 꺾였다. 다시 문이 열리고 환자이동침대가 그 안으로 들어가선 멈췄다. 똑같이 뒷문이 닫힐 때까지 기다린 후 앞문이 열리자, 전공의들은 익숙하게 침대를 밀고 나갔다. 거기서 또 잠시 멈춰 섰다. 장남이 휴대폰을 꺼내 시간을 확인했다.

"이제 저 문 하나만 열고 나가면 비전염 병실입니다. 거기 가면 시끄러워질 테니, 여기서 간단히 몇 가지만 김 선생님 의견을 들을까 합니다. 물론 오늘을 포함해서 내일 아침까지 보호자님과 함께 다시 의견을 나눌 기회는 있습니다만, 김 선생님 계획을 되도록 빨리 알고 싶어 하는 분들이 많아서요. 보호자님이 도착할 때까진 아직 15분 정도 여유가 있기도 합니다."

"그러죠. 지금 이 순간만은 무엇이든 답하겠습니다."

형철이 받았다.

"묻고 싶은 게 많았는데, 그렇게 말씀하시니 어디서부터 시작해야 할지 모르겠네요."

"부활의 날이니까요. 다시 인간으로 인정받는 날이니까요. 내일을 꿈꾸는 게 가능해진 날이니까요."

장남이 주머니에서 수첩을 꺼내 펼쳤다. 준비한 질문을 던졌다.

"일반 병실 입원을 원하십니까? 아니면 퇴원 후 며칠이라도 휴식을 취했다가 외래 진료로 오시겠습니까?"

"일반 병실…… 퇴원 외래……."

석주는 장남의 질문에 답하지 않고 단어들을 황소처럼 되새김질했다. 격리병실에서 풀려난다는 실감이 비로소 들었다.

"숱하게 들은 단어들인데, 감미롭기가 꿀과 같네요. 집에 잠깐이라도 가고 싶습니다. 병원에 너무 오래 있었어요."

"알겠습니다. 그럼 10월 6일 정도에 외래로 오시겠습니까? 3일에 퇴원하시고 6일 오전까지 집에서 쉬시다가 오후쯤 병원으로 나오셔서, 혈액종양내과 유대환 교수님을 만나시면 됩니다."

"알겠습니다."

"앞으로도 펨브롤리주맙과 투여하며 GDP 항암을 진행할 예정입니다. 구체적인 날짜는 퇴원 후 건강 상태를 봐서 정하도록 하겠습니다."

"좋습니다. 하루라도 빨리 림프종을 잡아야죠."

석주가 주먹을 들자 전공의 세 명도 동시에 주먹을 쥐어 보였다. 장남이 설명을 이었다.

"항암 후 완전관해가 되면 동종 조혈모세포 이식 수술을 진행할 겁니다. 올해 안에 끝마치는 게 목표입니다. 가능하다면 크리스마스 전에."

"분발해야겠군요."

"내일 퇴원 직전에 병원장님께서 김 선생님을 뵈러 비전염 병실로 오실 겁니다. 괜찮으시겠죠? 올해 마지막 메르스 환자가격리병동에서 퇴원하는 날이니 병원으로서도 축하하는 자리를 마련하고 싶은 겁니다. 불편하시더라도……."

석주가 말허리를 잘랐다.

"전혀 불편하지 않습니다. 병원장님 이하 의료진의 헌신적인 노력 덕분에 메르스를 이겨 낸 것이니까요. 저도 병원장님과 주치의 교수님들과 여기 계신 선생님들과 간호사님들께 감사 인사를 꼭 드리고 싶습니다."

"그렇게 말씀해 주시니 마음이 한결 낫습니다. 내일은 취재 경쟁도 심할 듯싶습니다. 김 선생님과 인터뷰를 하겠다고 요청하는 전화가 벌써 빗발칩니다. 인터뷰를 하시겠습니까? 제 생각엔 많이 할 필요는 없고, 한두 군데 정도면 될 듯합니다만……. 인터뷰를 모두 거절하면 이런저런 억측을 해 댈 수도 있고 해서요."

치료 시기나 방식을 정하는 것은 판단할 수 있지만, 석주도 인터뷰에 대해선 입장을 정하기 어려웠다.

"지금 당장 결정하지 않아도 되죠? 아내랑 의논하고 말씀드리겠습니다."

장남이 답했다.

"그러셔도 됩니다. 하나만 더 말씀드리겠습니다. 퇴원 후 고열이나 기침이나 호흡 곤란이나 구토 증세가 있으면 해당 지역 보건소나 질병관리본부에 알리셔야 합니다. 뭔가 몸이 아프기 시작하는 조짐이 보이면 우선 제게 연락을 주실 수 있겠습니까?"

"알겠습니다. 그렇게 하죠. 저도 하나만 물어도 될까요?"

"뭐든지요."

"오늘 PCR 검사를 다시 한다면 결과가 음성이라고 확신하십니까?"

세 전공의가 즉답을 않고 서로 쳐다보며 심각한 표정을 지었다.

이윽고 장남이 답했다.

"확신하기 어렵습니다. 반반이죠. 림프종 재발과 메르스 감염이 거의 같은 시기에 이뤄진 환자는 세계적으로 희귀할 겁니다. 김 선생님이 아직까지 유일할지도 모르고요. 음성이 나올 수도 있고 안 나올 수도 있습니다. 하지만 저희 셋이 확신하는 건 따로 있습니다."

"뭐죠 그게?"

"김 선생님은 메르스가 완치되셨단 겁니다. 전염력은 0.01퍼센트도 안 됩니다."

석주가 이미 장남과 나눈 이야기를 농담처럼 다시 꺼냈다.

"의학에선 백 퍼센트도 없고 영 퍼센트도 없기 때문에 그리 말씀하시는 거고요."

네 사람이 동시에 웃었다. 형철이 말했다.

"김 선생님은 특별 케이스입니다. 양성이 나오더라도 전염력이 없죠. 김 선생님 같은 분은 PCR 검사 하나만으로 메르스 환자냐 아니냐를 가리긴 힘듭니다. 여러 상황을 종합해서 새로운 기준을 정해야겠죠. 기준이 마련되기도 전에 퇴원하시니 김 선생님으로선 다행입니다만, 기준을 마련하는 건 저희 같은 전공의가 할 일은 아니고, 질병관리본부나 보건복지부의 남은 과제입니다."

"제가 특별 케이스란 걸 일반인들은 모르겠죠?"

장남이 답했다.

"전혀! 저희 셋과 담당 교수님들 그리고 병원장님을 비롯한 극소

수만 알죠. 그러니 고열이나 기침이 심해지면 제게 연락을 꼭 먼저 하셔야 합니다. 괜히 PCR 검사부터 했다간 낭패를 볼 수도 있으니까요."

"알겠습니다. PCR은 이제 절대로 안 할 겁니다. 지긋지긋해요."

또 함께 웃었다. 장남이 시간을 확인했다.

"아, 벌써 15분이 지나갔네요. 이제 나가겠습니다."

다섯 번째 문이 열렸다. 박수와 환호성이 먼저 귀를 파고들었다. 석주는 천천히 허리를 세워 침대에 앉았다. 옥나정과 진아름 사이에 남영아가 서 있었다. 가운에 마스크를 쓴 영아는 간호사라고 해도 믿을 정도로 잘 어울렸다. 석주가 그렁그렁한 눈으로 두 팔을 활짝 벌렸다. 영아가 단거리 달리기 선수처럼 뛰어와서 품에 안겼다.

보호 장구 없는, 완전한 포옹이었다.

새벽, 인터뷰

이첫꽃송이는 나혜란 차장과 함께 회사 앞 카페에서 기사 준비를 하느라 바빴다. 아침 보도국 편집회의 큐시트에 영화 소개 기사가 들어갔다. 이 기사를 위해선 국내 영화 네 편의 출연진과 장단점을 우선 정리해야 했다. 나 차장은 네 편 다 자신이 맡겠다고 하면서도 첫꽃송이의 도움을 딱 잘라 거절하진 않았다. 감독이나 배우 인터뷰 영상과 글이 맞아떨어져야 하는데 자꾸 설명이 길어졌다. 나 차장은 기자의 설명보다 인터뷰한 사람의 목소리를 강조하라고 거듭 지시했다. 첫꽃송이도 그렇게 하려 했지만 개념이나 상황 설명이 자꾸 덧붙었다.

1진과 2진으로 함께 호흡을 맞춘 지도 한 달이 지났다. 첫꽃송이는 나 차장이 걱정했던 것보다 의욕도 넘치고 인터뷰도 곧잘 했다. 주위에선 입봉시켜도 될 정도라고 칭찬했지만, 나 차장은 고개를 갸우뚱하며 미뤘다. 휴대폰이 울렸다. 노트북 자판을 두드리던 나 차장이 발신자를 확인하고 인상을 구기며 통화 버튼을 눌렀다.

"웬일이세요? 바쁩니다. 송이요? 걔는 왜 찾으세요? 몰라요. 어딘가 처박혀 있겠죠. 괜히 아무것도 모르는 신입에게 힘든 일 떠넘기려 하지 마세요. 그런 적 없다고요? 선배 땜에 나한테 와서 눈물 콧물 찍은 기자들 이름 대 볼까요? 선배 이러는 거 사회1부장도 알아요? 우리 문화부장과 얘긴 됐고요? 네? 사장님이 찾으신다고요? 사장님이 왜 송이를 찾습니까? 거짓말하는 거 아니에요? 알았어요. 수소문해 볼게요. 쓸데없는 일로 송이를 부르는 거면 가만있지 않겠어요. 내 성질 알죠?"

나 차장은 전화를 끊고 첫꽃송이에게 말했다.

"선우병호 선배가 널 찾네. 둘이 의논한 아이템이라도 있어?"

"없습니다, 그런 거."

'얼음집'에서 기자들과 함께 맥주를 마신 것이 전부였다.

"다녀와. 회의실에서 기다린대. 가기 전에 하나만 충고할게. 네가 문화부 영화와 출판과 종교 담당 2진인 건 알지? 선우 선배가 잘해 준다고 괜히 사회1부 좋은 일 시켜 주지 마. 라인을 확실히 하라고. 알겠어?"

의학 전문 기자의 요청을 순순히 받아들이지 말란 뜻이다.

"걱정 마세요. 다녀와서 상세히 보고드리겠습니다."

보도국이 공용으로 쓰는 회의실로 갔다. 선우 기자는 인터뷰용으로도 사용하는 소회의실에 있었다. 노크를 하고 들어갔다. 그는 보던 책을 덮지 않고 오른손만 들어 앉으라는 시늉을 했다. 그녀는 맞은편에 앉아선 책을 슬쩍 살폈다. 커다란 지도가 눈에 띄었다. 유럽과 아시아를 포괄하는 지도였다. 유럽은 짙은 회색이었고 아시아는 옅은 회색이었다. 바다는 색을 넣지 않고 그대로 뒀다.

"흑사병에 대해선 공부를 좀 했나?"

"네?"

"페스트라고도 하지. 감염되면 온 몸에 검은 반점이 생겨. 그래서 흑사병이란 별칭을 얻었지."

"그럼 이 지도는?"

"14세기 흑사병의 확산 경로야. 보시다시피 아시아에서 1320년대에 처음 발병했고, 런던에는 1348년에 도착했으며, 1351년엔 유럽 전역으로 퍼졌어. 거의 30년 만이군. 이 화살표를 따라 흑사병이 움직였어. 콘스탄티노플과 바그다드 그리고 알렉산드리아에 1347년에 똑같이 들어가선, 지중해 교역로를 타고 빠르게 북상했지. 불과 1년 후에 아테네와 베니스와 런던에서 발병했어. 흑사병은 한 번만 유행한 전염병이 아냐. 시간을 두고 나타났다가 사라지기를 반복했지. 그중에서 지금까지도 사람들 입에 오르내리는 건 1665년 런던 대역병이야. 들은 적 있어?"

"네. 연도는 기억하지 못했지만 런던에서 역병이 크게 돌았다는 사실은……."

"21세를 살아가는 우리가 1665년 런던 대역병을 다른 시간 다른 장소의 역병보다 자세히 아는 이유가 뭘까?"

"……모르겠습니다."

선우 기자가 지도에 가려진 책 한 권을 더 집어 첫꽃송이에게 내밀었다. 제목이 『역병의 해 일지 A Journal of the Plague Year』였고 저자는 대니얼 디포였다. 『로빈슨 크루소』를 쓴 바로 그 대니얼 디포!

"새뮤얼 페피스라고 1665년 대역병을 런던에서 겪은 사람이 있어. 그가 쓴 일기를 재구성한 책이 바로 이거야. 이 책 덕분에 유럽인 나아가 세계인이 흑사병의 참상을 런던이라는 도시 속에서 생생하게 느꼈지. 이 기자 생각은 어때?"

'얼음집'에서도 느낀 것이지만, 선우 기자는 질문이 늘 앞섰다. 충분히 설명해 주지도 않고 그다음 걸음을 아느냐고 당겨 묻기 때문에 불편해하는 후배들이 많았다. 첫꽃송이 역시 편하지는 않았지만, 답을 모르는 이 질문들이 지금 그녀에게 매우 중요하다는 사실은 알아차렸다. 방송사에서 선우 기자만큼 메르스를 깊이 들여다보고 있는 사람은 없었다. 그녀가 즉답을 못하자 선우 기자가 속내를 조금 내비쳤다.

"결국 중요한 건 기록이야. 올해 우리나라에서 유행하고 있는 메르스에 대한 기록이 충분하다고 봐? 호들갑스런 기사야 많지. 하지만 대부분 너무 자극적이기만 해. 두려움을 자아내어 이목을 끌려 하거나 허황된 영웅담이거나! 메르스를 직접 앓은 이 기자를 만족시킬 만한 기록이 있던가?"

"없습니다."

솔직하게 답했다.

"바로 그걸 우리가 하자고."

"메르스를 기록하자고요?"

"실책에 실책을 거듭하는 이 정부가 제대로 기록할 것 같은가? 자화자찬하는 백서나 대충 내고 그만일 거야. 그렇게 만든 백서에 정부의 잘못이 담길 리도 없고. 정부나 지방자치단체나 병원이 한 일은 그래도 적히겠지만, 메르스에 당한 피해자들의 서사는 눈을 씻고 봐도 없을 거야."

"피해자들의 서사!"

그녀가 핵심을 되짚었다.

"전쟁이든 참사든 전염병이든, 생사를 넘나드는 사건의 기록일수록 어떤 그룹의 서사인지가 명확해야 해. 이대로 간다면 메르스 피해자들은 인간이 아니라 숫자로만 남을 거야. 통계 자료로만 호출될 거고. 피해자 각자가 어떤 개성을 지녔고 어떤 꿈을 꾸었고 어떤 상처를 입었고 어떤 고민을 했는지 그 사람 됨됨이를 기록해야 해. 그리고 피해자들의 서사는 지구 전체로 확산해야 해."

"확산이요?"

"14세기 흑사병은 아시아에서 유럽을 휩쓰는 데 30년이나 걸렸어. 하지만 지금은 얼마나 걸린다고 그랬더라?"

'얼음집'에서 펼친 그녀의 주장을 인상 깊게 들은 것이다.

"거의 동시에 전 세계로 퍼질 겁니다."

"맞아. 중세에선 말이나 낙타나 혹은 배가 하던 일을 지금은 비행기가 해. 이 기자가 '얼음집'에서 지적했던 거지? 좀 더 구체적으로 들어가 볼까? 메르스 환자가 비행기를 탔다 치자고. 국제선이면 최소한 한 시간 이상 길게는 열서너 시간씩 비행기라는 공간에 승객과 함께 머무는 셈이야. 전염병이 퍼질 가능성이 무척 크지. 비행기가 착륙하고 승객들이 공항을 빠져나가기 전에 전염병 환자를 가려내지 못한다면, 순식간에 퍼져. 전염병 환자는 물론이고 환자와 비행기 안에서 밀접접촉한 이들이 전국 방방곡곡으로 흩어져 버리니까."

"그렇겠군요."

"사스SARS를 봐. 2003년 3월 한 달 동안 사스가 발생한 곳은 베트남 하노이, 캐나다 토론토, 싱가포르, 타이베이, 독일 프랑크푸르트, 영국 맨체스터 등으로 다양했어. 전부 비행기로 옮겨 다닌 거야. 기내 혹은 공항에서 환자를 격리한 경우엔 피해를 최소화할 수 있었고, 공항이 뚫린 도시는 피해가 무척 컸어. 사스의 감염원이 코로나바이러스에 속한다는 건 알지? 메르스 역시 코로나바이러스의 변종이야. 사스가 그랬듯이 메르스 역시 전 세계로 퍼질 위험이 늘 있어. 우린 사스 때는 막았지만 메르스 [illegible] 뚫린 셈이지."

첫꽃송이가 '얼음집'에서 [illegible]을 보강하는, 더 구체적인 정보와 [illegible] 자료까지 검토를 마친 상태였다. 그녀는 선우 기자가 건너뛴 지점을 짚었다.

"선배! 주신 책 잘 읽어 보겠습니다. 그리고 함께 기록해 보자는 제안도 고맙고요. 그런데 전 문화부 소속입니다."

"영화와 출판과 종교 2진이지. 알고 있어. 나 차장 밑에서 고생한다는 것도."

"고생이랄 건 없습니다. 어쨌든 메르스를 취재하고 기록하는 일은 선배 담당이지 않습니까? 왜 저를……."

선우 기자가 말허리를 잘랐다.

"내일 마지막 메르스 환자가 퇴원해."

"내일……!"

그녀는 끌려 들어가지 않고 다음 설명을 기다렸다. 가슴 저 깊숙한 곳이 출렁이긴 했다. 그녀가 석 달 전에 겨우 빠져나온 구렁텅이에서 지금까지 한 인간이 고통 받고 있었던 것이다. 전 세계에서 메르스에 걸린 채 최장 기간 입원한 사람이기도 했다. 격리병실의 하루하루가 얼마나 끔찍한지를, 그녀는 일반인보다 적어도 백배 천배는 더 자세히 알았다. 끝없이 치솟는 열, 바위를 가슴에 하나 둘 셋 넷 다섯 여섯 일곱 개는 얹은 것 같은 답답함, 그리고 달나라에 착륙한 우주 비행사들이나 사용했을 것 같은 보호복과 안면 보호구를 입고 쓴 채 다가오는 의료진, 밤낮없이 몸속으로 들어가는 약물들. 퇴원이란 그 모든 고통과 두려움으로부터 떠난다는 뜻이다. 그것만으로도 충분히 축하할 일이다. 여기까진 어디까지나 그녀의 개인적인 소감이다. 메르스 환자가 퇴원한다면 그에 관한 기사를 만들어 보도하는 것은 의학 전문 기자의 몫이다. 영화와 출판과 종교 2진 신참내기를 찾을 일이 아니다.

"고약해. 무슨 심보인지 인터뷰를 일체 하지 않겠다는군. 물론 내일 퇴원할 때 취재는 나가겠지만, '메르스 마지막 환자와의 인터뷰' 이게 딱인데……. 10분이라도 아니 1분이라도 인터뷰를 내보내고 싶은데 방법이 없어. 환자 휴대폰은 아예 꺼져 있고, 환자의 아내가 보호잔데 그녀 휴대폰은 신호는 가는데 받질 않아. 문자를 남겨도 답이 없고. 보도국장님뿐만 아니라 사장님께서도 관심을 갖는 아이템이야. 오늘 밤이나 늦어도 내일 새벽엔 인터뷰를 해야 하는데…… 방법이 없을까?"

"네?"

짧게 반문했다. 놀랐던 것이다. 환자가 전화를 꺼 두었고 보호자도 통화와 문자에 응하지 않는다면, 첫꽃송이로서도 방법이 없다. 선우 기자가 의심이 가득한 눈으로 노려보며 물었다.

"메르스 환자들끼린 따로 연락을 주고받을 거 아닌가? 같은 아픔을 지닌 사람들이니, 피해자 모임까지는 아니더라도, 에스엔에스에 비밀대화방 같은 걸 만들어 의논은 할 것 같은데……. 마지막 환자에게 연락이 닿을 길을 찾아 줬으면 좋겠어."

솔직하게 답했다.

"그런 길은 저도 모릅니다."

선우 기자가 손끝으로 회의실 탁자를 톡톡 쳤다. 낮고 단단한 음성으로 말했다.

"모른단 소리 들으려고 보자 한 게 아냐. 사장님이 결정하셨어. '마지막 메르스 환자와의 인터뷰'를 민국방송이 단독으로 하겠다고. 실력 발휘해 봐. 전화번호부터 줄게. 펑크 내면 안 돼. 우린 못했는데 다른 방송사나 신문사에서 인터뷰를 따면, 이 기자와 난 망신을 톡톡히 당할 거야. 입봉하기 싫어?"

입봉! 자신의 이름을 걸고 기사를 도맡을 기회인 것이다. 사회2부 동기들은 세 명 모두 이미 입봉을 했다. 선우 기자가 김석주와 그의 아내 남영아의 휴대폰 번호를 첫꽃송이에게 보냈다. 말은 현란하게 했지만 결국 인터뷰 잡는 가장 힘든 일을 신참에게 떠넘긴 것이다. 그녀는 선우 기자가 밀어붙일 때 말허리를 자르고 물러설까 잠시 고민도 했다. 메르스가 아니라 다른 이슈였다면, 나 차장을 도와 영화 기사부터 써야 한다며 벌써 일어섰을 것이다. 마지막 메르스 환자! 7월 28일부터 10월 3일까지 두 달이 넘는 기간을 이 나라 유일한 메르스 환자로 홀로 격리된 채 버틴 사람! 첫꽃송이도 만나고 싶었다.

"입봉은 다음에 천천히 해도 됩니다. 언젠가 하겠죠. 제가 이 일을 맡을 거라고 생각하신 이유가 뭔가요? 메르스를 앓았기 때문에? 그게 단가요?"

선우 기자가 답했다.

"그것도 이유 중 하나지만, 이 기자가 '얼음집'에 와서 할 말 다 하는 걸 봐서 그런가 봐. 소 기자 그 친구가 은근히 여린 사람이란 건 아니? 메르스를 앓는 바람에 수습들에게 독하게 굴긴 했지만, 누구라도 그 자릴 맡으면 롤플레이를 할 수밖에 없지. 소 기자는 이 기자가 '얼음집' 모임을 거절할 거라더군. 나도 수긍이 갔어. 상처가 깊으면 나서는 게 두려운 법이거든. 한데 개의치 않고 와서 투병 경험도 들려주고 대화도 하고 술도 마셨지. 소 기자가 수습 때 파악한 사람이 아니었던 거야. 그 이율 당장 듣진 않을래. 다만 그 단단함은 기자에게 좋은 품성이지. 지킬 땐 확실히 지키고 부술 땐 거침없이 부수고. 그래서 이 일도 하리라 예상했어."

전화를 걸기 전, 김석주가 언제 메르스에 감염되었고 어느 병원에 입원했다가 대학 병원 음압실로 가게 되었는지를, 지난 기사를 바탕으로 확인했다. 타임라인과 동선을 에버노트에 정리하며, 그녀는 깜짝깜짝 놀라 다시 시간과 장소를 들여다보았다. 김석주와 겹치는 부분이 뜻밖에도 많았던 것이다. 먼저 두 사람은 5월 27일 당시 F병원 응급실에 있었고 거기서 메르스에 감염되었다. 6월 4일 병원으로 옮겨졌고, 6월 5일 1차 양성 판정을 받았으며 6월 7일 확진 판정을 받았다. 6월 7일부터 7월 3일까지 F병원 13층에 입원했다가 18층으로 옮겼다. 두 사람이 엇갈리는 날은 7월 3일이다. 그날 김석주는 대학 병원 격리병동 음압 병실로 옮겨 갔고, 그녀는 퇴원했다. 같은 곳에서 전염되었고, 같은 병원에 입원했었다는 사실이 더욱 인터뷰하고 싶게 만들었다.

전화를 걸었다. 김석주의 휴대폰은 여전히 꺼져 있었다. 격리병실에서도 휴대폰 사용은 자유롭기 때문에, 외부와의 접촉을 일부러 피한다고 보는 편이 옳을 것이다. 내일 퇴원할 때까지 이 휴대폰을 켜지 않을 가능성이 컸다. 보호자인 아내 남영아와의 통화 역시 이뤄지지 않았다. 이 나라 모든 신문사와 방송사의 담당 기자들이 이 번호로 전화를 걸고 있으리라. 첫꽃송이는 우선 대학 병원 격리병동 앞까지 가서 다시 통화를 시도하기로 했다. 연락이 될 때까지 철야하며 뻗치기를 할 작정이었다. 방송사를 나서며 나 차장에게 문자를 넣었다.

— 취재 나갑니다. 다녀와서 자세히 말씀드릴게요.

짧은 답장이 왔다.

— 알았어.

택시 안에서 남영아에게 문자를 썼다가 지우고 또 썼다가 지웠다. 수습 시절 교육 받은 대로, 인터뷰가 지금 꼭 필요한 이유와 질문 방향 등을 열 줄 넘게 적었다가 그마저도 지웠다. 그리고 이렇게 두 문장만 적어 보냈다.

— 저도 5월 27일 F병원 응급실에서 메르스에 감염되어 6월 7일 확진 판정을 받고 투병하다가 7월 3일 퇴원했습니다. 인터뷰하고 싶습니다. 민국방송 보도국 기자 이첫꽃송이.

❖

10월 3일 새벽 2시, 남영아로부터 답장이 왔다. 인터뷰에 응하겠다는 것이다. 목소리를 변조하고 얼굴을 가리는 선에서 영상 촬영도 허락했다.

인터뷰는 비전염 병실에서 새벽 6시에 할 예정이었다. 격리병동 앞을 취재진이 가득 채웠기 때문에 인터뷰 장소까지 은밀히 들어가는 것부터 문제였다. 영아가 다시 문자를 보내왔다. 새벽 5시 50

분 본관 로비에서 기다리라는 것이다. 첫꽃송이는 카메라 기자 명윤천과 함께 약속한 시간에 본관으로 들어섰다. 격리병동으로 이어진 응급실 앞은 기자들로 발 디딜 틈 없었지만 본관은 한산했다. 에스컬레이터를 타고 내려온 젊은 의사가 회전문을 통해 밖으로 나갔다가 다시 로비로 돌아와선 두 사람을 지나치며 속삭이듯 물었다.

"이첫꽃송이 기자님이시죠?"

첫꽃송이와 카메라를 든 명 기자가 종종걸음으로 의사를 뒤따랐다. 엘리베이터에 올랐다. 명 기자는 곧 따라 탔지만 그녀는 잠시 망설였다.

"이 기자! 뭐해?"

명 기자의 재촉에 마지못해 엘리베이터 안으로 걸음을 뗐다. 눈을 감은 채 고개를 숙인 그녀에게 의사가 물었다.

"괜찮으십니까?"

그녀가 가슴을 토닥였다.

"답답해서 좀……."

메르스를 앓고 난 후부터 생긴 증상이었다. 엘리베이터만 타면 숨이 막혀 왔던 것이다. 평소에는 아무리 높은 층이라고 해도 계단을 이용했다. 땀이 흐르고 다리가 아팠지만 엘리베이터에서 겪는 갑갑함에 비할 바가 아니었다. 그러나 오늘은 은밀히 움직여야 하기 때문에 눈을 질끈 감고 참았다. 다행히 엘리베이터가 곧 3층에서 멈췄다. 복도로 나오자마자 그녀는 길게 숨을 몰아쉬었다. 의사가 그제야 자기소개를 했다.

"류나무라고 합니다. 8월에 김석주 환자 담당 전공의였습니다. 취재진 눈에 띄지 않도록 안내하겠습니다."

"고맙습니다."

"잘 보도해 주십시오. 김 선생님과 보호자분이 정말 고생 많이 하셨습니다. 자, 가볼까요?"

나무는 외부인 출입이 금지된 곳들만 골라 빠른 걸음을 옮겼다. 육중한 문을 두 개 통과하고 긴 복도를 세 개 지나니, 어느새 비전염 병실로 들어서는 문 앞이었다. 대기하던 간호사가 두 기자에게 가운과 마스크를 내밀었다. 나무가 인터폰을 들고 말했다.

"모시고 왔습니다."

문이 열렸다. 바로 앞에 영아가 서 있었다. 나무는 거기서 뒤돌아나갔고, 두 기자만 안으로 들어섰다. 첫꽃송이가 명함을 꺼내 내밀며 인사했다.

"문자 드린 이첫꽃송이 기잡니다. 인터뷰에 응해 주셔서 고맙습니다."

영아는 명함을 받아 쥔 후에도 한참 동안 그녀 얼굴을 쳐다보았다.

"안색이…… 훨씬 좋아졌네요. 다행이에요."

"저를…… 아세요? 우리가 만났었나요?"

첫꽃송이는 영아가 전혀 기억나지 않았다.

"여자 변호사 부축을 받으며 병원을 떠났잖아요? 7월 3일 감염내과 진료실 앞 복도에서였죠. 대기 명단에 '이첫꽃송이'라고 떴었고요. 한 번 들으면 잊기 힘든 이름이잖아요? 문자를 받고 금방 이름이 기억났어요. 얼굴은 가물가물했는데, 지금 보니 창백하고 마른 이 얼굴이 맞네요."

어렴풋이 그 장면이 떠올랐다. 감염내과 주치의 진료실까지 찾아가서 감사 인사를 한 날이었다. 복도에서 남녀 두 사람과 몇 마디 나눴는데, 그중 여자가 남영아인 것이다.

"그땐 퇴원하는 길이라 너무 정신이 없고, 걷는 것도 힘든 때였어요. 숨도 조심조심 겨우 쉬었고요. 기억력도 많이 나빠져서, 특히 6월과 7월 초에 병원 생활하며 겪은 일들, 만난 사람들이 잘 떠오르지 않아요."

"이해해요. 나도 이 기자님 얼굴이 당장 기억나진 않았으니까요. 그땐 환자도 보호자도 다들 넋이 나간 상태였죠. 끔찍한 전염병이 왜 하필 우릴 덮친 것인지, 원망도 많고 슬픔도 크고…… 몸도 마음도 지치고. 방송 기자인 줄은 몰랐어요. 변호사랑 같이 가는 걸로 봐서 혹시 변호사인가 짐작했죠."

"신입 기자예요. 7월은 병가로 쉬고 8월부터 출근했죠."

첫꽃송이는 영아가 묻지 않은 것까지 이야기했다. 기자이기 이전에 메르스를 극복한 환자로서 남영아와 김석주 부부가 가깝게 느껴진 탓이다. 그것은 영아도 마찬가지인 듯했다.

"병원에선 권했지만, 인터뷰를 하지 않으려 했어요. 제 남편이 마지막 메르스 환자로 기억되길 원치 않으니까요. 치료 과정에서 시시콜콜하게 벌어졌던 일들을 말씀드리고 싶진 않고요. 한참 늦긴 했지만 어쨌든 남편은 완치 판정을 받았습니다. 그거면 된 거거든요. 괜한 구설수에 오르기 싫어요."

"이해합니다."

"이 기자님 문자를 안 봤다면 인터뷰 다 거절하고 칩거했겠죠. 남편과 저는 곧 다시 투병을 시작해야 해요. 메르스는 이겨 냈지만 림프종이 남았거든요."

첫꽃송이는 고개를 끄덕이며 이미 검토한 기사들을 떠올렸다. 기저질환인 림프종이 메르스 완치를 더디게 했다는 지적을 앵무새처럼 반복했다.

"메르스에 관한 이야기는 오늘 마지막으로 딱 한 번만 더 하려고요. 우리 부부의 대화에서 영원히 지울 거예요. 이 기자님이라면, 그 이야기를, 이런 말 해도 될지 모르겠지만, 메르스 환자의 편에서 나눌 수 있지 않을까 생각했어요."

"맞아요. 메르스 환자의 편, 피해자의 편이죠."

"우리한테 허락된 시간은 한 시간 남짓이에요. 시작할까요?"

영아가 돌아섰다. 첫꽃송이는 좌우로 침대가 놓인 비전염 병실 중앙을 따라 걸었다. 석주는 가장 안쪽 침대에 누워 있었다. 명 기자가 카메라를 들고 촬영을 시작했다. 석주는 등받이를 45도 정도 올려 침대에 기댄 채 질문에 답했다. 목소린 작았지만 힘없이 처지진 않았다. 바람을 타고 떠다니는 깃털에 가까웠다.

"이첫꽃송이 기자예요."

"김석주입니다. 상상했던 얼굴 그대로네요."

"상상했다고요?"

"6월에 입원하자마자 죽을 고비를 많이 넘기셨죠? 이상하게도 저는 그땐 메르스를 심하게 앓진 않았어요. 격리병실에 입원한 동안, 간호사들에게 다른 병실 환자들에 대해 묻곤 했죠. 물론 의료진은 감염된 환자의 이름도 밝히지 않았고, 병세도 나쁜 쪽으로는 전하지 않았습니다. 같은 전염병을 앓는 제가 충격을 받으면 안 되니까요. 6월 하순 그러니까 20일을 넘긴 뒤에야 옆 병실 젊은 여자 환자의 회복세가 빠르단 이야길 들었습니다. 입원하고 처음으로 보조개가 들어갈 만큼 웃었다거나 큰 눈을 멀뚱멀뚱 뜨곤 텔레비전 뉴스만 찾아본다거나 찡그리면 콧등에 주름이 살짝 잡힌다는 이야길 들려줬어요. 이 기자님에 대해서만 들은 건 아니고, 격리병실에 입원중인 다른 환자들 이야기도 꽤 많이 접했죠. 한동안은 제가 듣고 상상한 여자 환자가 한 명이 아니고 여럿일지도 모른다는 생각도 했고, 그런 생김새의 환자는 아예 없는 게 아닐까 하는 생각도 했어요. 간호사들 이야기가 모두 사실이란 보장은 없으니까요. 이렇게 이 기자님을 만나고 보니, 제가 6월에 들은, 처음엔 목숨이 위태로울 지경이었으나 회복세가 빠른 젊은 여자 환자는 딱 한 사람이었네요. 반갑습니다. 퇴원하고 기자로 돌아가시니 어떻든가요?"

석주의 물음에 그녀는 즉답을 하지 않고 머뭇거렸다. 그가 다시 고쳐 물었다.

"제가 인터뷰 당하는 자리란 건 압니다. 하지만 퇴원하면 저도 치과 의사로 돌아갈 테니까…… 중병을 앓은 후 다시 일하는 기분을 알고 싶어서 묻는 거예요. 완치 선배로 가르쳐 주세요. 어때요?"

첫꽃송이가 답했다.

"완치 선배! 다행스럽고 멋진 말이네요. 회사가 배려해 줘서 퇴원 후 한 달을 병가로 더 쉬었어요. 그리고 돌아갔을 땐 처음엔 보도국의 속도를 따라잡기 어려웠죠. 제 직업이 기자니까 그날그날 벌어지는 사건 사고에 집중해서 몸도 마음도 빨리빨리 움직여야 하는데, 그게 잘 안 되더라고요. 딴 생각이 자꾸 들고, 엉뚱한 곳에서 느닷없이 격리병실이 떠오르기도 했어요. 온몸에 링거를 꽂고, 겨우겨우 한 숨 한 숨을 쉬며 떨고 있는 제 모습도 보였고요. 어둡고 닫힌 공간에선 숨이 막히기도 했죠. 엘리베이터는 무조건 피한 채 계단을 올랐고, 지하철도 한동안 힘들었어요. 세 끼를 다 챙겨 먹어도 체중이 줄고 체력이 떨어졌죠. 가슴이 답답하면 건물 밖으로 무조건 나가야 했어요. 지금도 완전히 사라진 건 아니지만 차츰차츰 좋아지는 중이에요."

"자세한 경험담 고맙습니다. 폐쇄공포증은 저도 생겼어요. 격리병실에 오래 혼자 지냈기 때문이겠죠? 연착륙을 하듯, 저도 천천히 준비해야겠군요."

석주가 그녀를 멀뚱멀뚱 쳐다보았다. 준비해 온 질문을 하라는 뜻이다.

"퇴원하면 가장 먼저 하고 싶은 일은 뭔가요?"

"아내랑 아이랑 셋이, 아파트 단지 안 놀이터에서 공놀이부터 하고 싶네요. 아이가 축구든 야구든 농구든, 공을 갖고 노는 걸 워낙 좋아하거든요. 저도 어렸을 때부터 그랬고요. 일주일에 한두 번은 꼭 아이랑 아내랑 공놀이를 했답니다. 그리고……."

석주가 물을 한 모금 마신 뒤 설명을 이었다.

"제 이름이 가슴에 새겨진 의사 가운을 입어보고 싶습니다. 아내가 안방 옷걸이에 걸어 뒀대요. 재발한 림프종 치료도 시작해야 해서 당장 출근은 어렵겠지만, 가운을 입으면 의사가 되기 위해 노력했던 나날들이 떠오를 듯해요. 메르스에 걸려 격리된 후론 환자로만 살았는데, 이제 본업인 치과 의사로 돌아갈 연습을 해야겠죠."

"치료받는 동안 가장 힘들었던 점이 있다면요?"

"이 기자님도 아시겠지만……."

잠시 말을 멈춘 석주의 눈귀가 떨렸다. 그녀의 가슴도 심하게 쿵쾅거렸다. 두 사람은 비슷한 느낌을 떠올렸는지도 몰랐다. 죽음 직전까지 갔던 사람만이 아는 감정이랄까.

"달의 뒤편, 그 어둠에 혼자 있는 것 같은 외로움이죠. 사람은 누구나 혼자라고 말하지만, 외로울 땐 가족 혹은 친구와 지내거나 카페나 극장에라도 가서 모르는 사람 사이에 머물 수도 있습니다. 격리병실에선 혼자일 때가 너무 많았습니다. 의료진이 최선을 다하더라도, 그들이 환자 곁에 머무는 시간은 길지 않습니다. 병실에 함께 머무는 보호자나 간병인도 물론 없고요. 처음엔 텔레비전도 보고 라디오도 듣고 그랬습니다만, 외로움이 점점 빵처럼 부풀어 오르더군요. 이 지구를 온통 덮을 만큼! 나는 이렇게 갇혀 사경을 헤매는데, 세상은 너무 잘 돌아가고 있더라고요. 나 하나 없더라도 세상은 평온하겠구나! 병실에 혼자 갇혀 혼자 아프다가 혼자 죽겠구나! 죽어서도 이름 대신 번호로 지칭되겠구나! 정부에서 붙인 그 번호가 대체 저와 무슨 상관이 있단 말입니까. 감옥에 들어온 순서대로 붙이는 죄수 번호와 다를 바가 없습니다. 그러나 저는 죄를 짓지 않았습니다. 죄수가 아닙니다. 그런데 왜 저들은 병자를 죄수 취급 하는 거죠? 그게 제일 힘들었어요. 이제 두 번 다신 병실이든 어디든 혼자 갇히긴 싫습니다. 사람이 할 짓이 아니에요."

"림프종 치료 준비는 하고 계신가요?"

"며칠은 우선 쉬려 합니다. 그다음엔 체력을 길러야 하고요. 그 다음엔 항암 치료가 기다리고 있죠. 그리고 또 그다음엔 골수 이식을 받아야겠죠. 눈을 감으면 머릿속에 훤하게 그려집니다. 이미 작년에 해냈던 과정이거든요."

"재발한 림프종까지 완치되는 날, 다시 인터뷰 요청을 드려도 될까요?"

인터뷰가 아니더라도, 첫꽃송이는 만나러 오고 싶었다. 석주도 그 마음을 아는지 가만히 웃었다.

"그래요. 그날 또 봅시다."

잠시 후 덧붙였다.

"그날도 보고, 또 괜찮으시면 그 전에 저랑 제 아내와 파스타라도 드시겠어요? 파스타 제대로 하는 가게를 알거든요. 메르스, 이 지독한 놈을 떼어 낸 이야기를 하기엔 한 시간 남짓한 인터뷰가 너무 짧단 느낌 안 드십니까?"

"정말 짧죠. 천천히 길게 말씀 나누고 싶어요. 언제든 연락주세요. 파스타, 어떤 맛일지 벌써 궁금하네요."

인터뷰가 끝난 후, 병원장이 비전염 병실로 내려왔다. 석주와 악수를 나눴을 뿐만 아니라 가볍게 포옹까지 했다. 의사들과 간호사들의 박수와 웃음이 병실을 가득 채웠다. 병원장이 덕담을 했다.

"김석주 환자의 해피엔딩에 저희 병원도 도움을 드린 것 같아 기쁩니다. 많이 늦었지만, 따듯하고 성실한 치과 의사로 행복한 일상을 누리시길 기도드리겠습니다. 림프종이 완치되는 날까지, 저희 의료진이 책임지고 치료하겠습니다. 조금이라도 불편한 점이 있으면, 제게 곧바로 연락 주십시오. 성심을 다하겠습니다. 고맙습니다."

병원장과의 인사를 마치자마자 석주는 다시 환자이동침대에 누웠다. 장남이 마스크를 건넸다.

"기자들이 꽉 찼어요. 문이 열리자마자 사진을 찍어 댈 겁니다. 얼굴이 나가면 안 되니까 눈 바로 밑까지 올려 쓰세요. 가만히 누워 계시면 됩니다. 금방 지나갈 거예요. 준비 되셨죠?"

"네."

장남이 하얀 천을 석주의 목까지 덮어 여몄다. 쩌렁쩌렁한 목소리로 출발을 알렸다.

"나갑니다!"

석주는 머리를 살짝 들어 문을 쳐다보았다. 다시는 나가지 못하리라고 절망했던 문이다. 지옥이 끝나는 문이요, 인간의 자리로 돌아가는 문이다. 오늘 아침 눈을 떴을 땐 뚜벅뚜벅 걸어서 저 문으로 나갈까 고민도 했었다. 그러나 밀려드는 취재진으로 인해 혹시 생길 불상사를 막기 위해 환자이동침대를 이용하기로 했다. 문이 열리자 셔터 누르는 소리와 플래시 터지는 소리가 요란하게 뒤섞였다. 석주는 뒤통수를 침대에 붙이곤 눈을 꼭 감았다. 인터뷰를 못한 기자들의 질문이 여기저기서 들려왔다.

"지금 심정이 어떠십니까?"

"그동안 받은 치료에 만족하십니까?"

"뭘 먼저 드실 건가요?"

첫꽃송에게 이미 답한 질문도 있고 새로운 질문도 있었다. 석주는 눈을 지그시 감았다. 지옥으로부터 지상으로 빠져나가는 기분이 이러할까. 지금은 격리 해제와 메르스 완치의 속도감을 만끽하고 싶을 뿐이었다.

된장찌개

남영아의 수첩

2015년 10월 3일(월)

"아직 익숙하지 않아서……."

남편이 된장찌개에 숟가락을 넣으려다가 멈춘다. 우람이가 먼저, 내가 그다음에, 그러자 남편이 미소와 함께 찌개가 담긴 냄비에 숟가락을 집어넣는다. 남편은 전염력이 전혀 없다. 메르스는 진작 이겨 냈다. 혹시나 하는 두려움을 갖지 않도록 해야 한다. 병원 의료진도 메르스에 감염되기 전처럼 행복하게 지내라고 하지 않았는가. 된장찌개에 숟가락 세 개가 들어가는 것을 시작으로, 우람이가 과감하게 아빠 입에 뽀뽀를 한다. 얼마나 하고 싶은 뽀뽀였을까. 너무나 소중한 일상.

메르스 따윈 잊자!

이제,

다

끝났어.

더러움에 대하여

"길동화 님, 잠깐 저 좀……."

고상환 대표는 말끝을 흐리며 사무실에 딸린 창고로 먼저 들어갔다. 동화는 방금 출력한 전단지를 살피다가 일어섰다. 커트 머리에 흰 블라우스와 종아리까지 가리는 푸른 치마를 입었다. 조금이라도 젊어 보이려 머리 모양도 바꾸고 치마도 동심의 것을 빌렸다. 30년 동안 물류 창고에선 청바지만 고집했었다. 지게차로 책을 나르고 쌓고 빼려면 치마는 불편했다.

직원이라고 해 봤자, 대표에 정규직 두 사람 그리고 시급을 받으며 근무하는 동화가 전부였다. 대표와 직원 둘은 대학 선후배 사이로 30대 초반이었다. 동화에겐 아들뻘인 것이다. 처음엔 나이가 너무 많다며 꺼리던 고 대표도, 동화가 편집, 디자인, 인쇄에 물류 관리까지 두루 능하다는 사실을 안 후부터는 많은 업무를 맡겼다. 그렇게 보름이 지나고 3주째를 맞는 10월 5일 월요일 아침이었다.

"왜 숨기셨어요?"

정사각형 탁자에 마주보며 앉자마자 고 대표가 물었다. 처음엔 안면이 있는 출판물 종합유통업체 관계자들을 찾아가서 취직 부탁을 했다. 그들은 이미 그녀가 메르스를 앓았다는 사실을 알고 있었고, 이런저런 핑계를 대며 거절했다. 그녀는 출판물 물류 창고에 대한 미련을 접고, 전단지나 명함 제작을 주로 하는 작은 회사로 발길을 돌렸다. 그때부터 동화는 메르스 환자였다는 사실을 숨겼다. 정규직이 아니라 아르바이트로 취직하기 위해서라도, 올여름을 휩쓸고 간 전염병에 걸려 사경을 헤매다가 폐를 절반이나 못 쓰게 된 채 퇴원했다는 이야기만은 감춰야 했다. 그러나 어떻게 알아내는 것인지 벌써 세 번이나 발각되었고 왜 숨겼느냐는 힐난조의 질문을 들어야만 했다. 이 짧은 질문이 날아들면, 그 회사와의 인연도 끝이었다. 그래도 미련이 남아 아랫입술을 깨문 뒤 답했다.

"다 나았어요. 하나님께 맹세코……."

하나님까지 끌어들일 일은 아니었다. 고 대표도 독실한 기독교인이었다.

"압니다. 완쾌되셨으니 퇴원하신 것이겠죠."

고 대표와 직원들은 성실하고 예의 바른 청년들이었다. 아르바이트 직원이라고 동화를 업신여기는 경우도 전혀 없었다. 대표와 직원과 아르바이트 직원 모두 직급을 부르지 않고 서로의 이름 끝에 '님'자를 붙였다. 동화 님, 상환 님, 이런 식이다. 처음엔 회사 대표를 '상환 님'이라고 부르는 것이 어색했지만, 모두 그렇게 서로를 부르니 사나흘 만에 동화도 적응이 되었다.

어쩌면 이번엔 오래 머물 수도 있겠다는 기대도 솔직히 했다. 전단지가 나오는 날엔 종이 뭉치를 옮기느라 힘을 써야 하지만, 그때도 고 대표부터 직원들이 자기 일처럼 거들었다.

"감기 때문이 아니셨네요."

출퇴근길엔 꼭 마스크를 썼다. 퇴원하고 나니 후유증이 한두 가지가 아니었다. 지독한 불면증에 기억력 감퇴는 물론이고, 공기가 조금만 탁해도 기침이 쏟아졌다. 매일 아침 미세먼지 농도를 확인하고 마스크를 착용하는 것 외에 뾰족한 수가 없었다. 사무실에선 마스크를 숨겼지만 퇴근길에 우연히 고 대표와 골목에서 마주쳤던 것이다. 환절기 감기가 지독하다며 적당히 둘러댔었다.

"솔직히 말씀드릴게요. 폐를 다치긴 했어요. 예전엔 한 번에 2연씩은 거뜬했죠."

종이 묶음 1연이 5백 장이니 2연이면 1천 장이다.

"업무에 대해 지적하는 건 아닙니다. 저나 직원들보다 훨씬 해박하십니다. 전문가세요. 저희에게 꼭 필요한 분입니다."

동화의 눈이 젖어들었다.

전문가!

세 글자를 듣자마자 울컥했던 것이다. 평생 책을 만지며 살았다. 도서 보관과 유통엔 누구에게도 지지 않을 자신이 있었다. 편집이나 디자인 그리고 인쇄도 따로 돈과 시간을 들여 전문 학원까지 다니며 공부했다. 물류 창고에서 보낸 세월에 대한 회고록을 먼 훗날 퇴직 후 쓰고 편집하고 디자인하고 인쇄 감리까지 혼자 해서 출간하고 싶은 바람이 있었다. 그러나 메르스를 이기고 퇴원한 다음부터는 그 누구도 동화를 전문가로 인정하지 않았다.

"꼭 필요하다니 고마워요."

혹시 아르바이트가 아닌 정식 직원으로 채용하고 싶다는 제안을 하려는 것은 아닐까. 안정적으로 근무만 할 수 있다면 월급을 수습 수준으로 깎아도 상관없었다.

"저나 직원들은 동화 님을 하나님의 선물로 생각했습니다. 정식 직원으로 뽑자는 이야기를 지난 금요일에도 셋이서 했고요. 만장일치였습니다."

"고마워요. 정말 고마워요."

눈물을 쏟기 직전이었다.

"그런데……."

고 대표는 접속사만 뱉고 말을 잇지 못했다. 동화는 젖은 눈을 들킬까 싶어 시선을 내린 채 기다렸다.

"거래처 세 군데에서 주말에 전화가 걸려 왔습니다. 아르바이트 직원이 메르스 환자였던 게 맞냐고. 저희도 영문을 몰라 전에 일하셨던 곳에 연락해 보고 알았습니다. 지난 여름 메르스에 걸렸지만 이미 완치 판정을 받으셨다고요. 거래처에 연락해서 메르스를 앓으셨던 건 사실이지만 지금은 깨끗히 나았다고 말씀드렸습니다. 게다가 오랫동안 출판계에 종사하여 전문 지식과 솜씨가 탁월하다고. 이번에 전단지 질이 좋아진 것은 전적으로 그 아르바이트 직원

덕분이라고. 그런데……."

다시 똑같은 접속사에서 멈췄다. 그녀는 코를 들이마시며 눈물을 참았다. 기쁨의 눈물이 아니라 억울함의 눈물이었다.

"저와 직원들은 동화 님과 오래오래 같이 일하려고 했습니다. 그런데 가장 큰 거래처 대표님들이……."

"뭐라던가요?"

"그게…… 메르스 환자였던 사람을 쓰면 어떻게 하느냐고……."

"돌려 말씀하시지 말고, 그들이 말한 그대로 옮겨 주세요. 뭐라고 했나요?"

"더러운 손으로 만든 전단지는 받지 못하겠다 했습니다. 재수가 없다네요. 더럽지 않다고 몇 번이나 설명을 드렸는데도, 계속 똑같이 항의해 댑니다. 왜 돈 내고 만든 자기들 회사 전단지에 메르스 환자였던 사람의 손때가 묻어 있어야 하느냐고. 당장 내보내라고."

"제가 나가지 않으면 거래를 끊겠다던가요?"

고 대표가 눈물을 글썽거리며 일어나 동화에게 고개를 숙였다.

"죄송합니다. 설득하려고 애는 썼는데, 대표님들이 하나같이 똑같은 말씀만 하시네요."

"알겠습니다. 제가 나가죠. 회사가 살아야죠. 저 때문에 대표님과 직원들에게 피해가 가는 걸 원치 않아요. 지금 당장 거래처 대표들에게 전화드리세요. 더러운 인간, 방금 내보냈다고."

"더럽지 않습니다, 동화 님은."

"알아요. 저는 더럽지 않죠. 퇴원하고 나서 일주일은 혹시 내 몸에 나쁜 기운이라도 남았을까 싶어 하루에 네댓 번씩 샤워를 했어요. 씻고 또 씻었죠. 하지만 집 밖에만 나가면, 10년 넘게 얼굴 보며 지내던 이웃조차 피하며 수군거리더군요. 더러운 인간이라고. 저는 전혀 더럽지 않아요. 제 몸엔 메르스 바이러스가 단 하나도 남아 있지 않거든요. 그런데도 세상 사람들이 모두 저를 더럽다고 손가락질하니, 제 깨끗함을 어디 가서 어떻게 증명해야 할까요?"

"하나님은 아십니다."

"맞아요. 하나님은 제가 깨끗하다는 걸 아세요. 불손한 얘기지만, 하나님이 아시는 것만으론 부족하네요. 병든 여동생과 대학생인 아들이 있어요. 그들을 먹여 살려야 하는 가장이라고요. 전 돈을 벌어야 해요. 정규직의 꿈은 한참 전에 버렸어요. 더럽다고 아르바이트 자리도 얻지 못한다면, 어디에서 무슨 일을 하고 돈을 벌까요? 이 나라에서 저를 받아 줄 곳이 남아 있기나 할까요?"

고 대표가 거듭 고개를 숙이며 사과했다. 동화는 회사를 나와 발길 닿는 대로 걸었다.

❖

예전엔 높은 산도 곧잘 올랐지만 이젠 평지를 조금만 걸어도 숨이 찼다. 주로 버스를 탔다. 정류장에 앉아 10분이고 20분이고 기다렸다. 하지만 원하는 버스가 오더라도 타지 못한 날이 적지 않았다. 승객이 좌석에 모두 앉아 있기만 해도 가슴이 답답했던 것이다. 지상을 달리는 버스가 이 정도이니 지하철은 엄두도 내지 못했다. 아르바이트에서 쫓겨나고 벌써 한 시간도 넘게 도로를 따라 걷는 중이었다. 먹구름이 몰려들고 있었다. 버스나 트럭이 매캐한 연기라도 뿜으면 등을 돌린 채 기침을 쏟았다. 버스 정류장이 나와도 지나쳐 걸었다. 회사를 나서자마자 흐르기 시작한 눈물 탓이었다.

울며 걷다 보니 한강이었다. 성수대교를 건너기 시작했다. 다리를 오가는 차들이 더욱 빨라 보였다. 다리 중간, 한강 위에서 걸음을 멈췄다. 빗방울이 어깨와 머리를 때렸고, 푸른 치마가 바람에 흩날렸다. 눈물은 여전히 흘렀지만 나아가거나 돌아가지 않고 난간에 두 팔을 올리곤 섰다. 목을 뽑아 강 아래를 내려다보았다. 빗줄기가 점점 굵어졌다. 친구와 나란히 서 있기라도 한 듯 물었다.

"끝낼까?"

바람이 뺨을 때렸다. 그녀는 피식 혼자 웃으며 읊조렸다.

"기독교인은 자살하지 않는다. 할 수도 있다. 자살하면 지옥에 간다. 하지 않아도 벌써 나는 지옥에 있다. 어떤 지옥도 내가 겪는 지옥보단 못 하다. 여기가 지옥이므로, 내가 갈 곳은 어디든 지옥이 아니다. 여기보단 낫다. 여기서 나는 악마 취급을 받는다. 더러운 악마. 힘없는 악마. 악마로 사느니 인간으로 죽겠다. 더럽지 않게 깨끗하게 죽겠다. 기독교인은 자살하지 않는다. 할 수도 있다. 지금 할까?"

강으로 떨어지는 자신의 모습을 떠올렸다. 죽음에 닿기까진 4초 혹은 5초면 충분하다. '책탑'에서 퇴직한 후 일자리를 찾아내려고 최선을 다했다. 30년 물류 창고 노동자의 자부심을 숨긴 채, 신입의 일당을 받아들이기까지 했다. 그러나 기회가 주어지지 않았다. 메르스를 앓았다는 단 하나의 이유였다. 걸리고 싶어 걸린 전염병이 아니다. 그녀 혼자 힘으론 이 주홍글씨를 지울 방법이 없었다. 끝내고 싶어 끝내는 것이 아니었다. 새로 시작할 길이 없어 끝내기로 한 것이다.

구두를 벗었다. 낡긴 했지만 지난밤 동심이 정성을 다해 닦아 준 보랏빛 구두였다. 옆걸음으로 구두로부터 멀어졌다. 이렇게 간단히 벗어나면 끝인 것이다. 핸드백에서 휴대폰을 꺼내 구두 옆에 내려놓았다. 강으로 뛰어들 일만 남았다. 하나님을 찾지 않았다. 예수 그리스도를 부르지 않았다. 성경 구절을 외지 않았다. 찬송가 몇 소절을 흥얼거리지 않았다. 신에 기대면 지옥을 벗어나기 힘들 것만 같았다. 인간 길동화로서, 혼자, 결단한 후 떠나고 싶었다. 내가 지금까지 치열하게 달려왔듯이 내가 치열하게 멈추는 것이다. 이 방법이 최선이었다.

난간을 두 손으로 쥐었다. 팔을 뻗어 버티며 두 발을 차올렸다. 몸이 허공으로 떠오르는 그 순간, 휴대폰이 울렸다. 전화를 받지 않고 허리를 숙였다. 무게 중심이 앞으로 쏠렸다. 조금만 더 상체가 기울면 그대로 추락하는 것이다. 그때 다시 문자 알림음이 울렸다. 그녀는 다리 아래로 시퍼렇게 흘러가는 한강과 구두 옆에 놓인 휴대폰을 번갈아 쳐다보았다. 그리고 자기도 모르게 습관처럼 불러버렸다.

"주여!"

당신 뜻입니까? 제 뜻을 꺾었다고 착각하지 마세요. 지상의 마지막 문자만 확인하려는 거랍니다. 궁금한 건 못 참는 성미, 당신도 아시잖아요?

난간에서 내려섰다. 허리를 숙여 휴대폰을 집어 들었다.

— 막내 이모 쓰러지심 엄마 빨리

'오세요'라는 세 글자도 못 칠 정도로 급박한 것이다.

동화는 고개를 좌우로 돌려 대교의 길이를 가늠했다. 어느 쪽으로 가야 더 빨리 다리를 건널 수 있는지 판단이 서지 않았다. 강남 쪽으로 일단 달렸다. 빗발이 점점 굵어져 뺨을 때렸다. 순식간에 블라우스와 치마가 젖었다. 돌아서선 뒷걸음질치며 도로를 살폈다. 택시가 한 대 오고 있었다. 차도로 뛰어들어 택시를 세웠다.

"야, 미쳤어?"

택시 기사가 앞문을 열고 내려 삿대질을 해 댔다. 동화가 달려가선 뒷문을 열고 탔다. 사과부터 했다.

"미안합니다. 동생이 많이 아파요. 얼른 가야 해요. 출발해 주세요, 빨리!"

택시가 달리기 시작했다. 동화는 고개를 내려 두 발을 살폈다. 푸른 치마 밑엔 감색 양말뿐이었다. 급히 택시를 막아서느라 구두 신는 것도 잊었던 것이다.

퇴원 파티

10월 7일 저녁 7시부터 퇴원 축하 파티가 시작될 예정이었다.

영아는 석주와 진하게 모닝 키스를 나눈 후부터 계속 음식을 장만하느라 바빴다. 오늘은 회사에 휴가를 냈다. 석주가 메르스에 걸린 다음부터는 회사 업무를 제대로 보지 못했다. 그에게 작은 문제만 생겨도 병원으로 달려갔던 것이다. 고맙게도 직속상관 제임스를 비롯하여 회사는 영아를 특별히 배려해 주었다.

“아, 일어났어?”

부엌에서 파를 다듬던 영아가 고개를 돌렸다. 방문을 소리 나지 않게 연다고 했지만 그녀의 귀를 속이긴 어려웠다.

“도와줄까?”

석주의 물음에 그녀는 고개를 저었다.

“쉬어. 아무것도 하지 않는 게 돕는 거야.”

석주가 치의학전문대학원에 진학한 후로는 공부에 몰두하느라 부엌 출입을 못 했지만 그 전엔 요리도 즐겨 했다. 그러나 오늘은 아내가 솜씨를 발휘하겠다고 하니 그는 안방으로 갔다. 점심때 국수 먹으러 잠시 식탁에 앉은 것만 제외하고 하루 종일 방에 머물렀다. 데스크탑에 전원을 넣고 음악을 골라 크게 틀었다. 이것 역시 퇴원하면 꼭 하고 싶은 일이었다.

어제 그러니까 10월 6일, 퇴원 후 첫 외래를 받기 위해 대학 병원으로 갔다. 혈액종양내과 유대환 교수가 환하게 웃으며 맞아 주었다. 격리병동과는 완전히 다른 분위기였다. 간단한 검진부터 받았다. 열도 없고 기침도 없었으며, 가슴에서 수포음도 들리지 않았다. 폐와 기관지 쪽에도 후유증이 전혀 없었다. 유 교수는 일주일 정도 더 지켜본 뒤 항암 GDP 일정을 잡고, 조혈모세포 이식도 차근차근 준비하자고 했다. 메르스에 관해선 단 한 마디도 나누지 않았다. 메르스는 이제 잊힌 먼 과거였고, 항암 치료는 눈앞에 닥친 숙제였으며, 조혈모세포 이식은 가까운 미래에 성공할 과업이었다. 유 교수와 석주 사이엔 어떤 이견도 없었다.

석주와 친한 대학원 동기 두 명과 대학 동기 두 명과 고등학교 동기 두 명이 부부 동반으로 왔다. 고등학교 동기들과는 '싸팸(싸이코 패밀리)'을 만들어 길거리 농구에 몰두했고, 대학 동기들과는 동아리 '가람터'에서 함께 팬플루트를 불었다. 전라도 광주에서 치과를 개업한 대학원 동기 박상도는 네 살인 딸 박은하까지 데려와서 특별히 우람의 환영을 받았다. 메르스에 걸렸다가 먼저 완치된, 영아의 간호학과 동기이자 F병원 간호사 박경미도 왔고, 영아와 친한 대학 동기 고은지와 정민아까지 합세했다. 석주네 식구까지 합쳐 모두 열아홉 명이었다.

경미가 현관으로 들어서자 영아가 달려들어 포옹했다. 둘은 끌어안은 채 한참을 울먹거렸다. 영아가 등을 두드리며 따지듯 물었다.

"아무리 그래도 그렇지. 내 전화는 왜 안 받은 건데? 네 처지를 모르는 건 아니지만, 그래도 우리가 그런 사이야?"

경미가 웃어 넘겼다.

"미안해. 처음엔 나도 황당하고 우울하고 화가 나서 미쳐 버릴 지경이었어. 병원에서 정한 대로 충실하게 근무했는데, 왜 내가 메르스에 걸렸지? 석주 씨가 보호 장구 문제를 거론했을 땐 너무 지나친 거 아니냐 생각도 솔직히 했었는데, 결국 석주 씨가 옳았던 거야. 전염을 막기 위한 조치들에서, 넘치는 건 괜찮지만 부족한 건 용납하면 안 돼. 지금 돌이켜 보면 뭔가에 홀렸던가 봐. 3백 원짜리 에이피 가운을 보호자들에게 입히고, 또 우리도 VRE 가운만 입고 메르스 환자들을 만나러 들락거렸으니까."

"심했지, 그땐 정말!"

영아가 맞장구를 쳤다.

"격리병실에 갇히고 보니 내가 간호했던 메르스 환자들에게 미안해졌어. 메르스가 얼마나 사람을 벼랑 끝까지 내모는지, 내가 그 병에 걸려 생사를 넘나드니까 알겠더라고. 환자들이 고통을 호소해도, 조금만 참으라고, 곧 적절한 조처를 하겠다는 말만 반복했었지. 감염된 후 격리병실에 누워 있는데 갑자기 숨이 막혔던 새벽……. 시퍼런 어둠을 떠올리니 지금도 숨이 막히려고 하네. 1분은 고사하고 정말 10초도 못 견디겠더라. 그렇게 아픈 환자들에게 조금만 참으라고, 주제넘게 속 편한 소리만 해 댔으니……."

"석주 씨 말이, 그래도 경미 네가 베스트였대. 다른 간호사들은 정맥도 제대로 못 찾아 여기저기 대여섯 번이나 바늘을 꽂는데, 넌 단번에 척척 해냈다며?"

"학교 다닐 때부터 내가 정맥 하난 확실히 찾았지."

"나보다?"

"당연하지. 너는 남자만 눈여겨봤지, 정맥은 관심 밖이었잖아?"

"정맥보단 남자가 낫지."

"그건 그래."

"근데 너 살 많이 빠졌네."

"메르스 앓는 동안 9킬로그램이나 빠지더라고. 지금은 다시 4킬로그램이 쪘어. 티가 많이 나?"

"응. 안 되겠다. 경미 너 오늘 5킬로그램 이상 먹고 가."

"고맙다. 친구야!"

둘은 또 끌어안고 한참을 울었다.

홍택은 파티엔 참석하지 않고, 집 앞까지 왔다가만 갔다. 6시 30분을 막 넘은 시각에 영아에게 잠깐 나오라고 전화를 한 것이다. 영아는 석주와 함께 집 앞 놀이터로 나갔다.

"아버님! 들어오시지 않고요."

홍택이 웃으며 고개를 저었다.

"늙은이가 끼면 방해만 돼."

석주가 받았다.

"방해라뇨? 무슨 그런 말씀을 하십니까."

퇴원하는 날에도 홍택은 우람을 돌보며 집에서 기다렸다. 석주가 자기 발로 걸어 들어오는 것을 보곤 손을 꼭 쥐었다. 큰절을 드리겠다는 석주를 만류하며, 우선 푹 쉬라고 현관을 바삐 나갔던 것이다. 오늘 파티도 가장 먼저 초대했지만, 홍택은 선약이 있다며 거절했다. 다른 날로 잡겠다고 하니, 자기 때문에 날짜를 바꾸지 말라고도 했다.

"자, 이거!"

홍택이 등 뒤에 감췄던 꽃다발을 영아에게 내밀었다. 붉은 장미였다.

"아버님!"

"어서 받거라. 이깟 꽃으로 그동안의 고생이 보상될 리 없겠지! 네가 지극정성을 다한 덕분에 석주가 무사히 돌아왔구나. 고맙다."

영아가 꽃다발을 받아 품에 안았다. 홍택이 시선을 돌려 석주에게 말했다.

"이제 평생 아내를 받들며 살도록 해."

석주가 웃으며 답했다.

"그럼요. 그래야죠."

"수술은 그럼 언제 하는 거냐?"

동종 조혈모세포 이식 수술을 가리키는 것이다. 지난 9월 중순 홍택은 대학 병원에서 조혈모세포 기증을 위한 조직적합성 검사를 받았다. 석주가 메르스를 이겨 낸 후엔 림프종 치료를 할 것이다. 완전관해를 이룬 후엔 동종 조혈모세포 이식 수술이 기다리고 있었다. 작년엔 자가조혈모로 수술이 가능했지만, 이번엔 기증자가 필요했다. 가족 간에 조직적합성항원이 일치하는 사람이 없다면, 기증자를 확보하는 것도 매우 힘든 일이었다. 8월 초부터 조직적합성 검사를 요청했지만 쉽게 받아들여지지 않았다. 홍택과 석주의 검체를 받아 적합성을 검사해야 하는데, 검사실에서 메르스 환자인 석주의 검체를 받는 것을 꺼렸던 것이다. 몇 번을 사정한 뒤에야 겨우 9월에 검사를 받았다. 다행히 홍택과 석주의 조직적합성항원이 일치했다.

"항암 치료부터 받고요. 빠르면 크리스마스고 늦어도 내년 설날 이전까진 하겠다네요.

"알겠다. 그렇게 알고 준비하마."

홍택은 오늘이라도 당장 헬스클럽에 등록할 생각이었다. 석주에게 더 나은 조혈모세포를 주려는 아비의 마음이었다.

7시, 초대받은 이들과 석주네 가족이 하얀 케이크를 중심으로 둘러앉았다.

저녁을 먹기 전에 석주의 퇴원을 축하하려는 것이다. 케이크를 사온 경미가 초 하나를 가운데에 꽂았다.

"석주 씨 생일이 얼마 안 남았지? 그땐 나이대로 초를 꽂고 불어. 오늘은 메르스를 이기고 다시 시작한다는 뜻에서 하나만!”

폐섬유화가 심하진 않았지만 당분간은 마스크를 쓴 채 외출하라는 지시를 받았다. 바이러스를 외부에 옮길 것을 걱정해서가 아니라, 면역력이 많이 떨어진 상태이니 외부로부터의 바이러스 감염을 걱정한 것이다. 초를 하나만 꽂은 것은 그런 석주를 위한 배려였다. 석주가 케이크 앞에 앉았다. 형광등을 끄자 촛불 하나만 빛났다. 석주가 말했다.

“우람아 이리 와. 당신도!”

우람과 영아가 좌우에 앉았다. 세 사람은 눈을 맞춘 후 동시에 입김을 불어 초를 껐다. 축하객들이 박수를 치며 환호했다. 영아는 미리 아랫집과 윗집에 양해를 구해 두었다. 이웃들도 석주의 퇴원을 축하하며 오늘 밤엔 록밴드 공연을 해도 괜찮다고 했다. 밴드 공연까지는 아니지만, 오늘 온 지인들을 위해 석주는 특별한 선물을 준비했다.

안방에서 의사 가운을 입고 기타를 어깨에 걸친 채 거실로 나왔다. 연습하는 걸 들키지 않으려고 록 음악을 아침부터 더욱 크게 틀었던 것이다. 박수가 잦아들자, 석주가 간단한 설명을 얹었다.

“병실에선 기타를 못 쳤어요. 면회 온 아내를 통해 나중에 기타를 받긴 했는데, 아프니까 손끝 하나 움직이기도 싫더라고요. 그런데 참 희한한 일이죠. 침대에 앉거나 누웠노라면, 제가 좋아하고 즐겨 치던 곡들이 들려오는 거예요. 눈을 감으면 더 또렷하게! 격리병실의 하루는 정말정말 지루하거든요. 특히 메르스 증상이 사라진 8월부턴 하루가 1년 같았습니다. 환청도 때론 도움이 되더라고요. 준격리병실로 나오자마자 그 소린 영영 사라졌어요. 가끔 그립기도 한데, 전혀 들리지가 않아요. 퇴원하고 며칠 연습을 하긴 했는데, 어떨지 모르겠습니다. 아직 손가락에 힘이 완전히 붙지 않았다는 것, 격리가 해제된 지 겨우 나흘째란 걸 감안하고 들어주십시오."

연주를 시작했다. 조지 해리슨의 〈While My Guitar Gently Weeps〉였다. 석주 또래에서 밴드에 관심이 있는 사람이면, 고등학생이나 대학생 때 도전하고 즐기는 곡이었다. 영아 역시 석주가 연주하는 이 곡을 연애할 때 대여섯 번 결혼 후엔 그보다 더 많이 들었던 것 같다. 그때마다 석주도 영아도 환하게 웃었다. 대학원 동기인 박상도와 공형배가 따라 일어나서 허공에 베이스 기타와 드럼을 치는 흉내를 냈다. 그들은 치의학전문대학원에서 '피피포사'란 밴드를 결성하여 연주회를 갖기도 했다. '피피포사'란 '날개입천장오목' 혹은 '익구개와'라고도 번역되는 'pterygopalatine fossa'의 약칭이었다. 치의학전문대학원 밴드다운 이름이었다.

석주와 영아에게 오늘보다 더 기쁜 날은 없었다. 이제 림프종 치료만 마치면 석주는 환자에서 의사로 돌아가는 것이다. 5월에 겨우 보름 동안 의사 가운을 입고 환자들을 맞았던 순간들이 아주 먼 과거처럼 느껴졌다. 치과 의사로 새롭게 출근하는 날, 그녀는 남편에게 다시 한 번 이 곡을 청하리라 마음먹었다.

영아가 하루 종일 준비한 음식들이 계속 등장했다. 상을 가득 채

운 육해공 한중일을 망라한 요리들을 보며 참석자들 모두 미소를 지어 보였다. 당장 음식점을 차리라는 덕담이 이어졌다.

"천천히들 드세요. 넉넉하게 했으니까 더 먹고 싶은 게 있으면 말하고요."

눈치 빠른 경미가 산해진미를 훑은 뒤 돌발 퀴즈를 냈다.

"이 음식들 공통점이 뭔지 아세요?"

참석자들이 고개를 갸웃거렸다. 다양한 재료로 더 다양하게 만든 요리들인지라 공통점을 찾기 어려웠다. 영아가 끼어들었다.

"식기 전에 어서어서 드세요."

경미가 말했다.

"다들 모르시겠죠? 저도 메르스에 걸려 격리되기 전까진 석주 씨가 왜 하필 그 프로그램을 즐겨 볼까 몰랐었죠. 한데 격리되고 나니, 많이 아플 땐 식욕마저 사라지지만, 몸이 조금씩 회복되면서부턴 엄청나게 뭘 먹고 싶어지더라고요. 메르스 후일담은 나중에 더 들려드리기로 하고, 방금 낸 퀴즈의 정답은 바로 '맛있는 녀석들'에 나온 음식들이란 겁니다. 더 상세히 말씀드리자면, 거기 나왔던 음식 중 병원 근처에선 구할 수 없었던, 그래서 석주 씨가 격리병실에서 먹지 못한 음식들이죠. 여러분도 아시겠지만 영아가 워낙 꼼꼼한 성격이지 않습니까. 아무리 꼼꼼해도 그렇지, 석주 씨가 그동안 먹고 싶어도 못 먹었던 음식들을 하나하나 기록해 두었다가 오늘 모조리 내놓을 줄은 상상도 못했어요. 자, 이 많은 음식을 만드느라 애쓴 남영아 요리사를 위해 박수!"

세 시간 남짓 식사가 이어졌다. 나오는 요리를 한 젓가락씩만 집어 먹어도 배가 가득 찰 정도였다. 영아는 부엌과 거실을 오가며 음식을 나르느라 바빴다. 석주는 기타를 연주하고 조금 지친 듯했지만, 안방으로 물러나 쉬거나 하진 않았다. 오랜만에 만난 친구들이 들려주는 이야기에 귀 기울이며 자주 많이 웃었다. 이럴 땐 추억담이 제격이었다. 메르스나 림프종에 관한 이야기는 전혀 나누지 않았고, 석주의 치의학전문대학원 시절이 화제에 올랐다. 도서관에서 살다시피 하며 얼마나 지독하게 공부했는지 이야기할 땐, 음식을 나르던 영아가 눈물을 훔치기도 했다. 지금보다 더 젊고 더 용감한 시절이었다. 석주가 의사에 도전하겠다 말했을 때 영아는 하고 싶으면 하라고 했다. 그가 대기업을 그만둔 후부턴 뒷바라지는 그녀 몫이었다. 영아도 석주도 서로를 믿고 의지하며 절박하게 최선을 다했다. 오늘 모인 친구들 모두 두 사람의 치열한 나날을 인정해 주었다. 잘될 일만 남았다는 격려이기도 했다.

밤 10시를 넘긴 뒤 아파트 단지 입구까지 참석자들을 배웅했다. 영아 혼자 남은 음식을 정리하고 설거지까지 마쳤다. 석주가 돕겠다고 했지만 안방으로 밀어 넣었다. 설거지를 마치자 자정이 훌쩍 넘었고, 간단히 씻고 나니 1시가 가까웠다. 영아가 이불 속으로 들어가자 석주가 그녀 쪽으로 몸을 돌렸다.

"안 잤어?"

석주가 대답 대신 그녀를 끌어안고 이마에 입을 맞췄다.

"고생 많았어, 오늘! 출장요리사를 부를걸 그랬네."

"내 요리가 별로였어?"
마음에도 없는 질문을 했다. 석주가 답했다.
"맛이야 최고지. 당신이 힘드니까……."
"당신이 돌아왔는데, 이 정도는 해야지. 퇴원 파티 또 해 줄까? 초대하고 싶은 사람들 더 있어? 말만 해."
"아냐, 됐어."
영아가 그의 가슴에 이마를 대곤 말했다.
"자기 오늘 멋졌어."
"정말?"
"응. 의사 가운 입고 기타 연주할 줄은 몰랐거든. 다들 잊지 못할 밤이었을 거야."
"세 군데나 틀렸네. 쉬운 코드인데, 놓쳤어. 기타 대신 내가 울고 싶더라."
"괜찮아. 격리 해제되고 나흘 만에 그 정도면 대단한 거야."
"그런가?"
"그럼."
"경미 씨는 괜찮대?"
근무중 메르스에 감염된 간호사 박경미를 걱정하는 것이다.
"후유증 없이 말끔하대. 한 달 쉬며 유럽 배낭여행을 갔다가 원래 있던 자리로 복직했고."
"다행이네."
"남 걱정 하지 마. 우리 일에만 집중하자."

"당신, 소원이 뭐야?"

"소원? 그건 갑자기 왜? 당연히 자기가 낫는 거지. 림프종까지."

"그거야 당연히 나을 거고. 림프종 치료까지 마친 후에 하고 싶은 거 없어?

"내년부터 3년 연속 가족 여행가는 거?"

"그건 내가 말한 거고. 당신은?"

"들어주려고?"

"응."

"돈이 많이 들지도 몰라."

"그깟 돈, 하나도 안 아까워. 뭐야 소원이?"

영아가 이마로 가슴을 천천히 비비다가 턱을 들었다. 석주가 고개 숙여 눈을 맞췄다. 그녀는 5월 26일 수첩에 끼적인 문장을 떠올렸다.

2016년 11월 11일 결혼 10주년

리마인드 웨딩 with 우람

나 38살 신랑 37살 우람 5살

"지금은 말 안 할래. 치료 마치는 날, 그날 얘기할게."

"궁금한데…… 힌트 살짝 줄래?"

"안 돼. 미리 얘기하면 불경 타. 대신 꼭 이 소원은 들어줘야 해."

"알았어."

"약속?"

"약속!"

석주가 새끼손가락을 내밀어 그녀의 새끼손가락에 걸려고 했다. 손가락을 거는 것만으로는 부족했는지, 영아는 목을 길게 뽑아 그의 입술을 제 입술로 덮었다. 밤을 새워 입을 맞춰도 모자란 마음이었다.

거니깐!

남영아의 수첩

2015년 10월 7일(수)

남편 목욕.

남편 이발.

문득 그런 생각이 들었다.

격리 해제와 함께 나 혼자 사회로 복귀했다.

남편은 아직 힘든 림프종 투병중이다.

좀 더 그 사람 입장에서 생각하도록 노력해야겠다.

우린 다 잘 될 거니깐!

우린 다 잘 극복할 거니깐!

앞으로 좋은 일만 있을 거니깐!

여보 파이팅!

나도 파이팅!

소생실

격리 해제 후 일주일이 지나 다시 토요일이 되었다. 10월 10일이었다.

그사이 영아는 하루 휴가를 낸 것 외엔 아침에 출근하고 저녁에 퇴근했다. 석주는 우람과 집에 머물렀다. 영아는 둘만 두고 나가는 것이 못내 아쉬웠다. 그가 치의학전문대학원에 가기 위해 대기업을 그만둔 후부터 실질적인 가장은 그녀였다. 메르스라는 끔찍한 전염병에 걸린 남편을 챙기면서 직장 생활을 포기하지 않은 것 역시 그녀의 남다른 책임감 때문이었다.

저녁에 근사한 외식을 하러 갔다. 평일에도 야근까지는 아니지만 밀린 업무 때문에 집에서 저녁을 차려 먹곤 다시 책상 앞에 앉았던 것이다. 석주는 토요일 저녁도 간단히 먹고 집에서 쉬자고 했다. 자신보다 아내가 병이 날까 두렵다고도 했다. 그러나 영아는 이미 곰탕 전문점에 예약까지 마쳤다. 그녀다운 꼼꼼함이었다.

저녁 식사까진 시간 여유가 있어서 식당 앞 카페에 잠시 들어갔다. 우람은 요거트 아이스크림, 석주와 영아는 아메리카노를 주문했다. 그는 커피 한 모금을 마시곤 잔을 내려놓았다.

"아버지가 헬스를 시작하셨어."

"평생 철저하게 준비하며 살아오신 분이잖아? 당신은 서두르지 마. 항암이 얼마나 힘든지 알지?"

우람의 머리를 쓰다듬었다.

"매일 네댓 개 팩을 수혈하며 한 달을 버텼던 나야. 퇴원 전에 맞았던 항암제가 그래도 내 몸에 맞으니까, 그걸로 가 보지뭐. 항암 부작용이 아무리 심해도 메르스만 할까. 너무 늦추는 게 안 좋다는 건 당신도 알지?"

영아는 고개를 끄덕였다. 6월에 메르스 치료와 림프종 치료를 병행했더라면 하는 아쉬움이 늘 있었다. 메르스를 치료하느라 재발한 림프종 치료의 적기를 놓친 것은 아닐까. 적기를 놓쳤다면 시일을 끌수록 환자에게 더 나빴다. 림프종 없이 새해를 시작할 수만 있다면!

석주가 영아의 손을 당겨 쥐었다.

"걱정 마. 다음에 외래 갈 땐 아예 항암 치료 계획을 잡을게."

"같이 가서 의논해."

"아냐. 나 혼자 택시 타고 가면 돼. 당신은 일해야지."

"그래도……."

"림프종은 힘을 합쳐 이겨 냈던 병이잖아? 이번에도 승자는 우리야."

"알았어. 그럼 병원 다녀와서 얘기 나눠. 당신 항암 계획에 따라 내 근무 일정도 조정해 볼게."

카페를 나와 길 건너 곰탕 전문점으로 옮겼다. 창가 자리에 앉았다. 석주와 영아와 우람은 숟가락으로 국물부터 떠 후후 불며 삼켰다. 수육까지 한 접시 시켜 먹은 다음에야 부른 배를 쓸며 일어섰다. 우람이 열 손가락을 쪽쪽 빨며 말했다.

"아빠! 다음에 또 와요."

"그렇게 맛있니?"

고개를 끄덕였다.

"그래. 다음 주 토요일에 다시 오자."

신이 난 우람이 품을 파고들었다. 석주는 아이를 번쩍 안아 들곤 식당 앞마당을 걸어 나왔다.

아파트 단지에 도착해서 엘리베이터를 탔다. 석주의 눈가에 잔주름이 잡히기 시작했다. 영아가 재빨리 알아차리곤 물었다.

"왜 그래?"

"어지럽네. 더부룩하고."

그녀가 건넌방에서 우람을 재운 뒤 안방으로 왔다. 석주는 배를 잡고 웅크린 채 끙끙 앓고 있었다. 이마를 짚어보니 불덩이였다. 체온계로 재니 38도가 넘었다.

"수육 먹은 게 체했나 봐. 해열제부터 줄래?"

"구급차 부를까?"

"아냐, 아직은……. 그건 그렇고 우람이 어린이집 슬슬 알아봐. 나도 격리 해제되었으니 이제 어린이집에 다녀도 되잖아?"

석주가 그 문제를 마음에 품고 있었던 것이다.

"알았어. 내일 그럼 몇 군데 어린이집에 연락해 볼게."

"난 문구점 가서 우람이 새 친구들에게 나눠 줄 스케치북이라도 사 둬야겠다."

"그것도 내가 살게."

"놔 둬. 오랜만에 아빠 노릇 하고 싶어."

"그래, 그럼!"

"이제 제자리로 돌아가는 거야. 당신은 제약 회사로 우람이는 어린이집으로 그리고 나는 치과 병원으로!"

영아는 잠시 '세상 풍경 중에서 제일 아름다운 풍경, 모든 것들이 제자리로 돌아가는 풍경'이란 노랫말을 떠올렸다.

해열제를 먹은 석주는 춥다며 이불을 목까지 올려 덮곤 눈을 감았다. 영아는 수건을 냉수에 짜선 그의 손과 발을 닦았다. 단단한 근육과 두툼한 살집은 사라지고 앙상한 뼈들만 잡혔다. 패기만만한 젊은이의 발이 아니라 죽음에 이마를 비벼 대는 늙은이의 발이었다. 약 기운이 도는지 신음이 차츰 줄어들었다.

두 시간쯤 지났을까. 석주가 갑자기 벌떡 일어나더니 화장실로 급히 걸음을 옮겼다. 좌변기에 얼굴을 묻자마자 토하기 시작했다. 저녁에 먹은 수육에 곰탕은 물론이고 점심때 먹은 감자전까지, 꺽꺽대며 토하고 또 토했다. 영아는 등이라도 쓸어 주려고 다가섰다.

그가 손을 휘휘 내저으며 말했다.

"오지 마!"

걸음을 멈췄다. 석주가 변기 물을 내리고 다시 토하기 시작했다. 작년에 항암을 하면서도 종종 토했다. 그때마다 영아를 화장실 밖으로 내몰았다. 아무리 아내지만, 아내이기 때문에 더더욱 토하는 모습을 보여 주기 싫다는 것이다. 그래도 이 밤엔 토하는 횟수와 시간이 너무 길었다. 더 이상 토할 것이 없을 텐데도 검지를 입에 찔러 넣어서까지 토하려 들었다.

그렇게 서너 차례 구토가 이어졌다. 처음엔 걸어서 화장실로 갔지만 두 번째부턴 어지럽다며 방바닥을 기었다. 네 번째엔 침대에서 내려서기도 전에 시큼한 위액이 섞인 구토물이 이불을 적셨다. 건넌방에서 자던 우람이 안방 문을 연 것은 바로 그 순간이었다. 옆집에 폭탄이 떨어져도 세상 모르고 잘 아이지만, 꺼억 꺽꺽 소리에 눈을 뜬 것이다. 그리고 그 괴이한 소리를 아빠의 병과 연결시킬 정도로 아이는 자라 있었다.

"아빠……."

우람은 방문을 연 채 들어오지도 못하고 물러나지도 않은 채 울기만 했다. 영아가 서둘러 품에 안고 다독였다. 그리고 다시 석주에게 갔다. 쇼크가 왔을까. 흔들며 말을 붙여도 답이 없었다.

"정신 차려. 응급실 가……."

휴대폰을 들었다. 아주 짧은 순간이지만 어느 병원으로 갈 것인지를 고민했다. F병원이라 불렀던, 석주가 6월 1일부터 7월 3일까지 입원했던 종합 병원은 구급차로 5분이면 닿을 거리였다. 7월 3일부터 10월 3일까지 격리병동에서 치료를 받았던 대학 병원까진 50분이 넘게 걸렸다. 석주의 상태가 시시각각 악화되었기 때문에 가까운 종합 병원으로 가기로 했다. 119구급대에 전화를 건 후 홍택에게도 연락했다. 119구급차와 홍택이 거의 같은 시각에 도착했다. 우람을 홍택에게 맡기고, 영아는 석주와 함께 구급차에 탔다.

구급 대원은 모두 두 명이었다. 한 명은 운전석을 맡았고 또 한 명은 응급 처치가 가능한 뒷자리에 탔다. 구급차가 사이렌을 울리며 전속력으로 질주했다. 드러누운 석주는 계속 배를 움켜쥔 채 앓는 소리를 했다. 체온과 혈압을 재기 위해 구급 대원이 다가앉았다. 영아가 대원의 팔을 잡고 밝혔다.

"뉴스에서 보셨죠? 마지막 메르스 환자! 10월 3일에 퇴원한 환자가 이이예요."

구급 대원의 눈이 커졌다. 영아가 안심시켰다.

"걱정 마세요. 완치되었으니까. 전염력은 전혀 없어요. 림프종 재발 때문에 열이 끓고 토하는 겁니다. 복통은 아무래도 비장 쪽이 비대해져 그런 게 아닐까 싶고요."

구급 대원이 허리를 젖히며 휴대폰을 꺼냈다. 구급차가 도착할 종합 병원 응급실로 전화를 걸었다.

"메르스 환자였답니다. 귀 병원에 입원한 적도 있고요. 아, 이름요?"

고개를 돌려 영아와 눈을 맞췄다.

"김석주예요. 36세."

"김 석 주 36세 남자."

전화를 끊은 대원은 장갑과 N95 마스크부터 꺼내 썼다. 영아에게도 장갑과 마스크를 건넸다.

"치워요. 메르스 아닙니다. 림프종이라니까요."

"그래도 만에 하나……."

그녀가 말허리를 자르며 목소리를 높였다.

"만에 하나든 억에 하나든, 이이는 전염병 환자 아니에요. 10월 3일 퇴원 후 저랑 일주일이나 같이 지냈어요. 마스크나 장갑 같은 거 할 필요 전혀 없다고, 남편을 완치시킨 대학 병원 의료진이 말했다고요."

구급 대원도 지지 않고 받아쳤다.

"메르스에 전염된 구급 대원 소식 들으셨죠? 저랑 친한 친구도 감염되어 죽을 고비를 넘겼습니다. 그들이 왜 감염된 줄 아세요? 바로 지금처럼, 메르스가 절대로 아니라고 장담하며 장갑도 마스크도 거부했던 응급 환자들에게 옮은 겁니다. 퇴원 후 일주일 동안 지금처럼 열이 나거나 구토한 적 있습니까?"

"오늘 밤부터 갑자기 이러는 거예요."

"고열을 동반한 구토나 기침이 오늘 밤부터라면, 메르스 환자라면, 바이러스가 몸 밖으로 나올 가능성도 지금이 가장 큰 겁니다. 그러니 제발 제 말 들으세요. 마스크라도 먼저 쓰세요."

영아가 마스크와 석주의 얼굴을 번갈아 쳐다보았다.

"됐어요. 남편은 림프종 환자입니다. 림프종은 전염병이 아니고요."

구급차가 응급실 앞에 도착했다. 1번 환자, 0번 환자, 그리고 김석주와 길동화와 이첫꽃송이가 들어갔던 바로 그 응급실이었다. 레벨D 보호 장구를 갖춘 의사와 간호사가 다가왔다. 영아가 그들의 모습을 보곤 또 반복했다.

"메르스 환자 아니에요. 재발된 림프종이 악화되어 쇼크가 온 겁니다. 치료부터 해 주세요."

의사가 답했다.

"저희에게 맡기세요. 검사부터 하고 치료도 물론 하겠습니다."

영아가 말꼬리를 붙잡았다.

"검사라뇨? 무슨 검사를 한단 말인가요? 혹시 PCR? PCR이죠? 그건 할 필요 없어요. 남편은 메르스 환자가 아닙니다."

남자 간호사들이 등을 지며 구급차 쪽으로 붙었다. 석주의 허리와 엉덩이 밑으로 팔을 집어넣어 능숙하게 환자이동침대로 옮겼다. 그 순간 석주가 눈을 번쩍 떴다.

"영아야!"

고개를 좌우로 흔들며 아내를 찾았다. 영아가 외쳤다.

"여기 있어. 여기!"

그는 목소리가 들린 방향으로 고개를 돌리며 일어서려 했다. 간호사들이 석주의 어깨를 힘껏 눌렀다. 석주는 그들이 쓴 안면 보호구와 N95 마스크와 장갑을 보고 상황을 알아차렸다. 고함을 질러 댔다.

"메르스 아냐. 메르스는 끝냈다고. 이러지 마. 나한테 이러지 말라고. 남영아! 영아야, 어딨어?"

영아가 남자 간호사들 사이로 얼굴을 들이밀려 애썼다. 힘으로 맞서기엔 역부족이었다. 누군가 그녀의 팔을 잡아끌었다. 낯익은 목소리가 등 뒤에서 들렸다.

"진정해!"

경미였다. 마스크를 눈 밑까지 올려 쓰고 의사 뒤에 서 있는 바람에 알아차리지 못한 것이다. 경미를 보자 영아의 목소리가 더욱 부들부들 떨렸다.

"경미야! 왜들 이래? ……PCR 검사 못 하게 해. 림프종 때문이니까, 거기에 맞춰 응급치료만 하면 돼."

경미가 그녀를 당겨 안으며 말했다.

"나도 알아, 메르스는 진작 완치되었다는 거. 그렇지만 병원 입장도 있는 거잖아?"

"병원 입장?"

"응급실에서 이런 일이 벌어진 게 벌써 세 번째야. 첫 번째는 검사가 불필요하다는 질병관리본부를 설득해서 메르스 1번 환자를 밝혀냈고, 두 번째는 너도 잘 알겠지만 메르스 환자인 줄 모르고 응급실에 사흘을 두는 바람에 석주 씨를 비롯한 많은 이들이 감염되었어. 올해는 메르스가 완전히 끝났구나 여겼는데, 석주 씨가 응급실로 오늘 다시 온 거야. 메르스 환자는 물론 아니고, 메르스 완치 판정을 받은 환자지. 하지만 병원에선 그래도 검사를 하자는 입장이야. PCR을 했는데 검사 결과가 음성이라서, 림프종 치료만 하고 돌려보냈다는 식으로 마무리 지으려는 게지."

"PCR 검사를 요청할 땐 해 주지도 않더니, 이젠 만사 제쳐 놓고 면피용으로 검사부터 하겠다고?"

"뭐라고 하든지 검사는 진행할 거야. 음성 판정이 날 때까진 너도 석주 씨 곁에 못 가. 따라와."

경미가 그녀의 팔목을 쥐고 움직였다. 복도를 지나 작은 방으로 들어서자마자 영아가 팔을 뿌리치곤 말했다.

"경미야! PCR 검사 하면 안 돼. 어떤 경우에도 해선 안 된다고."

"그게 무슨 소리야?"

"PCR 검사로는 그이가 메르스 환자인지 아닌지 판정할 수 없어. 양성이 나올지도 몰라. 양성이 나온다 해도 석주 씨는 메르스 환자가 아냐. 전염력이 전혀 없다고. 그러니 PCR 검사받지 않도록, 경미 네가 가서 막아줘."

"양성이 나오다니? 완치가 되었는데 어떻게 양성이 나와?"

"길게 설명할 시간 없어. 하여튼 석주 씨는 메르스 환자가 아니고, 림프종 치료만 받으면 해."

"진정하고 기다려. 내가 가서 담당의에게 네 뜻을 전할게. 고열과 구토와 복부 통증에 대한 치료가 어떻게 진행되는지도 알아보고. 꼼짝 말고 여기 있어, 너는!"

경미가 방을 나갔다. 영아는 앉아 있지 못하고 초조하게 시계추처럼 왔다 갔다를 반복했다. 입이 바싹바싹 타들어 갔다. 그러다가 휴대폰에서 오장남의 전화번호를 찾아 눌렀다.

"여보세요……."

잠에 취한 목소리였다.

"응급실에 와 있어요. 고열에 구토에 복부 통증이 심해서……."

목소리에 힘이 실리면서 말투도 빨라졌다.

"알겠습니다. 내려가겠습니다. 잠시만……."

영아도 재빨리 말허리를 잘랐다.

"대학 병원이 아니라…… 병세가 너무 안 좋아서 가까운 곳으로, 종합 병원으로 우선 왔어요…… 그런데 PCR 검사를 하겠다고……."

"아, 그거, PCR은 필요 없는데……. 저한테 먼저 연락을 하셨으면 좋았을 것을. 우리 병원에서라면 검사 같은 거 하지 않고 응급실 거쳐 일반 병실 입원이 가능했을 텐데요."

영아는 45분을 아끼려는 마음이 급했다. 단 5분 차이로 이승과 저승을 오가는 환자를 숱하게 본 탓이다. 종합 병원에서 PCR 검사부터 당장 하겠다고 나설 줄은 몰랐다. 석주가 PCR 검사에서 음성과 양성을 자주 오갔으며, 음성이 네댓 번 나오고도 양성이 나올 확률이 있으며, 양성이 나왔다고 해도 바이러스를 퍼뜨릴 메르스 환자가 아니란 것을, 석주와 영아 그리고 대학 병원 격리병동의 극소수 의료진만 알고 있었다.

전화를 끊고 복도로 나왔다. 꼼짝 말고 대기하라는 경미의 말을 무시한 채, 석주를 찾아 응급실 여러 존들을 돌았다. 응급실을 뒤졌지만 석주는 없었다. 응급실 복도의 끝, 위독한 환자들만 들어간다는 소생실이 눈에 띄었다. 걸음이 빨라졌다. 응급실과 소생실 사이 유리문이 열리지 않았다. 문을 손바닥으로 두드리며 소리쳤다.

"하지 마! 우리한테 메르스를 덮어씌우지 말라고. 아냐, 아니라고. 석주 씨! 나 여기 있어. 당신 혼자 두지 않아. 곁에 있을게."

문은 끝내 열리지 않았다. 눈물 콧물 다 쏟은 후 영아는 힘없이 방으로 돌아왔다. 네 시간 뒤 경미가 방문을 열고 들어섰다.

"검사 결과는?"

경미가 머뭇거렸다.

"그게…… 판독이 어려운가 봐."

"무슨 소리야? 양성이면 양성이고 음성이면 음성이지."

"일단 대학 병원으로 전원시키란 지시가 내렸어."

"그래?"

숨통이 트였다. 차라리 대학 병원으로 가는 편이 나은 것이다. 대학 병원 격리병동 의료진이라면, 석주가 경계선을 넘나들며 양성과 음성을 반복했고, 전염력이 거의 없다는 사실을 알기 때문이다. 격리병동이 아니라 일반 병실로 곧바로 가서 림프종 치료를 시작하면 된다.

"석주 씨는 구급차로 가고, 영아 너는 따로 움직여야 할 것 같아."

"알았어."

간단히 받아넘겼다.

보호복에 안면 보호구까지 뒤집어쓴 구급 대원들이 석주를 구급차에 태우는 동안, 영아는 택시로 먼저 출발했다. 택시 안에서 장남에게 다시 전화해서 상황을 전했다. 장남의 목소리가 밝아졌다.

"알겠습니다. 검체에 문제가 있었던가 보네요. 거기서 양성이 나와 버리면 일이 꼬이는 건데, 차라리 잘 되었네요. 저희도 의논하고 기다리겠습니다. 걱정 마시고 오세요."

영아는 걱정 말라는 말을 일반 병실로 올라간다는 뜻으로 받아들였다. 대학 병원은 다를 것이다.

택시에서 내려 응급실을 향해 뛰어갔다. 구급차는 벌써 도착했고, 출입문 앞 노란 안내봉 사이로 차단선이 묶여 있었다. 출입금지, 네 글자가 눈에 들어왔다. 그래도 들어가려고 다가서자 N95 마스크를 쓰고 장갑을 낀 직원이 막아섰다.

"저기, 구급차에 실려 온 환자의 보호자입니다."

직원이 그녀를 아래위로 훑곤 답했다.

"보호자든 누구든 들이지 말라는 지시를 받았습니다. 기다리세요."

장남에게 전화를 걸었지만 받지 않았다. 시간이 속절없이 흘렀다.

정오를 넘겼을 때, 보호복에 안면 보호구까지 완벽하게 갖춰 쓴 간호사 두 명이 응급실 밖으로 나왔다. 뒤이어 의사 두 명도 같은 복장으로 나타났다. 간호사들과 눈이 마주치는 순간 영아는 가슴이 덜컥 내려앉았다. 격리병동에서 숱하게 본 바로 그 눈매였던 것이다. 옥나정과 진아름이 내려왔다는 것은 석주가 일반 병실이 아닌 격리병실로 간다는 뜻이다. 메르스 양성 판정이 나지 않은 상황에서, 열이 나고 구토를 심하게 한다는 이유 하나만으로 10월 3일 퇴원했던 바로 그 격리병동으로 돌아가는 것이다.

이럴 순 없어.

영아는 차단선을 뛰어넘었다. 그 순간 목걸이가 땅에 떨어졌다. 9년 동안 걸고 다닌, 단 한 번도 끊긴 적 없는 결혼 예물이었다. 다이아 모양 지르코늄이 햇빛에 반짝였다. 허리를 숙여 목걸이부터 주워 손에 쥐었다. 불길했다.

가능성은 0퍼센트에 근접한다

10월 12일 저녁 10시 정부서울청사에서 기자 회견이 시작되었다. 질병관리본부장이 먼저 간략하게 경과를 알렸다.

"10월 1일 최종 음성 판정을 받고 10월 3일 퇴원한 마지막 메르스 환자가 10월 11일 대학 병원에 재입원하였고, 10월 12일 메르스 최종 양성 판정을 받았습니다. 이 환자는 10월 11일 5시 30분 경에 발열 및 구토 등의 증상으로 인근 종합 병원 선별 진료소로 내원했으며, 12시 15분에 대학 병원 격리병동으로 이송되어 입원하였습니다. 10월 3일 퇴원 후에는 10월 6일 대학 병원에 외래로 와서 진료를 받은 적이 있습니다. 발열 등 증상이 나타난 시점을 전후해서 해당 환자와 접촉한 가족과 의료진 등은 모두 61명입니다. 환자의 동선을 추적하여 역학 조사를 하는 중이므로 추가 접촉자 여부는 그 후 다시 말씀드릴 수 있겠습니다. 가족을 비롯한 밀접접촉자는 자가격리하고, 나머지 일상접촉자는 능동감시 대상자로 관리할 예정입니다. 환자의 병세에 관한 더 자세한 이야기는 대학 병원 감염내과 박강남 교수님이 해 주시겠습니다.”

박강남 교수가 연단에 섰다.

“박강남입니다. 7월 3일 환자가 대학 병원으로 전원한 후 10월 3일 퇴원할 때까지 제가 치료를 책임졌습니다. 10월 12일, 그러니까 오늘 열린 질병관리본부 전문가 자문 회의에서 이미 말씀드린 바 있습니다만, PCR 검사에서 음성으로 확인되었던 환자가 다시 양성으로 전환된 이유에 대해 설명드리겠습니다. 이 환자의 경우 림프종을 기저 질환으로 가지고 있으며, 퇴원 후에 림프종 재발로 인한 항암 치료와 조혈모세포 이식 수술을 준비중이었습니다. 건강한 정상인과는 달리 체내에 극소량의 바이러스 유전자가 검출된 것으로 생각되며, 전염력은 매우 낮을 것이라고 판단됩니다.”

발표에 이어 질의응답이 진행되었다. 처음으로 손을 든 기자의 질문이 짧고 강력했다.

“메르스가 재발한 건가요?”

“용어 정리부터 하겠습니다. 우선 재감염은 아닙니다. 마지막 메르스 환자이니 제3자로부터 다시 감염되었다고 보긴 어렵습니다. 재발도 아닙니다. 바이러스가 살아 활동하는 것이 아니라, 바이러스의 일부 유전자 조각이 호흡기 상피 세포의 탈락과 함께 떨어져 검출된 것으로 보입니다.”

“감염률이 매우 낮다 하셨는데 어느 정도인가요?”

박 교수가 답했다.

"매우 그러니까 현저하게 낮다는 뜻입니다."

"거의 전염력이 없다는 뜻인가요?"

"그렇습니다. 자가격리자들에 대한 역학 조사를 진행해야 알겠지만, 전염력은 미미할 것이라고 판단합니다."

"0퍼센트인가요?"

"의학에서 0퍼센트나 100퍼센트는 없습니다. 감염 가능성이 0퍼센트에 근접한다고 해 두죠. 만약의 경우에 대비하여, 저희 병원은 질병관리본부의 지시에 따라 환자를 격리병동에 다시 입원시켰습니다."

다른 질문이 이어졌다.

"메르스 종식 선언은 연기하는 겁니까?"

WHO세계보건기구 기준에 따르자면, 마지막 메르스 환자가 음성 판정을 받은 날부터 4주가 지난 후 종식 선언이 가능했다. 그러니까 김석주가 재입원하지 않았다면, 10월 1일 음성 판정을 받은 날을 기준으로 10월 29일 종식 선언이 가능한 것이다.

"연기합니다."

마지막 질문을 한 기자는 이첫꽃송이였다.

"이 환자가 10월 1일 이전 그러니까 8월과 9월에도 PCR 검사 결과 음성과 양성을 오갔다는 것이 사실입니까?"

박 교수가 그녀를 잠시 쳐다본 후 답했다.

"사실입니다. 경계선을 오르내리면서 결과들이 다르게 나왔습니다."

"그렇다면 이 환자는 앞으로도 PCR 검사가 음성과 양성을 오갈 수 있겠군요?"

"가능한 추론입니다."

"언제 격리 해제가 가능한가요? 기존처럼 24시간 격차를 두고 2회 검사 결과 음성이 나오면 격리 해제하는 겁니까? 2회 음성 판정이 나오고도 양성 판정이 나올 가능성이 언제든지 있지 않습니까?"

박 교수가 말머리를 돌렸다.

"격리 해제 조건에 대해선 제가 말씀드릴 부분이 아니군요. 메르스 환자를 격리하거나 격리를 해제하는 것은 보건 당국의 지시에 따릅니다."

질병관리본부장이 끼어들었다.

"그 부분은 전문가들과 좀 더 의논해서 추후에 말씀드리겠습니다. 이것으로 질의응답을 마치겠습니다."

남영아는 다시 자가격리 대상자가 되었기에 회견장에 나올 수 없었다. 집에 갇힌 것은 우람도 마찬가지였다. 그녀는 첫꽃송이의 전화를 받자마자 물었다.

"뭐라고 해요?"

한 호흡 쉬었다가 일부러 천천히 답했다.

"격리병동에 입원시켜 치료를 하겠답니다."

"격리병동에서 무슨 치료를 한단 거죠? 그이는 메르스 환자가 아네요. PCR 검사 결과가 음성과 양성을 오간 건 격리병동 의료진이 다 압니다. 전염력이 없는 바이러스 찌꺼기들 때문이죠. 양성이 나올 가능성이 있어도 전염력이 없기 때문에 그이를 10월 3일 퇴원시킨 거라고요. PCR 검사를 안 했다면 그이는 그냥 림프종 환자예요. 그 망할 검사를 하는 바람에 메르스 환자로 둔갑한 거라고요. 이건 말도 안 되는 짓입니다. 겨우 일주일 만에 다시 가두다니."

"환자에게 가장 알맞은 치료를 하겠답니다."

"제가 장담할게요. 그이에게 메르스 치료는 안 할 거예요. 왜냐하면 그이는 메르스 환자가 아니니까. 메르스 치료도 하지 않을 거면서 메르스 환자라며 격리병동에 가두는 건 사기죠. 흉악한 범죄입니다."

"진정하세요. 제가 더 취재한 후 알려 드리겠습니다. 김석주 선생님과는 통화가 되시는지요?"

"간호사들 설명에 따르면, 여전히 열이 높다고 해요. 수혈했다고 하고. 어제는 거의 실신 상태라서 거동이 힘들었대요. 전화해도 받질 않아요."

충격이 엄청나리라는 것은 누구보다도 첫꽃송이가 더 잘 알았다. 다시 격리병실에 갇힌다면 그녀는 단 1분도 견디기 어려우리라. 위로의 말을 찾지 못한 채 말머리를 돌렸다.

"자가격리는 언제까지인가요?"

"10월 25일입니다. 답답해 미치겠어요. 그이가 메르스 환자가 아니니, 저나 우람이나 또 시아버님이 감염되었을 리 없는데……. 정말 이따위로 우릴 가둬도 되는 건가요?"

생일 케이크

10월 13일 아침에야 석주는 허리를 접고 침대에 앉을 수 있었다.

격리병실에 입원한 10월 11일에는 고열에 시달리다가 자주 정신을 놓쳤고, 10월 12일에는 수혈을 받으며 자다 깨다를 반복했다. 항암동의서 작성 후 저녁에 항암제를 투여한 뒤로는 정신이 한결 또렷해졌다. 영아와 한 차례 통화했지만 기운이 없어서 길게 이야기를 나누진 못했다. 그녀는 꼼꼼하게 챙기며 많은 것을 알고 싶어 했지만, 석주 자신이 아직 병실도 찬찬히 돌아보기 전이었다.

10월 13일에 옥 간호사의 부축을 받으며 겨우 화장실을 다녀왔다. 열은 여전히 높았지만 두 다리에 힘을 실어 걸을 순 있었다. 침대로 돌아온 뒤 영아에게 전화를 걸었다. 격리병실이 바뀐 걸까. 와이파이도 공유기 없이 잘 잡혔고 통화음도 크고 분명했다.

"많이 아프지? 어디어디 아파?"

영아는 아픈 부위부터 물었다. 석주의 답을 들은 후엔 곧바로 간호사나 전공의에게 거기부터 치료해 달라고 요청할 것이다.

"괜찮아. 수혈하고 항암제도 맞아서……."

"그래도 제일 아픈 데가 있을 거 아냐?"

"침 삼킬 때 목이 아픈 정도! 이렇게 통화하니까 견딜 만해. 걱정 마. 우람이는?"

"잠들었어. 예전에 다녔던 어린이집 친구들과 노는 꿈이라도 꿨는지, 아침에 어린이집 가겠다고 갑자기 떼를 쓰며 울어서 겨우겨우 달랬더니, 지쳐서 방금 잠들었어. 깨울까?"

"아냐. 나중에 통화하지뭐."

석주는 고개를 돌려 기침을 세 번 연이어 했다.

"……축하해."

그 바람에 영아가 무엇을 축하하는지 놓쳤다. 이상했다. 까무러치며 다시 병실에 갇힌 마당에 축하할 일이 무엇일까.

"응?"

"생일 축하한다고. 내가 갈까?"

그제야 석주는 오늘이 자신의 생일이란 걸 깨달았다. 10월 3일 퇴원할 땐 서른여섯 살 생일에 가까운 강화도에라도 다녀오자고 했었다. 구급차를 타고 종합 병원과 대학 병원을 돌아다니고, 고열에 구토로 정신없는 시간을 흘려보내는 사이 생일을 맞은 것이다.

"자가격리중이잖아?"

"맞아."

"퇴원 파티에 참석했던 사람들은?"

"발열 증상 전에 어울렸던 거라서 능동감시 대상자로 통보되었대. 하루 두 번 오전과 오후에 체온과 호흡기 이상 유무를 보건소에 알려야 하나 봐. 생활은 평소와 다름없이 하고."

"당신 회사 동료들이 놀랐겠네?"

석주가 핵심을 짚었다. 영아는 그제와 어제 직속상사 제임스와 나눈 악몽 같은 통화로 괴로웠던 것이다. 늘 그녀를 배려하던 회사였는데, 이번엔 심각했다. 석주가 격리 해제되어 나온 일주일 동안, 영아가 아랍에서 온 바이어와 한 시간 남짓 회의한 것이 문제였다. 제임스는 혹시 메르스가 영아를 거쳐 바이어에게까지 옮겨가지 않았을까 걱정했다. 그것은 회사 차원을 넘어 국가 차원에서도 심각한 문제다. 영아는 석주의 감염률이 거의 0퍼센트라는 대학 병원 주치의 교수의 설명을 전했다. 그렇지만 제임스는 '완벽한' 0퍼센트가 아니라 '거의' 0퍼센트라는 설명에 여전히 불안해했다. 그녀는 의학계에선 0퍼센트가 나와도 0퍼센트라고 하지 않는다는 설명을 덧붙였다. 제임스는 석주의 감염률이 '거의' 0퍼센트인데도 격리되어야 하는 이유가 무엇이냐고 물었다. 감염률이 거의 0퍼센트인데 격리병동에 다시 갇힌 까닭을, 영아는 명쾌하게 설명하기 어려웠다. 일반 병실에 둬도 문제가 없다고 믿는 의사들도 적지 않다고 털어놓으면 제임스가 믿어 줄까. 제임스는 석주와 일주일이나 같이 생활한 그녀가 전염병에 옮지 않았다는 증거를 원했다. 그러나 영아는 자청해서 PCR 검사를 받을 생각은 없었다. 검사를 받는 것 자체가 남편을 믿지 못해서라고 간주될 가능성도 있었다.

"내 옆과 앞 자리를 쓰는 직원들은 일주일씩 휴가를 내고 집에 머무나 봐. 그들에게 아무 일도 없으리란 건 알지?"

"응."

"자기 보고 싶다. 손 꼭 잡고 생일 축하 노래도 불러 주고 싶었는데……. 미안해."

"그게 왜 당신이 미안할 일이야. 좀 자 둬. 나 때문에 쉴 틈도 없었잖아?"

"사랑해."

"사랑해."

석주는 전화를 끊고 휴대폰에 담긴 사진들을 넘겼다. 10월 3일 퇴원한 후 집 구석구석을 찍어 뒀다. 입원한 넉 달 동안 우람의 장난감이 배로 늘었다. 거실에 레고로 쌓은 집은 우람이 들어가 앉을 만큼 컸다. 침대 밑 상자들엔 축구공, 농구공, 배구공, 야구공이 가득했다. 겨울이 올 때까진 매일 함께 공놀이를 하리라 작정했었다.

문이 열렸다. 석주가 고개를 돌렸다. 레벨C 보호 장구를 갖춘 간호사 옥나정과 진아름이 들어왔다. 옥 간호사는 생딸기를 얹은 작은 치즈케이크를 들었고 진 간호사는 토마토 생과일주스를 쥐었다. 식사용 테이블을 내려 케이크와 주스를 올려놓았다. 석주가 쑥스러운 미소를 지어 보였다.

"뭐예요. 이거 다?"

진 간호사가 케이크에 긴 초 세 개와 작은 초 여섯 개를 꽂는 동안, 옥 간호사가 답했다.

“사식 넣어도 좋다고 전공의 선생님께 허락 받았어요. 생일인데 그냥 지나갈 순 없죠. 이래 봬도 병원 근처 맛집에서 사온 거예요. 석주 씨가 과일을 좋아하니 특별히 딸기랑 토마토로 골랐고요.”

진 간호사가 초에 불을 붙였다. 아홉 개의 불꽃이 석주의 두 눈에서 발갛게 타올랐다. 간호사들이 손뼉을 치며 생일 축하 노래를 부르기 시작했다. 석주는 귀로는 노래를 들으며 눈으로는 촛불들을 계속 쳐다보기만 했다.

“아름다운 석주 씨! 생일 축하…….”

노래를 마치지 못하고 진 간호사가 울먹거리며 병실을 나갔다. 전동식 공기정화기 후드를 쓴 탓에 눈물이 쏟아지면 닦을 방법이 없었다. 혼자 노래를 마친 옥 간호사가 낮게 숨을 고른 뒤 말했다.

“빨리 좋아지세요. 격리병실에서 생일을 맞게 되어 너무 속상하긴 하지만, 꼭 다 나아서 속히 퇴원하셔야죠. 자, 이제 소원 빌고 촛불 끄세요.”

“고맙습니다.”

감사 인사부터 하곤 허리를 당겨 촛불 가까이 얼굴을 내밀었다. 뜨거운 기운이 이마와 콧잔등에 닿았다. 깊게 숨을 들이마셨다가 힘껏 불었다. 촛불들이 흔들리다가 한꺼번에 꺼졌다. 가끔은 꺼진 촛불이 다시 살아나 심지를 태우기도 하지만, 이번엔 정말 완벽하게 꺼진 것이다. 옥 간호사가 피어오르는 흰 연기들을 보며 장갑 낀 손으로 다시 손뼉을 쳤다. 석주는 빨대를 입술 사이에 끼우곤 주스부터 한 모금 빨아 당겼다.

살아남은 자의 슬픔

해선은 하루에도 백 통 가까이 전화를 걸거나 받았다. 사회적 약자들을 위한 변론에 집중하면서 횟수가 부쩍 늘었다. 어떤 날은 하루 종일 통화하느라 다른 업무를 전혀 못 한 적도 있었다. 통화가 잦기는 방송 기자인 첫꽃송이도 마찬가지였다. 해선이 첫꽃송이의 집으로 들어와서 함께 살기 시작한 뒤론, 같이 지내면서도 각자의 휴대폰으로 집 밖의 누군가와 쉼 없이 이야기하는 것이 전혀 이상하지 않았다.

그래서 연락을 받았을 때 '조예석'이란 이름에 맞는 얼굴을 곧바로 떠올리진 못했다.

"이첫꽃송이 기자님 퇴원하실 때, 감염내과 진료실 앞 복도에서 뵈었잖아요? 저는 다른 병원으로 엄마를 옮기는 문제 때문에 대기하고 있었고요. 명함 주셨는데, 기억 안 나세요?"

나란히 앉아 있던 남녀의 모습이 떠올랐다. 둘 중 더 젊은 쪽, 그러니까 대학생으로 보이던 청년이 조예석인가.

"아, 이제 기억납니다. 미안해요."

"아닙니다. 잠깐 만났었는데요, 뭘!"

성격이 밝고 붙임성이 있다.

"한데 무슨 일로 전화하셨나요?"

"저를 한 번 만나 주실 수 없는지요?"

해선은 메르스로 투병중이던 예석의 어머니가 완치되었는지 아니면 목숨을 잃었는지 몰랐다. 곧바로 되물었다.

"어머니는 어찌 되셨어요?"

"퇴원하셨습니다."

"아, 다행입니다."

솔직한 심정이었다. 메르스로 목숨을 잃는 것보다 억울한 일은 없으리라. 아끼는 후배 첫꽃송이는 살았지만, 첫꽃송이의 막내 이모부 강은두는 끝내 이승을 떠났다.

"다행이긴 하죠……."

예석은 말끝을 흐렸다가 이었다.

"다행이긴 한데, 엄마가 두 번이나 자살 시도를 하셨어요."

"네? 자살 시도? 두 번씩이나?"

"제가 목격한 것만 두 번이고요. 의사 선생님 말씀으론 더 많이 목숨을 끊으려고 하셨을 거래요. 지금도 병원입니다. 엄마를 집으로 모셔 가려고 대기하는 중이죠. 억울해서 못 살겠다고 자꾸 그러십니다. 이 나라가 이 사회가 당신한테 어쩜 이렇듯 모질게 대할 수 있느냐고. 법으로라도 따지고 싶으시다고. 윤 변호사님 생각이 났어요. 저랑 제 엄마 좀 만나 주세요. 지금 이대로 집으로 가면 엄만 또 자살 시도를 하실 거예요. 제발! 부탁이에요."

해선이 수첩을 꺼내 펴곤 물었다.

"거기, 어느 병원인가요? 만납시다. 당장!"

약속 장소인 대학로로 가며 첫꽃송이와 짧게 통화했다.

"조예석이라고 기억 나? 네가 퇴원할 때 병원 복도에서 만났었는데……."

"두 사람이 있었죠. 여자는 남영아, 재격리된 김석주 씨의 아내인데, 비전염 병실에서 만난 적 있어요. 남자가 그럼 조예석? 근데 그 청년은 왜요?"

"지금 만나러 가는 길이야. 그때 조예석은 메르스에 걸린 어머니 때문에 병원에 있었던 건데, 다행히 완치되었대. 한데 그 어머니가 퇴원 후 두 번이나 자살 시도를 했다고 연락해 왔어."

"자살 시도?"

되묻는 첫꽃송이의 목소리가 떨렸다.

"완치 환자들이 퇴원 후 어찌 지내는지 취재한 적 있어?"

"그게…… 저도 찾아봤는데, 없었어요. 몇몇 사람에게 연락을 취해 봤지만, 억울하긴 해도 나서서 인터뷰 같은 건 않겠다고 해요. 대부분은 메르스 환자였다는 사실을 숨기고 지냅니다. 이사를 한 사람도 적지 않아요. 언니가 만나 보고 제 도움이 필요하겠다 싶으면 말해 줘요."

"오늘 함께 만날까?"

"언니한테만 연락한 거잖아요? 저도 욕심이 나지만 그분들 사정을 정확히 모르는데, 우리가 앞서 달리면 곤란합니다."

"하나만 묻자. 주저하는 건, 네가 메르스 환자였기 때문이니? 기사가 제대로 난 게 없다면 단독으로 특종을 할 수도 있잖아? 너답지 않네."

첫꽃송이가 침착하게 받았다.

"주저하는 게 아니라 한 번쯤은 그 사람들 입장에서 생각한 뒤 움직이는 게 필요해서 그래요. 기자는 기자의 입장, 변호사는 변호사의 입장, 의사는 의사의 입장, 정부는 정부의 입장이 있겠지요. 정부나 기자나 변호사나 의사는 원할 때 얼마든지 목소리를 낼 수 있습니다. 하지만 메르스 때문에 가족을 잃은 사람이거나 메르스를 겨우 극복한 이들은 달라요. 잘못하면 두 번 낙인을 찍는 꼴이 됩니다. 그러니까 그들 입장에서 한 번 두 번 세 번 거듭 고민한 후 말도 하고 행동도 하는 게 좋겠어요."

"피해자의 입장에서?"

"재격리된 김석주 씨와 그 가족을 보니까 그 생각이 더욱 강하게 들어요. 그는 이 나라에서 올해 마지막 메르스 환자예요. 퇴원했다가 다시 격리된 처음이자 마지막 메르스 환자가 되어 버렸고요. 의료진은 감염률이 사실상 0퍼센트나 다름없다는데, 정부가 그를 다시 음압 병실에 가둔 겁니다. 정부나 병원은 림프종에 걸려 죽어가는 환자를 살릴 대책은 세우지 않고, PCR이라는 기준만 들이대고 있어요. 하여튼 만나고 와서 밤에 의논해요. 그리고 고맙습니다."

"쑥스럽게, 고맙긴 뭐가 고마워?"

"지금 언니는 조예석 씨에겐 목숨을 구해 줄 동아줄이에요. 전 알아요."

삐걱대는 나무 계단을 올랐다. 카페나 커피숍 대신 '다방'이란 이름을 아직까지 고수하는 공간으로 들어섰다. 잔잔한 클래식 음악이 나무로 만든 탁자들을 부드럽게 어루만졌다. 구석 창가 자리에 앉아 있던 두 사람이 일어섰다. 뺨에 여드름이 돋은 앳된 청년은 예석이고, 방진 마스크로 콧잔등을 가린 커트 머리 여인은 동화였다. 해선은 그들과 마주보며 앉았다. 동화가 천천히 마스크를 벗어 손가방에 넣은 후 사과부터 했다.

"변호사님이 이렇게 나오실 것까진 없는데, 아들 녀석이 괜한 짓을 했나 봐요. 미안해요."

"미안해하실 것 전혀 없습니다. 이게 제 일이에요."

해선이 예석에게 물었다.

"퇴원하시는 길인가요?"

"네. 엄마가 수면제를……."

동화가 말허리를 끊었다.

"자살 운운하는데, 아니에요. 벌써 40년 넘게 교회를 다니고 있어요. 아무나 권사가 되는 거 아닙니다. 교회에서 스스로 목숨을 끊는 건 죄악 중에서도 죄악이죠."

해선이 물었다.

"그럼 왜 수면제를 그렇게 많이 드셨습니까?"

"그게, 잠이 안 와서 그래요. 나흘째 한숨도 못 잤거든요. 자려고 누워 있으면 하얀 악마들이 칼과 주사기를 들고 들이닥쳐요. 그놈들 물리치느라 발버둥을 치다 보면 어느새 아침이죠."

해선이 물었다.

"하얀 악마? 그게 누굽니까?"

동화가 옆으로 돌아앉으며 청바지를 걷어올렸다. 발목에서부터 종아리와 무릎이 훤히 드러났다. 앙상했다.

"살점과 근육을 떼어 가려는 겁니다. 병원에서 벌써 엄청 많이 떼어 갔어요. 보세요. 살점과 근육이 거의 남지 않았잖아요? 이제 팔과 다리엔 떼어 갈 게 없어요. 배와 등엔 아직 조금 남았죠. 그걸 노리는 거예요."

예석이 끼어들었다.

"악몽을 꾸셨나 봅니다. 병원에서 2주 만에 20킬로그램이 빠졌거든요. 지금도 체중이 40킬로그램이 될까 말까라고 해요. 엄마 말씀으론 눈을 감았다가 떴는데 살점과 근육이 없어졌답니다. 의사 선생님 말씀으론 메르스를 이겨 내느라 몸이 축난 거래요. 환자마다 천차만별이라고. 엄마처럼 살이 급속히 빠지는 경우도 있고, 내부 장기가 손상되는 경우도 있고, 운이 좋으면 독한 감기처럼 지나가는 경우도 있답니다. 퇴원 무렵엔 방금 들려주신 장면들이 모두 악몽이었다고 엄마 스스로 제게 설명하셨어요. 세월이 흐르면 차차 사라질 거라고요. 그런데 불면증에 시달리더니, 한 달 정도 지난 후부턴 그것들이 전부 꿈이 아니라 현실이라고 하세요."

"현실이야. 현실이고말고."

동화가 힘주어 강조했다. 목소리가 지나치게 컸던 탓에 손님과 종업원들이 동시에 쳐다보았다. 해선이 대신 그들에게 사과했다.

"첫 번째 시도는 그럼 어떻게……?"

해선은 일부러 '자살'이란 단어를 뺐다. 예석이 답했다.

"집 근처 아파트 옥상에 올라 가셨습니다. 난간에 서 계셨죠. 119대원들에 의해 가까스로 구조되셨고요."

동화가 변명했다.

"바쁜 사람들 괜히 부른 거예요. 난 자살 따윈 안 해요. 다시 말하지만 이래 봬도 교회 권사입니다. 그 밤엔 하얀 악마들이 너무 많이 왔어요. 우글우글하더군요. 집에 있다간 사지가 묶여 꼼짝없이 살점과 근육을 뜯길 위기였죠. 그래서 천사들 도움을 받기로 한 겁니다. 찬송가가 들리는 곳으로 갔어요. 아파트 옥상에 천사들이 가득 모여 있었어요. 그들이 나를 안심시켰어요. 하얀 악마가 들이닥치면 나를 데리고 구름 위로 피하겠다고 했죠. 구급 대원이 오지 않았더라도, 나는 안전했어요. 믿음이 부족한 자들이 어리석은 짓을 한 거죠."

동화가 화장실에 간 사이 해선이 물었다.

"정신과 진료는 받으셨나요?"

예석이 답했다.

"네. 딱 한 번! 싫다고 하셨지만 억지로 모시고 갔죠. 트라우마라고 하더군요. 꼬박꼬박 약을 드셔야 하는데, 엄마는 정신과 약은 필요 없다고, 기도만 열심히 드리겠다고 하십니다. 불편하거나 긴장된 자리에선 하얀 악마에 대한 이야기를 더 과장하는 것 같아요. 가족들과 있을 땐 그 정도는 아닌데…… 신앙심 깊고 마음 따듯한 엄마일 때가 대부분이에요."

동화가 돌아왔다. 이번엔 예석이 아르바이트를 시작한 편의점 주인으로부터 문자가 와서 잠시 자리를 비웠다. 동화가 당겨 앉아 해선의 손등에 제 손바닥을 얹곤 말했다.

"변호사님! 하나만 묻고 싶습니다. 메르스에 걸린 게 내 잘못입니까? 내 잘못이 조금이라도 있나요?"

"없습니다."

"메르스에 걸린 후 내 인생은 추락했어요. 끝도 없이 떨어지기만 하더군요. 만신창이, 그래요 만신창이가 되었어요. 평생 다니던 직장을 잃었죠. 계약직은 물론 아르바이트로도 이제 나를 써 주지 않아요. 폐를 절반이나 못 쓰게 되었어요. 사시사철 마스크를 쓰고 다녀야 해요. 평생 즐기던 등산은 엄두도 못 냅니다. 헬스장에서 러닝머신도 못 걸어요. 가장인 내가 직장을 잃는 바람에 병치레가 잦은 여동생 약값도 제때 못 주고 있어요. 아들은 휴학했고요. 내 인생이 왜 이렇게 망가져야 하죠? 나를 이렇게 만든 자들이 누군가요? 재수가 없어서라고 너무들 쉽게 말해요. 재수가 없었죠. 맞는 말이에요. 그런데 재수 없게, 불운하게, 메르스에 걸린 사람은 이대로 인생이 엉망진창이 되어도 그만인가요? 억울해요. 억울해

죽겠어요. 아니 억울해서 이대론 못 죽겠어요."

해선이 물었다.

"소송을 원하십니까?"

"이런 말 어떻게 받아들이실지 모르겠지만, 복수를 원해요."

"복수라고요?"

"죄 없는 사람들이 갑자기 죽고 다쳤어요. 왜 이런 일이 생겼는지 수사도 하고 처벌도 해야죠."

"메르스 사태를 천재지변으로 간주하는 입장엔 저도 반대합니다. 보건 당국은 메르스의 국내 유입을 차단할 몇 번의 기회를 놓쳤습니다. 병원 의료진의 대응이 적절했는지도 따질 구석이 많아요. 하지만 '복수'는 지나치게 강한 단어로 들리는군요. '정의正義'를 실현하고 싶으신 거죠?"

"정의는 기본이죠. 그 위에서 나는 용서가 아니라 복수를 원합니다. 나는 끝까지, 단 한 사람도 용서하지 않을 거예요. 내 소중한 인생을, 내 책들을 파쇄기에 넣어 갈기갈기 찢어 버린 놈들. 개새끼들!"

예석이 통화를 마치고 다방으로 다시 들어왔다. 동화가 혼잣말처럼 읊조렸다. 방금 복수 운운할 때와는 달리, 표정도 어둡고 목소리도 작았다.

"차라리 낫지 않고, 그때 죽어 버렸다면 하는 생각도 해요. 그랬으면 이렇게 비참한 꼴은 안 당하지 싶고……."

해선이 끼어들었다.

"메르스 피해자에겐 국가 차원의 보상이나 배상이 전혀 이뤄지지 않았습니다."

동화는 예석이 옆에 앉을 때까지 기다렸다. 아들의 손을 꼭 쥐곤 말했다.

"이 나라는 잘못이 전혀 없단 건가요? 잘못한 게 없는데, 왜 죄 없는 사람들이 죽고 다치나요? 죄 없는 사람들이 왜 직장을 잃고 따돌림을 당하나요? 뉴스를 봤더니 메르스 방역에 실패했는지 성공했는지 따지고들 있더라고요. 성공과 실패로 이 사태를 가르는 것도 황당합니다. 정부나 병원은 성공 혹은 실패라고 간단히 규정하고 넘어갈 수도 있지만, 그 실패 때문에 사람들은 다치고 죽는 겁니다. 그건 실패라고 하면 안 됩니다. 살인입니다. 소송을 원하냐고 하셨죠? 네, 원합니다. 따져 보고 싶어요. 길동화, 나란 사람이 이따위 취급을 받는 게 정당한지. 나는 앞으로 어떻게 살아가야 하는지. 법정에서 묻고 싶어요. 도와주세요. 변호사님!"

우주인이란다!

10월 16일 아침, 영아는 질병관리본부에서 걸려온 전화를 받았다. 이름과 주소를 확인한 직원이 사무적으로 설명했다.

"보건소에서 의료진이 채혈을 위해 금일 오전 중 방문할 예정입니다. 혈청 검사를 통해, 메르스 감염 여부를 판단하기 위해서입니다. 협조 바랍니다."

영아가 물었다.

"혈청 검사 대상자가 누구누굽니까?"

"공개하기 곤란합니다. 환자가 퇴원했다가 재입원할 때까지 가장 밀접하게 접촉한 사람을 대상으로 한다는 것만 말씀드리겠습니다."

함께 일상의 즐거움을 누린 가족을 전염 가능성이 가장 높은 밀접접촉자로 분류한 것이다.

"혈청 검사를 받지 않겠다면 어떻게 할 건가요?"

"네?"

직원은 당황한 듯 되묻곤 말이 없었다. 반격을 예상하지 못한 것이다.

"협조 사항이면, 협조를 하고 말고는 제가 판단할 문제란 뜻 아닙니까? 이렇게 일방적으로 전화해서 채혈하라고 하면 저는 무조건 따라야 하나요?"

직원 목소리가 누그러들었다.

"재격리된 환자의 감염률이 0퍼센트에 가깝다는 건 아시죠? 대학 병원의 저명한 교수님이 언론에 자세히 설명했음에도 불구하고 유언비어들이 떠돌고 있습니다."

"유언비어라뇨?"

"메르스 환자가 다시 생겼다는 것이죠."

"그럴 리가 없어요. 그이는……."

"그러니까요. 저도 새로 감염된 환자가 있다는 소문은 유언비어라고 판단합니다. 유언비어라도 광범위하게 퍼지면 문제가 심각해집니다. 남영아 씨를 검사해서 음성 판정이 나면 유언비어는 단번에 사라질 겁니다."

영아는 질병관리본부에서 서둘러 혈청 검사를 제안한 이유를 이해했다. 한 이불을 덮고 같이 생활한 사람조차 음성 판정이 나온다면 감염률이 현저하게 낮다는 의료진의 주장 역시 힘을 얻을 것이다. 혈청 검사가 그녀에게도 꼭 불리한 것은 아니다. 음성 판정이 나면 영아가 다니는 회사도 안심할 것이다. 제임스가 원하는 바로 그 증거일 수도 있었다.

"알겠어요. 하겠습니다."

두 시간 뒤 벨이 울렸다. 인터폰을 들고 방문객을 확인했다. 자가격리 상황인 줄 모르고 찾아온 택배 기사라면 경비실에 물건을 맡겨 달라고 알려야 했다. 하얀 빛깔이 화면을 가득 채웠다. 영아는 단번에 그 빛깔을 알아차렸다. 흰 후드를 쓴 것이다. 레벨C 보호 장구를 갖춘 보건소 의료진이었다.

현관을 열었다. 진료 가방을 어깨에 메고 선 이는 한 사람이었다. 영아는 다가가서 안면 보호구 속 눈과 코를 살폈다. 젊은 여자였다. 최소한 의사와 간호사가 한 조로 올 줄 알았는데.

"들어와요. 빨리!"

영아가 팔이라도 잡아당기려 하자, 그녀가 놀란 눈으로 엉덩이를 빼며 다시 나가려는 시늉을 했다. 두 눈엔 두려움이 차올랐다. 보호복을 입은 의료진을 아파트 이웃들이 보기라도 하면, 그야말로 유언비어가 퍼질 것이다.

"혼자 오셨네요?"

"의사까지 올 일은 아니라서요."

보건소에서 간호사만 보낸 것이다.

"으아앙!"

방에서 나온 우람이 울음을 터뜨렸다. 아이의 눈엔 노란 보호복에 장갑을 끼고 N95 마스크와 안면 보호구까지 쓴 이가 괴물처럼 보였던 것이다. 영아가 속히 가서 우람을 꼭 껴안았다.

"울지 마!"

그치지 않았다. 간호사는 현관에서 올라서지 못한 채 서 있었다. 영아가 설명했다.

"우주인이란다!"

울음을 그치곤 확인하듯 물었다.

"우주인? 우주에서 왔다고?"

"그래. 아빠 친구 중에 안드로메다 우주인이 있는데, 우람이가 우주인 좋아한다는 이야기를 듣고 와 주셨어. 맞죠?"

영아의 시선을 받은 간호사가 겨우 두 팔을 머리 위로 올려 동그라미를 그렸다. 떨리는 목소리로 답했다.

"아빠 친구 맞단다. 안드로메다 우주인도 맞고."

"우주인 아줌마가 사는 안드로메다로 아빠랑 엄마랑 나중에 놀러가도 되나요?"

"그럼. 되고말고."

"엄마랑 우주인 아줌마랑 할 얘기가 있으니까, 우람이는 방에 가서 그림 그려요. 우주인 아줌마 그리는 거 어떻겠니?"

간호사를 보며 물었다.

"그래도 돼요?"

"그럼."

우람이 눈물을 닦고 방으로 들어갔다. 스케치북을 꺼내 우주인을 그리느라 오늘 하루는 평온하게 지나갈 것이다.

"들어오세요."

"아니에요."

"여기 주저앉아 채혈할 건가요? 식탁에서 해요. 편하게!"

영아는 식탁까지 먼저 걸어갔다. 그제야 간호사도 따라 들어왔다. 그녀는 두 팔을 덜덜 떨며 휴대용 의료 가방에서 주사위와 지지대와 혈관이 잘 보이도록 묶는 끈인 토니캣과 카테터와 의료용 솜 등을 꺼냈다.

"시, 시작하겠습니다."

영아는 오른팔을 내밀어 지지대 위에 얹었다. 간호사는 토니캣을 팔꿈치에서 반 뼘 위에 묶었다. 바늘을 꽂을 혈관이 선명하게 나오지 않았다.

"다시 묶으세요."

장갑을 겹으로 끼는 바람에 토니캣을 힘껏 묶지 못한 것이다. 간호사가 토니캣을 풀었다가 다시 묶었다. 이번엔 너무 꽉 묶는 바람에 영아의 어깨가 움찔 떨렸다.

"이게, 왜, 왜, 왜……."

간호사는 장갑 낀 손으로 영아의 팔꿈치 아래를 찰싹찰싹 때리며 혈관을 찾았다. 환자 앞에서 당황해선 안 된다는 것은 1학년 1학기 '간호학개론' 첫 시간에 배우는 기본 중의 기본이다. 그러나 지금 그녀는 자신이 혼잣말을 하는 것도 모른 채 허둥지둥했다. 혈관을 찾고서도 알코올 솜을 제대로 집지 못해 두 번이나 떨어뜨렸다.

"천천히 해요. 침착하게!"

영아가 오히려 다독거렸다.

"치, 침착……. 처, 천천……."

간호사가 겨우 바늘을 꽂았다. 혈액 채취를 마치자마자 의료가방에 챙겨 넣은 뒤 일어섰다.

"고맙……."

영아가 인사를 건네기도 전, 간호사는 뒤돌아서서 현관을 향해 종종걸음을 쳤다. 현관문을 열려고 버둥거렸지만 처음 방문한 탓에 오히려 문을 이중으로 잠갔다. 장갑 낀 손으로 문을 쾅쾅 치기까지 했다. 영아가 조용히 다가서선 등 뒤에서 이중 잠금을 풀고 문을 열어줬다. 간호사는 눈도 맞추지 않고 뛰쳐나갔다. 그 소리에 놀란 우람이 방문을 열고 고개를 내밀었다.

"엄마! 우주인 아줌마, 갔어?"

영아가 굳은 안색을 풀고 미소를 머금은 후 답했다.

"응. 방금 하늘로 쓩 날아갔어. 그림은 얼마나 그렸니?"

"아직!"

"그래? 그럼 더 그려서, 엄마도 보여 주고 사진 찍어 아빠한테도 보여 드리자."

"알았어."

우람이 다시 방으로 들어갔다. 영아는 현관문을 열고 복도로 나가서 아파트 단지를 내려다보았다. 은행나무가 어느새 노랗게 옷을 갈아입었다. 온 세상이 메르스를 여름의 불쾌한 기억으로 간주하고 말끔하게 씻어 냈는데, 석주만 그 불행과 여전히 맞서고 있었다. 보호복과 안면 보호구를 벗어 거대한 격리용 비닐팩에 집어넣느라 바쁜 간호사가 보였다. 그녀는 그 팩을 자동차 뒷트렁크에 쓰레기봉투 버리듯 던진 후 운전석에 앉았다. 빠르게 아파트단지를 빠져나갔다.

현관문을 닫아걸고 식탁으로 돌아왔다. 팔 지지대와 토니캣과 쓰지 않은 알코올 솜들이 파편처럼 놓여 있었다. 그것들을 따로 챙겨 비닐 봉투 두 장에 겹으로 넣었다. 의료 폐기물은 분리 배출해야 한다. 더구나 메르스 자가격리자와 접촉한 물품들이지 않는가. 이 물품 처리까지 간호사의 몫이었다. 영아는 주먹으로 제 가슴을 계속 두들겼다. 답답함과 억울함이 동시에 그녀를 짓눌렀다. 세상 사람들에게, 보건 당국이나 보건소 간호사에게까지도 김석주와 남영아는 사람이 아니었다. 바이러스 덩어리로 취급받고 있다는 사실을 똑똑히 확인한 날이었다.

10월 17일에도 영아는 혈청 검사를 추가로 받았다.

16일과 17일 채취한 혈청에 대한 검사 결과가 10월 20일에 나왔다. 모두 음성이었다. 영아는 검사 결과서를 질병관리본부로부터 받아 상관인 제임스에게 보냈다.

10월 22일 한 차례 더 혈청 검사를 받았다. 이번에도 역시 음성이었다. 김석주와 가장 밀접하게 접촉한 그녀가 메르스로부터 안전하다는 결론을 보여 준 것이다. 재격리된 환자의 감염률이 0퍼센트에 가깝다는 것이 추측이나 주장이 아니라 사실로 확인되는 순간이었다.

무섭다

남영아의 수첩

2015년 10월 21일(수)

오늘부터 남편이 ICEIfosfamide·Carboplatin·Etoposide 항암에 들어간다.

어제 오전부터 연락이 없더니, 오늘 "무섭다"고 문자가 왔다.

내 가슴이 미어진다.

지금 남편은 격리중에 림프종만도 벅찬 상대인데, 재격리로 인한 우울증과 좌절감이라는 적까지 생겨 버렸다. 정서적 지지를 전혀 받지 못하고 있는 이 와중에 항암제까지 바뀌었다.

물론 이번에는 반드시 효과가 있을 것이고, 남편은 반드시 나을 것이다. 그렇지만 그 과정이 남편에게 너무 힘들다.

아…… 이 한을 어디에다가 풀어야 할까.

이번엔 무조건 낫는다.

이번엔 무조건 낫는다.

이번엔 무조건 완전관해!!!

나는 메르스 환자가 아닙니다

이첫꽃송이는 레벨C 보호 장구를 갖추고 격리병실로 들어가기를 원했다. 김석주도 그녀라면 병실 취재를 허락한다고 밝혔다. 그러나 병원은 기자가 음압 병실까지 들어간 선례가 없다며 난색을 표했다. 결국 화상 통화로 방향이 수정되었다.

10월 21일 저녁 8시 30분, 첫꽃송이는 전화를 걸었고, 연결음이 세 번 울린 뒤 통화가 이뤄졌다. 깔끔하게 정돈된 병실이 눈길을 끌었다.

"오랜만이네요."

석주가 먼저 인사를 건넸다. 코맹맹이 소리가 났다. 영아는 남편이 코에 염증이 생겨 숨 쉬기가 불편하다고 했다. 입으로 공기를 들이마시고 뱉는 바람에 목소리가 갈라지고 가래도 들끓는다는 것이다. 항생제를 맞아도 콧속 염증들은 사라지지 않았다. 어떤 날은 왼쪽 구멍이 아프고 또 어떤 날은 오른쪽 구멍이 아프고, 두 구멍이 함께 아픈 날도 많았다. 코가 아프지 않은 날은 단 하루도 없었다.

"많이 힘드시죠? 오늘부터 항암 치료를 시작하신다고 들었어요. 피곤하면 쉬세요. 통화는 다른 날 다시 하셔도 됩니다."

오랜만이네요, 단 여섯 음절을 들었을 뿐인데도, 첫꽃송이는 그의 마음이 얼마나 어둡고 그의 몸이 얼마나 힘든지 느껴졌다.

"구역질이 자꾸 나서…… 며칠 제대로 먹질 못했습니다. 지금은 괜찮아요. 오후엔 금식하다가, 4시 반부터 한 시간 동안 항암제인 에토포시드Etoposide를 맞고, 8시에 뉴케어 한 캔을 겨우 먹었습니다. 그 맛 아시죠?"

"그럼요."

환자영양식 뉴케어의 맛을 어찌 잊을까. 단호박 맛은 끔찍했지만 바나나 맛은 그럭저럭 먹을 만했다.

"제가 좋아하는 파스타 가게에서 저녁 한 끼 사 드리겠다고 약속했는데, 아직도 지키지 못해 미안합니다. 휴우!"

그의 한숨에 첫꽃송이도 아쉬움을 보탰다.

"파스타, 꼭 같이 먹으러 가요. 인터뷰 제안은 종종 오나요?"

"거의 없습니다. 재격리되었을 때 사나흘 반짝 기자들에게서 연락이 왔죠. 그땐 몸이 워낙 아프고 충격도 커서 누군가와 말을 섞을 상황이 아니었습니다."

"고통스러우셨겠어요. 재격리는 상상도 못하셨을 테니까요."

"내 인생에서 두 번 다시 메르스는 없다고, 100퍼센트 확신했었습니다. 병원 생활이 지긋지긋하지만 솔직히 일반 병실 입원은 어느 정도 각오했죠. 림프종이 재발했으니까요. 메르스를 치료하느라 림프종 치료에 가장 좋은 시기를 놓쳤습니다. 고열이나 구토나 어지럼증 등 림프종 관련 병세가 악화되면, 구급차 신세를 또 지겠구나……. 또 입원을 하겠구나……. 이번엔 6인실로 가야지……. 구급차가 대학 병원에 도착한 후 당연히 일반 병실로 갈 줄 알았습니다. PCR 결과가 양성이든 음성이든, 이 병원 의료진은 제가 메르스 환자가 아니란 걸 아니까요."

"메르스 환자가 아니란 걸 안다……."

"그렇습니다. 제 아내와 통화하셨죠? 아내의 혈청 검사 결과가 음성이 나왔다는 소식……."

"들었습니다. 1차 2차 모두 음성이라고 하더군요."

"아내는 저와 한 이불을 덮고 자고, 한 냄비에 숟가락을 넣고 찌개를 먹었지만, 메르스에 감염되지 않았습니다. 이건 의견이나 해석이 아니라 명백한 사실입니다. 또한 저는 재격리된 후 단 한 차례도 메르스 치료를 받은 적이 없습니다. 메르스 환자라고 가둬 놓고 메르스 치료를 하지 않는다! 이걸 어떻게 받아들여야 할까요? 더 웃기는 건 감염되지 않는 줄 알면서도, 의사와 간호사들이 그 불편한 보호복을 낑낑대며 입고 후드를 쓰고 장갑을 겹으로 낀 채, 새끼 오리처럼 뒤뚱거리며 병실로 들어온다는 겁니다. 코미디도 이런 코미디가 없습니다."

"PCR 검사는 계속 받으시나요?"

"무의미한 짓입니다. 저도 알고 의료진도 알아요. 보건 당국이 격리 해제를 위한 새로운 기준을 마련하지 않아 답답할 뿐입니다."

"새로운 기준이라면?"

"PCR 검사를 24시간 간격으로 해서 음성이 두 번 연이어 나오면, 10월 3일처럼 저를 격리 해제할 건가요? 이 기자님은 새 기준에 대해 취재하신 거 혹시 없습니까?"

"저도 똑같은 질문을 보건복지부나 질병관리본부 담당자들에게 했는데요. 답을 얻진 못했습니다. 전문가와 의논해서 결정하겠다, 이 정도죠."

석주의 목소리가 높아졌다.

"국내 최고 전문가가 바로 저를 치료하는 이 대학 병원 감염내과 교수님들이에요. 감염률이 거의 0퍼센트라고 확신하시죠. 하지만 저는 여기 이렇게 갇혀 있습니다. 누가 저를 감금시킨 걸까요? 대학 병원 의료진의 독단적인 결정은 결코 아닙니다."

"메르스 치료를 받지 않고 있다니, 그럼 항암 치료에 집중하는 건가요?"

"집중……이라는 단어가 공허하게 들리는군요. 남은 게 림프종 항암 치료뿐이긴 합니다. 그런데 그 치료를 충실히 받고 있느냐고 질문하신 거라면, '집중'에 어울리는 치료는 아닌 것 같습니다. 의료진은 계속 메르스 음성 판정에만 매달렸어요. 메르스 치료나 증상 회복이 아니라 메르스 음성 '판정'에 '집중'한 것이죠. 그 때문에 항암 치료는 띄엄띄엄 정말 산만하게 이뤄졌습니다. 항암제를 투여해서 림프종이 조금 나아지더라도, CT나 MRI나 PET-CT 같은 영상 검사를 통해 병의 진행을 확인하는 것이 아니라, 메르스 음성 판정을 먼저 받아야 한다고 집중할 방향을 돌리곤 했습니다. 항암 전후에는 환자의 상태를 비교하며 파악하기 위해 많은 검사들이 이뤄지죠. 일반 병실에서라면 아무렇지도 않게 했을 검사들이 여기선 하늘에 별 따기입니다. 이동식 검사 기기로 검사가 가능한 경우는 그래도 낫지만, 제가 검사실로 직접 가야 하는 경우엔 문제가 복잡해집니다."

"좀 더 구체적으로 말씀해 주시겠습니까?"

"격리병실은 격리병동에 따로 있지만, 각종 검사실은 외래 환자들이나 일반 병실 입원 환자들과 함께 사용해야 합니다. 메르스 환자인 제가 검사를 받으려면, 외래 환자나 일반 입원 환자가 검사실을 모두 사용한 후에 가야 합니다. 검사실까지 가는 통로에도 환자는 물론 일반인이 전혀 없어야 하고요. 하루 종일 기다렸는데, 검사를 신청한 환자들이 밀려 다음 날로 넘어가 버리면, 저는 또 그 환자들이 검사를 모두 받고 난 다음인 가장 후순위로 밀리는 겁니다. 그렇게 며칠을 대기했다가 제가 검사실에서 검사를 겨우 받고 나면, 그 검사실과 의료기기는 짧게는 하루 길게는 이삼일씩 사용할 수 없습니다. 혹시 있을지도 모르는 바이러스를 제거하는 과정을 거쳐야 하니까요. 검사실을 임시 폐쇄한 후 24시간 혹은 48시간 공조空調 공기 조화 air conditioning를 해야 한다더군요. 제가 현재 메르스 치료를 받지 않고 림프종 항암 치료만 받고 있는 건 맞지만, 일반 병실에 입원했을 때와 비교한다면 부족한 치료입니다. 메르스로 재격리된 환자니까 그냥 감수하라고 하신다면, 그건 동의하기 어렵습니다. 제 목숨이 달린 문제이니까요."

"어떤 부분이 부족하고 또 어떤 부분을 불편하게 느끼시는지 잘 알겠습니다. 퇴원을 위한 새로운 기준에 대한 문제로 돌아가 보죠. 질병관리본부로부터 김석주 선생님만을 위한 기준을 언제까지 마련하겠단 연락은 없습니까?"

"없습니다. 이 기자님이 꼭 좀 취재해 주세요. 저를 이렇게 무기수처럼 감금시켜 놓고, 할 일 다 한 사람들 같아요. 제가 죽을 때까지 기다리는 건가……."

"설마, 그럴 리가 있겠습니까?"

"저들은 잘못을 인정하지 않습니다. 기존 틀에 저를 끼워 맞추려고만 해요. 하지만 일주일 잠깐 해제되어 꿈같은 외출을 했던 것만 뺀다면, 다섯 달 가까이 메르스 환자로 격리된 예가 있나요? 음성이 연이어 나오다가 양성으로 검사 결과가 바뀐 예가 있나요? 메르스에 감염되었을 때 하필 림프종이 재발한 환자에 대한 연구가 깊이 이뤄진 예가 있나요? 단 한 사람의 국민이라도 생명의 위협을 받는다면, 국가는 그 국민의 특별한 상황을 파악하고 그 목소리에 귀를 기울여야 한다고 배웠습니다. 저는 바이러스 덩어리가 아닙니다. 저는 인간입니다. 인간으로서의 시간을 누릴 수 있도록 새로운 틀을 만들어 주셨으면 합니다. 그게 없으면 이 격리병실이 제 무덤이 될 겁니다."

첫꽃송이는 위로의 말을 찾지 못해 머뭇거렸다.

"……저도 힘을 보탤게요."

"어두운 생각만 깊어집니다. 그래도 화상으로나마 이 기자님 얼굴 보고 목소리 들으니 좋군요. 저는 이제 좀 자야겠습니다."

"고맙습니다. 또 연락드릴게요. 오늘 취재에 응해 주셨으니 파스타는 제가 살게요."

"그 가게는 제 구역입니다. 제가 삽니다."

석주의 콧구멍이 클로즈업되는가 싶더니 전화가 끊겼다. 코가 퉁퉁 부었을 뿐만 아니라 콧구멍엔 피딱지가 가득 했다.

첫꽃송이는 김석주에게 합당한 메르스 검사 방법과 기준을 하루빨리 마련해야 한다는 기사를 내고 싶었다. 그러나 나 차장은 신작 영화 리뷰가 급하다며 첫꽃송이의 설명을 끝까지 듣지도 않았다.

"송이, 넌 사회1부야 문화부야?"

"문화붑니다. 하지만 선배……."

"선우 선배에게만 좋은 일 하지 말라고 내가 경고했을 텐데?"

"이건 제게도 중요합니다."

나 차장이 정색을 하고 물었다.

"오늘 방송과 신문은 검토했겠지?"

"무슨 말씀이신지……?"

질문의 맥락을 몰라 되물었다.

"거기, 마지막 메르스 환자에 관한 기사가 하나라도 있던가?"

"취재하느라, 오늘 나온 뉴스 검토는 못 했습니다. 아마……."

"추측하지 말고 확인을 해. 내가 말해 줄까? 단 하나도 없어. 네가 대학 병원 주변만 맴돌기에 타사는 뭘 하나 훑어 봤다고. 마지막 메르스 환자만을 위한 검사 방법과 기준을 만들라 촉구하겠다고? 그게 단독으로 나갈 뉴스 가치가 있어? 날고 기는 의학 전문 기자들이 왜 가만히 있겠어? 더 이상 나올 게 없어서 그래. 헛힘 쓰지 말고 영화 리뷰나 작성해. 〈더 폰〉과 〈특종〉, 이거 시사회 가서 봐 두랬지?"

"〈더 폰〉은 봤는데, 〈특종〉은 메르스 취재와 겹치는 바람에 못 갔습니다."

"특종을 하겠단 애가 〈특종〉을 안 봐? 〈더 폰〉부터 그럼 간단히 요약해 봐. 빨리!"

기자들이 돌아가며 쓰는 '현장 속으로'에 칼럼이라도 쓰려 했지만, 뜻밖에도 선우병호가 반대했다. 질병관리본부 담당자의 입장까지 취재한 후 칼럼을 써도 쓰라는 것이다. 메르스를 앓은 경험 때문에 김석주에게 쏠리지 말라는 충고까지 들었다.

10월 20일과 21일, 석주는 메르스 PCR 검사에서 음성 판정을 받았다. 이틀 연속 음성 판정이 나왔지만 격리는 해제되지 않았다. 22일 검사 결과는 다시 양성으로 돌아섰다. 이제 PCR 결과에 따라 석주의 격리 해제가 결정되지 않으리란 것은 분명해졌다. 어떻게 해야 그가 다시 퇴원할 수 있는지 그 기준을 아는 이는 이 나라에 한 사람도 없었다.

정상의 비정상화

10월 26일 오전 8시 30분, 영아는 격리병동에 도착하여 인터폰을 들었다. 그녀 앞에 다시 여섯 개의 문이 버티고 있었다. 그 문을 차례차례 열고 퇴원한 날이 꿈처럼 느껴졌다.

"남영아입니다. 오늘부터 격리병실 면회가 가능하다고 해서 왔습니다."

"잠시만 기다리세요. 확인하고 바로 알려 드리겠습니다."

목소리가 귀에 익었다. 영아는 몇몇 낯익은 얼굴을 떠올리며 잠시 보호자 대기실에 머물렀다. 휴대폰을 들었다. 습관적으로 포털사이트에 '메르스'라는 검색어를 쳤다. 중앙 메르스 관리대책본부에서 알린 내용이 첫 기사로 잡혔다. 마지막 메르스 환자와 직접 접촉하거나 동선이 겹친 이들에 대한 자가격리와 능동감시가 10월 26일 00시 전원 해제되었다는 것이다. 석주에게 전염력이 없다는 것이 다시 확인된 셈이다. 그다음 문장을, 그녀는 어금니로 깨부수

듯 소리 내어 읽었다.

"한편, 대학 병원에 입원중인 환자는 기저질환인 림프종에 대하여 정상적으로 치료를 받고 있다."

정상적?

전염력이 전혀 없는 환자를 격리병실에 두는 것부터 비정상적인데, 그렇게 비정상적인 병실에서 어떻게 정상적인 치료가 가능할까. 격리를 풀고 일반 병실에서 치료를 진행하기 전까진, 정상적인 치료란 불가능한 것이 아닐까.

"오래 기다리셨죠? 이쪽으로 오세요."

인터폰을 받은 간호사는 역시 옥나정이었다. 네 살 딸을 둔 엄마. 원리원칙대로 딱딱하게 굴어 밥맛이라 여겼지만, 첫 면회를 안내받으며 석주를 완치시키겠다는 열망을 확인한 후 친해졌다. '격리'라는 의미를 철저하게 지키고자, 영아에게도 처음엔 곁을 주지 않았던 것이다.

"생일 챙겨 주셔서 고마워요."

옥 간호사가 고개를 살짝 돌려 눈을 맞췄다.

"많이 속상하시죠? 저희도 마찬가지예요. 스마일 보이를 다신 격리병실에서 만나지 않게 해 달라고 기도드렸었거든요. 세상일이란 게 원하는 대로 몽땅 이뤄지진 않더라고요. 재입원했으니 또 이겨 내야죠. 메르스든 림프종이든, 저흰 김 선생님을 완치시킬 때까지 최선을 다할 거예요. 물론 내 집보단 그리고 일반 병실보단 불편한 점이 많겠지만, 환자가 편히 지내도록 돌볼 거고요."

"그이 아침은 먹었어요?"

식사부터 챙겨 물었다. 며칠 사이 코는 물론이고 입과 목까지 염증이 번져 음식물을 씹어 넘기기조차 힘들었다. 옥 간호사가 간호 차트를 넘기며 답했다.

"어제 점심엔 브리또 4분의 1, 350그램 정도에 콜라 225씨씨가량 드셨고요. 저녁엔 냉면 200그램, 그리고 방금 전에 아침으로 아침햇살 300씨씨 정도 드셨어요."

첫 번째 문 앞에 잠시 멈춰 섰다가 걸음을 떼며 이야기를 이었다.

"보호자와 면회하는 날이라서 그런지, 다시 입원한 후 가장 활력이 넘치는 것 같아요."

"다행이네요."

"레벨C 착용법은 숙지하셨죠?"

"네."

"이번에도 제가 옆에서 도와드릴게요. 병실엔 보호자만 들어가실 거고요. 면회 시간은 15분입니다만, 15분 정도 더 머무르셔도 됩니다. 갈까요?"

옥 간호사를 따라 준비실에 닿았다. 한두 번 왔던 것이 아닌데 처음 온 듯 낯설었다. 벽에 붙어 있는 11단계 설명서만 눈에 익었다. 영아는 이미 11단계를 모두 외웠다. 눈을 감고도 보호 장구를 갖춰 입을 정도로 수십 번 상상하고 능숙하게 착용도 했었다. 그런데 또 순서가 헷갈리고, 장갑이며 덧신이며 보호복이 낯설어 손에 잡히지 않았다. 옥 간호사가 곁에서 꼼꼼하게 챙겨 주지 않았다면, 11단계를 뒤죽박죽 헤매면서 시간을 허비했을 것이다.

"천천히 차근차근 하세요."

빨리 하는 것보다는 완벽하게 하는 것이 훨씬 중요했다. 바이러스가 침투하지 못하도록 틈이란 틈을 없애는 것이 보호 장구를 착용하는 목적이었다.

두 번째 문부터 다섯 번째 문까지 차례차례 통과했다. 다섯 번째 문이 등 뒤에서 닫힐 때까지 기다렸다.

"제발!"

탄식이 저절로 흘러나왔다. 영아는 턱을 들고 눈을 감았다. 석주에게 눈물을 보일 순 없었다. 10월 11일에 헤어지고 또 보름이 훌쩍 지났다. 재격리 후 석주는 화상 통화를 멀리했다. 목소리에 일부러 힘을 싣곤, 잘 치료받고 있으니 걱정 말라고 말했다. 정말 그런 걸까. 영아는 석주의 병세를 자신의 눈으로 낱낱이 확인할 작정이었다.

드디어 여섯 번째, 마지막 병실 문이 열렸다. 석주는 침대에 비스듬히 기댄 채 물끄러미 쳐다보기만 했다. 9월 추석 즈음엔 문까지 미리 나와 그녀를 살짝 안는 시늉까지 했었다. 그러나 지금 그는 바람 빠진 공기 인형처럼 겨우 왼팔을 들어 올릴 뿐이다. 첫눈에도 야위고 힘이 없어 보였다. 실망감과 무력감과 억울함이 몸과 마음을 갉아먹은 걸까. 영아는 천천히 다가가선 허리를 숙여 품에 안겼다. 보호복 때문에 완전히 안기지도 못했다. 9월엔 혹시나 하는 마음에 포옹을 피했지만, 지금은 석주도 영아도 주저하지 않고 서로를 안았다. 메르스가 아니라는 확신 때문이었다.

"못 오나 걱정했어."

석주는 영아의 등을 토닥였다.

— 난 괜찮으니, 우람이와 당신 몸이나 잘 챙겨.

석주는 이렇게 가족부터 걱정하는 문자를 남겼다. 그러나 그도 무섭고 두렵고 외로웠던 것이다. 영아를 격리병실에서 가까이 보자 그 마음을 더 이상 숨기지 못했다.

"못 오긴…… 자가격리자와 능동 감시 대상자들 오늘로 다 풀렸어. 당신에게 메르스가 옮았을지도 모른다는 의심은 이제 완전히 사라졌어."

"잘됐네. 고맙고 미안했는데……."

석주는 늘 주변 사람부터 챙겼다. 영아가 말머리를 돌렸다.

"얼굴이 많이 부었네. 코는? 입은? 보여 줘 봐."

"됐어. 약 먹었으니 차차 낫겠지."

"보자니까."

영아가 허리를 숙인 채 얼굴을 들이밀었다. 석주가 후드 속 젖은 눈을 쳐다보았다. 그녀가 말했다.

"보여 줘. 몸이든 맘이든 전부 다! 이제 매일 올게. 당신을 혼자 두지 않겠어. 전부 나랑 의논해. 솔직하게 어디가 얼마나 아픈지 알려 줘, 제발!"

짧은 침묵이 흘렀다. 석주는 더 이상 좋은 말로 영아를 달래며 병세를 감추긴 어렵다고 판단한 듯, 양팔을 천천히 들었다. 살점과 근육이 사라지는 바람에 도드라진 뼈에 거무튀튀한 거죽만 붙은 꼴이었다. 오른손 검지로 코를 밀어 올렸다. 콧구멍이 피딱지로 꽉 막혔다. 솔직하게 털어놓았다.

"자다가 자꾸 깨. 입으로 숨을 쉬다가, 그 소리에 내가 놀래."

엄지와 검지로 부어오른 윗입술을 쥐곤 뒤집었다. 붉은 반점이 잇몸과 혀와 입천장에 가득했다. 딱지가 앉기도 하고 진물과 피가 흐르기도 했다.

"맛을 전혀 못 느끼겠어. 입에 뭐든지 들어오면 아파! 입속 어디에 닿아도 아프니까, 대충 급히 삼켜. 그렇게 삼키니까, 위도 더부룩하고 장도 쓰려. 먹는 게 고역이란 말이 뭔지 알겠어. 용혈성 빈혈 때문에 계속 수혈해야 하고, 게다가 항암 치료까지 견디려면 잘 먹어야 하는데, 그게 잘 안 되네. 자꾸 남겨. 미안하게……."

영아가 그의 손을 꼭 쥐곤 말허리를 잘랐다.

"미안하단 말, 하지 마. 자기를 이 모양 이 꼴로 가둔 놈들은 아무도 미안하단 사과를 안 하는데, 자기가 왜 미안해? 난 하나도 안 미안해. 억울해. 화가 나. 내가 매일 올 거야. 매일 와서 자기가 또 우리가 얼마나 어떻게 당했는지 다 기록하고 기억할 거야. 자기는 물론 완치되겠지만, 완치된 후에도 이딴 식으로 한 인간을 핍박하는 놈들은 용서할 수 없어. 우리를 이렇게 만든 놈들이 미안하다고 정말 잘못했다고 석고대죄할 때까지, 자기도 나도 미안하단 말 쓰지 말자. 알겠지?"

WHO는 무엇을 권고했는가?

"이상하지 않아?"

회의실에 마주보고 앉자마자 선우병호가 물었다. 이첫꽃송이는 질병관리본부에서 막 도착한 보도 자료에 시선을 고정시킨 채 되물었다.

"뭐가요?"

"두 가지 정도가 마음에 걸려. 하나는 WHO와 메르스에 관한 자문 회의를 10월 26일 진행했는데, 왜 보도 자료를 사흘이나 지난 29일에 냈을까? 보도 자료를 낼 정도로 중요한 내용이 있다면 적어도 27일이나 28일엔 기자들에겐 알렸어야지. 어때?"

"빨리 결단해야 할 때 시간을 끌고, 신중하게 검토해야 하는데 서둘러 밀어붙인 경우가 한두 번인가요. 두세 단계 올라갔다가 내려오는 데 이틀 정도 걸리지 않았을까요?"

선우 기자가 코를 찡긋해 보였다.

"그것까지 알다니 이제 신입 딱지 버려야겠네. 이번 보도 자료의 핵심이 뭔 것 같아?"

그녀는 보도 자료에서 밑줄을 그어 뒀던 부분을 눈으로 훑으며 답했다.

"메르스가 이제 이 나라에서 실질적으로 끝이 났다는 것. 종식이란 표현을 쓰진 못하지만, 재격리된 확진자가 '메르스 유행의 일부(a part of the MERS outbreak)'가 아니고, 전파 가능성이 '현저히 낮다(extremely low)'는 사실을 WHO로부터 인정받은 셈이니까요."

"맞아. 종식 선언은 못하더라도, '전파 가능성 해소(the end of transmission)'라고 써도 좋다는 용인을 받은 셈이지. 그런데 전파 가능성이 해소되었다면 그다음에 따라야 할 건 뭘까?"

"마지막 메르스 환자의 격리 해제겠죠."

"빙고! 나도 그렇게 생각해. 그런데 그 부분에서 이상하더군. 표현을 어떻게 했더라……?"

그녀가 찾아서 읽었다.

"'확진자는 정부의 관리하에 적절한 치료를 받고 있기 때문에, 일반 국민들께서는 일상생활에서 추가 감염을 우려하지 않으셔도 된다'고 강조했습니다."

"격리 해제는 없단 뜻이지? 내가 제대로 읽은 건가?"

"네. 저도 그렇게 읽었습니다."

"적절한 치료를 받고 있을까, 정말?"

그녀는 오늘 아침에도 영아와 길게 통화했다.

"메르스 대응 치료를 하진 않는답니다."

"PCR 검사 결과 양성이 나온 메르스 환자인데도?"

"보호자인 남영아 씨에 따르면, 적어도 재격리 이후로는 남편이 메르스 환자가 절대로 아니라고 주장합니다."

"그럼 도대체 격리병실에서 무슨 치료를 받고 있는 거야?"

"림프종입니다. 재발했거든요. 항암 치료중이랍니다."

"항암 치료는 적절히 받고 있고?"

"아니에요. 당장이라도 격리 해제를 시켜 달라고 주장하죠. 메르스 환자로 격리병실에 갇힌 것 자체가 항암 치료에 부적절하단 겁니다."

"전화해 봐, 질병관리본부 담당자에게. 언제까지 격리병실에 입원시킬 거냐고. 자문 회의 회의록도 달라 하고."

"회의록이요?"

"보도 자료엔 자기들 유리한 부분만 잘라서 넣어 놨잖아? 이것 가지곤 WHO가 어떤 권고를 했는지 확언하기 어려워. 전화해서 회의록 확보한 후 다시 오후에 의논하자고. 시간 있지?"

첫꽃송이는 오늘 볼 영상을 떠올렸다. 제갈승이 다큐멘터리 영화 가편집본을 검토해 줄 수 없겠느냐고 전화를 한 것이다. 그녀는 다큐멘터리 가편집본을 태어나서 본 적도 없었고, 보강중인 작품을 볼 만큼 한가하지도 않았다. 그러나 그녀는 검토 요청을 받아들였다. 보고 싶었던 것이다. 제갈승이 다큐멘터리 영화로 다룬 세월호 피해자의 고통과 그녀가 취재중인 메르스 피해자의 고통을 비교해 보고도 싶었다.

"그럼요."

"나 차장에겐 사회1부장이 따로 이야길 할 거야. 문화부장과는 의논이 되었고. 마지막 메르스 환자 취재가 끝날 때까지만 이 기자를 여기에 투입하기로 했어. 어차피 연말엔 메르스 총정리 기사도 준비해야 하고. 문화부 쪽 기사는 이번 주까지만 하면 될 거야."

"나 차장님께 직접 말씀을 드리시지요."

"나도 알아. 어느 기자가 자기 밑의 신입을 빼 가는 걸 좋아하겠어? 나 차장에겐 내가 설명하긴 할게. 이건 보도국장님 모시고 부장단 회의에서 결정된 거야. 이 기자는 신경 쓰지 않아도 돼."

선우 기자가 나간 뒤 첫꽃송이는 곧바로 질병관리본부에 전화를 넣었다. 통화가 된 여직원은 담당 과장이 외근중이라서 통화하기 어렵다고 했다. 첫꽃송이는 간단히 두 가지만 확인하고 싶다고 밝힌 뒤 물었다.

"재격리된 환자는 언제 격리를 해제할 계획인가요?"

"날짜까진 모르겠습니다. 환자에 대한 감염 관리를 철저하게 하라는 것이 WHO의 권고 사항으로 알고 있습니다."

"영어로 좀 불러 주세요."

"네?"

"자문 회의에 참가한 WHO 관계자의 권고를 영어로 알려 달라고요."

"그, 그것까진…… 확인해 보겠습니다."

"회의록을 확인하는 김에 회의록 전문을 보여 주실 순 없나요? 아니면 화상 회의를 했을 테니까, 회의 녹화 영상이라도 주십시오. 제가 녹취하겠습니다."

"회의록…… 녹화 영상…… 확인해 봐야 합니다. 확답은 못 드리겠습니다."

WHO와의 자문 회의 영상이나 전체 회의록은 공개되지 않았다. 선우 기자가 관련 기사를 내며 말미에 영상이나 회의록 자체가 없는 것 아니냐는 의문까지 덧붙였다. 질병관리본부는 WHO에서 환자에 대한 감염 관리를 철저하게 하라는 권고를 분명히 했다는 입장을 바꾸지 않았다. WHO의 권위에 기대어 김석주를 격리병실에 계속 가두겠다는 뜻이었다.

제 5 부

책 임

복통 그러나

11월로 접어들며 석주의 불면증이 심해졌다.

깜빡 잠들었다가도 한 시간 이상 수면을 유지하지 못하고 깼다. 코와 입의 염증 탓에 음식량도 줄었다. 사나흘에 한 번 대변을 보는 것도 힘이 들었다. 수혈이 매일 이어졌다. 각종 염증을 치료하기 위한 처방이 있었지만 통증은 줄지 않았으며, 담당 교수에게 면담을 청했지만 차일피일 미뤄졌다. 전공의 노대함에게 지난달 받은 항암 치료 결과를 문의해도 뾰족한 답을 듣지 못했다. 효과가 있다 없다 섣부르게 판단하기 힘들다는 것이다. 6월 초에 재발이란 소견을 들었는데, 11월 초인 지금까지 띄엄띄엄 항암을 했을 뿐이다. 메르스에 걸리지 않았다면 적어도 5차 항암까진 마쳤을 것이고 전망도 선명했으리라.

석주는 영아에게 일주일에 한두 번만 오라고 했다. 그러나 영아는 거의 매일 아침 레벨C 보호 장구를 착용하곤 격리병실로 들어왔다. 우람을 홍택에게 맡긴 뒤 병원으로 이동하면 오전 10시 전후부터 면회가 이뤄졌다. 회사엔 결국 휴직계를 냈다. 적금을 하나 해약해서 당분간 생활비를 충당했다. 10월 26일 자가격리가 해제된 후부터 계속 석주 곁을 떠나지 않았다. 그는 아내에게 내일은 집에서 반드시 쉬라고 권하면서도, 다음 날 아침 10시가 가까워지면 출입문을 자꾸 쳐다보았다. 영아가 문을 열고 들어오면 그의 얼굴에 저절로 웃음꽃이 피었다.

"오지 말고 쉬라니깐……."

거의 닷새를 꼬박 오고 하루를 쉴까 말까 하는 정도였다. 영아가 오는 날과 오지 않는 날 석주의 몸 상태는 확연하게 차이가 났다. 그녀가 병실에 머무는 동안엔 이야기도 많이 하고, 침상 주위를 한 걸음이라도 더 걸었다.

재격리 후 첫 면회 때 영아는 세계 지도를 사왔다. 완치 후 함께 여행할 곳을 찾아보자는 것이다. 고통이 심해 여행기를 읽어나가기도 힘이 들었다. 아침이면 지도를 펼쳐 가고 싶은 나라를 대충 훑은 후 영아를 만났다. 마음을 훤히 꿰뚫기라도 하듯, 그가 도시 이름을 말하자마자 그녀는 여행 가이드보다도 유창하게 막힘없이 설명했다.

"보름은 가야지. 리버풀에 일주일 머물며 비틀즈의 흔적을 샅샅이 훑자고. 런던에선 박물관 투어가 딱이겠지? 당신이 좋아하는 자연사 박물관을 시작으로 대영박물관만 살펴도 사나흘이 훌쩍 지나가겠네. 그사이 프리미어 축구도 한 게임 봐. 이왕이면 우리나라

선수들이 출전하는 경기로 맞춰 볼게. 케임브리지 대학에서 산책하는 건 어때? 칼리지마다 개성이 제각각이라니 사흘 정도는 머무는 게 좋겠어."

석주는 기꺼이 고개를 끄덕였다. 미릿속에 다양한 풍광들이 그려졌다. 꼭 완쾌되어 가족과 함께 리버풀과 런던으로 가고 싶었다. 그녀는 올 때마다 다른 나라 다른 도시의 흥미로운 이야기를 들려줬다. 이야기를 듣는 동안엔 석주도 통증이 덜했다. 몸 상태가 엉망이었지만 이야기를 끊는 것이 싫어 참고 들은 날도 적지 않았다.

대부분은 하루에 여행 코스 하나씩을 뚝딱 해치웠지만, 어떤 여행은 하루이틀로는 감당 못할 만큼 이야기가 많았다. 11월 2일부터 시작한 인도 여행도 그중 하나였다. 석주가 인도 여행을 희망한 것은 조지 해리슨 때문이었다. 비틀즈 시절, 멤버들이 모두 인도 사상에 관심을 드러냈지만, 그중에서 가장 심취한 이가 조지 해리슨이었다. 영아와 석주는 우선 조지 해리슨의 명반 〈Living In The Material World〉를 처음부터 끝까지 들은 뒤, 두 사람이 함께 본 영화 〈인도로 가는 길〉에 대한 뒤늦은 감상을 나누고, 법정 스님의 『인도기행』에서 기차 여행 부분을 되짚었다. 아직 여행 코스를 짜기도 전에 두 시간이 훌쩍 지나가 버렸다. 영아는 오후에 다시 면회를 오겠다고 했지만, 석주는 내일 아침에 이어서 이야기하자며 돌려보냈다.

자정을 넘기면서 복부 통증이 극심해졌다. 오후 내내 수혈할 때도 윗배가 답답했다. 불면증에 시달리며 왼편으로 돌아눕다가 갑자기 위와 장이 동시에 뒤틀렸다. 통증은 곧 허리와 등과 어깨로 옮겨가서 상체가 덜덜 떨릴 지경이었다. 호출 벨을 눌렀다.

일반 병실이라면 10초 안에도 당직 간호사가 오겠지만 격리병실은 달랐다. 간호사는 준비실에서 보호 장구를 갖추고 다섯 개의 문을 통과할 시간이 필요했다. 배를 움켜쥐고 기다리는 10분이 1년보다 훨씬 길게만 느껴졌다. 고통을 조금이라도 줄이기 위해 딴 생각을 할 필요가 있었다. 주기율표를 처음부터 마음속으로 외우기 시작했다. 수소, 헬륨, 리튬, 베릴륨, 붕소, 탄소, 질소, 산소, 플루오린, 네온, 나트륨, 마그네슘, 알루미늄…….

옥 간호사가 격리병실로 들어왔다.

"배가…… 아픕니다. 왼쪽으로 못 눕겠어요. 등도, 허리도…… 으윽!"

석주가 말을 잇지 못한 채 새우처럼 등을 굽히곤 비명을 질렀다. 옥 간호사가 침착하게 말했다.

"호흡부터 하세요. 천천히! 왼쪽이 불편하면 오른쪽으로, 가장 통증이 덜한 자세를 찾아보세요."

옥 간호사는 장갑 낀 손으로 그의 등을 눌렀다. 환자와의 접촉을 최대한 금하는 것이 격리병동의 원칙이지만, 지금은 통증 부위를 확인하는 것이 급했다. 비명이 신음으로 바뀌었고 그 신음도 차츰 줄어들었다.

"휴우…… 지나간 것 같아요."

이마에 맺힌 식은땀을 보며 옥 간호사가 물었다.

"진통제 가져다 드릴까요?"

숨을 고른 후 답했다.

"이대로, 조금만 있겠습니다."

옥 간호사가 손만 뻗으면 닿을 곳으로 호출 벨을 옮겨 두곤 확인했다.

"그래요. 아프면 참지 말고 언제든 누르세요."

"알겠습니다."

한 시간 뒤, 그러니까 새벽 1시 50분에 호출 벨이 다시 울렸다. 이번엔 옥 간호사를 보자마자 진통제부터 달라고 했다. 통증이 옆구리와 등뿐만 아니라 엉덩이와 두 다리까지 퍼진 것이다. 전공의 대함이 처방한 진통제를 맞고도 통증이 쉽게 가라앉지 않았다. 열도 나고 기침에 가래까지 끓었다.

10시 30분, 영아는 인도 여행에 관한 이야기를 듬뿍 가지고 격리병실로 들어섰다. 준비한 이야기는 단 하나도 못 한 채, 석주의 야윈 손만 쥐었다. 밤새 통증과 싸우느라 탈진한 그는 그녀에게 손을 맡긴 채 축 늘어졌다. 피곤이 태산처럼 쌓였지만 잠은 오지 않았다. 그녀는 울분을 겨우 누르며, 옥 간호사가 귀띔한 것들을 중심으로 물었다.

"비장이 얼마나 부었을까?"

"림프종 처음 걸렸을 때, 그때처럼 아파."

"장 쪽은?"

"여기…… 명치부터 훑듯이 아프네. 걱정 마. 그래도 진통제 먹었더니 복통은 가라앉았어. 엉덩이나 다리 쪽도 괜찮아졌고.”

“검사하잔 얘긴 안 해?”

“응.”

“궤양이 심하거나 천공일 가능성도 있어.”

“거기까진 아닐 거래.”

“어떻게 알아? 검사도 안 해 보고. 검사하고 싶지?”

“하고 싶긴 한데……. 너무 번거로울 것 같아서…….”

석주는 또 의료진 걱정부터 했다. 영아가 단호하게 잘랐다.

“검사가 필요하면 하는 거지. 격리병실에서 검사실까지 오가는 절차가 복잡하면 일반 병실로 옮겨 주든가.”

“그러네.”

석주가 통증을 참으며 웃었다.

착한 사람!

이렇게 좋은 사람이기에 평생을 함께 아름답게 살 수 있으리라 여겼다.

“간 쪽도 이상하다고?”

“그냥 기분이 좀…….”

독한 약을 다섯 달 넘게 쓰고 있었다. 간에 탈이 난다 해도 이상하지 않을 만큼.

“오늘은 어디로 여행 가려고 했었지?”

기억력까지 감퇴한 것일까.

“마하트마 간디의 나라.”

"맞다. 인도!"

"이야기해 줄까?"

석주가 잠깐 눈을 감았다가 떴다.

"미안한데…… 밤새 시달렸더니 머리까지 지끈지끈 아프네. 두통 때문에 멋진 인도 풍광을 제대로 맛보지 못한다면 억울할 것 같아. 오늘은 그냥 이렇게 있자. 인도 얘긴 내일! 그래도 되지?"

"그럼. 되고말고. 자기 맘대로 해. 전부 다!"

영아는 두 시간을 그렇게 석주의 손만 잡고 있다가 병실을 나왔다. 보호 장구를 벗어 수거용 통에 넣고, 네 개의 문을 더 지나서 간호사 스테이션에 닿자마자, 옥 간호사를 향해 목소리를 높였다.

"전공의 불러 주세요. 당장!"

영아는 당장이라고 했지만, 대함은 한 시간이 지난 뒤에야 격리병동에 모습을 드러냈다. 일반 병실에서 급히 치료해야 할 환자가 밀려 있었던 것이다. 7월과 8월과 9월엔 격리병동만을 전담하는 전공의가 있었다. 그러나 10월 3일 석주가 퇴원한 후론 메르스 환자만 전담하는 전공의는 사라졌다. 환자가 없으니 메르스 팀 자체가 해체된 것이다. 석주가 다시 응급차에 실려 와서 재격리되었지만, 해체된 팀은 복구되지 않았다. 담당 전공의는 격리병동 근무를 자원한 3년 차 레지던트가 아니었고, 마지막 메르스 환자만을 전담하지도 않았다. 그에겐 일반 병실에도 돌봐야 하는 환자들이 있었다. 서둘러 치료를 마치고 뛰다시피 도착했지만, 영아는 대함의 사정 따윈 살피지 않고 몰아세우기부터 했다.

"검사해 주세요, 오늘부터."

대함이 차트를 최대한 천천히 넘겼다. 호흡을 고르는 데도, 석주의 몸 상태를 확인하는 데도 시간이 필요했다. 영아와 똑같이 빠르고 뜨겁게 맞섰다간 감정 소모도 많고 마음의 상처도 깊어질 것이다. 침착함을 유지하기 위해서라도 낚싯줄을 풀듯 시간을 늘려야 했다.

"밤부터 복통이 있었지만 지금은 많이 가라앉았습니다. 며칠 더 치료하며 살핀 후에……."

영아가 말허리를 잘랐다.

"ICE 항암을 했으면 그 후 환자의 몸 상태가 어떤지 검사하는 게 당연한 것 아닌가요? 더군다나 환자가 고열에 기침에 복통에 불면증에 코와 입의 염증에 시달리고 있습니다. 진통제로 적당히 누르고 지나갈 상황이 아니라고요."

"이동용 검사가 가능한 것부터 왕진하도록 조처하겠습니다."

"왕진? 방금 왕진이라고 했나요? 그러니까 뭡니까? 이동용 검사 기기가 있는 것만 가능하단 거군요. 왜 그래야 하죠? 담당 교수님들이 제 남편은 감염 가능성이 0퍼센트에 가깝고, WHO와도 회의해서 메르스 전파 가능성이 해소되었다고 확정짓지 않았습니까? 김석주 환자는 당연히 검사실로 가서 검사를 받아야 합니다. CT도 받고 PET-CT도 받고 MRI도 받아서, 왜 저렇듯 심신이 허약해져 가는지 원인을 밝혀내야죠."

"진정하십시오. 김석주 환자 한 사람만 사용하는 검사실이 아니지 않습니까? 며칠 혹은 몇 달 전에 예약하고 검사실을 이용하는 외래 환자도 많고, 일반 입원 환자도 또한 밀려 있어서 검사실 확보가 쉽지 않습니다. 최선을 다하겠습니다만, 오늘 당장 격리병실을 나가 검사실에서 검사하는 것은 어렵습니다. 제가 검사실들 상황을 체크해서 하나하나 가능한 날짜를 뽑아 보겠습니다. 그리고 보호자님 요구도 교수님들께 전하겠습니다."

영아의 목소리에 점점 더 가시가 돋았다. 가시투성이로 흔들렸다.

"오늘이 아니면 내일, 이번 주가 아니면 다음 주…… 이렇게 검사실이며 뭐며 조건들을 따져 늦추지 말아 주세요. 환자의 몸 상태가 하루하루 나빠지고 있잖아요? 10월 26일에 면회하고 오늘로 8일째입니다. 제가 매일 격리병실로 들어가 환자를 만났는데, 볼 때마다 나아지는 건 하나도 없고, 나빠지기만 해요. 인정하시죠?"

"담당 의료진은 최선을 다하고 있습니다. 항암 치료를 진행했고, 용혈성 빈혈로 떨어진 수치들을 높이기 위해 수혈을 계속하고 있고……."

"오늘, 바로 지금이 환자가 더 나빠지지 않고 좋아지도록 만들 마지막 날일지 모른단 생각을 하면…… 정말 이대로 있을 수가 없어요. 최선을 다한다면, 오늘부터 당장 검사들을 진행하고 환자의 상태를 종합적으로 파악해서 새로운 길을 찾아야지요. 검사를 안 하면, 결국 최근 일주일 동안 환자의 몸 상태에 근거한다기보다는 그전에 진행한 검사 데이터에 의존하는 겁니다. 또 왕진이 가능한 검사 결과만으론 불완전한 추측을 할 수밖에 없잖아요? 부족하고 부당하고 불완전한 상황을 왜 무조건 받아들이라고 합니까? 질병관리본부 핑계 대지 말아요. 검사를 하고 말고는 병원에서 결정할 문제 아닌가요? 그것까지 질병관리본부의 허락을 받아야 해요? 오늘 해 주세요. 지금 당장!"

새로운 기준을 마련하라!

남영아의 수첩

2015년 11월 3일(화)

남편 곁에서 24시간 머물러야 할까 보다.

PAPR을 착용하고 들어가면 얼마 지나지 않아 목이 마르다. 화장실에 다녀오려면 보호복을 벗어야 하니 마시는 물을 줄이는 수밖에 없다. 다 감당할 수 있다. 이깟 불편은 아무것도 아니다. 아파 신음하는 남편을 두고 나오는 것에 비한다면.

첫꽃송이 기자와 통화함. 질병관리본부에선 신랑을 격리 해제할 새로운 기준을 여전히 갖고 있지 않다고 한다. WHO 핑계나 대고. PCR 검사가 계속 음성으로 나와도 남편은 격리병실에서 못 나온단다. 이게 나라인가?

답답하다.

통증 없는 밤을 보냈으면.

신이여, 도와주소서!

당신이 잠든 사이

사흘이 또 지나갔다. 석주는 검사실로 가지 못했다. 메르스로 격리된 환자가 검사실을 쓰지 못할 이유는 차고도 넘쳤다. 대함이 어떤 이유를 대더라도 영아에겐 변명으로만 들렸다. 그녀에겐 결론이 중요했다. 검사실에서 검사를 받느냐 못 받느냐. 전문 용어가 나열되더라도, 검사실 이용을 못한 것만이 중요한 사실이었다.

11월 5일 저녁, 옥 간호사가 영아에게 문자를 보냈다. 내일 격리병실로 들어가기 전 전공의와 면담했으면 한다는 것이다. 보호자가 요청하기 전에 전공의가 먼저 만나자고 연락을 넣은 것은 10월 26일 이후 처음이었다. 10시에 보호자 대기실에서 만나기로 했다.

11월 6일 아침 9시 50분, 영아는 격리병동에 도착해선 인터폰부터 들었다. 10월 26일 이후 매일 아침 이 시간에 인터폰을 들었기 때문에, 간호사들도 말을 섞기 전에 누군지 알았다.

"안녕하세요!"

밤샘 근무를 마친 옥 간호사와 교대한 진 간호사의 목소리였다. 30대 중반인 옥 간호사는 영아가 말할 때까지 기다렸지만, 20대인 진 간호사는 먼저 약간 비음 섞인 인사를 건넸다.

"그이 아침은 뭘 먹었나요?"

"빵을 못 먹겠다고 하셔서, 바나나 주스와 토마토 주스를 9시에 드셨어요. 몸살 기운이 있으시다고요."

여전히 아픈 것이다. 진 간호사가 덧붙였다.

"지금은 잠깐 눈 붙이고 계세요. 오늘 면담 있으시죠? 노 선생님이 곧 대기실로 가실 거예요. 조금만 기다리세요."

"알겠습니다."

대기실 의자에 앉으며 석주에게 문자부터 보냈다.

— 많이 불편해? 면담 마치고 바로 들어갈게.

답이 없었다. 어제까지 그는 영아가 올 때까진 눈을 동그랗게 뜨곤 기다렸다. 그런데 오늘은 주스 조금 마시곤 바로 잠든 것이다. 기력이 더 떨어진 걸까.

10시 5분에 대함이 도착했다. 오늘은 급히 뛰어오느라 숨이 차지도 않았고 이마에 땀도 없었다. 호흡은 차분했고 얼굴은 굳어 있었다. 시간에 쫓겨 5분을 늦은 것이 아니라, 5분 더 생각을 정리한 것 같았다. 영아도 간호사로 근무하는 3년 동안 의사들의 습관 아닌 습관을 여럿 익혔다. 좋은 소식은 약속 시간보다 먼저 와서 전하기도 하지만, 나쁜 소식은 그렇지 않았다. 약속 시간을 살짝 넘긴 뒤 나타나 준비한 이야기만 하고 돌아서는 경우가 대부분이었다. 보호자와의 대면 시간을 최소화하려는 것이다. 불길했다.

좁은 대기실엔 벤치처럼 긴 의자가 하나뿐이었다. 두 사람은 나란히 앉아 어깨를 맞댄 채 이야기를 나눌 수밖에 없었다. 대함은 본론으로 곧장 들어갔다.

"오늘부터 ICE 항암에 다시 들어갑니다."

"아직 3주가 지나지 않았는데요. 몸 컨디션도 안 좋고."

이의제기를 예상한 듯 주저하지 않고 답했다.

"빌리루빈 상승, LDH 상승, 헤모글로빈Hb 감소가 지속되는 것으로 볼 때, 림프종이 빠르게 악화되고 있습니다. 항암 치료를 늦출 여유가 없습니다. 오늘 당장 시작해야 합니다."

"그래도 너무 갑작스럽잖아요? 검사실에서 검사도 제대로 안 해 놓고선…… 그이는 몸도 마음도 안 좋은 상황이에요."

대함이 반복했다.

"오늘부터 해야 합니다. 기회가 영영 없을 수도 있습니다."

"영영……이라고요?"

대함의 눈을 들여다보았다. 돌볼 환자가 많아서 바쁘게 다니며 힘겨워했지만 오늘처럼 냉정하진 않았다. 그는 무릎 위에 놓인 차트를 내려다보며 무뚝뚝하게 설명을 이었다.

"7월 3일 병원으로 전원 온 후부터의 병력과 현재 환자의 상태를 종합하여 예상하자면, 항암 치료를 시행한 다음에 호중구감소성 발열neutropenic fever이나 패혈증sepsis 등이 발생하여 사망에 이를 가능성도 있습니다."

"뭐라고요?"

영아의 목소리가 커졌다. '사망'에 이를 수도 있다는 이야기를 처음 들은 것이다. 대함은 차트에 시선을 고정시킨 채 준비한 설명을 계속했다.

"항암 치료에 실패할 경우 림프종의 진행으로 출혈과 감염에 의한 사망에 이를 가능성도 높습니다."

또 '사망'을 언급했다. 그녀는 온몸을 부들부들 떨며 항의했다.

"지금 그걸 말이라고 하는 건가요?"

대함은 그 질문도 무시하고 마지막 설명으로 들어갔다.

"CPR, ICU Care중환자실 케어, MV Care기계호흡, 인공호흡기 케어 등도 효용이 지극히 낮을 겁니다. 환자의 상태가 아주 빠르게 악화될 가능성이 있으므로, 환자와 보호자님이 상의해 보시는 게 좋겠습……."

"그만!"

영아는 복도가 울리도록 고함을 내질렀다. 전문 용어들을 랩처럼 빠르게 읊어 나가던 대함이 설명을 멈췄다. 그녀의 눈물이 의자에 뚝뚝 떨어졌다. 그는 대기실 전자레인지 옆에 놓인 티슈통을 가져와서 내밀었다. 그녀가 눈물을 훔치는 동안 그는 침묵했다. 물론 그에게도 할 말이 있었다. 연명 치료의 효용이 지극히 낮다는 설명은 연명 치료를 하지 않았으면 한다는 뜻을 에둘러 표현한 것이다. 이와 같은 권유를 레지던트 2년 차가 맘대로 할 수는 없었다. 적어도 혈액종양내과와 감염내과 담당 교수 혹은 그 윗선에서, 보호자와 면담하여 이런 방향으로 설명하자고 뜻을 모은 것이다. 대함으로선 피할 길이 없었다. 더 안타까운 사실은 해야 할 설명이 아직 남았다는 점이다. 회피하기 어렵다면 단번에 모든 걸 끝까지 해치워야 한다고, 이 길을 거쳐 간 선배들이 충고하곤 했었다. 연명 치료의 효용이 지극히 낮다는 설명을 처음 하는 것도 아니었다. 임종을 앞둔 환자의 보호자들에게 열 번도 넘게 말했었다. 그러나 그때는 지금처럼 힘들진 않았다. 환자의 병세가 이미 심각했던 탓에 보호자들도 어느 정도 각오를 한 상황이었다. 그러나 영아는 달랐다. 석주가 완치되리란 희망을 조금도 접은 적이 없었다. 대함은 결국 마지막 남은 부분까지 꺼냈다.

"소생을 거부할 경우는 환자나 보호자의 동의가 필요합니다."

"DNRDo Not Resuscitate 소생술 금지, 연명 치료 중지을 작성하라고요?"

"그렇습니다."

영아가 왼손을 부채처럼 흔들어 대다가 뚝 멈췄다.

"한 가지만 확인할게요."

시선이 마주쳤다.

"왜 이렇게 밀어붙이는 건가요? 최악의 상황에 대한 설명은 작년에도 들은 적이 있습니다. 항암 치료엔 항상 부작용과 위험 요소가 뒤따르는 법이니까요. 하지만 이렇게 따로 면담 시간을 잡아서, 항암 치료에서 가장 나쁜 상황들만 줄줄 읊는군요. DNR까지! 병원에 온 후 이런 경우는 처음이네요……."

시선을 내려 떨리는 자신의 두 주먹을 쳐다보다가 고개를 들곤 이어 물었다.

"솔직히 말씀해 주세요. 그이…… 그 정도로 비관적인가요? 의료진이 언제 DNR이란 단어를 꺼내는가는, 간호사였던 저도 알아요. 그러니 제발 부탁입니다. 어떤가요, 내 남편……. 완치 가능성이 있긴 있나요? 가망이 없어요?"

대함이 답했다.

"힘든 상황인 건 사실입니다. 하지만 가망이 없진 않습니다. 오늘부터 항암에 들어갈 것이고, 급속도로 병세가 나아질 가능성 또한 있습니다."

"12월이 가기 전에…… 동종 조혈모세포 이식 수술을 하자고, 교수님이 그러셨어요. 다행스럽게도 시아버지와 제 남편이 조직적합성항원이 일치한다는 건 말씀드렸죠? 시아버지께서 헬스클럽까지 다니시며 병원에서 연락이 오기만을 기다리고 계세요. 대체 어느 쪽인 건가요? 소생술 금지 동의서를 작성하라 권하면서, 또 조혈모세포 이식 수술 준비를 하자고 하고…… 어떻게 그 두 가지가 함께 갈 수 있죠? 시원하게 대답해 주세요. 뭡니까 도대체?"

대함은 시선을 내려 다시 차트를 보았다. 그 차트에도 답은 들어 있지 않았다.

❖

한 시간은 족히 이야기를 나눈 것 같은데 겨우 10분밖에 지나지 않았다. 영아는 진 간호사와 함께 보호 장구를 착용하고 격리병실로 들어섰다. 문이 열리자마자 그녀는 놀란 눈으로 따지듯 물었다.

"언제부터죠?"

진 간호사가 석주의 입과 코를 덮은 산소마스크를 보며 답했다.

"아침부터 답답해하셔서…… 방금 쓰셨습니다."

"산소포화도가 안 좋아졌나요?"

"95 내외였는데, 새벽엔 갑자기 89까지 떨어졌어요."

진 간호사가 산소포화도를 다시 확인한 뒤 격리병실을 나갔다. 보통은 보호 장구를 입는 것만 곁에서 도왔다. 산소마스크를 쓴 석주를 보고 영아가 놀랄 것을 염려하여 병실까지 따라 들어온 것이다. 그가 가만히 영아의 팔을 잡아끌었다. 마스크를 턱 쪽으로 내린 뒤 나지막하게 말했다.

"괜찮아. 걱정 마."

영아는 고개를 끄덕이며 얼굴을 살폈다. 피부가 창백하고 입술이 파리했다. 어제보다도 또 더 안색이 나빠진 것이다.

"에크모를 했던 사람들도 완치되어 퇴원했잖아? 숨이 조금 가쁜 것뿐이야. 몸살 기운이 있는지 으슬으슬 춥더니 그러네. 곧 좋아질 거야."

"그래."

영아가 이불을 목까지 올려 덮었다. 석주가 물었다.

"전공의 면담했다며?"

"항암 오늘부터 시작하겠다고."

"오늘? 벌써 3주가 지났나?"

"아직 좀 남았는데……. 며칠 앞당겨 하는 게 어떻겠느냐고 묻네."

영아는 대함이 설명한 어두운 미래는 옮기지 않았다. 밝은 이야기만 나눠도 힘겨운 나날이었다.

"힘들면 며칠 미뤄 달라 할게. 숨 쉬기도 불편하니 오늘은 아무래도……."

"의료진 뜻에 따를래. 항암 치료가 산소포화도와 직접 연관 있는 것도 아닐 테고."

"괜찮겠어, 정말?"

"언제쯤이면 호흡이 좋아진다는 보장도 없어. 항암 치료는 언제 받아도 불편하고 힘들긴 마찬가지야. 그냥 할래. 왜 그렇게 봐? 다른 얘기라도 들었어?"

"아냐. 당신 너무 잘생겨서."

"살이 빠져서 그런가? 날렵한 턱선이 살아났긴 해."

"맞아."

"여기에 근육만 살짝 붙으면 정말 끝내줄 텐데."

"충분해, 지금도! 먹고 싶은 거 없어?"

"다 사 줄 거야?"

"그래. 아침도 주스밖에 못 마셨다며?"

"스파게티 먹을래."

"그래? 기다려그럼. 사 올게."

"농담이야. 가지 마."

"아냐. 오늘은 사다 줄게."

"보호복 벗었다가 또 입어야 하는데?"

"당신 원하는 음식 들여오는 건데, 하루에 열 번 아니 백 번이라도 갈아입어야지."

영아가 격리병실을 나가 보호 장구를 벗고 네 개의 문을 통과했다. 진 간호사에게 부탁했다.

"스파게티를 먹고 싶다네요. 제가 가게에 가서 사 올게요. 오후에도 들어가야겠어요."

"알겠습니다. 노 선생님께 말씀드려 놓을게요."

영아는 대학 병원 앞 이탈리아 레스토랑에서 스파게티를 포장해서 가지고 돌아왔다. 진 간호사에겐 따로 산 빵을 건넸다. 두 사람은 오전처럼 다시 짝을 이뤄 보호 장구를 착용했다. 이번에는 진 간호사가 병실로 따라 들어오지 않았다.

"와! 당신 진짜 최고야."

석주가 영아의 손에 들린 스파게티 박스를 보고 과장되게 손뼉을 쳐댔다. 침대에 달린 식사용 테이블을 내리곤 그 위에 스파게티를 올려놓았다. 그는 아내가 건네준 플라스틱 포크와 스푼을 쥔 채 먹기 시작했다. 그녀는 복숭아 주스를 잔에 따라 탁자 위에 놓곤 물러났다. 간이침대에 앉아선 몸을 돌려 등을 벽에 기댔다.

"같이 먹을래?"

농담을 던졌다. 영아는 후드를 벗지 못하는 바람에 물 한 잔 먹지 못하고, 이마에 난 땀 한 방울 닦지 못하는 처지였다.

"부족하면 말해. 더 사올게."

"이게 맛있긴 한데, 난 당신이 요리해 준 스파게티가 제일 맛있어. 알지?"

"퇴원하면 하루 날 잡아서 스파게티만 세 끼 꼬박 해 줄게. 천천히 남김없이 다 먹어. 아침 겸 점심이니까."

"오케이."

석주의 쩝쩝거림이 성당의 종소리보다도 아름답게 들렸다. 영아는 목을 약간 젖힌 채 벽에 뒤통수를 붙였다. 정확히 말하자면 뒤통수가 아니라 후드의 뒷부분이다. 대함의 설명을 잔뜩 긴장해서 듣고, 병원 앞 거리를 뒤져 스파게티를 사오고, 보호복을 벗고 다시 입느라 지쳤던지, 졸음이 밀려들었다. 남편의 입맛 다시는 소리가 점점 희미해졌다.

스파게티를 거의 다 먹은 석주가 마지막 면을 입안에서 오물거리며 물었다.

"우람이는? 오늘도 할아버지랑 공 찬대?"

답이 없었다. 질문을 이으려다가 고개를 돌렸다. 벽에 기댄 영아는 꼼짝도 하지 않았다. 천천히 허리를 돌려 그녀 쪽으로 상체를 숙였다. 그리고 후드 속을 뚫어져라 쳐다보았다. 눈을 꼭 감은 채 잠든 얼굴이 오늘따라 더 작고 둥글고 귀여워 보였다. 대학 캠퍼스를 함께 걸을 때 봤던 이십대 초반의 순수가 그 속에 있었다. 그녀의 얼굴 가까이 팔을 뻗다가 멈췄다. 얼굴을 만지고 싶었지만 참았다. 깨우고 싶지 않았다. 당신이 잠든 사이에 내 병이 싹 나을 수만 있다면. 그는 다짐했다.

"꼭 나을게. 사랑해."

가슴이 답답했다. 급히 산소마스크를 입으로 가져갔다.

사인死因

11월 10일 밤 10시 30분 첫꽃송이는 선우병호와 '얼음집'에서 마주 앉았다. 8월 초에 만났던 바로 그 자리였다. 그때는 소도현을 비롯한 기자들이 여럿이었는데, 오늘은 단둘이었다. 면담을 청한 사람은 첫꽃송이였다.

"선배! 제가 생각해 봤는데요……."

그녀는 앉자마자 본론을 꺼내려 했다. 선우 기자가 오른 손바닥을 들어 보이며 막았다.

"로마에선 로마법을!"

두 사람은 얼음처럼 차가운 생맥주를 단숨에 비웠다. 선우 기자가 한치를 한 조각 입에 털어 넣고 기다렸다.

"구해 내고 싶어요."

세세한 설명 대신 바람을 먼저 내질렀다.

"질병관리본부에선 김석주 환자에게 맞는 격리 해제 기준을 아직 마련 못했다며?"

"김석주라는 특별 사례를 관리할 팀도 구성하지 않았죠. 회의도 물론 없었고요."

"그럼 어떻게 구해 내겠다는 거야? PCR 검사에서 양성이 나온 메르스 환자라고."

"재격리 후 메르스 치료는 전혀 하지 않고 있습니다. 림프종 치료를 하기엔 불편한 게 한두 가지가 아니고요."

"항암 치료는 하고 있고?"

"네. 늦었지만."

선우 기자가 생맥주를 한 잔 더 비웠다. 첫꽃송이는 절반만 마시고 내려놓고는 맞은편에 앉은 그를 쳐다보았다. 이제 속마음을 알려 달라는 뜻이었다. 그가 생맥주를 한 잔 더 시키곤 녹슨 동전을 툭 던지듯 물었다.

"사인死因이 뭘 것 같아?"

"네?"

"불행한 일이겠지만, 만약 김석주 환자가 이대로 격리병실에 갇힌 채 세상을 떠난다면, 사인이 뭐가 될 것 같냐고?"

"메르스?"

"메르스 치료는 전혀 하고 있지 않다며? 메르스 치료를 전혀 하지 않았는데 사인이 메르스가 되면 보건 당국과 병원이 곤란해질 거야."

"악성 림프종일까요? 재발했고, 항암 치료중이고, 조혈모세포 이식 수술도 준비한다고 보호자에게는 물론 기자들에게도 밝혔잖습니까?"

"내가 의사라면 림프종이라고 적겠지. 그쪽으로 몰아가는 분위기도 느껴지고. 하지만 말이야. 사인이 정말 림프종일까?"

"쉽게 설명해 주세요."

"이 기자는 김석주 환자를 구해 내고 싶다고 했지? 구해 낸다는 건 뭘 뜻하는 거야? 우린 김석주 환자를 메르스나 림프종으로부터 구해 낼 능력은 없어. 그건 병원에서 맡을 일이지."

그녀가 잔에 남은 절반의 맥주를 마저 마셨다. 그리고 잠시 침묵한 뒤 답했다.

"격리병실에서 나오게 하고 싶어요. 몹쓸 전염병에 걸려 환자가 된 것도 원통한데 죄인 취급까지 받게 해서야 되겠어요?"

"그건 다시 말해 격리병실에서 죽게 하고 싶지 않단 뜻이로군."

그녀가 고개를 끄덕이며 말했다.

"전염력이 전혀 없는데도, 메르스에 걸렸었다는 이유만으로 김석주 환자가 어떤 상황인지 전혀 고려하지 않은 거죠. 전문가도 있고 시간도 있는데, 보건 당국은 특별 사례를 인정하고 따로 살피지 않습니다. 단순한 기준만 고수하죠."

"왜 그럴까?"

"인권 그러니까 인간답게 치료받고 인간답게 죽을 권리보다 '메르스'란 세 글자가 언론과 에스엔에스에 올라오는 것 자체를 꺼리는 거죠. 11월 이후 메르스 관련 기사들을 검색해 봤습니다. 주목할 만한 기사가 전혀 없었습니다."

"뉴스 가치가 없어서일 수도 있잖아? 5월부터 메르스를 보도했으니 벌써 반년이나 지났어. 메르스에 관해 정확히 모르는 사람도 충분히 안다는 착각이 들 지경이지."

그녀가 선우 기자의 질문을 되새기며 말했다.

"김석주 환자를 격리병실에 가둬 방치하고 있는 건 메르스도 아니고 림프종도 아니군요. 우리의 두려움과 무관심이 사인인 겁니다. 정부도 그렇게 조용히 덮어 버리려 하고 있고요."

"마지막 남은 희망의 문이기도 해."

"희망의 문이라고요?"

"대중의 두려움과 무관심을 뒤흔들잔 이야기야. 구해 낼 수 있을지는 두고 봐야 하겠지만, 아직 아무도 그 가장 어둡고 부끄러운 지점을 찌른 적은 없어."

"어떻게 찔러야 하죠? 반년 동안 수천 건의 메르스 기사와는 다른 방식이어야 할 텐데요."

선우 기자는 답을 하지 않고 그 질문을 되돌려 줬다.

"나도 궁금해. 이 기자는 아는 줄 알았는데, 몰라?"

그 순간 첫꽃송이의 휴대폰이 대답처럼 울렸다. 발신자를 확인한 그녀의 검은 눈동자가 흔들렸다.

전환

11월 11일 오후 2시 영아는 골목을 걸으며 계속 문자를 확인했다. 첫꽃송이가 남긴 주소지에 거의 도착한 것이다. 오전에는 미열에 코를 흘리는 우람을 데리고 동네 병원에 다녀오느라 석주에게 가지 못했다. 건물이 다닥다닥 붙어 있어 출입구를 찾기 어려웠다. 두 군데 건물에 들어갔다가 '풀꽃'이란 간판을 찾지 못하고 돌아 나왔다. 다음 골목으로 접어드는데 등 뒤에서 누가 알은체를 했다.

"안녕하세요."

후드티를 입고 모자를 쓴 앳된 청년을 영아는 처음엔 알아보지 못했다.

"누구……?"

"저 예석이에요. 조예석. 남영아 님이시죠? 병원에서 봤었잖아요? 전화번호도 교환했는데요. 그, 메르스……."

7월 3일 전원 직전, 감염내과 진료실 앞 복도에서 함께 대기했던 예석이 떠올랐다.

“아, 기억났어요. 몰라봐서 미안해요.”

“괜찮습니다. 풀꽃 찾아오셨죠?”

“그걸 어떻게?”

예석의 양손엔 검은 비닐봉지가 들려 있었다. 그를 따라 걸었다. 막다른 골목 가장 깊숙한 4층 건물 꼭대기 층이 ‘풀꽃’ 사무소였다. 아직 법무법인 등록은 하지 않았지만, 사회적 약자를 위한 변호를 전문적으로 하는 변호사들이 모인 곳이었다. 해선이 책상에 산더미처럼 쌓인 서류와 자료들 사이에서 고개를 들곤 반겼다.

“어서 오세요. 예석 씨와 같이 오셨네요.”

“오다가 만났어요.”

소파에 자리를 권했다.

“이리 앉으세요.”

예석은 비닐봉지를 든 채 부엌으로 가고, 영아는 해선이 권한 자리에 앉았다.

“예석 씨가 어떻게……?”

“예석 어머님 소송을 제가 맡았습니다.”

“소송……!”

영아도 지난 7월부터 간간히 소송에 대한 뉴스를 접하긴 했다. 그러나 그땐 석주의 메르스 완치에 총력을 기울였기 때문에 법적 대응을 구체적으로 고민하진 않았다. 병든 사람을 살리는 것이 먼저였다.

"풀꽃에서 아르바이트도 합니다. 사무실 잡무와 함께 홈페이지와 에스엔에스 관리까지 손이 빠르고 재주가 많은 친굽니다."

예석이 어느새 국화차 두 잔을 비스킷 네 개와 함께 내왔다. 영아는 차를 한 모금 머금은 채 사무실을 둘러보았다. 사무용 책상이 모두 다섯 개, 회의실로 쓰는 방이 두 개, 부엌 겸 잡무 공간이 하나였다. 문 바로 옆 책상에 예석이 가서 앉았다. 나머지 책상 주인들은 외근중인지 보이지 않았다. 계단 올라오는 소리가 들렸다.

"이 기자네요. 미세하지만, 오른발이 왼발보다 소리가 조금 더 커요. 빨리 내딛기도 하고."

영아도 귀를 기울였지만 차이를 느낄 수 없었다. 문을 열고 들어선 이는 과연 첫꽃송이였다. 해선을 가운데 두고, 왼쪽에 영아 오른쪽에 첫꽃송이가 마주보며 앉았다.

"괜찮으시면, 오늘 이야기를 녹음해도 될까요? 원하시면 조예석 씨가 따로 녹취해 드릴 수도 있습니다."

"상관없어요."

예석이 노트와 소형 녹음기를 들고 와선 첫꽃송이 옆에 앉았다. 녹음 버튼을 누르곤 탁자 위에 녹음기를 올렸다. 세 사람의 시선이 먼저 영아에게 쏠렸다. 이야기판이 깔린 것이다. 어젯밤 자정쯤 영아는 첫꽃송이에게 전화를 걸어 재격리 후의 심경을 제법 길게 털어놓았다. 눈물바람으로 끝난 영아의 이야기를 끝까지 들은 첫꽃송이는 '풀꽃'에서 윤 변호사와 함께 만나자고 했다.

"이대로 가면 제 남편은 치료다운 치료도 받지 못한 채 끔찍한 불행을 맞을 것만 같습니다. 병세는 하루가 다르게 나빠지는데, 검사 한 번 제때 받기 힘듭니다. 전염력이 전혀 없다고 의료진이 거듭 밝혔습니다만, 어떻게 해야 격리 해제가 되는지 아는 이도 없고요. PCR 2회 연속 음성이면 격리를 해제한다는 기준은 더 이상 제 남편에겐 적용되지 않아요. 10월 20일과 21일, 그리고 11월 4일에서 6일 사이에 연속해서 두 번 음성 판정이 나왔지만 남편을 퇴원시키지 않았습니다."

해선의 시선이 첫꽃송이에게 향했다. 두 사람은 새벽까지 이 문제를 의논했었다. '얼음집'에서 선우 기자와 나눈 이야기를 바탕으로 새로운 방향을 정한 것이다. 첫꽃송이가 좌중을 둘러본 후 조심스럽게 이야기를 시작했다.

"판을 넓혀 보죠."

"넓힌다고요, 무슨 판을 어떻게?"

영아가 물었다. 첫꽃송이가 그녀에게 시선을 돌리곤 답했다.

"질병관리본부나 병원에 이런저런 항의를 하는 것보단 전 국민을 상대로 호소하는 겁니다. 남영아 선생님이 직접 스튜디오에 출연한다면, 민국방송 뉴스에 인터뷰를 내보낼 수도 있습니다."

"가능한가요, 그게?"

"네."

첫꽃송이는 '풀꽃'에 닿기 전, 선우 기자에게 연락을 받았다. 마지막 메르스 환자의 아내가 단독으로 스튜디오에 나와 인터뷰를 한다면 뉴스에 내보내기로 보도국장과 담판을 지었다는 것이다.

"나가시겠어요?"

영아가 즉답을 못하고 잠시 숨을 골랐다. 뉴스 인터뷰! 쉽게 찾아올 기회는 아니었다. 기회를 잡아야겠다는 생각과 함께 이걸 과연 잘 해낼 수 있을까 하는 걱정이 밀려들었다. 태어나서 방송에 출연한 적은 단 한 번도 없었다. 해선이 첫꽃송이를 거들었다.

"파장이 클 겁니다. 힘드시겠지만 출연하신다면 훨씬 많은 사람들이 김석주 선생님께 관심을 가질 겁니다."

영아가 고민을 솔직하게 털어놓았다.

"이런 건 처음이라…… 제대로 해낼지……."

해선이 받았다.

"지금부터 준비하면 되죠. 저희가 돕겠습니다. 제 생각입니다만, 어렵게 말씀하실 필요 없이, 사실대로 털어놓는 게 중요합니다. 지금 얼마나 고통스러운지, 또 당장 무엇을 필요로 하는지."

첫꽃송이가 이어 말했다.

"얼굴을 가리고 이름도 가명을 쓸 겁니다. 요구 사항을 말씀해 주시면 최대한 맞출 거고요."

영아가 마음을 굳혔다.

"나가겠습니다."

해선이 빠르게 정리해 나갔다.

"병원 측에 바라는 것과 보건 당국에 바라는 것을 나누죠. 병원에는 최선의 치료를 요구합시다. 일반 병실에 입원한 림프종 환자와 같은 수준으로 검사를 받고 적절한 치료를 하라고 촉구합시다.

검사도 하지 않고 항암 치료를 하는 건 환자의 상태를 정확히 파악하지도 않고 약을 쓰는 꼴입니다. 철저한 검사와 이에 따른 적합한 처방만이 환자를 살립니다."

예석이 구호를 외치듯 따라했다.

"철저한 검사! 적합한 처방!"

해선이 이어 말했다.

"보건 당국에는 특별 사례를 관리하기 위한 방안을 속히 마련하라고 요구하는 게 어떻겠습니까? 거기엔 당연히 김석주 환자에게 적용할 격리 해제 기준과 방법도 포함됩니다."

"제 요구 사항이 바로 그겁니다. 진작 변호사님을 찾아뵐걸 그랬나 봐요."

영아의 맞장구에 해선과 첫꽃송이와 예석이 엷은 미소를 지어보였다. 해선이 준비해 둔 계획을 이어 말했다.

"뉴스에 나가는 것과 때를 맞춰 다른 언론 매체들과도 인터뷰를 하는 게 좋겠습니다. 뉴스 인터뷰가 나가면 다른 방송과 신문 기자들에게도 연락이 올 겁니다. 그땐 담당 변호사가 있다고 제 전화번호를 주십시오. 그럼 제가 적절히 조정하겠습니다. 그리고 에스엔에스 활동도 병행하면 어떻겠습니까?"

"에스엔에스 활동이라면?"

"페이스북 페이지라도 만들어 널리 알리죠. 함께할 친구나 지인들이 있으십니까?"

퇴원 파티에 왔던 석주의 고등학교와 대학교와 치의학전문대학원 친구들이 떠올랐다. 석주가 재격리된 후, 그들도 능동감시 대상자로 불편을 겪었다. 그러고도 도움이 필요하면 언제든 알려 달라고 먼저 연락해 온 고마운 사람들이었다. 영아의 친구들 역시 마찬가지 마음이었다.

"네. 열 명쯤은 적극적으로 도와줄 거예요."

"그럼, 페이스북 페이지 만들고 디자인은 예석 씨가 하죠. 메르스가 무엇이고, 또 메르스 환자들이 어떤 치료를 받으며, 환자와 가족이 얼마나 고통받고 있는지 잘 아니까, 아무것도 모르는 디자이너보단 백배 나을 겁니다. 예석 씨도 다른 메르스 환자의 경우를 깊이 살필 기회니 소송을 진행해 나갈 때 큰 도움이 될 겁니다."

영아가 예석에게 말했다.

"고마워요. 잘 부탁드립니다."

"당연히 제가 할 일입니다. 변호사님! 그런데 이 일은 아르바이트 업무에서 제외해 주세요. 제가 그냥 해 드리고 싶습니다."

영아가 만류했다.

"아니에요. 당연히 업무입니다. 일당은 물론이고 보너스를 더 드려야죠. 급히 부탁드리는 것이니……."

예석이 고집을 부렸다.

"돈 주시겠다면 저 이 일 안 합니다."

해선이 재빨리 중재안을 냈다.

"우선 일부터 하죠. 돈을 받을 것이냐 말 것이냐. 받는다면 어떤 명목으로 얼마나 받을 것이냐 하는 건, 제가 차차 법률을 검토해 보겠습니다. 어떻습니까?"

영아와 예석이 동시에 답했다.

"좋아요!"

"궁금한 게 또 있나요?"

영아가 물었다.

"방송과 언론 인터뷰를 하고 에스엔에스 활동까지 했는데도 제 남편이 격리 해제되지 않으면, 검사와 치료를 제대로 받지 못하면 그땐 어떻게 하나요? 사흘 전 전공의가 제게 와선 남편의 연명 치료 효용이 현저히 낮다는 설명을 했답니다."

"효용이 현저히 낮다? 말을 참 알아듣기 어렵게 배배 꼬았네요. 의료진이 쓰는 말들은 왜 하나같이 외계어로 들릴까요? 단순히 영어 단어를 많이 사용해서 그런 것만은 아닌 듯해요. 환자나 보호자와 벽을 치고 거리를 두려는 것처럼 느껴져요. 좀 더 친절하면 안 되나?"

예석이 고개를 갸웃거렸다. 영아가 풀어 설명했다.

"간단히 말해 연명 치료를 하지 말라는 겁니다. 제겐 시간이 많지 않아요. 급합니다. 당장 격리 해제되어 남편이 검사와 치료를 제대로 받길 원해요. 그리고…… 이런 상상을 하긴 죽기보다 싫지만…… 만약 치료하기에 너무 늦었다면……."

영아의 목소리가 툭툭 끊기며 심하게 떨렸다. 예석이 냉장고에서 냉수를 꺼내 왔다. 첫꽃송이가 만류했다.

"그만하셔도 됩니다. 힘드실 텐데……."

목을 적신 영아가 하고 싶은 말을 기어이 했다.

“메르스 환자로 격리병실에서 인생을 끝마치게 둘 순 없습니다. 정리해야 한다면…… 가족과 친척과 친구 들과 손잡고 부둥켜안으며 작별 인사도 나누고, 또 꼭 가고 싶은 곳에 두루 가고, 먹고 싶은 것 마음껏 먹고…… 그렇게 사람답게 마무리를 해야죠. 격리병실에선 불가능합니다. 사람답게 살 수도 사람답게 죽을 수도 없어요! 그러니까, 그래서, 꼭 격리병실에서 나가야 해요…….”

해선은 영아의 거친 숨소리가 잦아들 때까지 기다렸다가 답했다.

“언론, 여론 그것도 부족하면 법적 대응까지. 말씀하신 대로 최대한 신속하게 항의해서, 김석주 선생님만을 위한 격리 해제 기준을 마련하도록 대통령과 국민안전처와 보건복지부와 질병관리본부와 병원을 압박합시다. 저는 당분간 메르스에만 집중할 테니 언제든 연락 주세요. 김석주 선생님이 인간다운 대접을 받고 최선의 치료를 받아 완치될 때까지, 함께하겠습니다.”

❖

회의를 마친 후 영아는 서둘러 ‘풀꽃’ 계단을 내려갔다. 어느새 해가 뉘엿뉘엿 지고 있었다. 병원으로 갈 마음이 급했다. 계단을 중간쯤 내려왔을 때 문자 알림음이 울렸다. 무시하고 내려가려다가 허리를 펴고 휴대폰을 핸드백에서 꺼내 확인했다. 계단에 털썩 주저앉았다.

— 9년 동안, 나의 아내로 살아 줘서 고마워.

결혼기념일인 줄도 모르고 하루를 보낸 것이다.

인터뷰

인터뷰 일정이 잡혔다. 11월 12일 저녁 6시였다.

생방송 인터뷰도 검토되었다. 그러나 남영아가 뉴스 스튜디오에서 인터뷰를 하는 것이 처음이기 때문에, 방송 사고 위험을 감안하여 인터뷰를 녹화한 후 메인 뉴스에 내보내기로 결정했다.

첫꽃송이는 의학 전문 기자 선우병호와 함께 방송사 1층 로비로 마중 나갔다. 메인 뉴스 인터뷰를 성사시키기까진 선우 기자의 공이 컸다. 선우 기자가 참석한 아침 편집회의에서 보도국장과 부장들 대부분이 심야 뉴스 정도를 거론했다. 그때 선우 기자가 메인 뉴스 아니면 할 필요가 없으며 남영아 씨도 출연하지 않을 것이라고 배수진을 쳤던 것이다. 그의 활약상은 곧 보도국에 널리 퍼졌다.

"선배! 왜 그렇게 무리하셨어요?"

출입문을 향해 나란히 선 뒤 물었다. 선우 기자가 정면을 쳐다보며 되물었다.

“이름도 모르는 전염병이 다시 이 나라에 도착하면, 그땐 제대로 막을 수 있을까?”

“메르스를 겪었으니 이번보단 낫지 않을까요?”

고개를 돌려 눈을 맞췄다. 그리고 아주 긴 이야기를 들려줬다.

“천만에! 메르스는 훨씬 더 악화될 수도 있었는데, 많은 이들의 헌신과 또 뜻밖의 행운 속에서 겨우 막았어. 한데 보건 당국의 관료들이나 여야 국회의원들은 이걸 자신들 실력으로 벌써 우겨 대기 시작했어. 방역망에 구멍이 훨씬 많이 뚫린 셈이지. 그들에게 강력하게 경고할 필요가 있어. 잘못된 제도와 복지부동하는 관료와 무책임한 정치가로 인해 한 인간의 삶이 얼마나 처참하게 망가질 수 있는지, 최대한 널리 알려야 해. 메인 뉴스가 심야 뉴스보단 적어도 백배는 더 전파력이 강할 거야. 우리가 메인 뉴스의 핵심 인터뷰로 다루면, 다른 방송사나 신문들도 이 문제를 언급할 수밖에 없지. 전염병이 김석주 씨를 죽음으로 내몰고 있는 게 아냐. 메르스란 병에 걸리지 않아 다행이라고 말하는, 세월호란 배에 타지 않아 다행이라고 말하는, 우리의 안일하고 허약한 자기합리화가 그를 죽음으로 내모는 중이지. 그렇게 비겁한 다행에 안주하면 결국 언젠가 우리도 외롭게 불행을 만나게 돼. 무리해서라도 지금 김석주 씨를 끌어안아야 해. 명색이 내가 의학 전문 기자인데, 가까운 미래에 전염병에 또 당할 게 뻔히 예견되는데 가만히 있을 순 없잖아? 안 그래?”

"거기까진 생각 못했어요."

"이제부터 생각하면 되겠네. 인터뷰 뒤에 관련 기사 한 꼭지 나가는 건 알지?"

"그건 선배가 하시는 거 아녜요?"

"이 기자가 해."

"림프종 재발 환자에게 필요한 검사들을 소개하고, 격리병실의 특성에 따른다면 그와 같은 검사들을 원활하게 받기 어려운 이유를 분석해야 하는데요. 의학 전문 기자인 선배가 하셔야죠."

"아냐. 이 기자가 해 봐. 궁금한 게 있으면 같이 의논하고. 오래전부터 생각했었어. 보도국에서 의학 관련 기사를 내보낼 수 있는 기자가 한 명 더 있었으면 좋겠다고."

영아가 해선과 함께 방송사에 도착한 시각은 저녁 5시였다. 두 사람은 정오에 이미 질문지를 받았으며 개인사에 관련된 질문 한 가지만 삭제해 달라고 답을 보냈다. 더 이상의 이견은 없었다. 뒷모습만 촬영할 것이므로 방송용 화장은 필요 없었다. 영아는 분장실 앞 대기실에서 해선과 첫꽃송이와 함께 잠시 기다렸다. 첫꽃송이가 먼저 말했다.

"녹화니까 하고 싶은 말씀 편히 다 하셔도 됩니다."

"알겠습니다."

해선이 끼어들었다.

"편집에서 우리가 원하는 부분이 빠질 수도 있지 않아?"

첫꽃송이가 답했다.

"그런 일 없어요. 선우 선배와 제가 최종 편집까지 확인하고 조율하기로 했습니다."

"고마워요. 여기까지 나오게 도와준 것만도."

영아의 말에 첫꽃송이가 고개를 저었다.

"이제 시작인걸요. 제대로 한판 붙어 봐야죠. 대답하시다가 힘들면 잠시 쉬었다 가셔도 됩니다. 하고 싶은 말씀 충분히 편안하게 하겠단 생각만 하세요. 나머진 저희에게 맡기시고요."

"혹시 저 때문에 곤란해지는 건 아닌가요?"

"곤란해지다뇨. 전혀 아닙니다. 제 기자 인생에서 처음으로 잡은 단독입니다. 이런 기회를 주셔서 오히려 제가 고맙습니다."

정각 6시에 인터뷰가 시작되었다. 인터뷰 코너 제목은 '이 사람을 보라!'였다.

영아는 카메라를 등진 채 앵커를 쳐다보며 앉았다. 얼굴이 나가지 않는 것은 물론이고 가명을 쓰고 목소리까지 변조하기로 이미 합의를 봤지만, 알 만한 사람은 알겠지만 최대한 개인 정보는 감추고 싶었다. 양복에 푸른 넥타이를 맨 앵커의 질문이 시작되었다.

"격리되어 입원한 기간이 얼마나 되죠?"

"6월 7일에 확진 판정을 받고 10월 3일까지, 병원 두 군데서 격리 입원을 했습니다. 10월 3일 메르스 완치 판정을 받고 퇴원했다가 10월 11일부터 지금까지 재격리되어 입원중입니다. 대학 병원 격리병동의 유일한 환자입니다."

"현재 메르스로 투병중이신 건가요?"

"제 남편은 메르스 환자가 아닙니다. 8월부턴 메르스 증상에 사용하는 약물 치료도 전혀 받지 않았습니다. 6월부터 남편은 림프종 재발로 고통을 받았습니다. 림프종은 제때 치료하지 않으면 병세가 심각하게 악화되는 혈액암의 일종입니다. 남편은 재격리된 후 항암 치료를 받는 중입니다. 그동안 받은 항암 치료가 과연 효과가 얼마나 있는지 알려면 검사실로 가서 여러 가지 검사를 받아야 합니다. 그런데 필요한 검사를 받지 못하는 형편입니다."

"방금 필요한 검사를 받지 못하고 있다고 하셨죠? 그 이유가 무엇인가요?"

"대학 병원의 각종 검사실을 외래 환자나 일반 병실 환자와 함께 사용하기 때문입니다. 보건 당국과 병원이 남편을 계속 메르스 환자로 여기기 때문에, 남편이 격리병실을 떠나 검사실까지 가려면 많은 준비와 의료진의 노력이 필요합니다. 그러다 보니 환자가 검사를 요청하는 것이 당연한데도 주저하게 됩니다. 검사실로 가지 않으려는 분위기를 바꾸자고 건의하고 대항하는 것이 남편이나 저로선 힘듭니다."

"보건 당국이나 병원의 반론이 있으면 언제든 받겠습니다. 오늘은 마지막 메르스 환자의 보호자인 아내분과 인터뷰중입니다. 가장 시급히 원하시는 것은 무엇인가요?"

"격리 해제를 원합니다. 질병관리본부와 병원 의료진 모두 남편의 전염력이 0퍼센트에 가깝다고 기자 회견에서 확언했습니다. 10월 3일 남편이 퇴원했을 때, 일주일 동안 함께 생활한 저도 메르스에 감염되지 않았고요. 그 기간에 접촉한 사람 중 감염자는 단 한 명도 없습니다. 질병관리본부는 재격리된 제 남편이 어떤 기준을 충족해야 격리가 해제되는지 아직도 제시하지 않고 있습니다. 질병관리본부 담당자에게 계속 연락했지만 답이 없습니다. 이렇게 오래 격리되는 건 매우 희귀한 사례라고만 발표하면 정부의 역할이 끝나는 건가요? 제 남편은 이 나라 국민 아닙니까? 국민이 납득할 수 없는 이유로 감금당해 고통받고 있다면, 정부는 당연히 그 사람의 목소리에 귀를 기울이고, 끔찍한 고통을 없앨 대안을 마련해야 합니다. 재격리된 후 목숨이 매우 위중한 상태에 이르렀습니다만, 메르스 치료는 전혀 받고 있지 않고 림프종 치료에선 크고 작은 불편을 매일 겪습니다. 남편과 저는 정말 궁금합니다. 남편과 제가 격리병실이 아닌 일반 병실로 옮겨 림프종 치료에 전념할 길은 없나요? 방법을 알려 주세요."

영아는 준비한 대로 문제를 분명히 제기하고 요구 사항을 또박또박 밝혔다. 어젯밤 미리 적어 보기도 했고, 오늘 방송사에 오기 전 해선에게서 마지막 점검도 받았다. 앵커가 잠시 질문지를 내려다보다가 시선을 들지 않고 물었다.

"아들이 있으시죠? 몇 살인가요?"

"네 살입니다."

"아빠를 많이 찾겠네요?"

당연한 질문이다. 우람은 하루에도 예닐곱 번씩 아빠에 대해 묻고, 아빠와 통화하게 해 달라고 졸랐다. 통화를 꺼린 쪽은 오히려 석주였다. 살이 빠져 광대뼈가 튀어나오고 입과 코의 염증 때문에 얼굴이 붓기 시작하자 화상 통화를 완전히 끊었다. 산소마스크를 쓰기 시작한 후론 숨이 조금만 가빠와도 통화마저 미뤘다. 아들에게 병든 아비의 거친 숨소리를 들려주기 싫었던 것이다.

"매일 찾죠."

"꿈이 무엇이었나요?"

"네?"

영아는 잠시 질문의 맥락을 몰라 되물었다. 질문지에 미리 적힌 물음이 아니었다. '기타 등등'이라고 제일 마지막에 적힌 물음에 해당하는 걸까.

"남편이 완쾌되는 거죠."

"메르스에 걸리기 전 가족이 꿈꿨던 게 있지 않습니까? 내 집을 장만한다거나 함께 여행을 간다거나……."

영아는 석주와 약속했던 미래의 풍광들을 떠올렸다. 미래가 행복한 만큼 지금의 불행이 손톱 밑을 찔러 대는 것 같았다. 재격리 이후론 단 한 번도 그려 보지 않은 것들이었다. 가슴이 뜨거워지며 눈물이 맺혔다. 영아는 고개를 들곤 울음을 삼켰다. 억울함을 호소하는 자리이긴 하지만 슬픔을 터뜨리고 싶지 않았다. 강하게 이 벽을 넘고 싶었다. 앵커가 질문을 바꿨다.

"면회가 가능한가요?"

"10월 11일 남편이 재격리된 후 저도 보름 남짓 자가격리 기간을 거쳤습니다. 10월 26일이 되어서야 보호 장구를 착용하고 면회를 했지요."

"병실에서 남편을 보면 어떠신가요?"

"휴우……."

영아는 즉답을 못 했다. 격리병실에서 남편을 만나는 느낌을 말해 달라는 질문이 잔인하게 느껴졌다. 그래도 눈물을 삼키며 답했다.

"남편도 그렇고 저도 그렇고, 인생에서 지금이 가장 바닥입니다. 하지만 이대로 바닥에 가만히 누워 절망하진 않을 겁니다. 남편은 꼭 완쾌될 겁니다. 이 인터뷰가 완쾌를 앞당기는 동아줄이 되기를 간절히 바랍니다. 고맙습니다."

마지막 환자를 구하라!

8시 메인 뉴스에 남영아의 인터뷰가 나갔다. 선우병호와 이첫꽃송이가 편집까지 챙긴 덕분에 중요한 내용이 빠짐없이 담겼다. 첫꽃송이의 관련 기사도 인터뷰를 깔끔하게 요약하면서 핵심 요구사항을 정확하게 짚었다. 뉴스가 나간 직후 '마지막 환자를 구하라!'라는 페이스북 페이지를 열었다. 하루 만에 5천 명이 가입했다.

페이스북 페이지는 메르스에 대한 풍부한 지식과 함께 그동안 김석주가 얼마나 힘겹게 투병해 왔는지에 대한 자세한 설명이 돋보였다. 사진과 동영상 그리고 각종 이모티콘이 적절하게 배치되었다. 내용과 함께 주목을 끈 것은 커버 사진이었다. 아침 해가 반쯤 걸린 제주 다랑쉬 오름이 희망을 한껏 품고 있었다.

예석은 페이스북 페이지 준비를 맡은 후, 제주도에서 만난 보건의 강보라에게 전화를 걸었다. 자가격리 기간 내내 정성껏 챙겨 준 마음을 페이스북에 담고 싶었던 것이다. 김석주의 상태와 페이지의 성격에 대해 간단히 설명한 후 도움을 청했다.

"페이지에 들어오는 모든 이들이 기도하는 마음으로 마지막 환자의 완쾌를 바랐으면 합니다. 거기에 어울리는 사진을 한 장만 보내주십시오."

보라는 취미 삼아 찍는 사진이라며 거듭 사양했다. 예석은 사진의 수준보다 거기에 담긴 마음이 중요하다고 고집을 꺾지 않았다. 뻔뻔하다는 소릴 들을 정도로 밀어붙였다.

"편의점에서 손님 끄는 비결을 제가 그때 알려 드렸잖아요? 보답을 하신다고 약속했잖아요?"

"사진 말고 다른 걸로 보답할게요."

보라는 피하고 싶었지만 예석은 뜻을 바꾸지 않았다.

"게다가 보름 내내 저를 뒷바라지해 주셨잖습니까?"

그녀는 보건지소 지원 근무를 마치고 지금은 제주도 보건소로 복귀했다. 보건지소 숙직실에 누군가를 격리시키고, 또 그를 돌보는 일이 그녀의 인생에서 다시 생길 것 같진 않았다.

"맘에 들지 않으면 싣지 않아도 돼요."

오름을 찍어달라고 청한 것은 아니었다. 바다와 산과 마을과 나무와 풀과 말과 해녀 등을 거쳐, 보라가 마지막으로 택한 대상이 바로 해 뜰 녘 다랑쉬 오름이었다. 많은 오름 중에서도 보라가 희망을 품고 싶을 때면 오르던 곳이었다. 보건소 숙직실에 격리된 예석을 위해 보여 준 풍경 사진에도 오름을 담았었다.

보라의 커버 사진과 함께 페이지 상단에 고정된 뮤직비디오도

큰 인기를 끌었다. 석주와 치의학전문대학원 동기로, 밴드 '피피포사' 멤버이자 광주에서 치과 의사로 일하는 박상도가 만든 뮤직비디오의 제목은 '늦어도 다시 일어나'였다. 퇴원 파티에도 딸과 함께 참석하였고, 그 바람에 능동감시 대상자가 되었던 친구였다. 치의학전문대학원 시절 석주와 상도가 함께 작곡한 곡을 상도가 베이스 기타, 석주가 기타를 맡아 휴대폰에 임시로 녹음해 둔 것이다. 음질은 떨어졌지만, 연주 처음에 석주가 "시작!" 하는 소리가 정겨웠고, 연주를 마친 후 두 사람이 함께 터뜨린 웃음도 싱그러웠다. 상도는 연주곡 위에 석주가 태어나서 지금까지 살아온 과정을 담은 사진들을 올렸다. 슬라이드 쇼를 훑기만 해도 석주가 얼마나 성실하게 살아왔는지, 치과 의사로서, 남편으로서, 아버지로서 또 아들로서 하고자 하는 많은 일들을 알 수 있었다. 예석이 먼저 석주의 가족 앨범에서 사진들을 선별하고, 상도가 노래에 맞춰 배치한 것이다.

마지막 메르스 환자의 완쾌를 바라는 댓글이 줄을 이었다. 인터뷰 기사 인용 횟수도 1천 회를 넘었다. 그 밤부터 영아의 휴대폰으로 기자들의 전화가 쉼 없이 걸려 오기 시작했다.

Technological Support!

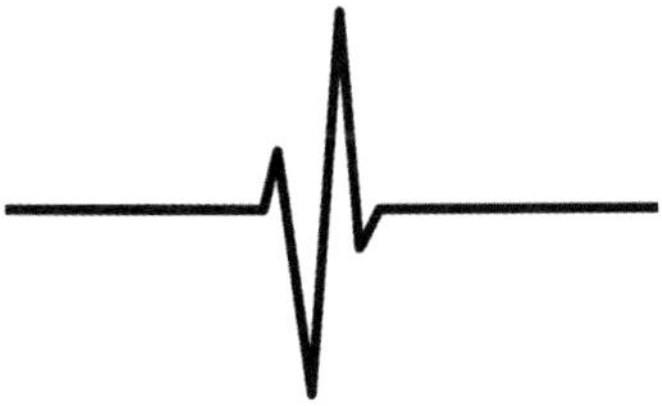

남영아의 수첩

2015년 11월 13일(금)

테크놀로지컬 서포트를 다 하겠단다.

의료진과의 만남도 마련하겠단다.

뉴스 인터뷰 한 번에 이렇듯 쉽게 무너질 벽이었구나.

더 일찍 세상에 알렸어야 했을까?

늦지 않았기를.

두려움

영아는 저물 무렵 다시 격리병실로 들어갔다. 메인 뉴스에 출연한 후로는 매일 인터뷰 약속이 잡혔다. 저녁으로 약속들을 미루고, 오전과 오후 두 번은 반드시 석주 곁에 머무르려고 했다. 오늘은 오후에 라디오 생방송에 나가야 해서, 인터뷰를 마치고 저물 무렵 면회를 하는 것으로 일정을 조정했다.

"나 왔어!"

영아가 손을 잡자 석주가 실눈을 떴다가 감았다. 그녀와 말을 섞을 힘조차 없었다. 영아는 이불을 석주의 목까지 덮어 주곤 환자감시장치를 통해 산소포화도와 맥박 수치를 확인했다. 수첩도 휴대폰도 지닐 수 없었으므로 수치를 거듭 외웠다. 분무기에 물을 가득 넣어 바닥과 벽과 창가에 뿌렸다. 음압 병실은 언제나 건조했고, 레벨C 보호 장구까지 갖춰 입은 그녀는 더더욱 목이 타들어갔다.

석주의 얼굴을 우두커니 내려다보았다. 긴장한 채 라디오 부스에 앉아서 30분 남짓 인터뷰를 하고 돌아왔다. 매체가 달라질 때마다 똑같은 이야기를 반복해야 했다. 어려운 의학 용어나 환자의 상태 등 중요한 대목은 몇 번이나 설명했다. 신문과 방송에 계속 기사와 보도가 나가고, SNS에도 마지막 메르스 환자를 응원하며 질병관리본부에 항의 전화를 걸었다는 댓글이 이어졌지만, 아직 보건 당국의 공식 답변은 없었다. 영아는 오늘도 질병관리본부 담당자에게 전화를 걸고 문자도 남겼지만 연결되지 않았다. 석주와 영아의 지인들도 계속 같은 번호로 연락을 취했지만 무응답이었다.

영아는 차를 몰고 병원으로 들어오는 길에 낯선 풍경을 보았다. 응급실 주변에 사람들이 가득 모여 있었던 것이다. 구호를 외치고 노래를 부르고 함성을 질러 댔다. 윤 변호사가 어젯밤 늦게 시위중이던 한 농민이 크게 다쳐 대학 병원으로 이송되었다고 했다.

손가방에 넣어 온 포스트잇을 한 장씩 정성스럽게 뗐다. 노란 바탕에 적힌 소원을 하나하나 읽으며 석주 머리맡 벽에 붙였다.

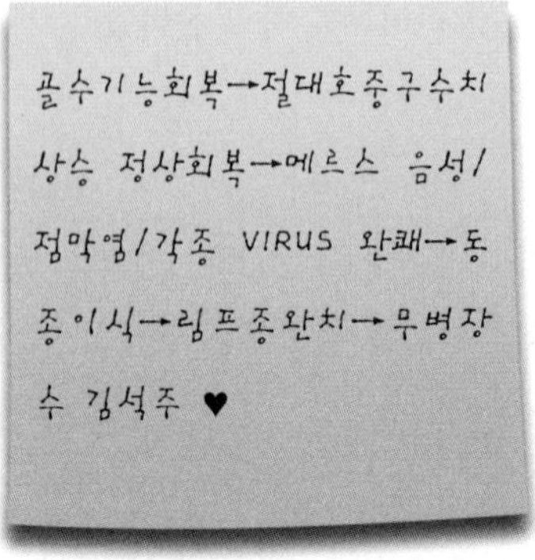

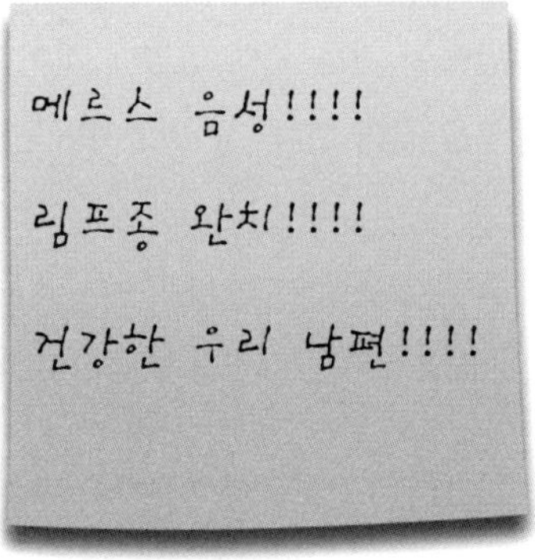

한 시간쯤 지났을까. 영아는 눈을 떴다. 목이 바짝바짝 말랐다. 어깨와 등과 옆구리도 한꺼번에 쑤셨다. 보조 침대에 앉아 잠시 눈을 붙였던 것이다. 그사이 해가 완전히 진 듯 작은 창에 어둠이 내렸다. 오늘은 이 정도로 할까. 마른침을 삼켰다. 지금 귀가하더라도 쉴 틈이 없었다. 우람에게 늦은 저녁을 먹이고 밀린 빨래를 하고 또 윤 변호사와 한 시간 정도 전화로 회의할 예정이었다. 언론과의 접촉이 늘면서, 기자들과 나눈 이야기를 잊기 전에 전했다.

침대 곁으로 다가갔다. 그사이 잠이 든 듯 숨소리가 일정했다. 허리를 숙여 석주의 얼굴을 살핀 뒤 돌아서는데, 팔이 쓰윽 나와 그녀의 팔목을 잡았다.

"가지 마."

돌아섰다.

"깼어? 우람이도 기다리고…… 내일 일찍 올게."

"나, 결국 안 되는 걸까?"

넘겨짚었다.

"악몽이라도 꿨어?"

"아니!"

"검사 제대로 받고 치료하면 돼."

석주가 서늘하게 입으로만 웃다가 말았다.

"두려워."

그의 시선이 벽과 천장이 만나는 어두운 모서리에 고정되었다.

"여기서 이대로 바이러스 덩어리 취급 받다가 죽긴 싫어. 나갈래. 영아야! 나 나가게 해 줘."

영아는 용기를 주고 싶었다. 목이 꽉 막혀 말이 나오지 않았다.

"사람답게 살다 가고 싶어. 이건 아냐. 여긴 아냐."

"나…… 물 한 잔만 마시고 올게. 화장실도 쓰고 싶고."

간호사 스테이션까지 가서 정수기 물을 마시고 화장실에서 소변을 본 후 다시 역순으로 돌아와야 하는 것이다. 갈증을 느끼더라도 대부분은 그냥 참았지만 오늘은 견디기 힘들었다. 사막에서 길을 잃은 사람처럼.

"가지 마. 그냥 있어 줘."

"올게. 금방!"

석주는 깡마른 손에 모든 힘을 실어 그녀의 팔을 놓지 않았다. 영아는 그 팔을 밀어내지 못했다. 여기서 그냥 오줌을 지리더라도 서 있기로 했다. 서 있을 수밖에 없었다.

뭉치면 죽는다

'풀꽃' 차원에서 메르스 유족이나 완치자에게 연락을 취하는 것 외에 동화도 따로 움직였다. 그녀는 주로 완치되어 퇴원한 이들과 접촉했다. 격리병실에선 독방을 썼기 때문에 만날 기회가 없었지만, 음압 병실이 있는 병원으로 전원하고 2회 연속 음성 판정을 받은 후 일반 병실로 옮긴 다음부터는 몇몇 환자들과 함께 생활했다. 그때는 심신이 지친 데다 하루라도 빨리 퇴원하여 물류 창고로 돌아갈 마음이 급했기에, 환자들과 깊은 이야기를 나누진 않았다. 그래도 똑같은 전염병에 걸려 죽음의 문턱까지 갔다 온 이들이기에 특별한 감정이 없을 수 없었다. 전부 무사히 현업에 복귀하기를 빌었다.

전화로 확인한 완치자들의 삶은 메르스 감염 이전보다 훨씬 못했다. 동화의 경우에서 보듯, 잘 다니던 직장을 그만둔 이도 있었고, 여전히 근무하는 이들도 예전처럼 즐겁고 자신만만하게 미래를 꿈꾸진 못했다. 구조조정 때마다 가장 먼저 인원 감축 대상자로 분류되었던 것이다. 폐를 비롯한 신체의 몇몇 부분을 제대로 쓰지 못하는 것도 문제지만, 수면제 없이는 잠들지 못하는 불면증과 시도 때도 없이 찾아드는 두통, 그리고 불안과 초조함에 휩싸이는 우울증이 더 큰 문제였다. 눈물이 갑자기 왈칵 쏟아지기도 했고, 사소한 일에 불같이 화를 내기도 했고, 쉽게 외웠던 숫자들이 갑자기 하얗게 머릿속에서 사라지기도 했다. 병원에선 이 모든 증상의 원인을 메르스로 돌렸다. 심각한 트라우마로 장기간 전문적인 치료가 필요하다는 진단도 덧붙었다. 그러나 동화를 비롯한 완치자들에겐 긴 시간 다시 입원하여 트라우마를 치료할 여유가 없었다. 하루나 이틀만 자리를 비워도 책상을 빼는, 치열한 경쟁 속에서 살아남아야 했다. 한번 도태되면 따라잡기란 열 배 스무 배 힘들었다.

오늘 점심을 함께한 완치자는 동화와 병상을 나란히 했던 청일점 우북정이었다. 40대 중반인 그는 신촌에서 편의점을 운영하기 때문에 직장에서 쫓겨날 걱정이 없었다. 붙임성이 좋아 동화가 병실로 온 첫날부터 누님! 하고 부르며 살갑게 대했다.

“와, 이게 누구십니까?”

북정이 편의점으로 들어오는 그녀를 발견하고 양팔을 들어 환영했다. 그러나 곧장 악수를 나누거나 포옹하진 못했다. 쏟아지는 기침을 막느라 고개를 돌린 채 수건으로 입을 가렸던 것이다. 동화는 그대로 서서 북정의 기침이 그치기를 기다렸다.

“이, 이게 잘 낫질 않네요. 도라지를 달여 매일 물처럼 마시곤 있는데…….”

동화만큼 폐섬유화가 심하진 않았지만, 북정은 병원에서부터 기침이 잦았다.

“감기 조심해야 해. 알지?”

“그럼요. 겨울이 없는 따듯한 동남아로 이사라도 가야 할까 봐요.”

캔 커피를 앞에 두고 편의점 앞 파라솔 아래 둥근 탁자에 팔꿈치를 대고 마주 앉자마자, 북정이 물었다.

“안 그래도 연락을 드릴까 했습니다.”

“왜?”

“누님! 혹시 악몽 안 꾸십니까?”

“꾸지.”

“어떤 꿈입니까?”

동화는 이렇게 먼저 질문을 받는 것이 오히려 편했다. 자신의 처지를 털어놓고 나면 상대도 대부분 마음을 열었다.

“정육점이야. 난 거대한 도마 위에 누워 있어. 보호복을 입은 의사와 간호사들이 들어와선, 날이 시퍼렇게 잘 드는 칼로 내 살과 근육을 발라내. 그리고 그걸 질겅질겅 씹어 먹더라고. 육회 먹듯, 시뻘건 피가 묻은 입술로 웃어 대면서.”

“반복해서 꾸십니까?”

“그런 편이지. 전혀 다른 장소에서 시작하더라도 흘러가다 보면 꼭 정육점에 도착해. 그리곤 다시 도살당하지. 악몽을 꿔?”

화살을 북정에게 돌렸다. 기다렸다는 듯이 답했다.

"정육점에 누워 있으면 차라리 낫겠습니다. 물론 그렇게 누워 제 살점과 근육을 도려내는 걸 보고 듣는 것도 끔찍하겠지만, 그래도 어느 순간엔, '아, 이건 꿈일지도 몰라. 내가 정육점에서 도륙되다니, 너무 이상한 일이잖아?' 하고 묻게 될 겁니다. 가위에 눌린 거로구나, 깨달을 수도 있고요. 한데 저는 너무나도 사실 그 자체인 꿈을 꿉니다."

"사실 그 자체?"

"메르스에 걸려 입원한 병실에 저 혼자 누워 있는 거죠. 평화롭습니다. 고요하죠. 한데 저밖에 없는 겁니다. 호출 벨을 눌러도, 고함을 질러 대도, 아무도 안 와요. 이 꿈을 매일 꿉니다. 퇴원한 후 단 하루도 꿈 없이 잠든 날이 없다니까요."

"그냥 누워 있다? 평화롭고 고요하게?"

"네. 근데 정말 이게 죽을 맛이더라고요. 완전한 고립이죠. 제가 병원을 나갈 방법은 전혀 없습니다. 누구도 저를 찾아오지 않는 거죠. 덜컥 깨닫는답니다. 무덤 속이 이렇겠구나. 생매장당하면 딱 이런 기분이겠구나. 오늘 밤에도 꿀 겁니다. 그렇게 누워 있으면, 정말 이게 현실이라고 느낀다니까요. 꿈이라는 생각은 전혀 안 들어요."

다음엔 소주나 한잔 나누자고 한 뒤 헤어졌다. 모처럼 만난 자리에서 곧바로 재판이나 공동 대응 등을 의논하는 것은 상대의 두려움만 키우는 법이다. 적어도 두세 번은 서로의 처지를 확인하고 감정을 나눈 뒤, 서서히 본론으로 들어가는 편이 옳았다. 북정은 특별히 친했으니 곧장 찾아온 목적을 말할까 잠시 고민했지만, 역시 원칙대로 다음에 더 깊이 들어가기로 하고 헤어졌다. 윤 변호사도 서두르지 말라고 거듭 충고했다. 재판은 아주 긴 싸움이니 최대한 신중하게, 함께 완주할 사람을 한 명 한 명 모아 보라고.

'풀꽃'으로 돌아가기 위해 버스를 탔다. 다행히 승객이 다섯 명뿐이었다. 제일 뒷자리에 앉아 차창을 반쯤 열었다. 쌀쌀한 바람을 맞으며 휙휙 지나가는 거리를 쳐다보았다. 낙엽이 바람에 날려 도로 위를 굴렀다. 잎을 떨군 나무들이 지금까지 숨겨 온 자태를 조금은 노골적으로 드러냈다. 늦가을을 지나 이제 곧 닥칠 초겨울 추위를 견디려면 더 단단해질 수밖에 없었다. 격리병실에 갇혔을 땐 이처럼 사소한 풍경도 못내 그리웠었다. 북정의 악몽을 들으면서 석주 생각을 했다. 북정은 꿈에서 매일 격리병실에 갇히지만, 석주는 현실에서 격리병실에 다시 갇혔다. 꿈에서도 병실을 나갈 수 없다는 것이 고통스러운데, 현실에서 나갈 방법을 보건복지부도 질병관리본부도 병원도 제시하지 않으니 그 고통이 얼마나 끔찍할까. 북정이 웃으며 던진 마지막 말이 귓전을 맴돌았다.

"근데 그렇게 누워 있으면 자꾸 그냥 죽어 버리잔 생각이 들더라고요. 저 하나 없어지면, 이 지긋지긋한 판이 끝날 거니까요. 벌써 잊힌 지 오랜데, 저 하나 사라지는 게 뭐 그리 대수이겠습니까?"

휴대폰이 울렸다. 발신자 이름이 문상철로 떴다.

'책탑'을 그만둔 날 상철은 끝내 나타나지 않았다. 동화가 그 후로 두 번 전화를 걸었지만 받지도 않았다. 헛기침을 하고 숨을 길게 내쉰 뒤 통화 버튼을 눌렀다.

"오랜만이네."

그렇게 다섯 자만 뱉고 기다렸다. 상철이 말을 더듬으며 인사했다.

"그, 그동안 편안하셨습니까?"

편안하지 않다는 것을 상철도 알 것이다. 동화가 물류 창고 몇 군데를 기웃거리다가 완전히 사라졌다는 풍문을 들었을 테니까.

"그럭저럭 지내."

기다렸다.

"예석이도 학교 잘 다니고요?"

"응……."

휴학했단 것까지 밝힐 이유가 없었다. 다시 기다렸다. 상철이 결국 전화를 건 용건을 말했다.

"둥둥 있잖습니까?"

"둥둥이 왜?"

"소음이 너무 커졌어요. 평소보다 열 배가 넘어요. 게다가 파쇄도 잘 안 되고. 파쇄를 하다가 갑자기 깔딱깔딱 숨넘어가는 소릴 하며 멈춥니다. 수리를 맡겨도 소용이 없습니다. 임 부장님은 고물로 내다 팔라는데…… 아까워서요."

상철도 동화만큼이나 '둥둥'을 아꼈다. 10년 전 영영출판사를 그만두고 '책탑' 물류 창고로 출근했을 때, 동화를 처음 맞아 준 것도 바로 그 파쇄기였다. 최 사장이 작은 창고 두 개로 사업을 시작한 25년 전에 장만한 것이라고 했다.

"내가 도와주면 문 과장은 내게 뭘 해 줄 건데?"

"뭐든지요. 고치실 수 있는 건가요?"

"어디야?"

"네?"

"반품 창고냐고? 둥둥 옆에 있어?"

"네."

"파워 버튼 옆에 서. 세 모서리가 만나는 꼭지점에 왼손 검지를 올려놔. 그리고 거기서 두 걸음을 걸어가. 보폭은 45센티미터. 더 길어도 안 되고 더 짧아도 안 돼."

"하나 둘! 네, 두 걸음 갔습니다."

"이제 기계를 바라보며 서. 눈앞에 뭐가 보여?"

"십자가 표시가 작게 있군요. 부장님이 표시해 두신 겁니까?"

동문서답을 했다.

"그 십자가에서 30센티미터 아래를 주먹으로 가볍게 다섯 번만 쳐."

"네?"

"둥둥이 종종 체하는 부위야. 명치 같은 곳이지. 다섯 번만 어퍼컷을 날리고 파쇄해 봐."

기계를 두드리는 소리가 다섯 번 들렸다. 그리고 곧이어 낯익은 소음이 귀를 파고들었다. 늘 듣던 딱 그 정도의 시끄러움이었다.

파쇄를 시작한 것이다. 전화가 끊겼다. 두 정거장을 지난 뒤 다시 상철이 전화를 걸어왔다. 창고 앞 주차장으로 나왔는지 소음이 거의 들리지 않았다. 상철이 물었다.

"제가 뭘 해 드리면 됩니까?"

동화가 잠시 앙상한 가지를 쳐다본 후 답했다.

"둥둥 잘 부탁한다."

"네?"

"까칠하긴 해도 아직 쓸 만해. 또 둥둥에 대해 궁금하면 언제든 물어. 물류 창고를 나올 땐 참 기분이 더럽더라. 억울하고 서러웠는데, 그래도 창고와 둥둥을 상철이 네게 맡긴다고 생각하니 걱정이 훨씬 덜어지더라. 부담 갖지 마. 내가 물류 창고 그만둔 건 너 때문이 아니야. 그러니 언제든 또 연락해라."

"부장님! 제가 잘못……."

상철이 목이 메어 말을 잇지 못했다.

"소주 살게. 곧 만나. 주고 싶은 공책도 있고."

"공책이라고요?"

"널 사람 만들고 싶어 그런다. 잘 지내."

동화가 먼저 전화를 끊었다. 목소리가 젖어 드는 것을 상철에게 들키고 싶지 않았던 것이다. 편집자와 마케터 들의 연락처와 특징을 적어 놓은 공책을 상철에게 주고 싶었다. 책을 돈벌이 수단이 아니라 많은 이들의 정성이 깃든 벗으로 소중히 다루었으면! 손으로 눈물을 훔치는데 세 정거장을 더 지나자 다시 휴대폰이 울렸다.

모르는 번호였다. 완치자들을 찾아다니기 시작하고 나선, 가끔 모르는 번호로도 전화가 오곤 했다. 완치자 중에서 이렇게 저렇게 풍문을 듣고 동화와 우선 통화라도 하려고 전화를 걸어 온 적이 벌써 두 번이었다. 번호를 눈으로 외운 뒤 통화 버튼을 눌렀다.

"길동화 씹니까?"

낮고 굵은 사내의 목소리를 들은 동화가 저절로 목을 왼손가락으로 긁어 댔다.

"내가 길동화입니다만……."

욕설을 시작으로 반말이 날아들었다.

"너 이 쌍년! 잘 들어. 네가 무슨 수작 부리며 돌아다니는지 다 보고 듣고 있어. 몹쓸 병 겨우 고쳤으면 집에 처 자빠져서 몸이나 챙길 일이지, 미친 똥강아지처럼 싸돌아다니긴 왜 싸돌아다녀? 네 깟 년놈들이 모여서 뭘 어쩌겠다고? 모여 봤자 너희들은 메르스 덩어리들이라고. 바이러스 덩어리. 알아?"

"당신 대체 누구야?"

동화도 화가 나서 고함을 질렀다. 승객들이 동시에 그녀를 쳐다보았다. 사내는 굴하지 않고 쌍욕을 이어갔다.

"이 호로 씨발년! 네가 감히 대통령 각하를 욕해? 정부를 믿느니 지나가는 똥개를 믿겠다고?"

"그런 적 없어."

"다, 전부 다 내가 보고 듣는다고 말했지? 빨갱이 새끼들은 늘 그렇게 오리발부터 내밀지. 길동화! 똑바로 들어. 병을 달고 사는 여동생 길동심과 하나뿐인 아들 조예석, 그렇게 세 식구 목숨 부지하고 싶으면, 지금 네가 하려는 짓 당장 때려치워. 전염병자들이 모이긴 뭘 모여? 모임을 꾸려서 재판이라도 하려고? 순순히 네 년놈들 맘대로 세상이 돌아갈 줄 알아? 이건 일차 경고야. 내 말 안 듣고 계속 깝죽대면, 그땐 쥐도 새도 모르게 도려내 주지. 살점이든 근육이든!"

전화가 끊겼다. 숨이 막혀 왔다. 사내는 동화가 밤마다 꾸는 악몽까지 훤히 알고 있었다. 서둘러 버스에서 내렸다. 벽에 기대 가슴을 치며 숨을 몰아쉬었다. 기침이 쏟아지는 바람에 두 무릎을 꿇었다. 이마에 흙이 묻을 정도로 속 깊은 기침을 해 댔다. 뒤통수가 서늘했다. 고개를 들곤 거리를 살폈다. 오가는 행인들이 모두 감시자 같았다. 창살 없는 거대한 감옥에 갇힌 기분이었다.

특별 사례 격리 해제 조건

11월 19일, 남영아는 처음으로 질병관리본부 담당 과장으로부터 전화를 받았다. 고인찬이라고 자신을 소개한 과장은 이 업무를 맡은 지 2주밖에 되지 않는다고 했다. 영아는 전화로 따질 문제가 아니니 만나자고 했고 고 과장도 응낙했다. 다음 날인 11월 20일로 약속을 잡았다. 해선은 같이 가길 원했지만, 영아는 단둘이 이야길 나누겠다고 했다.

"전화는 왜 받지 않은 건가요? 문자에 답도 없고."

마주 앉자마자 영아가 물었다. 고 과장이 안경을 고쳐 쓰며 답했다.

"한꺼번에 너무 많은 연락이 와서 힘들었습니다. 업무를 볼 수가 없을 지경이라서요. 잠시 꺼 두기도 했고, 걸려 온 전화들 대부분은 수신 차단 했고……."

"그게 말이 됩니까? 내 남편은 하루하루 위험한 고비를 넘기고 있는데, 연락이 많이 와서 전화를 꺼 뒀다고요? 번호를 차단했다고요? 앞으로도 문제가 생길 때마다, 언론에서 그 문제를 다룰 때마다, 국민들의 항의가 빗발칠 때마다, 담당 공무원이 이런 식으로 잠수할 건가요?"

"근무는 정상적으로 했습니다. 전화를 받진 않았지만 병원 의료진으로부터 치료 상황은 정기적으로 보고받고 확인을 했습니다. 남편분에 대한 치료가 정상적으로 이뤄지고 있으며, 치료 효과 역시 있다는……."

영아가 분노를 참지 못하고 일어섰다.

"……정상적이라고요? 치료 효과가…… 있다고요? 연명 치료를 할 거냐 말 거냐는 질문까지 받았습니다."

"연명 치료……."

"모르셨어요? 벌써 세 번이나 들었어요."

"최선을 다해 치료중이라고 했습니다."

"의료진에게 주기적으로 보고를 받는다면서요? 도대체 무슨 보고를 받았던 거죠? 상황 파악이 전혀 안 된 거잖아요?"

"아닙니다. 연명 치료 얘기만 못 들었을 뿐이지, 나머진 정상적입니다. 그동안 못 하던 검사도 이제 할 수 있죠?"

"검사실로 이동해서 검사를 받게 해 주겠단 말씀은 주치의로부터 들었습니다. 하지만 제가 원하는 건 격리 해제입니다. 남편의 병세가 위중할수록 더더욱 격리병실이 아니라 일반 병실에서 집중 치료를 받아야 합니다."

"격리 해제는 정해진 기준에 따라……."

"정해진 기준이 뭡니까? 속 시원히 좀 말씀해 보세요. PCR 검사를 해서 24시간 간격으로 2회 음성이 나오면 격리를 해제한다는 그 기준 말씀인가요? 벌써 그 기준을 여러 번 충족시킨 건 아시죠?"

"2회 혹은 3회 음성이 나오고도 양성이 나오는, 아직 학계에 보고되지 않은 희귀한 케이스입니다. PCR 2회 음성만으론 부족합니다. 충분한 기간 동안 음성이 나와야지만 격리 해제를 고려할 수 있습니다."

"답답하군요. 충분한 기간은 또 며칠을 뜻하는 건가요? 보름? 한 달?"

"그건 제가 결정할 수 없습니다. 전문가들과 회의를 거쳐 신중하게 정하겠습니다."

"또 전문가 회의 핑계를 대십니까? 그런 회의를 하신 적은 있나요?"

"네?"

"제 남편이 희귀한 케이스라 하셨죠? 특별 사례를 연구할 팀을 꾸려 회의를 연 적이 있느냐고요? 회의해서 기준을 새로 정하고, 충분한 기간을 며칠로 할 것인지 논의하셨나고요? 했다면 회의록을 보여 주세요."

"……없습니다, 아직! 하지만 곧 특별 조사 팀을 꾸릴 준비를 하는 중이고……."

"그러니까 아직도 제 남편의 격리 해제 조건을 못 정한 거네요.

질병관리본부가 조건을 정하지 않았다면, 지금으로선 제 남편은 영영 격리병실에서 나오지 못하는 것이고요."

영아의 목소리가 커졌다. 고 과장이 난처한 표정을 지었다.

"진정하십시오."

"지금 진정하게 생겼어요? 격리병실에서 남편이 나올 길은 하나뿐이겠네요. 제 남편이 죽어야 나올 수 있나요? 그때까지 새로운 조건을 만들지 않고 시간만 허비할 건가요? 그게 질병관리본부의 기본 방침인가요? 그렇게 이해하면 되는 거죠?"

"오해십니다. 저희도 환자가 완쾌되길 기대하며……."

"기대하는데 이딴 식인가요? 전염력이 전혀 없는 사람입니다."

"전혀 없진 않습니다. 현저히 낮다고 했지요."

"0퍼센트잖아요?"

"감염내과 주치의의 소견은 0퍼센트에 가깝다는 겁니다."

"저랑 지금 말장난하는 건가요? 의학에서 0퍼센트나 100퍼센트라고 확정하기 어렵기 때문에 '가깝다'는 표현을 쓴 거잖아요?"

고 과장이 강조했다.

"말장난이 아닙니다. 현저히 낮아도 전염 가능성은 있습니다. 10월 26일 화상 회의에서도, WHO는 이 환자의 감염 관리를 철저하게 하라고 권고했습니다."

"WHO가 내 남편을 격리해 두라고 권고했단 건가요?"

"감염 관리를 철저히 하려면 격리하여 치료하는 것이 최선입니다."

"WHO와의 자문 회의 영상이나 회의록을 보여 주세요."

이첫꽃송이도 예전에 이 영상을 요청했었다.

"네?"

"회의를 했으면 영상과 회의록이 있을 거 아닙니까? 여기서 저만 비공개로 보겠습니다. WHO 핑계를 계속 대시는데, 정말 WHO가 제 남편을 격리해서 치료하라고 권고한 것으로 나오는지, 전후 맥락을 살펴 확인하고 싶어요."

"회의록 공개는 어렵습니다. 내부 규정에 따라야 합니다."

"규정 규정, 무슨 규정이 그렇게 많나요? 그런 규정은 금이야 옥이야 지키면서, 내 남편 격리 해제 기준 하나 못 만들고 있지 않습니까? 혹시 WHO에서 제 남편을 격리하란 구체적인 권고를 하지 않은 것 아닙니까? 제가 좀 알아봤는데, WHO는 포괄적으로 전염병 예방과 감염자 관리를 잘하라는 수준으로 권하는 단체이지, 특정 환자를 격리하라 하지 말라 의견을 내는 단체가 아닙니다."

"질병관리본부가 거짓말을 한단 겁니까?"

"자꾸 WHO 핑계만 대고, 또 희의록도 공개하지 않으니까 하는 얘기죠. 손바닥으로 하늘을 가릴 순 없습니다. 의심받기 싫으면 공개하세요."

"회의록 공개는 질병관리본부 일개 과장이 결정할 문제가 아닙니다. 보고는 올리겠습니다. 환자가 격리되어 있긴 하지만 환자에게 최적의 병실이 제공되고 최상의 의료진이 최선의 노력을 다 하고 있습니다. 정부와 의료진을 믿고 조금만 기다려 주십시오."

영아가 차갑게 물었다.

"지금 남편이 있는 곳이 어떤 병실이죠?"

고 과장은 질문의 맥락을 몰라, 했던 말을 반복했다.

"격리병동 격리병실입니다."

"격리병실의 특징이 뭐냐고요?"

"그야…… 음압 병실로 바이러스가 밖으로 나가지 못하도록 차단하는 효과가 있습니다."

"맞아요. 음압 병실은 바이러스뿐만 아니라 온갖 병균을 모아들이죠. 항암 치료를 하면 면역력이 떨어지기 마련입니다. 제 남편은 곧 조혈모세포 이식 수술을 받아야 하고요. 조혈모세포 이식 수술 전엔 전처치를 하는 건 아시죠? 기존 항암제보다 몇 배 독한 항암제를 쓰고, 방사선 치료가 필요한 경우 방사선량도 훨씬 높죠. 전처치를 하고 나면 백혈구수치는 0이 됩니다. 면역력을 제로 상태로 만든 후 수술하는 거예요. 이식 병동에 혹시 가 보신 적 있으세요? 이식 병동의 병실들은 양압 병실입니다. 면역력이 떨어져 있는 이식 환자들이 감염되지 않도록 병실에 있는 병균이나 바이러스를 병실 밖으로 내보내는 양압 병실이라고요. 그리고 제 남편에게 지금 가장 필요한 병실입니다. 음압 병실에 계속 머물면 감염 가능성이 점점 커진다고요. 그런데도 격리병실이 남편에게 최적의 병실이라고 거짓말을 하실 건가요? 메르스가 완치되고 림프종 치료를 받고 있는 남편에게 그 병실은 최악입니다."

"양압 병실로 옮기면, 현저히 낮긴 해도 몸에 있을지도 모를 메르스 바이러스가 병실 밖으로 나갈 가능성이 있습니다."

"남편에게선 배양해도 활동성이 전혀 없는 바이러스 조각이 검출되었을 뿐이에요."

"국민들은 그렇게 생각하지 않을 겁니다."

"국민들이 남편의 상태를 오해해서 두려워한다면, 그걸 정정할 의무가 질병관리본부에 있는 건 아닌가요?"

"논쟁중인 사안입니다. 확증되지 않았습니다."

"그럼 확증되도록 구체적인 노력을 하세요. 회의 한 번 하지 않고 확증 운운할 수 있는 건가요? 양압 병실까진 바라지 않겠어요. 격리병실에서 나가게만 해 주세요. 격리병동 안에 있을게요. 전염력이 없는 환자들이 머무는 준격리 비전염 병실, 그곳이라도 좋아요. 제 남편은 격리병실을 나가 보지도 못한 채 세상을 떠나는 게 아닐까 두려워하고 있어요. 내일부터 방사선 치료를 시작해요. 격리병실에서 준격리병실로 옮기는 것만으로도 용기를 줄 겁니다. 제가 24시간 곁에 머물며 남편을 돌보게 해 주세요. 레벨C 보호 장구는 이제 치우고요. 준격리병실에서 10월 3일 퇴원을 기다릴 때처럼 N95 마스크에 VRE 가운을 입으라면 입을게요."

"의논해 보겠습니다만, 격리 해제가 결정되지 않는 이상 격리병실을 나가는 것은 어렵습니다."

마지막으로 물었다.

"그럼, 도대체 무슨 이야기를 하려고 이 자리에 나온 건가요?"

"정부와 의료진을 믿고 기다려 달라는 말씀을 드리려고요. 불편하시겠지만 조금만 더 믿고 참아 주십시오."

"믿었죠. 믿는 바람에 이 꼴인 거예요. 하루라도 빨리, 제 남편 단 한 사람을 위한 기준을 마련하세요. 그럼 믿을게요. 그 전엔 보건복지부도 질병관리본부도 병원도 못 믿겠어요. 남편을 살려 주세요. 제발!"

대화는 거기서 끝났다.

면담을 끝낸 고 과장은 자기 자리로 돌아와선 세수하듯 양손으로 얼굴부터 훑었다. 감당하기 힘든 만남이었다. 책상 위 서류철에서 '한국—WHO 간 메르스 상황 검토회의 결과 보고'라는 문건을 찾아 꺼냈다. '2015. 10. 26'이라는 숫자가 그 아래 선명했다. 아직 외부에 공개되지 않은 화상회의 요약본이었다. 향후 계획에서 김석주 환자와 관련 있는 대목에 눈이 갔다.

'환자의 지병 치료와 연구를 위한 특별 사례 관리팀(환자 가족, 병원, 질병관리본부) 운영 예정'.

한 달 가까이 지났지만 아직 팀을 꾸리지 않았다. 구성도 못 했으니, 특별 사례인 김석주만을 위한 격리 해제 기준이 의논된 적도 없다. 전임자는 WHO의 권고를 받은 직후 왜 이 팀을 곧바로 준비하지 않았을까. 긁어 부스럼을 만들 필요가 없다고 판단한 걸까. 더 이상 늦추다가는 불똥이 그에게 닥칠 듯했다. 이제라도 준비를 시작해야 할까. 준비하고 회의해서 결론이 날 때까진 김석주의 격리는 해제되지 않을 것이다. 눈이 찌르듯 아파왔다. 편두통이었다.

환자이동침대에 누워

“티비아이 시뮬레이션 할 겁니다. 준비 되셨죠?”

석주는 TBI를 풀어 ‘Total Body Irradiation’이란 세 단어로 입안에 머금은 채 눈을 떴다. 한글로 풀면 전신방사선조사이고, 골수이식을 위한 전처치였다. 온몸에 방사선을 조사照射하는 이유는 기증자의 장기를 수용하기 쉽게 하기 위해 환자의 면역력을 일시적으로 억제하려는 것이다. 즉 TBI를 한다는 건 조혈모세포 이식 수술이 가까웠다는 뜻이다. 노대함과 함께 들어온 오장남의 얼굴을 쳐다보았다. 장남이 말했다.

“전신방사선조사를 사흘 동안 합니다. 다 왔어요.”

“이게 정말 의료진이 생각하는 최선인 거죠?”

석주의 물음에 장남은 즉답을 못했다. 석주의 눈에 두려움이 서렸다.

“걱정 마세요. 다 잘 될 겁니다.”

"알았어요."

석주가 짧게 답했다. 오랜만에 만나 반가웠지만 긴 이야기를 나누진 못했다. 몇 마디 대화에도 몸이 축 처졌던 것이다. 장남도 더 이상 말을 보태지 않았다.

대함은 석주의 몸에 달린 각종 줄을 떼어 냈다. 환자이동침대로 옮기려면 환자의 몸이 최대한 움직이기 쉽고 편해야 했다. 치료방사선과에 도착한 다음 방사선을 전신에 조사할 것이기에, 각종 줄은 병실에서 제거하고 가는 편이 나았다. 격리병실에서 사용한 의료용품은 병실 밖 유출을 금지하며 전량 폐기하는 것이 원칙이었다. 환자의 몸에 닿은 줄이나 거즈나 바늘도 모두 포함되었다.

석주는 혼자 환자이동침대로 옮겨 갈 기운이 없었다. 대함이 침대로 올라가 어깨를 부축하여 당겼고 장남이 다리를 잡았다. 옥나정과 진아름 간호사까지 와서 석주의 허리를 들고 버텼다. 격리병실에선 치료 목적 외에 환자와의 접촉을 금지했지만, 지금은 석주를 부축하여 잡고 들고 버티지 않고는 환자이동침대로 옮기기도 어려웠다. 보호 장구를 갖춘 네 사람이 땀을 뻘뻘 흘리며 겨우 환자를 침대에 뉘었다. 석주가 말했다.

"미안합니다. 고맙습니다."

투명 플라스틱 덮개를 닫기 전, 옥 간호사가 허리를 15도쯤 숙여 미소와 함께 답했다.

"잘 다녀와요. 오늘은 그냥 시뮬레이션이에요."

플라스틱 덮개 위에 두꺼운 검은 천이 덮였다. 순식간에 덮개 안

이 깜깜해졌다. 관 속에 들어간 기분이었다.

11월 20일 저녁 9시 격리병실을 떠난 환자이동침대는 정해진 동선을 따라 검사실로 이동했다. 대함이 침대를 밀고 장남이 소독약을 뿌리면서 뒤따랐다. 재격리 후 처음 격리병실을 나가는 것이다. 플라스틱 덮개에 검은 천까지 씌우는 바람에 주변을 살피긴 어려웠다. 만들어진 어둠이 불쾌하고 답답했다. 도르륵 도륵 네 개의 바퀴가 구르며 내는 소음이 그나마 위로가 되었다. 침대의 속도를 느끼고 싶었다. 곧장 나아가다가 왼편으로 꺾고, 문이 열리기를 잠시 기다렸다가 다시 나아가고, 완만한 내리막에 이어 다시 완만한 오르막을 지나면, 문이 활짝 열리고 딴 세상이 열리지 않을까. 메르스도 림프종도 없는, 의사도 간호사도 환자도 없는, 격리병실도 준격리병실도 일반 병실도 없는 세상. 그 세상에서 영아와 우람 그리고 홍택과 함께 살 수만 있다면!

보호 장구를 착용한 채 대기하던 방사선치료과 의료진이 환자이동침대를 인계받아 검사실로 들어갔다. 방사선과 전문의가 플라스틱 덮개를 열었다.

"일어나 앉으실 수 있겠어요?"

석주가 난간을 잡고 머리와 허리를 겨우 차례대로 세웠다. 전문의가 검사실 중앙의 직사각형 검사대를 가리켰다.

"내일 오후에 두 시간 정도 이 검사대에서 전신방사선조사를 받으실 겁니다. 받는 이유는 아시죠?"

"알고 있습니다."

"그럼 내일 뵙겠습니다."

그는 다시 환자이동침대에 누웠다. 플라스틱 덮개가 닫혔고 천이 씌워졌다. 갔던 길을 되돌아 격리병실로 왔다. 시뮬레이션은 40분밖에 걸리지 않았다.

❖

11월 21일 오후 2시 40분, 본격적인 전신방사선조사가 시작되었다. 전날 시뮬레이션을 한 대로 대함과 장남이 환자이동침대로 석주를 검사실까지 옮겼다.

석주는 오후 5시가 다 되어서야 격리병실로 돌아왔다. 먼저 와서 기다리던 영아는 플라스틱 덮개가 열리자마자 고함을 질렀다.

"여보, 왜 그래?"

석주가 온몸을 떨며 가슴을 쥐어뜯었다. 대함이 산소마스크를 씌웠다. 산소포화도가 88밖에 되지 않았다. 파리한 입술에 피부는 창백하다 못해 뺨과 목에 실핏줄이 보일 지경이었다. 대함이 물었다.

"호흡이 많이 힘드십니까?"

석주가 고개를 끄덕였다. 영아가 따져 물었다.

"도대체 이 사람을 어떻게 한 거예요?"

장남이 침착하게 답했다.

“전신방사선조사를 두 시간 받았습니다. 피곤하고 힘드셨을 텐데, 무사히 잘 견뎌냈어요. 지금은 체력을 회복하는 게 중요합니다. 앞으로 이틀이 더 남았으니까요.”

“이렇게, 온몸을 떠는 게 안 보이세요? 산소포화도도 너무 많이 떨어졌고…….”

석주가 그녀의 팔꿈치를 잡았다. 마스크를 당겨 내리곤 말했다.

“그만해! ……수고하셨습니다.”

대함이 석주에게 말했다.

“데메롤demerol 모르핀의 대용약제을 처방하겠습니다. 통증이 그래도 가라앉지 않으면, 언제든 찾으십시오.”

두 전공의가 병실을 나간 후 잠시 침묵이 찾아들었다. 석주는 눈을 감은 채 산소를 깊이 들이마시는 데 집중했다. 영아는 그의 손과 발을 장갑 낀 손으로 어루만졌다.

“견디기 힘들면, 방사선조사 며칠 미루자. 이 몸으로 방사선을 쐬는 건 무리야. 이식 수술 일정을 다시 잡을게. 기력부터 회복하고 몇 달 뒤에 수술받자.”

눈을 감은 채 답했다.

“내일도…… 할…… 거야.”

가쁜 숨 때문에 말들이 툭툭 끊겼다.

“나아서…… 나갈 거야.”

“우람 아빠!”

영아는 어제 질병관리본부 고인찬 과장을 만난 후 절망이 더욱 깊어졌다. 저들은 석주가 림프종을 이겨 낸 다음에도 계속 격리병실에 가두어 놓을지도 모른다. 메르스 치료를 전혀 하지 않는 상황에서, 메르스 격리 해제 기준조차 만들지 못한 상황에서, 석주가 퇴원할 방법은 없었다. 문 없는 성에 갇힌 꼴이었다.

휴대폰에서 수신음이 들렸다. 석주가 사물함에 놓인 휴대폰을 눈짓으로 가리켰다. 영아가 우선 발신자부터 확인했다. 수십 번 누르느라 외워 버린 번호였다. 고인찬! 어제 면담한 질병관리본부 담당 과장의 번호였다. 영아는 자신의 번호로 걸려 온 전화가 응답하지 않으면 자동적으로 석주의 휴대폰으로 넘어가도록 해 뒀다. 그렇게 시아버지 홍택으로부터 두 번 전화가 걸려 왔었고, 해선과 예석에게 걸려 온 전화도 한 번씩 받았다. 격리병실에 머무는 기간이 늘어나는 만큼 바로바로 처결할 일도 잦았던 것이다.

"어디……야?"

석주가 물었다.

"나중에 이야기해. 우선은 아무 생각 말고 쉬어. 그게 좋겠어."

영아가 전화를 받지 않으려 했다. 석주가 급히 말했다.

"받아…… 스피커폰으로……."

영아가 깊이 숨을 내쉰 뒤 스피커폰으로 돌려 놓고 통화 버튼을 눌렀다. 고 과장의 사무적인 목소리가 병실을 가득 채웠다.

"회의 결과를 말씀드리겠습니다. WHO의 권고도 있었고, 상황 변화가 없기 때문에 현재 상태를 유지한다는 것이 질병관리본부의 입장……."

"개새끼들아아악!"

석주가 고함을 지르며 팔다리를 휘저었다. 피가 섞인 붉은 가래들이 기침과 함께 쏟아졌다. 영아의 후드를 덮쳤다. 흡혈귀처럼 입에서 붉은 피가 뚝뚝 떨어져 하얀 시트를 붉게 물들였다. 그녀는 전화를 끊을 겨를도 없이 호출 벨부터 힘껏 눌렀다. 벨을 누를 때마다 외쳐 댔다.

"와! 빨리 오라고! 와! 어서!"

피가 섞인 붉은 가래로 덮인 스피커폰에선, 고 과장의 다급한 물음이 이어졌다.

"괜찮습니까? 무슨 일입니까? 왜 그러십니까? 제 목소리 들립니까? 대답할 수 있습니까……?"

영아가 대답 대신 벽을 향해 휴대폰을 집어던졌다. 빡, 소리가 났다. 휴대폰이 깨지면서 수십 군데 금이 갔다.

마지막 수단

11월 22일에도 영아는 아침 10시에 격리병실로 갔다.

석주는 수혈중이었고, 그녀를 보자마자 방이 덥다고 했다. 그녀는 수건으로 석주의 얼굴과 가슴과 등의 식은땀을 닦아냈다. 산소포화도 수치가 다시 95에서 90으로 떨어졌다. 옥 간호사는 비강 캐눌러nasal prong를 이용하여 저강도 산소를 코로 넣으려 했다. 석주는 코를 킁킁대며 고개를 좌우로 저었다. 콧구멍이 붓고 상처가 군데군데 터져 말라 버리는 바람에 살짝 건드리기만 해도 아팠던 것이다. 결국 코와 입을 전부 덮는 산소마스크로 바꾸었다. 석주는 눈을 감은 채 산소를 들이쉬기만 했다. 그렇게 두 시간이 흐른 뒤 그녀는 격리병실을 조용히 나왔다.

간호사 스테이션에서 차트를 넘기며 기다리던 대함이 영아를 보자마자 본론을 꺼냈다. 일반 병실 환자들을 둘러볼 시간이 급한 듯했다.

"폐 CT를 찍을 예정입니다. 저녁 7시에서 8시 정도 되겠네요. 아무래도 급성 폐렴이 온 듯합니다. 환자는 점심 식사 없이 금식해야 합니다, 12시간!"

"폐렴이라고요? 심한가요?"

"폐 CT를 찍어보면 확실하게 나오겠죠. 폐렴이 확인되면 동종조혈모세포 이식 수술에 이르기까지 계획했던 치료는 중단합니다. 두 차례 남은 전신방사선조사는 물론이고 항암제도 주사할 수 없습니다. 폐렴인 상황에서 전신방사선조사를 계속하면 환자의 상태가 급격히 악화될 수도 있습니다."

영아는 잠시 고개를 숙인 채 침묵했다. 그리고 물었다.

"건의 하나 해도 될까요? 담당 교수님들 포함해서 병원장님 이하 격리병동에 책임이 있는 분들께 부탁드리고 싶은 겁니다."

대함이 휴대폰으로 시간을 확인하고 말했다. 일반 병실에서 환자들이 기다리고 있는 것이다.

"뭔가요, 건의사항이?"

"24시간 격리병실에 머물고 싶어요."

"네?"

"호흡 곤란 때문에 산소마스크까지 하고 가래에 피가 계속 섞여 나옵니다. 잦은 기침에 황달에 복부는 부풀대로 부풀었고, 하지부종까지 있어요. 의료진은 연명 치료 운운하는 상황이고요. 김석주 환자를 살려 내실 거죠?"

"그걸 지금 말이라고 합니까? 우린 어제도 그랬고 오늘도 그렇고 내일도 최선을 다 할 겁니다."

"그 최선에 저도 넣어 달란 얘기예요. 지금 환자는 매우 불안해합니다. 잠시라도 제가 곁에 없으면 찾아요. 이 고비를 넘겨야죠. 병실에서 제가 손만 잡고 있어도 훨씬 나을 겁니다."

"말씀은 드려 보겠지만, 24시간 내내 병실에 있는 건 무립니다. 레벨C 보호 장구를 착용하면 갈증 때문에 한두 시간도 버티기 힘들다는 거 아시잖습니까?"

그래도 영아는 고집을 꺾지 않았다.

"노 선생님! 제가 간호사였다는 거 잊은 거 아니죠? 보통 사람들과 간호사는 다르잖아요. 더군다나 제가 간병할 환자가 바로 남편이라고요."

"보호자가 먼저 쓰러질 수도 있습니다."

대함을 똑바로 쳐다보며 말했다.

"쓰러지는 한이 있더라도, 후회를 남기고 싶지 않아요."

❖

대함과 헤어진 영아는 곧장 '풀꽃'으로 갔다.

해선과 첫꽃송이와 예석 그리고 동화가 그녀를 맞았다. 예석이 동화를 소개했다.

"어머니세요. 윤 변호사님 뵈러 나오셨다가, 남 선생님이 사무실로 오신다는 연락을 받고 기다리셨습니다."

"길동화예요. 반가워요."

"남영아입니다."

두 사람이 목례로 첫인사를 나눴다. 해선이 거들었다.

"길 선생님은 30년 동안 출판물 물류 창고를 관리하셨어요. 지금은 메르스를 이겨 내고 완치된 사람들이 어찌 지내고 있는지 두루두루 살펴보고 계십니다. 서울뿐만 아니라 지방까지 직접 다녀오세요."

동화가 받았다.

"많이 부족해요. 몸이 성치 않아 띄엄띄엄 다니는 바람에 아직 많이 만나지도 못했어요."

"큰 보탬이 됩니다. 덕분에 소송을 문의하는 완치자들이 꾸준히 늘고 있습니다."

"수고가 많으시네요."

영아의 칭찬이 쑥스러운 듯 동화가 뒷머리를 긁적였다.

"수고라니요. 아닙니다! 에스엔에스 그딴 건 내가 도울 게 없고, 완치자들과는 말이 통할 것 같아서 하는 거예요. 근데 윤 변호사님! 내게 완치자들 만나러 다니지 말라고 전화로 협박한 놈은 정말 정부 쪽 사람일까요? 너무 쌍욕을 해 대서, 공무원이라고는 믿기지 않습니다만……."

해선이 답했다.

"참사나 재난 때마다 꼭 그렇게 피해자들에게 고약한 전화가 걸려 오죠. 뭉치지 말라고 쌍욕까지 곁들여 위협하기도 하고요. 피해자들이 모이는 것 자체를 불온하게 여기는 자들이죠. 그들이 왜 그딴 전화를 했는지 밝혀질 날이 있을 겁니다. 혹시 그 전화가 마음에 걸리신다면……."

"상관없어요. 나는 저승 문턱까지 다녀온 사람이에요. 그깟 전화에 굴복할 사람이 아니다 이 말입니다. 자기들이 뭔가 찝찝한 구석이 있으니 첫 전화부터 대뜸 욕해 대는 거겠죠."

해선이 권했다.

"다음에 또 그런 전화가 오면 꼭 녹음해 두세요. 증거를 모아야 하니까요. 녹음 방법은 예석 씨가 도와드려요."

예석이 답했다.

"알겠습니다. 엄마, 간단해요! 저녁에 가르쳐 드릴게요."

믹스 커피를 한 잔씩 놓고 회의가 시작되었다. 좌중의 시선이 영아에게 쏠렸다.

"들으셨겠지만, 질병관리본부의 마지막 대답이 왔습니다. 현재 상황을 그대로 유지하겠다는 겁니다."

첫꽃송이가 물었다.

"김 선생님 병세는 어떤가요?"

"오늘 저녁에 폐 CT를 찍어봐야 더욱 확실해지겠지만, 급성 폐렴이 왔다고 합니다. 코와 입은 여전히 염증으로 부었고, 호흡 곤란 때문에 산소마스크를 이용하는 경우가 더 잦아졌고요. 화장실에 혼자 가는 것조차 어렵습니다."

좌중의 분위기가 어두워졌다. 해선이 그래도 확인하는 차원에서 물었다.

"이식 수술은 그럼……?"

"계획대로 진행하는 건 어렵답니다."

커피 한 모금을 삼킨 뒤 물었다.

"이제 어떻게 하죠?"

해선이 답했다.

"할 수 있는 건 다 해 봐야 합니다. 기자 회견부터 준비하죠."

"기자 회견이요? 방송과 신문에 인터뷰는 이미 나갔지 않아요?"

"그땐 김석주 씨가 부당하게 재격리되었고 제대로 치료받고 있지 못하다는 점을 알리는 데 주안점을 뒀습니다. 이번엔 한 걸음 더 나아가서 격리 해제를 위해 법정 투쟁을 해 나가겠다고 천명하는 게 어떻겠습니까? 물론 소송은 여기 계신 길동화 선생님을 비롯하여 메르스로 피해를 입은 여러분들과 함께 상의하여 진행할 것이지만, 우선 김석주 선생님을 격리병실에서 당장 퇴원시키라고 내외신 기자들이 모인 자리에서 강력하게 요구하는 겁니다."

"질병관리본부는 남편의 격리를 해제시켜 줄 기준조차 없어요."

해선이 이어 말했다.

"보건복지부와 질병관리본부의 무대책을 꼬집어 구제 청구를 하는 겁니다."

"구제 청구? 그게 뭐죠?"

해선이 문건 하나를 꺼내 해당 부분을 읽었다.

"〈인신보호법〉 제3조에 이렇게 나옵니다. '피수용자에 대한 수용이 위법하게 개시되거나 적법하게 수용된 후 그 사유가 소멸되었음에도 불구하고 계속 수용되어 있는 때에는 피수용자, 그 법정대리인, 후견인, 배우자, 직계혈족, 형제자매, 동거인, 고용주 또는 수용시설 종사자는 이 법으로 정하는 바에 따라 법원에 구제를 청구할 수 있다.' 김석주 선생님은 '적법하게 수용된 후 그 사유가 소멸되었음에도 불구하고 계속 수용되어 있는 경우'에 해당합니다."

"그런 법이 있었군요. 몰랐어요."

"행정 소송도 제기할 수 있습니다. 행정 처분을 내린 곳이 질병관리본부인지 관할 보건소인지는 좀 더 검토해야겠지만, 하여튼 처분 청을 상대로 김석주 선생님에 대한 메르스 격리 해제 부작위 위법확인소송不作爲違法確認訴訟을 제기하는 겁니다. 격리 해제를 해야 하는데 하지 않고 있는 것이 위법이라는 뜻이죠."

해선이 영아의 표정을 살피며 이야기를 이었다.

"위법한 강제 입원 조치에 대하여 퇴원 청구를 하고, 퇴원단행가처분소송도 제기할 수 있습니다. 이와 같은 법적 조처를 최대한 신속하게 하겠다고 기자 회견장에서 밝히죠. 김석주 선생님의 병세로 볼 때 서두를수록 좋겠습니다."

영아가 답했다.

"알겠습니다. 그렇게 하죠. 기자 회견은 언제가 좋을까요?"

해선이 덧붙였다.

"이 기자와 미리 의논해 봤는데, 11월 25일 오전 11시 정도가 적당할 것 같습니다. 사흘 뒤입니다. 기자 회견 장소는 대학 병원 근처로 알아보겠습니다. 회견장엔 김석주 선생님 가족은 참석하지 않는 편이 낫겠습니다."

"왜죠? 당사자인 제가 나가야 하지 않을까요?"

해선이 침착하게 답했다.

"일장일단이 있습니다만, 남 선생님은 이미 방송과 언론에 충분히 나가서 인터뷰를 하셨어요. 감정에 호소하는 것보다는 제가 환자의 위중한 병세와 향후 진행 방향을 최대한 객관적으로 전하는 편이 나을 듯해요. 물론 기자 회견 준비 상황은 전부 남 선생님께 알리고 전화와 문자로 의논할 겁니다."

영아가 잠시 생각한 후 받아들였다.

"그렇기도 하겠네요."

시선을 첫꽃송이에게 돌렸다.

"기자들이 많이 와 줄까요?"

첫꽃송이가 답했다.

"최대한 모아 봐야죠. 지금 기자들 관심이 물대포를 맞고 사경을 헤매는 농민 사건에 쏠려 있긴 해요. 작년엔 세월호 올해는 메르스에 농민 사건까지, 정말 상상도 못할 일들이 계속 벌어지네요. 윤변호사님도 그 사건을 도와야 한다면서요?"

영아는 대학 병원 응급실 복도와 출입문 안팎에서 농성중인 사람들을 오늘 아침에도 보았다. 해선이 답했다.

"담당 변호사들이 따로 있으니 저는 한두 부분 거드는 정도예요. 당장은 격리병실에서 김석주 선생님을 빼내는 게 급합니다."

예석이 끼어들었다.

"기자 회견 일정이 잡히면, 에스엔에스에 곧바로 공지하겠습니다. 참석자들이 기자로만 제한되는가요?"

해선이 답했다.

"중앙 의자엔 기자들이 앉겠지만, 마지막 메르스 환자의 억울함에 공감하는 이들이 회견장을 빙 두르면 더 힘이 나겠죠."

"알겠습니다. 페이스북 페이지에 웹자보를 만들어 올릴게요."

회의를 마쳤다. 한 마디도 하지 않고 듣기만 하던 동화가 영아에게 격려의 말을 건넸다.

"나도 폐를 절반이나 못 쓰게 되었지만, 병원에선 곧 죽는다고까지 했지만, 이렇게 살아났어요. 바깥양반도 고비를 넘기고 완치되실 거예요."

"고맙습니다. 예석 씨가 페이스북과 인스타그램 그리고 트위터까지 매일 바쁘게 각종 소식을 올려 줘서 큰 도움이 되고 있어요. 몸도 불편하신데 건강 잘 챙기세요. 충분히 쉬시고요."

"뒷방 할머니로 살아야 한다면 차라리 죽는 게 나아요."

"그런 뜻으로 말씀드린 게 아니라……."

"압니다, 걱정하는 마음! 한데 메르스가 얼마나 무서운 전염병이고, 또 정부와 병원의 대응이 얼마나 한심하고 구멍투성이였으며, 컨트롤타워도 없는 와중에 의료진이 얼마나 헌신했는가를 알려야 해요. 완치가 끝이 아니에요. 천직으로 여겼던 물류 창고에서 쫓겨나고 사회적으로 매장된, 트라우마에 시달리는 내가 나서야 해요. 말리지 말아요. 이건 김석주 선생을 위한 일이기도 하고 나를 위한 일이기도 하니까."

지옥

남영아의 수첩

2015년 11월 23일(월)

(아침 7시에 쓴다.)
남편이 어젯밤 그런다.
"나 숨 못 쉬면 어떻게 해?"
무조건 병원에, 남편 곁에 있겠다. 24시간 상주.

내가 있는 이곳이 지옥인가요.
신이여, 지켜 주세요.
우리 가정을 지켜 주세요.

혈변과 삽관

자정부터 복통이 다시 시작되었다. 코에서 흐른 피를 거즈로 닦아 내고 솜으로 막았다. 입을 한껏 벌린 채 숨을 들이마시고 내쉬었지만, 바위를 얹어 놓은 듯 답답한 가슴은 뚫리지 않았다. 수혈하는 동안, 잠시 누워 눈을 붙이려 했지만 숨이 가빠 왔다. 간호사를 두 번이나 호출했다. 호흡을 가지런하게 만들고 기운이 나는 약을 달라 했다. 진 간호사는 전공의에게 연락하여 처방을 받아 보겠다며 나갔고, 옥 간호사는 석주의 등을 쓸며 권했다.

"천천히, 아주 천천히 심호흡을 하세요. 답답하다고 급히 들이마시거나 내쉬면 더 불안해져요. 아셨죠? 천천히, 아주 천천히!"

고개를 끄덕였다. 그리고 최대한 천천히 숨을 들이마셨다가 내쉬고 또 들이마셨다가 내쉬었다. 슬로비디오 화면처럼 침대에 등을 대기 위해 허리를 뉘었다. 등이 닿자 천장의 불빛이 눈을 어지럽혔다. 갑자기 폐가 쪼그라드는 것처럼 느껴지더니 숨이 다시 콱

막혔다. 놀라 급히 일어나 앉았다. 그 바람에 옆구리와 무릎이 동시에 저리면서 떨렸다. 명치에서부터 가슴까지 망치로 내려치듯, 비명도 지르지 못할 통증이었다. 고통을 피하려고 손발과 몸통을 조금만 빨리 움직여도 숨이 가빴다. 침대에 걸터앉은 채, 거친 숨을 헐떡이며 깨어 있었다.

어떻게 이토록 동시에 온몸이 아프단 말인가.

전신방사선조사도 항암 치료도 중단되었다. 급성 폐렴이 어느 정도 심각한지 우선 진단하고, 통증을 줄이면서 기력을 회복하는 데 집중하겠다는 것이다. 다양한 진통제를 처방받았지만 통증은 여전했다. 내성이 생긴 걸까. 아니면 이 정도 진통제로는 감당하기 힘들 만큼 몸이 심각하게 망가졌는가.

문이 열렸다.

전공의나 간호사 혹은 영아, 셋 중 하나이리라 여기고 고개를 돌렸다. 그런데 키 작은 진 간호사의 절반 정도밖에 안 되는 사람이 보호 장구를 착용하고 들어왔다.

아이?

하지만 아이가 격리병실에 들어올 까닭이 없다. 석주는 후드 안을 들여다보기 위해 허리를 숙이려다가 기침을 쏟아 냈다. 피 섞인 가래가 병실 바닥 여기저기에 떨어졌다.

"미, 미안!"

자기도 모르게 사과부터 했다. 키 작은 사람은 흩뿌려진 붉은 가래침에 아랑곳 않고 똑바로 걸어왔다. 침대에 앉은 석주의 아랫배에 후드를 쓴 채 이마를 댔다. 두 팔로 허벅지를 붙잡았다.

우람아!

그제야 작은 사내가 아들이란 생각이 들었다. 그렇지만 이제 겨우 네 살 아이가 어떻게 혼자 격리병실로 들어온단 말인가. 고개를 들어 문을 살폈지만 다른 사람은 없었다. 어린이용 보호 장구가 이 병원에 따로 비치되어 있단 이야기를 듣지 못했다.

"혼자 어떻게 왔어? 엄만?"

등을 쓰다듬을 때마다 아이의 키가 쑥쑥 자랐다. 열 번 정도 쓰다듬고 나니, 석주보다도 어깨가 벌어지고 가슴이 두꺼워졌다. 문제는 보호 장구였다. 덩치가 커지면서 보호복이 찢기고 터져 너덜너덜했다.

"괜찮니?"

사내가 고개를 들었다. 그런데 우람이 아니었다. 그는 석주 자신이었다. 농구에 재미를 붙였던 대학 시절의 바로 그 몸이었다.

"괜찮아?"

이번에 안부를 묻는 목소리는 여자였다. 석주는 고개를 돌렸다. 영아가 거기 서 있었다. 침대에 앉은 채 깜빡 졸았던 것이다.

"우, 우람이는?"

"아버님이 다 알아서 하신다고, 난 당신 곁에 딱 붙어 있으래."

몸을 살짝 돌려 침대를 손바닥으로 툭툭 쳤다. 영아가 뒤뚱뒤뚱 걸어와선 옆에 앉았다. 그는 아내의 어깨에 가만히 머리를 기댔다.

"아, 이 땀 좀 봐."

영아는 그의 이마를 장갑 낀 손으로 훔치려 했다. 석주가 팔을 가만히 잡아 누르곤 말했다.

"잠시만…… 이대로 있자."

그렇게 10분쯤 둘은 꼼짝도 않고 앉아 있었다. 영아의 옆구리에서 돌아가는 전동식 공기정화기 소음만 귀를 시끄럽게 했다. 그녀는 목이 말라 침을 삼키다가 어깨를 움찔 떨며 멈췄다. 그는 눈을 감은 채 입을 약간 벌리곤 숨소리도 내지 않았다. 고요했다. 지난밤 통증 때문에 한숨도 못 잔 환자치고는 너무 평온했다. 먼 나라의 호텔에서 여행 가방을 풀지도 않고 내려놓은 채, 침대에 서로의 어깨를 붙이고 나란히 앉아 쉬는 중이라고 해도 이상하지 않은 모습이었다. 그녀는 두 사람의 살갗 사이를 가로막은 두꺼운 보호복이 싫었다. 전염력이 없는 것이 분명한데, 당장이라도 후드와 보호복을 벗어 버릴까. 그러면 당직 간호사가 모니터로 그녀의 일탈을 보곤 놀라 달려오겠지. 그리고 영영 격리병실 출입을 금지당할 것이다.

석주는 오른손으로 아랫배를 쓸며 천천히 허리를 숙였다. 밤부터 배꼽 주위가 돌아가며 아팠다. 손바닥으로 각 부위를 쓸며 허리를 비틀거나 숙이거나 젖히면 통증이 차츰 가라앉았다. 그런데 아랫배만은 계속 꿀렁거리며 낫지 않았다.

"화, 화장……."

거기까지 말하곤 침대에서 내려섰다. 영아가 따라 내려와선 왼쪽 팔꿈치를 두 손으로 감싸 쥐곤 부축했다. 벌써 닷새 전부터 화장실에 오가는 것이 불편했다. 간호사들은 기저귀를 차고 침대에 누워 편히 대소변을 보라고 권했지만 그는 받아들이지 않았다. 기저귀를 차지 않는 것, 화장실에서 대소변을 해결하는 것은 인간으로서 마지막 남은 자존심이었다.

"이렇게! 조심조심 돌아서!"

영아의 팔에 이끌려 화장실 좌변기 앞에 섰다. 급히 바지를 내리곤 앉았다. 엉덩이가 좌변기에 닿기도 전에 변이 쏟아졌다. 터져 나온 것은 변만이 아니었다. 붉은 핏덩이가 좌변기로 떨어졌다가 바닥으로 흘렀다. 그는 항문에 힘을 주곤 쏟아지는 피를 줄이려 했다. 더 많은 피가 다시 흘러, 허벅지와 무릎을 적시고 발목에 걸친 바지까지 물들였다. 부축하고 섰던 그녀의 보호복에도 온통 튀었다. 그녀가 침대로 급히 가서 호출 벨을 누르며 소리쳤다.

"간호사! 간호사! 빨리 와요."

❖

영아는 피가 멎기를 기다렸다가 석주의 몸을 닦고 환자복을 새로 갈아입혔다. 물로 입술을 축여 갈증을 면하게 한 후 잠시 밖으로 나왔다. 화장실도 급했고 그녀 역시 물을 두 컵이나 연달아 마실 정도로 목이 탔다. 피범벅이 된 변이 이렇게 많이 쏟아진 것은 처음이었다. 장에도 심각한 염증이 있단 증거였다. 보호자 대기실에서 30분만 쉬기로 했다. 손목과 팔꿈치 그리고 어깨가 동시에 저리고 쑤셨다. 석주를 화장실로 부축해서 옮기고, 또 좌변기에 앉은 그가 쓰러지지 않도록 붙드느라 온통 힘을 쓴 탓이다. 의자에 앉아 턱을 들곤 눈을 감았다. 졸음이 몰려들었다.

"여기 계셨군요."

대함이 옆에 앉았다. 영아가 손등으로 눈을 비비곤 잔기침과 함께 자세를 고쳤다.

"당장 검사해 주세요. 혈변이 심합니다."

"알겠습니다. 교수님께 말씀드리고 적절한 검사를 하겠습니다. 지금부터는 원하시는 만큼 격리병실에 머무르셔도 됩니다. 환자의 병세가 위중한 것을 감안하여 내린 결정입니다. 불편하시더라도 자주 보호 장구를 벗고 간호사 스테이션까지 나오셔서 충분한 휴식을 취한 후 병실로 다시 들어가세요."

"알겠습니다."

"그리고 이것 좀 작성해 주세요."

대함이 문서 한 장을 내밀었다.

"뭔가요?"

답을 기다리지도 않고 종이에 적힌 제목을 읽는 순간, 그녀의 얼굴이 딱딱하게 굳었다. '심폐소생술 거부 서약서DNR'이었다. 서약서를 들고 적힌 문장을 눈으로 읽어 내렸다.

위 환자에 대하여 환자의 상태 악화 시(심장정지나 호흡 곤란이 발생할 경우) 생명유지를 위한 심폐소생술(기관 내 삽관, 인공호흡기, 심장마사지)의 필요성이 있을 때 이러한 처치의 시행을 하지 않을 것을 요청합니다. 또한 환자의 병의 특성 및 진행 경과상 입원 치료중 예기치 못하게 사망할 수 있음을 이해하고 이에 대하여서는 의료진에게 책임이 없음을 인정합니다.

상기 시술의 미 시행으로 인한 환자의 사망 시 귀 병원 측에 어떠한 민사상 형사상의 법적 책임을 묻지 않기로 서약합니다.

영아가 서약서를 내려다보며 물었다.

"이걸 꼭 지금 작성해야 하나요?"

대함이 준비한 답을 읊었다.

"급성 폐렴으로 인하여 호흡 곤란이 올 수 있습니다. 이럴 경우 기관 내 삽관이나 기관절개술이 요구됩니다. 그러나 림프종 치료가 어려운 상황에서 기관 내 삽관이나 기관절개술을 통한 인공호흡기 작동은 환자에게 고통의 시간만 연장하는 무의미한 연명 치료가 될 수도 있습니다. 따라서……."

대함의 설명이 딱딱하고 길어졌다. DNR을 받으라는 것도 당연히 주치의인 담당 교수가 지시했을 것이다. 담당 교수는 누구와 의논했을까. 협진하는 교수들? 질병관리본부 담당 과장? 혹은 그 윗선일까? 짜증이 났다.

"내가 DNR에 사인을 안 하겠다면 어찌할 건가요?"

갑작스런 반발에 대함의 얼굴이 달아올랐다.

"환자가 위중할 경우엔 DNR 작성을 말씀드리는 것이 일반적입니다. 그렇지 않으면 긴급 상황에서 의료진의 대처 방법이 확정되지 않습니다."

"설명은 충분히 들었어요. 연명 치료가 무의미하다 해도, 이 사람을 이렇듯 쉽게 떠나보낼 수 없다면요? 기관 내 삽관도 하고 혹은 기관절개술까지 해서 인공호흡기에 의존하여 1년이든 10년이든 가겠다고 한다면요? 그때도 계속 내 남편을 격리병실에 가둘 건가요? 내게 보호 장구를 착용시켜 들여보낼 건가요? 그것도 나쁘진 않겠네요. 해 볼까요, 어디?"

그녀가 양 손바닥으로 얼굴을 가린 채 흐느끼기 시작했다. 대함은 위로의 말을 건네려다가 멈추고 또 건네려다가 끝내 아무 말도 못 한 채 앉아만 있었다. 눈물방울이 DNR 문서 위로 뚝뚝 떨어졌다. '상태 악화'와 '심폐소생술'이란 글자가 눈물에 번져 흐릿해졌다. 그녀가 손바닥으로 눈물을 닦으며 말했다.

"하나만 물을게요. DNR을 작성하는 게 그이가 인간다움을 지키고 품위 있게 가는 길이란 설명은 잘 알겠어요. 그런데 그렇게 그이를 인간답게 대하는 것이 중요하다면, 왜 격리를 해제하지 않죠? 격리를 해제해야 그이를 아끼고 사랑하는 가족과 친척과 친구들과 만날 것 아닌가요? 마지막 작별 인사라도 나눌 것 아닌가요? 이렇게 격리병실에 꽁꽁 가둬 두는 게 인간답게 보내는 길인가요? 적어도 그이가 메르스 환자는 아니란 걸 천명해 달란 거예요. 그이는 메르스를 이겨 냈어요. 어떻게 생각하세요?"

대함이 잠시 침묵했다가 느릿느릿 답했다.

"그 점은 저를 비롯한 의료진 모두 안타깝게 생각하고 있습니다. 하지만 격리 해제는 대학 병원에서 임의로 결정할 문제가 아닙니다. 보건복지부와 질병관리본부에서 새로운 기준을 정하고 그 기준에 따라 격리 해제를 결정하지 않는 한, 어쩔 수 없습니다."

"또 쳇바퀴군요. 하기야 전공의와 간호사들이 무슨 잘못이 있겠어요. 답답해서 그래요. 가슴이 너무 답답해서!"

그녀는 DNR 문서에 사인했다. 거칠고 빠르게 움직이는 펜에 분노가 담겼다. 대함이 서약서를 접어 가운 주머니에 넣었다. 진 간호사가 찾아온 것은 바로 그때였다.

"호흡이 많이 힘드신가 봐요. 빨리 들어가 보세요."

영아와 진 간호사는 준비실로 가서 2인 1조로 보호 장구를 착용했다. 대함은 간호사 스테이션에서 모니터를 보며 대기했다. 영아가 격리병실로 달려 들어갔다. 석주가 머리를 수직으로 올린 고高파울러 씨 체위High—Fowler's Position를 유지한 채 거친 숨을 몰아쉬고 있었다. 진 간호사가 산소포화도를 확인했다. 90이었다. 석주가 코와 입을 덮었던 산소마스크를 턱 아래로 내렸다. 영아의 손을 쥐곤 가쁜 숨을 헉헉거렸다.

"어디……?"

"전공의랑 잠시 의논! 지금부턴 자기 곁에 24시간 내내 머물 거야. 병원에서 허락을 했어."

"화장실……."

석주의 시선이 화장실로 향했다. 어제 혈변을 본 후 결국 소변줄을 꽂고 기저귀를 찼다. 이걸 꼭 차야 하냐며, 격리병실에 입원한 후 가장 싫은 표정을 지었다. 스마일 보이답지 않은 찡그린 얼굴이었다. 전공의는 침상에서 내려서는 것 자체를 금했다. 팔과 다리에 힘이 없고 호흡이 가빠서 언제 쓰러질지 모른다는 것이다. 그녀는 에둘러 더 이상 화장실 사용은 어려워졌다고 설명했다.

"지금까지 화장실을 오간 것도 대단한 거야. 이제 그렇게 애쓰지 마. 알았지?"

"숨을…… 못 쉬겠어."

"수치는 어떻게 되나요?"

"88로 떨어졌어요."

"다시 써. 이야긴 나중에 하고."

영아가 마스크를 잡고 입과 코를 덮으려 했다. 그가 그녀의 손을 힘없이 밀며 말했다.

"써도…… 막혀. 점점 더 여기가, 이 폐가 움직이질 않아. 곧 다 막혀 버릴 거야."

그와 눈을 맞춘 채 진 간호사에게 물었다.

"수치는?"

"86이에요."

진 간호사의 답과 거의 동시에 석주가 영아의 팔뚝을 쥐고 애원했다.

"살려 줘."

죽음이 이마를 비볐다. 영아가 확인하듯 다급하게 물었다.

"기관 내 삽관을 할까?"

석주가 기다렸다는 듯이 고개를 끄덕였다.

"……그러면 숨이 덜 찰……."

"말하지 마. 알았어. 잠깐만 참아. 전공의가 모니터로 지금 다 보고 있거든. 나가서 의논하고 곧 올게. 기관 내 삽관을 해 달라고."

석주가 산소마스크를 다시 썼다. 그러나 가슴이 계속 답답한지 자꾸 두 팔과 두 다리를 버둥거렸다. 영아가 급히 진 간호사에게 말했다.

"나갔다 올게요."

진 간호사가 고개를 끄덕였다. 보호 장구를 벗고 간호사 스테이션까지 가는 내내 영아는 자신이 서명한 DNR의 문구를 떠올렸다.

'환자의 상태 악화 시(심장정지나 호흡 곤란이 발생할 경우) 생명유지를 위한 심폐소생술(기관 내 삽관, 인공호흡기, 심장마사지)의 필요성이 있을 때 이러한 처치의 시행을 하지 않을 것을 요청합니다.'

기관 내 삽관을 하지 않기로 서약서에 이미 사인한 것이다. 의료진이 영아의 요구를 받아들이지 않을 수도 있었다. 내가 대체 무슨 자격으로 살겠다는 사람 대신 그런 결정을 한 건가. 하루 만이라도 아니 반나절 만이라도 아니 한 시간 만이라도 DNR 작성을 늦췄더라면! 후회가 밀려들었다. 지금은 후회보다 기관 내 삽관을 서둘러 석주가 조금이라도 빨리 편하게 숨을 쉬도록 만들어야 했다.

다섯 번째 문이 열리자 대함의 얼굴이 보였다. 모니터에서 영아가 병실을 나가는 것을 확인하고 문 앞에서 기다렸던 것이다.

"어떻습니까?"

영아는 즉답을 않고, 그의 가운 왼쪽 주머니를 내려다봤다. 거기에 DNR 문서가 있었다. 그의 시선도 그녀를 따라 자신의 주머니로 향했다.

"기관 내 삽관을 해 주세요. 환자도 저도 그걸 원합니다. DNR을 쓰긴 했지만……."

대함이 말허리를 잘랐다.

"알겠습니다."

DNR에 대해선 한마디도 하지 않았다. 기관 내 삽관을 위한 물품을 챙겨 준비실로 들어가는 대함을 따르며, 영아는 깊게 숨을 내쉬었다. 그의 뒷모습을 향해, 소리 없이 입술만 겨우 움직였다.

고마워요.

특별 사례 관리는 언제부터 할 것인가?

기관 내 삽관으로 석주는 더 이상 말을 할 수 없었다. 물이나 음식을 삼키지 못하기 때문에, 영양분 투입을 위해 콧줄을 넣었다. 퉁퉁 부은 오른쪽 콧구멍은 염증이 심해 거즈로 진물이 흐르는 것을 막았다. 콧줄은 왼쪽 콧구멍으로 연결되었다. 번갈아 수혈하기 위해 양쪽 팔 정맥과 이어진 줄을 연결했다. 폴리 카테터Foley catheter로 소변도 배출되었다. 중증환자감시장치에는 혈압 맥박 호흡수 심전도 산소포화도 등이 표시되었다. 간호사들이 번갈아 들어와선 따로 혈압을 재기도 했다. 욕창을 방지하기 위해 두 시간마다 한 번씩 체위를 바꾸는 것만은 석주도 영아도 원하지 않았다. 욕창보다도 당장 몸을 움직일 때 밀려드는 고통이 더 끔찍했다.

아침 7시부터 영아는 석주의 두 다리가 지나치게 부었다며 검사를 요구했고, 9시에는 환자에게 고통을 주는 객담 검사를 당분간 하지 않겠다고 선언했다. 11시에는 비강 출혈로 인해 오른쪽 콧구멍에 거즈를 더 넣으려는 진 간호사와 잠시 다퉜다. 진 간호사가 거즈를 넣고 나가자마자, 석주가 답답하다며 얼굴을 찡그렸고, 영아가 지체하지 않고 거즈를 뽑았던 것이다. 오전에는 혈압이 낮았으나, 약물 처방을 받고 나서 오후 2시엔 최고 혈압 140 최저 혈압 80까지 상승했다. 석주는 삽관을 한 채 주렁주렁 줄을 달고 수혈하며 누워 있는 것을 힘겨워했다. 그럴 때마다 영아는 그의 휴대폰에서 우람의 사진을 꺼내 보여 줬다. 격리 해제 후 집에 머문 일주일 동안 찍은 것이다. 그가 실눈을 뜨고 가만히 웃었다. 팔을 뻗어 휴대폰을 검지로 툭툭 친 후 손가락을 구부렸다. 카메라 셔터 누르는 동작을 흉내 낸 것이다.

"사진 찍으라고?"

그가 주먹을 쥐었다가 폈다. 영아는 휴대폰을 들곤 침대를 돌며 석주의 모습을 사진에 담았다. 지금 담긴 모습이 김석주란 사람의 인생에서 가장 바닥이라고 생각했다. 이제부턴 더 나은 모습만 사진에 담길 것이라고, 담기게 만들 것이라고 다짐했다.

기관 내 삽관을 한 후부턴 석주도 호흡 곤란 때문에 짜증을 내거나 두려워하진 않았다. 자주 눈을 감았고 졸거나 자는 시간이 늘었다. 영아는 어쩌면 이 상태로 꽤 긴 날들을 보낼지도 모르겠다고 추측했다. 매일 수혈해야 하고 혈압이 불안정한 것이 문제이긴 했지만, 살고자 하는 석주의 의지가 워낙 강했다.

영아는 의자에 앉아 휴대폰에 찍힌 사진들을 이리저리 넘겼다. 음식 사진들이 주르륵 나왔다. 석주가 '맛있는 녀석들'에 등장한 음식들을 검색해서 저장한 사진들이다. 맛집들을 찾아 병원 주변을 돌아다니던 나날이 그리웠다. 삽관을 빼내지 않는 한, 당분간 그를 위해 음식을 찾아 떠돌진 않을 것이다.

저녁 6시, 혈액종양내과 유대환 담당교수와 격리병동에서 면담했다. 전공의 노대함도 동석했다. 유 교수가 먼저 보호자와 만나겠다고 한 것은 이번이 처음이었다. 격리병실에는 전공의만 들어왔고, 주치의는 진료실에 머물거나 격리병동에 온다 해도 간호사 스테이션이 끝이었다. 유 교수는 대함이 내민 차트를 찬찬히 살핀 뒤 맞은편에 앉은 영아에게 설명했다.

"아시겠지만 다시 한 번 말씀드리겠습니다. 림프종으로 인하여 용혈성 빈혈과 저혈소판증이 진행되었습니다. 급성 폐렴도 왔고요. 대사성 산증과 혈압 저하가 발생하였습니다. 아주 위중한 상태입니다."

영아는 병명을 하나하나 떠올렸다. 석주가 6월에 격리되어 입원한 후로 수없이 되뇐 것들이었다. 림프종을 제때 치료하지 못하면 목숨까지 위태롭다는 것을 이 자리에 모인 세 사람 중 모르는 이는 없었다. 유 교수가 나열한 증상들을 막고자 병원에 입원하여 약을 먹고 주사와 링거를 맞으며 지금까지 지낸 것이다.

"그래도 나을 길이 있죠, 교수님?"

유 교수는 즉답을 못 한 채, 그녀의 시선을 고스란히 받으며 잠시 침묵했다.

"의료진은 끝까지 최선을 다할 겁니다."

그녀가 말꼬리를 잡아챘다.

"최선만으론 부족해요. 완치되어야 합니다. 기적이라도 만들어서…… 이렇게 죽을 사람이 절대로 아닙니다. 6월 1일부터 병원에 있었어요. 이 대학 병원 격리병동엔 7월 3일에 왔고요. 다섯 달 넘게 병원에만 있었는데, 재발된 림프종 치료를 못 한다는 게 말이 안 되잖아요? 살려 주세요, 교수님! 꼭 살려 주셔야 해요."

"환자와 필담으로라도 대화가 가능한가요?"

유 교수가 말머리를 돌렸다.

"교수님! 그이는 정신이 또렷해요. 살려는 의지로 가득 차 있습니다. 오늘도 세 번이나 산소포화도와 혈압 수치가 궁금하다며, 제 손바닥에 '포화도'와 '혈압'이란 글자를 또박또박 썼습니다."

"알겠습니다. 환자가 의지를 갖고 긍정적인 생각을 하는 건 중요하지요. 따로 질병관리본부에서는 연락이 없었습니까?"

"없었어요. 어제 급히 기관 내 삽관을 하느라, 하루가 어떻게 지나갔는지도 모르겠어요. 그건 왜 물으세요? 혹시 격리 해제 소식이라도……?"

"아닙니다. 저도 받은 소식이 없네요. 그럼 이만 가 보도록 하겠습니다. 아 참, DNR은 이미 쓰셨다고 들었습니다. 그 뜻은 변함이 없으시지요?"

어제 DNR을 쓰고도 그 서약을 따르지 않고 기관 내 삽관을 하지 않았는가. 그녀는 유 교수가 대화를 속히 마무리 짓기를 원한다는 느낌을 받았다.

"썼습니다, 어제."

유 교수가 대함에게 당부했다.

"병동을 비우는 일이 없도록 하게. 적어도 사흘은 다른 환자들 보지 말고! 내가 조처해 두겠네."

"알겠습니다."

면담은 그렇게 성과 없이 끝났다.

❖

유대환은 긴 복도를 따라 한참을 걸어가선 엘리베이터를 타고 연구실로 올라갔다. 형광등을 켜지 않고 의자에 털썩 앉았다. 보호자 남영아와 면담하기 전, 감염내과 담당 교수 박강남과 짧게 통화했었다. 두 사람은 김석주가 곧 사망할 것이라는 데 의견 일치를 보았다. 전신방사선조사를 마치지 못하고 급성 폐렴이 온 순간 마지막 기대가 사라진 것이다. 그는 보호자인 남영아에게 더 자세히 설명하려다가 멈췄다. 여전히 희망을 품은 그녀의 눈길이 너무나 뜨겁고 간절했다. 병세를 솔직하게 설명할수록 사망할 날이 코앞이라는 의료진의 속내가 드러날 것이다. DNR 작성을 재확인하는 선에서 대화를 마무리했다. 그 정도면 보호자도 충분히 눈치챘을 것이다. 간호사 출신이지 않은가.

손을 뻗어 스탠드 등을 켰다. 공문 한 장이 책상에 놓여 있었다. 어제 질병관리본부에서 병원장을 수신인으로 보낸 공문이었다. 병원장 옆에 괄호로 '메르스TF'라고 적혀 있었다. 그것은 즉 김석주 환자를 담당하고 있는 혈액종양내과 교수와 감염내과 교수가 함께 참고하란 뜻이다. 유 교수의 시선이 제목에 머물렀다.

'메르스 관련 특별 사례 관리팀 구성 계획 알림 및 대상자 추천 요청'

김석주 환자만을 위해 특별 사례 관리팀을 구성하겠다는 것이다. 팀 구성원은 질병관리본부의 역학조사과장과 공중보건위기대응과장 그리고 대학 병원의 감염내과 및 혈액종양내과 주치의 등이었다. 이 팀에 들어갈 의료진을 두세 명 추천하라는 요청이었다. 유 교수는 질병관리본부에서 보낸 발송 날짜를 확인했다. 2015년 11월 23일, 어제였다. 팀원 추천 날짜도 다시 찾아 봤다. 2015년 11월 23일, 어제였다. 유 교수의 얼굴에 불쾌감이 차올랐다. 11월 23일 공문을 띄우면서 그날 추천을 완료하라고? 팀원 추천을 위한 회의라도 잡으려면, 적어도 일주일 전엔 공지해야 한다. 당일 약속을 잡아 회의해서 그날 결과를 낸 적은 대학 병원이 세워진 후 단 한 번도 없었다. 대학 병원 교수들의 바쁜 스케줄을 질병관리본부 공무원들이 알 턱이 없지. 혼잣말이 흘러 나왔다.

"미친 탁상행정……."

고개를 설레설레 저으며 스탠드 등을 껐다.

나비 방

첫꽃송이에게 이번 주 '현장 속으로'를 쓰라고 선우 기자가 권했다. 그녀는 아직 차례도 아니고 준비도 부족하다며 사양했다. 동기 중에 '현장 속으로'를 쓴 이는 없었다. '현장 속으로'라도 써서 김석주의 고통을 세상에 알리려고 한 적이 있지만, 그땐 선우 기자가 막았었다. 선우 기자는 문화부장과 사회1부장 이렇게 셋이서 점심을 먹다가 의견 일치를 봤다고, 이제는 충분히 쓸 만하다며 다시 권했다. 쓰겠다고 답하고 나서, '현장 속으로'에 올릴 글은 아니지만 낯선 이미지 하나가 머리를 가득 채웠다. 대학 병원 앞 건널목에 서서 수첩을 꺼내 든 채 단번에 그 이미지를 써 내려갔다.

❖

나비 방에 간 적이 있다. 표본이 아니라 살아 있는 각종 나비를 유료 관람객들에게 보여 주는 방이었다. 나비들의 안전을 위해, 입장 가능 인원을 한 번에 20명으로 제한했다. 방에 들어가기 위해서는 단단한 철문 세 개를 통과해야 했는데, 첫 번째 문이 닫혀야 두 번째 문이 열리고, 두 번째 문이 닫혀야 세 번째 문이 열리는 식이었다. 나비들이 열린 문으로 나왔다가 되돌아가지 못하고 탈출하는 것을 막기 위해서였다. 세 번 문을 열고 닫은 후에 들어간 방은 만족스러웠다. 색색의 크고 작은 나비들이 나뭇가지와 과일과 꽃과 풀에 앉거나 허공을 훠훠 날개 저으며 돌아다녔으며, 관람객들의 머리와 어깨와 가슴과 손에 문득 앉았다. 군데군데 설치된 안내판에 나비의 이름과 특징이 자세히 적혀 있었다. 나비 방 구경을 마치고 나올 때도 세 개의 철문이 관람객을 기다리고 있었다. 첫 번째 문이 열렸을 때, 작고 검은 나비 한 마리가 뒤따라 문을 통과했다. 그러자 두 번째 문이 열리지 않았고, 안내원들이 그물이 달린 긴 봉을 들고 들어와 허공을 훠훠 저으며 나비를 방으로 몰았다. 열 명의 경찰이 한 명의 도둑을 잡기 힘들다는 말처럼, 나비는 좀처럼 방으로 돌아가지 않고 요리조리 날갯짓하며 피해다녔다. 그 바람에 관람을 마친 스무 명은 좁은 공간에 갇힌 채 기다려야 했다. 이미 우리 뒤에 섰던 스무 명이 나비 방으로 들어갔기 때문에 다시 방으로 돌아갈 수도 없었다. 처음엔 검은 나비를 보며 나비에 대한 마지막 미련을 웃음으로 달래던 관람객들도 짜증을 내기 시작했다. 소란을 피우는 사람은 없었지만 빨리 저 나비가 원래 방으로 돌아가기를 바라는 기색이 역력했다. 이윽고 나비가 첫 번째 문을 통해 방으로 되돌아가자, 관람객들은 그제야 안도의 한숨을 지었고, 안내원은 재빨리 문을 닫았다. 그런데 문제는 거기부터였다. 나비가 돌아갔지만 두 번째 문이 열린 뒤 닫히지 않았던 것이다. 두 번째 문이 닫히지 않자, 세 번째 문은 열릴 줄을 몰랐다. 결국 관람객은 두 번째 문과 세 번째 문 사이 좁은 공간에 다시 갇힌 채, 수리 기사가 와서 두 번째 문을 고쳐서 닫을 때까지 기다려야 했다. 길어야 15분 정도였지만, 기다리는 관람객들에겐 한 시간보다도 더 길게 느껴졌다. 그때 내 곁에 선 백발의 할머니가 혼잣말처럼 읊조렸다. 이게 뭔 일이람. 저 방에선 나비라도 있지! 나비 한 마리 없는 방이지만, 원칙대로 두 번째 문이 닫히기 전엔 관람객에게 세 번째 문으로 나갈 자유가 없었던 것이다. 내가 오래 전 들른 나비 방을 다시 떠올린 것은, 첫 번째 문이 닫혀야 두 번째 문이 열리고 두 번째 문이 닫혀야 세 번째 문이 열리는 식으로 여섯 개의 문이 열리고 닫혔다는 누군가의 회상을 들었을 때였다. 그 문 안에는 나비보다도 훨씬 소중한 이가 있었다. 문과 문 사이에서 기다리는 동안, 그녀는 너무나도 두렵고 무서웠다고 털어놓았다. 나는 그 느낌을 비슷하게나마 알 수 있었다. 나비가 없더라도 여기서 빠져나가지 못할 수도 있다는 공포, 그것이었다.

전야

유 교수가 스탠드 등을 껐을 때, 길동화는 대학 병원 응급실 앞에서 이첫꽃송이를 기다리는 중이었다. 해가 지자 늦가을 바람이 제법 매서웠다. 마스크를 눈 밑까지 올려 썼지만 찬 기운이 뺨을 타고 코와 입으로 스며들었다. 메르스로 폐를 절반이나 잃은 후 맞는 첫 추위였다. 여름엔 병원에 있었고 가을엔 일자리를 찾아 돌아다니느라 바빴다. 뜻밖의 장소에서 갑자기 답답하고 숨이 막히기도 했지만, 거리로 나오면 하늘은 높고 바람은 선선했다. 그런데 이제 손과 발이 얼어붙는 동장군이 오고 있었다. 마스크를 써도 찬 바람이 코와 입으로 파고들었다. 그렇지 않아도 얼마 남지 않은 폐를 더 힘들게 만들 것이다. 지난 여름 퇴원하던 날 의사는 감기에 걸리지 않도록 주의하라고 신신당부했다. 감기가 가벼운 폐렴으로라도 발전하면 그에겐 치명상이 될 수도 있었다. 이제 겨울은 조심하고 또 조심해야 하는 계절이 되어 버렸다.

15분쯤 뒤에 윤 변호사가 첫꽃송이와 함께 나왔다. 동화에게 목례를 하곤 말했다.

"들어오시지 않고요. 춥습니다."

"여기가 더 편해요."

인사치레로 하는 말이 아니었다. 메르스를 앓고 난 후부터 사람이 많은 실내를 피했다. 공기가 조금만 탁해도 기침이 쏟아졌다. 메르스를 앓았다는 사실이 사람들에게 알려질까 늘 두려웠다. 30년 직장이던 물류 창고에서 쫓겨나고 비정규직이나 아르바이트로 떠도는 동안, 메르스 환자였다는 이유로 바이러스 취급을 받았다. 그 후론 사람 많은 곳에 서 있는 것만으로도 타인들의 시선이 두려웠다. 그런 곳엔 가지 않는 것이 상책이었다.

"오늘 힘드셨죠?"

동화는 내일 오전 11시에 열릴 기자 회견을 알리기 위해 병원 앞 전철역 입구에서 예석과 함께 전단지를 돌렸다. 예석이 따로 만든 포스터 스무 장을 병원 안팎에 붙이기도 했다. 기자 회견은 병원 앞 대로 건너 공원의 강연장에서 열기로 했다. 예석은 저녁부터 편의점 아르바이트 근무가 있어서 먼저 자리를 떴다. 밤샘 근무를 마치자마자 내일 아침 일찍부터 강연장으로 가서 음향 시설을 점검하는 것까지 그의 몫이었다.

"이깟 거 하나도 안 힘듭니다. 병실에 갇힌 환자도 있는데요."

해선과 첫꽃송이가 웃음으로 동의했다. 동화가 물었다.

"차도가 좀 있답니까?"

첫꽃송이가 답했다.

"오후 3시쯤 잠깐 남영아 선생님과 통화했는데, 크게 달라진 건 없대요."

해선이 두 사람을 번갈아 보며 양해를 구했다.

"저는 들어가 봐야겠어요. 회의중에 잠깐 나온 거라서."

동화가 첫꽃송이에게 물었다.

"이 기자님도 다시 가시나요?"

"아니에요. 저는 이쪽 취재는 마쳤습니다. 취재 내용은 정리해서 다 넘겼고요. 여기서부턴 의학 전문 기자 선배가 맡을 겁니다."

동화의 표정이 밝아졌다.

"그럼 간단히 함께 저녁 먹는 건 어때요?"

"좋죠."

첫꽃송이가 덧붙였다.

"남 선생님께 문자 드려 볼까요? 저녁 식사 전이면 도시락이라도 사다 드리고……."

"그렇게 하시죠."

답장이 곧 오진 않았다. 첫꽃송이와 동화는 병원 정문을 나가서 거리를 두리번거리다가 곰탕 가게로 들어갔다. 곰탕을 절반 넘게 먹었을 때 영아에게서 문자가 왔다. 밥 생각이 없다는 것이다. 첫꽃송이는 내일 기자 회견 내용을 의논하고 싶다는 문자를 다시 넣었다. 영아는 그럼 잠시 얼굴을 보자며, 격리병동 보호자 대기실로 와 달라고 답했다. 동화는 곰탕 한 그릇을 포장했다.

"하루 종일 아무것도 못 드셨을 거예요. 입맛이 없을수록 속을 든든하게 채워야죠. 뜨뜻한 국물이 들어가면 한결 나을 겁니다."

첫꽃송이가 앞장을 섰고, 동화는 곰탕이 담긴 종이 가방을 든 채 뒤따랐다. 그녀는 익숙하게 본관 엘리베이터 앞까지 갔다가, 동화에게 말했다.

"계단으로 걸어 올라가도 될까요? 3층입니다."

"좋도록 해요. 한데 늘 그럽니까?"

"네."

"난 각오를 단단히 하고 이를 앙다물면 타긴 타겠는데, 그래도 힘들어요."

"계단 오르는 것도 힘드시잖아요?"

"여러 번 쉬며 천천히 가면 되요. 엘리베이터에서 숨이 막히면 어찌할지를 모르겠어요."

"이럴 땐 정말 이 나라가 싫어져요. 제가 엘리베이터도 못 탄다는 걸 대통령은 알까요?"

"내가 지하철을 못 탄다는 걸 국무총리는, 보건복지부 장관은, 질병관리본부장은 알까요?"

"몰라서 이런 거라면 무능한 거고, 알고도 이런 거라면 사악한 거죠."

"우리가 이 지경이 되었는데 왜 아무도 사과를 안 할까요?"

"사과를 받아 내야죠. 그래서 소송을 하겠다는 거고요."

"그런 날이 올까요?"

"올 때까지 버텨야죠. 메르스가 나를 얼마나 비참하게 만들었는지 하나하나 다 기억하고 기록하며. 재판정에 나가서 전부 말할 거예요. 유죄 무죄를 따지는 건 그다음 일이고, 시원하게 속에 쌓인 말들이라도 몽땅 뱉고 싶어요. 눈앞에 엘리베이터를 두고 타는 걸 무서워한다는 게 말이나 되요?"

"말도 안 되죠!"

"말도 안 되고말고!"

두 사람은 엘리베이터를 포기하고 계단을 통해 3층까지 올라갔다. 의료진도 환자도 없는 긴 복도를 통해 격리병동에 이르렀다. 석주가 퇴원하던 10월 3일 새벽 인터뷰를 위해 전공의 류나무를 따라갔던 길이다. 두 달도 채 지나지 않아 이 길을 다시 걸을 줄 몰랐다. 격리병동이므로 특별한 용무가 없는 사람은 출입을 금한다는 안내판이 붙어 있었다. 안내판을 향해 첫꽃송이는 취재 수첩을 흔들며 지나갔고 동화는 종이 가방을 들어 보인 후 통과했다. 보호자 대기실에 도착한 뒤 문자를 띄웠다.

— 도착했어요.

— 나갈게요.

30분 후 영아가 대기실에 모습을 드러냈다. 저녁 9시를 넘어가고 있었다. 지친 기색이 역력했다. 동화는 전자레인지에 곰탕을 넣고 데우기 시작했다. 첫꽃송이가 그녀의 손을 잡곤 물었다.

"무슨 문제라도?"

"혈압이 안 잡혀서 애를 먹고 있어요. 7시 56분에 쟀더니 87에

47이고 5분 후에 다시 쟀더니 93에 49 정도밖에 안 되네요. 수혈을 계속해야 하는데, 혈압이 이렇게 낮아서야……. 병실로 전공의가 올 때까지 기다리느라 좀 늦었어요. 미안해요."

동화가 손사래를 쳤다.

"미안하다뇨. 이 기자나 저한테는 그런 말씀 안 하셔도 되요. 그 심정 충분히 이해하니까요. 자, 우선 곰탕부터 좀 드세요."

전자레인지에서 곰탕을 꺼내 쟁반에 받쳐 내밀었다. 뜨거운 김이 모락모락 피어올랐다. 영아는 쟁반에 놓인 숟가락을 들지 않고 곰탕을 쳐다보기만 했다. 석주가 격리 해제되었을 때 우람을 데리고 셋이서 곰탕을 맛있게 먹던 저녁이 떠올랐던 것이다.

"정말 미안한데, 못 먹겠어요."

"그래도……."

"미안합니다."

그 순간 영아의 손에 들린 휴대폰이 울렸다. 발신자를 확인했다. 홍택이었다.

"네, 아버님!"

휴대폰에서 들려온 목소리는 홍택이 아니라 우람이었다.

"으아아앙!"

울음소리가 영아의 귀를 파고들었다. 가슴이 덜컥 내려앉았다.

"왜 그래? 우람아!"

"엄마! 빨랑 와. 나 아파!"

다시 울음이 이어졌다.

"우람아! 착하지? 뚝, 울음부터 그치렴. 할아버지는? 곁에 계셔?"

"우람이가 좀 다쳤다."

홍택의 목소리가 들려왔다.

"어딜 얼마나요?"

"걱정할 만큼은 아냐. 화장실에서 나오다가 발을 헛디뎌 넘어졌는데, 무릎과 팔꿈치에 생채기가 났어. 가정상비약통에서 소독약을 꺼내 발랐다. 한데 잠을 안 자고 자꾸 엄마하고 아빠한테 가자고 고집을 부리는구나. 달래도 계속 울고."

"죄송해요, 아버님!"

우람의 젖은 고함이 배경음으로 들려왔다.

"싫어! 가잔 말이야. 아빠한테 갈 거야. 엄마한테 갈 거라고. 으아아악! 으아앙 헉."

울음이 뚝 끊겼다. 전화도 끊어졌다. 영아가 전화를 걸었지만 받지 않았다. 눈물이 떨어졌다. 불행은 한꺼번에 밀려드는 걸까. 첫 꽃송이가 그녀의 어깨를 감싸며 위로의 말을 건넸다.

"괜찮을 거예요. 잠시 기다려 보세요."

동화도 거들었다.

"애들은 넘어지기도 하고 그러면서 크는 거죠. 생채기만 났다고 하니, 별일 없을 겁니다."

10분이 1년처럼 느껴졌다. 다시 전화가 걸려 왔을 때, 영아는 통화 버튼을 누르는 것과 동시에 물었다.

"우람이는요?"

"울다가 숨이 가빴는지 제풀에 넘어가서 잠시 정신을 잃더구나. 침대에 뉘고 팔다리를 주무르니 곧 다시 깨어났단다."

"응급실에라도 데려가야 하는 것 아닐까요? 기절한 적은 단 한 번도 없는데……."

"심하게 아파 보이진 않는구나. 근데 깨고 나서 다시 엄마를 찾으며 또 운다. 베개가 다 젖었어. 석주는 어떠냐? 괜찮으면 잠시만 왔다가 가는 게 어떻겠니? 아이도 달랠 겸 병원에서 먹고 자고 하려면 챙겨 갈 것도 있을 테고……."

"제가 곁에 없으면 불안해해서요. 죄송합니다, 아버님!"

"아니다. 내가 더 미안하구나. 고맙다. 그럼 이만 끊으마."

전화를 끊자마자 동화가 물었다.

"기절을 했대요?"

"네."

첫꽃송이도 거들었다.

"지금은요?"

"다행히 깨어났대요……. 근데 엄마를 자꾸 찾는대요. 시아버지께 죄송하지만 제가 여길 떠날 수도 없고…… 간단히 챙길 것들이 있기는 한데…… 석주 씨 곁을 제가 지켜야 하니까……."

"저희가 지켜 드리죠."

동화가 불쑥 말했다. 영아가 그녀를 쳐다보았다.

"서너 시간 정도면 되지 않아요? 왔다갔다 넉넉하게 두 시간 정도 잡고, 아이 재우고 씻고 필요한 물품들 챙겨 오면?"

첫꽃송이도 동의했다.

"다녀오세요. 기관 내 삽관까지 했으니 투병 기간이 꽤 길지도 몰라요. 가서 단단히 준비하고 오세요. 서너 시간 정도야 뭐……."

영아가 잠시 생각하다가 고개를 저었다.

"격리병실인데 아무나 출입시키지 않을 거예요."

동화가 말꼬리를 잡았다.

"아무나가 아니면 되죠."

영아와 첫꽃송이가 동시에 쳐다보았다.

"위중한 환자를 병문안 온 이모와 이종사촌여동생 정도면 어떻습니까?"

첫꽃송이가 동화에게 물었다.

"졸지에 제가 길 선생님 딸이 되는 셈인가요?"

"아무나가 아니려면!"

영아가 잠시 더 고민한 뒤 일어섰다.

"담당 간호사에게 물어보고 올게요. 여기서 잠시만 기다려 주세요."

영아가 보호자 대기실을 떠나고 또 15분이 지났다. 그녀는 옥 간호사를 데리고 와선 두 사람을 소개했다.

"이모님이시고요. 여긴 막내 사촌여동생이에요."

옥 간호사가 두 사람을 찬찬히 조사하듯 뜯어보았다.

"전공의 선생님도 특별히 허락하셨어요. 딱 네 시간만이에요. 그

전에 돌아오셔야 합니다."

"걱정 마세요."

영아가 답했다.

동화와 첫꽃송이는 첫 번째 문을 지나서 준비실로 갔다. 영아의 도움을 받아 보호 장구를 착용했다. 석주가 깨어 있으면 간단히 설명한 후 가려고 영아도 함께 보호 장구를 입고 썼다. 그녀는 동화가 제대로 착용을 마쳤는지 살피며 말했다.

"보호 장구를 착용하는 것 자체가 답답한 데다, PAPR은 보호복과 후드 속을 몹시 건조하게 해요. 폐 기능이 절반밖에 안 되시는데, 괜찮으실지 모르겠습니다."

동화가 숨을 깊이 들이마시는 시늉을 한 뒤 가볍게 받았다.

"살살 쉬겠습니다. 꼭 한 번 격리병실에 들어가서 김 선생을 만나고 싶었는데, 오늘이 그날이 될 줄은 몰랐군요."

세 사람은 다섯 번째 문을 지나 여섯 번째 문을 통과하여 격리병실로 들어섰다. 석주는 눈을 꼭 감은 채 수혈을 받고 있었다. 병세가 예상보다 심각한 것을 보고 동화도 첫꽃송이도 얼굴이 굳었다. 후드를 쓴 덕분에 표정을 들키지 않은 것이 그나마 다행이었다. 영아가 환자 곁으로 가선 허리를 숙였다.

"자?"

석주가 실눈을 떴다. 영아 뒤에 두 사람이 더 있는 것을 보곤 처음엔 의사와 간호사라고 여긴 듯 신경 쓰지 않았다. 그들이 다가서지 않고 머뭇거리는 것을 보고 영아의 손등을 가볍게 두드렸다. 영아가 답했다.

"이 기자는 알지? 10월 3일 새벽에 인터뷰했던 사람. 그 옆에 계신 분은 길동화 선생님이야. 당신과 같은 날 메르스에 걸렸다가 완치되셨어. 내일 기자 회견을 도와주러 오셨다가 당신을 보고 싶다고 해서 모시고 들어왔어. 우람 아빠! 나 잠깐만 가서 우람이 보고 바로 올게. 애가 그제부터 사흘 내리 잠을 제대로 못 잔대. 오래 안 걸려. 서너 시간쯤. 수혈 두 팩 끝나기 전까진 와. 그때까진 두 분이 병실에 계실 거야. 옥 간호사가 모니터로 병실을 보고 있기도 할 거고. 필요한 게 있으면 호출 벨을 눌러."

영아가 허리를 펴고 돌아서려는데, 석주의 왼손이 그녀의 오른손을 쥐었다. 돌아봤다. 눈이 마주쳤다. 그가 천천히 고개를 한 번 저었다. 가지 말라는 뜻이다. 두 눈에 눈물까지 맺혔다. 그녀는 다시 침대로 돌아와선 허리를 숙이고 말했다.

"집에서 가져올 거 없어? 금방 와."

석주가 그녀의 손바닥에 글자를 썼다.

"응?"

금방 못 알아차렸다. 그가 다시 썼다.

"가, 운. 의사 가운 가져오라고?"

석주가 고개를 한 번 까닥거렸다.

"알았어. 의사 가운 입고 싶구나! 당신 영화 DVD랑 악기 모아 둔 상자 옆 옷걸이에 얌전하게 걸려 있어. 늘 있던 그 자리야. 알지? 가슴에 당신 이름 새겨진 가운 챙겨 금방 올게."

석주가 영아의 검지를 당겨 손바닥에 또 썼다.

"끝? 아빠……끝 포……기 않는…… 우람……."

영아의 두 눈에 눈물이 차올랐다. 그녀는 석주가 겨우 손바닥에 적은 단어들을 한 번 더 정리했다.

"아빠는 끝까지 포기하지 않는다고, 우람이에게 전하라고?"

석주가 천천히 고개를 끄덕였다. 영아가 그의 이마에 오른 손바닥을 대곤 이어 말했다.

"우람이도 벌써 알고 있어. 김석주, 내 남편, 우람이 아빠가 얼마나 멋지고 당당하게 지금까지 맞서 왔는지…… 그래도 말할게. 꼭 말할게."

비로소 석주가 다녀오라고 표시를 하듯, 왼손을 들어 살짝 흔들고는 내려놓았다. 그녀는 젖은 눈웃음으로 인사하곤 돌아서서 병실을 나왔다.

영아가 나간 후, 동화와 첫꽃송이는 나란히 침대 옆에 섰다. 5월 27일 소위 F병원 응급실에 나란히 있다가 메르스에 감염된 후 처음으로 다시 한 자리에 모인 것이다. 석주가 두 사람을 물끄러미 쳐다보았고, 두 여인도 부드럽게 시선을 받으며 고요히 머물렀다. 이야기를 나누지 않아도 서로의 고통과 바람을 안다는 듯이.

그사이 첫꽃송이는 비록 막내 이모부의 죽음으로 친척들과의 화목한 만남은 막을 내렸지만 큰 후유증 없이 방송사에 복귀했고, 동화는 폐를 절반 가까이 다치는 바람에 직장에서 해고되어 살아 있으되 경제 활동을 못하는 신세가 되었다. 남은 것은 석주였다. 기적적으로 살아나 완쾌되어 퇴원할 것인가 아니면 마지막 메르스 환자로 격리병실에서 생을 마감할 것인가. 대다수의 의료진이 후자를 예상하고 있었지만, 동화와 첫꽃송이는 전자를 믿고 지지했다. 이윽고 동화가 석주를 보며 입을 뗐다.

"완쾌되면 내 이부터 좀 봐주세요. 메르스를 떨쳐 버린 뒤 봤더니 어금니가 두 개나 부러졌더라고요. 솜씨가 그렇게 좋다면서요? 내 아들, 이름이 조예석인데, 예석이가 만든 페이스북 페이지에 들어가 봤더니, 김석주 선생님 칭찬이 자자해요. 환자에게 친절하고 치료 솜씨도 빼어나다고. 친구와 함께 만든 자작곡도 실렸습디다."

석주가 오른손을 들어 엄지와 검지로 원을 만들었다. 예석이 만든 페이스북 페이지를 자신도 들어가서 봤다는 뜻이다. 이번엔 첫꽃송이 차례였다. 목소리가 삭풍을 막는 문풍지처럼 떨렸다.

"꼭 완쾌되어 다시 저랑 인터뷰해요. 선생님 덕분에 특종해서 또 칭찬 받을래요. 그리고 이렇게 만난 것도 인연인데, 셋이서 소풍이라도 가요. 가까운 여의도든 선유도든!"

석주가 오른손을 내밀었다. 동화와 첫꽃송이가 그 손을 함께 오래 쥐었다. 기도하는 마음이었다.

사랑할 때와 죽을 때

영아가 옥 간호사의 전화를 받은 것은 새벽 1시 40분이었다. 그 사이 침대에 같이 누워 우람을 재우고, 석주가 부탁한 의사 가운과 그녀의 옷과 양말을 챙겼다. 홍택은 먼저 눈을 붙이겠다고 안방으로 들어갔다. 사흘 동안 우람을 보느라 피곤했던 것이다. 그녀는 곧장 집을 떠나려다가 욕실로 향했다. 15분만 샤워를 하기로 마음을 바꾼 것이다. 뜨거운 물이 머리와 얼굴로 쏟아졌다. 턱을 들곤 눈을 감았다. 격리병동 보호자 대기실은 쪼그려 눕기에도 의자가 좁고 짧았다. 격리병실에선 보호 장구 때문에 편히 앉는 것조차 어려웠다. 허리와 무릎과 어깨 관절들이 돌아가며 아팠지만 치료받을 여유가 없었다. 두 발로 걸어 다닐 수만 있다면 석주 곁을 지켜야 하는 것이다. 샤워를 마치고 수건으로 머리를 닦을 때 휴대폰이 울렸다. 시간을 확인하니 새벽 1시 40분이었다. 이 시간에 그녀에게 전화할 곳은 한 군데뿐이었다. 급히 전화를 받았다. 어떤 상황에서도 침착하던 옥 간호사의 목소리가 먹이를 덮치는 족제비처럼 빨랐다.

“바로 오세요! 당장!”

영아가 휴대폰을 떨어뜨렸다. 안방에서도 휴대폰이 울렸다. 옥 간호사가 홍택에게도 전화를 넣은 것이다. 홍택이 자다 깬 부스스한 얼굴로 뛰어나왔다.

“아버님! 그이가, 그이가…….”

홍택이 상황 파악을 재빨리 하곤 말했다.

“우람이 데리고 나와. 차에 가 있을게.”

영아는 겨우 잠든 우람을 흔들어 깨웠다. 아이가 짜증을 내며 이불을 끌어당겼다.

“아빠 보러 가야 해. 이럴 시간 없어.”

‘아빠’란 단어에 우람이 눈을 커다랗게 떴다. 영아는 익숙한 손놀림으로 아이의 옷을 입히곤 집을 나섰다. 시내에선 시속 50킬로미터를 넘기지 않던 홍택이 속도를 100킬로미터까지 높여 한밤의 도로를 질주했다.

격리병동에 도착하여 인터폰을 들었다. 2시 30분이었다.

“열어요!”

옥 간호사가 첫 번째 문을 열었다. 영아가 우람을 안은 채 뛰어들어갔다. 간호사 스테이션에 달린 모니터를 확인했다. 석주의 가슴과 배가 완전히 드러났고, 보호 장구를 착용한 대함이 심장 마사지cardiac massage를 하고 있었다. 옥 간호사가 빠르게 설명했다.

"혈압이 전혀 안 잡힙니다. 심박동수가 1분에 57회로 감소했고요. 도파민을 지속적으로 투여했습니다. 방금 에피네프린epinephrine 투여했고요."

"문을 여세요. 들어가겠습니다. 아버님! 가시죠."

그들 앞을 옥 간호사가 막아섰다.

"아이는 안 됩니다."

홍택이 받아쳤다.

"비키시오. 아빠를 만날 마지막 기회야. 당신에게 그걸 막을 권리가 있어?"

옥 간호사가 버텼다.

"이 아이에게 맞는 보호 장구가 현재 저희 병원엔 없습니다. 격리병실 출입을 금합니다. 두 분만 들어가시고, 아이는 제가 돌보고 있겠습니다."

영아가 다시 부탁했다.

"정말 안 되나요? 메르스 전염력이 없다는 걸 옥 간호사님도 아시잖아요? 그냥 가서 만나게 해 주세요."

"원칙을 지켜야 합니다. 시간이 없습니다. 두 분은 보호 장구를 착용하시고 입실하십시오. 아이는 안 됩니다. 원하시면, 여기서 아이에게 모니터를 보여 주긴 하겠습니다. 그렇게 할까요?"

영아는 왼 무릎을 꿇고 우람의 두 손을 꼭 쥐었다.

"어른들만 들어가는 게 여기 규칙이래."

"아빤? 아빤 어디 있어?"

"저 문 너머 병실에 계셔. 여기 이 모니터로 아빠 모습을 볼 수 있어. 간호사 선생님과 함께 잠시만 있으면, 엄마가 들어갔다가 나올게."

우람이 모니터 쪽으로 고개를 돌렸다.

"싫어. 너무 작단 말이야. 아빠 얼굴 잘 안 보여. 엄마랑 같이 아빠 보러 갈래."

일어나서 옥 간호사와 눈을 맞췄다. 옥 간호사가 고개를 저었다. 영아는 다시 우람을 설득했다.

"아빠가 지금 많이 아파. 네가 여기서 이러면 엄마가 가서 아빠를 돕지 못해. 그러는 게 좋겠어?"

우람이 고개를 저었다. 그렁그렁 맺힌 눈물이 뺨을 타고 떨어졌다. 영아는 우람의 손을 옥 간호사에게 쥐여 주고 돌아섰다. 두 사람은 준비실에서 보호 장구를 착용했다. 영아는 익숙하게 장갑을 끼고 보호복을 입고 후드를 썼다. 그러나 처음 입는 홍택은 느리고 서툴렀다. 그녀는 장갑을 벗고 홍택부터 먼저 완벽하게 보호 장구를 착용하도록 도왔다. 그리고 다시 장갑을 끼려는 순간 오른쪽 검지가 아팠다. 손톱이 깨지면서 피가 흘렀다. 울먹울먹 뇌까렸다.

"메르스 환자…… 아냐. 감염 안 된다고……."

그녀는 시큰거리는 통증을 참으며 보호 장구를 착용한 다음 두 번째 문으로 들어섰다. 등 뒤에서 두 번째 문이 닫히기를 기다렸다. 그 문이 완전히 닫혀야 세 번째 문이 열리는 것이다. 오늘따라 문이 닫히는 속도가 열 배는 느리게 느껴졌다. 세 번째, 네 번째,

다섯 번째 문까지 차례차례 통과했다. 이제 다섯 번째 문이 닫히면 여섯 번째 문이 열리고 비로소 격리병실로 들어갈 수 있는 것이다. 마음속으로 숫자를 헤아렸다. 평소엔 아홉까지 세면 뒷문이 닫히면서 앞문이 열렸다. 그런데 아홉을 지나 열을 헤아렸는데도 문이 열리지 않았다. 고개를 돌렸더니, 뒷문은 벌써 닫혀 있었다. 그녀는 달려가서 여섯 번째 문을 주먹으로 두드려 댔다.

"열어! 열란 말이야!"

그러나 문은 열리지 않았다. 홍택이 그녀의 어깨를 잡고 당겼다.

"기다리렴. 아직 뒷문도 닫히지 않았어."

돌아보았다. 비로소 문이 절반 넘게 닫히는 중이었다. 방금 본 닫힌 문은 환영이었던 걸까. 뒷문이 닫히자 마지막 문이 열렸다. 단거리 달리기 선수처럼 뛰어 들어갔다.

대함은 여전히 힘차게 심장을 마사지하는 중이었다. 진 간호사는 중증환자감시장치와 석주의 얼굴을 번갈아 살피며 옆에 서 있었다. 동화와 첫꽃송이는 환자의 다리 쪽에 나란히 섰다.

영아를 보자마자 울음을 터뜨린 것은 첫꽃송이였다. 가슴 깊이 쌓아 둔, 참고 참고 또 참았던 말이 자기도 모르게 튀어나왔다.

"죄송합니다. 죄송해요."

후드 안을 휘돌아 나온 소리를 듣고 대함이 마사지를 멈췄다.

"왜 멈추는 거예요? 계속해요. 이 사람을 살려 내요. 계속해요, 어서!"

영아가 소리쳤다. 대함이 답했다.

"여기 이모님이 부탁하셔서, 보호자님이 오실 때까지만 심장 마사지를 해 드리기로 한 겁니다. 보호자님이 심폐소생술을 하지 않기로 이미 서약을 하셨습니다. 의료진이 할 수 있는 일은 이제 없습니다."

대함이 침대에서 내려왔다. 홍택이 석주의 오른손을 쥐었고, 영아가 세 걸음 비틀대며 나아가 석주의 맨 가슴 위로 쓰러지듯 허리를 숙였다. 진 간호사가 급히 그녀의 팔을 부축하며 당겼다. 영아가 흐느꼈다.

"아직…… 아직 작별인사도 못했는데…… 사랑한다는 말도 오늘 못 했는데…… 이렇게 가면 안 되는데…… 안 돼……."

무릎이 꺾이면서 바닥에 털썩 주저앉았다. 첫꽃송이가 뒤에서 무릎으로 등을 받히지 않았다면 그대로 쓰러졌을 것이다.

대함이 석주의 상태를 마지막으로 확인했다. 호흡이 정지했고 맥박이 뛰지 않았으며 동공에 빛을 비춰도 움직임이 없었다. 사망 선고가 내렸다.

"김석주 환자, 사망했습니다. 사망 시각은 11월 25일 3시 6분입니다."

인간답게 떠나보내고 싶어요!

오전 11시로 예정된 기자 회견은 취소되었다. 첫꽃송이는 질병관리본부에서 공식 발표를 하기 전에 사망 기사를 낸 유일한 기자였다. 응급실 근처에서 밤샘 회의중이던 해선은 비보를 접한 뒤 기자 회견 취소 문자를 오늘 참석하기로 한 기자들에게 보냈다. 첫꽃송이는 특별히 참석을 부탁했던 기자 네댓 명에게 조금 더 상세한 문자를 따로 띄웠다. 첫꽃송이가 카메라 기자와 함께 격리병동 주변에서 촬영을 하는 동안, 동화는 보호자 대기실에 머물렀다. 예석에게 문자를 보냈다.

— 김석주 님이 하나님 품으로 떠났어.

편의점에서 밤샘 근무중이던 예석이 곧바로 답장을 보냈다.

— ㅠㅠㅠㅠ

여덟 줄기의 눈물을 보는 순간 동화도 참았던 울음이 터졌다. 이모티콘을 보고 따라 울기는 처음이었다. 잠시 후 예석에게서 전화가 왔다.

"엄마, 많이 힘들지? 일 마치는 대로 곧 갈게. 조금만 참아."

동화가 울음을 겨우 멈추곤 답했다.

"걱정 마. 기도하고 있을게."

홍택은 간호사들의 배려로 간호사 스테이션 옆 침대에서 우람과 함께 머물렀다. 우람은 사흘 동안 밀린 잠을 자느라 낮게 코까지 골았고, 손자에게 무릎을 내준 홍택은 한숨에 한숨을 더하며 깨어 있었다.

대함은 사망 선고를 한 후, 간호사 스테이션까지 나와선 혈종내과 유대환 교수와 감염내과 박강남 교수에게 전화를 걸어 보고했다. 그리고 일반 병실 환자들을 치료하기 위해 서둘러 격리병동을 떠났다.

옥 간호사와 진 간호사는 교대 시간이 지났지만 격리병동을 지켰다. 다음 근무자인 간호사들에게 자리를 내준 후에도 모니터로 병실을 살피기도 하고, 우람이 있는 침대와 동화가 있는 보호자 대기실과 첫꽃송이가 돌아다니는 격리병동 바깥까지 둘러보았다.

영아는 그대로 격리병실에 남았다. 대함이 사망 선고를 한 3시 6분부터 기자 회견이 열리기로 예정되었던 오전 11시까지, 주저앉은 채 석주의 손을 꼭 쥐고 꼼짝도 하지 않았다. 대함이 병실을 떠나기 전 그녀에게 주의를 줬다.

"시신과의 접촉은 금지해야 하지만, 지금처럼 손을 잡는 데까지만 허락하겠습니다. 다른 부위와 접촉해선 안 되며, 시신의 몸에 부착된 의료물품 역시 바늘 하나 건드려선 안 됩니다. 약속하십시오. 지키지 못하시겠다면, 병실에서 저와 함께 나가셔야 합니다."

"……알겠어요."

겨우 답했다. 약속대로 석주의 손 외에는 만지지 않았다. 꼼짝않고 앉은 채 고개를 숙이곤 눈물을 쏟았다. 후드 안쪽으로 눈물이 뚝뚝 떨어졌다. 흐르는 눈물을 그대로 뒀다. 모니터로는 석주도 영아도 움직임이 전혀 없는 시신처럼 보일 지경이었다. 석주에게 그녀는 할 말이 너무나도 많았다. 그러나 건넬 말들을 떠올리기만 하면 자음은 자음대로 모음은 모음대로 흩어졌다. 겨우 만들어진 단어도 제자리를 찾지 못하고 지워졌다. 그녀가 이 세상에서 가장 사랑하는 남편 김석주가 죽었다는 사실 외엔 어떤 것도 남지 않았다.

오전 11시에 보호 장구를 착용한 대함, 장남, 나무, 형철이 격리병실로 들어왔다. 7월 3일 대학 병원으로 전원한 후, 석주를 담당한 전공의들이었다. 장남은 방수용 비닐팩 두 개를 들었고, 나무는 방수천을 품에 안았으며, 형철은 환자이동침대를 밀었다. 침대 위에는 관이 놓여 있었다. 영아가 일어나서 그들을 향해 목례로 인사했다. 대함이 말했다.

"이제 마무리를 해야 합니다."

영아가 물었다.

"사인이 무엇인가요? 메르스인가요?"

"아닙니다. 사인은 악성 림프종입니다."

"지금까지…… 메르스를 잡겠다고 반년이나 격리병실에 가뒀잖습니까?"

대함이 반복했다.

"메르스로 사망한 게 아닙니다. 사인은 악성 림프종입니다."

영아가 후드를 갑자기 스스로 벗으려 들었다. 나무와 형철이 만류했다.

"이러지 마십시오. 진정하세요."

영아가 두 팔을 붙들린 채 소리쳤다. 소리가 마디마디 끊겼다.

"천벌받을 거야…… 메르스 환자가 아닌데…… 이렇게 죽을 때까지 가두다니…… 천벌받을 거야…… 천벌……."

전공의들은 그녀의 '천벌'이란 단어가 잦아들 때까지 기다렸다. 대함이 말했다.

"사후 처치를 시작하겠습니다. 처치를 마치면 곧바로 화장장으로 이동하여 화장합니다. 사후 처치를 하는 동안 여기 계시겠습니까? 아니면 나가서 기다리시겠습니까?"

떨리는 목소리로 답했다.

"여기 있겠어요. ……그 전에 부탁이 있어요."

침대로 고개를 돌렸다. 그녀를 따라 네 의사의 시선도 침대 위로 향했다. 그녀는 석주의 머리부터 발끝까지 덮인 흰 천을 단숨에 당겨 걷어 냈다. 그리고 부탁했다.

"코와 팔과 성기에 달린 저 줄들 걷으면 안 될까요? 양팔에 꽂힌 바늘들, 카테터들도. 얼마나 불편하겠어요? 조금이라도 편안하게 마지막 길을 가도록 하고 싶어요."

"안 됩니다."

대함이 짧고 분명하게 거절했다. 영아의 목소리가 커졌다.

"왜 안 되죠? 이미 세상을 떠났다고요. 그것도 못 들어주나요? 그이가 환자로 지내는 동안 숱하게 줄을 끼우고 뽑고, 바늘도 찌르고 빼고, 카테터들을 넣거나 제거하지 않았나요? 저것들 치우는 게 뭐 그렇게 어려운 일이라고 그러세요? 너무나 간단한 일이잖아요? 혹시 여러분이 하는 게 꺼려진다면, 제가 할게요. 제가 다 뽑고 빼고 치울게요. 1분도 안 걸려요. 금방 해요."

대함이 손에 들린 종이를 그녀에게 내밀었다. '감염병 환자 사망 후 절차 설명서'였다. 군데군데 밑줄 그은 부분이 눈에 들어왔다.

'감염병의 예방 및 관리에 관한 법률' 제47조—제48조 및 보건복지부 '(중동호흡기증후군) 사망자 장례 관리 지침' 에 따라 임종 후 장례 절차는 다음과 같습니다.

* 유족과 협의된 시점에 보호 장구를 착용한 요원을 병실에 투입하여 시신 밀봉과 소독, 입관을 진행한다.
* 사망 병실에서 시체를 세척하거나, 닦거나, 탈의를 하지 말고, 환자에게 침습적으로 사용된 관(정맥관, 기관지 내관 등)도 제거하지 말고 비닐 팩에 함께 넣어 외부 감염을 차단한다.
* 시신을 방수용 비닐 팩에 넣고 밀봉한 후 표면 소독하고, 또 다른 비닐 팩에 처음의 비닐 팩을 넣어 이중 밀봉한다.
* 밀봉된 시신을 입관하여 화장시설로 운구한다.

대함이 말했다.

“저희들은 이 지침을 따라야 합니다. 부탁을 들어드리지 못해 죄송합니다. 그럼 시작하겠습니다.”

나무와 형철이 먼저 방수천을 깔고 그 위에 석주의 시신을 놓았다. 그리고 대함과 장남은 관을 환자이동침대에서 바닥으로 내려놓았다. 네 사람이 번갈아 방수천으로 줄과 바늘과 카테터들이 붙어 있는 몸을 거듭 감쌌다. 방수용 비닐 팩에 시신을 넣고, 시신이 담긴 비닐 팩을 더 큰 비닐 팩에 다시 넣었다. 그리고 네 사람이 동시에 비닐 팩을 수평으로 들어 관에 넣곤 밀봉했다. 밀봉한 관을 다시 들어 환자이동침대에 올렸다. 그때까지 영아는 침대 옆에 서서 지켜보았다. 눈물이 계속 흐르고, 무릎이 휘청거렸지만, 물러서거나 고개 돌리지 않았다. 대함이 말했다.

“이제 병실을 나가겠습니다. 아시겠지만, 운구차엔 유가족이 탑승할 수 없습니다. 다른 차편으로 화장장까지 오시기 바랍니다. 이렇게 병실을 나서시게 되어 저희도 너무 가슴이 아픕니다. 오늘 같은 결말만은 막고 싶었습니다. 김석주 선생님은 정말 좋은 분이셨습니다. 그럼 이제 나가겠습니다.”

대함이 환자이동침대를 밀며 문을 나섰다. 세 명의 의사가 나란히 서서 그 뒤를 따랐다. 영아는 그들로부터 3미터 정도 떨어져 걸었다. 문이 하나 둘 셋 넷 다섯 여섯 개까지 차례차례 열렸다. 마지막 문이 열리자, 사진을 찍는 소리가 시끄럽게 들리기 시작했다.

인간 김석주의 감금이 끝나는 순간이었다.

에필로그

이보다 더 늦을 순 없다

남영아는 검은 상복으로 갈아입고 대학 병원 장례식장에서 문상객을 맞았다. 보건복지부와 질병관리본부에서는 조화를 보내지 않았고 관계자들의 조문도 전혀 없었다.

11월 26일 새벽, 격리병동 옥나정 간호사와 진아름 간호사가 밤 근무를 마치고 문상을 왔다. 영아는 그들과 끌어안고 오래 울었다. 옥 간호사가 눈물을 닦고 일어서며 편지를 쥐여 주었다. 간호사들을 보낸 후, 영아는 벽을 향해 돌아서선 편지를 꺼냈다.

삼가 고인의 명복을 빕니다.
지난 5개월간 선생님을 담당한 간호사들입니다.
외롭고, 힘들고, 답답한 기나긴 시간 동안
조금이나마 도움이 되어 드리고 싶었고
조금이라도 편하게 해 드리고 싶었는데

이렇게 보내 드리게 되어
아쉽고 죄송한 마음뿐입니다.
직업상 환자분을 떠나보내는 일에
애써 무덤덤해야 또 다른 환자를 간호하지만
5개월이란 시간은 너무도 길었고
간호사들이 각자 기억하는
선생님과의 시간이 너무도 아쉬워서
만나면 다들 한숨만 쉽니다.
선생님은 한 번도 저희에게 싫은 소리 하지 않으셨고
아픈 와중에도 고맙다고 말하는 따뜻한 분이셨습니다.
고인께 감사드립니다.
어디 감히 가족분들의 슬픔에 비하겠습니까만
마지막 가시는 길에 저희 슬픔을 보탭니다.
가족분들 힘내시고 건강 조심하세요.

11월 30일, 대학 병원에서 보낸 공문이 질병관리본부에 도착했다. 그 문건의 제목은 '메르스 특별 사례팀 구성에 대한 회신'이었다. 11월 23일 질병관리본부 공중보건위기대응과에서 보낸 '메르스 관련 특별 사례팀 구성 계획 알림 및 대상자 추천 요청'에 대한 답이었다. 대학 병원에선 혈액종양내과 교수 1인과 감염내과 교수 1인 그리고 감염관리팀장을 특별 사례팀 팀원으로 추천했다. 특별 사례로 관리를 받아야 하는 환자 김석주가 죽고 닷새 만에 도착한 회신이었다. 특별 사례 환자가 이미 사망했으므로 메르스 특별 사례 팀은 구성되지 않았다.

12월 7일, 남영아와 길동화와 이첫꽃송이는 '풀꽃'에 다시 모였다. 세 사람은 함께 메르스 사태에 대한 국가와 병원의 책임을 묻는 소송을 제기하기로 했다. 담당 변호사는 윤해선 외 2인이다.

그해 메르스 확진 환자는 186명, 사망자는 38명, 치사율은 20퍼센트였다.

내가 계속할게

남영아의 수첩

2015년 12월 7일(월)

내가 멈추면 당신이 더 억울하니까.

내가 계속할게. 할 수 있을 때까지.

작가의
말

소설이 끝나도 삶은 계속된다.

전염병이 끝나도 삶은 계속된다.

*

'메르스 사태'를 소설로 쓰려고 관심을 둔 것은 2016년 늦봄이다. 2015년 5월 '중동호흡기증후군'이라는 긴 이름의 전염병이 이 땅을 휩쓸고 1년이 지난 뒤였다. 메르스 발병 1주기에 맞춰 대부분의 언론사가 완치자나 유족과의 인터뷰를 준비했다. 그런데 메르스 피해자들이 취재에 응하지 않는다는 소식을 몇몇 기자들로부터 들었다. 겨우 연락이 닿은 이들도 메르스로 인해 삶이 무너졌다고 억울함을 토로하면서도, 기자와의 만남을 꺼렸다. 얼굴을 가리고 가명을 쓰고 특정特定이 되지 않도록 질문도 미리 조율하겠다고 했지만,

메르스 피해자들은 그런 장치들을 신뢰하지 않았다. 네티즌들이 밝히려고 들면 못 알아낼 것이 없다고도 했고, 메르스 환자로 다시 낙인찍히고 싶지 않다고도 했다.

나는 2015년의 메르스 관련 기사와 방송들을 다시 찾아 검토했다. 정부의 이야기, 지방자치단체의 이야기, 병원 의료진의 이야기는 차고 넘쳤지만, 메르스 피해자의 이야기는 너무 적었다. 그나마 나온 이야기도 확진 순서대로 번호가 부여된 뒤 격리병실에서 겪은 일들이 대부분이었다. 자유로운 개인이자 민주 공동체의 일원으로서, 그들의 과거와 현재와 미래를 조망하는 이야기는 없었다.

*

메르스 피해자의 서사를 쓰고자 했다.

잊지 않고 기억하겠다고 말하기 전에, 기억할 것이 무엇인가를 찾는 작업이었다. '번호'가 아닌 '사람'을 되찾아야 했다. 너무나도 당연한 상식이 무너진 시절이었다.

여러 사람들의 도움으로 피해자들을 만났다. 만나고 싶었으나 끝내 만나지 못한 분도 있고, 만나기 힘들겠다고 여겼는데 여러 가지 우연 속에서 만난 분도 있다. 만나지 못한 분이나 만난 분이나 모두 고맙다. 아직까지 메르스 피해자들의 공식 모임이 없고, 또 이렇게 만나려고도 하고 만나지 않으려고도 하는 마음이 그들의 힘겨운 상황을 고스란히 드러낸다. 인물과 사건과 배경을 사실 그 자체로 풀어 놓는 논픽션이 현재로선 불가능하겠다는 판단 역시 이런 상황에 대한 고민으로부터 나왔다. 정상과 비정상을 편협하게 나누고, 비정상에 속한 이들을 이중 삼중으로 낙인찍으며 혐오하는 풍토가 바뀌지 않는 한, 메르스 피해자의 서사는 한동안 픽션의 영역에 머물 것이다. 만남의 다양한 조건들에 따라 설정은 바뀌지만, 고통은 고스란히 담고자 했다. 때로는 한숨 때로는 눈물 때로는 비명 때로는 손짓발짓 때로는 침묵인 고통들!

긴 시간 눈을 맞추며 이야기를 들었다. 함께 자료를 검토하고 답사도 다녀왔다. 참담함이 밀려들었다. '여기가 지옥이 아니라면 어디가 지옥이란 말인가요?'라는 물음, '그 지옥은 지금도 여전히 계속되고 있습니다'라는 단언이 가슴을 찔렀다.

첫째, 피해자의 '인권'이 지켜지지 않았다. 감염을 막기 위한 격리는 어쩔 수 없다 해도, 격리 후 피해자들에게 쏟아진 다양한 비난들을 아무도 제지하지 않았다. '슈퍼전파자'라는 단어로 대표되는, 피해자를 가해자의 자리로 슬쩍 올려놓는 시도까지 있었다. 피해자들은 갑자기 닥친 병마와 싸우기도 벅찬데, 쉼 없이 날아드는 근거 없는 이야기에 만신창이가 되었다.

둘째, '사회안전망'이 작동하지 않았다. 메르스로 인해 가족을 잃은 유족들, 또 가까스로 전염병을 이겨 낸 완치자들을 보살피려는 공동체의 노력이 턱없이 부족했다. 사랑하는 사람이 왜 이 병에 걸려 세상을 떠나야만 하는지에 대한 설명도 없었고, 각종 후유증으로 인해 직장에서 밀려난 이들을 고려한 대책도 없었으며, 적극적인 트라우마 치료도 마련되지 않았다. 병만 나으면 원래대로 돌아갈 수 있으리라 기대했지만, 전염병에 걸렸다는 이유로 감내해야 할 피해자들의 삶은 길고도 끔찍했다. 추락하고 추락하고 추락하는 나날! 추락을 막는 망은 어디에도 없었다.

*

거대하고 싸늘한 벽이 모습을 드러냈다.

국가와 병원은 잘못을 인정하지 않았다. 잘못을 인정하지 않기 때문에 배상이나 보상이 전혀 없었다. 죄 없이 병에 걸려 죽은 자들의 유족과 또 죄 없이 병에 걸렸다가 겨우 살아난 자들이 국가와 병원의 잘못을 스스로 증명하라는 식이다. 이 방식은 전염병으로 모든 것을 잃은 이들에게 너무나도 가혹했다. 피해자 대부분이 전문적인 의학 지식이 없었으며, 평생 재판정에 간 적이 없는 보통 사람인 탓에 법률 지식도 마찬가지였다.

피해자의 서사 역시 이 부근에서 종종 길을 잃었다. 억울함을 토로하는 완치자나 유족은 격리병실에서 치료가 어떻게 이뤄졌고, 또 환자의 병세가 언제 얼마나 악화되었는지를, 순서대로 기억하지 못하거나 논리적으로 설명할 수 없었다. 멀쩡하던 사람이 불과 열흘이나 보름 만에 사경을 헤맸다는 결과 외에 그 과정을 상세히 이야기할 수 없다는 사실이 그들을 더욱 절망에 빠뜨렸다.

나도 처음 몇 달은 이 장편을 쓰지 못하는 것이 아닐까 두려웠다. 소설의 육체에 해당하는 장면들이, 인터뷰를 진행하는 도중에 거의 떠오르지 않았던 것이다. 쓰고 싶은 것과 쓸 수 있는 것은 다르다. 포기하기로 마음을 굳힐 즈음 이 작업의 불씨를 되살릴 인연을 만났다. 소설을 꼭 완성하라는, 먼저 저승으로 간 분들의 손길이라는 생각이 들었다.

*

삶과 죽음을 재수나 운運에 맡겨선 안 된다. 그 전염병에 안 걸렸기 때문에, 그 배를 타지 않았기 때문에, 내가 아직 살아 있다는 '행운'은 얼마나 허약하고 어리석은가. 게다가 도탄에 빠진 사람을 구하지 않고 오히려 배제하려 든다면, 그것은 공동체가 아니다. 영화 〈라이언 일병 구하기〉나 〈마션〉의 감동은 공동체가 그 한 사람을 포기하지 않는, 경제적 손실이나 성공 가능성 따위로 바꿔치기 하지 않는 원칙으로부터 온다.

*

2018년 9월 8일 메르스 확진 환자가 나왔다.

전염병이므로 언제든 다시 올 수 있으리라 예상은 했지만, 3년 만에, 이 소설을 한창 퇴고할 때 나타날 줄은 몰랐다. 초동 대처와 방역이 성공적이라고 하니 다행이다.

9월 8일 뉴스가 나간 뒤, 이 소설을 쓰기 위해 만났던 메르스 피해자들의 연락을 받았다. 지금은 방역에 성공하는 분위기인데 왜 3년 전에는 실패했는지 묻는다. 이번처럼 처음부터 병원 이름을 공개했다면 사랑하는 이를 잃지 않았을 것이라고 흐느낀다. 방역에 '실패'하는 바람에 많은 이들이 죽거나 다쳤다. 그렇게 상처받은 이들이 국가와 병원을 상대로 재판을 진행하고도 있고, 삶의 터전을 떠나 낯선 동네로 이사도 했고, 개인 비용으로 트라우마나 후유증 치료를 받고도 있다. 삶의 모습은 다양하지만 여전히 메르스의 고통 속에 있는 것이다. 우리는 이것을 개인의 불운이나 지난 정권의 잘못으로만 돌려선 안 된다. 더 깊은 어둠 속에서 고통스러워하는 이들을, 3년 전에는 못 했지만, 그래서 많이 늦었지만 지금이라도 위로하고 품어야 한다.

문학은 가난한 자 약한 자 아픈 자의 편이라고, 22년 전 장편을 처음 출간할 때부터 믿어 왔다. 문학뿐만 아니라 공동체도 또 그 공동체에 속한 우리들 한 사람 한 사람도 그러해야 할 것이다.

메르스는 끝나도 삶은 계속된다. 그 삶은 메르스를 망각하거나 멀리하며 침 뱉는 삶이 아니라, 메르스로 인해 고통 받는 이들을 보고 듣고 어루만지는 삶이다. '살아야겠다'고 외치고 싶지만 침묵을 강요당하는, 두려워하는 이들의 곁에 머무는 삶이다. 메르스가 나와 내 가족의 삶을 지옥으로 만들었고 아직도 그 지옥에 갇혀 있다고 절규하는 이들을 외면한 채, 감히 '메르스는 끝났다'고 선언하지 않는 삶이다.

이 소설이 사람다운 삶을 시작하는 마중물이 되었으면 싶다.

2018년 10월

돌아온 메르스 앞에서

김탁환

감사의 글

많은 분들의 도움으로 이 소설을 썼다.

메르스 피해자 인터뷰와 의료 기록과 언론 기사 외에 다음 자료를 참고했다.

〈2015 메르스 백서〉, 보건복지부, 〈메르스 일일 현황〉, 질병관리본부, 〈감염병 위기관리 표준매뉴얼〉, 보건복지부, 〈서울시 메르스 방역 대책 백서(2015)〉, 서울특별시 등 보건 당국의 기본 문서들을 검토했다.

『삼성이 아니라 국가가 뚫렸다』, 김재인, 길밖의길(2015), 『바이러스가 지나간 자리』, 메르스 사태 인터뷰 기획팀·지승호, 시대의 창(2016), 『전염병의 세계사』, 윌리엄 맥닐, 이산(2005), 『사스 전쟁』, 량빙중·위엥엉, 넥서스(2003), 『크리스토파노와 흑사병』, 카를로 치폴라, 정한책방(2017), 『흑사병의 귀환』, 수잔 스콧·크리스토퍼 던컨, 황소자리(2005), 『어떻게 죽을 것인가』, 아툴 가완디, 부키(2015), 『아픔이 길이 되려면』, 김승섭, 동아시아(2017) 등의 책을 읽었다.

영상물로는 '뉴스타파' 〈메르스 마지막 환자의 '격리'된 진실〉, 'KBS 추적60분' 〈메르스 마지막 사망자, 투병 172일의 비밀〉, 'SBS 스페셜' 〈메르스의 고백, 그들이 말하지 않은 이야기〉를 거듭 보았다.

메르스 관련 재판은 지금도 진행중이다. 그 중에서 〈서울중앙지방법원 제4민사부 2017나9229 사건 판결문(2018.02.09)〉과 〈서울중앙지방법원 제18민사부 2015가합558082 사건 판결문(2018.01.23)〉에 주목했다.

도움 주신 분들은 아래와 같다.

김병훈, 류란, 민수경, 배윤희, 사일중, 이경아, 이명수, 이선아, 이슬기, 이정일, 정미진, 정혜신, 정혜윤, 조윤상, 최예선, 최원오, 하지현, 홍여진

고맙습니다!

살아야겠다

초판 2쇄 발행 2019년 3월 8일

지은이 김탁환

발행편집인 김홍민 · 최내현
책임편집 한재현
편집 조미희
표지디자인 이혜경디자인
용지 한승
출력 블루엔
인쇄 청아문화사
제본 대신문화사

펴낸곳 도서출판 북스피어
출판등록 2005년 6월 18일 제105-90-91700호
주소 (03961) 서울특별시 마포구 방울내로 11길 43, 101-902
전화 02) 518-0427
팩스 02) 701-0428
홈페이지 www.booksfear.com
전자우편 editor@booksfear.com

ISBN 978-89-98791-80-3

이 도서의 국립중앙도서관 출판예정도서목록(CIP)은 서지정보유통지원시스템 홈페이지(http://seoji.nl.go.kr)와 국가자료공동목록시스템(http://www.nl.go.kr/kolisnet)에서 이용하실 수 있습니다.
(CIP제어번호 : CIP2018030750)

책값은 뒤표지에 있습니다.
파본은 구입하신 곳에서 교환해 드립니다.